梨花飘香

UAPIAOXIANG

李沅林　任霞　著

敦煌文艺出版社

图书在版编目（CIP）数据

梨花飘香 / 李沅林，任霞著. -- 兰州 ：敦煌文艺出版社，2013. 8（2023.1重印）
ISBN 978-7-5468-0584-9

Ⅰ. ①梨… Ⅱ. ①李… ②任…Ⅲ. ①长篇小说－中国－当代 IV. ①I247. 5

中国版本图书馆CIP数据核字（2013）第198286号

梨花飘香
李沅林 任霞 著
责任编辑：李恒敬
装帧设计：蔡志文

敦煌文艺出版社出版、发行
本社地址：(730030)兰州市城关区读者大道 568 号
本社邮箱：dhwy@duzhe.cn
本社博客（新浪）：http://blog.sina.com.cn/dunhuangwy
本社微博（新浪）：http://weibo.com/1614982974
0931-8773084(编辑部) 0931-8773276(发行部)

天津旭丰源印刷有限公司
开本 787 毫米×1092 毫米 1/16 印张 18 插页 3 字数 270 千
2013 年 9 月第 1 版 2023 年 1 月第 2 次印刷
印数：3 001～6 000

ISBN 978-7-5468-0584-9
定价：68. 00 元

谨以此书献给那些远去的灵魂

大道在于有为，生命永无息日

我确信

我想说
文化是一个民族的血脉和灵魂，
是一个族群永远的根。
一个人的精神发育史实际上就是一个人的阅读史，
而一个民族的精神境界，
在很大程度上取决于全民族的阅读水平。

我还想说，
思想是阅读的眼睛，
用眼睛去关照书籍的内容。
思想是作品的灵魂，
用灵魂去衡量作品的生命。
思想是思考的结晶，
用思考去养成一个习惯。

序言

癸巳春节，新年伊始，靖远县东湾大坝李沅林先生送来新作《梨花飘香》，云将付梓，嘱予为之序。予闻之，不甚惶恐。

沅林先生，出生于书香门第、教育世家，曾祖父辈李濡，祖父毓奇，早年靖远师范毕业，始从事教育事业，后来追求进步，参加革命；父辈振中、振纪，终身从事教育事业，中学高级教师，甘肃省特级教师，三个姑姑先后在靖远、兰州从事教育工作。沅林辈先后两个兄弟和两个妹妹也从事教育。

沅林先生，从教二十八年，可谓桃李满陇原。先生之成就，令人可仰。吾一向以师事之，不敢造次为序，然则却之不恭，况常言说得好“恭敬不如从命”，就奉命弁言，聊以彰之，切切。

梨花是作品的主人公，生活经历比较简单，念书、嫁人、执著于自己的事业，协助丈夫李信在兰州安置家业，发展事业，经历了时代风雨的洗礼，并且督促丈夫由一个农民逐渐成为一个有思想，有教养，有奋斗目标又勇于奉献，敢于担当的新商人。

梨花的身上也有不足，常言说得好“金无足赤，人无完人”。她胆小规矩，但不怕事。梨花是我们生活中的许多女性的优秀典范，她善良，为所爱的人勇于奉献，不计辛苦；她纯朴，能够宽容待人，不论对方处于怎样的地位；她积极，为了家，为了所爱的人，积极工作，积极操劳；她乐善好施，富于同情，只要自己有，只要他人需要，她都可以尽力为之，毫不吝啬。

她正直进步，善于济危助困，同情进步力量，哎，我说了这么多，有了夸大的嫌疑，梨花真有我说的这么好吗，我还是希望读者先生仔细阅读，认真发现，发现我还没有发现的优点。

李信是作品的男主人公，他是一个地地道道的农民，生于斯长于斯，一年除了种庄稼跑生意之外，他还真不知道有什么其他事可以去做。随着时间的推移，故事的深入，他的眼界开阔了，思维形成了，他发现了很多自己以前不曾发现的美。他不再一年到头地苦做，他会思考了，会比较了，开始发现生活的美好，发现人的美与善。

李信承受了生活的重压和考验。他娶了一个善解人意的姑娘，因之即使他在生活中遭受巨大的打击时，也都能很平顺地度过。在他的生活中，家人问题、孩子问题、家业问题，所有的问题都是因为梨花而一一化解，他是一个幸运儿，一个家族的幸运儿，一个时代的幸运儿。

故事有可读性，但我更欣赏沅林先生清新淡雅的文笔，他不急不躁的性格，他细腻生动的文风，精巧的笔端流露出先生对故乡的爱，对亲人的爱，对真善美的追求。

零零总总，不成章句，余甚为惶恐，老子说："上善若水，水善利万物而不争"。于是余云："文化若水，水善利万物而不争。"斯辑之成，厥功至伟，先生之功无量也。余只有羡慕窃仰焉。

2013年3月25日

自序

在甘肃中部，汹涌的黄河由西向东穿山越岭，一泻千里，奔腾不已，显示了它的强壮与凶悍。在黄河由南向北大转弯处，坐落着一个被群山隐隐环绕的偏僻的小村庄，这就是李家塬。这是我出生的地方，也是我生命中“流奶和蜜”的地方。这里的山川风物，是我幼年饱览的第一卷书，秀美的山川，养育了我唯美的心灵，培养了我易感的习性。我常怀感恩之情歌颂这片生我养我培育我的土地。

在李家塬生活的人们以李姓为主，兼有少量其他的姓氏。全村大约有一百多户人家，以务农为主，还有行医的，经商的……各行各业，应有尽有，无所不包。

他们世世代代生活在这里，像大山一样沉稳、憨厚、慈祥；他们的形象时时萦绕在我的脑海，令我难以忘怀；他们不断地承受着来自方方面面的侵扰，顽强地与命运抗争着；他们是这里的主人，永远耕耘着这一方水土。

本书展现的是一段他们生生不息的生活画面，着重反映他们的风俗习惯、世态人情，他们的社会生活、政治经济，他们的初恋思慕、闺怨春情，他们的悲与喜、苦与乐、悲欢与离合，他们与天抗争，与地抗争，与自然抗争的历史。

可以这样说，现在的李家塬人，完全摆脱了他们先辈的窘况。但是，关于先辈奋斗的历史，关于他们那些迷人的绚丽的故事，令我久久难忘。而所有这些，都使我多年来内心不能平静、思绪澎湃、欲罢不能，并时时处处为他们喜，为他们乐，为他们痛，为他们泣，为他们哀。

众所周知，每一个地方都留存着一群人的共同记忆，那涉过的小河，爬过的山坡；那泛黄的土墙，衰颓的家园；那诱人的红杏，让人垂涎三尺的香瓜；有生活的情趣，有生命的阅历，还有故事的演义。有些人诞生了，新的故事开始了；有些人去世了，故事也就结束了。随着时间的推移，许多的地方繁华不再、消失在历史的烟尘里；而有些地方，却一改往昔的苍凉一度繁荣。

面对这沧桑巨变，我思虑良久，就想用自己的笔，把家乡的故事，亲人的故事记录下来，借以表达我对亲人的爱，对故乡的爱，对大地的爱。

是为自序。

2013年3月5日星期二

李家塬是一个很普通的村庄，距离县城约三十里。

在南北走向的狭长村落里，两条南北走向的土路贯通全村，路旁稀稀拉拉地种着一些白杨树和柳树，与土路平行的是一条南北走向的灌溉渠，灌溉渠里的水随着春季黄河水位上升自动流入，又随着秋季黄河水位下降而退去。灌溉渠的两岸都栽有白杨和其他种类的树。靖远有许多这样的灌溉渠，形成了靖远的沿黄灌区。其中有著名的靖乐渠，流经乌兰、东湾一带；靖丰渠、复兴渠流经北湾；民生渠，流经中堡；恒丰渠流经糜滩；丰汰渠流经三滩；它们犹如一条条蓝色的飘带，浸润着这里的千里沃野，灌溉着这里的沧海桑田，滋养着这里世世代代的人们。

在刚进村子的地方，有一条长长的东西走向的沙河与村中的道路横亘相承，沙河水一年四季不断地流入黄河。每当夏天下过暴雨，沙河里就出现了从上游挟带大量泥沙的洪水，咆哮而来，声震山岳。洪水过后，大量的泥沙沉积下来，形成了沙河的沙砾和沟壑。没有山洪的季节，这里又是李家塬通向外界的通道，这就是这里有名的吴岘沙河。沙河两岸是高高低低的崖岸，一会儿是沙石，一会儿是红胶泥，一会儿又是黄土崖。在黄土崖的一处有一个由本地信徒修建的儒道合一的寺庙，一年四季香火很旺，逢年过节就有很多信徒聚集在这里，举行一些大型活动。关于这座庙还有一个美丽的传说。

相传很久以前，一个山西商人出外经商多年，年纪大了，就想回老家看望老娘。一个秋天的午后，商人一路奔波到了这里，由于劳累就在一个山崖旁边小睡了一会儿，结果起来之后把一个装钱的袋子落下就匆匆地走了，走了一段时间发现随行的小狗也没有跟上来，商人思念老娘心切，也就不管不顾地直接回家去了。没有想到的是，商人两年三个月后，沿着原路回去，在自己回来的那个山崖下想休息一会，结果就看见自己那只随行的小狗已经死在那里，但是小狗趴窝的姿势很安详，商人很吃惊，心想自己养了这么多年的小狗，还以为跑掉了，结果却饿死在这里。商人就想把小狗埋掉，搬开小狗的身体，商人发现小狗身子底下压着自己遗失的那个钱袋子，里面一袋子金子完完整整的，商人大为感动，为自己错怪小狗而伤心，也为小狗替自己护财的忠义行为感动，于是商人就决心给自己的这只忠义之狗修建一座纪念的标志。商人在当地村民中召集了一些能工巧匠，在山崖下建造一座庙宇，当地的村民听到这个故事后都被小狗的忠义行为所感动，纷纷出工出力，很快一座辉煌的主庙就建成了。于是这座庙宇就被当地人亲切地称为“狗娃庙”。

由于狗娃忠义的故事，很多人都慕名而来，所以这里的香火一直很旺盛，抽签求卦也很灵验。这座“狗娃庙”就成了方圆几个村子的主庙，十里八乡的很多人都被吸引着，关于狗娃忠义的故事也越传越神，很多人以能够去一趟“狗娃庙”而深感荣幸。

村外如此，村子里的情形更是迷人。

在村子南口，有一个硕大的枣园，园子里有七十多棵干径见尺的大枣树。这里地势低洼，高出沙河不到两三米，是典型的由沙河洪水冲击而成的沙砾地质，极为缺水，一般植物很难成活，只有耐旱的枣树，仅靠老天爷的雨水，便顽强地展示生命的风姿。村子的另外三面，是一大片农田，有高有低，有水地有旱地，与远处的山脉，近处的村庄连在一起。

每当春末夏初，远道而来的客旅之人，都要在村口歇息。这是李家塬风光最美的季节，一片一片绿油油的麦田，翻着碧浪，在一望无际的碧浪中间，夹着这一片泛着金光的枣园，犹如碧波之中扬帆远去的航船，承载着李家塬人的幸福和希望。

远远望去，枣园里泛着一片金黄，阵阵微风过处，枣花的清香扑面而来，那黄黄的、小小的枣花缀满枝头，引来了无数蜜蜂，而村里的养蜂人就趁着这个机会，收获着无数的甘甜。

说到了养蜂，就必须说一说我们这一带闻名甘肃的五大特产，蜂蜜、瓜子、香水梨，发菜、贡米差不离。这里的蜂蜜是很有名的滋补品，最好的要数枣花蜜和槐花蜜，枣花蜜清香，槐花蜜味醇，营养价值极高。养蜂是极为辛苦的工作，每年都要随着气候的变化而不断地迁徙，常常是刚走过四月芳菲尽的原野，转眼又到桃花始盛开的山间。养蜂人就是这样不断地追随着盛开的鲜花，经营着他们的生计。

在每年梨花、枣花盛开的时候，村里村外的养蜂人都就早早地把自己的蜂箱拉到园子附近的田间地头，太阳刚刚露出笑脸，气温略有回升，放蜂人就打开蜂箱口，蜜蜂就开始了一天的劳动。梨花最早，枣花次之，槐花、油菜花最后。

梨花盛开时收的蜜叫梨花蜜，枣花盛开时收的就叫枣花蜜，油菜花开时收的就叫菜花蜜，而槐花盛开时收的就叫槐花蜜。

养蜂人中要数张家老三养的蜂最多，收的蜜也最好。张家老三名叫张振军，是我们这个村子里的老住户，父亲本家堂弟兄三个（上追五代是一个祖先）。本来张家人丁兴旺，后来经过动乱和战争，人员损失严重，好多家都成了绝户，张家的势力一下子就弱了下来，多少年都没有恢复元气。一个很兴旺的家族就这样败下来了。张振军的父亲张富是老三，生有三男一女。老大张昭，是一个典型的读书人，经营一些祖业，生有三男两女，振西、振北、振兴、振敏（梨花）、振玟（荷花）；老二叫张裕，早年迁居青城，生有三子一女。

张振军专以养蜂为业，从祖辈那里受到极大的熏陶，也得到了很多帮助。张富和张昭虽说是一个太爷的子孙，但是由于家道的不同，两家人的关系不是很融洽，再加上多年来的积怨，他们之间的走动都不多，只是振桐的家一直住在老院里，和张昭连着墙，所以两家还有些走动。老辈们的积怨我们暂且不论，只是一直是老爷的张昭在很多时候都看不起已经沦为佃户的张富一家。梨花、荷花也就和张振桐一家有些关系，和张振军一家的关系几乎没有。张振军不在老院，居住的地方又比较偏远。本家族男人们的关系基本没有什么说的，但是当女人一加入后，情况就变复杂了，即使亲兄弟有时也会闹得不可开交，何况是隔了五代的族亲。

村子的北口，有好几个百年老园子，种植着许多梨树。其中以张昭家的园子为最大。这是一个风和日丽的下午，张昭的二夫人魏明英刚从娘家回来，在自己家的梨园旁边找到了正在看着给园子整地的丈夫，两个姑娘也紧紧地跟在身后。张昭看见老婆和姑娘，就大声地说：“你们回来了，一路还顺利吗？你们不要到园子里来，地刚翻过，土大得很，你们远远地看看就行了。”魏明英在园子旁边看着满园的梨花高兴地和丈夫说：“他爹，我们家的这些梨树花儿开得真好，刚进庄子李家园子的花儿开得就没有咱们这里好。”张昭和气地说：“我们的这个园子刚好在一个窝窝子里，比庄头子上稍稍暖和一些，果花开得早几天。你领着姑娘回去，叫给地里干活的人准备吃的。”梨花悄悄地拉着母亲的衣襟说：“妈，我要花儿，那个粉红色的花儿。”母亲魏明英笑着对刚刚转身的丈夫说：“姑娘喜欢粉红色的杏花，你一会回来的时候给摘几朵吧。”说完就准备上车子回去。父亲张昭笑着对梨花说：“早就知道姑娘喜欢，我回来的时候就给你们摘几朵。”当时还上学的梨花看着满眼灿烂的大梨园以及父亲渐渐远去的身影，就不由自主地回想起刚才进庄子时表姐夫李信给妈妈打招呼时的情形，心里一阵一阵地欣喜。记忆里表姐夫救哥哥振兴的那一幕就浮现在眼前。

那还是好几年前的事情，李信还不是自己的表姐夫。有一天，振兴一个人偷偷地跟着哥哥振西去耍水，看着哥哥在渠沿上和几个一般大的孩子脱光衣服跳到渠里，很是羡慕，就悄悄地往下走了一段也下水，毕竟振兴还小，加上是第一次下水，很不熟悉水性，一下到水里就紧张得大喊大叫起来，刚好比振兴大十岁的李信在旁边自家的地里干活，猛一听声音不对，就赶紧跑到渠沿上，结果振兴已经被冲出了十来米，眼看就要被冲进一个暗洞，李信飞快地跑到前面，跳入水中迎着振兴游去，终于把振兴在水流越来越急的暗洞前给抓住拖了上来，这时的振兴是一脸煞白，被水呛得晕头转向，李信穿着湿漉漉的衣服抱着振兴赶紧回家，在院子里玩耍的梨花、荷花一见哥哥被抱着回来，吓得就哭了起来，大声喊着：“妈，我哥被水淹死了。”母亲魏明英一听吓坏了，赶紧从屋子里奔了出来。李信赶紧说：“张家妈，不要紧张，没有事，只是被水呛了一下，缓一阵就好了。”后来张昭老爷知道了事情的经过，就对李信倍加感激，同时对李信也格外地看重。所以在后来李信和如菊的亲事上，如菊的姑姑和姑父张昭两口子没有少撮合。

那个暗洞，长有十米左右，是水流穿过一条大路留下的，洞口较小，水流很急，经常发生小孩子或者猪羊被淹的事，所以一般会水的人也要小心三分。自从这件事后，张昭老爷对三个儿子严加管教，哪一个都不许再下渠游泳。振兴虽说受了一点惊吓，但是却把家里人吓坏了，魏明英还特意到庙里许了愿，祈求神灵保佑振兴。

那是当年的七月十五，正值靖远法泉寺庙会，魏明英领着振兴、梨花和荷花让振桐赶着车到法泉寺上香许愿。在路上碰到李信也赶着车，拉着二太太、三太太，还有领着李莲的如菊，到法泉寺赶庙会，庙里的和尚见是李家老太太和张家老太太带着娃娃来了，就格外重视，张老道张文泉也格外热情，一路详细地介绍神庙及庙里供奉的每一尊神像。在演阳宫前，有一个卦摊，专门供香客在这里抽签算卦。李家太太和张家太太在前面，李信一直管着几个娃娃跟在后面。到演阳宫前，一帮人到庙里上香布施之后，就到门口，二太太摇了一签，是一个中上签；张家太太一直和如菊在一起，两人各自摇了一签，都是上中签，随后一个老道给几位太太解签。梨花和荷花跟着表姐夫李信逛庙会，一路上李信要求振兴到庙里磕头上香，对两个姑娘则不要求，但两个姑娘对这个新结婚不久的表姐夫很崇拜，崇拜他高大威猛、见多识广。

李信在路上还给李莲捉了一只小鸟，几个姑娘一直小心翼翼地保护着那只鸟。振兴则随着振桐到处乱跑，不一会儿，就把一双鞋弄得湿湿地回来了。

庙会上，车水马龙，人来人往，热闹非凡，十里八乡有钱的没钱的、高的矮的胖的瘦的、携家人朋友的、呼儿唤女的、烧纸上香的、进庙磕头的，祈祷许愿的、求儿要女的、乞讨做事的、坐车吆车的，为各自让道扯开嗓子高声叫嚷的，为一件小事争得脸红脖子粗的……

李家塬庄子里有一百多户人家，一共分成三大块，张家湾以张家为主，李家塬以李家为主，还有东台子的一些住户。有四户人家比较兴盛，以维贤老爷为主的李家，以魏兴财一家为主的魏家，以东台子滕炳弦老爷家为主的滕家，还有张家湾张昭老爷家，其中维贤老爷家最为强盛。维贤老爷是李家塬的大户，家大业大，人口也多。

维贤老爷是老二，有三个儿子，两个姑娘，李信是维贤的小儿子，娶了魏家堡子魏家老爷的二姑娘，三姑娘叫如菊，结婚后生有一个女儿。

如菊和维贤老爷的三太太关系很好，三太太王锦艺是会宁的大户，如菊和三太太是无话不说的好朋友。三太太生有一个姑娘，叫李莲，是三太太嫁过来一年后生的，今年才七岁。

大太太生的姑娘李蕙今年都四十八了，李泉今年也四十五了，两个人的年龄都比三太太要大一些。如菊的姑姑是梨花和荷花的母亲，也和张昭的岁数相差较大，大房是苏太太，生有两个儿子，振西和振北，两个孩子都在西安他三舅处念书，两个孩子和维贤老爷的二儿子李诺比较熟悉，因为是亲戚，两个人也是李诺家里的常客。振兴是老三，是梨花的亲哥，在北平读大学。

这是上世纪三十年代初期一个春寒料峭的早晨，这一年的冬天奇寒，已经二月半间了，地里还没有解冻，硬邦邦的，路上只能看到零星的几个往地里拉粪的大户人家的大车，田地里光秃秃的一片。路边上老槐树的枝丫很张扬地向外伸张，直刺青天。

村子上的李维贤老爷今天要迎接省里来的参议员，因为是省里来的人，李家大小人口今天格外忙碌。

维贤老爷全家动员，提前一天就开始打扫村子及家里的卫生，家里的每一个角落都仔细打扫了一遍。李家上房厅堂的正面挂着维贤的表叔曾任河南济原县知事、孟县知事、中央参议院参议员范明清题写的中堂，旁边又挂着几幅其他人的字画，清秀整洁，整个屋子里书卷气息很浓。厅堂上的家具更是被擦了一遍又一遍。供奉祖上牌位的小壁橱也被悄悄打开，里面三代祖亲的照片摆放得整整齐齐，壁橱前面精致的铜香炉里插着三炷香。

这小小的壁橱，里面有四个阶，最里面一阶摆放着维贤曾祖父，曾祖母，再下来是维贤的祖父和两位祖母，再下来是维贤的父亲和两位母亲，由上而下，按辈分排列摆放着供子孙叩拜。这个小壁橱是由精致的红木做成，里外都由清亮的桐油漆过，暗红的外表里透出几分肃穆庄严，前面是两扇雕刻精致的双开小门，每个小门扇由上下两个部分组成，下面部分是四个细细的门柱镶嵌着雕刻荷花图案的小门板，上面部分是镂空雕刻的整整齐齐的“万”字，两扇小门做工细致，雕刻讲究。供奉壁橱香炉的方桌是黑色的，桌面是上等的楠木，桌带束腰，四腿内安罗锅枨，枨上加镂刻团螭卡子花，方腿直足，内翻马蹄，整个方桌黑中透亮。方桌的前面有一个帘子，遮住方桌下面放着的一些坛坛罐罐。桌上面摆放着香烛和表（用黄纸裁成，折叠成长方形，供来人祭奠时化烧。有的地方也叫马）。方桌两面摆放着两把枣梨木四出头的太师椅，这种椅子还有一个名字叫枣梨木四出头的官帽椅。为什么维贤要这么摆阔，就是要给孝廉方正出身做了陕西省督学的儿子增光。而省参议员就是儿子李诺的下属。可以说，维贤为这次迎接活动做了充分的准备。

天刚刚亮，魏家老大魏祥就把刚宰的两只羊羔拿来了，张振军提了满满一罐蜜，昨天准备的猪肉被收拾得干干净净，就等从城里请来的厨子做席。

张昭老爷一大早就起来收拾着要到维贤老爷家去陪客人，两个姑娘也很好奇，虽说在兰州上学，但还是没有见过省上的参议员，就嚷着也想去，张昭一家人都不让。张昭说：“人家家里有事情，我们家去一个代表就行了，你们两个女娃娃，虽说在兰州上了半年学，还是没有什么见识，不去为好。”两个姑娘说：“我们去看我们的表姐还不行吗？”大太太苏夫人和二太太魏夫人一致反对，张昭老爷也不让去，并且说：“你们去只是给添乱。”所以不论两个姑娘怎样争取，几个老人就是笑着不答应。

这边李家维贤的三位夫人忙前忙后，招呼着前来帮忙的女人。

不一会儿，从城里请的厨子唐师也来了，被安排在后院东面的厨房里开始准备。这唐师是方圆几十里最有名的厨师，做席堪称一绝，所做的席面色香味俱全。请唐师做席是一道风景，也是一个声望，会被人们津津乐道，而且也是这家主人对这一事件极度重视的标志。当然，能请得起唐师的人家也不是很多，因为唐师一天的工价大约是这里普通人家小半年的收入。

这人一来，东面厨房里立刻就传出了叮叮当当的声音，整个厨房也热闹了起来。

下午四五点的时候，传来了大铁车叮叮当当的声音，维贤的仆僮十三岁的万信像鸟儿一样地飞进了家门，口里不停地嚷着：“来了来了。”维贤就招呼着宾客们一起往外走，刚到门口，铁车就到了。只见从铁车上下来了一位身着浅灰色长袍马褂，头戴圆顶小帽的瘦瘦的先生，这人就是李诺同学兼朋友，省参议员张槟。张槟一下车，就立刻向等候迎接的维贤施行大礼，而且口里大声说道："李老前辈在上，谨受小辈一拜。"维贤及众亲朋连忙搀扶起来，不停地说："不用了，不用了……"

参议员被众人簇拥着走进了大门，绕过影壁，来到了用青砖铺就的开阔的大院。从院门到堂屋的台阶，足足有十六丈，堂屋两边都是房屋，这是正院，东西两边各有侧门连接着东西两院，东院后面又连接着家里的厨房。李家三大院一小院都是青砖大瓦房。穿过摆满盆景的前院，参议员来到了堂屋，在黑方桌前上香，化表，叩拜行大礼，众人也跟着叩拜行大礼。然后丫鬟上茶，维贤就介绍到位的各位名流贤达，县参议员魏老先生，乡学的校长，两位保长，乡绅张昭，乡庙里的住持……省参议员就谦虚地起身、躬腰、致谢。

参议员和众人一一见过之后，才仔细看这气势排场不一般的老同学的家。参议员张槟说："李老前辈，适才进屋，不便张望，有这等气派，一定不是一般，晚辈想到处走走，不知方便否?"维贤和众人连忙附和着说："不胜荣幸，不胜荣幸……"

从宽大畅亮的堂屋走下台阶，这才看清堂屋伸出的前檐和两根乌黑发亮的明柱，左右两边连着耳房，耳房的高度比堂屋低一尺五左右，比耳房还低一尺左右的是齐齐的一排向两边延伸的房屋，整个院落是典型的北方四合院，沉稳气派。

张槟随着众人向两边看了看，众人连忙就介绍："东边这一溜是住着……西边这一溜又住着……"

这时，万信过来悄悄在维贤面前说："老爷，席备齐了。"维贤连忙招呼大家说："张参议员、各位乡邻，家里随便准备了一些吃食，请不要嫌弃。"李信紧随着父亲维贤，招呼众人又回到了堂屋，只见堂屋黑方桌的左右各摆了两个大饭桌，每桌旁站有两个丫鬟，有四个精干的小伙子双手掌盘，穿梭于堂屋和厨房之间。

维贤和张参议员携手走向左面的桌子，县参议员、乡学的校长、乡保长，乡绅张昭等人分别落座，桌上已经摆放了干净的布巾和漱口的清茶，漱口擦手之后，每人面前摆上了一个精致的小盘子，盘子前一只小盅，盅子里面是沏好的枣花蜜，一只大盘子里盛着一个黄澄澄的热油饼。桌子中间摆放一大盘油炸果花，果花上面摆放着象征团圆幸福吉祥的盘馓，盘馓上面还摆放一个象征甜蜜的丝馍（就是后来有名的一窝丝）。这时，维贤面带微笑地说："尊敬的张参议员，各位贤达，很荣幸在家里能够为大家提供这样的机会，承蒙各位赏光，不周之处还望见谅，请吃前席饼。"油饼被切成小小的旗花块，用箸筷夹起，蘸着小盅里的蜂蜜，一口一块，一块为雅，两块为品，三块为食……

众人吃到第二块的时候，乡学的校长就站起致欢迎词，只见校长望了望大家，顿了顿说道："尊敬的参议员先生、尊敬的李老先生、尊敬的各位贤达，今天，我们在这里热烈欢迎参议员先生，是李老先生为我们提供了结识张参议员的机会，这是我们大家的荣幸。现在，我提议，为了张参议员的光临，大家干杯……”在张参议员“不胜荣幸之至”的客套话和大家的掌声里人们落座。

这时桌子中央摆放了一盘精致别样的前席，大号的盘子里整整齐齐地垂直摆放着几块又酥又黄的排骨，色彩斑斓的又薄又亮的皮冻，竖立着几块切好的卤蛋，再过来是整齐排列的几片薄薄的凉肉，然后排列着几片薄薄的猪肝，盘子的边沿摆放着五颜六色的油炸虾片，在盘子的里面装着由菠菜豆芽瘦肉丝组合的凉拌，盘子的顶部是交错摆放的无色皮冻，皮冻上面均匀撒着绿白相间的葱丝，葱丝由上而下被炝过的醋浇透，这浇醋是有讲究的。浇醋是由上而下慢慢浇下，不能浇到皮冻下面摆放的各种食品上，也不能浇得太多，在盘子看见浸出来的醋。不一会，桌上摆满了各种菜肴，这就是我们这里的十三花，是由一个前席，一个红烧肉，一个酥肉，一个切刀酥，一个清蒸丸子，一个红烧鲤鱼，一个醩肉，一个糖醋里脊，一个清炖滋补鸭，一个卤汁百味鸡，一个红烧羊羔肉，一个清炖羯羊滋补汤，一个贡米百合肉丝汤组成。这是招待贵客最豪华的宴席。

当然，由于家庭情况的不同，席面也各不相同，有的人家是六顺，就是一个前席加五个菜，有的家庭是十全，就是一个前席加九个菜，更有甚者就是酸菜炖粉条加少量的猪肉。一般家庭都是荤素各半，既顾及了家庭实际情况，又不显得寒碜。李家今天的这一桌饭菜，真可以说是空前绝后。别的不说，但说切刀酥吧，先选上等的五花里脊肉，去皮后切成肉丁，然后再由一人将这些肉丁放在砧板上剁碎，边剁边加入葱和生姜，剁好后再加入其他调料，最后加入少许面粉和水，摊在砧板上，薄厚有一指左右，再在上面薄薄地摊上用粉面加鸡蛋加水和成的糊状东西，稀稠程度以不断线为准，再在上面用红食色弹上一些均匀的花纹，然后将油烧热，用刀将砧板上的肉切成两寸宽、三寸长的长方形，再用刀轻轻地一块一块地分开托起，放在油锅里炸，炸熟之后迅速捞出，不可炸得太老，以捞出时用筷子夹住不散为准。然后把捞出的切刀酥用刀切成薄片，在大碗里装一些泡好的粉条，上面整整齐齐地竖着摆放一层切好的切刀酥，以遮住下面的粉条为准，放到蒸锅里蒸十五分钟就好了。再说那个醩肉，先把上好的五花肉煮成九成熟，然后切成长三寸、厚一寸的方块，再把这个方块切成薄片，一片肉，一片冬果梨夹杂地摆放在盘子里，肉片上抹些豆腐乳，然后放在蒸屉上蒸十五至二十分钟就好了，出锅时肉烂梨酥，吃起来爽口清香，既有肉的香味，又有梨的清香……这一顿饭一直吃到掌灯时分。

吃完饭后，众人又和张参议员在一起谈论诗歌辞赋、讨论书法，乡学的校长说：“张参议员一定要留点墨宝。”张槟乘兴就挥毫泼墨、舞弄起来，福寿斗方，对联中堂……维贤最后求得两副对联："高山流水琴三弄，明月清风酒一樽"，"午静携侣寻野菜，黄昏抱猫向夕阳"。

不知不觉时间将近夜半，众人都有了倦意，维贤就让万信引着众人回房休息。

第二天吃过早饭，县参议员要回县城，张昭要送梨花、荷花到兰州上学，张参议员就和他们一起乘大铁车先回到县城，然后再回兰州，众人纷纷到大门口和参议员拱手告别。

李家塬从来没有来过这么大的官，庄子上好些人都围着维贤的大门看热闹。维贤一家人在众人万分羡慕的目光中都感到风光极了，连万信、翠琴走路都像一阵风。

张昭领着两个如花似玉的姑娘去兰州，这给送行的人带来了无限的感慨，"哎呀，你们看人家老张家的女子，要到兰州念学堂去。"羡慕之情无以言表。张槟、张昭、梨花、荷花和县参议员，五个人刚好把大车坐得满满当当，梨花刚到车上坐定，就要让赶车的表姐夫李信上到车上来，李信笑着说："你们坐稳当就行了，我给咱们一心一意地赶车。"梨花红着粉嘟嘟的脸一直嘟囔着，妹妹荷花傻傻地看着姐姐。

李信则一路上愉快地赶着马车和大家说一些话。李信问张昭说："姑父，两个表妹出门上学可是咱们塬上的第一次呀，姑父您老人家舍得吗？"张昭说："这有什么，我主张教育救国，就是要让孩子们多读书，读好书，将来于社会有用。振兴到北平是第一次，振西、振北到西安去也不迟，总之我们家的第一次多了去了。我们老张家在生意上没有你们家强，但在让娃娃念书上，要比你们李家强些。"李信笑着说："就是，就是，我们家只有我二哥读了北平的大学。"李信说完回头一看，只见梨花表妹还在望着自己嘟囔着，就赶紧说："表妹啊，不要嘟囔了，你们可都要坐好了，大车颠得厉害，掉下来可就麻烦了，我表妹这么好看，不小心掉下来脸上摔个疤，将来找不上女婿，嫁不出去怎么办？我可要把你们安全地送到城里啊！"梨花嘟囔着小声地说："嫁不出去就嫁给你。"荷花也趁机说："姐姐嫁给信哥好呀，我也要信哥给我做姐夫。"父亲张昭赶紧说："两个死女子，不要胡说，稳稳地坐着，快快地赶路，早些到学校，好好念书去。"两个姑娘的话，引起了大家的好奇，张槟就笑着问："两个姑娘在兰州上什么学呀？"张昭说："新医科学校。"张槟说："我刚到兰州，真还不知这个新医科学校。"

这个梨花十七岁，荷花十六岁，两个女子今年在县城里上完初中，准备上兰州高中，结果在兰州医校的首次招生考试中，姊妹两个都被录取。张昭就决定让两个姑娘结伴到兰州上医校。现在已经上了一学期，春上这是第二学期了，所以两个女子就不让父亲送，只是张昭不放心，还是决定要送到兰州去。

李信和这两姊妹很熟悉，先前是一个村子的，李信是大娃娃，这两个是小娃娃，后来和如菊结婚之后，如菊的二姑就是张昭的二房，也是梨花荷花的妈，这样两家人的来往就更加密切，两个小姑娘对李信和表姐就更加依恋了。

刚送走客人，李维贤及众人还陶醉在先前的喜悦中，一家人都在谈论着人家张参议员的言谈举止和高超的书法造诣。几个太太赞赏着儿子李诺带来的礼品，维贤迫不及待地就让魏家喜来拿着两副对子去装裱。

当天下午，大路上走来了一位风尘仆仆的年轻人，年轻人走到门口就立马和万信嘀咕着，万信就领着年轻人走了进来，并且一直领到堂屋，年轻人一见维贤倒头就拜，声音哽咽着说："老爷，我是来报丧的，新城白家三奶奶过世了，我昨天从新城出发，昨儿晚住在十里堡，今早上就早早地赶过来了，白家定下这个月老历二月十八开悼。"维贤一听，就跌坐在椅子上了，满眼含泪地说："起来吧，小伙子，我们知道了，你是谁家的娃?"小伙子连忙回答说："我是白家的邻居，叫明生，你老人家到新城去，我还见过你呢!"维贤就连忙让翠琴叫大儿子李泉、大太太、二太太、三太太到上房来，就说新城的白家三奶奶过世了，赶紧过来商量这事。又叫万信领着明生到厨房去吃饭，明生临走时就对维贤说："老爷，我还有几家要去，吃完饭我就再不来告辞了。"

维贤就说："好吧，吃完饭你就赶快去，不要耽误事。"

维贤有三个儿子，老大李泉在城里开店，老二李诺远在西安，老小李信在家，两个女儿大姑娘叫杏儿，大名叫李蕙，是孩子中的老大，比大儿子李泉大三四岁，适新城白家，小姑娘叫李莲。今儿报丧就是李蕙过世。不一会儿，上房里就挤满了人，大太太就哭出了声，"我那苦命的女儿呀! 你怎么不声不响地就走了呢? 你年龄又不大，又没有听说有什么大病，我可怜的女儿呀，你叫我们怎么活呀，呜呜……"二太太、三太太和大小媳妇把大太太搀扶到椅子上坐定，翠琴连忙端来一杯热茶，众人坐定后共同商议该怎么去奔丧，还要叫上哪些亲戚……

大姑娘李蕙是大太太所生，十六岁时嫁给新城白家，女婿是白家老三，叫白永兴。读书读得很好，曾经在兰州参加过乡试，但没有考中，回来后就再没有考，学会了阴阳风水，家里也有一些田亩，生活不属于顶级，但也属于中上。弟兄姊妹有五个，大姐白永红，老二白永明，老三是他，老四白永林，小妹白永芳。大姐五十又六，嫁给李家堡张家，小妹永芳嫁给王家湾刘家，永兴今年也已经五十又二，李蕙过世时也已经五十了。永兴和李蕙夫妇育有两男两女，老大白玉功，老二是姑娘白玉香，老三白玉亮，老四女儿白玉秀。老大娶刘家堡宋家宋桂花，生有三男一女，玉亮娶了上庄的李秀文，生有二男二女，大女儿嫁给滕家堖的滕玉春，生有三女二男，老小白玉秀，嫁给新城的陈明晖，玉秀和陈明晖生有一男一女。

维贤老泪纵横，哽噎着说："皇天不佑啊，怎么是白发送黑发呢?"大奶奶也伤心地自言自语说："杏儿平常话不多，有什么困难也从不说，对我、二娘、三娘都特别孝顺，怎么说走就走了呢……"维贤就打发万信连忙去请三老爷维智、四老爷维瀚、五老爷维礼、堂侄李槟、李郴、李相，一起商量去新城赴丧的事。刚从城里回来的李信听到大姐去世也伤心极了。

二月十七日天麻麻亮，四老爷李维瀚带着李泉、李信、李相及一些亲房本家大小共二十人乘三挂大车装着准备好的馒头，馒头上盖着白布、黑帐，油炸干果等一切应用之物，赶往新城赴丧。马车直直地走了一天，天黑定之后才赶到新城，众人在新城客栈住了下来，等待着第二天参加丧事。众人住好之后，明生就领着玉功、玉亮赶过来，和他们的四外爷、大舅、四舅商量明天什么时候迎娘家人，在什么地方迎接为好。四老爷和众女眷就对玉功、玉亮进行了一番安慰，并详细地询问他母亲生病时的一些情况。

白永兴家的丧事就定在二月十八，而在二月十二晚白夫人过世之后，白家的本家及邻居就赶了过来，先是永兴的大哥、大嫂，表兄，永兴的几个侄儿，街坊和邻居听到了玉功、玉亮和媳妇们的哭声之后就都赶了过来。然后趁着肢体还软，将老衣连忙换上，将肢体拉直，衣服拉整齐，嘴巴里衔上半块银元，然后净面，穿袜、穿鞋，将亡人抬在堂屋准备好的灵堂里。一般主人过世，灵堂都设在堂屋，就是将堂屋的方桌抬出去，在靠近墙根的地方用两把长条凳支起一张床板，床板上铺一寸厚的湿土或湿沙，在湿沙或湿土上铺上准备好的用绸缎做成的褥子，将亡人放在铺好的床板上，再盖上准备好的被子。一般被子盖在双肩的位置，脸上盖上一张准备好的黄纸，以防止尘土。然后在床边拉一道帘子，帘子前面摆一张供桌，供桌上摆放着一盏油灯碗，一个灵位牌子，牌子上用小楷写着"华故白寿显李氏孺人讳蕙形魂之灵位"，十个热馒头，摆放成三层，下面摆五个，二层摆四个，最上面摆一个，一盘花花绿绿的油炸干果，一盘由各种肉食组成的供盘，供盘里放着四个碗，碗里盛着炒的、炖的、烩的各种吃食，一束用荆棘做成的年龄树，年龄树上用棉花或面团捏出象征生命年轮的标志，一年一个标志，白家三夫人李蕙享年五十岁，就做了五十个生命年轮的象征，一盏油灯碗，一个香炉，一把供香，一叠冥纸钱，供桌旁放着一个粮浆罐，前面放一个化纸钱的盆子。临时买来的一些纸货，桶纸、幡子、引魂幡分别布置在灵堂上，其中引魂幡上用小楷书着"太乙元冥神虎宝幡摄召当斋引领正荐亡过白府李氏孺人讳蕙形魂真魄附次花幡引导而行"的字样。

第二天还是白家老大白永春在主持着各种事务。首先是让白家的三个仆人请街坊邻居来帮忙，让白家老家人刘孝仪前去请新城有名的阴阳苏进。不一会儿，苏进就过来了，先问亡人的八字，然后确定准确的开悼日子，下葬的时间，选出几个聪明伶俐的年轻人或乘车或步行出外报丧，又选出几个有经验的中年人随着苏进到山里选墓地。新城西街的亲戚朋友及邻居的几个女人在白家东院里帮灶，暂时给帮忙的人做吃的。永亮夫人就负责大灶的一摊子事。

家里所有人都忙忙活活地做着与丧事有关的各种事情。转眼之间就到了换三献的日子。亲戚朋友纷纷拿着油炸的干果，做熟的各种献饭，白纸布鞋等一切什物来吊唁，随着亲戚朋友的不断到来，来客们纷纷在灵堂前点纸上香磕头，女眷们在灵堂里陪孝子悲哀几声，鼓乐声在门口也一直热热闹闹地响着。鼓乐请的是新城最有名的王家鼓乐班子，双吹双打十分红火。

话说就到了开吊的日子，从早上九点左右就陆陆续续来客人，帮忙的人进进出出地招呼着各位客人，帮他们提馒头，拿纸货，举孝帐，在院子里张罗着摆花圈，挂帐子。十点半左右就准备出去迎姑娘女婿。

我们这里在白事（丧事）上有很多讲究，首先是亲堂的姑娘女婿在开悼这一天，不能直接回娘家，而是先商定在什么地方集中，一般情况是离家不远处，拿着准备好的东西，再联系帮忙的人，通知娘家事情上的总管，由总管安排鼓乐班子前去迎接，而鼓乐班子里的吹鼓手是要让女婿们敬酒表示后才可以动身，吹鼓手们根据女婿们的家庭情况酌情收取份子钱。白玉香是姑娘辈里的老二，是李蕙的亲生女儿，嫁到新城外黄河边上的一个叫茨滩的村子里，丈夫姓滕，名玉春。这次陈明晖也回来了，白玉秀坐轿子一起回来。陈明晖起初是新城一带袍哥的人，后来到陇东一带参加各种袍哥的活动，现在在军队上，听说是什么长，这次回来奔丧就带的是卫队，整整齐齐的灰军装，十几匹快马，都配的是长短两种枪，好不威风。

滕玉春将几个姑娘姑爷召集在一起，然后就和几个女婿一起到白家去联系迎姑娘的事宜。几个女婿到白家门口，通过帮忙的人，拿来一个小盘子，盛三只酒杯，盘子里放着六个银毫子，两个吹鼓手笑着嫌少，不肯端酒，其中一个帮忙的人怂恿着说："够了，够了，多得很了。"几个女婿也一起说："再没有了，再没有了。"两个吹鼓手就笑着端起了酒杯一饮而尽，收了盘子里的银毫子。帮忙的人就招呼着孝子全都起来，跟在鼓乐队的后面，以男左女右排成两队，孝子们都穿着孝衫，躬着腰手里拄着丧棒，慢慢地走了出去，出了白家大门向左拐不出百步就是大路，再向上走百十来步就迎着姑娘们了，吹鼓手和乐队的人们使劲地吹打着，孝子跪在道路两边，姑娘女婿们在滕玉春的带领下，也跪在供桌前面，上香化冥币，磕头。姑娘们就悲悲泣泣地哀了几声，然后帮忙的人就大声说道："姑娘们、孝子们，好了，好了，现在要回去了。"帮忙的人就抬起了供桌跟在吹鼓手后面慢慢地往回走，把姑娘们拿的礼品和各种纸货都接上，其中女婿滕玉春送的大帐被两个人展开，上面写着"音容宛在"四个大字。众人回来之后，丧事上的迎姑娘仪式就在姑娘们的哀泣声中结束了。

快到中午的时候，先招呼帮忙的人吃饭，然后就开始招呼来客。白家是新城的大户，丧事也办得很有规模。大门上有一道彩门，院子里也有一道彩门，灵堂设在堂屋，堂屋门边依次排列着白永兴及几个儿子和亲戚邻居们写的对联，其中白永兴的有两副，"鸾飞镜里悲孤影，凤立钗头只叹身"，"一百年弹指光阴天胡此靳，几十载齐眉夫妇我独何堪"。白玉亮的两副，"忆慈颜心伤五内，抚遗物泪洒两行"，"良操美德千秋在，亮节高风万古存"。白玉功的两副，"严亲早逝恩未报，慈母别世终恨天"，"流芳百世，遗爱千秋"。邻居的有，"雨淋古蕊流红泪，雪压松枝着素装"，"烟径云迷风凄翠柳，石阶露冷雨泣黄花"，女婿滕玉春的挽联是："泰岳无云滋玉润，东床有泪滴冰清"，陈明晖的是"半子情深叨预鲤庭诗礼训，三山迹杳忍教鹤驾海天秋"。孝子们都跪在堂屋和外面的门台子上，所有来吊唁的客人都要到堂屋门口的供桌前上香、化纸钱、鞠躬或磕头。堂屋前及院子里到处都是先前亲朋们送来的挽联和挽帐。供桌上放着各种供品，一盏油水灯、一鼎香炉、一叠纸钱，白家三夫人李蕙的遗像，桌子旁边一只白鹤，一对童男童女，童男童女旁边立着一头黑驴儿，供桌旁坐着一位上了年纪的主持人，帮客人上香和给孝子们打招呼，让孝子们磕头致谢。鼓乐队就在大门口，凡是来了客人，就吹奏了起来。里面的人就准备迎客，招呼客人。转眼就过了中午，明生就赶紧告诉主持丧事的总理，娘家人准备好了，现在可以迎接娘家人了。丧事的总理就对帮忙的人和所有孝子以及门口的鼓乐手大声地说："各位帮忙的人，现在准备迎接娘家人。"帮忙的人就准备好供桌，由两个人抬着，大儿子抱着亡人李蕙的遗像，扛着引魂幡，跟在供桌的后面，老二抱着化纸盆，跟在老大的后面，鼓乐手就紧随其后，其他的孝子仍然依照男左女右排成两列，穿着孝服拿着丧棒慢慢地出去迎接娘家人。

迎娘家人的队伍浩浩荡荡地向城东走去，一路上乐鼓齐鸣，炮声不断，男女孝子们都躬着腰，拄着丧棒，有的人还伤心地悲泣着……转眼之间，就到了王家药铺的门口，而娘家人就等在这里，在一声"孝子请娘家人"的吆喝声中，孝子们分两边跪了下来，娘家人中除了四老爷之外，也都跪了下来，姑娘姊妹娘家弟媳妇们都放开声音悲泣，李信在供桌前点纸泼散奠酒之后，帮忙的人就赶忙接过娘家人带来的各种东西，又一声"孝子谢娘家人"，跪在地上的孝子们就趴着磕了一个头，然后就跟在鼓乐队伍之后慢慢地往回走。刚进白家大门，男女孝子们就大声悲泣起来，哭声和乐鼓声混合在一起足足有十多分钟。然后就是孝子回到灵堂，分男左女右跪成两列，把娘家人带来的东西一样一样地转送到灵堂，进献礼仪结束后又由另一列转回到供桌前，这就是有名的转饭。这以后就请娘家人中的长辈和平辈中的年长者到堂屋的炕上就座，白家的永兴、玉功和玉亮就跪在堂屋的地下，听娘家人问话。总理及帮忙的人就帮腔着说："玉功玉亮好好地听你外爷、舅舅的问话。"这时炕上坐的娘家人就悄悄地让四老爷播排（说话）。

四老爷就慢慢地开始了问话："玉功玉亮你们听着，你妈是什么时候得的病？"回答说："我妈是半年前得病的。"四老爷又接着问："请的是哪里的大夫，及时治了吗，你妈病重时请你姨娘及亲朋看望了吗，你妈病最重的时候请你舅舅了吗，你妈过世后给所有的亲戚都报丧了吗，你妈病重的时候你们都在跟前吗，你妈过世后你们准备的棺椁是什么木头的，你妈过世后你们给穿了几套衣服，铺的和盖的都合适吗？"玉功玉亮都一一作了回答，众人也在一旁不断地帮腔，其他娘家人就也再没问什么，最后四老爷又问："前面门口放的那个白鸟是干什么的？"玉功连忙回答说："那是白鹤。"而靖远口音把"鹤"念成"活"。四老爷一听就很不高兴："怎么了，我们李家女子在你们白家就白活了吗？给你们白家生了两男两女还算是白活了吗？"众人一听知道四老爷听错了，就连忙解释说："白鹤是亡人要驾鹤西归的仙物，不是白活的意思。""哦，是听错了。"娘家人的播排就算结束了，然后就安排娘家人吃饭。

招呼帮忙的人赶紧放下门口大树上挂起的大纸，抢大纸是一项很有意义的活动，大纸刚刚放下来，下面等的人就抢一些纸花，纸缀，传说这些东西能给人带来吉祥，能够禳灾去病……

白家是新城的大户，娘家人迎来大纸放下之后，在西院念经超度的和尚们就开始了第二轮的超度活动。让娘家人选派一位代表和修茔的人一起进山，在选好的地方修筑坟茔，暂时不说招呼娘家人和客人吃饭。单说进山修茔的这一支队伍，这支队伍有一个风水先生和一个徒弟，娘家人代表是李信，由小女婿明晖陪着尕舅，土工八个人，砖匠三个人，八个背砖挑水的小工兼挑夫，两个赶车人，总计有二十三人，马不停蹄地赶往新城西面的白家老坟地。

这个地方叫新城沟，新城所有去世的人都被安葬在这个地方。一行人匆匆赶到先前选好的地方之后，风水先生和土工带了些随身使用的工具，就先行上山了，剩下的人卸车的卸车，收拾的收拾，随后挑砖背水就往山里赶去。不一会儿，就到了山里选好的地方，阴阳先生先拿出半匹红布，在选好茔地的背面山上铺开，布匹的边沿都有绳扣，好系牢靠，不要被风吹掉，这就是罩山红，铺开罩山红之后，阴阳先生就宣读了"祭后土文”，然后就用罗盘确定方位，随后就拿了一把铁锨，斩断六根谷草，用铁铧尖子在选中的地方划破地皮，意味着破土了。由于李蕙去世时年纪不大，没有提前修好茔地，所以一切工作就在仓促中开始了，先把坟茔的大体形状按照规定挖下去，他们的茔地比一般人家的要大一些，因为白家仍然是棺椁齐备，一人一伸手的深度绝对不够，在下面还要挖一个窜堂，窜堂里面还要用青砖箍了，在坟院里砌好院墙，供桌，碑座。坟院背后的山有一个缺口，需要在那里修一个隐墙，来修补山形的缺陷。整个工程在天快黑的时候才基本结束，众人在墓地放置十个馒头，点上长明灯、打扫干净墓穴及窜堂里的脚印，收拾好新挖的土堆，然后就乘着马车回去了。一路上李信和明晖说得很投缘。

一行人回到白家之后，正赶上娘家人和姑娘女婿领羊结束。于是帮忙的人立刻安排打墓的人洗脸收拾，然后吃饭。我们这边白事基本上都吃碗碗菜，碗底是一些猪肉粉条豆腐的小炒，上面再放些切刀酥，肉丸，猪肉红炖，条件好的还放个油煎鸡蛋。饭量大的有两碗就吃饱了，饭量小的一碗都吃不上。白家是碗碗菜上过之后，还加上四个添菜，馒头敞开供应。这样的待客饭菜，别人家无法可比，打墓的人热热闹闹地吃完之后，就听到有人喧起刚刚结束的领羊场景。王西如是名嘴，他说起来那是有声有色的。王西如说：“娘家人的羊那是没说的，刚刚给羊洗过四体和头口之后，羊就立马浑身颤抖摇摆不停，而姑娘们的羊那就不好说了。”老王卖起了关子，众人不断地起哄着要老王讲讲姑娘们领羊的情况……

这里有个讲究，家里老人去世之后，娘家人至少要有一只又肥又大的大羯羊，女儿和侄女根据家庭情况可以每人一只还是几个人合买一只，有些侄女或外甥女不合买羊，但除了应该送的一付馒头、六尺白布、一个挽帐、一些纸货，另外还要根据自己家的情况送个羊背子（实际上就是或多或少的钱）。把羊拉来之后，拴在不受干扰的地方，领羊之后，女婿外甥就开始请鼓乐游铭旌。挺丧三天领孝子之羊叫“领路羊”，多数羊集中在祭奠之日。领羊时，献羊者各自在所拉之羊的脊背、耳、鼻、口、四蹄浇上冷水或酒，并烧纸钱燎过之后，企盼亡者理解，拉羊人就和其他孝子跪成一圈，将羊围在中间，拉羊人就述说着自己对亡人的关怀和思念，以及自己在某些方面的不周之处。如果说得准确，羊立刻全身抖动，孝子齐哀，就谓之领过，有时拉羊人述说不准，羊好长时间都不抖动，这就谓之“白人”，于是就有人会说“亡人喜欢干净，卫生没有弄好”，就将水又重新洒上一些，拿纸钱再燎一次，这时候羊就开始抖动了。总之，这一习惯自古沿袭至今，其目的就是要让众人知道子女们的孝行，也是子女们对亡人在世时的一些情形的回忆和思念。人家亲女婿那就是亲女婿，那个羊领得干散的，那真是没说的。王西如在众人的哄闹声里结束了他的讲演。

众人吃过晚饭，就收拾着荐灵。这活动在我们这一带的丧事中比较重要，意思是最后一次见一见亡人，并通过自己毕恭毕敬的行为以及乐鼓手的演奏向各种神灵告知，亡人的灵魂就要上路了，祈求神灵一路保佑。由灵堂开始，一张桌子，一条长凳，相间一步摆开，桌子上摆放着孝子及女儿女婿们为亡人准备的大红被褥。首先是娘家人荐，然后是四邻荐，其次是女婿外甥荐，最后是孝子荐。荐灵开始时，准备荐灵的人先用一个盘子，端上酒盅和酒壶，请吹鼓手，女婿外甥除了酒盅酒壶之外，还必须放些银钱，其他人不用出钱。白家丧事上，荐灵荐得最好的是四邻的代表王西如和明生。这两人在代表着亡灵通过的曲曲折折的路边（就是桌凳摆成的高低不平的路）一躬一揖，一前一后，一跪拜一交换位置，等把供桌上的东西一次一人一样地跪拜完，足足花了有半个时辰，吹鼓手差点支持不住，因为荐灵人一旦请起鼓乐，那荐灵不结束鼓乐是不能停的。

荐灵结束后，众人的活动就算结束了，但念经超度不能停。明晖领着尕舅李信就到新城的家里去休息。女儿和四邻就开始喂黑驴和给“听说”和“快来”（童男童女）安顿一路要听话、勤快、好好地伺候亡人一路走好，平安到达西方乐土。几个女人跪在黑驴和童男童女前面，边烧冥钱边哭着诉说，悲悲戚戚，余音绕梁。其中一个女人的哭声更是有板有眼：“黑驴黑驴你快快吃，吃饱之后好上路，驮着我蕙姨平安去，你走就要走大路，大路人多好做伴，小路危险不安全；听说快来要听话，勤勤快快扶持呀，蕙姨渴了递口水，蕙姨饿了给口吃，勤快听话好上路，其他事情莫牵挂，一路盘缠备好啦……”听着那悲切悠扬的声调，使人想起了河北山西陕西一带的《走西口》的曲调。

说着说着，已经到了入殓的时候，灵堂里的几个用相和仵作就把棺材抬了进来，请娘家人代表李信和几位属相合适的老者，先将棺材内硬币按北斗状压好“七星钱”，铺长麻和褥子。玉功玉亮首先去掉亡人七窍里的面团，整理衣服鞋帽头巾，撕去衣领，检查衣袖里手绢、油果子、尕馍馍、发面、毛线、菜子是否齐备。最后，孝子抬头，其余人分左右用布带抬尸，仰卧于棺内，使脚紧蹬后档，稳枕头，盖被子，解去捆脚红绳。枕头旁边放一本万年历，新毛笔一支，新墨盒一个，脚底被下放一双新鞋，前者意为后人读书有成，后者意为孙辈能生龙凤双胎。敛棺后孝子盛装“粮浆罐”，将肉食、面食、糕点类装满压实，取一馒头压在罐口，用红绸布覆盖其上，以红线绳包扎紧凑，将新红筷一双破布后插入罐内就好了。

话说明晖一到家里，立刻就有卫兵送东送西，李信看见很吃惊，说：“明晖，你当的是啥官，回家还有人伺候。”明晖笑了笑说：“不是什么官，只不过手底下有几个人罢了。尕舅一年到处走，有时间就到天水来，我的队伍在天水的张家川一带布防。”李信愉快地说：“可以，有机会就过去看看。”明晖就把一本随手翻的书给李信看。明晖小心地说：“这是我们领导写的小册子，供我们随身携带着看，尕舅你感兴趣就拿去看看。”李信一看是《三民主义简介》，就小心地说：“明晖啊，这书人人都能看吗？”明晖悄悄地说：“我们军队上团以上的军官才可以，尕舅你拿上自己看就行了，不要叫外人知道。”两人又说了一阵闲话，说完就休息了。

第二天早晨天麻麻亮，礼炮齐鸣，鼓乐喧天，孝子和帮忙的人就开始吃羊汤泡馍，吃完后就收拾起灵。椁的底子已抬了出去，放在门口的条凳上，专等起灵后安放棺材，厚重的椁也抬了出来，等起灵之后再套在棺上。阴阳看的时间是寅时起灵，辰时交巳时下葬。娘家人封定盖棺之后，指挥者高举水碗，手持菜刀，焚化纸钱，口念咒语，言毕用刀背磕着灵柩，灵堂的门楣，击破水碗，说声“起”，大孝子背起灵柩头，嚎叫一声“妈”，两边众人一起抬起，将灵柩抬到大门外路中间安放椁底的两张条凳上，然后由众人将厚重的椁套在棺木上，与椁底相投，用麻绳捆绑结实。内外交错，套了八根抬杠，由十六人抬起，缓缓地向前走去。棺椁前面有十多米的两条孝布供孝子拉纤，帮忙的人或拿或扛着各种纸货紧跟鼓乐队伍的后面，还有一些人跟在灵柩的后面，帮忙替换抬灵。整个送葬队伍绵延很长，一路上白茫茫的一片，玉功打着引魂幡，玉亮抱着母亲的画影框，一路上不停地喊着：“妈，您不要害怕，现在过桥了，现在拐弯了，现在上坡了”等等话语，直到坟院为止。不久就到了坟地，孝子拉着纤布和灵柩绕墓地三周就叫“抢茔”，首先是娘家人看墓铺堂，然后女婿外甥看，最后孝子看墓铺堂之后就等待下葬的时刻。

转眼就到了下葬的时候，先把椁底用绳子从两边缒着慢慢地放下去，然后是棺材，然后是椁盖，一件一件地抬进侧面的窜堂，然后将吃米罐放在右侧小洞里，将粮浆罐放在左侧靠肩膀的小洞里，并用土块堵住洞口。阴阳先生下去拨正棺材和尸体方位，然后盖上棺盖，套上椁，将铭旌反铺于棺椁盖上，将窜堂侧洞洞口用青砖砌好，所有的人都从墓里上来之后，为显示孝子不忍心离别，背身向墓里抛土三锨，指挥者就大喊一声：“孝子们请代劳人了”，帮忙的人就一起填土掩埋了，燃放鞭炮，鼓乐齐奏，孝子们大哀。边填土边撒入“十二精药”和“五谷粮食”。土越实越好，娘家人就给每个帮忙人发一个红布条，给孝子们的孝帽旁塞一个红布条，以避邪图吉。玉功和明生就领着几个人先回去，让孝子在门口跪迎所有帮忙的人。几个人急匆匆就往家里赶，家里已经收拾得干干净净，大门口放一张桌子，上面放着六个反扣的碗，碗下面放着不同的东西，等帮忙的人回来洗完手之后抓运气。玉功一回来就跪在门口的垫子上，向渐渐进门的帮忙人一一磕头致谢。李信等娘家人回来，在门口桌子上四老爷翻过一个碗，下面扣的是一把钥匙，这意味着四老爷是家里的主事，掌柜的。李信抓了一个下面扣着馒头，意味着

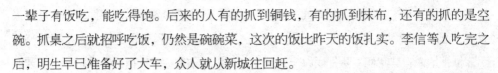

一辈子有饭吃，能吃得饱。后来的人有的抓到铜钱，有的抓到抹布，还有的抓的是空碗。抓桌之后就招呼吃饭，仍然是碗碗菜，这次的饭比昨天的饭扎实。李信等人吃完之后，明生早已准备好了大车，众人就从新城往回赶。

四老爷不停地赞叹："嘿，人家这丧事办得真是气派！吃的也好，就是我们的女子有些年轻了。"

李信坐在明生赶的车上，两人就不停地喧了起来。明生说："少爷，前一阵子回民反了，官爷杀了好多人。"李信就说："那是几十年前的事，陕北和河州一带反得比较厉害，官爷杀的人也多，听说男人们都被杀了，女人娃娃被发配到青海和新疆，好多人在半路上就死掉了，实在走不动的就集中在一个地方，随便安置一下就不管了，都是些女人娃娃，太可怜了。"明生说："听说宁夏府也死了不少人。"李信说："宁夏那边也反了，但人不多，嗨，那些人啊，三年一小反，十年一大反，骨头硬得很，听我大哥说，每次镇压他们，官兵都死得很多。"

维贤在家里闷闷不乐，李蕙的去世，给李家也带来了不小的影响，大太太一看见维贤就哭哭啼啼，引得维贤也伤心了一段日子。

众人在好一段日子里，都不敢再提白家的事。

老历六月，夏庄稼都成熟，维贤老爷率领着家里的大小人等天麻麻亮就下地抢收庄稼。我们那里把这一段日子叫"抢黄天"，抢收，抢种，就是再热再累也不歇气。夏收时间最怕大风和连阴雨，从六月初开始收油菜籽、胡麻和麦子，收割完毕赶紧浇水灌溉，五六天后，地里能站住人之后就开始翻地，收拾，然后抢种大秋作物。一般"伏里早一天，秋里早一月"，意思是夏收完之后，早种一天，秋作物就早收十几天，秋作物就能长得很好。如果种得太晚，遇上早霜，有些东西长不好就被秋霜杀死了。秋里的收成，就看夏天种得早不早。抢黄天这一段时间，维贤和家里雇的几个伙计起早贪黑，晌午就在地头树荫下歇息吃点家里送来的馍馍和菜汤。白天收割的庄稼，下午就开始收拾装车，赶黑要拉回场，第二天再由场上的人扎开晒干，然后垛成大小不等的垛，等到大秋种完，再慢慢收拾打碾。

这天维贤领着大家在水车坪（地名，由水车引水而浇灌的田地，水车又名水力挑车或天车）上割麦子。天气还不太热，一阵阵凉风吹过来，人们都撒欢地干活。不远处有一个人拉着一峰骆驼，沿着沙河急匆匆地走来，李信眼尖，在坪顶上的麦地里就认出了沙河里那个来的人是明生，李信就在地里拿着白布褂子边招呼边大喊，明生也听出是李信，就拉着骆驼走了过来。一到地头，两个老朋友高高兴兴地说了一会儿，明生就把骆驼拴在地埂上一棵柳树下面，拿了把镰刀，飞快地割麦子。李信、维贤和其他人割的割，捆的捆，也忙碌起来。明生边割边说："我拉骆驼路过县城，听人说南面又打仗了，动用了好多人，不知是怎么回事。"李信说："我们一天到晚忙着抢收庄稼，真还不知道哪里打仗了。"时间不长，一大片麦子收拾得差不多了，众人又捆又抱地装车，赶天黑就收拾到场上了。

吃完晚饭，李信和明生就躲到西屋里来了。李信关切地问明生："这一回你怎么只拉一只骆驼，驼队的其他人呢?"明生伤心地说："现在，拉骆驼生意不行了，青海的盐只能往宁夏、陕西运，四川那边不敢去了。人家马帮比驼队要快得多，好些生意都被他们抢了。我们的掌柜给我分了一峰老骆驼，就顶了我这两趟拉骆驼的盘缠，再说，新城一带今年天爷旱得很，回家也没有事做，我就投奔你们来了。"

这天，李信和众人都在陈家园沙地里割麦子，将近中午的时候，三太太领着翠琴赶着两头毛驴给下地的人送晌午来了，一只桶粉条豆腐腊肉片，一只桶小米稀饭，一桶浆水，一篮子馒头和花卷，七只大碗，七双筷子。刚到地头，李信和明生就过来帮着把东西搬了下来，维贤也连忙招呼帮忙的人过来吃晌午，翠琴先将菜一人一碗递到人们的手里，然后将馒头花卷一一分到众人手中。维贤就陪着三太太到地头转转，看了看这一块地里的庄稼。三太太回忆着说："去年这块地回茬的秋菜长势好，但带的沙子太多，那次我们腌菜费了好大的工夫，今年这里就回茬成谷子吧，秋菜全种在土地里。"维贤看着三太太红扑扑的脸蛋说："知道了，糜荞谷今年都回茬在沙地里，秋菜和糖萝卜、红萝卜都种在土地里，干粮滩里就不回茬了，那里雨水不好，让那块歇着。今年立夏前后那一场好雨下得太好了，可惜太少，大窑洞、车道沟、三道沟的旱地也还是要赶紧收拾一下，抢种一些草谷子，冬天喂牲口……"转眼间，众人的晌午吃完了，翠琴把稀饭和浆水桶留下，把其他东西收拾好就和三太太回去了。

翠琴姓张，是村子北头张伟中的三姑娘，到维贤家当使女五年了。今年也十六岁了。自从明生来了之后，两人来往就比较密切，今天送饭时，翠琴分完东西，就悄悄来到明生的身旁说了几句话，明生悄悄地看了看李信，就又忙忙地干活。当天晚上，李信把明生看上翠琴的事就告诉了父亲维贤，老父亲一听就眉开眼笑了，说："这是好事，这是好事，只是明生家里二老在堂，我们家不好直接办。不如这样，听说县城你范家姑奶的孙子禹勤回到靖远了，过几天就要到北京去。我这几天正要派人去送个人情，正好你给你姑奶家送个情，顺带给明生父母把这件事说道说道。"

这边维贤又领着众伙计紧张地麦收，打磨田地，抢种大秋作物。李信就拿着一件新二毛皮袄，一块大洋，二十四个铜板，天刚亮就往县城去了。家里的牲口都忙着，李信走着往城里赶。一路上，李信背着皮袄热得满头大汗，心里直犯嘀咕，我爸这是怎么了，大热天让我送皮袄，这叫啥人情。想归想，但父亲安排的事是要不折不扣地执行，这就是规矩。父亲以前的教诲又在耳边响起。我姑奶的这个孙子书念得很好，光绪二十七年中举人，光绪二十九年中进士，后来又到东洋留学，回来后又在民国政府里任职，不知怎么又回到靖远了。

李信在靖远县城的西关里找到了范家，进门之后就向姑奶奶请安。范家姑奶奶叫李珠虞，今年七十三岁了，是维贤的小姑姑，李信的小姑奶奶，李信很熟悉。请完安之后，李信就给表叔妈请了安。范家姑奶奶就问信儿：“你爸你妈他们好吗？今年的麦子长得好吗？”李信边喝水边说：“我爸我妈他们都好着哩，今年的庄稼水地里没问题，旱地的夏庄稼不行，秋庄稼暂时还说不上，我爸让我拿了一件今年春上新缝的二毛子皮袄，给我表兄穿，一块钱给姑奶奶。”正说着，范家姑奶奶独苗孙子就回来了，看到李信在家里，就高兴地拉着李信的手问长问短，看着李信长大长高了，就高兴地说：“奶，让信儿今晚住下，我给他说说外面的事情。”李信忙说：“姑奶奶、表兄，我爸还要让我赶到新城去一趟，办完事情后赶紧回家，再说五黄六月的也不是浪门子的时候，冬闲的时候我再来，咱们好好地喧一喧，我现在得走了。”李信就回到在城里做生意的大哥家里住下了，大嫂就问：“兄弟呀，大夏天人们都忙着收拾地里的庄稼，爹把你派出来干什么去呀？”李信就说：“主要是给新城明生家里送信呀。”

第二天李信离开县城，紧赶慢赶天麻黑才到新城，先在白家吃了晚饭，然后就在玉亮的陪同下，到明生家给明生的父母说道明生的事。明生的父亲叫刘孝仪，和白家是故交，年轻时练就一身好武艺，为白家老太爷（永兴的父亲）南来北往贩运皮货出了不少的力，现在年纪大了，靠租种白家的一块旱地为生。当听说明生到李家塬维贤老爷家帮工时，就很高兴，并且当少东家说到明生看上了维贤的使女翠琴时，连忙说：“好得很，像我们这样的人家，能说上沿河一带的姑娘，那就是烧高香了，还有什么说的呢！少东家您明天先行一步，我随后就带些东西过去，如果双方没有什么别的意见，我想就过去把事情定下，再选日子娶。”当晚，李信和玉亮以及大姐夫白永兴喧了很久，白永兴很是替明生一家人感激老丈人。

第二天李信在白家吃了早饭，就匆匆往回赶，第三天天黑时分才回到了家。回来后就向父亲说了说见到范家姑奶奶和明生父母的情况，并且说明生他爸过两天就来咱这里，又见到大姐夫白永兴，还在白家住了一晚。过了没有几天，李诺从西安给家里带来了几斤石榴，几斤伏茶，一百银元，一盒仁丹，供家里人夏天消暑，并带话给父亲，准备给大哥李泉在县城谋一个职位，具体让张槟办理。

夏收结束，该收的都收到场上，该回茬的秋庄稼都已回茬上，一年中最忙碌的“抢黄天”算是结束了，庄稼人才可以略微歇一口气。这天，维贤正在场上摊晒麦子，张振军就急匆匆地来找维贤老爷说：“李家爸，前几天我放蜂回来路过法泉，看见卧桥东头的文昌阁快要倒了，那些台阶的石条也松动得很，鸿文阁的顶棚开了一个洞。”维贤说：“哦，我知道了，明天我就抽空去看看。”说完张振军就走了。

转眼间明生就将两挂磙子套好，赶着骡子慢慢地转着。明生干农活里里外外是一把好手，碾场的活更拿手，他一个人吆牲口，后面三个人跟着翻，由里而外，由小而大地转着一遍一遍地碾。维贤在场边看着场上忙呼的人们，心里想着，今年的麦子长得很好，不知秋天怎样，嗨，走一步是一步，秋天等到秋天再说吧！不一会儿，维贤老爷就到场房子里喝了口水，回头让万信快去叫三老爷和冯木匠，让他们尽快来，我在场房里等着。一会儿工夫，三老爷和冯木匠就来了，维贤就让他们进到场房子里说话。维贤说：“我们最近都忙糊涂了，外面的情况什么也不知道，明天我们几个人到塬底下的法泉寺去一趟，看看那里的情况，该维修的维修，该保护的保护，不要让我们的法泉破败了，所有的花费算我的，老三你负责具体施工，冯木匠你找人。”三老爷和冯木匠很痛快地答应了。

快到晌午了，维贤对门口的万信说：“万信，你今儿把驴赶上到南河滩咱们的瓜地里去，让苏家老汉挑些熟好的香脆瓜驮来，给打场的人后晌里吃。以后每天都摘一些来，叫下苦人吃去。你两个不忙的话先凉一会儿，等会子吃瓜，我看一下是不是该起场了。”冯木匠连忙接着说：“不了，老东家，我还有些事，我回去了，三老爷你等一会吧！”三老爷也忙忙地说：“我也不等了，我想到东滩的菜地里看看去。”维贤说：“那你们就忙去吧。”

送走了三老爷和冯木匠，维贤走出场房子就大声地问明生：“场碾得怎样了，能不能起场?”明生边挥鞭子边拉着牲口说：“李家爸，再碾几圈，我就卸牲口，然后咱们起场。”维贤把手伸进麦草下面，随手抓了一把碾出的麦子，用嘴吹了吹，一把颗粒饱满黄澄澄的麦子就露了出来，维贤欢喜地随手撮了几粒就放在嘴里嚼了起来，嘴里不停地说：“这真香，真香，多少年都没有见过这样好的麦子了……”

闲话少谈，单就说这天，明生父亲刘孝仪来到了李家塬，由于翠琴的父母就在庄子里，刘孝仪就请维贤托个人到张家提亲。维贤说：“你家明生确实是不错，人机灵，心肠好，干活肯出力，是把做买卖的好手，我也很喜欢，我们尽快地把这事定下，万信你明天早上把你刘家三奶叫来，就说我有事儿和她商量。”当天晚上，刘孝仪父子就在西屋商量着他们的大事。

第二天一早，万信就把刘家三奶请了过来，维贤就说：“他三奶，明生你也知道，他爹也来了，今儿托你到张家去说说，给伟中两口子说明白，这是一件好事，两个年轻人都很乐意，我这里准备了一点东西，你就带上过去算是提亲吧。”刘家父子一看，连忙说：“这怎么好呢，东西应该我们准备啊!”维贤就说：“没关系，明生的事一切我都包了。老刘你就等好消息吧。”说话间，三老爷和冯木匠就过来了，维贤说：“他三奶，你快到伟中家问去吧，我们要到塬底下的法泉寺去一趟，下午给我回话。”

说起这法泉寺，是当地非常有名的寺院。据说法泉寺始建于北魏，唐宋两代较为鼎盛，距今已有一千五百多年的历史。经过隋、唐、五代及宋、元、明、清等多个朝代凿修，雕塑和壁画数量众多，殿宇楼阁皆依崖而建，连为一体，雄伟壮观。共有大小36个洞窟，保存有五代以来雕塑佛像及壁画等；寺内有“龙骨”、“墨池”、“月牙”三泓清泉喷泻。又以陕西大刹法门寺为上院，法泉寺为下院，以“法门”与“清泉”立说，故名法泉寺。唐初大将尉迟敬德曾主持维修过法泉寺；宋代崇宁五年（1106）钦赐法泉寺与西安景云寺为上下两院禅寺。清康熙年间，又修建了天王洞、千佛洞、三教洞、藏经洞、鸿文阁、长者庙、觉世亭、卧桥、古塔，现在还有许多的唐榆宋柳。

维贤安排了其他人的事之后，就领着三老爷，冯木匠和刘孝仪等人向法泉走去。

虽是立秋后的天气，但秋老虎还是很有劲，李维贤一行人头戴草帽，身穿单衣，出庄不久就开始热起来了。经过老坟湾的一块旱地时，转过去看了看，这块旱地今年种的是籽瓜，现在正是漫蔓坐瓜的时候。刘孝仪惊讶地说：“东家，这块瓜不错，旱地能长成这样确实不容易。”几个人在地里看完之后，又往法泉寺走去。

在我们那里什么都缺少，就不缺少立秋后的雨水，前几天的一场透雨让庄稼和野草都长得挺拔茂盛。说真的，这个季节，有艳阳高照，有雨水滋润，各种秋庄稼都像长疯了似的，特别是那个玉米，个头窜得比侍弄它的主人还高，那逐渐鼓胀的玉米棒子，像乡下女人胸部挂着的两个诱人的奶子，展示着迷人的魅力。那绿油油的玉米棒子顶着一头紫色的秀发，散发着迷人的馨香，诱发着农人的食欲和想象。

几个人到了法泉之后，就由守庙的和尚引着，很快地来到卧桥边，看到那破败的觉世亭。多好的亭阁呀，怎么会破败成这样呢！维贤很伤感。一路上庄稼是那样的好，糜谷荞麦玉米土豆和各种蔬菜长得那样茂盛，而这里却冷冷清清。维贤心里很不满意，就问和尚说：“庙里的庄稼怎么样？你们的日子能过去吗？平常的维修你们不搞能行吗？”老和尚无奈地说：“我们几个没有力成，地里的庄稼今年还行。”维贤不高兴地说："庙里就没有一点积蓄吗？怎么会破败成这样呢？你们啊，实在是几个不负责任的懒和尚！修复鸿文阁的材料有没有？我不能让我先人的心血毁了，老三，你们几个合计一下，尽快动工修吧。"老和尚激动得说不出话来，眼眶里满是泪水，有无奈也有惭愧，停了半天才说："老东家为了祖上的功德，重修鸿文阁，这是我们寺庙的福音，我一定要向神灵祈福，护佑村子平顺，人人安康。"维贤说："你几个当和尚也实属不易，开工之后能帮忙就帮忙，能干多少就干多少吧，你几个我管斋饭，但不给工钱。你们这里一年庙会上的各种收入很好啊，你们都弄到哪里去了？我知道很多人都上布施，你们是怎么搞的，日子过得这样流连，要啥没啥。"几个老和尚唯唯诺诺，不敢有半点疏忽。

下午，刘家三奶就给维贤东家回了话，张伟中两口子没说的，只要娃娃两个同意，将来的路是他们的，他们完全同意这件事，何况是老东家您提的亲。维贤在场上找到刘孝仪就说："张家同意了，你看明生的事我们秋收之后，地里都消停了再办，现在人都要忙死了。"刘孝仪和其他的打场人在麦垛底下乘着凉，吃着瓜瓜子（香脆瓜）。听了维贤的话，刘孝仪高兴得合不拢嘴，连声说："太好了太好了……"明生今天仍然吆牲口碾麦子，后面跟着两个人在不停地翻着，他戴着一个大草帽，老远就听到老东家和爹的话，心里那个高兴劲就别提了。

后晌该起场了，原来晴朗的天上翻起了黑云，眼看着就要下雨了，场上一片忙乱。这秋天的雨有时也来得很猛。维贤和在场的所有的男人都在起场，几个女人和娃娃帮着把刚刚起出来的草一点点的运到场西南角的草垛上，明生和几个年轻人拉着推板子，一会儿工夫就把一场麦子和麦衣堆了起来，这个东西不能堆得太高，因为麦子和麦衣混在一起，大热天很容易发热，再加上雨水，麦子很容易发霉。刚刚堆好麦子，盖好油布，一场雨就铺天盖地而来，人们连忙在麦堆边用土堆一个沿子，防止场上的雨水流入。

"这秋天的雨真是说来就来，刚才天爷还晴得亮亮的，就这么一会儿工夫，天就阴得这么重，天就这么黑，雨就这么大。"一个小年轻边擦头上的雨水边说。不到半袋烟工夫，房檐水哗啦啦地流下来，地上击起一个个水泡，场房里挤满了人，人们都望着外面漫天遍地的雨水，那雨在风的挟裹下，一会儿向东，一会儿向西，丝毫没有停下来的意思。一阵紧风过后，雨才小了下来。李信和明生戴了个草帽就奔出去赶紧改水路放积水。那风一阵一阵地缓了下来，雨也渐渐地停了，场上的活是没法干了，场房里的人就渐渐地散去了。

维贤回到家就和刘孝仪商量明生的亲事。维贤说："刘家三奶给你问了问，明天你和他三奶再去一趟，准备上一份烟酒糖茶的礼，就算是提亲。再让张家打听打听吧！我明天想到城里去一趟，李泉当了教育督学之后，还没有回来过，我过去看看，你要忙了就早点回去，那边的庄稼也需要照顾。”刘孝仪说：“我过来也十来天了，这边的事一定下，我就要回去准备准备。”

第二天将近天黑的时候，维贤才来到城里，正赶上李泉下班回家，一家人在家里吃了饭，李泉的儿子雨轩和雨梃就同爷爷说他们学校的事情。李泉的这两个儿子，都在县里上初级中学，老大爱运动，喜欢打篮球，老二比较文静，书念得不错，妻子张梅也一直在城里给李泉和孩子做饭，照顾一家人的生活。李泉就说：“教育科里新来的科长主张发展靖远教育的事，并说要建立一所简易师范学校，为靖远教育培养合格的小学教师，想让我去主持那里的筹建工作，我还正想和你商量这件事，你恰好就来了，爹，你说我去还是不去？”维贤一听就高兴地说：“这是造福家乡积功德的好事，你要好好地干。如果有机会发展乡村教育，给咱们村子里也办个小学堂，我可以出些钱；雨梃和雨轩的念书要多督促，雨梃胆子大贪玩，雨轩胆子小较老实，就是咱们家的姑娘也让识些字；不管男娃女娃多念些书一定没错；明天我想到你范家姑奶奶家里转一下，看看她老人家，再到别处转转，看能不能请个修水车的匠人，咱家的那两座水车要修修啦。”李泉关切地说：“爹，您一年四季都那么忙乎着，现在有时间了，您就趁这个机会好好地转转，缓上两天，在城里浪浪。”维贤笑着说：“我本来就是一个操心的命，到哪里都有操不完的心，没有办法啊！”李泉笑着说：“爹，您要想着自己到了不操心的时候了，把有些事情交给李信他们做就行了，该放松就放松嘛。”维贤看着老大什么也没有说，就到孙子的房子里去了，看着两个孙子在一边看书，就高兴地上炕躺下了。

第二天，维贤转着就转到西关徐木匠家里，一进门，就看见徐木匠和两个徒弟正在做棺材。徐木匠一见维贤就连忙往屋里让，并说：“李家老爷，您老人家今天怎么有工夫来到这里，今年的庄稼怎么样，家里各位太太身体好吗？”维贤连忙应声到：“都好都好，今年棺材的生意好不好。”“嗨，昨天海原的一个商号要拉十具，我给凑了八具，现在正忙着赶做呢，他李家爸，您说怪不怪，这几个海原人说，他们那里香水梨的果蛋子还吊着，有些树的枝枝上又开花了。”维贤看着这一具具棺材，笑着说：“老徐啊，你不要听那些人胡吹，天底下哪有这样的事，你这棺材做得真是不错，有没有柏木的？”徐木匠说：“现在这年景，哪里还有人能用柏木的棺材呢，最好是松木的，杨木居多，海原的这一家商号就要三具松木的，七具杨木的，不管怎么样，咱们还得按规矩去办，二四的棺、四六的椁规矩不能变，既帮厚二寸，盖厚四寸，棺材一般长五尺八寸，前宽一尺八寸，后宽一尺五寸，盖和底用木板黏合须是单数，中线处不能有黏合缝。”“就是，做生意就是个诚信，规矩不能坏。”维贤说。两人暄了一阵子，维贤老爷就说：“你忙得很，我不打扰了，等你忙完这一阵子，抽空到李家塬来一下，我的那两挂水车需要修修，当然秋后最好。”徐木匠说：“老东家，你放心，到时候我就去。”

关于徐木匠有一个人人都知的外号“嫌街短”，他自幼学木匠，善钻研，心灵手巧技艺精湛，尤精于房舍建筑，亭台楼阁，擅长沿河两岸打天车，他工作专心致志，一丝不苟，连上下工的路上都思考问题，一次由家中进城到鼓楼做工，只顾低头思考问题，一直走到西城门口才发现走过了头，由此博得人称“嫌街短”的趣话。徐木匠的儿子叫徐木生，是范家的帮工，常年跟禹勤在外，见识较广，今天刚好回来，徐木匠就叫他陪着维贤来到了范家。到了范家之后，先见了姑姑李珠虞，先问：“姑姑身体好，家里人都好吗？”然后两个人就说起前一次李信来时捎的东西，又说起李泉在教育局里干事。李珠虞说：“在外面干事，需要小心为好。你姑父也是做官的，曾在兵部任过郎中，死在外地，差点连祖籍都回不了，要不是我坚持要拉回来。唉，不说啦，禹勤这小子，留了一次洋，回来也算是能做官的了，可是这几年也到处乱跑，挣不上官俸，倒要家里不住地贴钱。李泉前两天还来过一次，跟我说起要办简易师范的事，我说这是我们地方的荣耀，是件好事，让他好好办，不知给你说了没有。”维贤连忙说：“李泉昨晚上吃饭时就给我说了，我也很赞成。”不一会儿，禹勤从外边回来了，先向表叔问好，然后就在一旁站着说话……

吃完中午饭后，维贤就要出门，范老太太极力挽留，要维贤在家里多待一会。维贤说：“我还有一些事情，晚上就到李泉那里住了。两个孙子出来时间长了，晚上和孙子们再暄暄，明天我就准备回去。”维贤从范家出来后，在城里转了一阵子，找到李怀的铺子，看了看粮食的情况，施棋一直想留着在家里吃饭，李维贤没有应承，和李怀说了一会子话，看看天色不早了，就急匆匆地回到李泉住的院子里，两个孙子也回来了，维贤老爷见到孙子就格外高兴。

李泉的院子前面是铺子，经营一些杂货，生意还算不错。两个伙计都很负责，贾忠年纪大些，负责管理账务，年纪较轻的叫王宝祥，主要负责杂务，并帮助张梅买办一些生活日用品。

李泉一家住在店里的后院，后院是一个标准的小四合院，三间正房，东面是厨房，西面是厢房，贾忠和王宝祥住在前院，厨娘住在厨房里，李泉一家住在正房。当天晚上维贤和两个孙子住在上房里，听着雨轩讲学校里的地理常识，维贤感到很是新奇，又听到雨梃讲他怎样打篮球，怎样过人，怎样投篮的基本要领，最后雨梃悄悄地说，“爷，明天给我买一双球鞋”，雨轩就连忙说，“爷，那叫篮球鞋，贵得很，我爹一直不给买。”维贤就高兴地说：“不论多贵，过来爷给你买，但是必须好好念书，念好了我还让你们到兰州上学。”雨轩高兴地说：“我肯定能考到兰州。”雨梃就说：“我现在是篮球队的队长，可以凭打篮球到兰州念书，不信，你就等着看……”

第二天吃过早饭，维贤让宝祥领着到霍家店里看球鞋，价钱真贵，赶上一头驴的价钱，维贤给两个孙子一人一双，鼓励孙子上学。然后就到城隍庙里去上香，到西关买了些钮酥子、糖油糕、田家点心和桃酥就要急匆匆地回去了。李泉见到爹给孩子买了那么贵重的鞋，就有些不愿意，说：“爹，孩子们正在上学，那球鞋太贵，你就一下子买了两双，那要花多少钱，再说咱们家的日子也不宽裕呀！我给家里人准备了一些东西，大妈、二妈、三妈和李信、李信媳妇都有。明天让宝祥把店里的驴车赶上送您回去，顺带把东西也带上，今儿您再看看我四爸的车马店，我长顺兄弟从兰州回来了，病还没有治好。长顺媳妇说明天用大车也送回去，下午我再问问，你们一路趁着也松活些。”维贤说：“哦，我今儿下午过去看看，明天我盘盘店里的账，看看咱们的生意怎么样。长顺他们走他们的，后天我和宝祥一起回家。”李泉说：“那好吧，我今儿下午就不过去，您去看看就行了。”

等到维贤和宝祥风尘仆仆回到家里，已是第三天的下午，维贤把自己给孩子们买的吃食，一一分发给孩子们，钮酥，一窝丝，糖油糕，看着孩子们那个高兴劲，维贤也高兴地给大人们分发点心和李泉带来的东西，一家人很是高兴，赛过了过年。

刘孝仪在维贤回家的第二天就回了新城，牵回了明生的那一峰骆驼，准备把骆驼卖掉再买一些东西给明生定亲，并且还要等张伟中两口子转门。

秋天地里的活不怎么多，维贤仍然让李信明生和几个帮工在场上忙活。自己就早早地到沙河滩的地里看看糜子出苗的情况、河滩里西红柿的长势，看菜的苏家老汉就和维贤说：“老东家，咱家的这片西红柿长得不错，种香脆瓜的那块地把瓜秧拔掉，再种些白菜和绿萝卜，肯定能长好。那块西瓜地现在又能摘一茬瓜了，这次摘完之后就要尽蔓了，你叫人来把瓜摘掉，剩下的事，我就慢慢做了。”维贤说：“那明天我就叫他们来摘瓜，让场上干活的人下午吃。”

直到吃晌午的时候，维贤才从河滩的地里回来，万信就对维贤说：“老爷，上午您走后，四老爷来说，法泉那边的材料买回来了，明天就要叫匠人去干活，问您要不要去看看，匠人都是冯木匠找的。”维贤说：“这件事我知道了，明天有工夫再说，苏家老汉说西瓜地里又有一些瓜熟好了，你今儿后晌把圈里的那两头驴吆上，到瓜地里先把熟好的瓜摘上两驮子，拿到场上给干活的人。”

后晌快起场的时候，维贤转到了场上，看着刘三孟在一边扬场，李信和明生在边碾边起，万信就把西瓜送到场上，顺便带了一些西红柿，三太太和翠琴拿来木盆给大伙洗手，洗完之后人们才吃瓜、西红柿。看着刚扬出来的麦子，维贤对刘三孟和他媳妇说："吃不完的洋柿子（西红柿）给你们的娃娃拿上，今年后家强的那块地你就不要给交东西了，但是你两口子打场要多帮几天，秋后下果子的时候帮着把果子下完，给娃娃们拿上些跌果，你们老大今年多大了，快说媳妇了吧，你老怂再不要耍二了，动不动就打老婆，给娃娃们做个样子，那单双也不要再玩了，十赌九空，手里攒点钱，给娃娃说媳妇，不要一有事就求爷爷告奶奶地到处借。"刘三孟笑着说："东家呀，我真冤啊，我改了，不信您问问我媳妇。您怎么老往我的疼处戳，我好长时间都没有耍单双了。"维贤笑着说："算了吧，我还不知道你吗！"维贤又对三太太说："你们早点回去，多擀些面，今天晚上我们吃凉面，切上些腊猪肉，把汁子多做些，凉菜拌好一点。"三太太和翠琴就回去准备晚饭了。

晚上吃饭的时候，场上干活的所有人都被维贤请到家里，院子里摆了一桌。维贤的太太、李信的媳妇以及场上干活的几个女人忙里忙外地收拾晚饭，一会儿，手擀长面，蒜薹肉、辣椒肉、西红柿炒鸡蛋、蒜拌茄子、凉拌小白菜、凉拌水萝卜、醋酱及油泼辣子、菠菜鸡蛋豆腐汁子、一大盆炝好的浆水都端上了桌。看着一桌子丰盛的饭菜，维贤就招呼大家热热闹闹地吃饭。

转眼间就到了秋收季节，地里的农活也渐渐地接近了尾声，玉米黄豆荞麦土豆是最后上场的秋庄稼。人们在空闲的日子就开始收果子。庄子上有好几家果树园子，仅维贤家就有两个园子，一个在老院的东面，距离老院不到一里的路程；一个在村庄的东头。靠近老院的这个园子种着十六棵香水梨，三棵面蛋子（又叫牛奶头子），果树都是光绪末年栽的，大的有三十几年，小的也都十几年了，果树有的有水桶一般粗。村子东头的那个园子是后来才栽的，果树较小些，但也有十年左右的时间了，园子里栽着冬果梨、香水梨和几棵枣树。一年下果子是有次序的，先是下枣子，枣子要靠秋后的太阳晒掉大部分的水分，才可以收藏，而香水梨和冬果梨则不怕秋霜，下得越迟则长得越好。

这是秋后的一个艳阳天，晴空万里，和煦的秋风吹拂着沉浸在丰收喜悦中的人们，维贤和刘家老汉赶着大车，拉着架杆圈笆背斗竹笼子，李信领着刘三孟、明生、翠琴、三太太以及刘家的两个孩子，到村子东头的园子里下果子。

秋天的果园，处处荡漾着丰收的喜气，繁盛的果子从树缝里露出了幸福的羞涩的笑脸。香水梨、冬果梨沉甸甸地压低了树枝。果园子四周都用土墙围着，但是还是有一些枝条伸到了墙外，伸出墙的那些枝条上的果子明显地少了许多，还有在墙角处，可以看到有人翻墙的痕迹。李信等人还没有到园子，就远远地闻到了各种果子的清香，

刚刚走到园子门口，张家老道张文泉就从园子里迎了出来，大声对维贤说："掌柜的，今儿天咱们先把枣儿下了，我把枣树下的石头瓦块捡干净，单子都铺好了。"维

贤高兴地问："张老道，今年你把园子看得不错，没有叫贼娃子祸害？"张家老汉叹了口气说："哪能没有贼娃子呢，前几天我都赶走了几个祸害果子的贼。有时候碰上几个馋嘴的娃娃，我就把跌果给上几个，只要不让他们进园子就行。"老东家维贤又笑着说："行行行，只要不叫那些不讲道理的人祸害就行了，有时候就是摘上一些送给人家也可以呀，今年枣儿能收多少，你看园子的那条白狗长大了吗？"张老汉笑呵呵地说："白狗已经长大了，嗨，这个家伙机灵得很，给我帮了不少忙，今年的枣儿繁得很，个大肉厚味道也甜，收成比去年要好些。"维贤又说："你啥时候到法泉上去？"张家老汉说："园子里收拾消停了我就过去。"

这个张老道，一辈子一直信佛，从年轻的时候起，就一直和法泉寺的和尚住在一起，没有结婚成家，一年果树园子没有活的时候，他就在法泉寺住庙，果树打药果枝开花的时候才回来给维贤看果树园子，看园子尽职尽责，他这个阶段的吃喝也全由维贤管着，有时候张老道的侄儿也给他送些吃的，但机会不多，每逢庙会，就要到庙上去帮着主持庙事。

这个园子里有十一棵枣树，十三棵冬果梨，七棵枣树在最东边的浇不上水的二层台台上。园子比较大，人们到园子里先穿过一片缀满果实的低低的树枝，来到了枣树林，黑红黑红的枣儿挂满枝头。因为枣树枝干特别硬，挂满枣儿的许多枝条又特别细，所以枣儿只有用长杆子往下打，下面铺上一些东西，以免枣儿跌下时摔破，几个年轻人站在树下用长杆子打枣，几个女人在下面把低处的用手摘。刘三孟的媳妇和三太太就又说又笑地干着活，嘴里不时说着家里和孩子的事。三太太只是笑笑，有时插上一句半句。说起孩子，三太太就说："他嫂子啊，孩子的教育可是个大问题，常言说'跟好人学好意，跟着坏人没出息'。"三孟媳妇说："我们的娃娃一个个都是睁眼瞎，不识字又念不起书。"三太太就说："你们家三孟在庄子上还算可以，别的不说，就说你的那两个大伯子，哪一个光阴过到人前头了。还不学好，大孟把个好好的家给抖散了，女人跟着人跑了，两个娃娃成了你们的累赘，人家一个人吃饱，全家子不饿啊。二孟一家子还算全唤，但是日子过得太流连了。"三孟媳妇说："就是呀，老大就不说了，单说老二，两口子就知道苦心，日子过得有上顿没下顿的。"

三太太就说起了一个故事："说是有一个妇人偷了邻居的一只羊，把它藏在床底下，关照儿子不要说出去。邻居找不到羊就沿街骂了起来，那个妇人的儿子赶紧说'我娘没有偷羊。'这妇人怕儿子露馅，连忙斜着眼睛看儿子，暗示儿子不要乱讲。她儿子指着母亲对邻居说'你看我娘的那只眼睛活像床底下那只羊眼。"三太太说完，三孟和媳妇笑着说："真是的，这教育娃娃确实是个大事情。不小心就丢人现眼了啊！"几个人一边说话一边干活，就看见翠琴和明生在远远的一棵枣树下一个打一个收拾，三孟媳妇就大声地说："嗨，你们小两口干得挺热乎，啥时候办喜事啊。"明生笑着说："等着吧，老嫂子，到时候我一定要请你吃长面。"

不大一会儿，地上堆了好几堆枣儿，维贤看着满树的果子就对李信说："今年要把院子的那个窖好好地收拾一下，冬菜和果子在窖里多放些。信儿你下午早点回去，把牲口圈里的那块给牲口晒草的场子收拾干净，把枣儿一天拉一些，拉过去在那儿晒吧。"李信说："等会儿我就回去，把那边收拾一下。"李信看着园子周围的围墙，边干活边听人们说话，心里不住地想，这围墙的接口处真的需要好好收拾一下，从外面人家淘个坑坑就爬上来了，今年虽说在墙上面放置了枸杞枝，但作用不是很大。明年春上要多想一些办法，该防的还是要防。

打枣子需要两三大时间，打枣子的长竿，还要继续下果子的时候用。因为有些长在树顶上的又大又好看的果子，人们靠树枝和架子摘不了，就用长杆子。首先选择几根又轻又长的杆子，在杆子的顶头上用硬铁丝拧一个圈固定住，又在圈子的边缘用布缝成小口袋，人们站在地上，举着杆子就很轻松地把树顶上的果子完整地采摘了下来。

当然，一般人们在能够采摘的地方，全都尽量小心地摘，还不时有果子掉下来。如果不用这个方法，把那些树顶上摘不到的摇下来，摔烂的很多，很可惜，也很令主人头痛。每年下果子时，维贤和李信跟得很紧，就怕有人不细致，不耐烦，摘到最后，摘不了的就一通乱摇，结果是果子是下完了，但那些树梢子上的，采光最好的，又大又甜的果子就全遭了殃，没有一个完好的。所以，一般能摘到的地方就让女人和年轻娃娃去帮忙摘，树顶上的一些难摘的地方，维贤就让几个上了年纪的男人或者维贤自己摘。每年都是如此，这里下果子的时候还有一个习俗，就是把一些摘不到的果子宁肯留在树上，留给过路的人或者一些小动物过冬的时候吃，且村子里有果树的人家大都如此。

李信就计划着今年下果子不想让一些年轻娃娃参加，但经过一段时间的观察，李信请来的这些帮工都还不错，干活都很认真。这让维贤放心了很多。经过雇请的一帮人十几天地忙碌，两个园子的果子基本上就收回来了。跌破的和有虫吃过留下疤痕的都在园子里堆放着，让看园子的老人再挑选一些好的，拿回家切了晒成果片，还剩下的就让几个帮忙的人分别拿回家。当然，这期间就有不少人已经在园子里边帮忙边给孩子要了些，再分上一些跌果拿回去还可以晒果片以备过冬使用，参与下果子的人都很高兴。

维贤家的两个园子果子长得很好，光是上好的香水梨就用木板子摆了两窖，香水梨不怕冻。冬果梨和其他的果子又满满地装了三窖。看着满窖满窖的果子，李信高兴地说："今年冬里我们从十一月就开始拉果子到塬上换粮食，腊月里再到城里卖，多多少少地赚些，过年的花销就够了。”说完就和明生等几个雇工收拾果子、枣儿，又不时地看着家里的几个女人娃娃在院子里剥苞谷、摘棉花。

农人一年三季只上白班，很少在夜间劳作，只有秋季是个例外。每当晚饭之后，农人借食物消化的过程，大人孩子男女老少打着饱嗝，哼着小曲儿，搬一个条凳儿，在家里把玉米棒子的外衣逐个剥开，如同欣赏自己的娃娃一样，不断地欣赏着自己的劳动果实。还有些人家把从地里拔回来的棉花杆子堆放在门前面，趁晚上空闲的时候把那些还没有完全裂开的棉花骨朵摘下来，一家人边摘边剥，一晚上也能剥出好些棉花来……

这是一九三一年的初冬，李家塬重又恢复了往日的平静，村庄里没有夏秋时的热闹，整个大地都沉浸一片萧瑟之中。地上早早地就铺上了一层薄薄的白霜，路边树木几乎干枯的枝丫刺向清澈明净的天空。

在村庄里，立冬之后一段时间最忙的要数女人，她们将霜杀后的萝卜、白菜、莲花菜、洋姜、茄莲从园子里拾掇回家，收拾人们过冬的蔬菜。

一般这个时候，女人们在院子里垒砌锅灶，烧开热水，挽起袖子露出白白的臂膀，将白菜在开水里一烫，然后捞出来晾凉，压到缸里，腌成酸白菜，然后又将茄子、辣子、豆角、红萝卜、洋姜等菜蔬腌制成各种酸甜苦辣咸的过冬菜肴，那可是农人们生活中不可或缺的调味品。

今年的冬天奇寒，刚刚进入冬天，外面的活就做不成了。

这天维瀚来到二哥维贤家，就把法泉修缮的情况给二哥说一说：“料钱花了二十八块，全是上等的好木料，砖瓦都换成新的，工匠钱得十三块。”说完之后又说：“老五两口子又闹得很凶，那个李槟也游手好闲，把个老二李郴害得活不过去。”维贤就说：“把你从城里带来给长顺治病的黑货给老五给上两块钱的，再不要叫那个不要羞的臊人了。光阴过不到人前头，天天向人伸手，咳……”

维贤亲堂弟兄一共五个，大老爷已经去世，三老爷和四老爷在县城里开有商店和车马店，地里的庄稼也种着，家里的日子还算不错，只有这个老五，种庄稼不肯下力气，做买卖不愿冒酷暑严寒，是个十足的懒汉，老婆的话又不听，又好抽一口大烟，家里只要有一点钱，就赶紧给自己买烟抽。年轻时老婆和两个儿子经常是吃了上顿没下顿，日子过得很糟糕。年年冬天就要卖地，卖果园。大儿子也成家几年了，只有一个女儿。二儿子还没有成家，一年到头在地里忙碌着，日子还是过不到人前头。

这才刚刚到冬天，秋里下的门前面园子里的果子也不好好操心，坏烂的没有几个能吃，只能倒掉或者喂猪。两个儿子老大李槟不学好，跟他爹一样好赌。所以老二李郴一有时间就和李信商量怎么办，常靠李信帮忙出主意指点，庄稼才没有耽误。每年冬天都靠给李信的驼队帮忙赚些工钱养家。祖上留下的一些房地果园各种农用工具在五老爷手里所剩不多。

这天维贤刚出门，就碰上老五从外面回来，维贤心里那个火啊，就一直没有吭声，跟着老五到家里。老五刚到家里，就和老婆说着自己昨天晚上耍钱赢了一些，老婆还没有说话，维贤二哥就到门口了，大媳妇子赶紧就往屋子里让，维贤一句话都不说，就直接进到屋子里，老五两口子一见维贤二哥，就慌乱得说不出话来。维贤就说："你给咱们省些心行不行呀，这么一大家子人，吃喝不说，一年的各种费用也不少，你啥时候才能赢够。耍钱，耍钱，你啥时候赢了。活人过日子要靠本分，要务实，你看看，家里成什么样子了，羞先人的不说，是个男人就要顶天立地，不然让后人戳脊梁骨，天天吵仗，闹得鸡犬不宁，这像个过日子的吗？"维贤二哥一直数落着，老五羞答答地不说话，弟媳妇也红着脸不说话，期间大媳妇子端了一碗水进来，说了声"二爸喝水"，就赶紧转身出去了。

再说李郴这天找李信就是想问走酒泉的驼队啥时候走。李信低头想了半天才说："今年旱地收成不好，我想把秋庄稼打碾收拾得差不多了再走。你家里的糜子打碾了吗？"李郴流着眼泪伤心地说："打什么呢，糜子本来就长得不行，再加上叫今年秋霜杀了一下，面气上得不足，瘪得厉害，我两场就收拾完了，前两天我把地里的棉花杆子拔完了，棉叶子扫回来喂猪，棉杆子冬天架火，我哥上月赌博把家里今年收的麦子全输了，现在人也从不扎家，嫂子侄女家里人的死活也不管。我爸这几天常和我妈骂仗，每顿饭都吵，真是让我一点办法也没有。我现在不出来干些活，我妈今年冬天就没吃的。"李信："明天我和明生准备拉炭去，你跟车，来了给五妈带些炭。"李郴就说："行，明天我就早早地过来帮着套车。"

第二天，李信和明生早早就套好了大车，李郴跟着押车。每年冬天将近，李家塬及周边的大户人家都要从西塬的小煤窑上拉炭，所以，这个时候拉炭的人就特别多，一路上结伴而行那是常有的事。拉炭的人中间有的是给自己家里拉的，有的是给别人拉的，有的人是专门利用农闲时间靠贩运赚些钱。小煤窑本来产量就不大，这个时间的煤就特紧张，拉煤最快也需要三四天。打拉池居住的是大老爷一脉，大老爷去世后，两地的来往仍然不断，大老爷是几代的大房，在李信这一辈仍然是老大。大老爷生有三男一女，老大叫李亨，老二叫李瑭，老三叫李澹，姑娘叫李蓉，嫁给关家，女婿叫关敬。李信在路上走了整整一天，才到打拉池的大哥家里，李亨刚好在家，就连忙让老婆刘芳给李信他们烧水做饭，让小厮王三娃赶紧叫李瑭和李澹，一来陪李信说说话，二来想知道明天矿上能不能给装上炭。因为李瑭有自己的煤矿。

不大一会儿，李瑭和李澹就过来了，李信见过礼之后就说明这次来的目的，二哥李瑭就慷慨地说："兄弟你放心，炭再紧张，也少不了咱们自己的。本应该我们弟兄们早早给你们送一些过去，只是我们实在是顾不上，这样吧，咱们不说什么，明天一早去装车就行了，其他的事你们就不要管了。"李信说："我们来买炭来了，怎么能够装炭不出钱呢。"李瑭说："二哥我虽然开个小矿，但家里亲房当家子烧得一点炭还是能够送得起的。兄弟不要说了，以后只要是咱们当家子到我的矿山上来，没有多了有少呢，这点面子还是要给的。"兄弟几个高高兴兴地暄了一会儿，就回家去了，李郴、明生也就在李亨家里准备好的屋子里休息了。

第二天，几个人早早地起来就往矿山上赶，等到装好车出了矿山，已经是中午饭的时候了，李瑭就留李信他们在路边的小饭馆吃了一顿油泼拉条子，饭后李瑭又从矿上拿来了一些黑瓜子，让李信带回去。

李信和明生就赶着两辆炭车往回走，李郴跟车在后面走着，空车几个人都在车上坐着，重车就没有办法坐，而且走一段路之后，就要把车支起来，让牲口歇一会儿，赶车的人也随便吃点东西。一天的路程整整走了两天，第二天傍晚才回到家里。一回到家里，就赶紧把车支起来卸车喂牲口，看着牲口浑身湿漉漉的样子，维贤心疼地对李信说："你们走得太急了，路上把牲口累坏了，就是好多天也缓不过来，以后要学会使唤牲口。"李信说："嗯，我知道了。"几个人就赶紧洗脸吃饭，看着几个人狼吞虎咽的样子，维贤又心疼地说："看你们几个吃饭的样子啊，就清楚一路上只知道赶路，不知道心疼自己和牲口，唉，年轻人……"

看着翠琴来来往往地端菜端饭，维贤就说："明生，你爹不是说好这个月十五前后就回来吗，你们的婚事现在就准备着办吧，李信比你大不了几岁，现在都快要当两个孩子的爹了。赶快通知两家及早准备，完了我看个黄道吉日，咱们给你们圆房。"明生听了老东家的话，嘿嘿地笑了，翠琴也羞得躲到厨房里干活去了。

第二天早上，明生和李郴才把两大车块炭卸到西面的炭棚里，给李郴也分了一些，明生帮李郴用独轮车推了四回，等到这两人把炭收拾好，已是快中午的时候。明生和李信就到场上准备着碾一些晒好的荞麦。明生心里想着，我的亲事还真有缘分，这么快就成了，就是不知我爸妈什么时候回来。就在明生一直盼望着爹娘到来的时候，明生的父母就在天快黑的时候，果真回来了。李信说："真是说曹操曹操就到。这几天正盼着你们呢，你们就来了，这就叫天遂人愿啊！”

老两口随身携带着一些东西，准备着给明生成亲。维贤高兴地说：“这两天我还正跟明生说这件事呢，你们来了，好得很，你们把日子选了没有？”刘孝仪就说：“选了，十月十二就是黄道吉日，这两个娃的八字我们也盘了一下，很般配，咱们十月初十抬礼，十二娶，老东家您说合适不合适。”维贤高兴地说：“好得很，让明生成亲，房子就用我后面旧院的那三间西房，一间东房，后院虽然没人住，但房子还是好着呢，明天你们就收拾一下，西房住人，东房做饭，把房子都打扫干净了就可以住人，将来你们两口子搬来了一起住，也好有个照应。我打算让明生成亲之后，十一月半间跟着李信跑骆驼，做一些小买卖，你看怎样。”刘孝仪两口子高兴地说：“东家您抬举我们明生了，您就让他好好地跟着三少爷学吧，我们没有一点点说头。”

十月初十这天，天气比较晴朗，几天前的一场雪把整个村子都装点成银白的世界，空气里没有一丝的风。刘家三奶，维贤、二太太和几个帮忙的人在一起合计怎样去张家抬礼，刘家两口子笑嘻嘻地准备着该带的东西。八丈黑布，八丈花布，一个十六斤的肉方子，衣服六套，鞋袜八双，八斗粮食，两斤酒，二十斤点心。一行人抬着东西热热闹闹地到张家去抬礼，刚到张家门口，刘家三奶早早地赶到门口，向里面的人大声招呼着，守门在里面的人就是不开门，只听里面的人大声问：“你们是什么人，来干什么来了？”刘家三奶大声回答：“我们是招财进宝的。”里面的人就问：“招的谁家财，进的谁家宝。”刘家三奶回答说：“招的刘家财，进的张家宝，快快把门开，元宝滚进来。”说着向里面塞了一个红纸包着手绢的红包，里面的人就打开了大门，抬礼的人就顺利地进了大门。明生提着酒和点心来到上房，边向里面的亲戚打招呼，边把酒和点心放在桌子上，张家也早早地准备着姑娘的出阁礼仪，请来了许多亲朋，上房里也坐满了人，众人不停地问这问那，明生笑嘻嘻地回答着。最后，魏家他姨夫就对翠琴爹说：“他姨夫，我看好得很，就叫娃上香磕头，咱们吃长面喝酒吧。”刘家三奶高兴地说：“好好，拿来的礼当大家都看到了，啥都不缺，现在就让新女婿上香磕头讲究的程序就算都通过了，外面的人赶紧张罗桌子吃饭，我们都饿了，吃完长面就算咱们的抬礼仪式结束。”说得大家都笑了，话虽直白一点，但道理是通的。人们也很是认可这一点。翠琴更是忙里忙外地招呼亲戚，张家请来的亲戚叫作添箱，今日吃完长面，结婚的那天还要去，叫送亲的娘家人，是要受到特别地重视和招待。

闲话少叙，第三天就是结婚仪式，娶亲时维贤叫明生把大车套上。明生感激地说：“李家爸，不套大车了，您给借个驴就行了，我们小户人家，不要那么阔气。”明生就和刘家三奶赶着一头黑叫驴娶亲去了。我们这有个讲究，凡是娶亲，一定要用黑色的公驴，大户人家可以用各色的儿马，以红色的儿马为最好。骡子是不能娶亲的。因为骡子没有生育能力。明生在李家塬的亲戚不多，从新城请来的亲戚就有几个人，整个婚礼热热闹闹地吃了两顿臊子面就算过了。

这边的婚事刚刚结束，李信就和明生准备趁冬天跑一趟骆驼，用秋天收的果子一路上边走边换粮食（主要是麦子），然后又用麦子到岷县换皮货，又把皮货贩到宁夏换成食盐，把食盐用骆驼驮回来又换粮食或卖掉，从中获点薄利，一趟下来一般需要一个多月。万信、李郴、明生、李信正准备好驮子，收拾着装果。维贤说："你们到城里把宝祥叫上，做生意要精打细算，叫宝祥给你们管账。"李信回答说："我、万信、明生、李郴和宝祥，五个人，多了。"维贤说："不多，往年有长顺领着，人少一点我放心，今年是你们学着做生意，多个人互相有个照应，都去都去。"李信说："那就好吧，路过城里的时候，就把宝祥叫上。"

话说长顺自从回来之后，就一直没有好转。四老爷一家大夫也访着请，迷信也不停地讲，真是能想的办法都想了，可是长顺的病就是不朝前来。有一次访到一个宋家瞎子，人们传说算命算得很准，四太太就坐车过去，那个瞎子一听四太太介绍了长顺得病的经过，刚一报长顺的生辰八字，瞎子就说："你们不要忙乎了，你的这一卦我不收钱，冬至节吃完饺子我会给你们一个说法的。"四太太一想，这冬至节不就这十几天吗，难道这十来天就好了还是有事呢，四太太很不高兴地回来了。

李信和李郴就提着两斤点心到长顺屋里看看长顺，碰上四老爷，就和四老爷说："我们要跑一趟骆驼，过来看看长顺哥。"长顺的媳妇叫王桂花，正在屋子里给长顺熬药，看见李信和李郴来了，就赶紧往屋里让，说道："他尕爸，往年长顺好的时候，这时你们就准备着做生意，给家里赚点钱，今年就不行了，长顺病病歪歪的，啥时候才能好呢?"李信笑着说："我长顺哥命好，虽说现在有点小病小灾，不要紧，很快就好了，长顺长顺，就是要长长顺顺嘛。"又对四老爷说："四爸，您老人家在城里的生意怎么样，好着吗?"四老爷说："城里的生意还凑合，就你长顺哥的病把人拿住了，这么长时间了也不朝前来，我们都愁死啦。"李信走过去到长顺的屋子里，李信、李郴、长顺弟兄几个欢欢喜喜地说了一阵子闲话，长顺就告诉李信李郴一路上该注意的事项，又叹口气说："往年我们在一起，今年就不行了，兄弟啊，好好做，生意里面有好多经，有些人一辈子都念不透。"李信说："哥你就好好缓病，我们出去也不用多长时间，我们回来再看你。"长顺说："我不要紧，你们放心去吧！做生意，时时讲究一个诚信，只有这样，才有做不完的生意，有些人做生意不诚信，往往是一锤子的买卖，我们可怎么也不能那样做啊，兄弟。"李信连忙说："就是，就是，哥，我李信做生意一直做得很活，这是你知道的。”看着李信李郴的样子，长顺就说：“你们早点回去准备一下，明天早点走吧。桂花，你送送这两个小兄弟。”桂花就送李信李郴出来了。四老爷四太太听见长顺的声音，也赶紧从上房里出来，李信赶紧说：“四爸四妈，你们就好好地缓着，不要出来了。”四老爷四太太就笑着和李信李郴打了声招呼。

李信回到家里就和明生、李郴商量着明天早起赶路的事。“九峰骆驼能驮三千多斤果子，四匹马驮一千斤。我们先到会宁河畔一带把果子换成粮食，再驮粮食到岷县一带换药材，把药材驮到城里卖掉，我们就回家过年。”李信说完就回屋休息了，李郴也早早地回去了。明生回到屋里，翠琴已经收拾好了，明生一进门，翠琴就笑嘻嘻地说：“你们明天就出远门，一路上要早起早睡，照顾好自己，不准耍钱，不准找女人，时时刻刻要想着家里。能早回就早回，照顾好少爷，跟宝祥学着算账、做生意。”明生说：“嗯，知道了。”翠琴说：“我们早些睡吧，明天还要早起。”明生说：“你知道不知道，每次我掀开你的红肚兜的时候，我就激动，有一种偷窥的欲望。”翠琴娇娇地说：“你现在的感觉是什么？”明生说：“激动呀，莫名地激动。这个感觉最早来自偷玉米，到人家的地埂上，既担心被人发现，又担心扳不上能煮着吃的，所以就要把玉米棒子一点一点地剥开，边剥边看，当看到里面白生生的玉米棒子时，就是那种兴奋。”翠琴说：“不就一点一点地剥吗，看把你能的，瞧你那点出息。那你怎么不一下子剥开呢？”明生说：“剥开一点点，后面玉米还能长饱，要是一下子把皮皮都剥了，苞谷棒子就不长了。”翠琴说：“你小子还很有良心的。”明生笑着不答，一把就把媳妇揽在怀里，一口吹灭了油灯。两个人正是新婚燕尔，好一通夜战。只见帐中好似君瑞遇莺娘，犹如宋玉偷神女；山盟海誓，依稀耳中，蜂恋蝶恣，未能即罢……

第二天，李信、明生、李郴早早起来装牲口驮子，天麻麻亮就往城里赶，到城里就叫上宝祥一路同行。宝祥就打趣地说：“明生哥，结婚有啥感觉，说出来我们听听，昨天晚上是怎么过的，吃力不吃力啊！”明生嘿嘿一笑说：“你这个崽娃子，人不大，鬼主意倒不少，要想知道，等你结婚之后找个女人就知道了，你个小崽娃子现在真需要有个人管管，说个女人套牢，看你还像不像叫驴娃子一样胡跳。”

几个人有时还互相唱一通秦腔乱弹，一会儿是《斩秦英》，一会儿是《辕门斩子》，李信最喜欢那辕门斩子一段中的杨六郎了，闲下来的时候往往就吼几声。一路上你言我语，笑声不断。李信就边走边讲故事，李信这次就讲了一个“老翁的忧虑”：说是有个老人富贵双全，子孙满堂。在过百岁生日的时候，祝寿的客人挤满了家门，老翁却不快乐。大家问他：“您这么有福气，还有什么忧愁啊？”老人回答说：“我什么都不愁，只是担心我过两百岁生日的时候，来祝贺的人要增加几百几千，教我怎么能一一认得清楚呢?”明生说：“真是个老糊涂蛋，他能活到二百岁吗？我给你们讲一个叫‘牲畜欺穷’：有人问一个乞丐道：‘狗儿们为什么看见你就要咬呢?’乞丐答道：‘我如有了好衣帽穿戴，那狗儿也会给我摇尾巴的。’”保祥说：“我也给咱们说一个，叫作‘哑巴开口’：说是有个要饭的人假装哑巴，在街上要饭。一次，他拿着两文钱买酒，喝完后就说：‘再添些酒给我。’店主很惊讶地说：‘你怎么会说话呀！’要饭的人说：‘平时没有钱，叫我如何说话，今儿天有了两个钱，自然会说话了。’”

几个人一路上说说笑笑地就走了。

话说长顺的病随着天气的变冷而越来越重，四老爷一家人也都从城里搬到了李家塬，城里的买卖就交给了刘文照看，冬天里只有车马店的生意还比较好，其他的都不怎么景气。四老爷就一个儿子，三个姑娘，三个姑娘都已出嫁。儿子长顺今年三十九，生有两个儿子一个女儿。迷信上说男人逢明九或暗九都是坎，需要认真提防。

就说长顺吧，今年过完年之后，过黄河到兰州给铺子里进了一次货，在兰州装好筏子之后，放筏子回来的路上翻了一筏子的货物，受了一些惊吓，又迎了一些寒气，结果就得了这个病，且虽然医治却一直不见好转，而且越来越重。在靖远和兰州整整治疗了几个月，九月里实在不行就拉了回来，人已经脱了相，每天汤药不断增加，饮食却不断减少，人也一天不如一天。

这天维贤和大太太、二太太、三太太及众人来到四老爷家，一来看看长顺，二来请四老爷一家过来到家里吃顿饭。维贤拿着李诺从西安捎来的西药。这李诺虽然人在西安，但对长顺的病也是很关心的，曾多次捎来一些药品，还请了西安的名医到兰州给长顺治疗，确实也费了不少心思，最近听说长顺的病又重了，捎来话说准备尽快回家一趟。

李泉听到李信说长顺的病重了，抽空回到了李家塬，带着两斤点心，两斤红糖，当晚就去看望病中的长顺，和长顺在一起好好地说叨了一阵。看着越来越病重的长顺，李泉心里充满了痛苦，但仍面带微笑地安慰长顺，让长顺好好治病，早日恢复健康。只听长顺喃喃地说：“我真笨，当初仗着自己年轻，为了保护货物，没想到让峡里的寒风把自己给吹病了。”李泉安慰他说：“不要紧，万事不由人，你也不要过分怨自己，我知道你的心思，你的两个儿子我将来一定想办法让上个学校，出来有个饭碗……”和李泉说完话，长顺和媳妇桂花都很高兴，送李泉出来的时候，四太太流着泪说：“长顺什么时候才能好起来啊，我们一家都不知道该咋办。”

李泉回到家里，看见三老爷四老爷在上房里商量着长顺的病，李泉也就来到上房，眼见着长顺的病越来越重，几个人都不住地叹气，只听得维贤说：“每年筏子出事的多，那是没有办法的事，老四你又不是不知道，你就放宽心吧，天塌下来我们大家顶着，去年张富仁家四个筏子全翻掉了，张富仁的二儿子也殁了，嗨，事情遇上了谁也没办法。”李泉说：“我看长顺怕快不行了，该准备的我们要及早准备。”三老爷说：“后事我看等事情出来之后再说，长顺的情况一时半会也不会怎么样，毕竟是年轻人，不要过早地张扬人不行了。”几个人边吃削好的香水梨，边安慰四老爷。维贤说：“先看大夫，把老二（李诺）带来的药赶紧用上，也许情况会好转的，老四，你先要鼓个劲，不要一天到晚哭丧着脸，这样大家都不好受。”

几个人一直商量到深夜，然后让万信打着灯笼送三老爷、四老爷各自回家。

几天下来，维贤就一直忙着招呼来来往往的亲戚。因为四老爷家和维贤连墙，看过长顺之后，有些亲戚就要到维贤这边转一转。

这天会宁新庄塬的王锦廉和女婿白永兴来到了李家塬，王锦廉是维贤的三太太的娘家哥，在会宁也是有名的大户，新庄塬离新城较近，白永兴和王锦廉很熟悉，两人年龄相差不大，但辈分却有别，永兴把锦廉以舅舅相称，两人都有爱好风水的习性。永兴看完长顺后回来就说：“姨夫（女婿称呼丈人），我看长顺快不行了，趁我锦廉舅舅也在，不如及早地看个地方，再把我四姨夫也叫上，顺便再看看其他的。”王锦廉是三太太的大哥，三太太又是维贤的小，所以，这天的晚饭就格外丰盛，一家人高高兴兴地吃饭，大太太、二太太、三老爷、四老爷所有的亲房长辈都叫齐了。三太太更是忙前忙后地招呼，仍然是先凉菜，一盘凉拌白菜，一盘凉拌菠菜，一盘杂咸菜，一盘腊肉，后是热菜，仍然是煎炸炖烧，共有四道，最后给大家上一碗很筋道的手擀臊子面。别的不说，但就这手擀臊子面，就很讲究，首先，面要和好揉好，才能擀好切好，然后是汆汤，除一般的调料要有，还必须加进大香，芘菝等调料，汤调好之后，每一碗的面条只能捞半碗，然后汆汤，每碗汆两遍，再在每碗上面撒些蒜苗丝，芫荽沫，鸡蛋摊饼丝，这样一碗香喷喷的臊子面就做好了，上桌后根据客人的口味再调些醋和油泼辣椒面。在我们那里，一个女人如果会汆臊子汤，而且能得到大家的认可，那是很有面子的。

吃完饭后，刘孝仪也转了进来，四老爷就嚷着回家了。维贤、三老爷、王锦廉、白永兴和刘孝仪几个人就在上房里暄了起来。只听王锦廉说：“前一段时间听说南方的革命党和北方的辫子党又闹起来了，南方拥护的一个叫孙大炮的人，特能打仗，听说还能驾云，人家坐的车能拉几千人，真是了不得。他姑夫，在西安那边也打仗了？陕西出了个叫刘五的堂主，很能打仗，几万人都打不过他……”维贤说：“你说的事情好像多少年了，那好像是民国初年的事情，最近没听说打仗的。”刘孝仪说：“那南方人真能闹腾，老是打仗，人家就不种庄稼吗？”三老爷就说：“听说人家那边水多得很，也热得很，一年要收两三茬庄稼呢，粮食多得很。”白永兴说：“姨夫，听说从兰州下来的水路很险，究竟是怎么个险法，给我们说道说道。”维贤就接过话茬说：“黄河由昆仑山阿勒坦郭疏通后，回旋几百余里，穿入星宿海，流至贵德堡，经积石山流入金城，再经过桑叶峡，大小照壁，煮人锅，九沟十八险，就到了乌光闪闪的乌金峡，峡口就是大浪天险，还有一个叫洋人招手，再往下就到靖远，出靖远经过黑山峡，就进到宁夏了……宁夏那边我们走的不多，从兰州到靖远比较熟，嗨，那才真叫个险，就说那“洋人招手”一段吧，不知有多少筏子客没有跨过去，筏毁人亡的事年年发生。那水流得那个快，稍不留神，筏子的方向稍有一点偏差，就会撞石筏毁，真是惊险得了不得。”为啥叫“洋人招手”呢？传说是康熙年间，有一个洋人传教士，要乘筏子到银川包头一带去传教，乘着羊皮筏子进入乌金峡之后，看到那水流，洋人害怕极了，不断大声喊叫，不听筏子客的指挥，在河中纵身跳到一块礁石上，而筏子似掠水飞燕，刹那而过，等洋人清醒过来之后，筏子已远离礁石而去，那洋人在礁石上看到后来的舟筏时，就拼命挥臂招手，乞求救命，但因水流太急，舟筏根本无法靠拢，不知经过多少个白天黑夜，洋人终于因饥寒折磨绝望而死。从此，这个地方就被人们叫作“洋人招手”了。还有黑驴旋、煮人锅、九沟十八弯，哎，那一路的艰辛就能串成一路的故事啊……

第二天吃过早饭，维贤叫万信和李相准备了中午的干粮和水，就和王锦廉、白永兴一起出了门。首先他们来到了庄外的祖茔，这里有七棺主坟，四棺衣冠冢，不远处有两棺墓主，王锦廉拿着罗盘就在主坟滩上看了看，其他的连罗盘都没有放，就对维贤说：“他姑夫，这一块地方地势较高，却本不上任何一处山形，再说离庄子这么近，现在还可以，将来庄子扩大了，是必迁无疑的。”维贤心里就嘀咕，庄子几十年了都是这样，啥时候才能发展到这里。白永兴也从四面观看，又在罗盘上细心地看了看，就说：“姨夫，我舅说的确实不错，这里就是你们所说的台子上，别看现在是荒滩，以后的世事不好说。”维贤笑了笑就说：“你们舅舅女婿可是这方圆百里的大阴阳，一个在会宁大名鼎鼎，一个在靖远家喻户晓，先看看这里，再到别处看看，看一个好地方，将来作为我们李家永远的阴宅。”王锦廉就接着说：“他姑夫，其实这阴宅和阳宅是一样的，它仍然是讲究个五行，八卦，干支，方位，相生相克，如若不信，那为什么有的坟几个月就受到水火，而有的坟却几十年好好的，不但棺木完好，就连亡人的一切也新新的。他姑夫，您家的这块地方是高手看的，目前没有问题，但以后就不好说了。”

几个人边说边走，快到中午的时候他们就来到大、小腰洞，胡头坪、三仙沟一带，两个阴阳从没停留，他们就一路不停地观看山形地貌。眼看着中午已过，维贤就说：“咱们先歇歇，吃点东西，缓一下再说。”王锦廉、白永兴、维贤老东家就坐在一起吃晌午，王锦廉就说："话说苏轼有一次和几个朋友一起吃饭，上来了一盘菜，是四只红烧麻雀，其中的一个人就吃了三个，一看桌子上的其他几个人，就不好意思地把盘子推到苏轼的面前，说：'这个先生吃啊！'苏轼也笑着说：'还是你吃吧，我害怕这四只麻雀散伙。'说完大家伙都笑了，这就是不让'麻雀散伙'的故事。"而这时李相和万信正分一只卤鸡呢。李相红着脸说："尕舅呀，我们两个给大家撕开，是准备让大家一起吃的。"王锦廉笑着说："仅仅是一个笑话，仅仅是一个笑话。"维贤老东家说："他尕舅啊，你们这些读书人就是会说话，仅仅是一个笑话吗？"王锦廉、白永兴笑而不语。

天空渐渐起风了，维贤又领着大家到了另外的一条沟，沟口有一条很陡的岘（山与山之间的梁），翻过这条岘，到沟里面就比较平坦了，沟里有一些地方种着洋芋，两边的山高高地耸起，人们沿着沟底的小路往沟里面走去。王锦廉感叹地说："这条沟的情况还不错，您看这山形，这气势，再看这山上的黑柴，很不错，我们先沿着主沟走，进到里面再说。"维贤边走边问："娃他舅，你看在法泉周围有没有好的山形。"王阴阳就说："法泉就好在那一处，您看那山形，东西两条突起的山势恰似女人的两腿，中间的山沟好似女人的两腿之间，沟堖里就像女人的阴部，坚硬的砂岩地貌，沟堖一汪清泉，不断有泉水涌出，流向外面。两侧山梁草木不多，但沟里草木茂盛。那就是迷信上说的龙脉，一般是帝王将相的陵寝所在，神仙鬼魅聚集之所。周围的山形，有一些能用的地方，都被和尚们占掉了，基本上没有普通人所使用的阴宅。这条沟里地方不错，您看这沟沟岔岔，从哪一条里面进去都可以找到一些地方，不像那法泉，一进去浅浅的一点，没有一点旁支沟岔。"

最后一行人来到了沟里面，王阴阳就放开罗盘，就沟底的山形先观望了一会就说："他姑夫，这是一块好地方，将来您把台子上的那几棺坟先迁过来，然后再说，旁边这两条侧沟，可以埋一些小辈，西面的这个山形就叫金钱吊葫芦，地方好得很，一些小辈和不能进到祖坟里的人就看那些地方，好得很，好得很，将来一定要把这个地方看好啊。"白永兴把罗盘搭好，认真地端详了一会儿，就说："我舅说得没错，真是一块难得的阴宅子。"

话说这天已是一九三一年十一月初一，天气出奇地冷，维贤一早就没有出门，在家里和三太太说着昨天李亨和李蓉来看长顺的情况，说着说着就又提起了李信，维贤深情地说："唉，咱们这三个儿子，将来就要靠我们的信娃了，老大老二都在外边，回家的次数少得很，咱们的家业，今后的养老送终都得靠他。今天信娃走了该二十天了吧，按往常该是到岷县了，这时候可能正在拿粮食换药材呢。”初三是冬至节，你们还是趁早包些萝卜饺子吧，我们过节的时候吃。正说着，就看见万信急匆匆地跑了进来。一进门，万信就哭着说：“老爷太太，不好了，长顺少爷殁了，四老爷叫老爷太太赶紧过去。”维贤就让翠琴赶紧叫来大太太、二太太，和其他人一起赶到四老爷家里。

刚进大门，就听见了四太太和长顺媳妇的哭声，四太太又尖又高地边哭边诉，“我那苦命的儿啊，你把眼睛睁开啊，你再看看我们吧！你怎么这样狠心啊，你这一走就好了，你叫为娘怎么活啊，长顺啊——啊——啊，我的儿啊！我养活你多不容易啊，你走了，我和你爸将来靠谁呀，我的儿啊……”长顺媳妇手里拉着一个姑娘两个儿子，跪在地上哭作一团。边哭边诉：“狠心的贼啊，你就这么一撒手，我们娘母子咋过啊，你这一走，撇下我们老的老小的小，啊——啊——啊……我们的二老没了你，床前没人问冷暖，我们的孩子没了爹，将来能够依靠谁哎呀呀，我的苦命的夫啊——啊……”

维贤进门一看这个形势，就赶紧和四老爷商量，事情既然已经出来了，就应该看怎么办了。长顺今年三十九，乱四十，他现在的老婆叫桂花，是长顺的第二个妻，前妻没有生养，被打发回娘家了，桂花是四老爷和四太太主张长顺娶的小，比长顺小十四岁，生有一个姑娘两个儿子。按理说，长顺现在儿子女儿都有，就不能算作是小口（年纪轻、没有成家或没有生养的男女就属于小口，一般情况是不让在家里停尸，死在外边的不让进庄子，丧事很是冷清，一般是不让进祖坟的），虽然二老健在，让白发人送黑发人，但还是要把灵堂设在堂屋，照一般的丧事办。一边吩咐万信赶紧给亲房当家子报丧，叫三老爷、五老爷赶紧过来看着办事情。看着长顺媳妇哭得死去活来的样子，众人都心里酸酸的，几个同辈分的女人也边劝边流泪。快到天黑的时候，刘文和几个在城里车马店干活的人全都赶了回来，家里的亲房和庄子里亲朋都过来了。

四老爷家虽然说是庄子上的大户，在城里也有生意，但比起维贤来说，略有些不足，再加上长顺长时间地生病，把家里的一些积蓄也花得差不多了。

看着四老爷伤心的样子，维贤、三老爷和五老爷就合计着抬埋人的事情。不一会儿，李槟就把苏阴阳请来了，问了长顺的生年八字，又问了亡去的时辰，经过苏阴阳推测，推算出初三开悼，初四的丑时入殓，卯时起灵，巳时下葬，午时净屋。日子定下之后，刘文和几个庄子上的年轻人就跑前跑后地忙呼，合计要先杀两口猪，三只大羯羊，三十只鸡，磨三石麦子，略略多准备一些东西，让亲朋们这几天来了有吃的。

由于长顺是中年早逝，这个事情很是令人伤心，所以，很多人看着这样的情况，都伤心得不愿意在事情上吃喝，帮忙就是帮忙，吃饭的时候就回家吃了。再加上这几天的天气又不好，院子里人们没法呆，多亏李家的院子大，房子多，帮忙的人都紧紧张张地干活，暂时没活干的人就在屋子里烤一阵火，帮着做纸货。维贤和四老爷就商量着给亲朋们怎么报丧，几辈子的亲戚，老一辈的就暂时不请了，把小一辈的亲房及长顺的娘舅、长顺两个媳妇的娘家亲朋，小一辈的姑娘们这样一个小范围的一报就行了。名单列好之后，就让李槟领着村子上的几个年轻人出去报丧。

第二天天气晴朗，维贤叫万信套上大车，请苏阴阳进山看地方，让土工也跟着，地方就在前几天他们去过的红沟里。维贤说："看那一带能不能进去，若不行，就在车道沟再看，李相你要把你苏家爸伺候好啊，地方定下后就赶快打墓，早点打好就早点回来，把罩山红、谷草、香、烟、酒、盘（馒头）票子、往生等所有要使用的东西咱们都准备好，免得到时候又忙乱。"李相说："二爸，该准备的都准备好了，我们等四个土工到齐了就走了。"

刘文本来就是四老爷城里店铺的总管，现在又成了丧事上的大管家，昨天叫帮忙的人杀了一口猪，今天又叫人把另外的一口也杀了，羯羊和鸡也陆续宰好了，肉准备齐后，剩下的就是准备面。从昨天开始庄子上的三盘石磨就不住点地磨面，来准备李家的这个丧事。菜是从维贤窖里直接拉来的，白菜、红萝卜、糖萝卜、白萝卜、葱、洋芋、莲花白，凡是窖里有的，能用上的全拿来使上，维贤没有一点舍不得。

这天下午，李泉陪着李诺从城里赶了回来，雨梃、雨轩也回来了，李瑭、李澹也带着家人赶了过来。我前面说了，因为长顺走的时候太年轻，再加上四老爷举家到城里经商，村子里的事情有时就参加不上，帮忙的人就不是很多，这里全靠维贤和三老爷招呼。长顺的儿子雨侠、雨新，姑娘叫雨梅，老大雨侠今年才七岁，雨新六岁，雨梅刚四岁，看着这一屋子的人，就是石头人也会掉下泪来，小小的雨侠穿着长长的孝衫被李泉领着在堂屋的灵堂里守丧，并不时出来上香点纸。

初二的中午饭，就把各种肉食加上了，但是吃饭的人还是不多，就在大门口安了两张桌子，专门为一些沿街乞讨的人放舍饭，而且这些人吃完后还可以帮忙做一些粗活。只听刘文对他们说："饭菜我们敞开给你们吃，但是吃完要好好做一些事情，不要一吃完就挤在火堆边光烤火不干活。张三娃，你领着长生、黑棒、王老七、连娃，今天和明天把院子里外的火看着添好，把洗碗水抬到河沿上倒掉，六子、魏哑巴，你们帮振祥，七春和礼娃从刘家桥桥的井里往来拉水，一定要保证这几天的用水。下午就开始，各把各的活干好。"三娃几个连忙说："能行得很，能行得很。"

中午饭吃过，长顺的棺板就摞好了，李泉、李瑭就让刘文打理着上梁，先叫出小一辈的孝子，拿着一些献饭香、纸，把棺木正南正北方位摆好，李信媳妇和翠琴拿来一斗斗准备好的梁蛋蛋（红枣、核桃、小花馍馍、花生、做棺材时的刨花和锯末、还有一些铜钱），孝子们跪在棺材前面，给两个木匠一人披一条大红被面，李雨侠双手端着放着酒盅的小盘子，盘子里放着四个小酒盅，旁边放着用红纸包住的四块银元，木匠端起酒盅，象征性地喝一点酒，把红包一收，一人两个银元一分停当，把献饭一泼撒，雨侠就在棺木前头上一炷香，点一些纸，然后帮忙人就点响了一挂鞭炮，两个木匠就把装梁蛋蛋的斗斗抱在怀里，一把一把地把梁蛋蛋撒给大家，众人在孝子的周围就抢着捡拾梁蛋蛋，众人和孝子谁抢得多谁的财运就好。按四老爷、四太太的意思是丧事办得比较简单些，小一辈的戴孝，不用置幔帐，不请鼓乐。由于时间比较紧，初一殁了，初三开悼，初四出殡，能减少的规程就减少，越复杂让老人娃娃心里越难受。

下午五点左右，苏阴阳和李相他们回来了，李相说："二爸、四爸，咱们先前看的那个地方今年十一月、十二月都埋不进去，地方看在红沟的侧面旁沟里。刚进沟，我苏家爸一搭盘子，各处都搭不住，只有在旁边的沟里才搭住了，那里的地方还可以，土工把墓基本上打好了，明天再往好里一收拾就行了。您说怪不怪，这么冷的天，山上有些地方没有冻土，打墓基本上没有用镢头。"

刘孝仪两口子和亲房的女人们都在灶上帮忙，不一会儿，热腾腾的旗花面就端上了桌，苏阴阳和土工们先吃，其他帮忙的人也陆续地在桌上吃饭。我们这里的乡俗是，丧事上一般是早上臊子汤（俗称大茶）泡馍，中午是馒头炒菜（大多是烩菜），晚上是旗花面，调上豆腐和臊子，外加几个平常的酸菜和咸菜下饭。家庭情况好的早上和中午加些肉，情况不行的就三顿都是大茶。长顺的这个事情，虽然没有大操大办，但是四老爷的家境还算不错，所以事情上吃的还是有模有样。第二天开悼（有的地方称为烧纸或吊孝），魏家老汉在上房的灵堂主持着整个亲朋吊唁的一切活动，李诺、李泉、李相、李瑭、李澹、李槟几个弟兄关顾全局，刘文指挥所有代劳的人，记礼，招呼到来的亲朋，收拾吃过饭的桌子，整个事情也过得紧紧凑凑。由于长顺的孩子还小，亲戚很是单一，除了亲房、亲堂姊妹和庄里的人，外来的就是长顺的娘舅和长顺媳妇的娘家人。

第二天早上，按时按步地入殓，出殡，入葬。维贤、四老爷、五老爷都到坟上送去了，留下三老爷和四太太收拾家里，把屋子院子里里外外都打扫一遍，扫出来的纸草以及所有不用的东西，全部堆在门口的路上烧掉。大灶上帮忙的女人就开始准备着坟上回来的人的饭食。一般情况是，从坟上回来的人（孝子除外），那都是帮大忙的人，那一顿饭要准备得很好，肉菜的量足，馍馍在蒸笼上蒸得酥软。这儿的风俗是不管墓地有多远，棺材从起灵出门就被抬起，中间是不能落地的，如果送葬途中灵柩落地，那亡人的魂魄就停在那里不走了，送葬就没有送到地方。所以一路上只有不停地换人抬，一拨八人，抬一截有人抬不动就大声叫着，换一下，后面就有人赶紧跑上去替换，一路上也走得较快，抬棺的全是得力的青壮年男子。一路上几乎是紧走着去的，一般情况回来的人都饿了，有些人由于早上起得迟，没有吃上大茶泡馍，那就更饿了。

人们抬着棺材一路紧走地来到墓地，孝子在前面用纤拉着绕墓跑三圈，叫作抢茔。传说是一路上越快越好，抢茔越大越好。然后是等下葬的时辰，在这段时间里，先由娘舅家的人看茔，其次是孝子看茔（看茔就是看墓穴打得怎么样，土工在下面等着，有什么要求及时修正，娘舅家人和孝子们没有意见，就向墓穴里扔一些钱币，以示对土工的谢意。时辰一到，立刻用绳子缒着棺木下葬，孝子下去抽绳揭开棺盖由阴阳在上面拨正棺材和亡人的方位，然后是娘舅家人孝子亲朋最后看一眼就合盖，孝子在墓穴的上方放置油灯，侧面放置粮浆盆，食品罐，扫掉自己的脚印，墓穴里留脚印，对亡人和活人都不利。然后将铭旌反铺在棺盖上，孝子上来，背着向墓穴里抛土三锨，众人便填土掩埋，边添土，便撒“十二精药”和“五谷粮食”。添土时，铁锨不能用脚踩挖，用后平放不能直立，若有闲置的锨，就叫“锨寒了”、“锨落了”，所以添土的时候有“人闲锨不闲”的说法。长顺的儿子都还小，李相、李槟就一直做完这最后的工作。

回来之后，维贤和四老爷就把苏阴阳招呼到上房吃饭，一起还有几个上了年纪的老人。人们一般吃饭是馍馍下菜，而苏阴阳吃饭却是红烧肉下馍馍，其他的东西吃的较少，看着人家几口红烧肉下一口馍馍，把众人看得目瞪口呆。

吃完后，苏阴阳又画了几道镇宅的符，分别贴到门背后和大门的柱子上，以避邪镇宅，求得平安，用五谷粮食撒在院子的旮旮旯旯，并不时地喷些酒，这就是清宅子。宅子清理完后，一些帮忙的人就陆续回去了。李泉、李诺、李槟、李相、李瑭和李澹弟兄几个都在门口感谢亲朋。

送走了众人，四太太和长顺媳妇都睡在耳房里起不来了，两个女人看着三个不更事的娃娃，眼泪禁不住又流了下来。婆婆安慰媳妇说：“雨梅她妈，事情既然已经出了，你就要想开些，娃娃的面子大，再说长顺有病这一年，你也尽了心，伺候得那么好，我们都是知道的，我们都一心要留住他，可是天不遂人愿，你要想开点……”

“守三”又叫“收三”，指烧三天纸，孝子、孝女要到坟上去烧，顺便把坟堆、坟院修补整理一番，阴宅只象征性地留有水路，不留宅门。烧完三天纸后，李泉、李瑭和李澹就回家了，李蓉在维贤家多待几天，李诺也打算过几天再回西安。

转眼就到了十一月初十，这天天气阴得很重，维贤起得很早，喝完茶就到外面转转，首先转到放菜的窖上面，看见窖顶头苫排气眼的草堆上直冒白气，有几只冬眠的蛇冻僵在周围，这几天庄子上的狗乱叫个没完，这时万信远远地走来，边走边说：“怪了，真是怪了。"维贤问："你说啥呢？"万信说："老爷，您还是回家吃饭吧，喂牲口的魏大说，'这几天牲口老不进圈，黑了圈牲口很费劲，'昨天晚上咱家的猪也圈不进窝，圈进去也硬往出跳。"维贤刚走到巷道口，魏祥担着空桶子过来了，边走边问维贤："李家爸，您起得真早，刘家桥的井里往外冒臭水，水不能吃了，我跑着担水都没担上，我到沙河里的那个泉里担去。"维贤回家后就对李诺说："怪了，怪了，出怪事了，井里的水猛地往外流，原来清甜可口的井水一下子变黑变臭了。叫万信到沙河的泉上给家里找些吃的水存着，这还真不知道会发生什么事。"三太太到上房就对维贤说："老爷，翠琴说后面院子的鸡昨黑干脆赶不进窝，今儿早上，她过来的时候看见好几只不知是谁家的鸽子冻死在墙根里。"维贤说："这几天不知怎么了，怪事真多，今儿吃完饭，你们几个到老四家看看，叫那娘母几个今黑过来吃饭。"三太太过去就叫大太太、二太太和李信媳妇一起到四老爷家去，到了这边家里，只见四太太好像受了风寒，正包着被子在上房阁间的炕上睡着，见这边几个太太来了，就挣扎着坐起来。四老爷今儿一大早就到城里去了，长顺媳妇领着孩子正陪着婆婆，大太太、二太太就到炕上去了，三太太就在炕沿边坐下了，妯娌们坐在炕上就拉呱着闲话，李信媳妇和长顺媳妇坐在凳子上，手里拿着针线活，边听边干活。大太太就说："老四家的，你今儿不舒服，你就把被子盖好，不要再着凉了，你家老四今儿进城干什么呢？"四太太说："今儿早上一起来我就感到头有些晕，媳妇子领着雨侠、雨新和雨梅进来的时候，我正在给炉子生火，准备做些吃的，雨梅听话得很，立刻劝我到炕上缓下，上来帮我盖好被子就一直在我脚底下坐着陪着我，雨梅她妈就到厨房里一阵子做好了，一家人刚吃完你们就进来了。唉，我这几个孙娃子这么小就没有了爸，你说叫咋办呢！"二太太说："他四妈，你也要想开些，事情遇上了，那是谁也没办法改变的，走了的人人家一撒手就走了，我们活着的人还要好好地活下去，娃娃的面子大，今后娃娃的衣裳和鞋我们帮着做，把几个娃娃拉扯大，你说呢。"三太太又说："今后有什么需要帮忙的，你尽管说，今儿晚上都过去吃晚饭。"

这个三太太名叫王锦艺，生有一个女儿，名叫李莲，她是理家、干活、算账的好把式。维贤家里的内部事物，几乎全由三太太操持。大太太叫李张氏，是李蕙、李诺的母亲，二太太叫刘虞芝是李泉、李信的母亲。

下午四老爷就回来了，说城里的生意还不错，车马店里来来往往的人很多，杂货铺的东西也出得很快，年前要再进些，不然过年的时候就没卖的了。四太太就说："二哥叫咱们今儿黑在那边吃饭，把娃娃都领上，咱们过去的时候拿些啥？"四老爷说："咱们的事情上用了二哥的好些东西，亲兄弟明算账，今儿黑咱们带上一百银元，算是

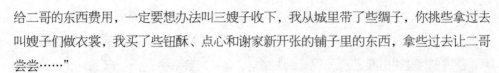

给二哥的东西费用，一定要想办法叫三嫂子收下，我从城里带了些绸子，你挑些拿过去叫嫂子们做衣裳，我买了些钮酥、点心和谢家新开张的铺子里的东西，拿些过去让二哥尝尝……”

当天晚上两家人吃了一顿饭，维贤、四老爷都说起了最近的一些奇怪事，李诺也给几位婶娘讲了讲外面的事情，前几年的革命军怎样保护西安，怎样和北洋军打仗，介绍了西安的一些名胜，并说有机会一定带婶娘们出去看看，四太太就拿出所带的东西并一百银元。”维贤生气地说：“兄弟你这是干什么呀！”四老爷说：“二哥你们一家子帮了这么大的忙，我这点钱算什么。”二哥维贤无奈地说：“钱就不要了，东西放下让你嫂子们做衣服。”四太太就把东西给了三太太。三太太连忙就说：“他四妈，你看你这是干什么！吃饭就是吃饭，行那些虚套干什么。”四太太就说：“二哥和各位嫂子在这个事情上出了大力，况且用东用西二哥和各位嫂子从不说个不字，我们的事情虽说很不幸，但我们还是知道要感激，要致谢，再说我们都不太宽裕，一百银元是个小数，还望二哥和几位嫂子不要嫌弃。”三太太见话说到这个份上，就连忙说：“老四家的，你们怎么这么说话，咱们可是亲兄弟，互相帮忙也是应该的，不该这样见外。”大太太、二太太也客气地说：“真不该这样见外。”四老爷就说：“虽说前一段时间花了一些钱，但我们的生意还能维持，二哥和嫂子们就不要见外了，以后这三个娃娃的事免不了还要麻烦二哥和李泉侄儿呢。”三太太连忙又说：“既然这样，我们收下就是了，再说就真的见外了。”三太太就叫翠琴把东西收拾到老爷房里，吃的东西分给众人。

第二天的天气也不冷不热，整个似晴非晴，没有一丝的风，维贤在上房里和李诺闲谈，说到李诺的两个儿子雨霖、雨钏，李诺感叹地说：“爸，您看，我们的雨霖马上就上完高级中学了，雨钏也初级中学要毕业，国家正是用人之际，特别是有文化的人更是奇缺，徽芸极力主张要孩子多读些书，打算把雨霖送到北京上预科和大学，我想听听您老人家的意见。”维贤说：“念书当然是越多越好，能到大地方读更有出息，我完全赞成徽芸的意见。”雨霖和雨钏在西安长大，这十几年间只回来过两次，他们的妈妈徽芸是陕西西安人，家里比较富有，早年在北京上大学时和李诺认识，后来一同回到陕西，由于工作忙，再加上不习惯李家塬的吃住，很少回李家塬，但对维贤及家人还是很尊重的，不像有些大户人家的小姐那样飞扬跋扈，冷眼看处在乡下的亲戚。

两人正说着，万信进来说：“老爷少爷，这几天也太奇怪了，先是刘家桥的井水不合适，接着就是沙河的泉水也发生了变化，今儿早上我给咱们家拉水，沙河那边的泉水忽大忽小，最后就干掉了，水也没有拉满。”三太太也进来说：“这天气也特怪，这一阵冷一阵热的不像个冬天，你们两个说啥呢？雨霖、雨钏和徽芸啥时候回家呢？老二你有机会就带他们来转转。”李诺笑着回答说：“那是一定的，只是这路途太远，来回一趟实在不容易。”不一会儿，翠琴就过来叫大家吃饭。刚吃过饭，刘玉祥就提着两只羊羔子来了，说是今年秋天的草山很好，咱们家羊群的羊羔和羯羊都很肥，先拿两只羊羔让家里吃，等快过年的时候再宰羯羊。维贤就问：“玉祥啊，你和你爸今年把咱们的羊放得好，快年终了，家里的娃娃们吃的够不够，媳妇子和娃娃的过年衣裳做了没有？需要用钱，我把你们父子的工钱算成现钱，吃的不够，我就把工钱算成粮食，你们哪天过来取来都行。”玉祥说：“不急，我爸说过几天他来了再算，现在家里啥都不缺。羊羔是早上才宰的，你们趁早收拾，皮子等炕干了再说，我赶紧过去赶羊呢。”维贤说：“我知道了，那你快去吧。”维贤又转过头对三太太说：“你们今儿下午就把羊羔子做了，晚上炆好咱们一大家子就够了，叫厨房里的人今儿黑煮上一锅糁饭，叫万信把老二、老四、老五都叫过来，就说宰了两只秋羔子，大家都来尝尝。

不一会儿万信回来就说：“三老爷和四老爷我都给说了，两位老爷都说晚上就过来，只有五老爷没有在家，我给五太太说了，五太太好像很不高兴的样子，说五老爷昨天晚上就没回家，这几天不知又到哪里抽烟赌钱去了。”维贤生气地说：“别管了，这个老五真是狗肉包子上不了台面，爷父两个把个光阴弄成这个样子了，还不见收手。”

维贤家每年的年节大庆，就是和别的人家不一样，这不，这天晚上老弟兄几个就在一起吃饭，整个家里喜气洋洋，全家人都高高兴兴吃了一顿美味佳肴。

羊羔肉是靖远一带的地方名吃，一般人家是红烧，有些人家喜欢清炖，红烧是以吃肉为主，清炖是以喝汤为主。先把羊羔肉卸开，然后剁成一寸见方的小块，羊头和心肝肺等另做，有些人家也和在一起，放在铁锅里爆炒，快熟的时候加少许的粉条、洋葱、辣椒、姜末、花椒、大香、草果、茴香、大蒜末、盐、酱油、蒜苗，出锅时再放少许葱花和香菜；若是清炖就比较简单些，把肉放在锅里煮熟，水要多点，熬成清汤羊羔肉，出锅时加少许花椒、胡椒、姜粉、葱花和盐，姜要略重些，基本上以清淡为主。

吃完饭，弟兄几个对老五就说了些话，劝老五不要再抽大烟玩赌博了，弟兄五个，老大已经过世，剩下四个，都好好地把家操持好，让自己过好一些，也要让子孙有饭吃，不要让子孙说起我们的时候没有好言语，弟兄几个边说边暄了好长时间。

天黑定不久，东南面的天空上好像燃起了火球，就像夏日的闪电，照得屋里屋外整个如同白昼，几次过后，忽有声音从东南来，如万马齐奔，又如迅雷震耳，不一秒钟，屋瓦齐飞，房屋崩塌，立成大灾，仓促之间，猝不及防。维贤说：“快跑，地震了，快跑，地震了。”家里所有人都跑到院子里，一个个面如土色，就听到周围一片哭叫声。几个老爷大声地喊着让大家都呆在院子中间，不要乱跑乱动。大家惊魂未定，又一次雷鸣似的声音从远方传来，大地又一次剧烈地摇晃，房顶上的瓦片乱飞，院子里的人摇摇晃晃地跌倒了一大片。维贤连忙大声喊："拉住拉住，不要让滚远了。"

地震刚一停歇，维贤就叫几个老爷赶紧回去看看家里的情况，让李诺、万信赶紧到周围看看，屋子里谁也不要进去。这时，只见刘新民两口子慌里慌张地跑了进来，边跑边喊："老爷呀，家里人怎么样，院墙摇倒了，外面乱得很，这是地动了，我们过来赶紧帮忙收拾东西。"维贤说："不要收拾了，保命要紧，保命要紧……"

一家人全部呆在院子里，维贤不准入室。天寒地冻，人们在院子里生了一大堆火，李诺、万信等几个人从屋里拿出了些铺盖，到后半夜，维贤本来想让大家到屋子里睡去，但是连续不断的余震让大家都不敢到屋子里去。就这样一家老少一直捱到天亮。

第二天，维贤就赶紧查看家里的房屋情况，所有住人的屋子都没有裂缝，但屋子里的东西被摇得乱七八糟，一派狼藉，只有西面的一间棚子由于外墙倒了而整个塌掉了，整个院子里的房子除了房顶的屋瓦被摇乱了，没有倒塌的。三老爷、四老爷和五老爷都转过来了，说家里没有折人，但五老爷家的上房和耳房由于年久失修，被摇塌，只有东房和西房还好着。维贤就叫万信到庄子上看看，让几位老爷各自回家照看家里。李家塬是一个不大的村子，有九十七户，人口有四百三十八人，家里盖有家院大房的不多，大部分人住着草棚和窑洞，而被摇塌的主要是草棚，折人比较多的是窑洞。不管是地窑子还是崖窑子，全部被摇平了，有三十二家成了绝户，被草棚压死压伤的就有四十六人。由于小震不停地发生，有感觉的一天一次，有时一天几次，所有的人都被这地震震麻木了。死人在不断地增加，维贤每天拿出家里不多的粮食，分给庄里的一些人，帮助他们渡过难关，又让万信、李诺叫上一些没有受伤的人，赶紧掩埋死人，由于死人太多，根本就没有办法做棺材，甚至连席子都没有，在村边上挖一个大坑，所有的死人全部集中在一起埋掉。有些窑洞是找着了，也挖了，但没有一个活人，有些窑洞连地方都找不着了，最后找着和没有找着的一共有一百六十七人。其中最令人震撼的是"大路鬼"的传说，"大路鬼"的名字叫魏秀峰，一家人都住在地窑子里，地震的第二天下午，人们都被地震吓蒙了，远远地就看见魏秀峰从地窑子塌掉的地方爬了出来，浑身是土，呆呆地坐在塌窑的土堆旁，一天一夜，一动不动，也不吃不喝，村子里的人都认为他被吓傻了，并且也无暇顾及到他，只是在晚上常听见断断续续的男人的哭泣声，忽高忽低，极为凄惨。第三天下午，人们从魏秀峰家的塌窑里挖出了八具尸体，魏秀峰只是绕着一家人的尸体转圈，一句话也不说，直到重新回填了窑洞，魏秀峰仍然是坐在窑洞旁边的大路上，浑身是土，见人也不说话，给众人一个阴森凄凉的感觉。魏秀峰原来也是一表人才，是村子里的好木匠，为人热情实诚，一家人靠他给别人做活过活，老父亲和媳妇种一些自己开出的地，日子还算不错。自从这次打击之后，他就再没有清醒过，人一直是懵懵懂懂的，有时生活也不能自理，后来一直靠侄儿养活。由于这样，人们就给了他一个外号“大路鬼”，意思是和大路上的鬼一样令人害怕。

地震后的第三天，李泉领着一家大小从城里回来了，说靖远城里被摇惨了，房屋几乎全部都摇倒了，政府衙门被摇塌了不少，政府在西关里设粥棚放舍饭，每天都有好些无家可归的人在那里，城里乱得很，一是好些被砸死的人没有人管，好些人家的房子都塌了，无处住，这大冷的天一晚上就冻死好多人；二是好些人趁火打劫，到处乱抢东西，政府发了一些银两，但仍然是杯水车薪，我们在城里待了一天，就匆匆忙忙地赶回来了，看看家里的情况。维贤说：“咱们家里没有伤人，但是村子里死了不少人，看着这凄惨的光景，真叫人难过啊！”

这是一九三一年阴历十一月二十三日，大地震后的第十二天，李信、李郴和明生他们急匆匆地拉着骆驼回来了。见到整个庄子破败不堪，几个人不由自主地加快了脚步。一进家，几个人就忙着卸货摆货，李信不停地询问着家里的情况，当听到几家人都安全时，大家伙就舒了口气。维贤看见儿子平安回来，还带来了这么多的东西，地震后这十几天忙碌焦躁又沉重的心情略有一点安慰，脸上出现了久违的笑意。李郴和明生放好货之后，各自回家休息，宝祥就先待在家里，城里暂时不回去，李郴先回家看看，晚上回来一起吃饭。维贤、李泉就和李信说了一会儿家里的事。维贤说：“自从你们走后，村子里出了很多事，先是长顺过世了，十一月初三冬至这天开悼，初四埋的，长顺的死给你四爸四妈的打击很大，你尕嫂子带着三个娃娃日子就更难过了，咱们家里人都还没有缓过劲，接着就是大地震，把庄子差不多摇平了，有三十几家成了绝户，庄子上死了一百多人，这十几天把人真是忙坏了。”听到长顺去世，李信伤心地流下了眼泪。

大太太、二太太和三太太都到上房里和李信说话，关心地问这问那。二太太说：“信儿，你这一路上还顺利吗？你们几个没有生病吧？生意好做吗？”李信说：“我们一路上很顺利，生意也好做，我们在平凉的时候就发生了地震，当时平凉一带地震也很大，感觉很明显，人们传言很多，一直都不知道哪儿震得最凶，我们就一路赶了过来，沿途越往西震得越重，宁夏一带好多地方都没有了人烟，惨得很。”李泉也说：“咱们靖远城也震得很厉害，好多房子都摇倒了，很多人没吃没住成了灾民，我和你嫂子就带着娃娃回来了。”李信说：“十一月初间，我们正好到陕西宝鸡，把带过去的药材、皮子、羊毛贩掉，又收了些山货和柿饼、花生，然后由宝鸡北上到凤翔、陇县，经华亭到平凉，到平凉的当天晚上就地震了，我们到得迟，刚吃完饭还没有睡呢就地震了，幸好我们都醒着，咱们的财物没有损失，店里的草棚子被摇倒了，把靖安的两匹马砸伤了，我们回来的时候打算过六盘山在宁夏把驮的山货卖掉，结果地震了没有敢过去，我们又回到华亭，经张家川、庄浪、静宁、会宁，然后回到靖远，张家川的皮货比较便宜，我给家里人带了点，我们在静宁、会宁的市场上把山货和柿饼花生处理掉了，只给家里每样留了一点，放下过年，这一趟能赚几个钱，咱们吃过晚饭后就给李郴和明生算一算工钱，让宝祥过几天再到城里去，看看咱们的店，不行就撤回来算了，我三爸四爸的店怎么样?”维贤说：“你三爸的店地震后没过几天就撤回来了，你四爸在长顺病重和过世的这一段时间基本上没有到城里去，几个伙计都打发了，几个车马店都摇塌了，根本没办法做生意，只有咱们的店还没有什么，你大哥回来的时候过去看了看，房子没有影响，但是也没有什么生意。你二哥在长顺去世的时候赶回来了，也是地震后才赶回西安的，他是从兰州这边回去的，也不知西安那里怎么样，你大嫂和娃娃们都好着没有。”李信说：“我们走在路上听说陕南震得比较厉害，西安没有什么，房子和人都没有倒塌的，宁夏好像是最重，我们在路上也碰上了从宁夏出来逃荒的，冷月寒天的，可怜得不得了，有些人晚上没处去，就被活活冻死了。”

晚饭的时候，维贤安排了一顿比较丰盛的饭菜，把家里人都叫到一起，让李郴、明生、宝祥都过来共同吃一顿团圆饭。一家人经历了这许多的事情之后，是第一次聚到一起，一家人平日里都在窝棚子里住，分得较开，再加上这一段时间地震时有发生，整个大人们的世界是非常惶恐的，孩子们在大人的管束下，也不随便乱走。今日一聚，很多人都能为李信他们平安归来而高兴，所以大家在一起的气氛很好。维贤特意打开了一瓶从四川捎来珍藏了多年的老泸州酒，大太太和二太太从来都不喝酒，翠琴就给上房这一桌的能喝酒的人都倒了一杯，整个房子里就充满了浓浓的酒香。维贤高兴地说：“今天我的信儿平安回来，我很高兴，再者我们家族经历这么大的灾难，没有损伤人，这是我们先人修来的福分，不是我们哪一个所能做到的，先敬我们的先人一杯；最近我们出了一些钱粮，我认为这是应该的，一是我们能出得起，二是我们舍得出，造福乡里，我认为我们做得还远远不够，我们今后将要为乡里出更多的力。”二太太今天也很高兴，因为这一段时间老人家为李信他们的安全着实操了不少心，今天见到李信他们平安归来，一颗提悬的心也放下了。李信、李泉首先起身，恭恭敬敬地为维贤和大太太、二太太敬了一杯，然后就给三太太也敬了一杯，李郴也恭恭敬敬给维贤和太太们敬了一杯，明生和宝祥也起来为在座的各位敬酒祝福，众人互敬之后李信就激动地说：“我们这次外出，走了一些地方，也碰见了许多熟人和生意上的老交情，一路上很顺，也多亏了李郴、明生、宝祥等人的帮衬，才能在这次地震中平平安安地回来，我再敬各位长辈一杯。”晚饭后，李信就给李郴十二块银元，这些钱可以买到四百五十到五百斤麦子。明生和宝祥分别给了七块银元，明生和宝祥吃惊地说：“这怎么可以，我们要这么多钱干什么？”李信认真地说：“这是咱们老爷的意思，你们就拿着吧。”宝祥说：“七块钱是我快三个月的工资，给的太多了。”李信说：“快别说了，就这样定下了，都拿着吧！”

送走了李郴、明生，李信就把李泉叫到他的房里，两个人说这次出去的情形。李信说他们驮着果子先到会宁，在那里换粮食就换了五天，好在店家都是熟人，最后剩的一点就送给他们，然后就赶往岷县，在那里用粮食换药材，岷县的药材就是好，晒得很干，也很便宜，六个驮子都装得满满当当。由于是冬天，一路上的客人不多，常常是他们走单帮，好不容易来到咸阳。住店之后，他们刚刚把货存放好，就等着出货。而这时，他们的宝祥差点把第一桩的生意弄砸了，因为当时他们带的是中药，收药的人倒有，但几个人合起来也要不了多少，他们几个人都在那里熬着。结果第三天就来了一个收药的人，宝祥赶紧过去招呼，那人比较耳背，说话交流很不方便，把个宝祥急得真是团团转，于是，就上前连拖带拉地把那人请到了屋里，由于没有看好货，又加上宝祥的拉扯，那人怒气冲冲地转身就要走，并对宝祥的不敬很是不满，并说坚决不收他们的货。李信一看不合适，就赶紧上前打圆场，大声地在那人耳旁解释道歉，才劝说住人家，再让人家看货论价，结果看货之后那人很高兴，生意商谈很是顺利，价钱方面很快就谈成了。宝祥也是很小心地伺候那位主，只是有些急躁，又不懂耳朵背的人也是很急，结果两个人就都急了。宝祥初时还以为人家把自己的话都听清楚了，结果就把人家搞得有些烦，动了火。但是还别说，就是和他们做生意的那位主，虽然耳朵有点背，人却是豪爽的、性急的。由于耳朵问题常常遭受误解，所以就表现得有时很急很不好接触，大声地把话说明白了，还是很好接触的。

李信对李泉说：“哥，长顺的事情，我很伤心，咱们哥俩在一起说话，我还是可以说说心里话，二哥你是念过书的人，对长顺我真是有说不完的话，可是没有了机会，那次临出门我确实看过他，但没有想到竟是永别，从此我们兄弟就阴阳两界，所以我希望二哥帮我写一点东西，我在过年的时候到坟上好好祭拜一下，以表达对我长顺哥的哀思。”李泉说：“行呀，我抽时间给你写一点。”兄弟两人说到了深夜，然后才回到各自的窝棚里休息。

闲话少说，李诺从兰州回到西安，见到徽芸之后就说起了这次回家的经历，劫后余生的李诺说起了靖远的大地震，当天晚上是怎样地紧张，人们是怎样地慌乱，家里所有人都在极度惶恐的情形下度过漫漫长夜……徽芸也谈起了西安的情形，震感很明显，虽然没有靖远那么强烈，但很多人当时都很慌乱，一时也有很多难民涌入西安，整个社会混乱不堪。幸亏上班还没受到多大的干扰，但是那些灾民实在是太可怜了，没吃、没喝、没处住。雨霖、雨钊两个孩子都在场，也说起了在上学时所见到的一切。雨霖说："听我们老师讲，这次地震是中国百年不遇的大地震，震中在宁夏的海原，辐射到邻近的好多地方，影响最大的是甘肃、青海、四川、陕西和内蒙，宁夏的有些地方被夷为平地，山移位，地裂缝，古迹被毁，村落淹没，一切都令人不忍目睹，太惨了。"听着雨霖激动的述说，李诺和徽芸都大为惊讶，心里想着雨儿真是长大了。

第二天李诺就到教育厅上班去了，一切都渐渐趋于平静。当部里的文书将最近一段时间的来往信函拿给李诺，李诺从信函中发现一份北京来的函件，打开一看就发现是自己前一段时间托同学刘金阚给大儿子雨霖找学校的回件。原来老刘把事情已经办妥，明年春季就可以到国立北京高等师范学校预科部上学。

话说这天大太太的远房侄儿从外地回到了李家塬，只身一人。维贤一家吃晚饭的时候，大太太才给维贤说起，就说榆中条城本家兄弟家里的事。维贤忙叫李信把张家侄儿叫来，一问才知道，这是张家老四的小儿子，名叫张顺强，家里生意一直做得很好，家境还算可以，谁知三年前遭了一次强盗，父亲和两个哥哥都受了伤，大嫂孩子惨遭贼人杀害，他们家的生意也一天不如一天，后来，两个哥哥先后去世，只有二嫂子和他伺候着父亲，去年九月父亲去世，家里就剩下他二嫂子和一个小侄儿三个人，家很快就败落了。再加上这次地震把仅有的两间房子也摇塌了，自已在顾家家庙里住着，生活没有了着落，二嫂子给顾家帮厨。当初的少奶奶，今天连日子都过不下去了。顺强计划着今年过完年离开那里，找他姑姑想个办法。也是实在没有办法了，所以现在就来到了他姑姑这里。顺强的二哥大他两岁，二嫂还小他一岁，他这一出来就是一个月，也不知二嫂和侄儿在人家家里怎么样。听完顺强断断续续的诉说。维贤就说："你们家那边的房院都没有了，在那里你没办法了。"顺强说："我两个哥哥去世，就把家里能变卖的东西都卖光了，我爹去世后，家里连帮忙的人都没有，是我二嫂把自己的嫁妆变卖了才买了一口棺材，上一次地动把啥都摇没有了。"维贤说："既然这样，那你就先在家里帮忙种地，你在那边家里种过地吗?"顺强回答说："地种得不多，不过我知道活路。我在那边一直跟我大哥跑水烟生意。"维贤再没有说什么，就让李信安排住下了。

转眼间日子就到了腊月初八，李家塬这一带的风俗是一到腊月初八，就已经开始准备着过年了。从腊月初八开始，腊八粥的香味，最先使过年的气氛在家家户户呈现出来。维贤家今年腊八粥的配制特别丰富，李信从陕西带回来的栗子、薏仁米、花生、葡萄干、芝麻、核桃仁、松子、杏仁、杂豆瓣加上本地的大红枣儿、瓜子仁及五颜六色的果脯和炒好的臊子。腊八这天家家户户都做一些好吃的，亲朋好友之间，还有互相馈赠腊八粥的习俗。中午吃饭的时候，一家欢欢喜喜地先祭祖先，然后吃团圆饭。维贤饭前就向大家说："从今儿起，全家人从窝棚里都搬到屋子里住，把炕烧得热热的，让娃娃们热热乎乎地过个年。

这天，已是腊月十一，李泉就想到城里看看。自从地震之后，李泉就很少到城里去，一是因为他从教育局出来了，后半年一直在搞靖远简师的筹备工作；二是因为地震的破坏，又时值隆冬，靖远简师的建设就全部停了下来，他在城里实在没有什么事。地震给人们造成的恐慌一直没有消除，整个政府都忙于赈灾救灾。李泉先到自己店里、家里看了看，没有什么异常，就拿着自己起草的简师章程到教育科，教育科的王科长回家还没有回来，李泉就又拿着章程来到靖远简师的筹备处，召集了几位在家的教师和杂役人员，把章程拿出来一起讨论研究，并约定来年秋季一定要把学校办起来。经过讨论审定确立了靖远简师基本规章之初议，初步讨论结束之后，李泉就让苏保明收拾好，隔天等教育科的王科长来了之后，让科长审阅修改最后确定，以备来年开春学校使用。

李信带回来的各种干果在整个腊月里渐渐地被人们买去，有些穷人家里还是买不起，维贤就让万信给送一点过去，让家里的大人娃娃尝个新鲜。这天，天气格外晴朗，维贤正和太太们说话，新城白家的玉功和玉亮早早地就赶着车给娘舅家送过年的东西，弟兄两个把车停到门口，让万信和跟车的人赶紧卸车，死活不进大门，说是热孝在身。维贤出来大声说："这是你姥姥家，没有那么多的讲究，赶紧到屋里喝口水吃点东西。"玉亮就进了大门，见了二太太，就说："姥姥，我爸让我们两个给你们送了一口猪，四只羊，鸡鸭各十只，洋芋三百斤，旱麦面一百斤，今年的上等小米一百斤。"前一段时间地震，我们家的房子被摇塌了七间，所幸人没有受伤。整个新城被摇塌的房子很多，也死了很多人。玉功和玉亮在家里待了一会，就要起身往回赶了，说再晚了就赶不到家了。一家人送走了玉功玉亮之后，李信领着几个家人把送来的猪羊鸡鸭放在仓库里，由于天气较冷，各种肉食放在仓库里很快就冻住了。

李信和李泉在家里忙碌地准备着过年，先是碾米磨面，添置家里的各种用品。

转眼就到了腊月二十三，俗称"小年儿"，是民间祭灶的日子，家家户户都郑重其事地举行祭灶仪式。

这天，梨花和荷花过来看表姐来了，其实还是梨花想李信了。这两个姑娘在兰州上学，和村子里的女子就是不一样。只见梨花荷花两人穿着朴素大方，亭亭玉立，一人围着一条洁白的围巾，发型很时髦，姊妹两个的皮鞋也很光亮。老大梨花矜持些，看李信脉脉含情的眼神，似乎对李信很是赞赏。这有时让李信都能感觉出来。老二荷花开朗很多，一进门荷花就叽叽喳喳地说个不停。李信今天也陪着在屋子里待了好一阵子，两个姑娘姐夫长姐夫短地和李信两口子说话。其中梨花说到了兰州城里很多的新鲜事，让李信两口子吃惊不少，梨花边说边偏着头微笑着注视李信的眼神令李信很是激动。

两个姑娘在如菊面前很随意，如菊是表姐，对两个姑娘很是关照，三个聚在一起的时候，很是欢快，有说有笑，有时倒还提防着李信的突然闯入。两个姑娘天快黑的时候才回去，李信和如菊热情地留两人吃晚饭，梨花荷花俏皮地望着李信说："姐夫，今儿是小年，我们还是回去在家里吃吧。"李信和如菊就送她们到门口，然后打发两个姑娘回去。

不要小看这梨花姑娘，她可是一个很有同情心的姑娘，待人真诚和蔼，本性善良，做事不温不火，悟性好，书念得不错，人又长得好看。远的不说，就说在梨花十三岁的那一年冬天，张昭和大妻子主持着收一年的地租，梨花和妹妹荷花在一旁玩耍。这时就见明祥爹过来交租子，明祥一直不敢抬头看，只是小心翼翼地跟在父亲的背后，穿得很单薄。明祥爹嗫嚅地说："张老爷，今年我家那块地夏天的粮食还没有收回来就让一场山水给冲坏了，夏粮歉收，秋里又遇上霜冻，秋粮也收得不好。"听着明祥爹嗫嚅地说，苏老夫人就说："知道今年你们歉收了，但是规矩我们不能变呀，今年交不上，放到明年，你说能行不?"明祥爹一下子就跪在老夫人的面前，说："谢谢老夫人，谢谢老夫人。"看着穿得烂兮兮的明祥，梨花就对爹说："爹，大妈，他们欠咱们的多少东西?"张昭说："小娃娃，不要问家里大人的事。"大妈就说："我的娃，他们租种我们的田地，一年给我们交点说好的粮食。"梨花就说："不是说歉收了吗，歉收就不要收了，咱们这一收，明祥一家子就没有了活路。前年魏家春来的爸就是因为租子的事，把花花一家逼得正月里就要饭去了，去年一年我找了好几次，花花都没有回来，真不知走到哪里了，都是一个庄子上的人，我们还是不要学他们那么做。"

张昭和大妈一听梨花的话，就对明祥爹说："好吧，看在小姐的面子上，今年的一切就都免掉，明年再说明年的吧。"明祥爹一把拉过来明祥，就要给梨花一家下跪，张昭连忙拉了起来说："算了算了，你们就回去吧！"明祥爹千恩万谢地领着明祥回去了。后来张昭和苏老夫人在收租子上比以前要活套得多，不但有时可以适当减免，而且还在年底有送出的东西。

那时梨花的天真无邪，今日梨花的矜持娇美给李信留下了美好的印象，特别是刚才说话时注视李信时的娇媚，让李信内心深处产生了漪涟。李信想起了去年有一个相面先生说过的话："这个女娃娃脸型似中秋之月，圆润白净；唇如出水红莲，红润欲滴；

齿如白玉编贝，整齐不紊；走路轻说话缓，生就个富贵之相，当是不凡。”李信看着这个梨花和家里的三太太很有些相似。

晚饭前，维贤让李信找出了香案摆在院子中央，在厨房的灶头上也摆上祭祀用品，又把上房方桌收拾干净，把壁橱一一打开，把里面的列祖列宗的画影拿出来擦拭一遍，重新摆放整齐。据民间传说，每年腊月二十三，灶王爷要升天向玉皇大帝禀报这家人一年的善恶，供玉皇据以赏罚，于是，百姓们供上红烛、糖瓜，期望灶王爷“上天言好事，下界降吉祥”。据说七天以后大年三十晚上，他还要与众神同来人间过年，届时各家则举行“接神”、“接灶”仪式。腊月二十四，为“扫房日”，腊月二十五为擦窗户糊窗户的日子，二十六炖大肉，二十七杀公鸡，二十八把面发，二十九蒸馒头，此后家家户户焕然一新。

在三十这一天，人们都准备着过年，维贤让李信给五老爷家及一些没有杀猪的亲房送些肉过去，叫李郴、李相过来，和明生一起准备到坟上给先人送些钱两，让先人们过个富裕年。这儿和全国很多地方一样，都有年前给故去的先人上坟的习惯。吃过午饭，李信、李相、李郴、长顺媳妇领着雨侠、雨新、雨梅和明生几个人就套了车上坟去了，维贤吩咐在家的人各忙各的，扫院洒水清理垃圾，家家户户都在搞行动。女人们这几天特别的忙，从二十九蒸馍馍、捞油饼、炸油果和馓子开始，就不停地煮肉做菜，准备一家人从初一到初三的饭食，初四到十五亲戚们来家后招呼亲戚的东西。下午，维贤出去到庄子上转了转，看看还有哪些人家过不去年。路上就遇见了大路鬼，维贤问他：“侄儿子对你怎么样，过年有没有肉？等一会让万信给你送件新衣裳，哪天到我家来，我们美美地吃一顿。”后来又遇见了田娃正领着婆娘到他大哥家里去，维贤就问：“田娃，过年了，你不在家里好好准备过年，往你大哥家里去干什么？”田娃就说：“几个娃娃嚷着要吃肉，我大哥今年杀了猪，我们过去帮帮忙，顺带再借点肉，拿来烩些酸菜，让娃娃们过年。”维贤说：“那你就快去吧，一年到头了消停上几天。”

李信几个人先到祖坟上，雨侠雨新娘母几个就直接到长顺的坟前，听到长顺媳妇悲悲切切的哭泣，李信几个就特意来到长顺的坟前，排出带来的祭祀品之后，李信拿出李泉帮他写的祭文，在李相、李郴、明生几个人的陪同下，面对着长顺媳妇和几个孩子，恭恭敬敬地诵读起来。起初读得顺利，后来就泣不成声，李信用自己的哭声表达了对长顺的深深思念。祭文全文如下：

痛祭吾哥

夫唯

长顺吾哥，长吾十四，忆哥笑言，恍如眼前，忆哥话语，犹在耳边，恰逢外出，闻哥辞世，小弟泣涕，难诉衷肠。

长顺吾哥，四叔之子。幼敏好学，聪慧异常，七岁入学，即露才华，家庭殷望，为继为续，科考难续，牧羊经商。

长顺吾哥，吾之榜样，忠厚做人，诚实经商，庭院殷殷，髦倪无恙。造福桑梓，相助相扬，偶遇天年，慷慨济之。

今日吾众，同去祭祀，适逢微雪，不阻其程。

哭我长顺，弥泪涟涟，路旁小树，堪比我强。枝枝杆杆，珠珠晶莹，纵使成串，无及我伤，我欲倚之，树体柔殃，我心悲之，行路艰长。

哭我长顺，心泪泱泱，道中枯草，实比我强，雪珠缀满，挺头昂然，我心伤伤，欲扶欲强，我欲倚之，不及躬量，我心悲之，阴阳之伤。

哭我长顺，泪眼滂滂，路上泥土，胜似我伤，泥土欲立，雨雪涌畅，酷暑有痕，小寒有伤，我欲倚之，双手沾裳。不辞不顾，心唯实伤。

遥望新冢，孤居一方，惜惜怜怜，雨中徜徉，绕茔三匝，行步不止。

昨日临别，笑劝为戏，你说我语，欢喜无常。今日再来，独见孤冢，阴阳两界，何能相长。既见新冢，心犹伤伤，老嫂单薄，子侄羸弱，吾将尽力，相扶相将。

呜呼吾哥，愿你在天有灵，保子安民，吾等众人，遂笑遂言。

呜呼哀哉

尚飨

农历一九三一年十二月三十日

李信读完祭文，就点纸化钱泼散祭祀品，看着伤心不已的嫂子和可怜的孩子，人们久久不愿离开，李相和明生就劝着娘母几个慢慢地往回走。天气也越来越阴了，北风裹挟着细碎的雪花迎面扑来，更是增加了许多寒意。

三十这天家家户户远游在外的、分家出去的全回老家过团圆夜，围炉吃年夜饭。饭前全家大小特别是孩子要先换上新衣，然后就举行祭祖仪式。维贤就让李泉、李信把平时少见的干果、献饭、油果、甜果、鸡鸭鱼肉用小碟盛上，摆放在上房的祭桌上，先祭拜众神，院子里影壁前设有诸神香案，厨房里祭拜灶神，最后祭拜祖先牌位，这一次一家的大小男人按辈分排好一同祭拜，拜完之后就让家里的孩子放鞭炮。这时一家人才开始吃年夜饭，年夜饭里最不可少的是一条大鱼，是大太太掌厨做的，这条鱼不可吃完，以象征“年年有余（鱼）”。年夜饭吃完，家中长辈们坐在正厅，小辈依次拜年，拜年时发给压岁钱，给孩子发完压岁钱后。李泉、李信就领着一帮孩子们给亲房拜年，每一家进去之后先是上香，化马，然后嘴里就大声说着给某某拜年，边说边磕头，起来之后就坐下说话，给亲房朋友拜年结束后，就赶紧回家守夜。这时一般人家就准许年轻人玩牌、掀牛九，不管赌不赌钱，都要守岁，守到夜里十二点，鞭炮一放，新的一年正式开始。有的地方还有在夜半到附近著名庙宇祭拜准备“抢头香”的习俗。传说能抢到头香的人，来年会有好运。

腊月三十熬一宿，大年初一扭一扭。转眼间就到了大年初一，早晨天蒙蒙亮，李家大院就开始了一天的忙碌。因为维贤一直有早起的习惯，老太爷都起来了，其他的人也都纷纷收拾整齐，各自忙呼自己的一摊子事。一会儿工夫，孩子们就纷纷来到上房，先给维贤和太太们磕头拜年，然后就围着爷爷奶奶吃零食，看着孩子们高兴的样子，维贤对大太太说：“看着孩子们的高兴劲，我们都感觉到年轻了些许，过年真是娃娃的事，想起前一段的地震，我到现在都没有缓过劲。”大太太说：“今天是大年初一，你要精精神神的，给孩子们一些精神，多想些高兴的。”维贤自言自语地说：“道理是这样，嗨……”

李泉、李信领着雨轩、雨梃和雨芬早早过来给维贤和太太们拜年，拜完之后，明生和他爹刘孝仪也来拜年。客客气气地给维贤磕头，祝福来年身体健康，一切都好！维贤高兴地说：“起来起来，赶紧起来坐，吃点东西，喝杯酒，明生也坐，今天就在这儿吃饭吧！”明生父子连忙说：“不了不了，今天是大年初一，我们坐坐就好了，主要是给老爷拜年。”

初三的下午，张昭张家姑父过来拜年了，维贤、李泉、李信一家子赶紧招呼，张家姑父说：“今年庄子上年味不浓。”维贤老爷就说：“就是呀，好些人家在地动中死了人，还没有缓过劲来，一些人家吃的用的严重不足，年前我们又散了些东西给他们。”张昭老爷说：“我过来的时候，看见有几家人没有动烟火，大年初三……”维贤就接着说：“那等一会让李信过去看看，顺带拿上一点东西。”两个老人说了一会儿话，张家姑父就起身走了，李信送张家姑父出门后，见家里没有什么人来，和就万信拿了几只鸡鸭和十几斤小米给那几家送去，李信没有走多远，就想看看梨花去。于是打发万信给那几家送去，自己回家又拿了一些点心干果和羊肉准备到姑父家拜年去，说实在的，李信对梨花的好感与日俱增，在跑生意的时候，梨花的形象常常出现在李信的脑海里，只是不便说而已。

看着李信拿着东西来了，梨花姊妹高兴地迎了出来，两人脸上笑得灿烂似花儿一样。张昭笑着说："他姐夫啊，我们都一样遭了灾，你家里人多，过来就过来，转一下就行了，就不要拿东西了么，今年这个年庄子上好些人家都不好。"李信笑着回答说："就是，好些人家都死了人，凄凄惨惨的，我昨天在庄子上看看，今天就随便过来看看二老，也没有什么，就一点东西，给姑父一家过年招呼人用。"梨花荷花出出进进地给父亲和李信添茶倒水，一脸的幸福。

翠琴一直就在维贤家里，过年这些日子更是忙，人来人往事情更多，只有晚饭后才能够回家。家里人吃穿用度的事务都是婆婆在操持。最近翠琴和李信媳妇同时害喜，但两人的反应不一样，翠琴是头首子反应不是很厉害，而李信媳妇是二胎，反应却很厉害，常常呕吐不已。两人经常聚在一起商量。张梅是大嫂，在厨房里对李信媳妇魏如菊照顾得很，妯娌两个如同姐妹，无话不说。其他的我们不说，但就说这李信媳妇魏如菊吧，比李信小三岁，今年已经二十六了，和李信成婚七年，生有一女，名叫雨芬。她是李家塬西面百里的魏家堡子的大户人家，家族势力强大。她的父辈弟兄四个，先后就有四个堡子，她就在这堡子里长大，从来没有走出去，结婚是她第一次出远门，远嫁李家塬。

堡子，是我们这一带特别是山区的重要建筑，一般建筑在视野宽广、干燥、土层较厚的地方，主要由黄土板筑而成。周长约四百多米，内部一般长约60米左右，宽约50米左右，堡墙高约8米左右，墙顶宽约3米，墙基宽约5米左右，呈四周封闭包围形，土堡有前后两道门。堡内有的是建筑房子，但规格不是很高，有的就直接在堡子内挖有巷道，巷道纵横交错互相串通，巷道两侧为藏物住人的窑洞，一般能住280到400人左右，有的土堡内还在地下挖有地道，供藏物躲人之用。土堡墙顶部修有1.5米高的稍墙，稍墙上开有0.2米见方的小洞供放哨口望用。另外土堡的四周修有3米高的放哨土楼，形成一个居住备战防匪的古代军事建筑。

魏家的堡子里面建有许多房子，四方里每方头居住一个堡子。由于魏家堡子的风沙比较大，很多人都住在山窑或地窝子里，空旷地带基本没有民房，所以魏家的四座堡子就显得特别显赫，高大，堡子里进进出出的人也就显得更加气派。李信媳妇魏如菊是四方里魏明珍的三闺女，老小。如菊兄弟姊妹六个，两个哥哥，如枋和如源，两个姐姐，如棠和如兰，她是小闺女，还有一个弟弟如睢。魏明珍弟兄四个，老大魏明礼，老二魏明瑜，老三魏明德，老四就是他。老二的三儿子魏如林在宁夏当了团长，很有权势，私下里拉起了护院家丁，一人一把短枪，一杆长枪，很有战斗力，如林经常派下属到家里来，操练家丁的骑射本领，捎带些枪支弹药和烟土。家里开有几处烟馆，由老大的儿子魏如彪和老二的四儿子如敬看管，生意比较好。

转眼就到了正月初六，往年这个日子就开始唱戏了，可是今年不行，庄子上的五个唱戏的把式，三个在地震中被窑洞砸死了，剩下的两个有一个受了伤，没办法上台。庄子上每年都闹正月，唱戏耍船耍狮子，张家老六召集组织，维贤和庄子上的几个大户出钱出粮，大戏唱两个晚上，社火闹十天左右。这天张家老六来找维贤，商量今年闹社火的事。

这张家老六是庄子上的大能人，吹拉弹唱样样精通，有很强的组织能力和号召力，唱秦腔特别在行，他一人可以扮演几个角色，生、旦、净、丑、杂行五个行当的戏都能拿下，并且演啥像啥。他饰演《断桥》的白娘子，《斩秦英》的公主，《黑叮本》中的李艳妃，《游西湖》中的李慧娘等，演得活灵活现，细腻传神，再加上扮相俊俏，嗓音清亮，唱腔甜美，双眼犹如两潭秋波。他出名的是《游西湖》中船头与裴凤卿吊膀子时的情爱动态，使观众无不心动身麻，欲情骚动。他演的《逃国》的伍员，人称活伍员。刚进李家的大门，就碰上了李信，李信亲切地称他为六叔。张家老六嗓音洪亮，大声地问李信："你爸在家吗？我找你爸商量庄子上闹社火的事。"李信说："每年都是这个时候，我爸在上房等你呢！"说着，万信就过来说："张家爸，老爷在上房里等着呢，教你快快进屋。"张家老六到了上房，先给先人磕头，再给维贤磕头拜年，拜完之后维贤就说："他张家爸，你看咱们庄子上今年遭了这么大的灾，昨天我到庄子上转了转，就是过年这么喜庆的日子，有些人家的日子还是缺东少西，不是很宽裕，特别是那些死人多的人家，明年的日子更是难过。所以，今年就不要唱戏，闹闹社火就行了，一切费用我和其他的几个老爷出了就行了。你就立马组织，初五出行的时候就出来开演，你看能行不?"老六说："老东家，今年真的很瓤，庄子上很多人家都死了人，戏班子干脆就凑不够人，戏是没有办法演了。那就耍耍社火，去年的狮子今年还可以用，旱船要重新糊，锣鼓家什拿出来就行了，我回去和大伙商量，吃饭老爷您就不管了，十来天也挣不了多少钱，工钱我们看收布施的情况，多少给一些就行了，就是糊船需要买一些纸货，老爷您要先垫些。"维贤说"那行啊，我先出些，初五出行完之后你们到我家来，我管你们一顿饭，你把人数完了告诉给万信就行了。"

送走了张家老六，维贤刚要起身，就见万信匆匆忙忙地进来说："老爷，打拉池大老爷家的大公子李亨和三公子李澹给您拜年来了。"维贤说："去把大太太、二太太、三太太叫过来，让李泉李信也过来陪着。"不一会儿，李亨和李澹就领着几个孩子和一伙家人进来了，维贤连忙起身，陪同一起向祖宗的牌位磕头，然后维贤就站起来接受小辈的拜年，几位太太也在一旁接受几个晚辈的拜年，李泉李信一同陪着跪拜。边拜李亨嘴里边说：“给先人拜年、给二爸拜年、给大二妈拜年、给二二妈拜年、给三二妈拜年。”等到给大哥拜年的时候，维贤就高兴地说：“好了好了，快起来。”

于是李泉李信就连忙扶起了李亨和李澹，其他人也就跟着起来了，等人们都坐好之后，翠琴和小红就连忙端上沏好的茶水，给孩子们又端来各种干果，几位太太连忙起来给孩子们分发，一人几个核桃、一把花生、一把大豆、两个柿饼……

李信拿出李诺在陕西买的洋烟卷，给大哥李泉和李亨分别发了一只，人们都没有见过这洋货，不知怎样抽，李信就给两人教他看见别人抽烟的情形，李亨就说：“你给我们做个样子，我们跟着学，今天我们也开开洋荤。”看着几个小辈在上房里学抽烟，维贤说：“这东西不是什么好东西，炝人得很，一点都没有我们旱烟好。”

几个男娃娃跑出跑进地玩耍，几个女娃娃都到里间屋子地炕上和几个奶奶焐暖暖说话，雨芬滚在二太太怀里不出来，李亨的女儿雨昕比雨芬大，看着雨芬顽皮的样子就说：“雨芬咱们来玩翻巧巧，看谁翻得快。”雨芬听说要翻巧巧，高兴得一咕噜从二太太的怀里爬过来，嚷着要和几个姐姐翻巧巧，长顺的女儿雨梅，李槟的女儿雨莹和几个小姑娘都让着雨芬，姐妹几个高高兴兴地玩着游戏。

话说日子在维贤迎来送往之中，一天天地过去了。张家老六组织的社火在正月初五出行的时候红红火火地闹了起来，初五那天晚上维贤在家招待了社火队的二十七个人，一律是羊肉泡馍管饱。白家玉功和玉亮送来的四只大羯羊，过年只用了一只，招呼社火队的人用了一只，那是最大的一只，净肉就有六十多斤，煮了美美的两大锅，整个一家人也是羊肉泡馍。李信和万信卸羊很有技术，先将羊的肉和骨分开，大骨熬汤，再将肉剁成大块放在锅里煮熟。等到人来齐时，将大块的肉捞出来，切成肉片子，再配上熬好的羊汤，那才叫个美呢。整个院子里都弥漫着羊肉的香味，每人端上一碗用葱、姜、盐、蒜苗、萝卜片入味的羊汤，吃的时候再配上大蒜。

维贤当天也美美地吃了两碗，边吃边劝大伙儿说：“今年遭了灾，只能是这简单的一顿羊肉泡，明年年成好了我让大家吃桌。”众人齐声说：“您老人家说的，这就好得很，我们今年把社火闹得热热乎乎地，为咱们庄子争光，也为东家您争光。”维贤老东家高兴得胡子眉毛都抖了起来。李泉李信也在指挥着几个帮忙的人招呼社火队的人，由于都是熟人，互相开玩笑，也放得开，“你小子吃了三碗了，还不够啊！”“你小子干活不行，吃饭就成了孟姜女的丈夫——范（饭）郎了。”明生和李信是耍狮子头的，两个人可以说是张家老六的左膀右臂。梨花看见村子里的社火队过来，就早早地在门口等着，社火队刚到，就叫侄儿点响了鞭炮，李信和张家老六就带着社火队到张家表演闹社火，明生一把拿过李信手里的狮子头，让李信缓一下，自己耍一圈子。李信刚走到边上，梨花就一把将他拉了过去，趁着人多，锣鼓声音很大，梨花没有让李信到上房里去，直接就拉到自己的房子里，给李信倒了一碗红糖水，看着李信喝下去，两个人才一起从房子里出来，李信很快就随社火队出去了。

正月初八这天，魏家如源骑着大马、领着一个雇工，赶着大车来给李家塬的姑姑拜年来了，顺带接妹子如菊回娘家。如菊的姑姑是李家塬张振兴的母亲，维贤非常熟悉。张振兴的父亲是张昭，是李家塬有名的大户人家，也是当地的名人。张昭和二夫人魏明英生有一子二女，一子是振兴，二女是张振敏和张振玟，也就是梨花和荷花。今年两个姑娘都在家。张昭主张文化教育兴家，所以大夫人的两个儿子振西、振北都在西安读书后工作，和李诺比较熟悉，振兴在北京读书，梨花和荷花在兰州读书。翠琴的父亲张伟中和张昭是一个张家，辈分不同，张伟中算来是张昭的远侄儿，但家境却大不相同。振兴在北京读大学，过年没有回来，听说是要考美利坚国的洋学堂，很有学问，名气也很大。

如源到李家塬之后，先给姑姑、姑夫拜年，吃了中午饭后，就让家人捎话给李信，说下午想接如菊回娘家一趟，让如菊和李信准备一下。李信知道如源到李家塬后，就赶紧准备了些东西和如菊带着雨芬到姑姑家去了。先给姑姑、姑夫拜年，再给舅哥拜年，述说着一直忙于杂务，为没有和如菊早早地过来拜年表示歉疚。如源拍着李信的肩膀说：“哎呀，妹夫你看你客气的，我知道你家里来来往往的人多，也不敢早过来，这不今天已经是初八了，我才过来接妹子，姨娘想如菊了，叫把雨芬也带上。”李信连忙说：“行行，今儿已是初八了，该回去看看转转了。”荷花说：“看你们说的这话，信哥初三的下午就过来了一趟。”如菊、如源一错愕，随后就望着梨花姊妹笑了。今年振兴没有回来，梨花和荷花过年就回到家里。看见李信和如菊姐过来，两个姑娘就兴高采烈地过来招呼，特别是梨花，矜持地拉着李信的手就是不放开。姑妈魏明英赶紧小声说：“疯女子，你表姐都在这儿呢，你拉拉扯扯地像什么。”荷花回头看着姐姐对妈妈大声地说：“我们就看信哥好嘛，我们就是喜欢和信哥玩。”梨花赶紧松开了手，脸一下子羞红了。如源听了荷花的话笑着不说话，当着姑妈的面几个表姊妹很放松。

后来梨花跟着李信和如菊过来浪门子，看见如菊房子的柜台上放着一沓书，随手就翻了翻。如菊说：“这是你信哥闲了随便翻着看的，你看有意思吗?”如菊边说在房子里收拾回娘家的东西，李信随后就到上房里给父亲说如菊回娘家的事。

梨花就在房子里看书，翻着翻着就翻到了明晖给的那一本《三民主义简介》，梨花如获至宝，赶紧翻了几页，看到上面对三民主义的解释：民族主义，就是驱逐鞑虏，恢复中华……正翻着，李信进来一看，吓了一大跳，赶紧夺过来说："傻女子，怎么看这些书，不敢叫外人知道呀，听说谁宣传就杀谁的头，这是要杀头的，你知道不。"看着李信被吓成这样，梨花却笑了起来，说："信哥，不要紧，这是好些年前南方的孙先生的主张，兰州有很多人都知道。现在孙先生已经去世好几个年头了，什么杀头不杀头的。"李信还是不放心地要把小册子撕掉，梨花一把就拿了过去，说："没有什么，我拿走了。"说着就把书往包里一放，和如菊打了声招呼就回去了。

当天下午，如源接上如菊和雨芬就回魏家堡子去了。李泉和张梅带着雨梃和雨轩也要回到城里，维贤叫三太太给张梅准备上一些东西，各种生熟吃食，让明生套上大车送到城里，顺带让看看城里的生意，在初十左右叫留在店里没有回家过年的人回去一趟，明生帮上几天忙，待其他伙计回来之后再回到李家塬来。让李泉就忙他的事情去，家里的买卖不要操心，专心办好学校，争取今年秋里招上一批学员。李信负责种地。

话说如菊带着雨芬回到娘家之后，先给父母拜年。父亲魏明珍对她说："李家塬今年遭了灾，整个庄子上折了不少人，后来打听你们都好着呢，我们就再没有过去，唉，你公公和婆婆们都好吗？"如菊回答说："幸亏那天晚上我们都忙着招呼客人，没有睡觉，不然情况会更糟。我们一家人全都跑到院子中间，就见房顶上的瓦片乱飞，真是吓死人了。爸咱们这儿怎么样？"父亲说："咱们这儿只是略有一些感觉，不是很明显，房屋没有损坏的，也没有死人。"如枋紧接着说："那一阵子传说很多，靖远城里死了很多人，特别是山里有的人家一个都没有活下，绝门绝户的人家很多。"母亲赶紧打圆场说："大过年的，姑娘刚回来，说些高兴的，快别说这死啊伤啊的话。"然后拉着雨芬的手说："芬芬，姥姥的小乖乖，想吃什么给姥姥说，姥姥给你们做去。"说着就把桌子上的干果抓过来让雨芬挑着吃，姥爷赶紧掏出两个银毫子塞到雨芬的小口袋里，三个舅舅也分别给雨芬两个银毫子的年钱。

一家人高高兴兴地说着话。如菊就问如枋："大哥，你的庄子上还太平吗？皮货和盐的生意还好做吗？"如源就悄悄地说："一般人在大地震中不管做啥，肯定是受损失，咱们的大哥可就不一样了。"如菊忙问："怎么个不一样了？"如源说："那是大地震结束后的十天左右，我和大哥一路到海原去看咱们家的货栈，一路上什么都没有了，经过三天紧赶慢赶，我们终于到了海原，结果什么都找不到，伙计一个都没有活下来，货栈里什么都没有了。就在我们往回赶的路上，在一个山沟沟里，我们看见了几泡新的骆驼屎，感觉很奇怪，一路上没有吃上一顿饭，顿顿都吃背的炒面，说不定这儿有养骆驼的人家，能要一口热饭吃。我们俩顺着骆驼粪往前不远，就看见一大群骆驼在山沟里吃干草，周围没有人烟，我们两个喊了半天，也找不出人影来，我就数了数总共有十七峰大小骆驼。这时，天也快黑了，我和大哥就把骆驼圈在一起，把马拴在不远的树桩上，我们就睡在骆驼中间。第二天起来，我们往周围一看，那情景真是吓人！昨天晚上拴马的地方，陷了一个大坑，坑边是一大堆金银元宝，还有一些不知年代的金银器皿，我和大哥就赶忙拿出口袋，把草料倒掉，光金银元宝就装了两多半口袋，还有几件金银宝贝，我们赶着骆驼就急匆匆地回家了。回来后一数，把人就吓了一跳。我们才知道这次捡到二十两的金元宝一百七十个，十两的金条有几斤，五十两的银元宝二百八十五个，两袋子金银钱币，还有这十七峰骆驼，如菊你说是不是该咱家发财了。”如枋连忙说：“这都是咱们家的秘密，千万别向外人说起。”魏明珍老两口也笑着说：“你大哥二哥这次因祸得福，使我们家得了一点横财，但这不是我们炫耀的时候，每个人该干啥就干啥，日子还是要节俭着过。我们家的花费也很大，如睢上学的学费、开春种地、来年的各种买卖开支下来，我们就剩下不多了。”

如菊就边拉着妈妈的手边说：“爸，您必须给我借上点钱，让我和李信在李家塬也好好地做个生意。”父亲魏明珍笑着说：“女子哎，这个事你说了不算，什么时候让李信来说，我再和你两个哥哥商量。”如枋和如源也悄悄地说：“妹子，你大姐、二姐前几天已经借了些钱，虽说是借，其实就是爸分给你们姐妹的，爸知道妹夫每年都要跑骆驼，打算给妹夫几峰骆驼，让李信妹夫好好做生意。”如菊说：“大哥二哥，你们得的财，给妹妹们分，你们舍得吗？”如源如枋齐声说：“妹子，你这是什么话，哪有什么舍得不舍得的。只要大家好，我们就高兴，就乐意。况且咱们家现在也有一些闲钱。”如菊赶紧说：“你看，我是来给大家拜年的，一进门，就说个不停，把正事都给忘了。爸妈，这是李信从陕西带来的一些干果给孩子们，一些洋布给你们俩做身衣服，两块花布，给二位嫂嫂做衣服，给大哥和二哥一人一条毡裤，冬天骑马外出不冻腿。另外我还带了些香水梨，放在阴凉处，想吃的时候，拿出几个一削，就可以吃了。”妈妈高兴地说：“看我姑娘说的，你们今年的情况不是很好，拿这么些东西来，真是太难为我姑娘了，好了，再别光顾说话，咱们准备着吃饭。”

不一会儿，晚饭就准备好了，全家人都在上房里，分成两桌，大人一桌，孩子一桌，先是前席凉盘，然后就上了四个自家腌制的咸菜，一小碟萝卜，一小碟咸辣椒，一小碟咸茄子，一小碟咸韭菜，中间一大盘凉拌豆芽肉丝，香气扑鼻的臊子面。这里每年过年招呼亲戚都是臊子面，意味着常来常往。这臊子面好不好吃，主要是调汤，主料用

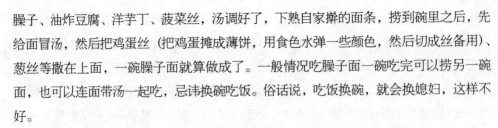

臊子、油炸豆腐、洋芋丁、菠菜丝，汤调好了，下熟自家擀的面条，捞到碗里之后，先给面冒汤，然后把鸡蛋丝（把鸡蛋摊成薄饼，用食色水弹一些颜色，然后切成丝备用）、葱丝等撒在上面，一碗臊子面就算做成了。一般情况吃臊子面一碗吃完可以捞另一碗面，也可以连面带汤一起吃，忌讳换碗吃饭。俗话说，吃饭换碗，就会换媳妇，这样不好。

话虽这样说，但有钱人家还是三房四房地娶，没钱人家就是一个也娶不上，更谈不上换不换的问题。这边一夜无话，第二天如菊就由小弟如睢陪着到大大，二爸、三爸的堡子里拜年，在二爸的堡子里，看见了家丁们身上都有枪，这让如菊很吃惊，心想我们这里虽然早些年闹过土匪，但是这些年就没有听说过土匪，要这些家丁干什么呀，礼节性地拜完年，就在三爸三妈的家里吃晚饭。

如菊回娘家的第三天，明生赶着车就和李信到魏家堡子接如菊回家。李信直接到老丈人魏明珍家里，拜见了老丈人、丈母娘，就和其他人（大舅子、小舅子及诸位嫂子）一一行过见面礼。李信首先问候了丈人丈母的身体情况，又问了问如源、如枋，然后就礼节行地坐着喝茶。见李信问候完众人，就一直和雨芬玩耍。老丈人魏明珍就问："李信啊，听说今年你跑了趟骆驼，生意怎么样，你爸你妈身体好吗？如睢你赶紧给你姐夫准备热茶，让厨房里今天多准备几个菜，就说你姐夫来了。"李信就恭恭敬敬地回答说："姨夫，我爸妈的身体很好，地震中村子里折了很多人，我们家及亲房却不曾死人，但地震后的救灾，让我们家大伤元气，我爸拿出很多粮食救济了别人，我们家今年的粮食就紧张了。去年冬里我跑了趟骆驼，生意还算不错，就是碰上了宁夏的大地震，险些回不来了。我们先到会宁，把驮的果子换成粮食，然后就赶往岷县，路过漳县的井盐区，就用粮食换些井盐，到岷县之后用粮食和盐换了些皮毛和药材，就赶着驮队由岷县出发，经武山、甘谷、天水、直到宝鸡，又把所带的皮毛药材换成干果、烟卷和药材药品，然后又匆匆往回走，在一个叫葡萄园的地方，才知道我们这一带发生了大地震，就经清水、秦安、通渭、会宁，一路风尘地直奔家里，在秦安一带把所带的东西换成各类小商品，然后就在靖远城里又把各类小商品放在铺子里销售。一趟下来能赚几个年钱，发不了大财。姨夫，听说我如枋哥发了一点小财。"魏明珍笑着说："没有的事。"如菊笑着说："我已经告诉他了。"李信也笑着说："我知道姨夫怕树大招风，我们出去一定严守秘密，决不向外人透露半点。"如菊兴奋地说："爸爸有心资助你好好做生意，你是怎么想的？"李信笑着赶紧说："如果能借一点本钱，以后做生意就更加灵活。"如枋坐在一旁也笑着说："爸早就决定给你资助一些钱，就等你开口说话了。"魏明珍就对大太太说："去把给信儿准备的东西拿出来，如源给你大妈帮个忙去。"

大太太一会儿就拿出一个沉甸甸的盒子，如源也抱着一个大一点的盒子，打开两个盒子，一个小点的里面装有五个二十两的金元宝，五根十两的金条；大一点的盒子里装有二十个三十两的银元宝，五百银元。李信一见这么多钱，就赶紧说："姨夫，用不了这么多，用不了这么多。"如枋说："爹给你们三个女婿的资助是相同的，另外还打算再给你五峰骆驼，明天回去的时候就牵上。"如菊和李信赶紧过去给老爷和太太磕头致谢。当天晚上李信就住在如睢的房子里，和如枋、如源、如睢、如菊在一起喧了很久，当听到如枋和如源因祸得福的经历时，给李信震惊很大。李信说："大哥二哥真是福大命大造化大，能发这样的财，真是好事，真是好事。"如枋叮嘱，千万不要向别人谈及，我们大家都尽量不要外露。

第二天李信就赶着大车，拉着如菊和雨芬，明生牵着五峰骆驼回家。一路上，明生笑着问李信："你车上的箱子里装的啥，你们一家子今天咋就这么高兴？"李信说："我老丈人送我五峰骆驼，让我好好做生意，你说，我能不高兴吗？"如菊一个劲地给李信使眼色，让李信不要外露。李信也就不说了。

李信接如菊回来已是正月十二，当天下午回来之后，李信就将老丈人资助银两和送骆驼的事告诉了父亲，维贤高兴地说："你丈人是个明白人，做事亮活，有机会我要好好地谢谢他，咱们家去年地震受了些损失，粮食也发出去了很多，但不要紧，开春的籽种和各种开销都还有。你先把这五峰骆驼和咱们原来的那几峰混到一起，放到河滩里叫苏家老汉看着，春上暂时还用不上，你们拿来的钱，暂时先让如菊保管着，咱们家里用的够了，能不挪用就不要挪用，等到哪天需要挪用时，我再找你和如菊商量。"当时如菊也在，听了父亲的话，如菊赶紧说："爹，这次我爸资助给咱们家的钱，论理应该归咱们大家，我爸也是冲着您老人家才这样做的，全部让我保管，于情于理都说不通。"维贤说："咱们一家子花费本来就多，况且这是你爸资助李信做生意的，让别人管上不合适。"如菊就说："那就把这五个金元宝和两根金条放在这里，那二十个银元宝和银元我保管着，李信要做生意这些钱也够用了。"

如菊说完，把装有金元宝和金条的盒子硬是塞到三太太的手里，这才和李信拿着装有银元宝和银元的盒子回到西面耳房。三太太看着黄灿灿的金元宝和沉甸甸的金条，高兴得嘴都合不拢，连忙就告诉大太太和二太太，说李信丈人给李信送了些金银，还送了五峰骆驼，要让李信好好地做生意。二太太一听，就赶紧问三太太："拿来多少钱，老爷怎么处理的？"三太太连忙说："你看，我把话还没有说完呢。"说着就把刚才的一幕原原本本地说给大太太和二太太听。两位太太听完都高兴地说："我们信儿是个乖娃，如菊也是个明事理的人，说到底，还是如菊父亲魏明珍深明大义，听说我们去年遭了灾，就想办法接济咱们，我们一家人都要感激他。”

整个社火在张家老六的组织下，正热热闹闹地闹着，李信、顺强和明生有时间也去帮忙组织。正月初十立春，地里就慢慢地消开了，社火一般下午和晚上闹，早晨人们早早地起来就往地里运粪，有用毛驴驮的，有用独轮车推的，有用背斗背的，有用大车运的，李信就叫明生和魏家哑巴早早起来套车装车，抓紧时间往地里拉粪。这天苏家老汉来到家里和维贤说：“现在正是用骆驼的时间，你们怎么不使用呢?”维贤说：“骆驼现在还瘦着呢，没办法使。”苏家老汉说：“不管怎么说，骆驼总比毛驴能驮吧！况且咱们的那几头骆驼正在发情，那几头公驼更是骚情得很，一个一个隔都隔不开，母驼都已怀上了，公驼还一天到晚地追个不停。每年到这个时候就要把公驼和母驼分开。”维贤说：“那明天就把骆驼吆来，把骆驼先分给老三和老五，让李槟和李郴帮着把老三的地里的粪也拉上，公驼套车拉车，母驼驮粪，把春天的这一阵子忙完再说。李信你过去叫李槟李郴到河滩里牵骆驼，明天早早地就往地里拉粪。”

话说这天正是正月十四，张家老六来找维贤，维贤正和三老爷在一起喝茶，商量三老爷的大孙子雨橹上学的事。老六告诉维贤说：“皋兰县的皮影子来了，问能不能在庄子上演两个晚上。”三老爷痛快地说：“那有什么能不能的，演就是了，费用我和老四出，二哥您就别管了。场子就在咱们的麦场上，老六你就让他们准备去吧。”张家老六就兴冲冲地走了。三老爷说：“二哥，我看庄子上要办个学堂了，娃娃们在别的庄子上学有些远，雨橹的爸从军队上带来些木头，放到城里的转用站上了，说是要在我们这一带建一个兵站，如果盖学堂，我可以申请盖在我们这里，就说是盖一座兵站，况且咱们这里处在甘肃宁夏的要道上，完全能说过去，盖成后也可以做兵营，这是一举两得的事。二哥您看怎么样。”维贤说：“可以是可以，但要说得圆通些，这就是借鸡下蛋的事。”三老爷说：“二哥您就费心地把这事谋划一下，我给我四哥也说一下。”雨橹的父亲是三老爷的二儿子，叫李念，老大叫李怀。老三叫李相，在家里务农。李怀一直在城里做生意，老二李念现在已是中校军官，负责兰州和宁夏银川府防务军队的军需，很少回家。雨橹的母亲曾经跟到兰州住过一阵子，但李念忙于军务，很少相陪，于是两人发生了几次争吵，刘明钰就领着雨橹回到李家塬，再没有出去过。如今雨橹都六岁了，刘明钰真的再没有生出第二个孩子，这李念很长时间不回来，回来也是匆匆而过，每次三太太和刘明钰都婉转地留宿，李念就是借口忙，从不在家里住，多晚都骑马就走了，这让刘明钰伤心到了极点，但又无可奈何。老大李怀的妻子叫高世英，生有一男一女，分别是儿子雨晟，姑娘雨榕。雨晟和雨榕在城里读书，由李怀带着，家里雇有一个保姆，给父子三人做饭。保姆叫施棋，是李怀从兰州进货时带来的兰州姑娘。自从这施棋到靖远城里之后，李怀就再也没有让高世英到城里去过。三老爷的三个儿子有两个和儿媳不合，是三老爷和妻子最大的心病。后来这施棋就名正言顺地做了李怀的小，再后来就给李怀生了两个姑娘，仍然赶雨字辈叫，大姑娘叫雨莉，二姑娘叫雨晴。两个姑娘都还小，没有到上学的年龄。施棋自知做了小，但对三老爷及家人是非常客气的，每次回家都对高世英很好，对雨晟和雨榕的读书也很负责，但就是不在家里住，每次回家下午一定回县城。施棋和李泉的老婆张梅关系很密切，两人有说不完的话。

当天晚上，牛皮灯影子在麦场上开演了，开演之前大大地耍了一会社火。这牛皮灯影是一种集戏剧、音乐、美术等艺术要素，集文人写作、艺人刻绘与民间演唱于一体的艺术形式，在我们这一带非常流行，很受当地老百姓的欢迎。为当地生生不息的人们增添了无数年节和丰收的喜悦，寄托了对贫安福祉的企盼和对未来生活无穷的向往，是当地历代民众最大的精神食粮。“一口述说千古事，双手对舞百万兵。”“远看灯火照，近看像个庙，里头人马喊，外边哈哈笑”是对皮影的一个生动写照。

这皮影的制作材料以牛皮、驴皮、羊皮为主，经过制图、镂刻、剪辑、上色等多种工序，透明度高，柔韧性强。影人是五分侧面形象，由八个部分组成（头、身、胳膊、腿等组成），胸前一根细线连着竹竿，两手各有一根细线连在竹竿上，从头到脚约七寸高。做好的皮影由三根连着细线的竹竿操纵，不仅要灵活利落，而且要和生活中的人的一举一动相吻合。表演的人有时也是演唱的人，有时也是锣鼓伴奏的人，有些时候各有各的行当。只知道演得最好的是姓王的一个人。庄子上男女老少都涌到场上观看牛皮灯影戏。维贤一家男女老少都穿得暖暖和和地来到场上，三老爷、四老爷、魏家老爷、张家老爷都领着家人居中，待人们坐定之后，张家老六就对维贤说：“老东家，各位老爷太太都到齐了，开演吧。”维贤说好：“赶紧演，赶紧演。”老六就大声地喊：“其他的人都往边上靠一靠，老王，老爷们都到齐了，可以开演了。”一通锣鼓之后戏就开演了。

每次开演前，按当地的风俗是先请神，第一个出场的是天官爷，口里道：“生在春秋做天官，常在玉帝宝殿前，只因李家塬几位贤人许下灯戏一台，今天晚上开台还愿，玉帝心喜，奉命奔入吉庆堂前赐福。”第二个出场的是福、禄、寿三大财神，道曰：“悠悠下山来，黄花遍地开，渔鼓筒板响，三仙出洞来。”第三个出场的是王灵官，道曰：“头戴七星宝点冠，左手金砖右手鞭，要知咱家曾宝号，咱本是火东王灵官，今有生术相招，不知天官有何大事。”第四个出场的是黑虎赵公明，道曰：“家住四川峨眉山，手执铁索把虎拴，要知吾当曾宝号，咱本是黑虎赵雄坛。”接下来几位随着天官齐说：“来到李家塬福地，待我们一观，欣喜的初一、十五进庙来化马焚香，吾等进庙来但见香火茂盛，灯花摇曳，喜之不尽，留诗一首，盘古已开天劈地，周朝家设立庙堂，此庙修得真风流，周公踏穴鲁班修，修在八卦乾子口，祖祖辈辈出王侯。”留诗已毕，我们将此八宝如意留在此地，保佑此地大的无灾，小的无难。空怀出门，满怀进门，贼来迷路，狼来锁口。吉庆如意，万事亨通，风调雨顺，国泰民安，五谷丰登，人畜平安。再将此地的瘟疫疾病，官板口舌一齐带在袍袖里面，压它三十三载，永不下界。

然后才是正式演出，一般的剧目是《全家福》、《财神图》、《百花山》、《香山还愿》、《万寿图》、《朱春登放饭》、《包公》、《唐僧取经》等。演出一场需两到三小时。当天晚上演了一本《百花山》，说好明天晚上要演《香山还愿》半本和《朱春登放饭》和《包公》等几个折子戏。

话说正月十五这天，李泉带着张梅和孩子回到了李家塬，雨梃、雨轩背着雨芬和几个孩子跟着社火队玩去了。李泉就和维贤在上房里说话。李泉说：“爸，我这一次回城里，简易师范已经动工了，按设计准备盖六间大教室，两排简易平房，平房当作老师的办公室和宿舍，一座库房兼厨房，学校东南角靠近城壕的地方盖一处厕所，再把文庙和培风书院的一些房子利用上，四周的院墙砌起来，借用文庙的西门，作为校门，连带做门房，操场就放在院子里，总共占地七十五亩。我和教育科王科长商量了，老师就从这几年毕业分配到县上的工作人员中找，十五个成员我已有一个初步的计划，完了我回城再一个一个地动员做工作，老师都到位后，争取秋半年招生。我年前带给王科长的靖远简易师范章程他也看了，说写得很完整很好。现在工程已经开始，我过完十五就要回城，家里的事，城里的买卖都要您和李信操心了。”维贤语重心长地说：“老大，你要努力把这件事干成，干好，这可是造福子孙，积阴德的事，我们一家全力支持。”李泉说：“爸，我知道这是造福一方的好事，我一定努力办好，学校里面的培风书院好利用，但这个文庙需要改造，政府又没有设项，我那里需要些钱。”维贤说：“这个事我们还是和李信商量一下再说吧。咱们家还有一些钱，资助你办学也可以，不知你需要多少?”李泉说：“暂时先借一百银元，等学校有余钱了我就还回来。”

父子两人说了其他的一些事，中午时分，李信兴冲冲地回来吃饭，李泉就把向家里借钱的事向李信说了说，李信、李泉就直接到上房里和父亲说这件事。李信愉快地说：“爸，我大哥办的是大事，是造福一方，荫泽后世的好事情，我们要全力支持，别说借钱，就是要人力，我们也可以考虑供给。”维贤说：“那这笔钱从哪里出?”李信干脆说：“从我去年做生意的收入中支出。”维贤最后说：“你们兄弟商量了就好，这是一项不小的支出，一家人都要知道，还是从家里你们三妈那里拿上吧”，说着就让三太太取了一百银元，交给李泉。

当天无话，李信和明生热热闹闹地耍了一个下午的狮子，李信耍头，明生耍尾，特别是跳四角、翻身、打能能、下狮娃等一套动作，耍得干脆利落，再配上锣鼓助威，更显得有气势。晚上吃完饭一家人还是到麦场看牛皮灯影戏，如菊领着雨芬，张梅管理着雨梃、雨轩两小子，翠琴陪着太太们，当天晚上的《朱春登放饭》演得最好，由皮影的班头朱老四主唱。

第二天一早，李泉早早地就回城了，李信和明生还是往地里拉粪，雨梃帮着看一会儿牲口，雨轩在家里和爷爷一起背诵《训蒙骈句》的"真"篇和"文"篇，边背诵，边听爷爷释义："吴札多情曾挂剑，张刚有志独埋轮；壁蛩惊怨妇，村犬吠行人；子美诗成能泣鬼，相如赋就自超群；清露凌晨凉似洗，火云当午热如焚。"维贤把吴札、张刚、杜甫、司马相如的典故一一讲给孙子听，劝雨轩要读书探圣道，下功夫往精里读，将来像你表叔振兴那样，到北京读大学，将来还要留洋。讲了一会儿训蒙，维贤就让雨轩自己读背，他就出来看李信明生往地里拉粪，叫雨梃也回去看看书，雨梃就说："我等一会再回去看书，现在我给我三爸帮忙。"

转眼就到吃饭的时候，维贤就叫雨轩和雨梃去叫四老爷过来吃饭，雨梃、雨轩蹦蹦跳跳地就去叫人。一会儿，李信和明生也拉完最后一回，把车卸了，让牲口休息一会儿，他们也回来准备吃饭。只见翠琴连忙端出一盆温水，让李信他们洗手，李信、明生洗手的当儿，四老爷两口儿也过来了，随后三个太太也过来坐下准备吃饭，维贤坐在最上面，大太太左面，二太太右面，三太太紧随大太太，四老爷坐在二太太的旁边，四太太坐在三太太的旁边，李信坐在四老爷的旁边，然后是雨梃、雨轩、雨芬，张梅和如菊在厨房里准备，翠琴和翠红来来往往地端菜送水，明生坐在门口的位子上，边吃边负责下菜，李信说："爸，我们今天拉最后一回的时候，地消得很厉害，我看，二月出头就能收拾地种了，咱们今年要多种些麦子。我长顺哥过世了，四爸你的那些地怎么办，我桂花嫂子怎么办?"四老爷就接着说："我还正要和二哥商量商量这事，过完年我们打算就到城里去看买卖，桂花和娃娃都带到城里，这里的地就让顺强两口子帮着种，不要让地荒了，要是忙不过来，就多雇几个人帮忙，我能回来就回来帮帮，打下的粮食给我分些口粮就行了。"维贤就说："咱们也不要算得太清，十几亩水地里夏庄稼收回来之后，给帮忙的人和顺强给过，剩下的你拿去当作口粮，秋庄稼收回来就给了顺强，让顺强多喂一头猪，过年的时候给你给上半扇子肉，你看能行不?"四老爷连忙说："能行能行。二哥，这样一安排，我也就在城里一心一意地恢复我的生意了。"李信说："四爸，庄稼地我们和顺强认真地给您种，果树园子您还是让原来看果树的人管理耕种，您看怎么样？家院里的房子要有人看，一座院子如果没有人住，那很快就破败不堪了。您走时可以让顺强一家给您看护院子，我五爸的事咱们以后再谈。好在咱们这里离城不远，您还可以随时回家看看，家里有什么事我随时捎话给您，您老人家看行不行？”四老爷说：“行，很好。院子让顺强看，我也放心。”

原来自从顺强上次来到李家塬之后，在姑夫家住定不久，就去条城把二嫂子接了回来，然后两个人就一起过了，小叔子娶嫂子在我们那里很正常，况且顺强还大二嫂子一岁，是很般配的。两口子就住在维贤后院的一间西房里，现在种上了四老爷的地，住上了四老爷的院，两口子高兴得合不拢嘴。

四老爷和四太太回家之后，就和媳妇子王桂花商量一起到城里做生意。四老爷在城里有两处买卖，一处是车马店，一处是皮货日杂店，车马店由刘文管理，皮货店由张兴贵主持。长顺活的时候，两个店同时管理，四老爷常常在李家塬家里，现在不同了，老两口打算住在车马店，王桂花娘母几个住在皮货店，一家人今后就靠这两个店生活。另外现在回城该拿些什么东西，几个娃娃中雨侠到了上学的年龄，让李泉到城里想办法找个学校，先让孩子好好地念书。几个人商量了好长时间。

话说这是一九三一年的正月二十，明生套上大车打算把四老爷一家送到城里，刘文、张兴贵也赶回来帮主人收拾了一些该带的东西，用一辆毛驴车拉着，维贤和几位太太都来送别，桂花满含眼泪地和几个婶娘话别。

话说四老爷一家回城之后，雨侠顺顺当当地上学去了，桂花也慢慢地学会做各种生意，一天里里外外忙个不停，再加上桂花和店里的伙计都很熟，皮货的进出，杂货的零售，桂花都张罗个不停。这王桂花是维贤的三太太的内侄女，出生于会宁县城的大户，父亲王锦瑞，跟三太太王锦艺是一个曾祖父的兄妹。这几年时间，由于长顺生病的原因，心情极度不好，再加上整天围着病人伺候，好长时间人们都忘记了桂花是个美人。现在心里舒适了，店里的活计也多了起来，每天的收入也有了，桂花也渐渐地收拾得鲜亮了，脸上泛起红润和光泽。虽说是三个孩子的母亲，年龄也只有二十六岁。刚开始的时候，四老爷和四太太还常常过来看看，后来见桂花一切都关顾得顺顺当当，也就放心地让桂花一个人担当了这头的生意。

这天施棋和张梅一起来看桂花，一走进店里，就见桂花头上挽着高高的髻，穿着时髦的淡绿色的杂有细碎白花的旗袍，一双粉色绣鞋，真个是“髻横一片乌云，眉扫半弯新月，俊庞儿不肥不瘦，俏身材难减难增，天然美丽，周正堪怜，行过处花香细生，坐下时嫣然百媚。”直把张梅施棋两人惊得半天都说不出话来，施棋亲热地拉着桂花的手说：“嫂子，没看出来，你真是一个美人胚子，不收拾也就罢了，一收拾真是赛过蕊珠仙子。”桂花连忙说：“你看你说的，我已是三个孩子的妈了，还赛什么仙子呢！赶紧屋里坐，叫伙计上茶。”张梅随口就说：“他嫂子，不要忙了，让伙计在外面照看生意，咱们姊妹们好好地说说话，要喝茶我们自己倒。”施棋也忙忙地说：“对，要喝茶我们自己倒。三个人就到了里屋。”施棋笑着说：“嫂子，论年龄，咱俩差不多，可是论形象，你就比我年轻多了。到城里来还缺少什么，几个娃娃的衣服鞋子都够不够，有什么需要帮忙的就说，雨莉还小，雨晴的几件衣服雨梅还可以穿，我拿了过来，还有一双他大大给买的小皮鞋，拿过来让雨梅试试。”张梅也说：“桂花呀，孩子还小，外边的生意让兴贵照看着，你多给几个娃娃一些照顾，跟你一比，我和施棋就太土了。”桂花说：“哪里，你这件旗袍不也很漂亮吗？施棋的这条围巾更是好看，我的这件也就一般了。雨侠上学多亏了大哥，这一段时间生意忙，过一些时间我要好好地感谢大哥去。”桂花说完张梅就接着说：“娃娃上学他大大是应该帮忙，说什么谢不谢的，我们今天过来就是想看看你，暄一暄，顺带拿几件娃娃的衣裳给娃娃们穿，看着你们娘母子生活得好，不缺吃，不缺穿，我们大家都很高兴，四爸四妈那边的生意还可以吧，听你大哥说，三爸的杂货生意比较淡。”施棋说：“我们孩子他爸的粮油生意还可以，但是粮食很难收，特别是地震之后，会宁一带的粮收不上，粮店的存货又不多，嗨，生意难做得很。”几个女人不咸不淡地暄着，并不断地安慰桂花，娃娃的面子大，好好地拉扯几个孩子长大成人，你就功德无量了。

阳春三月，万物复苏，李泉的简师校园工程紧锣密鼓地进行，他们把文庙加以改造，另外又建起了四间教室，五间宿舍兼教师办公室。李泉和王科长渐渐地着手教师的选拔和聘用工作，李泉先摸底，初步选定有二十一人，分别在县里各部门和学校工作，学校初期的日常工作由李泉负责，苏保明负责校内建设和招生前的准备工作。

维贤看着李信把地里的活儿干得差不多的时候，就着手在清明之前把坟提了。这天，王锦廉和白永兴来到了李家塬，两个阴阳提前一天又看了看去年选定的地方，先看利向，再看山形，然后搭盘子，看进得来进不来。结果是主山形大吉大利，小地势上有些缺陷，需要补一个豁陷，引一个水路，活计不多，四个小伙子一阵子也就干好了。安茔的问题解决了，一行人就又来到台子上的老坟湾，看了看需要提的五棺坟，分别是维贤的父母和祖父母，其他的几棺等日后再说，因为牵扯到更多的亲房当家子，人多口杂，意见不统一。众人回到家之后，维贤就让王锦廉算日子，李信、明生招呼帮忙的人。白永兴是女婿，也帮着招呼来来往往的人。当天下午，大老爷一房的李瑭、李澹得信后赶到了李家塬，李泉、李怀也回到了家里，三老爷、四老爷、五老爷都过来商量提坟的事。吃晚饭的时候，王锦廉对维贤说："明天是二月十八，卯时之前不宜动土，辰时动土，旧坟的起坟和新坟的打墓都在辰时开始，后天二月十九辰时下葬，起坟没有避相，但起灵的时候猴、狗、马三个属相的人略往后面站一站，因为是老坟，基本不要求躲避。"时间定下之后，维贤就说："现在咱们的这个事情，明天早上就开始，你们看按怎么个程序办，大家商量一下吧！"四老爷说："那就按阴阳说的把帮忙的人分成两拨，二哥您和老五负责起墓，带上几个上了年纪的有起墓经验的人，三哥和我负责新坟的打墓，带一些有力气的人就行了，让王家亲家和我们到打墓的地方，让永兴负责着开墓之后捡骨，大家看着在提坟的时候把先人的尸骨收拾完整，也不知道这几棺坟里边的情况怎么样。"其他人也就没有什么说的。

于是一帮人就坐在一起暄了起来，王锦廉就暄起了堪舆学。只听得他说："看地首先要重'龙'，防'砂'；'龙'即山脉之气，气之来导以水，气之止限以水。葬者乘生气也，无风则气聚，有风则气散，因此阴宅地理首重得水藏风，故称风水。砂就是穴前后左右的山，高者为山，小者为砂。看砂为富贵贱三等，肥而圆正者主富，大而秀丽者立贵，斜而臃肿者主贱，兼须认明形体是属何星，方知其富贵大小与穷通得失，第一莫葬去水地，立见退生计；第二莫寻剑脊龙，第三莫觅凹风穴，误用人丁稀；第四尤忌无案山，第五只怕明堂跌，以防破家业；第六偏憎龙虎分，更忌撞断石，独生凶并消福。十个富穴九个穷，其形恍如一暖阁，八方凹风都不见，金城水达眠弓案。十个贵穴九个高，气度轩昂压百僚，旗鼓贵人分左右，诸般贵格一齐全。十个贫穴九无关，砂水飞直不湾环，头卸斜飞龙虎反，淋头割脚受风寒。十个贱穴九反弓，桃花射肋直相冲，尤防离兑与巽位，砂水反背秽家声。富坟，下砂重重包裹；贵坟，文笔尖峰对立。贫坟，下关空缺不包，并少源头活水，白虎头上起尖峰，妇人欺丈夫。坟上花开颜色□，妇女性淫贱。望见明堂石土堆，后辈眼不明，只为坟树被藤缠，定惹枷锁祸。"一帮人就听王锦廉暄着他的风水理论，李信就说："舅舅真是高人，提完坟多住几日，给我们好好说说，今天晚上就早点睡觉吧，明天还有任务哩。"众人这才散去。

二月十八这一天，李信和明生早早地起来收拾提坟打墓需要的东西，提坟的准备了铁锨、红绸子、大白布、五张细筛子、两根二尺长的铁棍、五根绳子、二十根各种抬杠；打墓的准备了铁锨、镢头、谷草、铁犁铧，家里厨房也早早地就准备着帮忙人中午要带的吃食。提坟的一处工具拉了一车，各种准备的杂物又拉了一车；打墓的一处工具较少，各种东西也满满地装了一车，顺强一个人赶车装车，两处请来帮忙的人有三十来个，再加上家里人和亲戚总共有六十人左右。

维贤在家里忙前忙后，招呼来来往往的人，大太太李张氏也在厨房里指挥着女人们忙碌着，二太太刘虞芝、三太太王锦艺、张梅、如菊、高世英、刘明钰、桂花和婆婆、李郴的母亲、施棋、刘孝仪的老婆、刘三孟老婆各有各的活，顺强的媳妇负责烧火，还有翠琴、翠红两个出出进进地跑着，雨梃、雨侠、雨轩、雨橹、雨新、雨晟几个学生出出进进地端饭。一家人忙忙地招呼大家吃完，就已经接近寅时，一行人分别随着三挂大车出发了，早上的糁饭就新葱炒腊肉、韭菜炒腊肉、大盘的红烧羊羔肉、肉汤烩酸白菜和豆腐，在家里尽量让大家都吃饱，另外车上还准备着油饼和小米米汤。话说维贤和五老爷领着起墓的一伙人，卯时的时候就到了老坟湾，看着眼前的父母和祖父母的坟茔，维贤潸然泪下。先是阴阳白永兴拿了些往生祭典厚土及四方神灵，然后就读了《迁丧词》，内容如下：

曰：予是上方金吒神，玉帝差我开丧门，左青龙右白虎，前朱雀后玄武，一脚蹬开故丧门，就地莲花火内生，宅舍须清净，子孙保安宁，值年太岁，地阴恶龙，敢兴恶业，化作为土。

吾奉

南门睦郎北门七星急急如律令敕

白永兴读完迁丧词后，李泉就宣读祭文，大意是告慰先祖这次迁坟的主要目的及前前后后所有的事务，大家怎样商议，怎样确定，最后确定在今天迁坟，惊动了先祖神灵，还望先祖保佑子孙，一切平安等等话语。

眼看时间就到辰时，白永兴让几个年轻人拿起铁锨破土，在每棺坟周围和坟堆上象征性划破土皮，即为破土，然后就开始挖掘。几棺同时起挖，很快就挖到了棺木，这时就由几个年龄较大，经验比较丰富的人下去开启棺木。几座棺木虽然年代不同，但基本保存完好，开启后尸骨成形，直接连底座一起都起了上来，只有一棺底座无法用，就将铁棍缠上红绸子，先从尸骨的脚下慢慢地向上，边上边放绸子，到头顶的时候，缠在铁棍上的红绸子就全部铺在了尸骨的下面，下面的两个人就小心翼翼地拉开绸子，把尸骨完整地起了上来。先用红绸子包裹好，然后再用白布包裹二层，其他棺木好的就先给尸骨盖一块红绸子，棺木上挂个红就行了。很快五棺墓就全部起了出来，维贤一看，有四棺的棺木很好，其中有两棺的油漆都完好无损，维贤和五老爷、李泉及白永兴商议，棺木好的就不用新做了，只有那一棺先用旧棺盖陈放尸骨，到新墓地再重新做棺材，所有的棺木都放在长条凳上，把墓穴重新填平，这边的事基本结束。维贤就让李泉、李瑭、李澹、李怀、李相几个小辈留下烧纸看护，其他帮忙的人都回去吃饭。然后再给这弟兄几个送饭来。

话说王锦廉和李信一行人也是辰时动土，动土前王锦廉先用罗盘一棺一棺地确定位置，排好方位后就用木橛确定中线，李信忙前忙后地帮忙，所有的活计结束后，阴阳王锦廉就起读《斩草文》也叫《祭土山神文》，全文如下：

曰：上启九天下告十地，今时斩草，除祸聚吉。一、斩去天殃，妖魂尽损伤，星辰来护卫，日月显三光。二、斩去地殃，戊巳坐中央，履尸皆化散，魍魉总消亡。三、斩去鬼殃，鬼魅尽潜藏，亡魂超仙界，穴内永吉祥。

云：盖闻，天圆地方律令九章，令：今日辰时破土，万事吉祥，金锹一举，禧瑞满山冈，鬼魅凶恶远去他方。金锹重举，起矿安吉祥，一书天门开阔，二书地户紧闭，三书鬼道寒严，四书人道畅通吉利。

予奉

祭土山神处

民国二十一年二月二十九日

读完祭文，众人焚化纸钱，王锦廉又指挥几个年轻人在坟地的后面主山罩上罩山红，放置镜子，然后就在五个墓地由贵人用铁锹斩断谷草，按照口宽三脚半，长七脚半规格开始打墓。墓坑的讲究是口要齐，壁要毛，底要宽。挖好之后里面要点“长明灯”，献上馒头，不可空放，并且要用浮土洒没打墓者的脚印。收拾完之后，所有的人就都回去了，这里一般没有看守的必要。

话说当天晚上吃完晚饭后，李信、李泉、李瑭、李澹、李怀、李郴几个弟兄就留在老坟湾里看守棺木，几个人边烧纸边喧。话头是由李瑭引起的，李瑭先说起自己在煤矿上怎样打巷，怎样组织人背煤，又怎样一次一次地检查煤巷及作业面上的安全，那是何等的辛苦，何等的不容易；李澹不停地帮衬。李怀说：“你说的只是山沟里的事，那有啥意思！还是我给咱们说说城里的事，那才叫个有听头呢！”只见李怀边烧纸边祷告说：“爷、奶、太爷、太太们，你们就好好地睡着，你们的小辈今儿晚上一起在这里守护着你们，我们在这儿喧会，胡说乱说还要请各位先辈见谅啊……”

李怀就说着城里的许多见闻，生意怎样去做才能赚钱，有钱人怎样吃饭，怎样下馆子，那是怎样的阔，刚说到城里阔人怎样去找女人。李泉就接着话说：“老六，你说话把住嘴，李郴还没有结婚呢。不要胡说。”李怀赶紧收住话头，再就没有谈及女人。

李怀就说："我给几个讲个笑话吧。题目叫作没人磨墨：从前有一个富家子弟去考试，父亲事先考了他一下，成绩很好，满以为一定能录取了。不料榜上竟然没有儿子的名字。父亲赶去找县官评理，县官调来试卷查看，只见上面一层灰雾，却看不到有什么字。父亲一回家便责骂儿子道：'你的考卷怎么写得叫人看也看不清？'儿子哭道：'考场上没有人给我磨墨，我只得用笔在砚台上蘸水写呀！'"李郴说："还有这样的念书人啊！"李泉笑着说："你听你尕哥胡吹的。"李怀笑着说："这可是真的呀，是书上写的呀……"

弟兄几个三人一班地换着到旁边的窝棚里睡觉，窝棚里有白天拉来的麦草和铺盖。

第二天早晨，弟兄几个早早起来准备好用具，正收拾好周围的一切东西，维贤就领着帮忙的人抬着一棺新棺木过来了。先让刘文和张兴贵把昨天献的祭品换下来，重新换上今天早上才做好的，然后让守夜的几个人赶紧吃些东西，其他的人帮忙把五棺棺木捆好，抬杠套好，就准备着时辰一到就起灵，把五棺旧墓迁入新坟地。卯时一到，天已大亮，起灵的时候就让猴、马、狗属相的人略略避一下，一行人就抬着棺木朝新墓地走去。

辰时下葬，明生和李郴放了一大串鞭炮，众人同时动手，很快就把坟堆起来了。然后把五棺的场院都垫了一下，最后把坟堆头起正，场院踏实，未时人们就慢慢地往回走了。三天之后，维贤领着众人全三。全三也叫守三，迁坟如同新坟，仍然是孝男孝女们要到坟上去，顺便将坟堆、坟院修补整理一番。维贤叫李信和明生在车上拉了一些水，泼洒在坟头和场院里。修阴宅只象征性留水路，不留宅门。修理完场院，维贤就叫李泉宣读《祭墓文》全文如下：

维民国二十年三月初一，主祭官张孝全率孝子李维贤及合家人口谨以香楮云马往生金钱酒馔之仪，致祭于先祖新茔之前：

神职司冥府，护佑幽堂；祁连龙脉，黄河根源；重山环抱，青岭相映；苍山为壁，黄土为墙，牛眼圣地，马鬣福冢；依山川之秀，积人德之隆，穴秀脉盛，穴脉吉祥；土生白玉，地出黄金；一方圣土，风水宝地。虫蚁勿侵，水害勿反；常发其祥，生瑞荣光；殁者得安，生者永昌。

谨呈菲供，聊表衷肠。

钦哉幸哉

伏维

尚飨

李泉读完祭墓文，维贤和众孝子才开始上香点纸，来的女客们象征性地哀了几声，然后就泼散祭品，泼散之后所有的孝子都象征性地吃点剩下的祭品，整个活动就算结束了。

把先人安顿好之后，维贤一家就再无事情，所有的人都各干各的活。李信和明生领着几个长工开始种夏庄稼，散粪、犁地、耙地、磨地，然后用种耧种地，经过十几天的忙碌，所有的水田都种好了。而旱地由于墒情不好，暂时没有办法收拾，李信就把家里的骆驼从野地里收拢回来，准备着给店里进些货，让城里的杂货店和车马店都好做生意。

这是四月初七，李信到城里的店里盘货，看紧缺什么，需要什么，以及和宝祥商量这次进货的单目，看着店里空荡荡的货架，李信有些不高兴，对宝祥和兴贵说："你们在城里做生意，要看着把生意做活嘛，这个样子怎么做生意，年前我盘货的时候就给你们说了，市面上能进的货就不要往兰州跑，虽说兰州的便宜些，但是要把店里的门面补齐嘛!"宝祥说："过完年之后的这一段时间是淡季，我们还是少压些货，等春耕完了我们进货时再说，现在这样不影响咱们的生意。况且前一段时间传说要打仗，整个靖远城里人心惶惶，有时连门都开不成。"李信说:"做生意不要这样，传说只能是传说。哦，你不说我还真忘了，咱们提坟的时候从杨稍沟里下来了一些人，破破烂烂的，就靠那些人，打不起来仗。"宝祥就笑着什么也不说了。

中午的时候，李泉从学校里回来了，雨梃和雨轩也放学回家了，李信就进到后面院子里，和大哥大嫂说起趁这一阵农闲，到兰州给店里进些货，看大哥和大嫂需要些什么，顺便也就带来。李泉说："你还是给店里掌握着进些货，我们没有什么要带的，一切都够用，简师筹建花费很多，前次从家里拿的那些钱，都用在工程上了，县教育科王科长正在申请经费。"李信笑着说："大哥，我来只是盘货，并没有其他的意思，再说前面拿的钱一点都不影响咱们的种庄稼和进货。"李泉叹口气说："现在做一点事太困难了，先是项目申报，然后是审批，审批完了款项迟迟不到位，唉，这个学校把我办吃力了。"李信说："大哥，你是城里的公家人，每月都有薪俸，好得很，咱们那达的人都很羡慕你哩。"

下午，李信又到桂花嫂子的皮货店里看了看，见到了桂花嫂子，也见到雨新和雨梅。见了桂花，李信真有说不完的话，因为李信和长顺的关系，又因为长顺的不幸早逝，总之，李信见了桂花就嫂子长嫂子短地叫起来，问候完之后，桂花就忙着给李信做饭，李信就和张兴贵谈起了今年的皮货。李信问张兴贵说："去年一冬你们收了多少皮子，现在家里存放的现货有多少，赶紧把上等的皮子挑出来，我就要到兰州进货，顺路带到兰州处理掉，再给你们店里进些东西。”张兴贵说：“少东家，咱们店里现在有两驮子上等的牛皮，马皮、驴皮和猪皮不多，好二毛子羊皮有四驮，老羊皮收了十驮，还有十二筒上好的狐狸皮。这次进货咱们把牛皮和二毛子带上就行了，那几张狐狸皮也拿上送礼。”李信说：“这次我只打算带驼队去，你这皮子就需六峰骆驼，剩下的八峰我准备驮盐，这几天你就准备好，然后你就到家里赶上六峰骆驼，等我把盐装好，我们一起上兰州。”正说着，老六李怀领着施棋来了，李信连忙叫声六哥六嫂来了，李怀高兴地说：“兄弟呀，你来得正好，老哥晚上好好地招呼一下你。”桂花笑着说：“信儿兄弟今天哪儿都不去，就在我这儿吃饭，吃完饭你们几个兄弟喝酒看戏随便，但我、大嫂和施棋是不能缺的。”李怀笑着说：“三嫂子，你把李信兄弟看得紧得很，莫非是怕我带坏了。”桂花笑着说：“信儿兄弟比较老实，我们还真怕你给带坏了。”不一会儿，桂花和施棋就将凉面做好了，用下面条的面汤做了一大盆韭菜蛋花的汁子，准备的热菜是新葱炒腊肉，韭菜炒鸡蛋，油炸花生米，一只刚出笼的热腾腾的烧鸡；凉菜有蒜拌小白菜，蒜泥苦苦菜，一碟咸菜是辣椒茄子韭菜红萝卜四样的小组合，半斤烧酒，几个小酒杯。李信对李怀说：“六哥，把三嫂子和施棋嫂子叫过来一起吃饭吧！”李怀就叫端饭的张舜到后面厨房去叫两个女人一起来吃饭，这时张兴贵也收拾完店面，进到里面的上房里了，桂花让张舜照看着三个孩子吃饭，李信看着人差不多了，就端起酒杯说：“今儿我们在这里，有酒有肉有长面，表明了我们桂花嫂子的一番心意，今后我们要在各方面多多帮助，让几个孩子长大成人，为了桂花嫂子和几个娃娃的将来更好，我们举杯。”桂花笑吟吟地说：“还是信儿兄弟实在，今后我们真的要互相照顾，四爸四妈都老了，我一个女人家……”三个男人一饮而尽，施棋和桂花只是象征性地端了一下。兴贵边吃饭边唠嗑说：“少东家，我到库房看了看皮子，全部整理出来就是需要六峰骆驼，我明天就开始收拾，估计四天就弄好了。”李怀又对李信说：“我前天听李念说，他办事处准备了一些木头，从兰州已运到陈家梁渡口，再用大车拉到李家塬去，让二爸看着盖几间房子，供娃娃们上学。押送这批军用物资的是你妻哥魏如彪，他给如彪也打招呼了。”李信说：“这个我知道了。”

当天晚上李信就住在李泉家里，和大哥好好地说着家里的事。李信和李泉商量说：“昨晚上在桂花那里吃饭时李怀说的话，要送一些木头给咱李家塬盖一座兵营，兼兰州银川的一个中转站。实际给咱们那里盖一个娃娃们念书的学堂。”李泉半晌也没有说话，沉思好久才说：“军队的事，咱最好能不沾就不沾，我担心太太平平的李家塬，今后会因为兵站而不太平。”李信又说：“这个我知道，可是木头已经运来了，能用就用吧！

哥呀，我看桂花嫂子跟兴贵有些近乎。”大嫂张梅说：“咋能看不出来呢，一个女人拉扯三个娃娃，确实还需要一个顶门立户的男人。”李泉一脸严肃地说：“咱们不要无中生有地乱说，你们桂花嫂子这么热情地招待你一顿，你可不要污人清白。”几句把李信说得什么话都不敢说了。

六天之后，时间已是一九三一年的四月十四，李信带着宝祥、兴贵、明生、顺强、李郴赶着驮队，满载着皮货和食盐，沿着黄河峡谷，往兰州赶去。沿途翻山越岭，辛苦异常，特别是关家沟石梯子到二道岘子一段路，只有骆驼、骡马、毛驴可以行走。李信率领着众人一路前行，在跨石梯子的沟沿上看见了两个被杀死的人，顺强就小声说：“石梯子又惊又险，常有土匪在这里打家劫舍，杀了人就往黄河里一扔。”明生说：“不怕，我就不怕他。”出来青羊沟，就到了皋兰的什川的河口了，道路就好走多了。

如菊和翠琴也挺着大肚子到城里来送行，张梅吃惊地说：“如菊啊，你两胆子真大，肚子这么大了还出来。”如菊笑着说：“我们两个是听你上次说城里有一个西医大夫，想过来看看，并不是要浪城里。翠琴还没有到城里来过，她也想看看她姑姑一家，我也想看看你们和桂花嫂子，所以我们就趁机来了。”张梅高兴地说：“你两个来了，我还真高兴，咱们姊妹们好好地暄暄。”翠琴高兴得合不上嘴，在前面的杂货店里东瞧瞧，西看看，新奇得不得了，看到张梅一家住的小院子，砖墙砖地玻璃窗，走廊隐壁木头床，前砖后瓦带套间，住房厨房墙连墙，门前栽树有花园，屋后榆柳新菜香，好奇地不知是站还是坐，悄悄地问张梅：“嫂子，你们的这屋子真阔气，板凳也和李家塬的不一样，还有个栏杆呢。我长这么大好多东西都是第一次才见，真是见了大世面了。”

如菊和翠琴在张梅、施棋的陪同下先看了看靖远城里姓窦的西医门诊，窦大夫使用当时最先进的医疗设备给两人进行了检查，确定胎儿孕妇一切正常。窦医生又给两人提了一些建议及注意事项，然后几个人就到桂花那里浪去了。

桂花热情地招呼如菊及众人，又让张舜到外面买了一些东西，中午把四老爷和四太太也请了过来，一家人热热乎乎地吃了一顿饭，见到如菊和翠琴，四老爷高兴地说：“你们到城里来，就多浪几天，想吃啥就给我说，我叫永成给你们买来。”四太太高兴地看着如菊说：“嗯，我看如菊这一下怀的是男娃，现在几个月了，肚子显得很。”如菊笑着回答说：“快八个月了。”四太太说：“好得很，好得很，如菊真有福气，儿女双全，哪里像我们。”说着又开始暗暗地抹泪了。正说着，翠琴也从她姑姑家回来了，见到四太太忙过来打声招呼，看着翠琴俏俏的样子，就问翠琴怀上几个月了。翠琴连忙说：“快六个月了。”

看完众人，如菊和翠琴就说要回去了。张梅挽留说：“今儿再浪上一天，明儿回家，今儿我们再说说话，明儿叫刘文套车送你们。”当天晚上张梅在家里做饭，桂花和施棋安顿好家里之后都赶了过来，和如菊她们坐在一起说了好长时间的话。

第二天几个人就收拾着套车回家，四老爷打发刘文赶着马车过来了，车上还拉了一些新鲜蔬菜和羊肉，叫把如菊和翠琴送回去。车上还坐着一个年轻后生，见了如菊连忙跳下车，连声叫着舅奶，详细一问才知是白永兴的大孙子，白玉功的儿子，叫白承文，今年十四岁了，高小已经毕业，听说舅爷在靖远城里办学校，想来报考。听说很快就要报名了。李泉高兴地说：“好啊，我们办学校的宣传工作还是有效果的吗！你先陪你舅奶回李家塬你舅太爷家，和你的表叔、表姑们玩上几天，到报名的时候我再捎话。”白承文高兴地跪地磕头，边磕头边说：“舅爷，我们新城高小毕业了十三个人，他们都想来报考靖远简师，您看行不行?”李泉说：“行，报完名是要考试的，考上了就上学，考不上就不行。”

白承文高兴地坐上车走了。一路上跟刘文和如菊不停地说着话。如菊很惊讶这个孩子，说话有条例，思维敏捷，记忆力很好，把学过的《声律启蒙》《三字经》背得烂熟，不时还讲一讲对《论语》的感悟，真正地能说会道，别人只能当忠实的听众。

话说白承文回到李家塬，见到维贤后一点都不拘束，和维贤谈话是不卑不亢，侃侃而谈。维贤问起他爷爷、父母的情况，承文一一回答，特别提起从新城到县城的一段路，承文更有说头，我爷怕我一路不安全，先是让我爸领着来，我不让，我爸正忙着种旱地洋芋，我就说我一个人能行，我就乘着张家的大车到城里了，然后就找到我四舅太爷的店，刚好他们第二天要到李家塬送我尕舅奶，我第二天就见到了我舅爷，给他说了我上学的事，然后我就和我尕舅奶回来了。说起学过的《三字经》《百家姓》《名贤集》《声律启蒙》《四言杂谈》《弟子规》及历史、地理常识，更是头头是道，令听者不得不佩服这孩子的口才和超常的记忆力。

相对来说，李莲、雨芬就胆怯多了，在人前面一句话都不敢说，别说表演背诵了。大太太特别钟爱这个孩子，只说杏儿的孙子，二太太和三太太也跟着不停地称赞这个孩子。

三天后，李泉捎话回来，让白承文到城里去。维贤打发进城的人带着这个孩子找李泉，让李泉好好看看这个娃娃，说这个孩子是个人才。李泉见到白承文之后就说：“简师招高小毕业的学生，但是要考试，考试定在下月的十九，今天已是四月二十三，我给你写个日期，你必须提前一天到城里，带着你的那些同学来参加考试，回去问你爷爷好，念书是件大事，回去好好地和家里人商量。”白承文毕恭毕敬地拿上条子，吃了中午饭，就准备回新城。恰好有一帮到新城的麦客，李泉就托人带着白承文，叫沿途照看着，送到新城白府。

李信他们在翻回回鼻子的时候，大青骡子和整整一驼子盐全滚到沟里去了，骡子摔死了，盐袋子也摔烂了，沟很深，李郴和顺强想收拾一些，李信劝住了没有下沟。等到他们赶着骆驼到了兰州，在黄河以南的骆驼巷住了下来，天已经黑了。从各地来的商旅最后都在这里住着，能进城则进城，不进城就住着打尖休息，然后渡河再往青海新疆和其他地方。一到兰州，李信就把生意安排得井井有条，皮货交给宝祥和兴贵打理，盐就叫顺强、明生到集上看行情，然后自己就看要进的杂货，顺路去找在兰州读书的振玟和振敏了。

四月的兰州，已是天气炎热，桃红柳绿，街道上一派热闹的景象。李信到卫生医科学校去找荷花姊妹，顺便给她们带点东西，主要还是想看看梨花，李信自从过年见过梨花之后，就一直在心里惦记着这个温柔的表妹。

话说这已是五月十一了，李信才领着众人从兰州回来，这次从北路回来，虽说路远了一些，但没有损失。他们用粜盐的钱进了很多杂货，包括农具和布匹，又和兴贵一起用卖皮子的钱进得一些成品皮件。当天下午，明生和宝祥就忙着卸货，直到傍晚才把所有的进货收拾好。第二天宝祥等人把进来的新货往店面上添了一些，整个杂货店就看得货品丰富得多了。兴贵到城里之后，看着把整个驼队的货全卸了，所有的骆驼都圈在桂花的皮货店后面的牲口圈里，张舜负责夜里添草。桂花看着兴贵进来的皮货和白花花的大洋，心里有说不出的高兴，让张舜到街上买了一只卤鸡和一些卤肉，炒了两个菜，买了一斤烧酒，吃了一顿丰盛的晚饭，等两人连夜忙着把杂货和皮货收拾好时，已经是深夜了。看着熟睡的孩子，桂花才觉得有些疲惫，同时感觉好像缺少一些什么似的，看着兴贵短褂下面结实的身体，桂花内心里有些骚动，不由自主地对兴贵说："你看咱俩这么辛苦干什么，活儿放到明天也可以做嘛，现在缓一下，这边还有酒和肉，我陪你喝一盅。"兴贵很是高兴，因为他从来没有和桂花这样两人单独又是酒又是肉的又这么晚地在一起。兴贵是靖远北面石门人，家住在石门乡的深山里，家境贫寒，父母早亡，十七岁时跟着过路的买卖人来到了靖远城里，先是在四老爷的车马店里打杂，后来四老爷就让长顺领着他做皮货生意，渐渐地入了行，对四老爷和桂花真是忠贞不二，长时间来进账出账丝毫不差，对店里里里外外关照得很，自从长顺去世之后，对桂花母子更是小心照顾。兴贵今年已经二十三了，虽然小桂花三岁，却至今没有妻室，独身一人。自从桂花领着孩子来到店里之后，一是出于对主人的尊敬，二是出于对桂花的同情，就对主人一家特别关照，对桂花只有尊敬，从无半点非分之想。但是每当看见桂花几天几天地皱着眉头以及最近一段时间看自己时的那火辣辣的眼神时，有时也情不自禁。特别是看见桂花有时在自己面前故意做作，看见桂花旗袍下高高的奶头翘翘的屁股时，兴贵也真有些忍不住，但出于对主人的敬畏，也只好作罢。

五月天气已是很热，兴贵干活有时是光膀子，有时只穿短褂。今天夜已很深，张舜才十三岁，给骆驼添过草之后，早已睡得不知东南西北了。桂花和兴贵喝着剩下的酒，几杯下肚之后，兴贵浑身燥热，看着桂花单薄的旗袍下面饱胀的奶头，以及解开的领口下面白皙的脖颈，兴贵的下面挺得高高的，他悄悄地低下头，并偷偷地用两腿夹着，暗暗地用手压着，可是那东西是越压越硬气，兴贵的身子慢慢地躬着，不敢坐直。桂花毕竟是三个孩子的母亲，她清楚地知道兴贵的火候了，就在两人把最后的一点酒都倒入酒杯之后，桂花假装躬腰捡筷子的工夫，看见兴贵裤裆里高高耸起的小山，弯弯地不敢坐直身子，就端起酒杯对兴贵说：“来，我们把这最后的酒喝了。”兴贵不敢直身，刚端起杯子，就掉了下去，等他拾起杯子要起身时，桂花早已把旗袍的前襟撩起，露出了极具诱惑的大腿，兴贵就大胆地摸了一把，桂花非但没有反抗，反而双眼更深情地直勾勾地望着自己，兴贵就慌乱地毫不顾及地扑上去，紧紧地抱住桂花，努力地用坚挺的下身隔着衣服刺着桂花，桂花忘情地用手一摸，那粗壮坚挺的不正是自己最渴望得到的吗？于是两人吹灭了灯，快速地来到里间套房桂花的卧室，兴贵手脚笨拙，不能快速入道，桂花几下就引导那粗壮坚挺的东西入道了。桂花用两只饱胀的奶头努力地上挺着，而兴贵没有几下就浑身颤抖地喷泻入注。这次虽然时间不长，但对于几年都没有男人的桂花来说，却也品尝到了初男第一次的美妙。兴贵刚刚射完，桂花不让兴贵离身，又是亲又是抱，特别是兴贵刚刚触摸到桂花饱胀又绵软的奶头时，那刚刚有些松软的下身又一次坚挺起来，这一次兴贵就随着桂花的身体慢慢地蠕动，并渐渐地能够轻微地上下抽动，兴贵这时才有一些感觉，主人桂花则不顾一切地紧紧抱着自己。不多时，兴贵又一次受不住刺激喷射了。这一次的喷射，使桂花彻底地忘记了自己。慢慢地桂花开始亲吻兴贵，兴贵也大胆地亲吻主人的身体，刚刚亲吻到奶头，兴贵那粗壮坚挺的下身又一次硬邦邦的了，兴贵激动地说：“让我赶紧放进去，赶紧放进去，我真不知道女人这么好，女人这么好。”这一夜两人颠鸾倒凤、狂蝶飞舞地不停地干到天色微明，细细记来，共有八次之多。一个旷男一个怨妇，干柴烈火，又都有些心许，他们之间的男女之欢，的确可以胜过人间一切。

第二天早早起来，桂花收拾了昨晚整乱的床铺，换下了弄湿的床单，赶紧泡在铁盆里，然后叫起雨侠让上学去，让雨新和雨梅起来收拾屋子，让张舜给骆驼加添草料，一家人都忙起来了。桂花假装到院子里叫兴贵，兴贵一听那甜美的声音就如同六月里喝了蜜水一样舒服，但表面上还假装刚刚睡醒的样子，一出门，就顺顺地问："少奶奶，今儿天有什么吩咐?"桂花心里一喜，好家伙，装得挺好，但表面还是大声地说："赶紧过去看老十二起来了没有，起来就说三嫂子我今天请他吃饭。"兴贵高兴地说："知道了，我赶紧过去去请。"

话说李信昨天回来之后，首先把礼品箱打开，拿出了给张梅和施棋嫂子以及几个娃娃的礼物，张梅看着东西客气地说："信儿兄弟就是细心。"李泉就告诉他城里和家里的一些事情。先是城里自己的工程进展很顺利，简易师范的建筑已经接近尾声，教师的选拔也已确定，这个月的十九日将公开举行招收学生的考试，如菊和翠琴都生了，如菊生了个男娃，翠琴生了个女娃，他们的爹在李家塬庄口的场院里准备盖小学校，李念让魏如彪把盖房子的木料直接送到了李家塬。二哥打信回来说雨霖被送到北京去上学，将来准备在北京上大学。虽然短短的一个月，细细算来还是有很多事情在发生。李信和明生早早起来准备着赶紧回李家塬，因为塬上的胡麻快黄了，要赶着回去抢夏收，李信让明生和宝祥把给家里的东西准备好之后就装在箱子里，早饭吃完就让骆驼驮着往回赶。这时兴贵就忙忙地来了，说是桂花嫂子中午让大家都过去吃饭，泉少爷和梅嫂子把娃娃都领上。张梅笑着说："兴贵啊，回去告诉桂花，这一次就免了吧，等信儿下一次进城再说。"李信也咧着嘴笑笑说："你和明生赶紧过去把骆驼串了，我想早些回李家塬，我得儿子明生得了女儿了，我俩心里高兴着呢。"兴贵回去就给桂花说了，桂花就让兴贵、明生和张舜赶紧去串骆驼。然后自己就赶了过来，特意要让李信吃饭，说是迟回一天也不要紧。李信说："三嫂子，心意我们领了就行了，地里的胡麻黄了，麦子也差不多了，早一天就有早一天的说头。"见李信说着这话，桂花就笑嘻嘻地说："那就听兄弟的，下一次来了嫂子再招呼。"然后就和张梅到厨房给大伙张罗早饭去了。

吃过饭后，李信和明生就牵着骆驼往回走，一路无话。天快黑的时候就回到了李家塬，明生和万信卸了箱笼，明生把骆驼赶到圈里就回家去了。维贤和几位太太很高兴，在饭桌上直夸李信能成。当看到李信给大家带来的礼物时，几位太太就想知道兰州怎么样，一路上有什么新鲜事，都想问问李信。维贤对大太太说："你看着把东西给分了，各自拿到屋子里去看，我和信儿说道说道。"李信就把一路的情形简单地告诉给父亲，维贤不停地点头说："嗯、我看那盐和皮子我们还可以做，咱们的水烟和旱烟也能做。"李信兴奋地说："水烟和旱烟拿到兰州都可以卖个好价钱，今年让烟房里敞开收烟叶，这一次盐价比较好，我出手很快，除了进货和路上花销，还能剩一百五十七个银元，都在这个袋子里，骆驼都乏了，明天就让骆驼进山，好好地修养一个夏天，秋后我们再说。”维贤说：“钱给家里别放，你就全部收着，给李郴和明生给个路费，盖小学校还要花钱，翠琴生头首子，差点把命要了，如菊生产得很顺利，娃娃也胖胖的。”李信刚出门，二太太就端着一碗红糖水来了，让李信端着到月房里给如菊喝，二太太一直陪着。（远路上的人来了，不能直接进屋，先要在院子里跺脚，在客厅门口拂尘，在客厅里待一会然后再回各自的屋里，进月房一定要端一碗凉开水，让月婆子一口喝掉，这样这人就不会把女人的奶水踩掉）李信看见如菊包得严严实实，就让如菊把糖水喝了，然后就看着襁褓里的儿子，抱着儿子看了又看。二太太关心地看着儿子说：“今天孩子还不到二十天，这一段时间如菊一直由我和你张妈陪着，现在你还是不能陪，晚上你到上房里睡。”李信笑着回答说：“这我知道。”如菊笑着问：“一路上还顺利吗？生意怎么样？该进的货都进齐了吗？”李信笑着说：“一切都很好，你就安心养着，把咱儿子喂得胖胖的，就比什么都强。”二太太又说：“如菊生的时候很顺，月子也做得舒心，张妈一天伺候得很周到，产后恢复得很快。”李信在如菊的月房里待了一会儿，就让二太太给打发到上房里去了，说是不要影响如菊休息。

回到上房，李信和父亲说了一会话，就说到明生和翠琴，维贤说：“翠琴是生头首子，差点难产，幸好母女都平安，才生下十三天。咱们的胡麻今年长得很好，好几处已经黄了，得赶紧往回收。明天就把三孟、明生、万信领着过去看看，能收了就开始收吧，夏庄稼早一天有早一天的说头……”然后李信就把雨芬叫过来在上房里睡觉。刚睡下，梨花的面容又清晰地浮现在面前，很洋气的裙子，别致的发式，白净的肌肤让人留恋，特别是和自己谈起三民主义头头是道，什么德先生、赛先生、什么民权，什么革命，使自己好生新鲜，人家念书人就是不一样，这都是从哪儿来的道理，梨花比荷花能说多了，荷花出落得也更大方了。

第二天一早，维贤就打发张维泉把骆驼赶到陈家滩放野（我们这里一到夏天，就有把骆驼野放的习惯，一到秋天才收回来，一般也不会丢）。李信就领着明生等人到胡麻地里去，顺路到村口的场院里看盖小学校的进展情况。然后就到沙河里枣树园子旁边的胡麻地里，那里的胡麻已经黄好了，就让明生领着大伙拔，他自己又到别处去看看，顺带也看看麦子长得怎么样。快到中午的时候，万信赶着驴车拉着晌午（中午吃的菜和馒头）来了，李信也从别的地方转来了，看着成熟的庄稼，李信心里琢磨了起来。今年的雨水比较广，各地的庄稼都很好，就问张维泉说：“王家湾的草势，骆驼能不能放？”张维泉赶紧回答说：“王家湾一带的草势很好，山上都能看见绿色了。阴洼里（山阴面地势低洼的地方）的草长得有半人高，骆驼天天都能吃饱。草山长势这样好，山里都长满了，那原来开出来的山地就得赶紧打磨，不然等人消停了，草也就结籽了，现在打磨一遍的到那时收拾三遍都不行。”

早晨来的时候，大家都急匆匆的，有的人连水都没有喝，到中午的时候，人们连渴带饿，半脸盆的白菜豆腐和肉，两半铁桶的稀饭，一篮子花卷，八个大男人一会儿就吃光了。趁着不是很热，明生就吆喝着众人赶紧起来，多干一会儿，不然到下午天气更热。大伙儿边拔边打腰捆起来，若是下午就不好捆了。李信刚吃完，在旁边的地埂上撒了一泡臊尿，就下地风风火火地干了起来，众人也跟着忙忙地下地干了起来。

话说维贤早早起来就到村上的小学校去，看着几个泥瓦匠在搬石头砌地基，冯木匠领着三个徒弟做木活，工地上热热闹闹的景象让维贤看在眼里，喜在心上。魏如彪拉来的木头都是上好的方木，做人字梁很合适，另外还需要两千多根椽子，去年秋天打的胡基（北方用于建房的一种材料。首先把土用水浇透，晾上几天，表面能站住人，就把土翻起，捡取里面掺杂的石头，用一个厚三寸左右木头的模子装满湿土，人站在上面用石杵子杵齐实，然后去开模子，搬起土块晾干即可）用大车拉来就可以砌墙。椽子最好用松木的，还需要李信到城里去换。维贤边看边想，冯木匠就说：“老东家，你这下子给村子里办了个好事，房子就按两栋每栋十二间的规格盖，人字梁和门窗的木头够了，椽子和檩子还是个问题。”维贤笑呵呵地说：“我今儿天来就是看看工地上的情况，准备下一步需要的东西。”盖房的地基用石头是从沙河里拉来的，四老爷出牲口和车，魏祥和魏军领着一帮人负责拉运装卸。整个工地上十几个人干得很热乎。维贤很满意地又到别处去了。

看着那一片一片的青绿的油菜地，快成熟的麦田和已成熟等待收割的胡麻，维贤心里盘算着今年夏收的情况。夏庄稼要是再没有什么意外，肯定是没有问题的，但是就怕意外。维贤沿着村边的小路边走边想，抬头，天是那样的蓝，云是那样的白；低头，水又是那样的清，庄稼是那样的茂盛。人心情好了，连鸟儿在树上的鸣叫声也显得是那样的清脆；满眼的青山绿水，一切都透露出丰收的喜悦；那夏日的骄阳，不再那么炎热；一阵凉风吹面而来，给人无限的爽快，维贤老爷一路春风地喜悦地回家了。

很快地就到了六月抢黄天的时候了，维贤一家老少都到地里帮忙干活，家里就大太太、如菊和翠琴准备一家人的吃食。抢黄天的这十几天，学校的工地也停了下来，全村所有的人都分别在自己的地里忙着。

话说李信领着一帮子人没黑没白地抢黄天。早上早早地下地，快到十点钟吃些早上来时带的馍馍和黄瓜，中午一点左右大家休息一会儿，再吃一些家里送来的热馒头、热菜和菜汤，那一阵子天气也热得人们受不住。下午两点左右才开始干活，由于如菊和翠琴刚出月子，娃娃拖住不能走远，中午送饭就一直是三太太和翠红的活。每天到黑了时候，才把一家人收割的庄稼用大铁车往回拉。有时下午就得开始拉，不然就拉不完。

那是六月初的一天，荷花和梨花也放假回来了，张家一家人很高兴。因为儿子太远，一般一年回不了一次家，只有两个女儿时常回家看看。每当姑娘回来，偌大的一家人特别是张家二夫人才感到高兴愉快，看着如花似玉的姑娘出落得大大方方，做爹娘的由衷地高兴。如菊的这个姑姑自从嫁到张家做小之后，就生了一个儿子、两个姑娘，在大夫人的支使下，一直不是很得志。可以说一直是畏畏缩缩的小媳妇，性格也是很内敛，从不张扬。

自从两个姑娘到兰州上学之后，魏二夫人就开始吃斋念佛，家里的事基本上不闻不问。梨花和荷花回来后，就和几个能说来的姐妹述说着各自的见闻，交谈着各自的心事，更多的时候则是陪着母亲在房里看书。

话说李信这几天也忙着收拾庄稼，一天早早地下地，晚上很晚才收拾消停。这天吃过晚饭之后，看着如菊和翠琴收拾厨房。屋子里很热，一家人都在院子里乘凉，只见梨花和荷花两姊妹拿着一本书快步走了进来，边走边笑着来找李信。今天的梨花仍然穿着月白色的裙子，红色暗花的洋布中袖衬衣，白色的袜子黑色的皮鞋，剪得整整齐齐的短发，和表姐夫说话时一副专注的神情，脸上洋溢着青春的红晕，分外迷人。看见梨花来了，李信高兴地站了起来，赶紧笑着问：“什么时候回来的，吃饭了没有？”并连忙给两姊妹让凳子，看着梨花手里拿着一本书，就高兴地接过来看。李信论理说应该是她们的表姐夫，但是和梨花更是谈得来，荷花则更多的是坐在表姐如菊的旁边，听大家在谈论着最近的趣闻。维贤和几个太太都高兴地笑着说：“不就是一本书吗，看把你猴急的好像看见了宝贝。”李信挠挠头说：“你们还别说，这真是一本宝贝似的书，上次我到兰州就听说了，让梨花姊妹给我借来的。”三太太高兴地说：“荷花梨花两姊妹真是越来越出息了，你看就像两支盛开的芍药花，太好看了。你们两个今年多大了？”李信回答说：“荷花今年已经十七了，梨花今年十九了。”一家人坐了一会儿，两个姑娘就回去了。

送走两位表妹，李信和一家人在外面凉到很晚才收拾回去睡觉。

话说桂花和兴贵自从那天晚上彻夜地销魂之后，就再没有停止过。不久桂花就发现自己怀上了，前一个孩子雨梅已经五岁多了，长顺去世也已经快两年了。这个事情必须尽快解决，不然会闹出笑话的。兴贵是一个没有根基的漂萍，我必须尽力挽留下来，并促成我们的婚姻，桂花这样想过之后，就赶紧找来张梅和施棋共同商量。张梅一听就知道是怎么回事了，就温和地对桂花说：“不要紧张，都这么大岁数了，又不是什么第一次嫁人，家里四爸四妈的工作我去说和。”施棋悄悄地说：“桂花嫂子，你们是什么时候开始的，瞒得挺严实啊！”桂花悄悄地掐了施棋一把，什么话也没有说，只是低下了羞涩的头。

张梅第二天就去车马店里找到了四老爷、四太太说了一会话，四太太就赶紧给张梅张罗吃的。张梅赶紧说：“不急不急四妈，我有一件事要告诉你们二老，说完我还要给娃娃做饭去。”四老爷就说：“李泉家的，有什么事你就尽管说。”张梅这才把桂花想和兴贵成家的话说出来，张梅说：“桂花今年虚二十七，兴贵今年虚二十四，女大三抱金砖，这是上婚。一个是主人，一个是伙计，兴贵又有一身的力气，四爸四妈你们看怎么样？”两位老人听了没有激烈地反对，只听四老爷叹了口气说：“那他们两个成了孩子怎么办，我们的长顺死得太早了，前面三个孩子可都是我们长顺的。”张梅就说：“孩子还是咱们的孩子，以后他们要是再生就说以后的事。桂花主要是为了拉扯娃娃。”张梅见二位老人没有特别反对，就笑着说：“桂花还年轻，满打满算才二十六七，再走一步还是为了娃娃的将来，您二老都上了年纪了，将来的养老送终还是要依靠桂花和兴贵，你们说是不是。”四老爷说：“我们也觉得桂花太可怜了，一个女人拉扯三个娃娃，不容易呀，的确需要一个帮手，既然觉得和兴贵合适，我们没有什么意见。但是这是一件大事，我们还要和其他亲戚本家协商一下。”张梅赶紧说：“那是应该的，那是应该的。”

当天下午张梅就把四老爷、四太太同意的消息告诉给了施棋，让施棋赶紧告诉桂花。后来李泉也知道了，只是摇了摇头，没有说什么。

这天四老爷回到李家塬，给维贤带来了一些城里的绸缎和吃食，把东西放下就到自家前后院子转了转，看院子的顺强一家把院子收拾得很干净，四老爷看了很满意。又看着李信领着一些人收拾庄稼。李信远远地和四爸打了一声招呼，让四老爷到家里缓一缓，顺便和维贤说话。四老爷高兴地说：“你们忙吧，我回来看看，等一会就回去。”不大一会儿工夫，四老爷就回来了，问了问：“家里大小人口都好吗？”维贤说：“只有如菊这一阵不太好，其他人都很好。你说这个媳妇子不知怎么了，生完第二个孩子之后就一直不精神，药一直吃，却怎么不见效。人也不朝前来。”四老爷就接着说：“那就赶快给治，年轻轻的不要把小病拖成大病，我也有个说不成的事呢，长顺媳妇想再走一步，二哥你看怎么办？”维贤吃惊地看着四老爷说：“咱们乡下一直就不公开提倡，但是寡妇嫁小叔的事还是没有遭到反对，长顺媳妇怎么个走法，对方是哪里人，家境如何，年龄多大，拖家带口着没有？论理说二十几岁的女人带三个娃娃确实不容易。”四老爷说：“对方比媳妇子小三岁，是长顺店里的伙计，叫兴贵，今年二十四个相数，没有成家，两个人也是你情我愿。我和他四妈没有啥意见，娃娃的面子大，只要为了娃娃好，怎么都行。那个铺面就给他们经营，我们挣的将来都全留给娃娃。”维贤说：“这是件好事，又是店里的伙计，小伙子没有拖累，又吃苦能干，将来你们老两口都有了依靠，三个孙子又有了知冷知暖的人，不错。”旁边大太太听着就说：“论理这件事是好事，那兴贵就算是招进来了，给娃娃当后爸，像我们这样的家境，很多人都谋着呢，兴贵是烧高香了。”三太太一听说这件事，心里也特别高兴，毕竟是自己的侄女，长顺的去世，让三太太总觉得对不起桂花。

兴贵是一个流浪儿，当初被长顺收留，一直就在长顺的店里当伙计，这几年为长顺的店忙里忙外，忠厚老实，家里基本没有什么人。这个事一定下之后，兴贵就请贾忠和刘文张罗这件事，并且请刘文为家长，贾忠做了媒人。所有的事情都由刘文和贾忠出面协调。由于兴贵家里什么人都没有，桂花又是再嫁，所有的一切都从简，但就这样，所有的一切规程都要简单地走一遍。

长话短说，简单的提亲、定亲、行礼、通信之后，张兴贵的婚礼就要举行了。这天李信、李相、李郴、李怀、李念、桂花的娘家哥和姐、张梅、施棋、梨花、明生、荷花、翠琴都到城里来了。三太太也想来，维贤劝了一下，就没有来，只是让小辈们来参与就行了。四老爷和四太太在车马店里哄三个娃娃。新房就是桂花的那个屋子，因为将来的一切生活都在这里，而且这里的房子也很不错，二进出的四合院，再说在外边找房子也很不容易，桂花也不愿意。祭拜天地之后，一家人就在一起热热闹闹地吃了一顿饭，少不了众人的热烈祝贺。

看着兴贵和桂花高高兴兴地结婚，梨花很是激动，一直围着李信说这说那，张梅看着有些不对劲，就悄悄地和施棋说：“你看张家这姑娘和信儿”。施棋悄悄地说：“念了书的娃娃，表现得比较大方，心里不一定有那个想法。”

话说李信等人参加完桂花和兴贵的婚礼，就到自己家里的杂货店里去，梨花跟着李信一同前往，期间老嫂子张梅一直陪着。李相和李郴到四老爷的车马店给四爸四妈带了些吃的，并送去他们带来的各种菜蔬和一些杂货，一并商量借用四老爷家的大车牲口抢黄天，也就是夏收完了之后抢种秋庄稼。四老爷痛快地答应了，并且说你们一定要好好地种地，明年我们家里的那些地也由你们去种。李郴就说：“四爸，今年咱们的庄稼长得好得很，油菜籽、胡麻、麦子，单凭地里的收成一家人吃饭是没有问题的，就是我爸和我哥把我苦的一点东西不当东西，当然我不能随便议论长辈，可是您老人家一定要抽时间给我爸说说，我一定好好感谢您。”李相没有说什么，只是跟着李郴办事。本来三老爷家的李相就比五老爷家的李郴负担要轻得多，三老爷三个儿子，一个在城里经商，一个在宁夏当兵，李相在家里务地，日子过得不错。

话说众人都忙碌了一阵子婚事，唯独李泉没有来，不是李泉不来，而是李泉这一阵子也忙坏了。起初定的五月十九日招生考试，经过紧张的准备工作，终于如期进行。第一次招生报名人数是二百三十七人，经过两天的考试，考了国文，计算和综合（历史、经济、乐理、体育），经过二十天的阅卷整理之后，选拔出前五十名男生作为靖远师范第一届师范生，白承文考了第二十四名，顺利地考入了靖远师范。

这天李信和梨花在杂货店里碰见刚刚考完试的白承文，只见白承文舅爷长舅爷短地问个不停。李信看着白承文兴高采烈的样子，就说："你考得怎么样，能考上你二舅爷的学校吗？考上了就好好学，将来当一个先生，那是很不错的。"梨花就问了几个考卷上的问题，白承文一口就报出，一点也不含糊，且基本正确。梨花大加赞赏，说："这个娃娃是个人才，博闻强记，口齿伶俐。"

参加完桂花的婚礼的第二天，李信、李郴、李相一帮人就要回李家塬，白承文也要回去，李信就带上了。白承文的考试成绩是李泉托人带回李家塬的。白承文别看是个十四岁娃娃，但是能说会道，口齿伶俐，又加上天文地理略知一二，在众人之间就显得格外出众，再加上这几天到地里干活又很有眼色，不惜力气，于是受到人们普遍地赞誉。

夏收结束之后，梨花就要回兰州去，如菊这一阵子也好了许多。李信想趁夏收结束，秋庄稼种好的空档，想去兰州为杂货铺再进一些东西。顺路也送送梨花、荷花姊妹俩。大太太、三太太商量了一下，就给维贤说："信儿最近和梨花有些近，我看不行就让人提亲，让信儿娶了算了。咱们家里的小一辈中还没有人娶二房，咱们身边就李信一个，将来我们老了最能靠上的还要算李信，其他的两个儿子真还要想想。"听了大太太和三太太的话，维贤有些不高兴，想起我三个儿子，两个在外边，也真是只有信儿一直家里家外地忙乎，其他的两个真还指望不上。都是儿子，一个在西安，一个在靖远县城，急忙要靠的时候还真是不在身边。思前想后了一番之后，维贤就暗暗地定下了这件事，只是没有给别人说而已。

维贤答应李信去兰州已经是几天后的事了。期间维贤已经向家里的三个太太悄悄地通了一下气。让三太太去问如菊的意见，如菊偶尔也有一些想法，想想最近一段时间的病，又想起了自己的姑姑，真是很难决定。好在李信去兰州给铺子里进货，不在身边，儿子雨环才几个月，雨芬略大点，但是还是不懂事。再说家里的事一般都是家长说了算。自己还是没有什么能力反对的。好在过年的时候，家里给了一些资助，自己在家里还是有说话的份儿。好在太太们和自己的关系也很融洽，没有什么大的别扭。特别是在三太太跟前，更是有什么就说什么，婆媳关系很好。如菊想到自己有病，李信这次回来已经有三个月了，前面是生了孩子，后面就一直淅淅沥沥地恶露不断，没有干净过，夫妻两个就没有同过房，李信每天晚上一柱擎天，自己睡在一旁也很难受。就是那唯一的一次，自己硬让李信作了，当时两个人都很愉快，可是，第二天下身就流个不止。从此以后，李信就再也不同房了。好在晚上孩子成了两个人共同的话题。但是夫妻两人那是一定要有夫妻生活的，如果没有了夫妻生活，双方都很不好受。好在李家塬还比较落后，民风较为朴实，李信从来不想到外面找女人。

话说兴贵和桂花结婚之后，小两口的日子过得很和美。三个娃娃都很快地接纳了兴贵，一家人其乐融融，自不必多说。常言说得好，家和万事兴。兴贵主事后，店里的生意也大有起色，除了杂货之外，桂花的店和李泉的店都收购了一批羊皮、牛皮。

李信和明生在伙计们的帮助下，将两个铺子里的皮子统统打理了一下，全部打成垛子，共计十三垛，需要七峰骆驼。春上进的东西经过一个夏天的销售，有些东西所剩不多，有些东西却成了积压货，这让李信很是恼火。

这天兴贵乐颠颠地跑来说："少东家，我和桂花今天黑了请你们吃饭，请上大东家一家子，四爸四妈我去请过了。"李信这几天忙里忙外地到处跑，也确实有些累了。想歇一歇。于是就很痛快地答应了兴贵。当天晚上，四老爷两口子，李信、李泉和李怀，施棋、张梅和雨梃，明生和两个店里的几个伙计也坐了一桌，桂花和兴贵忙里忙外，张梅、施棋前后帮忙，不一会儿就准备好了两桌饭菜，喝的是上次从兰州带来的上好的金徽大曲，开席不久，四老爷两口子就找了个借口带着三个孩子回去了，剩下的人就敞开，无拘无束地喝着酒。几个男人中只有李泉轻轻地抿了几口，就借口学校有事，领着雨梃回去了。

几个人边吃边喝边划拳，一阵子就喝掉了三坛子金徽大曲酒，李怀和宝祥就有点高了。宝祥就对李信说："少东家，我们春上进来的杂货还能卖一阵子，倒是兴贵、桂花嫂子的货有些缺，刘文他们的店里还有些存货，我们周转一下，等到入冬之后，您老人家也闲了，黄河也结冰了，到那时我们再进货去，顺着冰河下来既快又省事。"李怀就嚷着要到外面听戏去，施棋极力想把掌柜的拉回去，可是怎么也拉不起来。到最后还是张舜和宝祥给搀回去了。张梅和李信也回去了，好在李信喝得不多，不用人搀扶。

当天下午，梨花和荷花也从李家塬来到了城里，准备着到兰州上学。

自从三太太和如菊通气之后，维贤一家子就准备着要给李信提亲去，但是心里不清楚李信是咋想的，如菊是咋想的。

这天如菊起来不久，就感觉到比先前好了一些，但是身体还是有些飘，把雨环交给翠红抱着，就到上房里找三太太。结果在厨房里找到了三太太，就对三太太说："让家里给我娘家捎个信去，我想回去一趟。"三太太很高兴地说："如菊呀，你就在家好好养病，不要整天地胡思乱想了，你想回去一趟，那没有关系，我这就给老爷说说，不行就让万信骑马去一趟，你要好好养病，恢复身体，家里的事我和你的几个妈妈照看着。"三太太说完，就要让如菊回去，如菊看着厨房里有很多活，就要帮忙干一些，三太太笑呵呵地说："如菊你不要忙乎了，我们几个能行，能忙过来。"于是就让翠红搀着回去了。

第二天，维贤就打发万信去魏家堡子报信去了。

喝完酒之后，李信第二天醒来就迟了，哥和嫂子都出去了，两个侄儿也都上学了。李信还没有起床，梨花就已经来了，手里提着给李信早上吃的东西，一看李信还在被子里赖着，就悄悄地走到李信的床边，把手轻轻地放在李信的额头上，李信微微一睁眼，看见是梨花，就伸出双臂把梨花揽在怀里。

金秋的朝阳照在房间的窗棂上，院子里到处都静悄悄的，几只小鸟不停地欢唱，只有李信的房间里不时传出两人幸福的呢喃声。可能是错觉，李信在不知不觉中将梨花当成了如菊，成就了他们之间的夫妻之事。一切尘埃落定之后，李信一个激灵清醒了过来，看着枕边的微微闭着眼睛的梨花，刚刚消失的激情又立刻奔涌起来，这一次两人配合得很是默契，李信算是酣畅淋漓了一回，缠绵不尽的情谊，使李信真正懂得了什么叫女人。以前虽然和如菊也行房，但和今天一比，简直是没法相比。

李信躺在床上不停地想，美妙的时刻，让人激动的女人，犹如这凉爽的秋季，让人迷恋。秋天是美妙的季节，她是夏天华丽的转身，透露着一种成熟的诱人的能够激起人们各种欲望的魅力。李信还在想，一年四季如果缺少了秋天，大自然的五彩纷呈将会大打折扣；如果这个世界上没有了女人，农人的日出而作，日落而息；生意场上的尔虞我诈，官场的明争暗斗，都会变得毫无意义。女人啊犹如男人的山泉，汩汩流淌的泉水是男人不竭的动力，滋润着男人争强好胜的生命。人最大的梦想不就是和天斗，和地斗，与糟蹋庄稼的野兽斗，在生意场上与商人斗，斗累了，就拍拍身上的尘土，把自己的女人揽在怀里，那是何等地滋润呀。

李信侧过头看着梨花微晕的粉面，柳叶似的弯眉，樱桃似的红唇，轻轻地亲了一口，就慢慢地扶起娇嫩的梨花，自己也快快地穿上了衣服。梨花就悄悄地说，"信哥，你今天怎么这么大胆，就把人家大姑娘给睡了，你怎么知道我愿意。”李信微微红着脸说：“我也不知怎么回事，看见你来了，我就忍不住了，再说你也没有推辞呀。”梨花说：“我推辞啥呀，哪里容得我推辞，我是学医的，也知道男女是怎么回事，我一揭被子看见你那矗立的东西时，就忍不住了。今天是天时地利人和，要感谢这天作之合，我永远也忘不了今天这美好的时光。”李信微微红着脸说：“我也是，你不知道，最近一段时间，你嫂子生完雨环之后一直有病，我们之间没有夫妻生活，把我熬得好苦，今天还是妹子给了我想要的一切。”

窗外的阳光依然是那样明媚，鸟鸣依然是那样清脆，微风依然是那样和煦，景色依然是那样宜人。

两人正说着，就听见院子里的大门响了一下，一个人嗒嗒嗒地走了进来，原来是嫂子张梅回来了。还没有进屋，嫂子就大声地说：“信儿，起来了没有?”李信赶紧回答说：“起来了，起来了，你看，梨花也来了。”梨花就笑着站到门口说：“嫂子，您回来啦，今天早上我过来看看我信哥啥时候上兰州，我和荷花想一路搭伴，您看，我进来人家才起来。”张梅笑嘻嘻地说，“昨天晚上几个人喝酒，都喝得有些高，今天早上我们出去的时候就没有叫醒他，你进来他没有丢人吧。”梨花脸一红就笑着说：“您看您说的，哪能丢什么人呢!”李信也笑着说：“人家一进来我就赶紧起来了。”

张梅嫂子就笑着说：“信儿一般不会丢人的，梨花，你们什么时候开学，你们一个学堂有多少同学，咱们靖远的姑娘有几个，你们的关系好不好?”一下子就问了好多问题，梨花笑着一一回答：“我们那个学堂里总共有二十几个同学，靖远的姑娘有四个，其他地方的有二十几个，其中兰州还有两个结过婚的，常常不能按时到校上课。我和天水的一个姑娘关系很好，跟其他人就只能算是一般。”转眼就到十点多了，到了做早饭的时候，梨花就说：“嫂子我帮您做饭吧。”张梅笑着说：“信儿一天忙里忙外，在这里吃饭的时间也不多。不信你看着，立马就有人来催他了。”话还没有说完，就听见明生站在院子里说话了：“少东家，起来了没有？四老爷叫我过来看看，他那里今天做的羊羔肉，问您过去不过去?”李信笑着说：“你个崽娃子好像在门缝里听着呢，接话咋接得那么准呢。”明生笑着说：“我和保祥睡醒来就迟了，看见桂花嫂子忙着收拾早饭，我们把院子里的杂货收拾了一下，就看见雨侠和雨新回来了，说他奶今早上煮羊羔肉呢，叫我们和他尕爸过去吃饭呢，桂花嫂子就让我赶紧过来叫一声，我就来了。”说完几个人都笑了起来。张梅嫂子就笑着对梨花说：“你看看吧，就是这样。”

李信不好意思地说：“这是凑巧，这是凑巧。没有嫂子说的那么神。”梨花笑吟吟地说：“那嫂子你也去吗?”张梅笑着说：“你们去吧，我还要给你哥和娃娃做饭呢。”

李信就和明生、梨花一起出来了，明生看见梨花裙子上有些褶皱，且看少东家的眼神辣辣的，就没有再说什么，一路跟着走来了。

一到四老爷的店里，刘文远远地就打招呼："少东家来了，今儿个老东家请客，有好事啊。"四老爷一看见梨花也来了，就乐呵呵地招呼说："梨花也来了，你妹荷花怎么没有来呀，赶紧叫人去请一下。"梨花赶紧说："不用了，她在我尕姨家里，和几个姊妹玩着呢，让玩着去吧。"四老爷就说："那也好，那也好，你们赶紧进屋，让你四妈和桂花忙着就行。"

进了四老爷车马店后面的家里，也是清一色的青砖四合院，院子是二进式，前院是一圈，有上房，耳房、东西厢房，穿过厢房和耳房的游廊就进入了后院，后院是精巧的卧房，里面的装饰也算是讲究。李信一般不到后面的卧房去。可是今天，四老爷非要叫李信到后面的卧房说话，又一个劲地劝梨花给桂花帮忙去。

李信走到后面的卧房，看见里面的陈设，笑着对四老爷说："四爸，你的这个院子收拾得这么讲究。"四老爷说："这都是你长顺哥置办下的，桂花的那一院和这一院。昨天晚上吃得好吗？今天我这里刚好有一个秋羔子，咱们尝尝鲜。咱们靖远的羊羔子多在冬春，秋天不多，在李家塬一般不会让宰的。我今天叫你来到这里，是你爸昨天捎信来说，要给你娶个二房，姑娘就定下的是梨花，让我问问你的意见。"李信一听愣了一下，就不好意思地说："要说梨花吗，我倒愿意，就是不知其他人是什么意见。"四老爷一听，就高兴地说："我们不管其他人，今天我就问你的意见。"两个人正说着，只见梨花进来，两人就把话打住了。梨花一见卧房的陈设，精巧的雕花黄梨木床头，红色的幛幔，红木雕花椅子，地下是羊毛的龙凤呈祥的地毯，墙上挂着一幅山水画，一幅水墨牡丹，就忍不住地大为赞叹，又悄悄地对李信说："在兰州也见不到这么讲究的卧房。"李信也悄悄地问："你怎么进来了。"梨花高兴地说："桂花姐让我叫你们到前面吃饭呢。"说着转身就出来了，四老爷和李信就跟着也出来了。

靖远羊羔肉在甘肃境内是很有名气的。好多外地商人一来到靖远，就要吃上一顿羊羔肉。特别是宁夏一带的回族，更是对靖远的羊羔肉情有独钟。很多人旅居外地多年，什么都不扯心，只要一提起家乡的特产，香水梨，籽瓜子，黄河滩上的贡米，羊羔肉，那真是滔滔不绝，有说不完的话题。

不一会儿，四太太和桂花就把溇得看上去黄黄的，闻起来香喷喷的羊羔肉端了上来，一人一碗黄米糁饭，黄米糁饭就羊羔肉，这是靖远人的特有吃法，肉下饭，汤泡饭，那个滋味真是让"淑女顾不了矜持，君子忘记了礼让"。四太太和桂花招呼三个孩子在厨房里吃，四老爷、李信、梨花、刘文、明生几个在上房的大桌上吃。四老爷就问李信："你大哥怎么没有来呀，等一会儿给施棋和张梅那里带上些。"梨花赶紧说："这个我可以做，我今天下午没有事情，我还真想两位嫂子，我过去的时候就给带上。"刘文笑眯眯地对李信说："少东家，我说有好事嘛，您看是不是呀。"梨花和明生两人一错愕，不知刘文葫芦里卖的什么药。李信微微红着脸说："你们就拿我说事。以后不要这样了，好事成了再说。"

话说万信那天去魏家堡子送信，魏明珍看了维贤的一封信，接着又看了如菊写的一封，看着看着就低下头不说话了，恰好如菊的二姐如兰也在娘家，看着父亲一句不说地低下头，就要过如菊的信看看。一看就流着眼泪说："如菊有病了，我们都不知道，上次孩子满月，我们去的时候如菊没有说呀。唉，真是我苦命的妹子呀！现在正是三秋大忙的季节，等忙完这一阵子，我过去看看她。"父亲就说："你看的是如菊的信，你再看看如菊公公你姨父的信，他们准备要给李信娶二房呢，你们说这该咋办呢？"一家人正对着信发愁，却忘了万信，还是如菊母亲说："娶二房的事不是说不行，我们这里哪家的老爷没有姨太太呀，只要闺女同意，人家家里能养活起，我们没有说的，你给这孩子捎带个回信，让这孩子到厨房里吃些东西去，吃饱了好赶回去。再说姑娘现在有病，我们还是抽时间去看看。给姑娘一个安慰。其他的事以后再说。"如菊母亲的话使大家有了主心骨。

话说万信回来之后，一五一十地把魏家人的意见给维贤东家说了，维贤东家什么也没有说，就打发万信出去了。再说家里的人都很忙，李信到城里已经几天了。维贤每天都要领着几个长工到地里去，秋庄稼虽然长势很好，但是还是要有人去伺候，夏庄稼收到场上也要抽时间打碾。这天三太太从场上回来就看见如菊也到厨房里帮忙，就笑着说："如菊你好些了，你不要太劳累，你还要给孩子吃奶呢。"如菊也笑着说："三妈，我不累，这一阵子娃娃睡着了，我就腾出身子来了。吴大夫的药见起了，这几天我明显感觉轻松多了。"翠琴、翠红出出进进地忙碌着。一看见二太太擀的一案板凉面，三太太就忙说："二姐今天擀得这面真好，别说吃了，就是看着也很香呀。"二太太笑着说："你真会说话，怎么听怎么舒服。还是不要扯闲了，赶紧洗洗手，准备晚饭吧。今天场上有多少人吃饭，老头子是怎么分派的。"三太太赶紧说："老爷让张老六、春祥、连娃早早回家了，剩下就是五个人，再加上咱们家里人，就这些人，把场起了就回来。"妯娌几个忙忙地准备着，婆婆们对如菊都很照顾。

话说李信和明生正在城里店铺里准备着去兰州进货，就收到二哥从西安的信，说是雨霖在北平读了一年预科，终于考上了北平的清华园，学工科。他们两口子准备领着孩子回来一次，娃娃上学以后就没有时间了，带问爸妈好。由于这次进的货不多，李信决定少带几个人，明生就回去，看着给家里帮忙。梨花姊妹要到兰州去，就带贾忠、宝祥、兴贵和刘文就行了，而且要快去快回，因为二哥一家就要回来了，在兰州刚好接上一起从旱路回。

一切准备好之后，李信就送着梨花姊妹去了兰州。北路很是顺畅，路也好走得多。梨花一直和李信在一起，荷花也对李信很好，但不是和梨花的那种。路上梨花找借口一直和李信在一起，即使分开那也是很晚以后，荷花只知道姐姐帮信哥。刘文悄悄地给其他人都说了，其他人就一直撺掇着这两个人躲开荷花去幽会。再说这两人自从那次之后，就如同干柴烈火，恰好又有这么好的机会，那真是一刻也不愿浪费，一有机会就赶紧做在一起，只防着不谙世事的荷花。因为李信已经知道家里的打算，所以就毫无顾忌地和梨花相处。李信非常愿意这一桩婚事，李信也早早地把家里的打算告诉给了梨花，而梨花表示即使不去上学也要和信哥在一起。一路的家长里短我们就不再囗嗦了。

话说一路顺畅地到达兰州，李信让刘文负责处理那七垛皮子，还有一些盐，自己就把两姊妹送到学校去。荷花高高兴兴地走了，而梨花怎么也不让李信回去，两人就在学校不远的旅馆住了下来。这一夜没有任何打扰，两人都很投入，静静地享受着这美妙的二人世界，因为都知道不久的将来一定会走到一起，所以两人都很放胆。不用海誓山盟，不用遮遮掩掩。

第二天早上，两人起来得很迟。李信就快快地来到旅馆，找到刘文等人，计划着出货与进货的事宜，李信安排好之后，就要休息一下子。刘文打趣地说："少东家这一路累坏了，昨天晚上怎么过的，给我们说说吧。"李信红着脸什么也不说，就到里屋休息了。其他人就各自到集市干活了。第三天下午李信算着二哥就要到了，就到车站去看看，结果没有接上人。直到第五天的时候才接到二哥一家子。

二哥李诺一到兰州，张槟就要款待一下，由于时间的关系，当天晚上就简单地吃了一顿饭，李信、梨花、荷花、刘文，二哥一家子，张参议员一家子，也是美美的一桌。席上张槟非常客气，总是抱怨工作忙，没有去靖远看望老太爷，表示极大的歉意，二哥说这没有什么，工作的人，身不由己，以后有机会再说。张参议员又对李信说："来兰州也不找一下你老哥，我今天才知道你一年要来两趟。不管怎么说，以后来兰州，一定要找我，我可以帮一些忙。"李信赶紧表示："以后来了一定找，一定找。"又问两个姑娘在哪里读书，一听说是医科学校的，就高兴地说："离我们那里很近，有时间就过来玩啊。"把两姊妹吓得直伸舌头。说实在的，两姊妹从来就没有见过这么大的官员。众人说说笑笑地结束了宴席，张槟参议员就留李诺一家子到自己家里住。李信送两姊妹回去，很晚才回来。其他人回旅店收拾明天起身回去。当然，这时候要进的货也进全了，再没有其他的杂事。

第二天，一行人就准备往回走。张槟一直送出兰州城，才恋恋不舍地回去。由于路不好走，李信就在兰州给二嫂雇了一辆大车，二哥一家子都坐着大车。

李信牵着驼队回来的时候，为了赶时间，三天的路程就并作了两天走。好在驮货的骆驼都很有力，没有出现意外的情况。一路顺利地回到了靖远，然后又紧紧张张地回到李家塬，和李诺一家一同回去的还有四老爷、李泉、李怀、张梅、施棋等人。再说雨霖考上北平的大学，在西安那样的大地方不算什么，但是在李家塬那就是天大的喜事了。

维贤为了庆贺自己的大孙子考上北平的大学，特意邀请了所有的本家，大摆一天的宴席，请来有名的厨子操办，自家的所有帮工帮忙招呼人。维贤、三老爷、四老爷、五老爷，几个老爷子都上了岁数，但是都高兴地和年轻人一样，忙前忙后，把个雨霖打扮得像个新郎一样，穿着礼袍，戴着礼帽，胸前配着红花，左右两肩披着被面，不停地向本家们打招呼。有些人雨霖还真不认识，维贤连忙介绍，这是你几爸，这是你表叔，这是你姑姑们……

李诺和徽芸也在屋子里陪亲戚说话，也有好些亲戚没有见过徽芸，都笑着说："他二妈真是大地方来的人，你们听人家的说话，那个叫好听。"中午的时候，李瑭也从打拉池赶了过来，顺带给家里带了一大车块子炭，明生和万信就赶紧卸车、喂牲口，白承文也帮着卸炭。家里大太太最高兴，平时不怎么出门，今天高兴地出出进进，不停地招呼着来的人。

热热闹闹了一整天。整个李家塬到处都传说着维贤的孙子考到北平的大学堂里了，西安长大的，可能是沾了天子仙气，不然咋能考得那么好呢。西安究竟有多远，李家塬的人怎么也想不到，至于北平怎么个样子，那就只能靠想象了。说实在的，一个很不起眼的靖远城，李家塬的很多人可能一辈子也去不了。因为对于很多人来说，进城那也是一件大事，要一身新衣服，一双新鞋，可是就是这些东西，有些人一辈子也置办不起。

我们闲话少说，单说那天张昭两口子也来了，李信忙忙地问候："姑父来了，几天前我把梨花、荷花姊妹安全地送到兰州了。"维贤和李诺都迎了出来，一家人连忙招呼到屋子里，如菊也赶紧过来问候姑夫姑母。姑母今天也收拾得很风光，一身新黑绸子的衣裤，头也梳得光光的，后面盘着一个高高的发髻，黑鞋白袜，很使引人注目。张昭的儿子振兴也在北平念书，已经好几年了。今年没有回来。张昭还想给捎封信，也一同带了过来，让雨霖带到北平转交，顺带也认识一下，好有个照应。雨霖恭恭敬敬地双手接了过去，然后放在自己的包里。

雨霖今天也很高兴，因为这是家里人为他举行的第一个事情，以自己为主。再说自己在外念书的时间长了，又很久没有回过老家，见到这么多的人为自己祝福，不管是认识的还是自己不认识的人，都非常客气，恭恭敬敬地面对每一个人。再说那些书里不也都一直地讲着民主、平等、博爱的正义的主张，学校里先生也极力倡导天下大同，人人平等的思想，自己也多少了解一些。因为他清楚地知道，不论怎样的人，都有人格的尊严，任何一个人的社会地位不能相同，但是人格是相同的，是必须受到尊重的。况且能来到家里的，不是本家长辈就是亲戚朋友，所以雨霖尽自己最大的可能做着自己能做的事。

雨霖今天在家里的表现，让很多人都看在眼里记在心里。也让维贤挣足了面子，你们都看看，我的孙子、西安的、北平念大学堂的，多规矩，多懂礼貌，多心疼。

李诺和徽芸本来不打算这么张扬，只想悄悄地回来一次就行了，就是怕给家里添麻烦。可是父亲、几位太太还有李泉都主张应该大过一下，李诺两口子坚决不同意，最后就只是小范围的把本家和塬上的亲戚招呼一下，外边的就不打招呼了。就是这样，那一天也摆了十三桌，杀了一头大猪，两只大羯羊，十五只鸡，还有其他的，好在人们都没有喝酒，因为维贤主张，不管多大的事情，都不许摆酒场，不许设酒桌，从来不让自家的子弟在任何事情上扬五耀六地划拳喝酒，一帮子侄也从来不违规。

第二天李信就到场上收拾着打麦，李诺和李泉也要看着帮忙，李信和其他人就笑着劝住了，你们一年难得回来一次，好好陪陪爹和娘吧，地里和场上的活计，你们都帮不上什么。维贤乐呵呵地说："就叫他们几个去吧，我们在家里说说话。"三太太和张梅、徽芸早早起来张罗早饭，如菊和翠琴、翠红也张罗着帮忙。二嫂子徽芸十分关心如菊的病，仔细询问了得病的情况，以至后来的发展程度。张梅就说："我从城里带了一些药，都是妇科大夫对症开的背方子，论理说应该没有问题，可都没有见起。"徽芸说："这是典型的女人产后流血症，是由于生完孩子子宫有异物引起的，一般恢复好是不存在问题，如菊你这几个月身上的正常不？"如菊说："这几个月身上不正常，有时有，有时没有，就是这种情况。"徽芸说："你现在就不要吃药了，一天好好吃饭，恢复体力，你这一段时间由于吃药伤了胃，影响身体恢复导致的，娃娃吃奶也有一定的影响，奶水足不足？"如菊说："奶水也不足，翠琴一直帮着喂呢。"

维贤和两个儿子在上房里说着话。李泉说："今年简易师范招生，原先计划考完就决定招生计划，但是县教育科说没有钱，到现在连先生都没有确定下来，估计今年秋天招不了多少人，因为好些人家就是拿不出学费。"李诺说："关于你的这件事，我给张参议员说道说道，看他能不能从省上给你要些钱。"维贤说："需要多少钱，信儿今年过年的时候如菊父亲给了一些，我们可以拿一些出来资助你办这个学校。”李泉赶紧说：“爸，这不行，上次从家里拿的还没有还上，现在又要拿，这是县里的事情，我只是负责办理，咱们家能拿出多少。”维贤说：“咱们家里能拿多少就拿多少，只要有就行。”李泉笑着说：“爸，您只是说拿钱，村子里的那个学堂已经花了咱们家的不少钱，咱们家能有多少钱呢，况且信儿兄弟一年苦到头，也积攒不了几个钱，如菊家里的钱那是万万不能用的。况且您老人家又想要给信儿兄弟娶二房。”维贤忙问：“你是怎么知道的?”李泉说：“是我四爸告诉我的。”李诺一听就说：“爸，现在都民国了，已经不提倡娶妾了，您还主张着给你小儿子娶二房。”维贤说：“我不知道那么多的新道理，但我认古理，先人们流传下来的古理不会有错的。你们在外边的，我也管不了，信儿就是要叫娶，我们家能养活，一家之主怎么能没有妾，那还叫财主人家吗。”两兄弟一听就乐了，齐声说：“爸，我们俩不是这个家的主人吗?”维贤嘿嘿一笑：“你们俩，一个在西安，远得我就指望不上，一个在县里，公事那么忙，一年到头能来几次。最能靠住的就是信儿，一天到晚地守着我们，我们有个大事小情只有信儿，你们在哪里呢。”几句话说得两兄弟没有话说了。老二李诺悄悄地问大哥：“爸给信儿相中的是哪家姑娘?”李泉笑着说：“谁家的，就是在兰州念书的梨花，你是见过的。”两人相视一笑。就在这时，翠红进来收拾桌子准备吃饭了，雨霖也从外边进来了。场上的人也叫回来了。

李信进来洗手准备吃早饭，大哥二哥一起看着李信，把李信看得上下左右地只是低头看，不知哪儿出了问题。维贤什么也没有说，只是叫雨霖赶紧叫其他人来吃饭。说着话的工夫，四老爷、大太太，二太太，三太太，李瑭都来了，雨霖和雨芬也来了。徽芸、张梅、如菊在厨房准备着，翠琴、翠红和万信里里外外地忙乎着。

李诺一家回到李家塬的第五天，就准备回去了。这之前，老大李泉、张梅早早地领着雨梃、雨轩和白承文回到县城去，李怀和施棋也和四老爷一起回去了。维贤这几天和李诺说了很多，包括李信娶妾，如菊的病，长顺媳妇的改嫁，老二在县城所办的学校，家乡在李念的帮助下所盖的小学堂。李诺一一地作了分析，并提出了自己的意见，在这几天的交谈中，李诺明显地感觉到父亲有些老了，常常是不知不觉中就走神。李信一天老是忙，地里的庄稼长势，场上的夏粮打碾，家里的几个帮工的派活，一大群牲口的料理，加上对梨花的深切思念。

这天李信驾着大车，把李诺一家送到城里，休息一天之后就转送到渡口上，看着二哥一家登上去兰州的大车，才恋恋不舍地回到城里，在大哥家里住了一晚上，看了看自己这次进的货，又把几个店都看了一下，货物都满满当当，一个秋天和冬天都差不多了。桂花和兴贵对李信非常感激，毕竟自己是嫁到别人家了，信儿兄弟还这样帮衬，所以桂花总想着报答，可是没有什么适当的机会。李信回去之后，就忙家里永远也没有尽头的活计。

有一天，兴贵无意提到了这次进货时偶尔听刘文说李信和梨花的事，桂花就笑着说："你个死鬼，这么长时间了才从你这闷葫芦里倒出来，这要是急事还不把人急死呀。"兴贵说："你回来也没有问呀。"桂花说："只有问到了你才说呀。"兴贵嘿嘿地笑了。桂花就趁机会到四老爷那里去问一问，四老爷说："你二爸有这个想法，让我问问李信，李信也很乐意梨花，这次回去我也给你二爸说了，你二爸很高兴。说是秋后忙完了之后就着手。"四太太听得愣愣的，说："你们怎么把这事瞒得死死的，让人一点都不知道。"四老爷说："这事八字还没有一撇，哪里能够到处张扬呢。"

当天桂花就找施棋说起这事，施棋吃惊地说："我看人家两个走得很近，却不知已经这样了，家里准备给提亲，这很好呀，但就怕人家在兰州读书，见过大世面，不肯答应嫁给李信吧！"桂花说："我听兴贵说，梨花一路和信儿老在一起，可能已经……"先后两个正说着，老嫂子张梅就走了进来，看见这俩妯娌在一起说什么，就打趣地说："你两个大白天钻到一起干什么？"这两人笑着说："老嫂子，咱们要添新弟媳妇了，你知道吗？"张梅说："我不知道呀，谁要娶媳妇了。"两人同时说："是信儿兄弟呀！"张梅嫂子说："咱们先不要乱张扬，这事还没有向张家提亲呢，咱们家提亲人家答应了，就没有说的，如果人家不答应，那还不把你两个羞死啊！"桂花说："嫂子，我们兴贵这次和信儿兄弟上兰州进货，就见信儿兄弟和梨花妹妹走得很近，关系好得很，你说，这事还有问题吗。"张梅叹口气说："凡事不要想得那么好，有时候就是不好说。我听雨轩他爹说，二爸才准备提亲呢，还不知结果怎样，你们就畅扬开了。不好啊。"妯娌两个笑着说："我们听嫂子的，以后不畅扬就是了。"大嫂张梅说："我今天来是说你哥学校的事，已经从家里拿了好些钱了，官府里一点都没有给，官府里的王官员一直说给些钱，到现在也没有响动。马上就招生开学了，还有一大堆的事需要办理，你大哥想让李怀兄弟过去帮忙，还想让施棋帮忙看能不能找几个念过书的学生，到师范里给帮着管理学生。"施棋说："可以，前几天就有几个刚回来的学生娃，到店里打听找活呢，等一会儿我过去看看。"

话说这是民国二十一年的秋天，李泉的学校终于开学了。首届招收了二十七个靖远子弟，编为一个班，学校也改名为靖远乡村教师培训所。当时计划招收两个班，结果报到的人大多都交不起学费，没有办法家长就领走了。李泉在城里就是这样想方设法地办学校，招学生，找先生……直到民国二十四年才正式改名叫靖远简易乡村师范学校。

李信在家里把秋庄稼收拾得差不多了。这天，刘家的老二过来说：“李家爸，今年山上旱地里种的洋芋和籽瓜，长得还不错。昨天我看了一下我们种的，顺带也看了看你们家的，洋芋美得很，要赶紧往回来收拾呢。”维贤笑着说：“你回去给你爸说，我们的那一片洋芋，叫他领着田娃一家，荣祥一家，你们兄弟三个，有两三天就收拾完了。洋芋拉来之后，叫明生爹给你们一家子分上三百斤回去过冬，籽瓜收拾好了之后，把法泉的老道叫上，叫他们背上一些到庙里，那些道士和尚们都馋疯着呢，把好的捡上拉到屋里来。顺带给你们的娃娃也拿上一些，拿多少，让明生爹看着办就行了。”刘家老二就回去了。

安排完该办的事之后，维贤就叫万信叫刘家三奶去，说有事情。万信一会儿工夫就把刘家老婆子叫来了。维贤看见刘家老婆子就说：“他三奶，今儿有件事你去给我们问一下。”刘家三奶笑着说：“你老人家说吧，啥人看上谁家姑娘了。”维贤笑着说：“你去张家他姑夫家问一下，把他们家的大女子梨花说给我们信儿，看他们是啥意见。”刘家三奶说：“给信儿说二房啊，人家姑娘还念书呢。”维贤说：“让你问去就行了，剩下的事你保了一辈子媒，还不知道怎么说吗。”刘家三奶就乐颠颠地走了。看着刘家三奶奶走了，二太太就和大太太、三太太说：“这件事老爷是不是太着急了，如菊和信儿有说头没有？”三太太悄悄地说：“信儿没有什么说头，如菊也同意了。就让老爷张罗吧。”

这天李信刚从地里回来，如菊就对李信说：“爹开始给你张罗梨花的事了，雨芬大了，雨环也不用说了，你现在是儿女双全了，你给我有个说法吧。”李信吃惊地说：“这是怎么说的，这是怎么说的，这件事缓一缓再说嘛，爹也就太离谱了吧。我去给爹说说去。”如菊赶紧拉住说：“你干什么，爹也是为我们，你不要太莽撞了。再说你也特别愿意梨花呀。”李信低头什么也不说。

这天李信正和父亲商量着收拾地里的荞麦、糜谷和蔬菜，冯家尕三来了。尕三就向维贤说：“李家爸，我爸说了，今年我们豆腐房生意好，现在正是收黄豆的时候，我爸想把你们陈家份子的那块地的黄豆先收割回来，你老人家看一下呢还是不看。”维贤就说：“不看了，你叫你爸领着人收去，还像往年一样，到时我们取豆腐就行了。”冯家尕三刚要转身走，李信说：“今年我们种了一些洋芋，红嵝沟的那一块子地你们也收拾去，挑一些大的给家里拉来，小的挖破的你们就拉回去做粉条，你们一家子只是把洋芋粉条做好，到时候给我们送过来一些就行。把你们家的大车赶上去，三四天就收拾完了。另外记着把豆渣和粉渣不要送人，全拉到我们的牲口圈里，喂猪喂牲口。”尕三连忙说：“我的好表兄呢，这些事不用你安顿，今年我们一定送过来，你就不要操心了。”李信刚要问一下张家啥意思，又有养蜂的张军来了，手里提着一桶子今年新采的蜂蜜，口里不停地说：“夏天的蜜没有顾上送来，一是我们今年跑得太远，二是人家收蜜的人跟得太紧，刚采一些人家就收了。我才回来，就赶紧拿了一些过来，让李家爸尝尝鲜。”李信说：“你们一年到处跑个不停，那么辛苦，还挂记着李家爸，你是个记恩的人，再说，春上拿来的蜜还没有用完，现在你又拿来了，回去给张家爸说，今年赵家窝窝的那块地你们就不用交秋租子了，放下你们一家子用吧，好像去年只交了夏粮吧，今年还是一样。你二爸的羊群快出山了吧，你给带个话，让今年早些出山，秋庄稼收拾得早，让羊群早些赶个秋场，养养膘。”张军笑眯眯地说：“我们辛苦一些没有啥，只要咱们的庄稼好，收成好，我们比什么都高兴，给我二爸的话我这就带给去。”说着就走了。李信就让万信把蜜桶子提到厨房里去了。

万信刚出去，李信就忙问父亲：“张家有消息没有？”父亲说：“你刘家三妈去问了，你姑父只说梨花正在念书，书念完了再说，好像对咱们给你说二房有些不大愿意。”李信说：“那不要紧，只要梨花一表态，张家我姑父就不会说什么了。我给梨花打个信，把家里的情况给她说一下，让她给我姑父说话。”维贤一听高兴地说：“那能行，你就让梨花给她娘老子说去，我们就坐等消息吧。”

一个秋天忙完了，李郴才有闲工夫过来，李郴今年的庄稼收成比去年好些，整个家里也没人搅和了，李槟从长顺去世后就学得乖多了，一改前嫌，再不赌博了，不但开始顾家，而且还按时下地操心家里了，家里一有了帮手，李郴的担子就轻多了，李槟媳妇的脸上也有了笑容，五老爷五太太也帮着两个儿子操持家务，果子收得好，粮食也收得不错。一家人其乐融融。李郴过来还是想今年跟李信趁冬闲时分做一趟生意，赚点小钱，攒下来明年说媳妇。李信告诉他说：“你不用那么攒，到时候用多少都从我这里拿，我给你送十个银元，剩下的算是我借给你的。你说一下你看上谁家姑娘了？”李郴悄悄地说：“我看上的是咱们下庄里韩家磨坊里韩家三姑娘。”李信说：“噢，我记起来了，就是韩老磨的三姑娘，那个女子很麻利，干活很有眼色，待人也有礼貌，开朗性格好，是个守家的好手。你们向人家提亲了没有？”李郴说：“我和五妈说了一下，五妈说好得很，就看人家能不能看上咱们这样的人家。我嫂子也很乐意，她前年在长顺哥的事情上磨面时就注意到这个女子了。只是心里想了一下，没有敢问。”李信就问：“那你今天来是问生意呢还是让二爸给你请媒人呢？”李郴赶紧说：“我是问生意，请媒人的事让五爸和二爸斟酌，我不敢直接找二爸。”李信说：“这倒也是。”李信最后给李郴说：“你等着，到时候我就叫你，现在你忙你家里的事，提亲的事让五爸早点斟酌。”李郴答应着走了。

这天的天气格外晴朗，大部分的田地里都收拾干净了，还有一些不怕霜杀的蔬菜，喂牲口的草谷子还稀稀落落地散布在地里，一群一群的绵羊都在赶秋场，拾吃着落在地里的糜谷穗子。树上的叶子也渐渐脱落，虽说是秋季，没有一丝的风，但毕竟地气凉了下来，早晚的天气还是略带寒意。如菊起得很早，收拾院子，雨芬在屋子里看着小弟弟雨环，姐弟两个愉快的笑声把其他人也叫醒了。维贤在上房里高声喊道：“翠红啊，把雨环抱到上房里来，让我们看看孙子。”话音刚落，就听翠红到门口轻声问：“雨芬，你爸爸起来了没有?”雨芬大声说：“我爸起来了，正在外屋洗脸呢。”翠红就进来把雨芬、雨环收拾好，领着雨芬，抱着雨环到上房里去了。自从上次徽芸给如菊说过之后，张梅又给带来了一些西药，如菊就很快硬朗了起来，下身也干净了，到如兰看她来的时候，如菊已经好利索了。

转眼就到了如睢结婚的日子，三太太、李信和如菊带着两个孩子提前两天就到魏家堡子去了，让明生赶着大车，拉了一些果子，两只大羯羊，一头肥猪，还有一些应用的东西。明生也就一直帮着赶车拉东西。如睢娶得是同心马家的姑娘，不是回民。马家姑娘的父亲是做生意的，家大业大，把姑娘嫁得也很排场，单是陪嫁就不一般，钱可以置百亩上好的水地，羊五十只，牛十头，马十匹，骆驼十峰，还有能够拿得出手的上好的绸缎布匹和各种生活用具，足足拉了六铁车，娘家人就来了二十多人，加上赶车赶牲口的人，不少于四十人，这在当时比一个一般的村子的人还要多。所以当时就有人说：“如睢这哪是娶媳妇呀，那简直就是搬家呀，搬的还不是穷家。”

魏明珍这边也办得很大，魏家四个堡子全部用来招待亲朋。魏家如睢的本家兄弟九个，姊妹加起来十六个，这如睢是最小的一个，嫂子姐夫一大帮子人都是闹红火的。魏家四个老爷数魏明珍小，没有娶姨太太，其他三个老爷都有几房姨太太，老亲戚，小亲戚，各房的亲戚，还有堡子里的所有人等，生意上往来的能够赶回来的各路朋友，那真是千里逢迎，高朋满座。李信带去的贺礼还算说得过去，但跟有些人比，还是略寒酸一些。三太太一去就陪着如菊母亲招呼老亲戚中的女眷，两亲家比较熟悉，再加上其他的老亲戚，话语不断，笑声不断。和两个亲姐夫相比，李信还是比较大气的女婿了。如睢结婚的“事情”过了整整三天，还不断地有祝贺的人。

第四天的早晨，三太太和亲家们一一告别后，就和李信、如菊领着两个娃娃坐着大车回去了。临走的时候，魏明珍又给李信一个小盒子，笑着说：“你回去之后好好照顾家里，向你爹妈问好，好好做生意。我多少给你一些资助，三个女婿都一样，你们就不要嫌少。”李信赶紧跪下叩头，说了几句致谢的话语，才双手接过沉甸甸的小木盒子，然后就随着陆续离开的亲戚们一起到李家塬了。

李信回到家之后，才小心翼翼地打开老岳父送给的小木盒子，只见盒子里面装着银元，一百一包，共三包，每包都用红纸包着。如菊看了没有说什么，就抱着雨环回房去了。维贤对李信说：“这是你丈人给你做生意的，你就好好做生意，不要辜负了他老人家的期望，钱你都叫如菊存下，咱们家里不要。”李信说：“我们存上一百就行了，给家里放下两百吧。”维贤说：“你不要这么做，全拿过去。”如菊把雨环哄睡好之后，就笑着走进来了，悄悄地拉了一下李信说：“全给爸放下，咱们一家人就不要什么你的我的了。”李信笑着说：“你给爸说。”如菊红着脸说：“你让我说什么呀。”二太太也笑着说：“谁家媳妇子敢和公公说话呀，你这不是明摆着让如菊为难吗，好了，你父子两个不要争了，让如菊也听听罢。你娘家爸这次给了三百银元，你爹说，全放在你那里算了，信儿说要给你爹放两百，拿回去一百。家里真不缺钱。我们的意思是三百都拿去你们收拾下，到用的时候我们再商量，几个人说着就这么定了。”如菊和李信再没有说什么。如菊就把那个小木盒子拿了回去。第二天明生过来说：“东家，咱们该拔那些草谷子了，如果再让霜杀上一阵子，羊一串，我们就没有收拾的了，着重是今年冬天牲口就没有吃的。”李信说：“场上现在挤满了，你把草谷子弄来往哪里放呢？”明生说：“不行就放在牲口圈里晾着，等场上收拾得差不多了，再往过去挪。再说今儿已经十月十七，再过十几天就是长顺的忌日，家里恐怕要到坟上去一趟吧。”李信说：“这件事我在城里和四爸四妈说了，一般咱们这里是三年上坟，其他的日子不去坟上。今年我们把庄稼收拾干净之后，就赶紧做一些生意，和去年一样。”明生说：“我们还是那些人吗？”李信说：“还就是那几个人。现在我们突击打几天场，把新收的糜子谷子打碾完，要是一下雪，就不好收拾了。”

十月底，四老爷带着兴贵、桂花领着两个娃娃回来了，因为第二天是长顺的忌日，一家人回来给长顺上坟，顺带把梨花的信也带来了。李信接到信之后，赶紧躲到一边，打开信只见里面是这样写的：

想念的信哥，我的亲亲，你好。

收到你的来信，我心里很激动，回想我们在一起的日子，我感受到夏天的温暖，我享受了秋天的静美，我知道你这个时候的忙碌，但我对你的思念却丝毫不减，而且与日俱增。刚刚离开你的那些日子，你不知道我是怎么熬过来的。我常常想，我要是只小鸟该多好，我可以天天围着我的信哥、看着我的信哥，我会为你歌唱，为你欢呼雀跃。可是，我不能，我有太多太多的话儿要对你说。

有时我就想，我不上这个学了，我想休一年的学，我想好好地陪你。我妹妹荷花没有我们的感情经历，一天只和同学们一起嘻嘻哈哈，上学回宿舍，而我就深深地为情所扰。我想你，时时刻刻都想你，我不能一日没有你，我的生活已经离不开你了。我现在还时时想起那几次的让我激动不已的男女之事，你不要羞我。你来信说，到我们家提亲之事，我父母以我上学为由推辞，那是他们不知道我的心里咋想，前面我已经给我父母写了一封信，告诉了我对这件事的观点，并且明确表示，我一定要嫁你，我宁肯不上学，也要和你在一起，想和你永远生活在一起。

想念的信哥，我想你，我日思夜想地盼你，海可枯，石可烂，我对你的情谊没有变。你让家里赶紧提亲去，我知道这次我父母会认真对待的。如果他们再不答应，我就立刻回来，那时他们更没有面子。

想念的信哥，我想你，我夜夜梦见的就是你。由于想你，我恨不得长上翅膀，飞到你身边；我恨不得变成一股清风，天天围绕着你；我恨不得变牛变马，让你细细的皮鞭日日抽打在我的身上。

想念的信哥，我想你，想你，想你，还是想你……

此致

敬礼

永远想你的梨花

民国二十一年十月十一日

信的背面附诗一首：

悠悠的白云有淡淡的诗，淡淡的诗里有绵绵的梦。

绵绵的梦里有轻轻的问候，轻轻的问候里有浓浓的相思。

浓浓的相思里有久久的牵挂，久久的牵挂里有长长的渴望。

长长的渴望里有无尽的缠绵，无尽的缠绵是我最大的心愿。

梨花手记

看着梨花的信，李信激动万分，好不容易读完，就略略平静了一下狂飞的心情，这才从场上回到家里，和大家商量明天上坟的事。

看着四老爷一家，桂花领着几个娃娃，老实的兴贵，李信有一种说不出来的感觉。

早晚天气已经凉了下来，维贤让赶紧把地炉子生上，一家子在一起吃了饭。四老爷就打发桂花一家子领着娃娃回到旧院睡去，自己和二哥、三哥、老五、李信、几个太太商量明天去上坟的事。维贤就对四老爷说："我看今年的这件事就简单一些吧，咱们这里的乡俗是九年大过一下，平常到日子上一下坟就行。我说咱们明天就让信儿、桂花和兴贵一家子，明生把车套上，昨天如菊说她也想到长顺的坟上看一看，就让如菊也一起去，老四你想不想去呀？"四老爷说："我明天也去看看吧。老三、老五你们去不去？"三老爷说："明天我刚好有些事情，让李相领着娃娃去。"五老爷也说："明天让李郴去吧，我就不去了。"

众人在一起边商量边说话，一边吃着各种水果，其他人各自说了一些自己的事，夏秋庄稼的收成，果树园子的果子，说着就说到了魏家。五老爷说："魏秀峰昨天夜里把气咽掉了，停在侄儿子家里，几个侄儿子关于棺板老衣的事闹起了纠纷，都不愿多出钱。"维贤一听："谁说的，我今天怎么没有听说呢？""我也是今天下午从滕家堡子回来时路过才知道的。"五老爷说。几个老弟兄就说："那个人给我们家干了一辈子的活，没有功劳也有苦劳，二哥，你说咋办就咋办。"一听几个弟兄这么说，维贤就说："你们能帮多少就多少，魏家老汉咱们李家抬埋了，一切费用我出。"四老爷忙说："这个事情不是个大事，花费不了多少，我出上十个银元。"三老爷也说："那我也出十个吧。"五老爷一看就说："我没有多少钱，我就让李郴和李槟好好帮忙，我也随时过去看着帮衬一下。"维贤一听就笑着说："明天我们弟兄四个，除了老四上坟之外，都早饭吃过到那里去吧，先把事情理顺，让那几个侄儿子不要因为费用闹别扭。明天我先拿二十个银元过去，先置办各种东西。其余的你们明后天拿过来就行。"

几个长辈在一起商量，李信一直没有说话，直等到大家都说完了，李信才悄悄地给父亲说："我四爸捎来信了，是兰州来的。"维贤一听就说："都是你的几个爸，有啥话就说嘛。"李信赶紧说："梨花说她很愿意，她给她父母去信了，就让咱们请媒人去提亲。"三老爷和五老爷很吃惊地问："给谁提亲，在哪达提亲去？"维贤高兴地说："你们还不知道吧，我想给信儿说个二房，是下庄里张家他姑夫的大姑娘梨花，今年夏天我看见这两个娃娃还不错，梨花长相也好，信儿也高兴。"三老爷说："那个女子我知道，只是人家娃娃还念书着呢，能看上咱们信儿吗？"维贤说："念书咋地啦，两个人结婚过后还可以再念吗，学校里抱娃娃念书的不是没有。"几个人说着说着，其间几个太太都没有了一点精神，老四就说："二哥，你们缓着吧，事情就这样定了，明天我们都要早起。"于是几个老弟兄就回家了。

话说第二天，维贤就让三太太拿出了二十个银元交给万信，然后就出门去了。万信拿着钱一直跟着，到了魏家，一看魏家老汉直挺挺地躺在地上，身上还穿着原来的破衣裳，几个侄儿子都还没有过来，小侄儿子哭丧着脸说："李家爸，我四爸苦了一辈子，临了还这个样子，我们几家都在前年地动的时候死了人，你老人家看，一个个都穷的连老的都抬埋不起了。"维贤说："你也不要叫唤，你们尕爸我抬埋了，万信把钱拿来了，你们看着把事情过。"万信就把二十块银元拿了出来。魏家尕侄儿子连忙跪下就给维贤磕头，完了之后又赶紧叫自己的娃娃跑去叫来其他几个魏家老汉的侄儿子。

这时也进来了几个帮忙的邻居和本家，一起给维贤磕了头，然后就分头忙开了。一会儿工夫，帮忙的人也多了，阴阳也请来了。苏阴阳一来之后，就根据亡人的具体情况，定在十一月初二开悼，初三卯时起灵，辰时下葬。鉴于魏家家里的具体情况，一切从简，毕竟是穷人家。维贤就忙着让几个帮忙的人收拾吃的，吃完好进山看阴宅子。

首先让万信把家里的驴牵来，让阴阳进山时骑上驴，其他人拿着打墓的工具跟上就行了。亡人在地上躺着人们看着很不舒服。维贤就想办法给亡人置办老衣，结果一个村子都找不出几块新布来，没有办法，维贤让万信回去向大太太要了一块子新白布，一块子新黑布，回来就让几个帮忙的女人赶紧找裁缝给穿上，又找了几块板子把亡人放到上面，这样也干净一些。

下午的时候，帮忙的人渐渐多了起来，三老爷和四老爷也都把钱拿了过来，李信和几个年轻人也来了。

在众人的帮衬下，魏家老汉终于被平顺地抬埋了。开悼的这一天，也没有来多少人，毕竟亲的没有，侄男侄女到底还是离心远些，院子里守丧的人也不多，来的亲戚也没有多少。就是一些乡邻，几个大户人家派来的帮工。整个丧事过得很简单，过完事情，魏家侄儿几个要感谢维贤，维贤说："老人不容易呀，你们前面的确让人寒心，以后在老人的事情上，千万不要推三阻四，老人事情上的花销不会走空的。"几个侄儿连连点头。最后总理过来说："今天李家爸也在着，我们算一下账，棺板花了四块，衣裳没有花钱，是李家爸从家里拿的，做饭用的各种东西花了四块钱，调料花了六角，各种菜花了三块七，阴阳苏家爸就吃了几顿饭，没有收一分一毫，就是买纸货和鞭炮花了一块二，合计总共花了十三个银元五个毫子。亲戚朋友送人情总共收了十七块，二十几节子新布，馒头和肉都没有吃完。"维贤一听，就随口说："我们老弟兄听说你们的尕爸死了，就赶紧准备了一些钱，你们看看，老人的事情让你们花钱不。"几个侄儿连忙把维贤的二十个银元送了过来，又把三老爷和四老爷的十个银元也送了过去，并跪在大门口致谢。几家的人听到声音就赶紧出来答谢了。

李信回来之后，就和父亲说那天他们上坟的事，一帮人乘车一直到山根底下，然后就慢慢地走到坟上。李信说："我四爸看见那坟堆时，就伤心地流眼泪，桂花和几个娃娃跪着不起来，桂花边烧纸边哭，诉说着自己的伤心处，凄凄惨惨的，哭得众人心里也酸酸的，因为是忌日，不用填土，其他人就帮着把祭祀品都献上，最后兴贵说了几句话很让人感动。兴贵说，少东家，你不管怎么样永远都是我的少东家，我这一辈子都会为少东家一家子鞍前马后地伺候，我不会有任何别的打算，你的老人就是我的老人，你不在了，我会替你为他们养老送终；你的孩子就是我的孩子，我和桂花会抚养他们长大成人；你没有来得及做的事，我会一一替你完成，你就放心吧。"

李信说："爸，你说有没有阴间鬼神，就在兴贵说完之后，就有一股微风，绕着我们转了一圈，最后变成一个旋风，在坟头上旋了一些纸灰就走了，纸灰撒了长长的一道子。我就赶紧说："我们的长顺来看我们了，长顺哥，你一路走好，一路走好。"我四爸和众人都很惊讶。维贤说："古话说得好，头顶三尺有神明呀，有时你不得不信。"

维贤老爷对李信说："咱们的两头驴一头牛都有些老了，今年秋里那两头驴就基本上不能下地了，你抽空到镇上的驴肉馆里问一下看能不能处理掉，牲口老了我还真舍不得让杀掉，但是大牲口咱们也没有什么办法。"李信说："我找一下明祥就行了，明祥不是一直收驴马牛吗？"李信到庄子上找到明祥，和明祥说了有两头驴一头牛老了，不能使唤了。明祥一听就高兴地说："少东家，你这件事找我就对了，我过去看看，是咱们庄子上的大牲口，我就在庄子上杀了，给大家分些肉。"李信说："两头驴一头牛你看怎么处理，你能给多少钱？"明祥说："少东家，我也不打埋伏，咱们把话说明，我们都清楚，我没有钱，我只是负责杀了剥了，肉是要拉到镇子上才能卖一些钱，你说我们把肉分了还是卖成钱？"李信说："那就分了吧，卖也卖不上几个钱。再说不是有这样的话嘛，'天上的龙肉，地上的驴肉'，驴肉也是美味啊！我们也尝尝鲜。"第二天明祥就在麦场的一角栽了两根柱子，先把牛的两条后腿捆在柱子上，那老牛眼睛睁得大大的却没有反抗的力量，明祥就说："赶紧把牛眼睛蒙上。"就在给牛蒙眼睛的时候，老牛的眼泪就哗哗地流下来了。明祥说："下一次早早地把眼睛蒙上，不要让这些有灵性的东西流眼泪了。"只见明祥拿起一把木榔，趁牛不注意的时候，照着牛的天灵盖猛地一锤，牛的前腿立刻就卧倒了，几个人快速地放血，然后剥皮，不一会儿，牛就被解剖了。然后很快地把两头驴也给解剖了。肉就给庄子上的人分了，皮子明祥就拿回去了。李信给家里拿来了十斤驴肉，二十斤牛肉。

老东家维贤就让厨房里把驴肉煮了，但是自己一口都没有吃。心情一直不好，过了好几天，才和几个太太商量李信的事。三太太说："如菊愿意是愿意，但心里总不是那么痛快。"维贤说："那是一定的，男人娶小，当老婆的肯定不痛快，但是，时间长了就习惯了。你们这些人不都一样嘛。”说得几个太太都不说话了。

李信自从前次离开梨花之后，就一直忙个不停，所以那种思念之情还没有十分明显的感觉。现在略微闲了一些，又要准备出去做点小生意，心里的那种思念之情便越来越浓。回想过去，梨花的一言一行，一举一动，一颦一笑又清晰地浮现在眼前，过年时的拿书，暑假时的谈话，城里的幽会，送到兰州后的缠绵，以及以前很多的往事……想终归是想，毕竟还有如菊每天晚上陪在身边。

这天，李信和李郴、刘孝仪、明生、顺强、万信以及三太太、如菊、翠琴、翠红正准备驮了，将窑里的冻果子装筐，一件一件地往好里收拾。远远就见刘家三奶奶笑呵呵地来了，一进门，就给维贤道喜，高兴地说：“老东家呀，好事来了，好事来了，这两天我就一直和张家他姑夫两口子说话，好话不知说了多少筐呀。”维贤笑着说：“唉唉，不要说那没有用的，拣主要的说，张家他姑夫两口子怎么说，答应那件事了吗？”刘家三奶喘了口气说：“我正要说呢，张家他姑夫两口子说了，他们现在没有意见了，两个娃娃很愿意，他们尊重姑娘的意见。”院子里的人各自都停下了手中的活计，如菊慢慢地回屋去了。三太太赶紧过来说：“他刘家妈唉，你说话就不能小声点，你看看院子里的人，然后再说也不迟呀。”

李郴和明生笑着，边干活边和李信说：“少东家，大喜呀，前次到兰州去，可能就已经和梨花分不开了。”李信赶紧噤口到：“你两个不要胡说。我们两个才提亲呢，哪有其他的纠结。赶紧干活，今明两天我们就要出去了，还在这里扯闲。”说得两个人都不语了，低下头慢慢地做着自己的事。

这刘家三奶奶一进上房，就和维贤、大太太、二太太、三太太商量着如何着手把这件事办好。维贤说：“今年是民国二十一年，现在已经是十一月了，看样子今年是不行，我们就把事情放在明年的正月里，那时人们都还闲着，亲戚们也没有什么要紧的事务，大家可以好好地聚一聚。你们看怎么样？”几个太太都说没有意见，老爷计划得很周详。刘家三奶奶就接着说：“老东家，说是明年，其实细算一下只有两个月的时间，我们要赶紧筹划才好。人家姑娘还在上学，明年夏天才能念完书，张家他姑夫的意思是娃娃书念完怎么样？”维贤说：“那不行，我们不能等，明年娃娃书念完跑到别的地方怎么办。念下书的娃娃，有时候估摸不来。明后天我们就准备提亲，然后就定亲，紧紧张张地把前面的礼行走一下，明年正月里就办事。你现在就过去给他姑夫说我们家里的意见。”然后给三太太说：“等一会让明生把家里的果子给送上些去，顺带送上几斤肉吧。”三太太答应着走了。

李信看着维贤急匆匆的样子，就说：“爸，这件事是个大事，不能这么着急，再说梨花就那么一封信，我们什么都没有准备，你就急着定亲，还是等我把这一趟生意做完，我置办些东西了再说吧。”维贤说：“要置办的东西我们家里都有，定亲的东西我们也不缺，就是现在让抬礼，咱们家里的也准备齐全着呢。你现在不要操心东西的问题。”李信说：“不是这样的，爸，我想和梨花再见见面，商量商量再说。”维贤笑着说：“真是孩子气，等你娶回来了，有的是你们说话的时候，就怕你们那时倒没有多少话要说。娃娃，这些事应是当断则断。当断不断，反受其乱。你赶紧准备你们出去的东西，有必要就迟上几天再走，把这边的事情定好再说。”李信再没有说什么。明生几个正把一筐筐的果子从窑里搬出来，天气比较冷，院子里放啥东西一会儿就冻住了。

几个人忙乎乎地转着东西，如菊进屋之后就再没有出来。一会儿，李莲领着雨芬出来了。李莲对李信说：“尕哥，你们说了些什么，惹得我尕嫂子很不高兴，在里屋的炕上睡下了。”李信说：“没有说啥，那是你尕嫂子身体不舒服，累了，缓上一阵就好了。”李莲就领着雨芬又回屋子了。过了一会儿，三太太就过来给如菊说话。三太太一见如菊的样子，就知道是怎么回事，悄悄地坐在如菊的旁边，一句话也不说，如菊感到有个人来了，却不说话，一转身，看见是三妈，就一骨碌翻起来，赶紧给三妈让位子，让三妈往炕里面坐，并且一连叠声地说：“三妈您看您，进来也不喘一声，让我表现得多没有教养，长辈来了，还躺在炕上。”三太太说：“不要紧，我知道你的心事，咱们做女人的就要自己学会给自己化解，自己安慰自己，这都是命。再说老爷和信儿这样做也是为我们大家好，你说，咱们这样的家庭，家里只有这么一个少东家，连一个二房都不娶，于情于礼都说不过去呀，你也看看，我们这方圆几十里的财主家里，少东家哪个不是二房三房地娶，娶上之后还不学好，整天价地不务正业，游手好闲，有的还吃喝嫖赌样样不落。自己家里有好几个老婆，还一个劲地欺男霸女。我们信儿老实本分，一天只知道苦家，一年四季没有空闲的时候，又不嫖不赌，即使冬闲的时候还要给我们大家赚些零用的小钱。这样的男人再要一个女人伺候着，也是情理之中的事。你要想通这个理呀。当时我嫁咱们老爷时，前面已经有两个太太，老爷又比我整整大两轮，你说她们当初是怎么想的，我当初又是怎么想的。唉，这就是命。你看，我们一家不是相处得很好嘛。大太太、二太太时时处处都让着我。”如菊悄悄地问：“那你和老爷在一起睡吗？老爷和你睡了，其他太太怎么办？”三太太说：“这个事互相谦让着就过去了，没有必要斤斤计较。我知道有一家老爷有四个太太，四个太太算着老爷和谁睡觉，哪天就轮到和自己睡，结果把老爷逼得没有办法睡觉，因为几个太太和老爷睡时，都要和老爷做那种事，你说，那种事那是一种情趣，一种兴致，谁一个如果让逼上去做，你说哪一个男人能受得住，你想想，老爷最后和哪一个都不做，后来倒和一个女仆很愉快地相处。我怎么没大没小地和你说这些呢，真是有些不好意思。不过如菊咱们娘母两个可以说这些，我们虽说是娘母，实际胜过姐妹，你说是不是呀。”如菊说：“三妈，我知道你说这些话的意思，就是要让我宽宏大量一些，痛快地答应让信儿把这个二房给娶了么。好，我痛快地答应就是了。怎么说我还是大房，再说梨花我们都知道，是个很不错的姑娘，有知识，懂医学，模样又周正，是个讨人喜欢的热情的人。我想我和她能够很好地相处。让李信娶梨花比娶别人家不知根不知底的姑娘要强得多。”

母女两个越说越高兴，不一会儿，三太太就兴冲冲地回到上房给维贤太太们说去了，就听见上房里传来了维贤的笑声。

第二天，刘家三奶奶就给维贤回话了，说是张家他姑夫很快就答应了。一切按照程序走，前面就算是提亲了，后面的事等姑娘回来再办理。现在就先让信儿跑生意去，腊月里我们定亲抬礼。维贤听了就说：“这样好得很，我们也乐得有一些空闲，把该准备的准备齐全，很好。麻烦你了，他三奶奶，您老人家给我们保了这么一个大媒，我们一定要好好感谢才对。老三啊，你去给他三奶取上一节子新布，让他三奶过年缝件新衣裳，再给拿上两块钱。”刘家三奶乐滋滋地说：“唉呀，老东家，这怎么敢呢，给信儿保媒，这是我为娃娃做件好事，怎么还敢再拿您老人家的东西呢。”说着就要往出走，三太太赶紧追出来说：“他三奶啊，以后还有用得着的地方呢，你还是拿上吧。布是新布，你回去紧一下水，就可以缝衣裳了，这两块钱你拿着，过年给家里置办年货。你不要嫌少啊。”刘家三奶连忙说：“唉呀呀，他三妈，你太客气了。我其实没有做什么，只不过就是过去串串门，帮您们传传话。既然这样，我就不客气了，以后用得着我老婆子的地方，给我说一声就行。”

十一月初七一大早，李信和明生、李郴就牵着十峰骆驼，五匹马驮着垛子，出发了。维贤早早地就让准备了早饭，叮嘱着到城里之后叫上宝祥，让宝祥跟着管账，一路上一定要小心……

话说白承文到师范上学不久，白永兴就到靖远城里来看孙子，顺带也走一走亲戚。白永兴是这一带的大阴阳，很多人都认识，来到靖远城里就如同到新城一样。白永兴到四老爷店里去，四老爷和四太太就连忙招呼。白永兴毕竟是女婿辈，没有打扰太长的时间，只是礼节性地问候了一下。把随手带的礼品放下就要走，四老爷死活不让，硬是留着吃了一顿饭，四老爷说：“他姑夫，你是咱们这一带的大阴阳，懂得多，也见过大世面，抽个时间把我们的坟地再看看。”白永兴说：“四姨夫，你们的坟地我前年看过了，一切都好得很，没有什么。您老人家还是好好地做您的生意，我看您的这店还很好嘛。人来人往的，坟上我过两天到老家李家塬了再说。我们新城也出了一档子事，您好像还没有听说吧。”四老爷连忙问：“新城出了啥事，我们还真没有听说。”“我的大女婿滕玉春您知道吗?”四老爷说：“知道啊，怎么了?”白永兴说：“玉春前一段时间上山打猎，误把人家砍柴人伤了，最后那人就死了，两家怎么商量都没有商量好，最后对方告到官府里了，玉春害怕官司，就悄悄地跑了，连我们都不知道跑到哪里去了。玉香一个人带着娃娃，日子过得很艰难。”四老爷赶紧说：“怎么会这样，你在那一带很有威望，难道就没有想别的办法吗?”白永兴叹了口气说：“怎么没有想办法呢，想了，也请了好多人给人家说话，人家死了人了，怎么都说不倒。一告到官府里，什么话都不好说了。”

四老爷和白永兴就一直喧到了天黑，吃过了晚饭，白永兴才回到李泉那里住了。李泉、张梅要给做饭，白永兴赶紧说：“吃过了，是在四姨夫那里吃的。”李泉和张梅就陪着说了一会话，晚上和孙子白承文住在一起。爷爷孙子有说不完的，嘀嘀咕咕地说了半夜。爷爷劝孙子说：“好好念书，将来到官府里做事，你大姑夫就是没有念下书，遇上官司就没有了办法。”白承文说：“这怎么算也是误伤，不会有什么事的，我姑夫就不应该跑，这一跑就越没有理了。我尕姑夫不是在军队上吗？不会让出来说说话。”“你尕姑夫那么远，谁能跑到那里给说话呢。娃娃，那真真叫远水解不了近渴呀。你大姑夫一家子算是家破了。”白承文说：“那没有什么，不信您看着，过上几年，就不会有人管这事了。”

第二天早上，白承文和雨梃、雨轩先出去上学了，李泉和白永兴一起在家里吃了早饭，然后就要到学校上班去。白永兴说：“你们就忙去吧，我等一会就到李家塬去看看咱姨夫和姨娘。”李泉就对张梅说：“你把咱们的那两瓶酒取出来，等一会让他大姑夫拿着吧。”白永兴说：“我早就准备下东西了，你们不要取了。”张梅说：“他姑夫，放着也是放着，你就拿着吧，不要紧。”白永兴怎么说也没有拿，最后只是拿着自己准备的东西去李家塬了。从城里到李家塬，有好一段路都是沿着沙河走，冬天里的沙河，到处都光秃秃的，寒风一阵紧似一阵。白永兴在沙河里走了不大一会儿，就碰上同去李家塬的一辆驴车，好在驴车是空车，白永兴就坐着车子赶黑到了李家塬。

维贤一看白永兴来了，高兴地说：“我这几天还想着要叫人找一下你，你就悄悄地来了。你给咱们算算，我们最近有事没有。”白永兴高兴地说：“姨夫，你想考考我呀，李泉把家里的事都给我说了，你还考啥。”维贤老爷说：“既然都给说了，那你看李信的事怎么样，这是李信的八字，属牛，还有梨花的八字，属蛇。”白永兴说：“两个人大相上很和，牛配蛇，蛇借牛力，牛被蛇缠足，一辈子都不分开。大相上属于上上婚，我再看看两个人的八字。”只见白永兴掐着指头子、丑、寅、卯、辰、巳、午、未、申、酉、戌、亥；甲、乙、丙、丁、戊、已、庚、辛、壬、癸。甲子乙丑海中金，丙寅丁卯炉中火；戊辰己巳大林木，甲戌己亥山头火；壬辰癸巳长流水，庚戌辛亥钗钏金；甲午乙未砂中金，庚申辛酉石柳木；庚子辛丑壁上土，壬寅癸卯金箔金，金、木、水、火、土五行相生相克之说……最后定在正月初七抬礼，正月初八娶，新人宜初八的丑时进门，拜天地，其他的再没有什么讲究。

维贤和女婿两个人私下里商量了很久，就把这一桩大事给定下了。好在都在一个庄子上，什么时候娶都可以。另外白永兴还说到四老爷想到坟上看看。维贤就说：“刚看过才几天，该提的坟也提了，该收拾的也收拾了，今年咱们就不去了。”第二天，白永兴就被王家请去了，维贤想说什么也没有办法说，王家也是庄子上的财主。白永兴在王老爷家里一待就是三天，把王老爷家里的阴宅坟地都看了一边，一帮人对白永兴这个大阴阳佩服得五体投地，王老爷一高兴，就给白永兴五石麦子，十个银元，麦子雇了两峰骆驼给驮回去。正在白永兴想要回去的时候，如菊就悄悄地说：“姐夫，你给我娘家也看看吧，你来一趟不容易。”白永兴高兴地说：“行呀，没有问题。”于是就把王老爷家送的麦子先放到维贤家里。

第二天，维贤让万信赶着车拉着白永兴早早地去魏家堡子。如菊没有跟着去，只是让万信给父亲把话带到。把白家姐夫送到之后，万信就赶着车回来了。白永兴就把魏家的阴阳宅都看了一遍，堡子是先人请人看的，一点说头都没有，坟头倒是有两棺不太好，但是今年不利，不能收拾，等到来年有利相了再说。魏老爷因为有如菊的信，所花的功夫比王家的大，自已也比王家更有势力，所以给白永兴的礼当就更好一些，二十银元，十石麦子，四峰骆驼驮着，派一个人跟着送到家。白永兴说什么也不要礼当，魏老爷就要打发人直接送到新城白家铺子里去，堡子里有人对白永兴以及新城白家熟悉得很。最后白永兴没有办法就只好受了银元，让把麦子和维贤家里的一并送给城里的师范学校，这十五石麦子也不是个小数。

白永兴从魏家堡子回来已经是第六天早上了，刚一回来就和维贤一家匆匆地告别，赶紧往回赶，因为自己和家里说好在十一月底还要叫玉功出去跑一趟宁夏，赶过年给家里置办一些东西，特别是一些给亲戚拜年用的礼物。当地的有些东西拿不出去，每年都是这样，光是宰好的牛羊，白家就要从宁夏专门往来拉。其他的东西都是从别的地方运的。其实，白家虽然夫人去世了，但是家道还是很兴旺的。不说别的，光白永兴一年出去给别人看风水，收的银子就不在少数，还有几处买卖，一道街的铺子，几个女婿回来带的……

话说自从村子里的学校盖成之后，维贤就到村子里的一些有娃娃的家户里劝说，让娃娃们都到学校里念一些书，有些家长很高兴，有些家长还是不愿意，就是害怕出钱，害怕派先生到家里吃饭。秋上就叫了十几个学生，用了一间教室，让村子上的一个私塾先生教《三字经》、《百家姓》等启蒙的读本。

这是初冬的一个下午，刘孝仪和打场的人才收拾完场上的活，刘孝仪就对维贤老爷说："冬闲了我想到学校里给娃娃们教武术，您老人家说咋样。"维贤高兴地说："你说你练过两手，到我们这里已经好几年了，只是听说过，没有见过，哪天你给咱们开开眼，让大人娃娃见识一下，咱们再说教娃娃的事。"刘孝仪说："那行，我到李家塬还真的没有露过一手。"话就这样撂下了。这天已经是打碾的最后一场糜子了，收拾完之后，维贤老爷场上的夏秋庄稼都已经收拾完了，剩下一些糜草和谷草，堆放在一起，让喂牲口的人慢慢地收拾着喂去。

天气很是晴朗，场上空旷得很，有几个年轻人就和刘孝仪开起了玩笑，想让刘孝仪露一手，刘孝仪也想让大家见识一下自己的功夫。于是就让人请维贤老爷来当中人，正好闲着的维贤老爷一会工夫也就过来了。刘孝仪稍微收拾了一下，紧了紧腰带、鞋带以及脚把带子，浑身上下收拾利落之后，就给在场的人打了两套拳术，不要看刘孝仪平时老实巴交，一收拾利落，那还真是一个好把式，腾挪跳跃，出拳收腿，前翻后滚，神出鬼没，活灵活现，在场的人都看呆了。两套拳路下来脸不变色，气不喘。

这时就有几个年轻人想试探一下，刘孝仪说："给地上把糜草铺上一些，你们四个年轻人外加上三个年纪大一些的人一起上来，我们都站在草外面，不伤皮肉不动骨，都点到为止，你们说怎么样。"维贤一看就赶紧说："几个年轻人和你刘叔玩玩，年纪大的就不趁什么热闹了。"几个年轻人就说："你们三个不要上了，我们四个分两次上。"刘孝仪说："不要紧，你们一起吧，不然你们不服。"还没等维贤发话，几个年轻人就嗷嗷叫地扑了上来，只见刘孝仪一个转身，四个年轻人就扑了个空，还没有缓过神来，每个人肩膀上的外衣都不见了。等几个年轻人转过身光膀子又一次扑上来时，只见刘孝仪一动不动地站在那里，就在几个年轻人快接近身体的时候，刘孝仪轻轻地从四个年轻人中间穿了过去，而四个年轻人则一个一个地被轻轻地撂在草滩上，四个被整整齐齐地撂在一起，每层中间还加一点糜草。四个年轻人还没有缓过神，又一骨碌翻起身冲了上来，这次刘孝仪就把四个一个一个地扔到三丈远一丈多高的草跺上，衣服和裤子都被脱在老刘的脚下，四个人光着身子在草垛上不敢下来，只见刘孝仪一个箭步飞身一跃，就把几个年轻人的衣服带上了草垛，轻轻地一转身，一个平地落雁又下来了，冲大家一抱拳说："献丑了。"几个上了年纪的人一看就笑着说："我们幸亏没有胡闹，不然丢死人了。"

维贤大声问几个年轻人："长见识了没有？手底下没有两下子能当十几年白家的拳师吗?"几个年轻人大声说："长见识了，但是如果我们七八个一起的话，会怎么样呢?"维贤见这样就说："哦，年轻人还不服，老刘，送佛送西天，再露一手，让几个年轻人见识见识。"刘孝仪就说："打把式不怎么好，把谁伤了都不好，年轻人现在不说，将来还记仇，我们不划算。不如这样，场上这四个大碌子，我不用手，就用两只脚，让它们四个围着场转一圈，我转多快，碌子转多快，最后，我让碌子都立在我的身后。"于是刘孝仪就跳到一个碌子上，双脚一蹬，碌子就在刘孝仪的脚底下滚动起来，快到另一个碌子跟前，刘孝仪又快速地跳到第二个碌子上，随后又跳到第三个碌子，第四个碌子，只见刘孝仪在四个碌子上，来回地跳动，四个大石碌子绕场跑了一圈，最后，刘孝仪从碌子上跳下来，四个碌子稳稳地停在身后，互相没有碰撞，而且是沿着一个印迹跑过去的，碌子滚过的地方，留下了有一寸深的痕迹，几个年轻人吐了吐舌头，不再说话了。维贤就说："年轻人，人外有人，天外有天呀。老刘呀，你是咱们这里的大把式，以后你就到咱们的学校里教娃娃的武术，不上学的想学武的都给教，学校嘛，就要啥都教。"

当天晚上维贤就留下刘孝仪一起吃饭，询问有关学武的经历，"你自己给明生教了多少?"刘孝仪说："明生年轻，略知一些皮毛，你让给少东家跑骆驼，那是选对人了，明生年轻有力气，一般要是耍起来，十个年轻人近不了身。明生的轻功也可以，还能说过去。"维贤就问："那你婆娘会不会一些?"刘孝仪说："女人家，会一点，不是很多。"维贤就问："怎么个程度。"刘孝仪谦虚地说："没有什么程度，也只是知道一些皮毛。不过人家是真正武术世家出身，年轻时还是很能成的。"维贤一听就说："一家子懂武术的人，我们以前怎么没有暄起来这些呢。我说李信怎么那么喜欢和明生钻到一起，原来李信瞒着我也学习一些武功。"刘孝仪说："这事你一点都不知道吗？李信一直和明生学一些防身的东西，而且进步不小，现在也能一把抓起一半百斤的东西，两手提个百十斤重的东西走几里路是没有什么问题的。"维贤问："一筐子果子大概就是一百五左右吧，我怎么看那几个装驮子时很费劲。"刘孝仪笑着说："那是您没有看懂。说说笑笑之间十几件子东西上上下下地挪动，面不改色心不跳，您就看不出来。"维贤说："我还真没有注意看过。"刘孝仪原来只是在自家的院子里耍一下，平时没有多少人知道他练武，等到维贤答应教学校里的娃娃之后，刘孝仪就早早地到场上练了起来。

冬上娃娃们上学迟，起先带这几个人，有大有小，没有过多少日子，娃娃们就多了起来。娃娃们在场上练一阵子然后才蹦蹦跳跳地去上学。维贤和三太太一直忙着给李信张罗梨花的事，提亲的程序走完了，只等李信回来双方定亲。

话说李信这次出去，一路很是顺利。从咸阳带上了汉中的花生，安徽湖北的茶叶，四川的绸缎，到天水张家川，路过陈明晖的驻地，见到白家尕女子玉秀，舅舅外甥女婿之间无话不谈。陈明晖就劝尕舅加入袍哥会，李信坚决不加入，只是说："你们年轻人好好在外面干事，我们不参加帮会，只是务好庄稼就行了，另外再做一些小生意，赚点小钱过年。"陈明晖就又送了一本《三民主义简介》让尕舅好好看看。明生看见陈家姑爷这么有气势，又都是一个地方的熟人，明生就很羡慕地说："陈家哥，你的队伍有多少人，多少枪？"陈明晖笑着说："你数不过来。"明生就说："那你的队伍上要我不？我会的那点功夫能用上不？"玉秀就悄悄地说："只要你想吃粮，哪里还缺你的一碗饭。"陈明晖说："你真会武功，那明天我们到校场见识见识。"玉秀赶紧说："明生一直就练功，刘家爸就是我们白家的拳师，你难道不知道吗。还见识啥呀！"李信也笑着说："明生确实有一些功夫，我们都知道，只是你这一吃粮当兵，家里的翠琴咋办，你还是跟我一起回去吧，跟家里商量好了再说。队伍上天天打仗死人，你就不怕让枪子打死吗？"明生嘿嘿笑着说："我只是羡慕陈家哥一身军服，还有兵伺候，只是说一下。"陈明晖说："家里那也好办，只要你愿意，也可以接来嘛。"

李信一帮人在陈明晖的军营里休息了两天，陈明晖细致地给李信讲了新三民主义的意义，"民族主义，就是反对民族压迫，反满、反帝、反对一切阶级压迫；民权主义，就是推翻君主专制，建立国民政府，国民一律平等；民生主义，就是平均地权，节制资本，关注一切民众的生计等等。"第三天早上就要上路了，临走时，陈明晖悄悄地给李信送了一把手枪，两盒子子弹，这件事连明生、玉秀都不知道。

一九三二年阴历十二初九的时候，梨花一个回来了，荷花没有回来过年。梨花和准备明年去美利坚国的哥哥前后到靖远城里，最后两个人一起回的李家塬。在城里的时候，张梅和施棋就请梨花到家里坐坐，梨花就问："李信什么时候回来？"两个老嫂子也说不准，只是推算着说，大概就在腊月初十左右吧。"张梅和施棋看梨花的时候，就问梨花你想不想李信，梨花羞涩地说："想是想呢，怎么不想呢。"

张昭老两口见到梨花和儿子振兴一起回来，非常高兴，但不见荷花回来，就很纳闷。当时就问："荷花为什么没有回来？"梨花说："荷花今年寒假不回来了，她要到天水她同学家里去，荷花一是想要到天水的麦积山石窟去转转；二是她的同学张萍之的哥哥到兰州来看妹妹时，荷花一见就看上了。荷花着重是想去会会张萍之的哥哥张敏之。”梨花说：“现在我们荷花也知道什么是爱了。再说这个张敏之也是个念书的人，在家乡办了一个什么社团，专门宣传新思想。其他的就不得而知了。我当时还劝她回家后再选时间去，荷花坚决不答应。”

振兴回来了，老两口同样高兴，就把荷花的事放了一放，但还是说：“这个傻女子，怎么能在别人家过年呢？”梨花说：“到不了过年，荷花就和她的同学去西安，很有可能就在西安过年，荷花这一下子可能跑得远了些，不过没有什么，张萍之是我们很要好的朋友，人家的哥哥也是一个儒雅的人。”振兴就说：“要去你们就一起去，怎么能让荷花一个人单独去呢？”梨花说：“我是不准备出去的，我还要见信哥呢。”振兴说：“见什么信哥，谁是信哥，他是什么人？”梨花见哥哥这么问，就不好意思地说：“信哥是我的信哥，你那么长时间都不回家，那你就问爸妈吧。”说完就躲了出去。

张家老两口就慢慢地给儿子说起李信的事来，一说是李信，振兴就说：“是这个信哥呀，人是个好人，只是书念得有些少，家庭情况也不错，可是李信几年前不是娶媳妇了吗？”二老连忙解释说：“是给李信说的二房。”振兴一听就说：“这怎么可以，我们家的大姑娘怎么就给人家做二房呢，况且现在政府一直强调一夫一妻制，我们这里怎么还是这样呢。”梨花就从外面进来说：“哥哥，这里比不得北平，更比不得美利坚国，我就是要和信哥在一起，我不在乎名声，只要能跟信哥在一起，我怎么都愿意。”一看这哥哥和妹妹两个争了起来，老两口赶紧劝着说：“不要争了，不要争了，这件事梨花愿意做二房，我们家里也答应李家了，振兴你就不要掺和了。还是说说你去美利坚国的事吧，你也老大不小了，什么时候给咱们娶媳妇呢。”一句话说得振兴不再说话，默默地低下了头，过了好一会儿，才抬起头对爸妈说：“我在学校里处了一个对象，只是我要出去，才没有和人家说起婚嫁的事，因为我这一出去不知到几年时间才能回来，还是不要提的好，不要提的好。”面对这一对儿女，张昭老两口实在没有什么要说的，只是叹气。还是梨花嘴甜，一会儿和娘说东，一会儿和娘说西，不一会儿工夫，把二老就说得眉开眼笑了。

第二天，梨花就在家里看书，振兴则忙着见见其他的本家以及兄弟姊妹，一直都不在家里，也就再没有说起自己和妹妹的事。几个本家叔叔只是随便地问问情况，倒是有几个小兄弟一个劲地问：“北平是咋样的，在北平能见到皇上吗？”振兴笑着说：“北平是一个很大的城市，里面住着好多人，一般人是见不到皇上的，况且现在也没有了皇上，现在已经改叫总统或委员长了。”“那你说说美利坚国，那是咋样的一个地方？”振兴摇摇头说：“我也不知道那是个什么地方，我听说去那里，光坐船就要坐一个多月。”几个兄弟就问：“那船走得快不，怎么还需要那么长的时间，那条河有多宽呀，驾船要走一个多月?”振兴说：“那船是世界上跑得最快的大铁船，一般驾的船根本过不去，况且那也不叫河，那叫海，是大洋的一部分。”几个兄弟眨巴着眼睛不解地问：“什么是海？啥叫洋？那是个什么地方?”听几个兄弟这样问了，振兴无奈地不说了。因为他知道，就是讲得多细，那几个兄弟思维只是在李家塬的小渠里徘徊，他们的思维境界是出不了那个小溪的。梨花笑着说：“三哥呀，那美利坚国的人说话跟你说得不一样，不信你问问我振兴哥。”振兴就说：“他们说的是英语，和我们说的汉语不是一回事。”“这还真是奇怪了。那他们说什么话，你能不能说一句我们听听?”振兴随便说了一句，几个兄弟就笑着说：“我们不懂，我们不懂，我们念书念得太少了。”

转眼振兴和梨花回来已经三天了，张家一家人虽然缺少了荷花，但还是热热闹闹地准备过年的事情。

腊月十二天快黑的时候，李信领着驼队回到了李家塬，给家里带来了过年的杂货。由于给城里的店里放了很多，所以李信的驼队只有两峰骆驼背上有货，其他的驼马都空着，几个人把东西卸下之后，明生和李郴就回家了。李信一回到家，雨芬就跑过去很亲热，李信赶紧抱起了儿子雨环。维贤和几个太太就问长问短，李信向爹娘诉说着一路的光景，特别提到了白家二姑娘白玉秀和陈明晖，说到了陈明晖在军队里的威风和气势，又说到了明生想当兵的事。维贤连忙问：“明生想当兵，明生有一身的功夫。”李信很是惊讶：“爹，您怎么知道明生有一身的功夫。”维贤就把刘孝仪要到学校教娃娃的事说了一遍，然后又说在场上和几个年轻人比武的情况。李信一听就明白了。笑着对维贤说：“明生一直让我不要和别人说起，怕引起麻烦，这下倒好，明生不当兵也不行了。”维贤忙问：“这是怎么说?”李信就细细地给父亲分析明生的一些想法，原想是安安稳稳地过日子，不想让别人知道自己会两下子，你们这么一闹，人们都知道明生一家那么厉害，一般人就不怎么亲近，更有好事之人就会隔三差五地找一些理由，要么挑衅，要么帮忙，总之是无法安生了。明天明生过来我就和明生商量这件事，本来我还想要留一留明生的，现在不如让其早早地当兵去。明生还年轻，到军队上比在这里要强些。再说陈明晖又知道明生一家的情况，也知道明生练过，过去不会吃亏的。维贤一听，就再不说什么了。几个太太分别看着李信带回来的东西，又是茶叶，又是丝绸，又是干货，还有香烟和酒……

一夜无话，但说第二天一早，维贤就让刘家三奶到张家说两家定亲的事宜，日子确定在腊月十五，看张家有什么说头。刘家三奶乐颠颠地走了。李信还在和如菊说话，三太太就过来叫如菊把雨环抱过去，让大奶奶看。“如菊过来，我们到厨房里做饭去。”李信就赶紧收拾好到上房去，维贤已经在那里坐着等他了，刚要说话，刘孝仪父子就过来看老东家和少东家了，并说明生想当兵一事。维贤高兴地说："这是好事，有本事的娃娃出去以后会更有出息，不要阻拦了，要是干好了，还可以把翠琴和娃娃都带过去。"

另外几个人还说了一会话，说到李信和梨花的事，说到正月给两个人完婚，现在准备定亲的事，刚才让刘家三奶去说去了，明生笑着说："我的事迟几天没有关系，我一定要帮着给少东家把这件事给办好了再走。"李信笑着说："你要走就走嘛，我这事不算什么大事呀！"明生赶紧说："这怎么能不算大事呢。我们一辈子就一回，还不算大事嘛。"李信就给明生给了二十块银元，让明生置办过年的东西，准备外出。好在天水不算太远，过完年之后抽时间就去了。

话说刘家三奶乐颠颠地去问张家定亲的事，没到吃饭的时候，就回话过来了，说张家他姑夫两口子没有什么要说的，倒是在外面念书的小子说了些不能不行不该的话，张家他姑夫清楚得很，这件事已经水到渠成了，再没有说什么的必要了。姑娘乐意就行了。今年庄稼收成好，他姑父今年的租子也收得很好，她去的时候，他姑父和苏老夫人一起给算租子呢。"东家，你们的租子今年收过了没有？"维贤老爷说："收了，我们收得不多，大家凑和着过日子嘛。"

于是一家人就准备着十五定亲的事。先确定了由刘家三奶、三太太、张梅、桂花、施棋、李信、李郴、李相、明生、万信等人去定亲，赶着大车，拉着女眷，李信骑马，装载上一切要用的东西，气气派派地去。又让万信赶车到城里给四老爷和李泉报喜，然后把张梅和施棋接来，再把几个娃娃都拉上回来，让在老家过年。

腊月十四的中午时分，桂花、张梅和一帮子娃娃就回来了，李家大院一下子热闹了许多。孩子们跑出跑进的嬉闹声，女人们喊叫娃娃声，翠琴、翠红以及大人们忙出忙进的走动声，好些人听说了这件事之后都过来给老东家和少东家贺喜的声音，那宽敞的院落顿时出现了少有的生机和喜气。当天晚上一家人就高高兴兴地吃了一顿臊子面。

张梅和桂花、施棋当天就和如菊说了很多，如菊很开朗，说没有什么，咱们家里不是没有这样的先例，老爷还有三个太太呢，况且我今年以来身体就不是很好，我们李信再娶一房也是应该的。张梅说："要是爹给老大再娶一房，老大恐怕养都养不起。"如菊笑着说："你们在城里，不比我们乡下人，你们有政府管着，我们就相对地自由一些。"

第二天一早，明生、万信就把车套好，把一切要用的东西装好，李信骑着大红马，女眷都坐在车上，刘家三奶奶抱着精致的“庚盒”，里面装着李信的生辰八字、祖上三辈帖儿、双方的婚书，还有李家准备的众多的丰盛聘礼，烟酒糖茶花馍馍一些洋布节节，两套应时的衣服，这两套衣服是梨花在兰州自己选定的，很是洋气。张家亲房当家子一群人在门口迎接，李家定亲的人一到张家门口，万信就将准备好的两串鞭子炮点着了，一阵子噼里啪啦的鞭炮声，预示着定亲的人来啦。一家人喜气洋洋地准备着，梨花看见李信穿着新衣，骑着大马，一脸的喜气。就在李信进门的时候，梨花高兴地过去掐了一下李信的胳膊，李信流露出一脸的幸福。只是由于人多，两人不便说话。

一行人到屋里以后，就是媒人和梨花三爸在那里说话，桂花和张梅也不时地插几句，女方家长通过媒人商量财礼，娶亲的日子时辰，两个娃娃如何般配，虽说是二房，但还是要双方都重视，诸多事宜谈妥之后，然后才行祭奠祖先礼。接着女家就端上臊子面招待，相互敬酒，相互认亲戚。这时候梨花和李信可以说话，可以接受众人的祝福，男方家的人吃完饭后，女家就将空酒瓶装满五谷粮食（小麦、大麦、豌豆、谷子、玉米等）交给男方带回。定亲的议程就算是结束了。

李信的定亲活动结束后，张梅和施棋还要回到城里去。腊月十六这一天，万信套车送两位少奶奶回去。刚出家门，就见梨花在路边等候，张梅连忙问：“梨花，这么冷的天，在这里等谁?”梨花笑着回答说：“我在这里等你们呀，等两位嫂子，并和嫂子一同到城里去”。张梅就问：“家里知道吗，姑娘家出门要给家里说清楚，不然姑姑、姑夫会着急的。”梨花笑着说：“我出门就给二位老人说了，说得清清楚楚的是到城里去，就去一两天。”

说完就上了车，刚走出不久，就见李信骑着马追了过来，大喊着让万信停车，万信和车上的人都吃惊地望着慌乱的李信，梨花低头不语。李信什么话都不说，上来就一把拉下梨花说：“你不能走，你哥找来了。”张梅赶紧说：“信儿兄弟，有话好好说，不要打人。”李信笑着说：“我不会打人的，只是梨花悄悄地出来给家里不说，让家里着急真是不应该。你们先走吧，我带着梨花回去。”说完，就让张梅和施棋两位嫂子乘车慢慢地走了。李信和梨花慢腾腾地往回走。虽说是寒冬腊月，可梨花的心里非常温暖，因为是和自己十分想念的信哥在一起，所以，看着信哥气呼呼的样子，梨花一点都不生气。

梨花悄悄地拉了拉李信的衣襟，李信气呼呼地不说话。梨花就一把拉住李信的大手，假装很冷的样子，就把自己的一只小手放在李信的手里，让信哥给自己取暖暖。好在两位嫂子的车子渐渐走远了，路上冷清清地没有什么人，两人的一些小动作别人也不知道。李信有些埋怨地说：“你这么大的人了，做这样的事有什么好处嘛。”梨花只是笑着不语，两只眼睛深情地注视着李信，跟着李信往前走，见李信渐渐地不责怪了，才低声低气地说："人家想见你嘛，我不这样怎么能和你在一起，又怎么能和你单独待一会呢?"李信牵着马慢慢地回过头来说道："我也很想你呀，可是我们还没有成亲，这样老往一起跑，在庄子上让别人瞧见不好。"梨花说："我不管，自从上次你把我送到兰州之后，我就一直想你，你知道我的感受吗，我的第一次是给了你，我每当想起我们在一起的时候，我就很激动，我就情不自禁，我就想要你，你知道吗，我有时想你想得睡不着觉吃不下饭，我有时候无端地发脾气，把荷花都给惹了。有一段时候，荷花都莫名其妙，都不知我咋啦，我能说吗？我有时哭，有时笑，有时不言不语，你说，我能给荷花说吗?"李信悄悄地听着梨花的诉说。一路无语，快到家门口的时候，李信就说："你先回家吧，要见面等晚上我想办法，你这样做太没有出息了，回去好好在家待着，晚上听我的口信。"梨花高兴地亲了李信一口，就转身往家里去。李信说："不急，我先回去给姑姑姑夫说一说，然后你再回去，这样就没有事情了。"李信骑马很快地回到张家，给二老说了梨花就回来了。二老就说："回来就好，回来就好。死女子，不声不响地……"

等到李信急匆匆地骑马回到家里，让万信把马牵走之后，就到上房去看张振兴回去了没有。张振兴还在家里紧张地等着，跟维贤姨夫说话，见李信进来就问："梨花找到了没有?"李信笑着说："我找回来了，她原想着趁两位嫂子回城里去，她也想到县城买些自己用的东西，我追上大车之后，就给劝回来了。"振兴一听就跟维贤说："姨夫，你看这事，嗯，回来了就好，我过去看看去。"维贤笑着说："你快去吧。"李信赶紧说："爹，今天我没有什么事，我也过去看看。"维贤说："去吧去吧，两人一起去吧!"

两人一出门，就看见梨花远远地站在巷口等着。振兴走得很快，一上去就要给梨花扇巴掌，李信一见这阵势，赶紧上去一把拉住说："不要这样，不要这样。"振兴装作很生气的样子，狠狠地瞪了一眼梨花，就往回走。李信紧紧地跟着，梨花一直随后走着，就这样几个人不声不响回去了。进了家门，梨花刚想说话，就见父亲和母亲迎出门来，给闺女拍拍身上的尘土，就拉进屋子暖和起来了。两位老人看着闺女越看越心疼，口里不停地说："寒冬腊月这么冷的天，不要到处乱跑，要买东西，给你哥说，让你哥给你买去，我娃要听话呀，再说，你结婚的东西我们已经给你们准备好了，你也再不要增加啥了。"

当妈的就是偏爱女儿，看着两位老人对女儿如此疼爱，振兴和李信高兴地说："这样就好，两位老人不生气，都是因为这个宝贝女儿呀。"振兴还想责备梨花几句，就见梨花高兴地拉着李信的手说："走，我们到我屋子里坐坐，哥，你就好好地忙你的事吧。"

两人快步来到梨花的屋子里，梨花不由分说就拉住李信亲起来了，把李信弄得怪不好意思。不一会儿，两人就绞在一起了，梨花还不满足，还要深入进行，李信连忙说："梨花，今天不行，这是在你家里，等一等吧，过完年，我们成家之后，在我们的小天地里再欢愉吧！"梨花不依不饶，又是亲又是啃的……正在两人难解难分的时候，外面传来了小霞叫吃饭的声音，梨花这才依依不舍地收拾好衣服，慢慢地和李信出了房门，一起到上房里去吃饭。家里的人看见两个人脸红扑扑的，就能猜出个八九不离十，只是装作什么也没有看见。这天中午吃的是糁饭，张家特意吩咐厨房炒了几个菜，相对比较丰盛，李信比振兴要大一些，在桌子上振兴不停地说话，向李信问这问那，都是李信非常熟悉的事，李信说起来滔滔不绝，一家人都很欣赏李信的见识和口才。愉快地吃完饭后，李信又坐在上房里和姑夫姑姑以及振兴梨花说了一会儿话，就见梨花不停地拿眼睛注视着李信，不时地用小手拉李信，一家人就装作没有看见。喧了一会儿，李信起身说："姑夫姑姑，再没有什么事，我就回去了，离过年没有几天了，我回去再准备一下。"两个老人就说："好吧好吧，有时间再过来啊。"李信就起身出门了，临出门梨花拉着李信的手就是不放。

临近年关，秋里跑出去的滕玉春终于有了消息，消息是玉功和玉亮回来时带来的。那天，玉功、玉亮赶着大车给姥姥家里送过年的年货，有两口猪，四只大羯羊，二百斤小米，五十斤银川白米，一百斤旱麦磨的头道面，五十斤胡麻油，明生和万信帮着卸车之后，就请两个外甥到屋子里坐坐。李信陪着两人说了一会话，就谈到了玉香家的事，玉功悄悄地说："不要外传，玉春跑了之后，就一直不敢回家，先到会宁通渭一带帮人赶牲口，后来就慢慢地跑到秦安天水一带，最后就到陈明晖的部队上去了，由于枪打得准，被安插到陈明晖的警卫连里去了。过完年玉香就准备过去看一下去。"李信就说："我们这边明生也想当兵去，过完年之后，我们把事情办完，就让明生一路照应着去。"玉功就问："尕舅，过完年你们有啥大事情，我们咋不知道呢。"维贤就笑着说："给你尕舅再说一房媳妇，准备正月初八办，日子最初还是你爸给定下的。你给你爸、你几个爸爸都说一下，到时候可都要来呀，过完年我就打发人给你们送喜帖子。"玉功玉亮笑着对李信说："那我们就早早地祝贺尕舅了。"

话说李家塬今年的年特有年的味道，由于维贤给所有的佃户都减免了租子，很多人家都不用交粮交物了。家家户户都有人忙出忙进，孩子们都能穿上新衣服，好多人家都有过年的肉。加上今年的庄稼特别好，家家都有余粮，其中有好几家都准备娶媳妇。

连庄子上最流连（穷）的田娃家里也都安稳了下来，维贤给称了五斤肋条肉，又将家里的豆腐送了几斤过去。李榇今年回心转意了，和李郴一起及时把地里的庄稼收拾到家里，五老爷一家子也安稳了。翠琴一家子也其乐融融。刘孝仪得了孙女，又能到学校里给娃娃教武术了。翠琴和婆婆的关系也处得很好。总之，今年的年就是与往年不一样，刚到腊月二十八，维贤就让李信、明生、顺强、万信从家里的窖里把冬果梨和香水梨拿出一些，送给那些有娃娃却没有果子吃的人家，其他几家大户也相应地拿出自己家里储藏的东西，分别送给一些人家，让其过一个丰富愉快的年。

转眼之间就到了正月初间，李家塬人过了一个平静祥和的旧历年。该拜年的拜年，该问好的问好，该串亲戚的串亲戚。李诺一家没有回来，李泉一家从城里回来了，三太太和张梅、如菊一直张罗着一家人的年饭，从大年三十一直到初五。初六这天，如菊提出要回一趟娘家，明生和李信正忙着收拾新房，实在无法抽出时间送如菊回娘家，就让万信驾车送了过去。维贤这几天也很忙，忙着请人，张罗家里初七去张家抬礼的事宜，刘家三奶、刘孝仪两口子、李泉，还有三老爷、四老爷、五老爷，李相、李怀、李榇、李郴、顺强、张梅、施棋、高世英，桂花快要生了，不能来，就让兴贵跟着四老爷回到李家塬帮忙。一大家子人都在忙忙碌碌之中，还有一帮子帮忙的小伙子。初七这一天，李信、李泉、刘家三奶领着一帮男男女女一路到张家抬礼去了，剩下的人都准备第二天招呼客人。大总请的是村子上最有名的大总，村子上的红白事情几乎都是他张罗的，手底下也有一帮子端盘子、抹桌子、在事情上用得上手的人。大总姓魏，人称魏家老三，嗓门大，招呼手下的人很是管用。大厨请的是城里的大师，初七这天下午就到了。另外李瑭、李澹和老大家的刘芳也在初七这天来到李家塬了。初七这天家里大灶上帮忙的大姑娘小媳妇也都来了，李家大院里人来人往，几个老爷都在上房里招呼客人，一个个笑得乐开了花。几个太太在厢房里招呼提前到来的女眷，老姑娘小姑娘一伙一伙地来，门前车来车往，院子里男女穿梭，孩子们穿着过年的新衣在玩耍。快到天黑的时候，如菊在如睢和两个嫂子的陪伴下也回来了，同时把雨芬和雨环也带了回来。李信一看见姑娘和儿子都回来了，就高兴地过去抱着儿子亲了几下，一家人特别是维贤和几个太太，更是乐得喜上眉梢。因为害怕如菊有什么想不通的情况，到时候给大家伙不好看，今天一见如菊在弟弟和两个嫂子的陪同下风风光光地回来了，给大家给足了面子，长辈们真的从心眼里高兴。

不说家里人来人往的热闹，但说今天李信和刘家三奶一行人去张家抬礼。张家今天也是张贴“于归”喜联，请来亲朋好友，准备好陪送的嫁妆，都摆在鲜亮的地方，让亲朋们观览。按照乡里的风俗，抬礼的人赶着大车，拉着一应所用的东西。今天李信的礼当相当重，光是四色礼就是双分，比一般人家就显得气派，两个船馍馍，长形如船的花馍馍，寓意是同舟共济。苦酒瓶的被面一条（红色），四根肋条的大肉方子，银元若干（双数），衣服鞋袜，饰品粉盒，算上媒人去的人必须是双数，来到时候也必须是双数。刚到门口，明生就点燃了鞭炮，张家院子里的亲朋都出来迎接，从车上搬一样东西，刘家三奶就高声地报着名目，院子里站着的人就发出爽朗的笑声，也有人悄悄议论，“真是有钱人家，真是有钱人家。”整个礼品展示完了之后，同时就把带来的银元交给女方家里，女方根据情况要退回一些，但必须是双数，称作“扒子孙钱”。行礼结束后，女方就招待抬礼的人吃饭，并在女方亲戚的陪同下，新女婿要给所有的亲朋敬酒，边敬酒边介绍该称呼什么，意味着认亲戚。整个过程热闹而不忙乱。一切程序结束之后，女方家里要将空酒瓶装满五谷粮食，瓶口塞上发面（寓意发家幸福）并将大肉方子煮熟后剔肉还骨，让男方一并带回去。这就算是抬过礼了。女方家里就要赶紧准备嫁妆，整理好该陪嫁的所有东西，并要按照相数请好送亲爷、送亲奶、压轿娃和喜客若干人。

李信一行人回来不久，就商量着于今天夜里娶亲的事宜。由于两家距离不远，晚上一会就娶回来了。当娶亲的人快来的时候，就有人远远地站在门口看着，等人走近之后，就赶紧把大门关了，叫“关门拒客”，隔着门板，外面的人跟里面的人进行对话。里面的人就问：“干什么的?”外面的人就回答：“招财进宝的。”里面的人就问：“招的哪家财，进的哪家宝?”外面的人赶紧回答：“招的是张家财，进的是李家宝。”里面的人收取若干红包之后（内装钱币，数额不等，但必须是双数），然后才开门请进，娶亲的人进门时必须有一个人就势滚进一个圆石头，意为财宝滚滚来。娶亲者必须有娶亲爷，娶亲奶，压马娃，赶车人。男家还要准备糖茶烟酒，花馍馍，肉方子，红盖头，熟衣熟裤（红色），还有离娘衣料，木梳、卡子等一应物品。娶亲的人进门后，就要行规矩，即拔酒瓶、奠酒祭祖、祭天地、祭灶君等。娶亲爷在女方一人的引导之下，给在场的亲朋敬酒，然后招呼娶亲的人吃饭，新人在闺房里梳妆打扮，套上熟衣，揣上衣食碗，顶上红盖头，等到上马的时候，就由亲朋扶着出门，男方临走的时候，还要将酒瓶装满五谷粮食瓶口用发面塞上，再塞一个红枣，女方家里还要给娶亲的人若干小礼品。

李家娶亲用的是铁甲大车，上面扎着棚子，上盖红单子，车下吊“杠铃”，车辕挂红灯笼，新人上车之后，两个压马娃娃随着上车，其他的人就跟着走，路上遇见另外一家娶亲的车，可以互换一把草，驾车人互换脚把带子。娶亲的车多用马驴驾车（忌用骡子和木轱辘车），遇见十字路口，就要烧纸吩咐，然后通过，一路上如果遇见石块、井口就要用帖压青龙白虎的封条，防止邪煞反冲喜。

男方家里娶亲的人打发走之后，新郎就沐浴更衣，守在新房里不出来，还请一贵人陪坐，俗称“占床”，随后贵人行铺床礼，口念说词到：“双双核桃双双枣，明年抱个小宝宝”，并在炕角放置核桃红枣若干枚。新房的窗户和炕洞封以红纸或象征性的窗花。

娶亲的车子一到，按照时辰就下轿，下轿时娶亲爷要按照喜神方位把新娘抱下车到院中的红毡上（娶亲爷一般由姐夫担任），然后司仪宣布拜天地：“一拜东方，一世刚强，脚勤手快，心明眼亮；二拜南方，二人寿长，百年偕老，子孙满堂；三拜西方，三星照堂，长生富贵，金玉满仓；四拜北方，四马投唐，四时吉庆，喜气洋洋；五拜中央，五世其昌，六礼告成，永保吉祥。”拜罢五方神灵，共拜父母爹娘，养育之恩，永世不忘，勤俭持家，孝敬没忘，拜罢爹娘，再拜大姐，大姐在上，提携永昌，相谦相让，家道兴旺，夫妻对拜，共入洞房。入洞房时，新娘脚不离毡，三张大红毡倒换着铺在新娘的脚下，其间还要跨过松柴火、水桶、马鞍、铡刀，司仪就高声喊，新人跨过松柴火，子孙吉庆一大伙；新人跨过水桶，勤谨又干净；新人跨过鞍，事事都平安；新人跨过铡，和好为一家。梨花经过了一整套繁琐的程序之后，终于和她的信哥哥成了眷属。刚要舒口气，李信用秤杆挑掉了盖头，一下子就涌进了许多人，抢床上的核桃枣儿以及新人带来的面豆豆，整个新房里嬉闹开了。主要还是家里的小辈和几个帮忙的小叔子，闹腾了一阵，维贤就吩咐说：“明天还都有事情，早点缓着。”老爷的话一出，整个院子里渐渐安静了下来。几个太太和众亲朋都准备休息去了。

时间到了一九三三年的正月初八这天，娶亲奶给新娘开面之后，梳头换装，然后新人进行祭拜之礼，随着司仪的安排，新人一一跪拜行礼，司仪高声喊着，“敬天地，李姓之男，张姓之女，六礼周全，二姓和好。遵父母之命，同媒妁之言，赤绳束足，永偕鱼水之欢，酬酒定盟，共结丝罗之好。今逢黄道，选择良辰，恪具酒礼之奠，祝告天地之神，福禄之神，东厨司命，皇帝灶君庇佑女嫁男婚，成人之美。锦堂增辉，琴瑟并乐于百岁；花烛结彩，兰桂联芳于千秋，赐福降瑞，薄酒洒奠，感告：敬先祖，先祖设奠高堂，始婚之礼，世事之常。吉日良辰，男以冠带，女以梳妆。伏愿瑞生桂阁，秀挺兰芳，瓜瓞绵绵，子孙绳绳，千年和好，五世其昌，簪缨冠带，朝笏满床，恭呈肴馔恪具壶觞。

然后谢男女外家，人有源，水有根，人有娘舅长精神。今日男女外家请在上面，叩首敬酒，重谢外家。

谢冰公大人（媒人），冰公大人在上，喜今日洞房花烛，银河搭桥，虽曰天作之合，实为冰公大人之德。常言说，天上无云不下雨，地上无媒不成亲，两家结为金刚兄弟，成为儿女亲家，多亏冰公之言。

谢喜客，男女亲家，诸位喜客在上，喜今日天开黄道，人结良缘，朱陈结好，秦晋联姻。虽有月老传情，鸟鹊成桥，然而千辛万苦，唯有父母最苦。然后是谢娶送男女，谢诸位亲友，随着司仪的不断召唤，新郎新娘逐一向天地、祖先、外家、冰公、喜客、亲朋行礼。其间新娘子多次换衣服。然后李家招呼客人的筵席才开始。

整个筵席是流水席，从上午开始，一直持续到下午三点多，客人少了，张梅才领着梨花到屋子里休息，趁便吃点东西。虽说李信是娶小，但事情过的非常排场，所有的仪式一切照旧，应有尽有，一点不差。维贤领着几个老爷和子侄们里里外外地照应。李泉在院子里和大总管一起招呼客人。李蓉的女婿关敬是姐夫，一直领着新人向客人们敬酒，李郴拿着酒瓶一直跟着随时添酒，新人们一桌一桌地给辈分大的客人敬酒，然后鞠躬致谢，客人则要象征性地有所表示，有人是一件衣服，有人是一段布，还有一些人直接就是银钱。

娘家人的桌上花的时间多一些。一般的亲朋是新娘子给客人敬酒，意味着新娘子一一地认亲戚，而娘家人桌上则是新郎给客人敬酒，意味着新郎要一一把娘家亲戚认下。娘家人吃完宴席之后就要往回送，送娘家人时仍然是要鞠躬，且新娘子要流泪哭着，且哭得越厉害意味着娘家发得越厉害。所以梨花这个时候哭得真是泪流满面，和众亲戚一一道别。

我们这里有娶媳妇耍公婆和大伯子的习惯，维贤高高在上，几个太太也很稳重且矜持，没有哪一个敢开玩笑。只是在这一桌上恭恭敬敬地行事，新人敬酒、鞠躬，几个老爷、太太们就把或多或少的银元嬉笑着放在盘子里。维贤、大太太、二太太、三太太每人都是用红纸包好没有拆封的一百银元的大礼，让周围看热闹的人都羡慕不已。这一桌敬完酒之后，人们就在几个大伯子的桌上玩了起来，周边的人趁李泉李澹等人没有注意，一把锅煤子就给涂到脸上，大总边看边说："耍一耍就行了，耍一耍就行了，就害怕闹过分了。"毕竟老爷家还就是老爷家，一般的人都敬而远之，也只是几个至亲嫂子和几个很熟的发小闹一闹，嘻嘻闹闹地玩了一阵子就算今天结束了。

晚上闹新房时维贤在上房里陪几个老爷和亲朋喝酒，就对几个侄儿说，我们把这一项取消了，你们随便热闹一下就行了，不要整得过分，让新人早点休息，明天还有很多的事呢。几个侄儿和准备闹新房的人一听，就悄悄地闹了一下子后回家了。雨轩、雨梃、雨芬和几个孩子在院子里玩得很欢，张梅、施棋、桂花、刘芳、高世英等在如菊的屋子里坐了一会，说着一些知心的话。

梨花和李信吃完晚饭后嬉笑着送走了新房里的人，梨花就一下钻进了李信的怀里，两个人慢慢地说着心里的话。为了防止别人听房，两个人不敢大声说。渐渐地院子里没有了声音，两个人就上炕了。没有了偷的顾忌，两个人都很放得开，一夜的亲密无间、颠鸾倒凤，李信充分施展自己的能力，把个梨花侍弄得高潮迭起，欲罢不能。良宵一刻值千金，春风放胆去梳柳。人生唯有洞房趣，洞房得意须尽欢。古人的总结是多么深刻，多么真实呀。

第二天早上，李信和梨花就早早地起来了，先在院子里收拾，其他人听见声音也快快地起来了。收拾完院子就给长辈们献早茶，其实就是个仪式，长辈们端一下茶杯，意思一下就可以了，然后给新人适当的见面礼。给长辈献完茶后，梨花就要给如菊献茶，如菊还正给孩子喂奶，梨花等了一会，让如菊收拾好了之后才给献茶，如菊很大气，说："咱们姊妹今后就要共侍一夫了，李信是咱们的主心骨，也是咱们将来的依靠，当然李信也是很好的男人，从今天你献茶开始，我们就是永远也不能分开的一家人了。有我的就有你的，妹子我不是那种小心眼的人，也不是那种容不下人的人。"说完就把茶接了，然后就给梨花两根金条的见面礼。梨花一直念书，从来没有见过金条，今天还是第一次看见金条，感动得不知说什么好，立刻要跪下行大礼，如菊一把拉住说："可以了，今后我们是姐妹，不必如此生分。"这时大嫂子张梅进来了，见到大小之间如此融洽，又一眼看见如菊给梨花的见面礼，吃了一惊，连忙说："这样真好，这样真好。"给如菊献完茶之后，梨花就在张梅的陪伴下回到新房里去了。

话说这天荷花回到了家里，振兴已经回北平去了。张家姑姑和姑夫就说着过年及梨花结婚的事，荷花听了很是愉快，连连祝福二老成就了这一段美好的姻缘。荷花说起李信来也是滔滔不绝，二老听了心里非常舒服。

说着说着就说到自己这次去天水和西安的经历，从兰州到天水，坐车走路一直走了将近七天，等到张萍之家里时，已经是腊月十六了，张敏之及全家热情地接待了荷花。荷花心里那个高兴真的就别提了，看着自己日思夜想的人每天都在自己的身边，那种幸福感是无与伦比的。荷花给张敏之帮忙印刷《跃进》小报，起初张敏之不让荷花知道，但是架不住萍之和荷花的硬缠软磨，最后答应只是让她们看看。于是就在荷花到张家的第四天，张敏之领着张萍之和荷花到了他们印刷小报的秘密山洞里，里面的几个积极分子一见敏之领着妹妹和一个陌生女孩，就知道不要紧，继续干着他们的工作。那是一个很大的山洞，里面堆放着一些纸张，一组蜡刻印版，一些蜡纸，有一个工人正在刻蜡版，两个工人不停地印着东西。好在山洞不深，白天不用点灯。看着这一切，荷花非常新奇，就想这里帮帮，那里忙忙。可是敏之就是不让，然后很快地带着她们离开了山洞，直接上麦积山去了，这一去就是整整三天，虽说不远，但要一路认真地游历过去，那还是要花很多工夫的。

一路上，张敏之不停地给萍之和荷花讲述沿途的古建筑和这一带的风俗人情。时间已是腊月二十左右，沿途可以看见麦积山的住庙和尚背着东西往回走，过年可是个大庙会，很多人背着东西到山上朝贡和还愿，所以庙里的主持就让年轻的和尚下山购买一些年货，以补充山上的不时之需。张敏之领着萍之和荷花两个如花似玉的大姑娘，一路说说笑笑愉快地无拘无束地走着，这本身就是一景。那些路上的行人、庙里的和尚哪里这么彻底地看见过女人，况且还是不用人搀扶的大脚女人，那个好奇的眼光真真让人感到不舒服。所以第二天张敏之就有意避开路人，三个人静悄悄地走到了麦积山下，山上的和尚很多，看见这么早就有女人上山来，都好奇地盯着看风景，有几个连师父的叫喊声都听不见了。荷花说："走了整整一天的路，结果就看了一些石洞和石佛，有大有小，形状各异，也有山下的一些庙宇，庙宇的香火也很盛，只是我们去的时候不是庙会，进香的人没有，只我们几个在山上山下转了转。本来我也看不懂什么，但是有敏之在一旁不停地介绍，我才记住了一些东西，那些大大小小的石洞和石佛都是不同时期的工匠用錾子一点一点地凿出来的。据说那也是一种文化，叫作佛教文化。"

"然后我们就又走了一天的路才回到天水张萍之的家里。我和萍之一天要么在家帮忙，要么就跟着敏之去整理东西，总之一天也没有闲着。张家妈对我很好，萍之可能早就告诉我是谁，并且我为什么大过年的不回家要到这里来的原因。大年初四的时候，我们三个就踏上了回靖远的路。仍然是由天水到兰州，再从兰州到靖远，其间张敏之带着一些东西，我和萍之都不知道，据说是他有任务，在兰州就给他的几个同学放下了，我和萍之两个只知道玩，倒成了他很好的掩护。本来打算要去一趟西安，结果没有时间了，正月十八我们就开学，萍之也就一起回来了，顺便到咱们靖远玩几天，然后回去上学。"张昭就问："和你一起来的姑娘在哪里呢?"荷花说："她和她哥住在靖远城里了，明后天才准备回来。"张昭和妻子说："赶紧把人家叫来，你怎么让人家在城里住旅馆呢。"荷花笑着说："我敏之哥在靖远还有几个同学和朋友，他想趁此机会拜访一下，所以准备后天回来。明天我去看看我姐，我姐结婚了，我也想和我敏之哥结婚。"

荷花回来的第二天就到维贤家里去看姐姐了，碰巧赶上闹社火的人群。每年的社火，在几个老爷家里是重头戏，张家老爷，王家老爷、蒋家老爷，冯家老爷，李家维贤老爷。荷花刚到李家大院的门口，就看见翠琴、翠红、万信和几个长工正准备着接社火，今年李信没有耍，因为明生在正月十一就陪着白玉香领着小儿子滕明孝到天水去了。明生的离开，让李信多少有些伤感，但正如明生所考虑的那样，他是必须要换一个地方了，不然会很不安然，而军队，特别是陈明晖的那里是最好的去处。因为滕玉春的

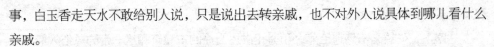

事，白玉香走天水不敢给别人说，只是说出去转亲戚，也不对外人说具体到哪儿看什么亲戚。

李信看见荷花来了，眼前一亮，连忙叫进来往屋子里让，恰好梨花也出来了，看见荷花来了，就对李信说："你到前面看着接社火，我招呼荷花吧！"看着梨花红扑扑的脸庞，一脸幸福的样子，荷花羡慕得要死。连忙对姐夫李信说："姐夫，你忙你的吧，我在院子里看看社火……"

李家大院的社火闹得热火朝天，旱船、狮子、铁芯子，举牌、化缘、维持秩序的，手里拿着蝇刷的大头瓜娃子，还有不少看热闹的大人娃娃，整个大院站了很多的人。先是旱船，船老汉、船姑娘配合得相当默契，那个船老汉一脸的大白胡子，表演的是划船渡河，不慎船儿搁浅，又是抬又是推的整个过程，表演得真是形象逼真、惟妙惟肖。在众人都陶醉在船老汉和船姑娘的表演之中，有人就悄悄地议论开了，你们知道今年的船姑娘是谁装扮的吗？众人都很纳闷，装扮起来谁认识，真还不知道是谁装扮的。李信笑着说："今年的船姑娘是魏家东民装扮的，你们看像不像？"说得众人都有些不大相信自己的眼睛。魏东民今年二十一二，长得比较秀气，说话柔声细气的，也娶妻成家了，生有两个儿子，一个女儿。虽说是三个孩子的父亲，但装扮之后表演起来，还是蛮像那么一回事。荷花进来没有和梨花说上几句话，院子里就锣鼓喧天地热闹起来。荷花和梨花就一起站在院子里看热闹，李莲领着雨芬也在人群中看跳狮子、舞旱船，尤其是雨环，小小的一点年纪，也看着院子里的人在如菊的怀里咯咯直笑，荷花吃惊地看着雨环在如菊和梨花的怀里换来换取地抱着，如菊和梨花也亲亲热热地说笑着。如菊看见荷花，就大声地问好说："妹子你回来了，这次放学你转的地方很多。"荷花连忙回答说："表姐，我昨天回来，这不今天就来看你们了嘛。"荷花说话时有些羞涩，因为她知道，梨花嫁过来是作小，根据平常的经验，大老婆和小老婆之间争风吃醋关系搞得很僵的家庭不在少数。因此荷花一见如菊就格外小心，说话也小心翼翼。好一阵子，耍社火的队伍才离开李家大院，众人也渐渐退了出去，社火的主持和维贤说了一会话，商量耍社火的人黑了过来吃羊肉，如菊给李莲和雨芬、雨环都要了一个红锁锁（红布撕成的细条）戴在脖子上，据说能保佑孩子一年平顺安康。

开朗的荷花见姐姐和如菊姐关系这么好，就悄悄地对梨花说："如菊姐对你这么好，你可不能对不起或伤害如菊姐姐呀。"梨花笑着说："我一辈子都不会伤害如菊姐，我们两个都很爱信哥，我们之间没有什么，谁大谁小我无所谓，你知道不，我们结婚第二天我给家里人敬茶，如菊姐给我的见面礼最重。如菊姐给我的见面礼是两根金条，比咱爸咱妈给我的嫁妆还多。”说着就把两根金条拿了出来，让荷花看。荷花也从来没有见过金条，只知道这个东西很值钱，但究竟怎样值钱，心里没有概念。另外梨花又拿出结婚时敬酒收到的礼，敬茶收到的礼，和自己爸妈陪嫁的嫁妆礼，一共有七百多银元，两根金条，白白黄黄的堆了一堆。看完金钱梨花就让荷花看自己的嫁妆，时兴的衣服，各种配饰，姊妹两个乐呵呵地说个没完没了。

这时李信笑呵呵地走了进来，荷花首先祝贺姐姐姐夫新婚快乐。李信笑着说："我们的小妹过年都不回来呀，这是哪里的小鬼把我们小妹的魂儿给勾走了呀。"荷花羞涩地说："哪有什么小鬼不小鬼的，明天我们同学张萍之和她哥就来了，姐夫你看看是什么样的人儿，姐夫你可要给我拿个主意。"李信一听，就知道是怎么回事了。因为在兰州的时候，就见过张萍之。但是没有见过张敏之。几个人说着话，就见雨芬跑进来说："爸，我爷爷叫你和姨娘过去吃饭。"李信就说："芬儿，这个是你小姨娘，叫个小姨娘。"雨芬腼腆地叫了一声就跑出去了。

李信出去以后，就让翠琴给梨花、荷花端了一些过去，让姊妹两个在房子里吃，梨花还不好意思出来见人。姊妹两个悄悄地吃完饭，荷花就用盘子把碗筷收拾好，端了出去，刚到厨房门，就碰见翠红，翠红连忙接住了盘子，笑着说："不敢让客人自己收拾呀。"荷花就说："不要紧，我也顺便活动活动。"回到屋子里，荷花就说了说自己到天水的情况，把个梨花听得惊讶不已，就悄悄地对荷花说："我感觉那个张敏之是个危险人物，离他远一点。"荷花笑着说："别呀，人家才相中的一个人儿，你怎么就危险不危险的说呢，我还说信哥也很危险，你乐意听吗？""我危险什么，"李信笑呵呵地进来说，"在院子里就能听到你们的大嗓门，说话声音小一些，不然整个院子里都听到了。"荷花就笑着小声说："我们马上就开学了，我姐怎么办，是和我一起上学还是姐夫你过几天送过去呢？"李信说："等走的时候再说，我和你姐商量一下，再和家里商量好了再说。你们在屋子里暖和一下，我出去看着那几个人卸羊，准备晚上耍社火的人吃饭。"

荷花悄悄地说："姐夫，你忙你的吧，我待一会儿就回去，家里姑夫和姑姑也有事情呢。"

我们不说李信怎么地忙乎，但说荷花和梨花说了一会儿话，荷花就回去了。回去之后，张昭两口子就问长问短地问个不停，荷花乐呵呵地说着，回答着。时间不长，荷花就说："我要看看我大妈，我要让我大妈给我看看那个人。"张昭就说："你哥还都没有娶媳妇，两个妹妹倒争着要嫁人了，唉，真是说不成。”荷花就笑呵呵地说：“爸，我哥念书呢嘛，如果不念书，恐怕早就结婚娶媳妇了，还要和妹妹比什么。”说着就往大妈苏澜贤的屋子里走去。

看着梨花出嫁，荷花回来，苏澜贤也很是高兴。苏澜贤虽然没有女儿，但是对梨花和荷花也是相当地喜欢，常视作自己的孩子，张昭对苏澜贤近几年不热情，原因很多，但是这并不影响孩子和大妈的关系。荷花有说有笑地来到大妈的门口，就大声地叫着大妈大妈，苏澜贤赶紧回答，出门让荷花进屋暖和。荷花进屋后就给大妈说着自己的心里话，大妈笑着说：“我们的小荷花长大了，不管怎样，先把书好好地念，念好了书我们再说其他的事。”荷花就悄悄地说：“明天我的同学到咱们家里来，我同学的哥哥也来呢。”苏澜贤吃惊地说：“这件事你给你爸妈说了没有。”荷花说：“我给他们说了，我爸妈没有说什么。”苏澜贤就说：“孩子，这可是一辈子的大事，一定要慎重选择，不可有一点点的随意和马虎，我们女人一辈子就嫁一次呀！你可看看，我们这一辈人就有人活得好，有人活得不好啊！”荷花说：“我尽量努力着去做，再说这个张敏之也是个念过书的人，知书达理，我在兰州一眼就看上了，大妈，你说这是不是一见钟情呀!”苏澜贤笑着和荷花说话，娘母子两个各自诉说着心里话。

李信在家里指挥着几个人把两只大羯羊卸掉，剁成小块煮在锅里，然后就匆匆地回到上房和爹商量晚上的事。看着李信忙碌的样子，梨花很想出去帮一帮，可是自己还是新媳妇，还必须矜持一些，不能太大方，那样会有人说闲话。倒是如菊和三太太几个在厨房里有说有笑地干着活，雨芬在李莲的带领下出出进进、来来回回地跑个不停。梨花就悄悄地在门边叫雨芬，说：“去，让你小姑把雨环抱来姨娘哄，让你妈和你奶奶在厨房做饭。”雨芬跑去一阵子就让李莲把雨环抱来了，梨花小心翼翼地抱着雨环哄着，雨环很乖巧地和梨花玩着。

快到晚饭的时候，社火队的十七八个主要人员都回来了，秀气的魏东民和其他几个人坐在一起准备吃羊肉泡馍。维贤和李信在院子里招呼着大家，十几个人都和维贤、李信打招呼，亲切地问好，述说着今天闹社火时的热闹事。

我们这里的大户人家，每逢大事，冬天里一般招呼人就是羊肉泡馍。特别是老人去世，羊肉泡馍是最好的待客方式。夏天里是凉面配凉菜热菜，好一点的是大桌，六顺、八盘子、十三花，再配花卷馍馍，差一点的就成了酸菜咸菜配臊子汤泡馍馍。不管是冬天里还是夏天里，也不论冬夏，馍馍都是主食。这羊肉泡馍讲究的是方式，会吃的人对东西的要求是很高的。肉一定要是当年的羯羊肉，馍馍一定要是烤出来，并且馍馍要切成长条，一块馍馍刚好泡一碗，馍馍还要掰得碎碎的，先放在碗底，然后再抓肉，再倒汤，然后才抓其他的调料，盐和姜可随自己的口味自己调。吃羊肉一定要配蒜，且这个蒜还必须是老蒜。话说一帮人在李家大院欢欢地吃着，热气腾腾，一家子人也跟着忙乎着。有人就想调侃李信，悄悄地说：“少东家，把新娶的少奶奶领出来我们再看看。”李信笑而不答。等这一帮子人吃完，李信把人送走之后，维贤一家子才开始吃饭，维贤和大太太、二太太、四老爷、四太太、李信、李莲、雨梃、雨轩、雨芬，还有几个亲戚，大大小小十几口子。三太太、如菊一直在厨房忙着配料，请来的大厨一直操持，几个帮厨的女人忙个不停，梨花一直在房子里哄着雨环，翠红给梨花端的是一碗热气腾腾的臊子面，另外再配几样小菜，因为新媳妇是不让吃碎东西的。

晚上，李信就对父亲维贤说：“爹，二月初梨花的学校就要开学了，今天荷花来问她姐姐啥时候去学校?”维贤说：“虽说是我们的人了，但是娃娃念书是大事，我们就不要耽误了，先让把书念完。你明天过去和你丈人商量着定去，我没有什么意见。”回到屋子里，李信对梨花说了爹的意见，梨花说：“我离不开你，我想你咋办，我不想去兰州，我要和你一直在一起。”李信说：“我的意见是你先把书念完，好在时间不长，只有半年的工夫，我还会抽时间上兰州去看你。”梨花的嘴噘得老高，但最后还是同意了。新婚燕尔一夜缠绵，我们不必细说。

第二天吃过早饭，李信就带着梨花拿着东西去丈人家，张家一家人高高兴兴地接待着女儿和新姑爷，苏澜贤也被请了过来，一家人在大屋子里热热闹闹地说话。快到吃晚饭的时候，张敏之、张萍之兄妹两人带着礼品也来了。这兄妹两个人在靖远城里住了两天，张敏之秘密地拜访了他的几个朋友，今天由张梅帮忙雇了一辆马车，又叮嘱赶马车的人到李家塬东头的张昭张老爷家，赶车的人都是熟悉李家塬的老把式，张梅一说，就清楚了。所以从县城到李家塬顺风顺水地回来了，两人回到李家塬的时候比往常还早些。

梨花、荷花一见老同学张萍之来了，又带着自己的哥哥，亲切地说个不停，让周围的人只是看着这三个姑娘笑。张敏之脱掉大衣之后，就给在座的各位长辈同辈行礼，荷花一一介绍张敏之与大家见面。

荷花的哥哥与李信、张敏之谈得比较来，几个人不停地说着话。张昭随便地询问了一下张敏之家里的情况，得知张敏之家里父亲早逝，母亲健在，只有兄妹两个，而且都是念书的人。张敏之见解很多，社会关系比较复杂，不像李信那么单纯，只知道务农做点小生意。梨花幸福地述说着自己和李信结婚成家的事，张萍之听得只咂舌，和荷花一起分享着梨花的幸福，几个人在荷花的房子里商量着去兰州上学的事。梨花说：“我舍不得信哥，我想多待一些时间，你们去了之后给我向先生告个假，就说我病了，过几天就回来上学。”两个姑娘听得只撇嘴。荷花说：“那信哥什么意思，难道一结婚就不让你上学了吗？”梨花说：“不是的，我公公都说咱们上学要紧，不能耽误，信哥的意思是让我和你们一起走，他送咱们去兰州，其间再抽时间看我，我是想和信哥多待一段时间。”张萍之连忙问：“梨花姐，你嫁给信哥，难道人家的大老婆就没有什么要说的吗？难道就让你们夜夜欢娱吗？”梨花羞涩地说：“我们的大姐十分开通，自从我和信哥完婚之后，我们一直在一起，如菊姐没有和我闹别扭，我感到我很幸福，很满足。”

不知不觉到了晚饭时候，张家今天的晚饭很丰盛，六个凉菜，其中一样就是振兴从北平带来的海菜，这可是李家塬人开天辟地第一回听说的东西，臊子面做得很地道，一家人吃得津津有味。

吃完饭，李信梨花就要回去了，大妈苏澜贤送给梨花一匹缎子，一对金元宝，一对银元宝；妈妈送了一匹缎子，一副金镯子，一副玉镯子，又说了许多关怀体己的话，嫁出去的姑娘，要注意和家里人好好相处，不要争强好胜，不像在家里，不要和如菊、长辈们闹矛盾，遇事要多忍让……语重心长的话语只让听的人想掉眼泪，李信笑着说：“姨、姨夫，你们放心，我会好好对待梨花的。”张敏之等人也很客气地送出来了，万信的车在门口已经等了好一阵子。

张敏之来到李家塬的第二天早上，就乘着荷花三哥的马车回靖远，然后乘车骑马急匆匆地赶往天水，我们暂时就不提了。因为他在天水有更重要的事情。荷花和萍之一直送到村口，才依依不舍地回来。两个姑娘悄悄地无声地往家里走。

转眼就到了上兰州的日子，几个人和梨花商量定一起走，让李信一直送到兰州，由于一路没有耽误，不到六天，梨花荷花萍之三个人就和李信一起到了兰州的学校，然后李信又拜访了张槟和几个生意上的朋友。李信在兰州待了几天，只带着梨花荷花姊妹出去吃了一次饭，吃饭的时候，就谈到了两姊妹今年毕业之后的打算，荷花铁了心要和萍之回天水，因为天水有她的爱人，梨花虽然结婚了，却想留在兰州，并打算把李信也叫到兰州做生意，这样两个人就永远在一起了，张槟和几个朋友都很赞成梨花的想法，并且痛快地答应，需要帮忙一定尽力。李信很虔诚地表示感谢，并且一直强调，家里一摊子无人照料，实在是有困难，梨花倒很痛快，这件事说说而已，到时候再和家里商量。

李念从宁夏回来了，说是要到兰州转运从西安拉来的军火，因为是正月间，李念就在家里待了两天，也给一些亲戚拜个年。这天正好李信从兰州回来，李念也过来给二爸拜年，还听说李信娶了一房新媳妇，就和李信打招呼祝贺。说话间就谈到了陈明晖、明生、滕玉春、刘钰明、雨橹等人。李念说：“最近我听说要把陈明晖的保安旅调到宁夏府去，不知道准确不准确。”又问了李信的一些情况，梨花姊妹的上学情况，给维贤和几个太太行礼之后，就到小学校里参观了一下。询问了木料的使用情况，学生上学的人数，请的是谁家的先生，给娃娃们教的是什么书，然后就准备回城里去。三老爷很想让李念在家里住几天，可是这个犟驴儿子就是不住，硬是连夜就走了。刘明钰只得眼睁睁看着昔日的丈夫匆匆离去。

话说张敏之回到天水之后，一直从事他的秘密活动。一天，在与陕西交接的立远进行宣传活动时，得知张家川马鹿的尕三子叫村子里的一个人告发了。说是尕三子家里藏着秘密的东西，结果当地的地保带了两个人趁尕三子外出帮工不在家的时候，搜出了一本张敏之他们印刷的东西。张家川尕三子的情况不妙，随时有暴露的危险。张敏之立刻叫立远的小蒲马上通知尕三子，不要坚持，立刻转移到陕西石庄子的王家大院去，在那里帮工，不要再回张家川了。小蒲连夜就出发了，张敏之一再告诫他的同志们，工作活动的时候一定要小心谨慎，不能露出丝毫的破绽，不然会危及大家的生命。小蒲是一位很灵利的小同志，一路没有任何耽搁，但是，等赶到马鹿时，尕三子已经被当地的保安旅抓走了。当时查抄出来的东西不多，只有几本油印的小册子。

话说明生和白玉香一行悄悄走了之后，一路顺山顺水地到了张家川陈明晖保安旅的驻地。白玉香领着小儿子滕明孝终于和分别快一年的丈夫见面了，白玉秀看见姐姐和姐夫见面了，很是高兴，在家里招呼了明生和姐姐一家三口。滕玉春由于枪打得准，已经被提拔到保安旅直属四连任班长了，一身戎装，比起在家里的那身猎户衣服显得精神了许多，至使小儿子明孝看见和小姨夫陈明晖一起走进的父亲时，都不敢相认。看着拘谨的小儿子，看着快一年没有见到的妻子白玉香，滕玉春也紧紧地抱住儿子不说话。陈明晖向明生询问了一些路上的经过，得知很是顺畅，又问了一些李信及家人的情况，得知李信又娶了一房，媳妇是上过学的洋学生，就赶紧说：“我一定要写一封信祝贺一下。”玉秀看着姐姐一家人悲喜交加的情形，就赶紧招呼大家吃饭，明生怎么也不敢到桌子上去坐，倒是陈明晖说：“过来，你是从我们舅舅家里来的客人，况且一路护送这母子二人顺利到达，也很不容易，不要有那么多讲究了。”这样明生才拘束地坐到了旁边，玉秀让勤务兵告诉伙房准备上五菜一汤，要荤素搭配，不可太奢侈，喝的是陇南的红川大曲，三个男人喝了一斤红川大曲，当然是明生和明晖喝得多一些，滕玉春被玉秀、玉香挡着喝得很少，明晖和明生都懂得是什么意思。吃完饭后，陈明晖就让副官安排明生去警卫连驻地，又把滕玉春一家安排在自己家旁边的客房里休息，明生走了之后，几个人又说了一些闲话，就各自去房间里睡了。

第二天早上，随着一声清脆的军号声，所有的人都快速起来，滕玉春更是不敢懈怠，早早地就回到了班上，指挥着一班士兵集合，在连长的统一指挥下出操。明生今天早上没有什么事，看着警卫连的士兵们一通忙乎之后，紧紧张张地集合出操去了，想想自己也没有什么事，就一个人到空旷的驻地院子里活动一下筋骨，等士兵们出操回来时，他已经练了好一阵子。部队里的有些兵见过明生，知道他手底下有两下子，都围着明生要求再练几下，让他们也开开眼界。于是明生就脱掉黑棉衣，光着膀子打了一圈，又向人们展示了轻功功夫。看着士兵们围在一起，陈明晖骑着马过来了。警卫连的连长赶紧报告说："您的客人正在表演功夫。"陈明晖就说："这个人今后就交给你了，认真操练，好上正道。"警卫连连长赶紧敬礼，送旅长回旅部。陈明晖一出门就骑马走了。

警卫连连长赶紧回来，明生的一套动作也练完了。连长就叫排长们组织大家吃早饭，吃完饭还有训练计划。吃饭的时候，团长的两个警卫员拿来了一套军服及被褥行李，里外上下的都有。连长就叫三排排长集合全连士兵，原来三排长就是警卫连的连副。部队遇见紧急集合，那是特别迅速的，看着一队队紧急集合的士兵，连长也来了精神，等副连长向连长汇报集合情况后，连长就大声说："弟兄们，今天我们连里来了一位新兄弟，叫刘明生，分配到我们连三排五班，三排五班长，去叫你们的新兄弟。"五班长出列转身向营房驻地跑去，一会儿工夫，明生就被叫来了。连长又向大家介绍了一下，然后各班领回，准备上午的训练。

明生一回到屋子里，五班长就把衣服给明生，让他赶紧穿上，明生看着这一堆衣服，不知怎么穿，一班人都笑了。赶紧帮着明生由里到外地换好了衣服，还有帽子和鞋子，就那个鞋子的鞋带，把明生就整出了几头汗。因为明生长这么大，一般冬天就是一身棉衣，夏天就是一身单衣，穿衣从来没有这么复杂过。衬衣衬裤，鞋子绑腿，棉衣外衣，还有皮带铺盖行李等。

明生在兄弟们的帮助下整理好内务，外面集合的哨子就响了，一帮子人就快速出去训练了。滕玉春才来时间不长，因为枪打得好，很快就得到三团四连连长的注意，提升做了班长，管理着班上的十个人，又因为是旅长的亲戚，下面的人都很看重。旅长陈明晖带军很有方略，知道滕玉春和明生两个人的特点，很快地让下面组织了一个十人的神枪队和十三人的武术队，特殊训练，让明生总负责管理两个队，滕玉春不识字只能做副手。

话说这天两个人负责着一伙人正在紧张地训练，只见一对士兵绑着一队人来了，看着那几个年轻人被绑着，一步一步地经过训练场。滕玉春就悄悄地问："这些人怎么了，抓到队伍里干什么？"押解的士兵赶紧回答说："这些都是地方上送来的，说是不干正事，专门捣乱，地方上管不了，交给队伍上管教管教。"明生悄悄地对滕玉春说：

“这不是把事往队伍里推吗？我们队伍里把什么都能管吗？再说这回民咱们怎么管，一个个骨头硬得跟什么一样。”

尕三子就在这一队被绑住的人中间，经过保安旅卫戍营鲁营长的审理，很多人都没有什么事，其中有两个长工是和地主发生了一些矛盾就被抓来了。鲁营长审理完之后，就把一些没有什么情况的人准备放掉，只留下几个死硬分子，准备关几天再说。尕三子也在被放的人群中，因为证据不足。鲁营长看着几个被放的小伙子很机灵，就大声说：“你们几个有人愿意当兵吃粮吗？”尕三子和邻村的王小二愿意当兵吃粮。尕三子在被举报被抓的时候就想，自己在老家已经暴露了，实在没有必要留在那里了，况且家已经被毁了，思前想后，他就串通王小二想办法跑，结果有这个机会，他就毫不犹豫地留下来当兵了，并且给邻村的一个叫小林的人带话，说给家里的十三哥带个话，就说在这里当兵了。十三哥是张敏之安排在那里的负责人。

白玉香在军营里待了整整一个月，就嚷着要回去看着种庄稼去。在这里把人闲死了。玉秀就一天到黑地想办法劝，但是还是不行，明忠要念书，放在老家让人不放心。玉秀就说：“那就把明忠接来嘛。”玉香说：“那不行，我们这一次只是说看亲戚，这么长时间不回去，肯定让人看出问题，到那时，你姐夫恐怕连兵都当不成了，千难万难我还是回去最好。”玉秀一想确实是这样。这里的事情我们可以做主，但是那边的事情我们还是作不了主。

三月初十，玉香和明孝被送走了，送玉香的是保安旅里的一个陇西人，熟悉回靖远以及新城的路。

按理说春天在一年中不算最忙碌的，李信和顺强一家忙着种春小麦。二月初八，顺强的媳妇生了个小子，顺强高兴得很，就请干娘刘家三奶伺候媳妇，自己一直忙着地里的活。顺强来到李家塬时间不长，就把家里给人帮工的二嫂子和小侄儿接回李家塬，在姑姑家的西房里成家了。刘家三奶当时忙前忙后，十分热心，顺强不久就拜了刘家三奶做了干妈。刘家三奶的男人也经常给维贤老爷家做短工，为人忠厚。家里有四个儿子，只有老大和老二成家了，弟兄几个都是种地的好手，干活不惜力气，顺强有时候忙不过来，就叫上两个干兄弟帮忙，所以这两年地里的收成很好，年年有余粮。今年又添了儿子，脚底下更有劲了。

这天李信刚从地里回来，就看见放学回来的雨芬拿着一个黑乎乎的东西玩，雨环在一旁咯咯地笑个不停。李信走近一看，吓得几乎要晕了过去，好在院子里没有人，如菊也在厨房里忙着。李信赶紧走过去，用手里的两个柳哨响响把雨芬手里的黑家伙换了下来，赶紧拿到屋子里收拾起来，架在高高的房梁上。李信想，我把这东西放得很深

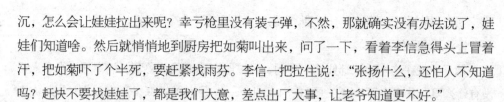

沉，怎么会让娃娃拉出来呢？幸亏枪里没有装子弹，不然，那就确实没有办法说了，娃娃们知道啥。然后就悄悄地到厨房把如菊叫出来，问了一下，看着李信急得头上冒着汗，把如菊吓了个半死，要赶紧找雨芬。李信一把拉住说："张扬什么，还怕人不知道吗？赶快不要找娃娃了，都是我们大意，差点出了大事，让老爷知道更不好。"

晚上吃完饭，李信和如菊回到屋子里，如菊小声问李信："咱们家里哪里来的那像铁疙瘩一样的东西，那是干什么用的？很厉害吗，把你紧张成那个样子了。"李信悄悄地说："那是上次我们路过张家川陈明晖的部队时，陈明晖请我们到那里住了几天，临走时悄悄送给我防身用的手枪，当时连明生都不知道，我一直没有拿出来过，家里也没有人知道，今天不知雨芬从哪里翻出来了，幸亏不认识，不然就闯天祸了，别看那东西小，威力可大了，部队上打仗时长官都用这个"。如菊说："那以后就放好，不要让娃娃看见。"两个人想着白天的事，心惊肉跳了一个晚上。

春上的天气被人们称作是鬼天气，忽冷忽热让人很难把握。这不，早晨起来的时候，天气晴得很好，万里无云，只是有一丝凉风。今天，李信和家里的帮工要和顺强一起把四老爷王家湾的那块地平整好，准备种麦子。由于路比较远，两家人都准备了一些中午吃的东西带上。谁知李信和顺强走了不久，风就渐渐地大了，西南面的一朵小云花渐渐借着风势越来越大，最后弥漫了整个天空，天气越来越冷了。李信和顺强赶着车一直往地里去，到地里时间不长，顺强套上牲口准备犁地，李信和三孟在前面散粪（把拉到地里堆起来的粪堆摊开），还有两个帮工在地的边缘平整去年水冲开的沟壑。不久，就飘起了雪花。

刚开始雪下得不大，几个人也没有顾及，两个大牲口套着犁地也比较快，散粪的散粪，犁地的犁地，修豁豁的修豁豁。后来李信和三孟就套上牲口连耙带磨，一次就把地平整好了，后面的两个帮工套上种耧，紧跟着种了起来。一帮人干着干着，顺强犁的地剩下不多，李信和三孟耙地弄不成了。刚开始的时候，小雪花飘在身上，随即就化了，人们没有什么感觉，到后来，风渐渐小了，雪花却越来越大，越来越密了。刚犁过的地铺上了一层白霜，耙耧一下子就糍住不能往前走了，加上这块地去年冬水浇得有些迟。总之顺强犁地不受影响，但是后面耙地磨地不能干了。刚犁过的地，人踩在上面就湿乎乎的，再加上这不住点下的大雪，牲口一走就是一溜窝窝，不能干了。李信和种地的就赶紧把牲口吆到路边上，三孟赶紧给顺强拉牲口，边干活，边喧。我看这块地犁完先放一放，晾一下再打磨，今天这雪也忒大了。等到顺强把地犁完，那纷纷扬扬的大雪已经把地面盖了个严严实实，天气也越来越冷了。几个人就收拾着往回走，本来计划连打磨带种上，一天带点夜就可以了，谁知这一场大雪的打扰，这块地不知要等几天。等李信他们回到家里时，维贤已经在门口等着了，口里不停地嚷嚷："这几个年轻人，这么大的雪，还不赶快回来，这就不是收拾地的天气。"看着李信他们回来了，就赶紧问几个人干了些什么，当听说只把地犁完了，后面都没有干时，维贤苍老的脸上露出了笑容。这还差不多，我就害怕你们把活往完里干，那就把地踏坏了。看着几个人满身湿漉漉地卸牲口，维贤连忙上前帮忙。好在春天的雪，下在地上就化了，天气再冷，那也比不了冬天。

一场纷纷扬扬的大雪一直下到傍晚时分，整个李家塬都罩在一片迷蒙之中。第二天天气渐渐放晴，大街小巷院子里外到处都是春雪融化的雪水，地里的活基本没有办法干了。李信让万信叫李郴过来帮三孟整修农具。

一会儿李郴就来了。李郴心灵手巧，木工的活基本都是边看边学边琢磨，一些简单的农具收拾得很好。李郴来了之后，李信就问："你家里的地种得怎么样了，春上地里忙完之后就张罗着把媳妇娶回来。今天外面干不成活，你把这几件种耧、起耧、铲耧修补一下，过几天还要用。"李郴说："我爹说秋里再说。"李信笑着说："好啊，秋天也好。"说完就出去看河滩里散放的骆驼。

李郴今年过年的时候，看见尕哥李信忙忙乎乎地准备娶梨花，自己也一直真心实意地帮忙，从订婚行礼到娶回家，一样都没有落下。前几天和父亲五老爷以及哥哥商量，五老爷说："去年我们的收成还算不错，老二你也随你尕哥给家里挣了些零花钱，我们家的日子也宽裕多了。今年你也十九了，该到说媳妇的时候了。秋上把庄稼收拾了就娶，这样我们好准备一些东西。"李郴看上的是李家塬上开磨房的韩家三女子，名字叫韩秀梅，父亲是韩老成。秀梅有两个姐姐，一个哥哥，她在女子里排行老三。自从两个姐姐出嫁之后，韩家磨房就一直由三女子管着，生意很好。李郴几年前就和三女子相好了，李郴一有机会就过去到韩家磨房帮忙，韩秀梅也常常给李郴一些吃的让带回去。之所以拖了这好几年，就是因为韩老成先前看不上五老爷和李槟抽烟赌博把家业都弄光了。韩老成就曾经用一些面粉换了五老爷的三亩上好水地。最近这两年听说爷父两个不赌博了，家境渐渐有了起色，这才松口勉强答应了三女子的事。

顺强的那块地是第四天才去收拾种上的，种上那块地之后，顺强的地基本上就种完了。顺强是个很勤快的人，在收拾四老爷的这块地的时候，看见路上有一块子荒地，从山沟里冲出来的山水能灌溉，只是要在沟口子堵一个坝。顺强就琢磨着先把这块地开出来，能开五亩左右的地，姑姑给了水地旱地总共六亩，四老爷有十亩上好的水地，这不够种。反正春上种上庄稼之后，人们都闲一段时间，他就利用这段时间开荒堵坝，至于往沟里栽树，那是下一步的事。

顺强明生可以说一直是李信的左膀右臂，现在明生走了，只有顺强一个谈得来的人了，李信非常欣赏顺强的一些想法。当顺强和李信谈起要开荒堵坝以及种树的想法，李信很赞同，因为那是一个沟口子，荒了多年了，没有人看上那块地，顺强开荒不会有人干扰的。顺强首先把自己去年买来的骡子用上了，一天犁着收拾一些，把地里的一些石头起出来堆在沟口，后来几天还雇了两个人帮忙。

李信种完庄稼之后，就到城里去看一看店里的情况。去年秋天的雨水好，开春时很多旱地的墒情不错，店里的农具和杂物卖得很好，又出现了一些东西缺货，直接影响生意。大哥李泉一直忙着自己的学校，无暇顾及店里的生意，店里的事一直由贾忠负责，大嫂张梅比较关注，有什么情况就给李泉说，李泉就给李信带话。李信接到梨花的来信说自己还有一个多月就要毕业了，得赶紧做决定自己往哪里去。李信心里火急火燎地到城里去，还有一个原因就是想看看李怀的粮店情况，以便把家里的余粮出售了。因为春上粮价比较好。桂花嫂子刚生了孩子，兴贵把店里打点得井井有条，仍然出现了缺货。

李怀的粮店一直是施棋管理，粮食的存货还有一些，但是信儿兄弟提出了，李怀就没有犹豫地答应了。施棋也很高兴。很快李信就把家里剩余的一些粮食拉到了李怀的店里，在城里张罗着准备上兰州进货，仍然用骆驼，不敢走排子。不到十天，李信就做好了准备，回去拿点盘缠路上用，另外还要等李郴种完地，顺强开完荒。李郴和顺强把手头的活干得差不多了，就和李信一起进城了。李信这次骑着马，其他人拉着骆驼慢慢上路。顺强拿着一些盘缠，负责几个人一路用度。一路上骆驼仍然驮的是皮货和盐，万信第一次跟李信出门，也骑着一匹马随李信先走。这次李信悄悄地把那只手枪带上了，以防不测。因为两个人毕竟有些势力弱，又带着一些钱财。尽管一路上注意不露富，但还是小心为好。

话说李信一路骑着快马，早起晚宿，马褡子从来就没有离开过万信的肩膀，但还是被土匪的眼线盯上了。好在两人谨小慎微，不露声色，土匪的眼线也有些持不准，所以没有遇到什么问题，也就顺顺当当地到了兰州。

见到梨花时，梨花激动得很，拉着李信的手就是不放开，口里不停地说：“你每年这个时候来兰州，我就算着日子，盼着你呢，你知道吗？”李信笑嘻嘻地说：“我也想你啊，你高兴吗。”梨花笑着说：“当然高兴了。”荷花看见姐夫来了，就跑到跟前说："姐夫，这次来你可要多待几天。现在是四月下旬，我们下月初就考试了，考完就毕业，我要去天水，我姐去哪里？"李信笑着说："我就是来办这个事的。"张萍之看见李信后就说："姐夫来了，我梨花姐真有福气。我们都很想你。"看着几个如花似玉的姑娘，李信也很愉快。

晚上放学后，李信就把梨花、荷花、张萍之请到学校外面的饭馆里吃了一次。万信第一次来兰州，见到啥都新奇，吃饭时问这问那地问个不停，梨花、荷花不停地给解说。万信说："这个东西我们那里是这样的，怎么在兰州就不一样了，味道也不一样，真是奇怪，真是奇怪。"

当晚吃完饭，李信送荷花、张萍之回学校，万信回到以前经常住的车马店去。李信领着梨花到自己经常去的一家旅馆，两人包了一间房子。李信笑着问梨花："这一段时间想不想我？"梨花羞涩地说："不想那才怪呢，我常常想你睡不着，就想着你这个时候在干啥，你在忙什么。有时候瞎想，想得自己都有些害怕。我暗暗下决心，一定要多学本领，大夫的治疗知识，护士的护理知识，我都要学习，而且要学精学透，我将来一定要让我的信哥在人前体面地生活。"李信听着这些，看着梨花痴情秀美迷人的神情，一把就把梨花揽在怀里，亲热地说："小乖乖，你现在的样子太迷人了，我太喜欢你了。"说着就准备上床。梨花笑着说："不行，我们都要洗一洗，过来，我这里准备下清洁水了，你过来我给你洗。"梨花的举动让李信大吃一惊，怎么还要洗这个，我可从来没有提前洗的习惯。梨花笑着说："我们现在是夫妻了，过来，就让我为你服务，从今以后我们要过文明人的生活。"梨花就边给李信洗，边给李信灌输现代医学常识，夫妻生活常识，文明卫生的常识。李信的东西放在梨花温柔的小手上，已是雄举了，再加上温水的浸润，已使李信有些不能忍受，看着李信急切的样子，梨花也迅速地洗完，然后相拥而入。

人们常说，小别胜新婚，李信梨花既是新婚又有小别，这一夜是怎样的缠绵无尽只有他们自己知道。寂寞恨更长，欢娱嫌夜短。

梨花经历了这一夜的缠绵之后，更加舍不得离开李信了。第二天是周末，学校里没有上课，梨花就一直陪着李信，诉说着自己的心事。李信要起来，梨花拉住不放，说："驼队还没有来，你至少今天没有事情，你起来干什么？"李信说："早起有早起的好处，你就爱赖床。"梨花说："不行，我不愿意，我白天还没有行过房，今天我想体验一下白天行房的感觉。"一句话把李信说得面红耳赤，就急忙用被子把头捂住了，而这时梨花慢慢地往下滑，将头枕在李信的肚子上，两只手不停地拨弄着，李信猛然一惊，梨花已经翻身上去，并且顺利地导入，以李信从未见过的方式又一次开始了。李信又惊又喜，下面的东西立刻雄壮了许多，翻来覆去地好一通快活，李信很快地就控制不住喷射了。完事之后，两人相依相偎地躺着，李信很好奇地盯着梨花看，问道："在家里你怎么不敢这样，那可是我们的新婚啊。"梨花害羞地说："我们的《生理》书上关于夫妻生活的方式有好多种，这也是我们今年新开的一门课叫《妇科》里面的一些内容，其中有一章就是讲男女的生育生殖。我好感兴趣，就偷偷地下工夫学完了，并立志要当一名突出的妇科大夫，专搞妇科治疗和护理。当然我们的妇科老师也花了很多时间给我们讲这一章课，并且给我们讲了很多妇女保健的知识。其中昨天晚上我们行房前互相洗，就是很重要的一节。"梨花又说："现在社会上很多男女病包括很多妇科病，都是由于夫妻双方不讲卫生所致。所以世界很多地区文明人都很讲究这一方面的卫生，我们今后也要好好讲究一下，再不能像以前那样了。我如菊姐的病极有可能就是与你们过夫妻生活不讲卫生有关。"

说起如菊的病，李信也很头痛。因为以前没有怎么注意，只是生完雨环之后，下身一直流个不停，吃上一些药，就好一些，如果一行房，很快就不成了。梨花一骨碌翻起身，起身洗脸收拾起来，说道："我们《妇科》书上就有这种病，我马上回去查一下，结合如菊姐的病情，我要问问我们的老师，让老师给我们开些药。"

第三天的时候，李信的驼队才来到兰州。在这几天里李信已经跑好了要货的掌柜，谈好了要进货物的价格。所以驼队到达的第二天，李信早早地就起来了，让万信把皮货和盐清点清楚后，就装车拉了过去。李信随后就与兴贵和顺强一起出去验货去了。

一切都很顺利，当天就把所有的事办好了。几个人很是高兴，晚上就把梨花、荷花、张萍之都请来一起下馆子。李信吃饭的时候，荷花就把自己毕业去天水的想法告诉了大家。兴贵高兴地合不上嘴。顺强说："天水是个好地方，以后和萍之互相照应还是不错的。少奶奶准备回靖远吗?"梨花还没有答话，荷花就接着说："姐姐想毕业之后在兰州开诊所，想把姐夫也接来在兰州做生意，不知你们几位有什么意见，提出来我们协商协商，你们都是生意场的老手，我们的一些想法还要参考大家的意见，你说对吗，姐夫?"李信笑着说："三个臭皮匠，赛过一个诸葛亮，我们的一些想法确实还需要大家一起参谋一下。"顺强说："在兰州做生意，本钱需求是一个大问题，你们怎么解决。"梨花说："我们最初就是租一院房子，花费不多，我们能够负担。就是要进一些设备，花钱比较多，需要家里资助一些。"李信说："钱不是问题，我手头上还有一些存钱，可以拿出来进一些设备。"兴贵和顺强就说："这样也不错，我们以后需要进货就提前给少爷捎个信，少爷肯定就帮我们联系好了。李信说那是一定的，那是一定的。"第二天顺强和兴贵早早起来收拾行李，几个人花了一天的工夫才把东西捆绑成骆驼垛子，马基本上不用驮。

李信打发走了驼队之后，就到张槟家里商量租房子的事。张槟一见李信非常高兴，赶紧叫夫人紫霞出来沏茶，同行的梨花也主动帮忙招呼。李信很不好意思地说了说自己正月里和梨花成亲的事，张槟一听更加高兴地说："大喜事呀，小老弟，今天中午我们就在家里吃饭，我有一瓶好酒，咱们弟兄好好喝一顿。路途遥远，不能及时祝贺，今天这顿饭全当我给你的祝贺。"李信赶紧说："不必了，张参议。"梨花也感激地说："只求张参议给我们找一院房子就行，吃饭就免了吧。"张槟说："那不行，房子要找，饭还是要吃的，一样都不能少。"

张槟在兰州已经好几年了，一直在政府工作，结交了很多人。那天吃过饭送走李信两口子之后，就给单位的小黄说了这件事，还给家里的老李也交代了，让他们都留意哪里有现成的、新一点的、大一点的院落，给盘过来，李信两口子要住家开门诊。

小黄很快就打听到一院房子，坐落在南关，清一色的砖瓦房，前院很大，又邻街，三进的套院。里面很安静，前院房子也多，很适合李家少爷少奶奶开诊所。房子的老主人在院子修好时间不长，就去世了。大太太领着媳妇孙子回青城老家了，这里只有老太爷新娶的少奶奶和一个女佣看门，少奶奶不敢拿主意，说是要问了大太太之后才可以答复。张槟就告诉小黄让赶紧答复。

李信和梨花从张槟家里出来之后，也想出去看看，只是没有熟人引导，一家都没有找见，晚上回到旅馆，两个人商量着怎样和父亲说，怎样面对如菊，家里的田地怎么办。梨花说："不管怎么说，兰州比靖远做生意要好，兰州地方太大了。这几年我和荷花都没有把兰州转过来。"两个人说了很多体己的话，又把给如菊的用药方法强调了一遍又一遍，李信听着听着就把梨花拥在了怀里，两个人缠绵不已，李信拿出了年轻人的雄风，只把梨花伺候得遍体酥软，睡眼迷离……

第二天一早，李信先把梨花送到学校，回来就叫万信备马、准备东西，自己和几个熟人打声招呼，下午就回靖远去。

中午的时候，梨花、荷花、张萍之急匆匆地赶来了，说是天水那边捎来消息，张敏之印刷的传单被查抄了，张敏之也被抓了，被抓的还有张敏之一起的同志。据说是保安旅在一次军事行动中发现了那个神秘的山洞。荷花急得跟什么似的，赶紧嚷着说："姐夫，天水的保安旅你有熟人，明晖、玉春和明生不是都在那里吗，姐夫赶紧想办法呀……"

几个人吵吵嚷嚷地把李信就给拖住了，商量来商量去，最后决定由李信带着荷花、萍之走一趟天水。一路上起早贪黑地赶路，荷花还是嚷着太慢，恨不得一下子就飞到敏之的身边。李信从靖远走的时候，就悄悄地带着那只手枪，这次又要赶往天水，也就悄悄地带着，以防不测。好在一路坐车都很顺利，三个人这天就赶到了天水。李信联系了那边生意上的朋友，给三人备了一架马车。第二天一早，三人乘马车就去了明晖的保安旅驻地。

话说明生这天下午正在驻地外面的林地训练特训队，远远看见一辆马车快速过来，精致的小车，肥壮的马匹，飞快的速度。驻地附近没有这么精致的车子，来人是谁，有什么情况，和保安旅有什么关系，一系列的问题在明生脑海里闪现，他立刻集中了特训队的成员，让迅速回驻地，自己和玉春在林子里暗暗地观察着。车子从两人的眼前一闪而过，明生看见车子里坐着自己的少主人，心里一惊，春耕大忙的季节，少东家这么远地赶来是什么事。明生和玉春从小路回到了驻地。在驻地门口，李信正和门卫说明情况，明生快步迎了上去，赶紧和卫兵解释，卫兵立刻放行，小马车就进了保安旅的驻地。明生一直在前面牵着马。车子很快就到明晖的住处，玉秀赶紧迎了出来，李信就向玉秀介绍了荷花、萍之，让赶车的车把式也进来喝口水，车把式一看这阵式，不敢进去喝水，只是客气地和李信打招呼说：“李先生，这就到了，我还得趁早赶回去。”李信很是过意不去，立刻从身上掏出一块银元递给车把式，车把式推着不要，说他们主人说什么都不能收。李信笑着说：“拿着吧，路上买个东西，吃个饭。”明生接过来就递给车把式，帮车把式掉了头，送车把式出了军营。

李信和荷花、萍之三人进到明晖、玉秀的四合院的上房，卫兵要招呼，玉秀不让，让卫兵赶紧通知陈旅长，就说老家来人了，让他回来。卫兵走了，李信看玉秀忙里忙外地招呼，就说：“玉秀，你也不用太忙，坐下来我们说会话，等明晖来了我们再谈正事。”玉秀就问：“小舅，这两位是什么亲戚?”李信介绍说：“这一位是你尕妗子的妹妹，你就叫尕姨吧，这一位是你尕姨的同学。两个年龄都比你小些，但赶上辈分了。”玉秀笑着说：“看尕舅你说的，只要是咱们的亲戚，那还有什么说的。况且我这个年轻的尕姨是我新妗子的妹妹。”几个人正说着，明生、玉春陪着明晖回来了。明晖一见李信就高兴地拉住手不放，尕舅长尕舅短地问个不停。众人看见明晖和李信这么友好，都笑着不说话。玉秀笑着说：“明晖呀，你看你，还有客人呢，你就拉着尕舅的手不放。”明晖这才转脸看见椅子上坐着的荷花和萍之，就问玉秀说：“这是哪里的亲戚?”李信说：“是我带来的，一个是你新妗子的妹妹荷花，一个是她在兰州医校的同学。”明晖赶紧给两位姑娘打招呼，说：“你们看我一进门就看见了尕舅，把你们两个给冷落了。”两人起来笑着说：“没有关系，没有关系。”

这时李信笑着对明晖说：“你看，明生到部队才几个月，就这么有出息了。”明晖连忙说："明生和玉春现在是我们特训队的正副队长，手底下已经有二三十人，个个都能使得上，明生教武功，玉春教射击，两个现在很不错。"明生笑着说："我们在外面训练，看见一辆轻便马车来了，心里想着今天是谁来了，坐着这么精致的小马车，原来是老家的喜客。当车子从我们训练的树林边经过时，我看见是少东家你，我太高兴了。"说完就和玉春一起啪地一个敬礼，弄得李信不知该怎么还礼，就笑着说："有出息就好，有出息就好。"

由于人太多，李信一直没有说来天水的目的。直到晚饭后，明生玉春都回去了，李信才对明晖说："我们这次来天水主要是为你们上次抓住的那几个激进分子，其中有一个叫张敏之的是你们尕姨的朋友，也是她同学张萍之的哥哥，不知道你们为什么抓，现在人在什么地方。"明晖一听就说："尕舅，您说张敏之是我荷花尕姨的朋友。我们前面一段时间搞演习，训练一下我的部队，没想到在一个山沟的山洞里发现了一个油印东西的窝点，里面有很多激进的宣传材料，我们就把里面的人全抓来了，由于和外面没有多大关系，我们就把人关在我们驻地里，准备过几天再处理。里面好像有一个叫张敏之的人，好像不是什么重要人物。"荷花赶紧说："就是，他不是主要人物，他不是主要人物。"张萍之也说："我哥只是一个懂印刷的人，只是一个普通的印刷工而已。"

明晖说："这还是特训队在搜山的时候发现的，主要是明生和玉春的功劳，人也在他们特训队后面的房子里关着。明天一早我叫明生把张敏之带过来。"两个姑娘就抢着说："既然这样，我们一家人不说两家话，我们也等不到明天，现在就让明生把人送过来，我们见见面，行吗?"明晖笑着说："那有什么不行的，叫带过来就是了。"于是就叫卫兵过去通知特训队队长，把一个叫张敏之的人带过来，这里有人要见他。明晖说完，卫兵一个立正转身就去通知了。

明晖转头对荷花说："好在这件事我们没有移交到地方上，如果移交到地方上可能就麻烦了，地方上对这种激进分子处理很是严厉。你们怎么知道我们抓人了呢?"李信笑着说："我在兰州进货，一切都准备好了，正就要返回靖远，天水这边的信就捎到了，你尕妗子一定要我来一趟，我也觉得既然这样，那就来一趟吧。张敏之这个人我见过，是很不错的一个人，况且将来还可能成为亲戚，你说我能不来吗?"李信说得荷花都不好意思了。明晖说："你捎个信就行了，何必亲自跑一趟呢?"李信说："这是一件大事，不敢有丝毫的马虎，况且你尕姨当时都急成什么样子了，你是不知道的。"说得萍之、荷花都红了脸。玉秀说："你们再不要说这事了，既然我们的人能解决，事情就到此为止。这真是大水冲了龙王庙，一家人不认一家人啊。"玉秀又接着说："明晖你看看，这个张敏之愿意在部队干，就把他留在部队上吧，反正你的部队也在不断地招人。”明晖说：“只要人家愿意，我还特别喜欢这样的人，你们看明生不是干得很好吗?”几个人正说着，就听见卫兵一声报告，明晖说了一声：“进来。”只见明生和张敏之一起进来了，张敏之看见屋子里的人了，略略一震，张萍之见到哥哥，轻轻地叫了一声：“哥。”荷花激动地看着张敏之，悄悄地拉住张敏之的衣角，深情地注视着。李信站起来说：“敏之兄弟，你好吗?”说着就过来拉住敏之的手。明晖一见这种情况，就高兴地说：“要不是你们来，我们还真就抓错人了，都坐，都坐，坐下来说。”张敏之就是不坐，最后不得已才紧挨着李信坐了下来，明生硬是不坐，直直地站在一边。

李信见张敏之浑身没有受伤，眼神依旧很精神，心里很安慰，就和大家说了一些无关要紧的话。明生想把张敏之带回去。李信就对明晖说：“把敏之兄弟留下来吧。”明晖笑着说：“先让送回去，明天让特训队做个审理，把一些材料做了，然后就把敏之领过来。”李信见如此情形，不再说什么了，就对明生说：“军队有军队的规矩，你就领过去吧!”张敏之在众人的注视下被明生领了回去。两个姑娘眼巴巴地看着自己的哥哥和爱人被带走，即使是有希望的隔离，那心里也是酸酸的。最后玉秀就把小舅李信安置在自己的家里住下，两个姑娘安置在客房休息。

虽然这是一路以来她们住得最舒服的一次，也是一路以来心情最放松的时刻，可是两个姑娘怎么也睡不着。已经知道了敏之没有什么大事，况且明天走个程序就可以放人，前面的一切担心都是多余，荷花和张萍之互相商量着明天见到敏之后的情形。荷花说：“我一毕业就要到天水来，我一定要和敏之哥在一起。”张萍之一言不发地躺在床上，就听着荷花在那里一个劲地说。

第二天早上，李信早早地起来，和玉秀一家吃了早饭，明晖就到军营里去了。李信和家里的几个人说了一会话，问了问玉秀和孩子的情况，娃娃念书的情况。玉秀又问起了家里人，姥爷、姥姥以及妗子，提起如菊李信显得有些不安，说你尕妗子最近不是很好，老是身体不舒服，前面我在兰州，梨花给你妗子找了大夫，开了一些药叫万信给带回去。荷花对李信说：“姐夫，今天张敏之出来之后，我和萍之想陪着回一趟老家看看，姐夫你等不等?”李信思索了一下就说：“你们将来的打算是等张敏之回过家之后再说，如果时间不长，我们就一起回去，如果需要的时间多，那我就提前回去了，家里还有很多的事情呢。”

李信已经是第二次在玉秀家里了，对家里的所有设施没有表现出什么惊讶，倒是这个张萍之和荷花对玉秀家里的一切都感到新奇。其实明晖虽说是这里的旅长，但是生活并不是很奢侈，住在一家很普通的四合院里，青砖瓦房，院子里外都有卫兵把守，房间里的陈设也一般，客厅不大，一张方桌四把椅子，一个大茶盘里面放着几个茶杯，套间里是明晖两人的住所，一张通炕，倒是客房里面设施要比客厅里面要讲究，白布床单，一个茶几，两把椅子，一切的摆设多少有一些回族的风格。因为这里全是回民，在回族风俗的方面，明晖要求所有的人都必须尊重，不得有例外。昨天晚上吃的饭都是以牛肉为主，对于常年在外的李信来说还是适应的，但荷花就不怎么适应，只是没有明显表现出来。

下午的时候，经过一系列的审讯，张敏之以无知青年参与激进宣传活动而被警告，一起的其他成员也没有审出什么名堂，就以警告不许再扰乱社会治安的处理结果报到旅部，明晖什么也没有说，就批了一句话，“警告本人及家属不许再犯，就地释放。”一起被抓的四个人都释放了。明生和玉春领着张敏之来到了明晖旅长的家里，李信、荷花、萍之都很感激。

一会儿工夫，明晖也从旅部回到家里，敏之看见明晖有些不自在，站在一边不肯坐。明晖笑着说：“没有什么，没有什么，坐下来我们谈谈。”敏之这才在门口的椅子上坐了。明生和玉春就一直在门口站着，看着众人在屋子里说话。李信说：“今天我们能在这里相聚，实乃缘分，明生和敏之是不打不相识啊。”明生笑着说：“我们没有打架，我只是在抓他们的时候用了一点力，回来之后就没有打他，不信你问问他。”张敏之微微笑着说：“就你抓我们的时候用的那一点力，我们是没有人能受住的。不过回到军营之后，我们就没有发生冲突。他们也确实没有再打人。”

李信笑着说：“你不知道，明生手底下是有两下子的，人家的那两下子使出来，不要说你们这些念书的小青年，就是那些跑江湖的，十几个人也近不了身。”荷花接着说：“当初我们在兰州听到这个信儿之后，都紧张得不得了，恰好姐夫在兰州进完货，我们就紧赶慢赶地赶了过来，到天水之后，就急急忙忙地赶往旅部驻地，这一路的辛苦真是说也说不完。”说着就笑了。萍之也紧接着说：“哥，你在这里一出事，我们就担心得不得了，我荷花姐一路上眼泪就没有干过，只有到了这里，见到了你，才露出一点微笑。你不知道，昨天晚上我荷花姐那个兴奋劲，真是不能用语言来形容。”说得荷花满面通红，悄悄斜身过去掐了萍之一把，萍之赶紧住嘴，笑着不再说话了。

敏之赶紧站起来说：“首先我要感谢陈旅长，陈旅长在我们这一带是很有名望的，兵带得规矩，事处理得公正，是难得一遇的好长官，其次我真的很感谢少东家，千里奔波给我极大的帮助，使我的处境一下子转危为安，我也一下子轻松了许多，当然最主要的还是要感谢荷花，如果不是荷花这个关键人物，我们就不可能坐在这里，我的这件事也不知是怎样的结果。感谢荷花。”说着就给荷花鞠了一躬，惊得荷花赶紧起来还礼。

众人都诉说着各自的心里话，明晖这时就说：“张敏之，我看你也是一个念过书明事理的人，在庄子上不要再搞什么宣传活动，做点生意或者务些地，要想着将来养家糊口，一天老是这么到处跑，能有什么结果，要不你到我的部队上干，我们部队识文断字的人不多，对于念过书的先生还是很需要的。”张敏之赶紧起身道谢说：“谢谢陈旅长，这事我得和家里、李少东家再商量商量。”

明晖说：“这事不急，你们先回去一趟，完了商量好再找我。”

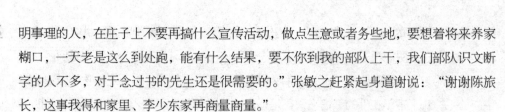

当天晚上陈明晖在家设宴招呼李信及众人，宴席是按照家乡的习俗，仍然是十三花，有几道菜是玉秀和荷花亲自下厨置办的。明晖一家四口、李信、荷花、张敏之、张萍之、明生、滕玉春共十人。李信说：“鉴于荷花要去敏之家里转转，我也就不等了，我明天就先回兰州，家里还有很多事。”玉秀想多留几天，见尕舅这么说了，就计划着晚上给尕舅准备一些礼物，让他们一家都高兴一下。张敏之、张萍之说了很多感激的话，对荷花更是友爱有加。明生和玉春只是嘿嘿地笑着，并不说什么。

当天晚上李信和敏之住在一起，李信就张敏之的这件事谈了自己的看法，“后面的事情现在没有办法说，明辉想让你到部队来，你有没有这个想法?”敏之说：“我想回去看看再说，我们是有组织的人，自己的行为必须得到组织的批准。”李信就问：“你们是什么组织，还这么麻烦。”敏之笑着说：“没有什么，只是一个年轻人的组织。”李信说：“我也不知道你们的组织，但是我感到你们的组织不怎么安全，我没有什么意见，你以后还是小心为好，我这里有一把手枪，还有二十发子弹，我拿着也没有什么用处，你拿着吧，以后防身用吧。”张敏之很吃惊，急问：“这是哪里来的?”李信回答说：“是去年明晖送我的，我带在身边不方便，你就拿着吧，小心为好。”两个人还说了很多关于荷花的知心话，因为李信是姐夫，关心最多的还是荷花的事。

第二天一大早，李信吃完早饭就要回去，明晖、玉秀和张敏之、荷花、张萍之一起送他，玉秀给尕舅准备了一些东西。李信先到天水，和几位朋友话别，其中一位姓何的专做麻鞋生意的朋友，硬是让李信到自己的店里看看，顺便给兰州带两个人和一些东西。看着人家店里那么红火，李信也很眼热。下午三个人就从天水出发了。一路上李信和王武、张茂两个人尽力搞好关系，交谈中得知王武是秦安人，张茂是武山人，两个人都是被介绍到兰州做学徒，学习做生意。两个年轻人没有出过远门，一路上对兰州充满了好奇，对李信也比较敬重，问这问那地问个不停。李信把知道的一切讲给两个年轻人听。“我们将来都是生意人，我就说一个生意人的笑话吧！名字叫‘明年同岁’。说是有一个杂货店的老板新添了一个女儿。一天，朋友给他的千金说媒，讲明对方比女孩儿大一岁。商人回家和妻子私下商量这门亲事。他说：‘女儿刚满周岁，而男孩子已经两岁了，比女儿大了一倍，等到女儿二十岁的时候，他该有四十岁了，我们怎能忍心让闺女嫁给这么一个老头子呢。’他的妻子笑了笑说：‘你真够笨的，明年咱们的女儿不就和那个男娃娃同岁了吗?’”一个故事把两个年轻人听得云里雾里。李信笑着说：“都是不会算账的，做生意要合理算账。下面给你们再说一个叫作‘莫管它漏水’。故事是说有一次，一条渡船过河时，船身突然撞上了礁石，河水不断地涌进船舱，旅客们都大惊失色，唯有一个老先生没事似的坐着不动。并且讥讽大家惊慌失措大惊小怪。老先生说：‘用不着急嘛，关咱什么事。’别人问怎么不关我们的事？老先生说：‘莫管它漏水，船又不是咱们的。’众人听了都哭笑不得。”这个故事两个年轻人听明白了。李信就说：“今后我们都是做生意的人，不可太自私，要像那个老汉一样，那就太过了。”

李信离开张家川后，张敏之就和荷花、张萍之回到了敏之的老家。一家人由于敏之出事而忐忑不定，和敏之一起被释放的人回来已给家里捎信报了平安，敏之的同志们也非常关心老母亲。萍之与荷花一回到家里，就帮着母亲干这干那，就和母亲商量哥哥的事。敏之先向母亲问好，诉说了事情的经过，还谈到明晖要求自己到部队上干的想法，母亲一听就摇头说：“你爸你二爸都是怎么死的，难道你们就忘了吗?”敏之连忙回答说：“知道，我们没有忘记。”由于母亲的反对，荷花也不好再说什么，和敏之对望了一下，就来到院子里，萍之在屋子里和妈妈说话，诉说这一路的辛苦，如何地紧张，如何地担心……

荷花和敏之在院子里小声地商量着：“我快到考试的时候了，考试一结束我们就毕业了，我和萍之回来开诊所，你如果能在保安旅干，那再好不过，如果不能干，你回来之后就要更加安心，结婚后我们共同经营诊所，过安稳的日子。”敏之笑着说：“这我知道，我们大家谁不希望过安稳太平的日子，可是，外国势力不断入侵，连年的军阀混战，我们谁都不能过安稳的生活。”荷花说：“那是国家的事，国家的事自有人管。”敏之说：“所以我们要奋斗，要改变这种不公平，让多数穷苦老百姓像人一样地活出尊严来。”荷花深情地看着敏之就不再说了。荷花和张萍之在回天水老家之后的第五天坐上了回兰州的车。

李信回到兰州与梨花见面之后，就在天水朋友说好的一个绸缎庄、一个茶叶庄上安顿了王武和张茂。作为给朋友帮忙，李信还是很守信的。见到梨花之后，梨花就问起敏之的事情，李信就一五一十地把整个过程讲述了一遍，梨花听得胆战心惊，就说：“这个张敏之从事什么活动，还秘密地印刷东西。”李信说：“这我哪里知道，这次要不是我们前去，明晖、玉春、明生都不认识敏之，那事情还真的不好办，荷花找的这个男人有些让人不放心呀！”梨花看见李信就有说不完的话语，新婚又加小别，梨花对李信的要求很高。李信在兰州休息了三天，花了一天的时间陪梨花买了一些东西，顺带给荷花也买了一身衣服，拜会了张槟张参议员，问了问房子的消息。张槟打发小黄领着李信、梨花到南关去看了一下房子，他们两个非常满意。李信见少奶奶人很干脆，就以两百三十块银元成交，当即就交了三十银元定金。让少奶奶再不要给别人了。少奶奶很高兴，小黄也很高兴。

梨花把整个院子的所有房子都转了一遍，说：“这院房子很好，临街可以开铺面，打招牌。”又给少奶奶女佣留了两间耳房，让暂时把房子看着，自己有时间就过来准备东西。李信第三天仍然骑马赶回靖远。到靖远之后，才知道自己离开这二十多天这里发生了很多事。首先是范家姑奶奶得了重病，表兄禹勤从外地回来忙里忙外地照顾，大哥李泉也忙前忙后地照顾，大嫂张梅一直在家里做饭，照顾一家大小人口的三顿饭，施棋有时也给大嫂帮忙。

李信回来之后的第二天，就抽空带了一些礼品去看望了姑奶奶，躺在炕上的姑奶奶看见李信来了，虽然没有说话，但还是努力地张了张嘴，想说却没有说出来，禹勤表兄赶紧招呼，表嫂正在院子里洗衣服，也连忙进来给李信沏茶。李信看到表兄禹勤一脸的憔悴，因为家里有病人，李信没有多坐就出来了。在门口碰见大哥，就和大哥以及禹勤表兄商量怎么办后事。禹勤说：“我们范家在这里的人不多，只有一家亲房，还远在河那边，一切都不很方便。一切事情都还要仰仗你们。”李信连忙说：“表兄您放心，能帮忙的我们尽力就行了。”

雨梃今年初中就要毕业，大哥准备让他到兰州上中学，李信就说自己在兰州看了一院房子，到后半年雨梃到兰州就可以住在那里。大哥问：“你在兰州买房子准备干什么？”李信就把梨花毕业后准备在兰州开诊所的事说了一遍，大嫂张梅高兴地说：“真好，真有出息，以后我们也可以到兰州去了。”大哥笑着说：“你看你嫂子的这点出息。”

李信又问大哥学校的事情，李泉说：“一切还算顺利，老师们都还努力，学生娃娃对学习的内容很感兴趣，那个白承文真是聪明，将来能成为一个人才。”李信说：“那个娃娃在咱们家里的时候，我就感觉到这个娃娃不得了，因为在家里就能说得很，天文地理历史，特别是有些文章，能背得很。”李泉说：“这个娃娃在学校里很有人缘，也很有思想，做事有条理，思维严密，善于逻辑推理，口才很好，有些先生也辩不过他。”

大嫂说："你们两个只说各自的事，那天家里捎来信说，如菊吃了梨花带来的药，病好多了，爹前几天来看姑奶奶后，就和四爸坐着喝了一个下午的茶，精神不是很好。只是看见雨轩和雨梅进来时，两个人才高兴了一阵子。我这几天一直忙着给范家姑奶奶家里帮忙，和桂花、施棋见面的机会也少了。不行今天晚上你把桂花和兴贵，施棋和老六都叫过来，我们把桂花一家回请一下，信儿你说咋样？"李信说："我这一次去兰州、天水，可以说是一路上担惊受怕，还真想和几位哥哥嫂子说说话，另外我们这次到兰州买房子，开诊所的事我还想征求大家的意见呢。"几个人正说着，雨梃放学回来了。张梅就说："雨梃，你赶紧去把你四爷四奶叫一下，还有你四妈和你新四爸，你六爸和你新六妈，都叫一下，就说过来吃晚饭。"雨梃高兴地说："我们家今天要招呼亲戚。"张梅笑着说："就是，赶紧去叫人去。"

一会儿工夫，雨梃就回来了，然后就回到屋子里看书去了。李泉笑着问："雨梃，让你请的人都请到了吗？你尕爸在这里坐着，你也要过来打个招呼。"雨梃抱着一本书出来站到门口说："该请的人我都请到了，我尕爸我前面已经问好了，你说是不是，尕爸？"李信笑着应承说："前面已经问候了，前面已经问候了。"

春末夏初的靖远城里，桃树杏花刚刚开过，梨树也正准备一树的花骨朵，桃杏满枝头都是密密麻麻的麦粒大小的青果，看上去非常舒服，有些低处的枝头上还挂着粉嫩的花朵，绿色的海洋里点缀着一点粉嫩的枝条，煞是好看。李泉院子里的杏树正在开花，一树的娇艳，中间夹着一些细小的嫩绿，随着清风不时坠落一星半点的花瓣，李信看着一树的杏花，又想起了远在兰州的梨花，内心涌起一阵无可名状的惆怅，好在大嫂一直和他们哥俩说话，整个院子里并不冷清。天快黑的时候，四老爷领着雨梅先来了，李泉、李信连忙起来迎身打招呼，四老爷很高兴地说："好一阵子没有来了，也没有见到雨梃、雨轩，你们一家都好吧。"李泉笑着说："四爸，你看你说的，我准备今年下半年让雨轩、雨梃到兰州去上中学，以后雨梅姊妹几个要是到兰州去，我和李信都可以帮忙。"几个人正说着，李怀施棋来了，桂花兴贵来了，大嫂张梅笑吟吟地说："今天趁着李信兄弟在，我们请大家来坐坐，你们怎么把娃娃没有领啊。"几个人一起说："娃娃们饭吃罢都耍去了，我们大人们坐坐就行。"李泉说："你们都没说实话，给你们说的时候是大家一起吃饭，把娃娃都领上。"李怀和兴贵笑着不说一句话。施棋和桂花笑着说："你们几个先说话，我们帮大嫂做饭。"一进厨房门，施棋就悄悄地给大嫂说："我们大哥一向满脸的严肃，孩子们一听要见大大，都不敢来呀。"

李信就说："今天我大哥把大家请来还有一件事，就是我想在兰州买一院房子，我和梨花到兰州开诊所，你们看看可以吗？"四老爷说："这是好事，我们李家不但在靖远把生意做好，我们还要把生意做到兰州，这是一个好想法，只是要好多本钱。”李信连忙解释说：“到兰州买房子是要开诊所，和做生意有些不同。”四老爷点点头说：“原来是这样，一样的，和做生意是一样的。”兴贵和李怀也点头说：“那道理上是一样的，都是做生意。我们是开铺子买卖东西，你们开诊所是给人看病嘛。”李怀说：“我看可以，以后我们到兰州去，也有个落脚的地方了。”李泉犹豫地说：“四爸您老人家说的很对，李信的这个想法我也赞成，只是李信走了之后家里怎么办，我们弟兄几个都跑到外面去了，家里的老人和田地，还有这几处的生意怎么办？”李怀接着说：“家里的老爷和田地有三妈和如菊照顾，城里的生意需要进货就直接到兰州去进，兴贵、宝祥、刘文都可以照顾买卖。况且兄弟到兰州隔一段时间还是要回来的嘛。”李信说：“那是一定的，那是一定的。”四老爷说：“今年开春以来，车马店的生意还算可以。只是刘文的母亲去世，我打发店里的伙计给帮忙，把生意耽误不少。那个时候，我和你们四妈常常照顾不过来，还是桂花、兴贵一直过来帮忙。”说起兴贵，四老爷就高兴得无话不说，一直称赞：“兴贵是个好心的人，把几个娃娃照顾得很好，几个娃娃有这样的后爸是他们的福分，我们都老了，将来还是娃娃的世事。”兴贵连忙说：“爸您看您老说的，我是真心喜欢桂花和几个娃娃的，这我还要努力，我一定要让我们一家人过上更好的日子。”听见兴贵的豪言壮语，桂花端菜出来时笑着说：“你们听他在这里胡侃，日子是要一天一天地过。”大嫂也端着菜出来，听见兴贵、桂花的说话，就笑着说：“你们看你们说的，这样般配的婚姻，这样般配的两口子，这样好的人，到哪里去找，桂花啊，你就享你的福去吧，还说什么呢。”说着就把桌子摆好凉面端了上来。雨轩、雨梃帮着把吃饭的凳子摆好，李泉、李信就招呼大家坐下吃饭。在人们的意识中，前娘后老子，那是一点说头都没有的，娃娃不会受罪。害怕就害怕前老子后娘，后娘虐待娃娃的事还一下子举出不少。远的不说，就说张梅现在的邻居邢家吧，后娘把几个娃娃作践得让人看不下去，男人有时不知道，有时知道了也缠不过不讲道理的那个泼妇老婆，家里常常因为孩子的事闹得不可开交，特别是前娘的娃娃和后娘自己生的孩子，区别太大了。所以四老爷一家人都很赞赏兴贵。

饭就是家常的凉面，菜就是时下的新菜，四凉是素菜，四热荤菜，一个拌饭的汁子，面是手擀的长面，黄澄澄地散发着麦香，韭菜炒鸡蛋，新葱炒腊肉，刚出锅的卤肉和卤鸡，给卤肉还要配一个醋酱蒜泥汁，凉菜分别是凉拌小白菜，水萝卜，一碟腌韭菜腌辣椒酱茄莲腌茄子的拼盘，一碟白白亮亮的腌白菜。光是这几道菜，经过几个女人的巧手调制，既精致又好看，每一盘的碟子边沿以及外面都干干净净，每一碟的菜都攒得很集中，盛饭的碗筷更是干净光亮，这一切都让人感到格外舒心。

说实在的，我们有时到外面吃饭，干干净净精致秀美的陈设，这本身就显示了这一家女主人的品位。好的品位是一种美的享受，更不要说那精美的菜肴了。真感谢我们的老祖宗发明的这个词“秀色可餐”。今天的这一桌子饭菜就可以称作“秀色可餐”了。因为品尝是一种享受，欣赏更是一种享受。

大家一致对李信到兰州买院子开诊所表示赞同。第二天下午，李信才从城里带着一些东西赶车回李家塬。如菊自从吃了李信从兰州带来的药之后，病情有所缓解。但是人还是不精神，三太太王锦艺特别关照，经常和翠琴为如菊熬药带孩子，大太太和二太太也对身边这唯一的儿媳格外关注。二太太和维贤对雨环更是喜爱有加。在家里人都忙的时候，李莲就帮助如菊带雨芬和雨环。每天放学回来，李莲就带这两个孩子，常常是抱一个领一个。这天李莲正抱着雨环领着雨芬在后院翠琴家里玩耍，刘孝仪一家也正在家里，刘孝仪的老婆吴氏看见李莲抱着雨环在一边玩，就过来招呼李莲、雨芬到屋子里喝水，吃东西，给雨环整了整衣服，抱着雨环到屋子里去。吴氏问雨芬：“你妈的病好些了吗？今儿天你妈在干啥?”雨芬说：“我妈今早起来熬了些药，吃完药后就和我尕奶忙着呢，我放学回来之后就看见我妈在炕上睡着呢。”吴氏又问：“你爸回来了吗?”雨芬回答说：“听我爷爷说，我爸到城里有些事，快回来了。”

天快黑的时候，李莲带着雨芬抱着雨环回来了，如菊看着自己的一对儿女跟着小姑，就连忙带过来准备一家人吃饭。维贤和大太太二太太在上房里也准备好了，万信和翠琴来来往往地端菜饭。维贤高声喊着李莲把雨芬和雨环带过来吃饭，三太太出来把雨环抱了进去，如菊也就一起进去了。大太太关心地问：“如菊，你最近感觉怎么样，病好些了吗，家里的活能干就干些，干不了就不要干，两个娃娃我们大家给你帮着带。”如菊说：“不用了，大妈，我这一段时间感觉还好，没有什么，吃了万信从兰州带来的药之后，我感觉好多了。”李莲插嘴说：“今儿早上我上厕所，我尕嫂子刚从厕所里出来，我就看见尕嫂子上厕所时新流了很多血。”二太太连忙问：“如菊现在还流吗，这可怎么办?”如菊笑着说：“没有什么，现在我们不说这个，吃完饭我们再说。”三太太连忙附声说：“就是就是，现在吃饭，吃完饭我们再说。”维贤关切地注视着如菊说：“有病不能抗，有病就赶紧治，你们还年轻，一定要把病治好，李信回来之后就把你领去看病，不要把病耽误了，家里的事你们先不要考虑。”

一家人吃完饭之后，只见李信才匆匆地赶着一辆马车回来，车上拉着一些农具和肉食，还有给娃娃买的小吃。大家见李信来了，都纷纷出门迎接，只听父亲维贤高声地问：“今儿天怎么来得这么晚?”雨芬和李莲连蹦带跳地出来看着从车上往下卸东西，三太太连忙问：“吃饭了没有?”李信说：“还没有呢。”如菊见李信回来了，激动得连忙从上房赶到厨房里为李信准备吃的，翠琴也忙收拾刚刚吃过饭的桌子。大太太、二太太笑着问："路上还好吗，这一趟生意怎么样，事情都办妥了吗，一路上累不累？"万信和李郴帮着李信从车上卸东西，刘孝仪也转过来先向老东家打了声招呼，就和几个年轻人往屋里抬东西。李信把在城里给孩子买的吃食从袋子里拿出来放到上房里，由维贤给几个孩子分，几个孩子欢呼雀跃地围着维贤。

一会儿工夫，两盘小菜，两碗旗花面就端了上来。李信洗了洗手，连忙从如菊手里接过筷子，有滋有味地吃了起来。如菊专注地看着自己的男人有滋有味地吃饭，那也是一种幸福。李家塬家家户户的晚饭一般都是旗花面，有时逢年过节也吃凉面或臊子面，但机会不多。乡下人习惯于简单实诚，一家人劳累了一天，赶黑回来，女人还要在厨房里为一家人准备饭食，由于经济条件所限，只有夏天才能吃上几顿可口的新鲜的蔬菜，平时都没有新鲜蔬菜。当然维贤老爷家比起一般人家就好多了。

看着李信美滋滋地吃完饭，如菊就要收拾碗筷，翠琴连忙过来说："嫂子，你缓着，我来收拾。"雨环雨芬一人拿着四个枣子两个核桃，蹦蹦跳跳地围着李信，李信看着自己的一对儿女，欣喜地拉住他们的手，一边一个地抱了起来。刚刚一岁多的雨环被李信胡子拉碴的嘴亲了一口就哭了，如菊连忙接过来哄孩子，并笑着对李信说："你看你，一下就把孩子给惹哭了。"如菊抱着雨环边摇边哄到一边去了。维贤看见李信吃完了饭，仔细端详了一下李信，就说："今儿天从城里来，在城里住了几天，把你范家姑奶看了没有？"李信连忙回答说："我今儿午间才从城里走开，一路还算顺当，我在城里住了三天，我大哥的学校办得很好，你的那个外重孙白承文是个少有的人才，很有出息。城里的其他亲戚都好着呢，我回到城里的那天就去看我范家姑奶了，我看我范家姑奶病得不轻，我表兄一个人连轴转，我还和我大哥过去帮着替换一下，我大嫂子、施棋、桂花几个人轮流过去帮忙。"李信边说边逗着雨芬，雨芬从怀里溜了下来，李信拉着雨芬的手，雨芬就乖巧地站在李信的旁边。几个太太不时插嘴问问李信一路的见闻，当听说明生在明晖的部队已经带兵了，刘孝仪激动地从椅子上站了起来，搓着手不知说什么好。维贤说："明生是个好苗子，这一点我没有看错。"李信又悄悄地说："玉春也确实逃到了明晖的部队上，也干得不错，两个人半年工夫都升职而且带兵了。"一家人都啧啧不已。

看着如菊忧郁地抱着雨环，边哄边摇，二太太就说："如菊呀，你把雨环抱过去哄着睡去吧！"看着妈妈抱着雨环要回耳房去，雨芬也嚷嚷着要去。大太太就说："信儿，你也出去好长时间了，今儿天黑来也不早了，你把雨芬也领过去缓去，我们在上房里再坐会儿，也就收拾地睡了，有什么事我们明天再说。"李信就说："爸妈，我这一段时间也没有缓好，那我就过去了，你们也早点缓（休息）。”如菊和李信抱着雨环、雨芬就回到耳房收拾睡觉，雨芬很懂事，一进屋就到炕上铺炕，如菊抱着雨环也上炕收拾，安顿好两个娃娃之后，李信看着如菊说：“你这一段时间怎么样，我看你又瘦了。”雨芬眼睛睁着说：“妈妈天天都吃药，还是不见好，听我小姑说，妈妈天天都流血。”如菊说：“雨芬乖，大人说话小孩子不要多插嘴，你赶快睡觉。”雨芬说：“好吧。”于是就主动地闭上了眼睛，果然一会儿就睡着了。看着两个熟睡的孩子，李信主动地把如菊抱在怀里，如菊说：“我现在这个样子，该怎么办，按理说，你出去这么长时间了，回到家里，我应该尽为人妻的职责，可是我现在……”李信说：“不要紧，我们说会儿话再睡觉。”如菊说：“为人妻不能很好地让男人睡，那怎么能行。不管怎么样，今儿天晚上你必须睡，不然我心里难受……”

李信说：“有病就算了，等病好了我们再说，现在一不小心弄出个麻达来，到时后悔都来不及。”说着两个人就上炕睡了。如菊依偎在李信的怀里，手一会儿摸着李信的下巴，一会儿摸着李信的下身，触摸着李信粗壮有力的下身，如菊不依不饶地说：“我不要你难受，你想怎样都行。”李信说：“那你就转过身，我从后面进入就行了。”只见如菊乖巧地趴在褥子上，李信就给如菊的肚子上垫了一个枕头，如菊的屁股高高的翘起，李信就慢慢地从后面进入了，进入之后就问如菊：“有没有感觉？”如菊说：“我很满意，感觉很好，你用劲插入吧，我的男人怎么样我都愿意。”小两口就这样一晚上做了两次，然后很愉快地睡了。

第二天一大早，李信、如菊起来了，叫醒雨芬和雨环，就把雨环抱到二太太的屋子里，二太太就在屋子里哄着孩子，李莲起来之后就急匆匆地上学去了。李信在上房里和父亲说话。父亲维贤说：“今年我们所有的地都种上了，水地旱地的苗出得都很全，只要能保全苗，接上春末的雨，夏粮没有问题。顺强在沟口的坝建好后，就趁春闲的时间在坝子的内外都栽上了树，坝子里面没有开荒，坝子外面开了有五亩的荒地，并且收拾整理好就准备种旱庄稼。顺强的事你就再不要说啥了。原来这个沟口没有名字，顺强就给起成张家沟口。”李信回答说：“顺强的事我不说什么，村子里有没有别人说什么呀？”维贤又说：“没有听到什么话。”

李信就说：“今天早上我出去转转，看看地里的苗情，是不是该薅地了。”维贤说：“那你就出去转转吧，”说完就看着雨芬认字临帖。李信很快地就来到顺强开荒的那块地里，看着平得整整齐齐的地亩，李信很吃惊，我们一直都没有感觉到，只是把它当作一块荒地，没想到顺强这么有眼光。再看看沟口的那一条坝，用石头砌得整整齐齐，下大上小，既美观又实用，让李信从心里很佩服。正转着，只见远处来了几个人，都拿着工具，只听顺强远远地就喊："少东家，您啥时候回来的？看看我的这整个工程。"李信赶紧应声说："我昨儿天回来，出来看看庄稼。顺便到你这里看看，真是不错。"顺强连忙笑着说："看少东家说的，去年我就瞄上这块地啦，开出来还不费劲，我估计我的这几亩地今年就有收成，明年我就要给沟里面再种些树，以保护我的这些地亩。"李信笑着说："咱们是亲戚，没有什么说的，你占沟口这些地方，别人没有什么感觉，如果你开得面积太大，恐怕就有人出来和你过不去了，我看你还是慢慢地做吧！"顺强点点头说："是是……"

先不说别人，就李信自己也有些不自在，心里想着，我们在这个地方来来去去地跑了不知多少趟，怎么就没有想到开荒种地呢，回过头又一想，嗨，我哪能顾得上这些荒地，就连自家的水地、沙地、果园、城里的生意，哪一头不是我忙里忙外呀，眼光嘛就是欠一点，顺强的行为倒给我一个启示，庄子周围的好些荒地都有开发利用的可能。李信边走边思索，一路就回到了村子里，路上遇见了魏家老五，打了个招呼，李家田娃领着婆娘娃娃回娘家去，说是娘家妈病逝了，他们一家子赶回去奔丧。遇见李相和李槟赶着牲口出去收拾沙地，准备种棉花。李槟问李信："最近你不在庄子上，庄子上的一些事你恐怕还不知道吧。"李信忙问："什么事？"李槟就说："张家顺强拦坝开荒还雇了一些人给帮工，他尕妈的病怎么样，那天我看见脸色不好得很。二爸今年头发都白了，你今年的地能种过来吗？上次进货时有铧吗，下次给我带几个。"李信赶紧回答说："有些还不清楚，我们娃他妈就是不行，我准备着领出去给看看，城里不行就上兰州，总之一定要把病看好。"李相关心地说："尕哥你一定要把尕嫂子的病给看看，啥都能耽误，就是这病不能耽误啊。"李信又对李槟说："槟哥，你要尽快地把李郴的事给办了，最近不是很忙，我看咱们看个日子把韩三女子娶过来。"李槟叹了口气说："就是家里有些紧张，没有多余的东西啊。"李信接着就说："晚上我过来转转，看看缺些什么，该办的就要快快地办，不要往后推。"李槟说："这个道理我们也知道，但是谋事在人，成事在天呀。"李信笑着说："好了，你们赶紧往地里走吧，我也还要到别处看看。"

李信沿着庄子上的土路又到别处去看了看，吃早饭的时候就回来了。早饭是李家塬特有的黄米糁饭，酸菜粉条炖肉，新葱炒腊肉，韭菜炒鸡蛋，凉拌水萝卜。看着三太太和如菊在厨房里忙前忙后，饭端好了也不过来吃，李信就说："三妈你们也过来吃，一会儿菜凉了，不好吃。"三太太在厨房里答应着说："就来了，就来了。你们先吃，我们忙完之后就来。"两个人给翠琴、翠红交代之后才过来，一家人就在上房里吃饭。翠琴、翠红在一边看着加饭添菜，万信和其他从地里回来的人在西面厨房旁边的耳房里吃。饭菜当然是不一样的。

吃完饭，李信就对维贤说：“爸，我看雨芬妈脸色不好，这个病又这么长时间了，我想把她领到城里看看。”维贤说：“你们去吧，如果城里不行，就到兰州去，总之不能把病耽误了。”李信接着说：“梨花今年就毕业了，想在兰州开诊所，我们看了一套院子，不知行不行呀爸?”一家人一下子都不出声了。父亲维贤什么也没有说就离开桌子，头也不回地走了出去。大太太、二太太、三太太都吃惊地看着如菊，李信知道这个话说的不是时候。看着众人如此强烈的反应，他知道自己现在什么都不能说了。如菊当时就哭了起来。三个太太就赶紧劝着说：“不要哭了，不要哭了，唉，这件事让我们说什么呀!”

李信说：“你不要哭了，家里的事我们还要商量，再说只是看好了那院子，再说……”看着众人用异样的眼神注视自己，李信什么也不说了，抬腿就走出去。李信一出去就和院子里的几个长工下地去了，现在小麦刚到薅一遍草的时候，几个人背着背兜，拿着铲子给陈家摆的麦地里除草去了。维贤出去转了一阵，就到三老爷家里去了。结果李相到地里去了，三太太和刘明钰、高世英吃完饭也薅地去了，家里是三老爷看雨晟雨榕写字，雨晟、雨榕的毛笔字写得很不错，一张一张地在桌子上放着。维贤进去之后，三老爷连忙让座，然后就砌了一杯热茶。维贤看见两个娃娃的毛笔字，很是受看，就仔细端详了一会，又看了看娃娃临的颜帖，对两个娃娃热情地赞扬了一下，两个侄孙子就高兴地玩去了。三老爷陪维贤一起来到上房坐下，维贤就止不住唉声叹气，老三很惊讶，从没有见二哥这样过，就连忙问：“出了什么事，让二哥这样不安?”

维贤伤心地说：“我一辈子生有三儿两女，大女儿嫁到白家，前不久走了。小女儿还小，三个儿子，一个在西安，一个在城里，家里只有信儿一个可以依靠，结果现在李信也要到兰州买院子做生意，我们将来怎么办，家里的大小人口以及我们置办的田产怎么办。这个李信也真不知是怎么想的。”三老爷听着听着就明白是怎么回事了。

等着维贤断断续续地诉说完，三老爷才感慨地说：“二哥，还是要想开点，孩子大了，有时候由不了爹娘。再说现在世道变了，女子念书了，就会生出很多的麻烦。你们家里的梨花在兰州念完书之后，肯定是不回我们靖远或者李家塬，这样就生出事来了。我们家的李怀娶了二婆子，李念却与媳妇子很不和。我是一点办法也没有。哥，要看开想开一些，事情到这个地步了，再阻止恐怕事与愿违。”转脸对一边玩耍的雨晟说：“雨晟叫一下你奶奶，就说你二爷过来了，让她们早点过来做吃的。”

两个人一边诉说着各自的心事，一边喝着茶。二哥说：“梨花上学今年就毕业了，学的是妇儿科，想在兰州开诊所，李信这一次到兰州进货，就看了一院房子，想买下，我估计已经把事情办得差不多了。”三老爷说：“二哥，这件事不是坏事，是件极好的事情，你听我给你说，李信在兰州买房子，开诊所，我们的生意就做到了兰州，我们店里的货可以直接往兰州发，需要进什么货也可以早早通知他，让他早早地联络，再说，我们到兰州进货看病也就有了去处，总之这件事不是坏事，倒是件好事，二哥你认为呢？”三老爷的一番话说得维贤转悲为喜了，边喝茶边说了些其他的事。维贤说：“李信的媳妇子有病，就让李信带到兰州去看病，等病好之后再回来。”三老爷说：“这样更好，这样更好。”没等到三太太赶回来做晌午，维贤就溜达着出来了。

路过一个果园子，正逢梨树开花的季节。高高大大的梨树，竞相绽放出一树的白花，抬眼望去，园子里一片粉白，新发出的绿叶几乎都被花遮盖了。只有驻足树底，从下往上看，才在近处看得见鲜嫩的新叶在花团锦簇中羞涩地努力长着，小小的嫩叶绿中泛着暗红。满树的梨花散发着淡淡的清香，嫩绿的新叶夹杂在众花之中，若隐若现。维贤看着眼前一群群蜜蜂忙碌地飞来飞去，大小梨树都似乎努力地绽放出幸福的花蕊，好似看到了缀满枝头的秋果，顿时心动起来，扯起嗓子吼了几句，“包龙图打坐在开封府，尊一声驸马爷细听端详，曾记得端午日朝贺天子，我与你在朝房曾把话提，说起了招赘事你神色不定……”这一吼不要紧，立刻引来了园子里除草放蜂的几个人的关注。

首先是放蜂的张振军，看见是维贤来了，就笑嘻嘻地迎了上来，高兴地说：“李家爸，你老人家过来了，今天心情好啊？”维贤也笑着问：“你在这里放蜂呀，今年的情况怎么样？”张振军笑着说：“李家爸，你真是有福之人不在忙，你看您老人家今天一来，我今天刚割的蜜，正儿八经的梨花蜜，你过来闻闻，香得很，顺便带上一罐。”维贤过去一闻，果然香气四溢，初次割的蜜真是芬芳四溢，沁人心脾。维贤连连说：“真是好蜜。”张振军从蜜桶里舀了一瓦罐，上面用一张纸一盖，纸立马就沾在罐沿上了。维贤提着一罐香蜜，乐颠颠地回家了。维贤回到家里就看见几个女人正准备着蒸馍馍，给下地的人准备晌午饭。大太太问：“你到哪里去了，手里提的是什么？”维贤回答说：“我路过果园子，张家振军正在那里放蜂，给咱家割了一罐新蜜，今天刚好，你们把蜂蜜沸上一些，今天晌午我们就吃热油饼蘸蜂蜜。”众人看着维贤神情的巨大变化，都不知发生了什么。早晨埋在每个人心里的不快多少有些消散了。

维贤的反常举动让一家人心里都惴惴的，好在女人们每天晌午都要蒸馍馍，二太太就赶紧让三太太告诉厨房，今儿天中午不蒸馍馍了，全部捞成油饼，给家里的人把蜂蜜沸一些，老爷今天高兴了。翠琴和翠红帮助吴氏、如菊准备炸油饼。在上房里，大太太小心地问：“你今儿天怎么了，早上信儿刚说了一句，你就气呼呼地走了，一家人都很担心，没想到你回来就这样高兴，这是怎么啦？”维贤就把今天早上的经历给大太太、

二太太说了一下，并告诉她们自己已经想通了，孩子大了，就该有个更好的去处，不一定要待在身边，李信的想法我们应该支持。你们说是不是？两位太太一听维贤这么一说，就都高兴起来了。

恰好这时李信也从地里回来了，一进门就说："今儿天怎么了，我闻到好像中午要吃热油饼，这太好了，我们也有好一阵子没有吃油饼了。我也特馋咱们自己家里的热油饼。"说着李信就坐在几个帮工的桌子旁边，准备吃晌午。大太太一看李信有意不和家里人正面冲突，想躲在一边。就赶紧教万信去把信儿叫到上房里来了，李信小心翼翼地来到了上房。刚坐下就听维贤问："你到地里去薅地，庄稼情况怎么样，地里的草一定要在头茬子除干净，不然后面就不好收拾了。又指着桌子上的蜂蜜碟子说："最近你一直没有在家里，先尝尝振军今天刚刚割的新蜜，尝尝，很香的。"李信说："大家一起吃吧。"大太太和二太太就说："你到地里去了，饿得快，你们先吃吧，我们等一会再说。"父子两个人就在桌子上闷头吃油饼，维贤吃了一个，就说"吃好了"，然后就看着李信一个人在那里吃，热油饼蘸蜂蜜，那个香。李信一口气就吃了三个热油饼，然后就抬头看看父母亲，说："我有什么不对吗，今儿天你们怎么了？都一直看着我吃，你们却不吃。"

二太太笑着说："你爸经你三爸的劝说想通了，他同意你的主张了，我们也不反对你把生意做到兰州，你看怎么样。本来是一件大事，就这样顺利地结束了，你心里不高兴吗？况且你爸今天路过果树园子，振军给你爸一罐刚割的蜜，咱们今儿天吃的就是。"李信激动地说："我就知道你们会同意的。另外李郴的婚事我们支持一下，我五爸的情况很紧，过事情好像有些吃力。"维贤就问："啥时候办事情？"李信说："好像还没有定下。我给我七哥说了，今儿天晚上我过去一下，和他们谈谈，看看他们把事情准备得怎么样了。"维贤就说："你就看着办吧，需要多少在你三妈那里拿上。"李信忙说："不用，我这里还有，够用。"维贤说："你的拿着做其他事吧，家里还能应付。"李信就不再说什么了。大太太说："如菊的病时间长了，你这次要领上给好好治治。"李信说："我准备先带到城里，如果城里不行，就带到兰州去看看。"

父亲就和气地对李信说："趁着这一段时间地里闲着，你过几天就去吧，家里地里我给看着，今年我们要把去年的那些西瓜籽瓜地换一下茬，有些地种大秋就行了。"父子两个很平和地谈论着。吃过晌午，李信到厨房看看如菊，就领着几个帮工又下地了。

维贤今儿天不准备出去了，就在家里看雨芬学写字，二太太抱着雨环在门口晒太阳，翠琴收拾完厨房里的活之后就到后院看自己的孩子，小女儿也一岁过了，一天由奶奶带着。刘孝仪一直给维贤家里帮工，现在天天都有活，明生走了之后，翠琴多少有些失落，话语比以前少多了。有时间就抱着孩子想心事。前天少东家回来时带来了明生的消息，自己听到后也格外高兴，只是想明生在部队给兵教武术，不知能教会多少人。一天不知累不累，有没有地里吃力，也不知在部队上吃的怎么样。听人家说当兵吃粮，当兵吃粮，部队的粮也不好吃呀，这么长时间了，也不给屋里捎个信儿，想着想着，就抱着女儿到前面院子里来，刚好碰上如菊抱着雨环出来，两个人就在院子里给孩子喂奶，孩子吃饱之后就迷迷糊糊地睡着了。两个年轻女人就说起了自己的心里话。如菊看着怀里的雨环就对翠琴说："你看我现在这个样子，我真怕这个娃娃没了妈，傻傻地儿唉。"翠琴笑着说："嫂子，你看你说的，这不好好的吗，说什么孩子没了妈。我们的女儿已经好长时间没有见他爸爸了，乖女儿，想爸爸吗？"惹得女儿傻傻地笑着。嫂子你说我们明生在队伍上吃力不，如果有女人看上他怎么办？"如菊笑着说："明生身体好武术好人又长得好，又是队伍上的队长，带着一二十人，不定还真有女人看上他，你说怎么办？""如菊姐，你怎么又问回来了，我刚才问你呢，你却问回来了。"说着两个女人都笑了。

下午家里没有什么事，苏家老汉过来问东家河滩里种瓜的事，还是和去年一样，西瓜香脆瓜都种上些，另外地埂上种上一些高粱糜子，其他的就不要种了，菜地要离瓜地远些。两个人又喧了一会闲话，苏家老汉就走了。临走维贤教拿了几个油饼，说是你早上喝茶时吃。苏家老汉感激得热泪纵横，连声说："感谢了老东家，感谢了老东家。"这个苏家老汉有两个儿子，老伴没有了，一年到头都给维贤看瓜菜园子，维贤每年都给不少贴补。送走苏家老汉之后，梨花爹转了过来，两亲家就在上房里喧了起来。

维贤就说起了李信、梨花到兰州买院子的事，张昭听了很吃惊，说："那需要多少钱呀？"维贤说："钱不是什么问题，如菊爸魏家亲家去年过年的时候给信儿一笔资助，就是这信儿一到兰州做生意，我们这个家就没有了顶事的人，我这一辈子有三个儿子，到头来一个也不在身边，你说怎么办？"张昭说："我也有五个孩子，两个姑娘不要说了，就三个儿子，两个远在西安，小的一个还远远地留洋去了，也不知什么时候才能回来，信儿只是到兰州去，那就近得很，想什么时候回来就什么时候回来，你愁啥呀，老大一家子都在城里，回来不是更容易嘛！"

张昭接着说："另外你知道不，冯家豆腐房里的尕栓后天要娶亲了，说好是后天就娶，冯家老汉又猛地不答应了，传说是张湾孙家的骨人不对（就是有狐臭），你说这让孙家的面子往哪里搁嘛！"维贤笑着说："我认为冯家老汉做得对，你想啊，孙家早就有说头，媳妇子女子都不是好好娶嫁的，多少年了，你忘了吗？"张昭说："曾经听说过，也没有当一回事。"维贤说："你一天在屋子里不出门下地，我们有时就碰上那些骨人不对的人，我一般还能忍受，但是有些人一下子就反应出来了，那一股子骚葱死蒜味明显得很。”

两个人说说笑笑地暄了一会儿，就到了做晚饭的时候。张家亲家要回去，维贤留着说:“你闲着呢，急什么，晚上吃完饭再回去。”张昭说:“不行呀，晚上还给几个人张罗饭呢，地里的人辛苦，给吃好些。”维贤就给大太太说：“把今儿天晌午的油饼子给张家亲家装上几个，把蜂蜜也给舀上一些，真正的梨花蜜，让大家都尝尝。”大太太二太太维贤几人把张家亲家送出来之后，三太太招呼如菊和翠琴准备做晚饭，如菊一直有病，多的时候只是帮一下忙，擀面条一般是二太太三太太在做，翠琴、吴氏和面揉面，如菊拣菜烧火，几个女人要给一大家子人做饭，还有几个帮工，每天都忙忙碌碌的。

天快黑的时候，李信等人从地里回来了，看着一帮子人背着给猪捡的菜，一个个土头土脸的，维贤就招呼说：“累了吧，赶紧放下歇一下，雨芬，跟爷爷给猪喂菜去。”维贤就抱起一个背兜，雨芬也提着一个篮子，里面装了一些从麦地里捡来的猪菜，爷孙两个高高兴兴地给猪添食去了。李信洗完脸，看着其他的人都收拾完毕后，就让翠琴万信摆桌子吃饭，一般都是两桌，家里人一桌，帮工们一桌。维贤在前面牲口圈里转了一圈，把猪草添上之后就回来了。雨芬高兴地蹦蹦跳跳笑个不停述说着几个小猪抢着吃菜的情形。

吃完饭之后，李信就到五老爷家里去了。李槟、李郴两个连忙招呼，李信向五爸五妈问了好，就坐下来和李郴说：“你今年也十九了吧，韩家磨房的三女子很不错，很能干。五爸你看郴儿这事，该到给办的时候了。”五老爷叹了口气说：“谁说不是时候呀，只是我们家里这几年情况不行，实在是没办法啊。”李信就说：“您看您说的，情况不行就说情况不行的话，事情还是要过嘛。”李槟赶紧接着说：“我们也一直想着把这事给办了，一家人就是感觉力量不够。”李信就慷慨地说：“我和二爸商量了一下，郴儿跟我时间也不短了，你们的这个事我帮着拿一些钱，连买东西抬礼到娶进门，二十银元够不够?”李郴不好意思地说：“尕哥，用不了那么多，用不了那么多。”李信想都没想地说：“郴儿兄弟，再不要推辞了，多放一些宽展些，你们把事情过。”李槟接着说：“那我明天就到苏家爸那里问一问，看看哪天合适，我们尽快地把事情办了。”李信又说：“事情办了之后，这个家可能就是你的了，李郴要到磨房里帮着看磨，再说韩家准备把磨房给三女子。”李郴说：“说是这么说的，韩家爸早就给我说过，他老人家就这么一个尕女子，出嫁的时候要多陪房些。倒是韩秀梅不要，常说，好男不吃百家饭，好女不穿嫁时衣。”李信笑着说：“人家姑娘说是这么说，你该准备的还是要准备些。”李郴接着回答说：“那是那是。”李信又转过头对二老说：“五爸五妈，我们雨芬他妈最近不太好，我想领到城里看看，如果不行，我还想上兰州给看看，李郴的婚礼很有可能参加不上。”五老爷及众人都说：“我们的事没有什么，你赶紧忙雨芬妈的病，看病那是大事，耽误不得。”

李信从五老爷家回来之后，就到上房和父亲母亲商量趁着春季农活不太忙，想出去给如菊看病。父亲维贤说：“你就看去吧，雨芬妈最近就是不太精神。”几位太太连忙对李信说：“信儿，媳妇的病很重要，一定要当一回事，一定要找好大夫给看，不要怕花钱，靖远城里不行就到兰州去，一定要看出个结果来。最近我们发现如菊的精神不是很好，你一定要当心呀。”三太太忙说：“我们一天老劝她，有时候特意逗一些乐子，我也发现如菊精神不好，唉，病久了，有时候就有些想法了。”李信听着大家伙的劝说，就知道如菊的病是有一些，但主要还是心病，与自己直接有关，当然与梨花也有很大关系。家里人又说了一些闲话。维贤问：“你五爸计划啥时候给李郴办事情?”李信回答说：“还没有计划，一家人只是叫唤紧张，没有力承办事，我给了二十银元，连办嫁妆带娶进来的费用都够了。”三太太连忙说：“信儿你给的有点多，按理说，他们娶媳妇子，多少应该准备一些，不能光靠大家的支援，再说，救急不救穷，穷根扎上了怎么救都跑不到前面去。”维贤见话说得有些邪乎，就说：“不要那么说了，什么穷根不穷根，往后有人时不要这么说，再说信儿已经给了，多少就这些。信儿，你过去跟如菊商量一下，看什么时候去，娃娃我们看就行了。”

李信领着雨芬回到耳房里，如菊正吃力地给雨环收拾睡觉。雨芬看见妈妈眼角有泪珠，就很懂事地帮妈妈擦了一下。如菊一下子就笑了：“我娃长大了，能看出来妈妈高兴不高兴。”李信就连忙帮着把雨芬抱到炕上，让雨芬在炕上和雨环玩耍。如菊就说：“你这次回来肯定有什么事要说，只是没有机会说出来罢了，现在就咱们两个，娃娃还不懂事，你直说无妨。”李信说：“确实再没有什么事，就是早上说的在兰州想买一院房子，既能住人又可以开诊所，梨花也就有干的了。我给咱们两头跑，家里地里靖远兰州，后半年雨轩、雨梃也要到兰州上学，李莲要到城里上，再说雨芬马上也要上学，我还想着直接带到兰州去上，咱们这里有些东西都落后得很。”如菊见丈夫如此说，也就不说什么了。李信说：“我还有这样的计划，自从生完雨环之后，你就一直有病，我们一直都没有很重视，我想趁现在略闲一些，把你带到城里好好看一下，城里不行我们就上兰州，到兰州让梨花找大夫给你看。”

如菊说：“现在这么忙，家里雇了这么多的人薅地种瓜种菜，一天两顿饭没人做了怎么办，二妈三妈以及其他的几个人忙不过来。”李信说：“你的病再不能拖了，家里的家务活那永远都做不完，病看好了我们再好好地做。”如菊说：“雨环这么大，我走了谁照顾呢?”李信说：“雨芬就让爸爸他们带着，雨环我们就抱上，孩子太小，留在家里不好照顾。”如菊说：“那也是。”

看着两个孩子都睡了，小两口说着也就准备睡觉，一夜是无尽的缠绵，如菊很强烈……

说着计划着早点到城里，可是李信出发却已经是六天以后了。李信如菊让万信赶着车往城里送。到城里后先到大哥家里，施棋和桂花早早地就过来了，针对如菊的情况，纷纷推荐县城里的好大夫。最后大嫂张梅决定到西关陈家老店里看中医。

第二天一大早如菊就在大嫂子的带领下来到了陈家老店，找到了坐堂的老中医陈老先生，老先生先把脉，后看舌头，然后才问得病的时间，具体的表现。如菊大略说了一下症状，主要是生完孩子下身流个不干，不像是女人的月信，老先生就让店里的一位老妇科大夫给诊断一下。老大夫一看就说：“有可能是生完孩子后接生的人没有处理好，也有可能是子宫里面长了东西。先到里面我们看看，能不能清宫，如果能，我们就做了，如果不能清，那就要慢慢地消炎，此外我们就再没有别的办法了。”说完就领着如菊进去了，张梅也跟着想进去，医生不让，张梅就在门口等着。一会儿工夫，老大夫就领着如菊出来了，给如菊开了一些消炎药。大嫂张梅赶紧问大夫怎么样，大夫摇摇头说：“我和陈老先生再商量一下吧。”好一阵子，老大夫就出来对张梅说：“子宫里有东西，不是一个，肯定不是怀孕，要么用中医消炎，要么就上兰州找另外的大夫。”

就在老大夫和张梅交代情况的时候，施棋和桂花也过来看来了，两个人一听这样，就知道病情不轻，只是如菊还不知道。当时李信没有在场，如菊从诊室里出来之后，大嫂已经把药给买好了，准备着用中药治。几个人就慢慢地往回走。施棋说：“咱们靖远就这么大的一点地方，大夫的水平肯定不如兰州，不如我们就直接走兰州，到兰州找医院里的专科大夫，听说兰州的西医很流行，一针就能解除病痛，就如菊现在这样，不要在靖远治了。现在兰州也有落脚的地方，梨花又是学医的，认识的人肯定要比我们多，也懂得该怎么做。”几句话把大嫂张梅说得只是点头，连声说：“这样更好，这样更好。”如菊笑着说：“我没有什么，这么长时间了，也不见有什么不好，何必要到兰州去，在靖远治治就行了。”桂花说：“如菊啊，我们一定要爱惜自己的身子，有病就要好好治，我们不怕花钱，你也不要怕花钱。”

几个女人叽叽咕咕地往回走，还没有到家，如菊已经流开了，大街上几个女人没有办法，路过张家宏的和顺点心铺子，桂花跟里面的女主人熟悉，就一路到后院的厕所里让如菊蹲厕所，这一蹲不要紧，只是把施棋和张梅吓坏了，两个人从没有见过这么流血的。如菊蹲了一会儿，感觉不怎么流了就慢慢地起来，里面衬上了准备好的棉花，桂花见几个人进去不出来，就连忙进来，只见如菊刚刚起身，厕所里的一滩血让桂花目瞪口呆。刚出张家点心铺子的门，施棋就说："如菊你这一次流这么多的血，是经常这样吗?"如菊说："以前不是这样，只是最近流的量有些多，次数也比以前多了。"张梅说："这样不行，这样会把人流坏的，我看靖远县城治不好，回去就叫信兄弟领着上兰州，顺便也让梨花学着和如菊好好相处一下。"

李信迎着找来的时候，如菊的脸色很不好，精神也不行，施棋在一旁扶着。李信说："我刚给家里买了些东西，就让万信赶着车回去了，你们看得怎么样?"几个人被刚才如菊的流血吓坏了，不知怎么回答，就说："回家吧，回到家里再说。"如菊笑着说："没有什么，看把大嫂紧张的。"远远地大哥李泉也过来了，一见这几个人，就问："你们看得怎么样，他尕妈的脸色不好。"张梅把李泉拉到一边说："现在不要问了，回到家里再说。"如菊走着走着，就走不动了，李信赶紧过来背上回了家。

回到大哥家里，几个人就把今天看病的情况给大家说了一下，特别把路上的情形给李信交代了一下。李信说："大嫂你们说怎么办，要上兰州，我就马上准备车。"桂花、施棋就说："依照靖远的中医水平，远没有兰州的好，再说兰州还有西医，据说是很先进的。"李泉听见大家这么说，也看到如菊情况不是很好，就说："老三啊，你不是在兰州刚定下房子吗，就让如菊到兰州看病吧，这样我们大家更放心一些，只是娃娃带上有些不方便。"李信说："不要紧，我有办法带。上次梨花就说要接如菊姐到兰州看看，我认为没有什么必要，因为当时如菊给我说的不要紧，现在看来是非去不行。我们准备一下，过两天就走。"快中午的时候，刘文过来看如菊嫂子，听大嫂说的情况，惊得刘文傻坐了半天，不知怎么安慰尕嫂子。恰好李信出去叫宝祥去拿些钱，铺子里流转的钱不多，刘文还没有表态，桂花就说："我那里还有一些现钱，你们拿着看病吧。"李信说："不用大家的钱，不行我回家里再取一些来。昨天我们出来的时候，我准备了一些，我估计够了，若要到兰州去，我还要多带一些，因为到兰州还要交院子的钱呢，那需要的多。"桂花、施棋就说："多少是个心意，信兄弟你就先拿着吧。"大嫂也给李信给了一百块银元。李信说："今儿天我骑马回去一趟，明儿天就返回来了，后天我们就走兰州。"众人见李信这样决定了，就再没有说什么，又回到屋子里看着如菊安静地躺在炕上。

当天下午，四老爷四太太两个人也专门过来看如菊。四太太一见如菊，就说："娃脸色不好得很，你这一段时间一定要多注意。"如菊笑着说："四妈，看您老说的，我不是好好的嘛，好着呢。"四老爷不好说什么，看了一下就和李泉到堂屋里去了。几个女人在屋子里照顾着如菊，和如菊说说家常。一个下午，如菊又流了两次，不过出血没有在路上的那次多。

当天晚上，兴贵就拿来了二百银元，施棋拿来了一百五十银元，四老爷叫刘文拿过来一百银元，李怀也过来了，和大哥李泉在堂屋里聊了聊如菊的病。论理说，如菊的这个病，也不是什么大病，但是耽搁的时间一长，就不好说了。

李信回去之后，就把大家的意见和准备去兰州治病的计划给爸妈说了一下，维贤说："赶紧看病，赶紧看病，不要有其他顾虑，明儿天就叫万信给魏家堡子的亲戚说一下，就说如菊要到兰州去看病，叫你丈人也知道一下。"李信说："本来我亲自去一趟。"维贤说："你就不要去了，让万信带着说一下就行，你还要看病人呢。"三太太问："今儿天在城里看病，大夫咋说的。"李信就把今早上大夫的话说了一遍，又把路上的情形说了一下，把几个太太都给惊了，没有想到如菊的病这么重。顺强在院子里听见李信又回来了，就赶忙进来问候，得知要到兰州治病，就说："一路上要有人照顾，我手头没有什么活，我陪着表兄表嫂去一趟吧。"李信说："这样更好，这样更好。本来我回来就是要找个帮手，一路上好有个帮衬，现在你这样说了，我们就这样定下，你回去准备一下，明儿早上我们就进城。"顺强说："行，那我就回去了，东家。"李信又对父亲说："另外我还想把我施棋嫂子叫上，一路上照顾如菊。"维贤说："你就叫上吧，现在还只有施棋去方便活络一些，其他人倒还不是很方便。""你赶紧准备去吧，以前如菊在的时候，我们还不怎么紧张，倒是现在我们都有些紧张，"三太太说。

第二天一大早，李信就骑马进城了，万信去了魏家堡子。维贤忧心忡忡，好一阵子，才缓过劲来。翠琴已经把早饭端上来了，大太太二太太三太太都看着维贤吃了少少的一点，然后就默默地吆喝着几个帮工下地去了。这天三太太也跟着下地了，刘孝仪等一直跟着维贤，不断地问东问西，以调整维贤不悦的心情。

刘孝仪说："老东家，您看我还要去学校吗？"维贤笑了笑说："你还是去吧，我们家李莲一直说，你武术教得很好，一帮孩子都很喜欢，我们家李莲的身体也比以前好多了，只是不要让孩子埋下仇恨的种子。"刘孝仪说："您看您老说的，我一直就教孩子们一些基本的东西，很是讲武德的。武德与做人相同，不敢马虎呀。"维贤说："我们村子的这些娃娃可是我们村子将来的希望啊！"刘孝仪连声说："是的是的。"三太太跟在后面说："我们家的李莲下半年就要去城里念书，今年我们地里的庄稼看起来很好，一定会是个好年景。您看这麦子长得多好。"维贤说："现在还看不出来，天爷的事谁也说不准，收到仓里才算呢。"

薅地是个辛苦活，每个人都要蹲着一点一点地用铲子把麦子地里的杂草除掉，边薅边往前挪。维贤不让用锄头，因为有些人用锄头常常会伤苗。放着维贤这边我们不说，单说李信和顺强带着治病的钱一路快马赶往城里。

平时多半天的路，他们一个早上就赶到了。

中午刚刚过去，李信和顺强就远远地望见县城了。顺强说：“少东家，我们赶得有些猛了，快到了，让马缓一缓，吃些青草吧！”李信说：“你看我只顾了赶路，把牲口给累出毛病了，好吧，我们在前面的树林子缓一缓。”李信心里有事，一路上基本没有说话，顺强也理解，就一路默默地跟着。两人缓了一阵子，就急匆匆地赶到了城里。如菊的情况比昨天略有好转，在大嫂的陪伴下很安静地在家休息。李信询问了如菊的情况，就关切地说：“我回去和爸妈商量了一下，爸妈都很赞成我们到兰州去治，再说我们也可以在兰州看看，顺便你也看看那里我们的院子。”大嫂也说：“你们决定了去兰州，那就去吧，我也认为这病是不能耽误的，昨天如菊的那个流法，谁不害怕。”李信说：“大嫂子你要照顾两个学生吃饭，还要去给范家表兄帮忙，所以我就想让我施棋嫂子陪我们一同去兰州，我和顺强一起照顾她们。”张梅一听就说：“论理我应该陪着去，不但陪着去一趟，还应该好好地照顾一阵子，可是家里正如信兄弟说的，几加几凑赶上了。”如菊赶紧说：“嫂子，你这么忙，家里又经常人来人往的，确实离不开呀。我看施棋嫂子也不要去了，你和顺强就行了，我好着呢，不用大家这么兴师动众地伺候。就几天嘛，一晃就到了。嫂子放心吧！”顺强也说：“东家，我们两个就行了，施棋表嫂就在家里照顾孩子吧。”大嫂张梅说：“施棋的孩子雨晴、雨莉可以到咱家来吃饭，每天放学回来的时候让雨轩带来就行，你六哥随处就吃了，可以不用管他。施棋一路照顾如菊更方便一些。”

几个人正讨论谁陪着去的事，施棋和桂花就来看如菊了。大嫂一见就笑着说：“说曹操曹操就到，我们正商量谁陪如菊到兰州去，你看你就来了。”施棋说：“你们都别说了，一定需要一个女人陪着照顾，你们两个大男人有时就是不方便。”李信笑着说：“嫂子说得很有道理。那么谁去呢？”施棋和桂花同时说：“当然是我了。”大嫂说：“桂花你还给孩子吃奶，不行不行。”施棋说：“就让雨晴、雨莉到大嫂家里吃饭，我陪着一起去，就这么定下。我也趁此机会看看兰州的父母。”于是众人再不说什么了。如菊说：“都是我的病，让嫂子受累了。”

贾忠派宝祥过来看看大家需要什么，顺带看看少奶奶好些了没有，自己则照看铺子的生意。一会儿工夫，四太太、刘文、白承文都来了，如菊看见一下子来了那么多的人，赶紧要从床上下来，大家伙立马拦住了，说：“你有病就好好地躺着，我们来看看，身体不好就要好好地缓着。”四太太坐在床边，拉着如菊的手说：“娃，有病就好好地看病，不要耽误了。”如菊笑着说：“看四妈说的，不要紧，我不要紧。”四太太说着说着就流泪了。大嫂张梅赶紧劝说："您看您，怎么说着说着就这样了，四妈，我们让如菊他们明天就往兰州去，到兰州有梨花、荷花、施棋他们，一定会把如菊的病给治好。"四太太笑着说："你们看我这是怎么了，真是老了，真是老了。"白承文一直在一旁看着听着，没有说一句话，自己作为小辈，过来看看尕舅奶，再说自己毕竟是一个学生，还什么都不懂。李泉回来后，首先看见白承文，就问："你今儿天下午没有上课吗?"白承文赶紧过去说："今儿天下午，我们班只有一节文体课，我向老师请了一阵假，就过来看我尕舅奶了。"

听了白承文的话，李泉严肃的脸上略微和气了一些，就说："到城里念书来，就不要让家里人操心，自己把书往好里念。念书、做人是一样的，都要认真细致，一丝不差，如果自己念书马马虎虎，那很不好。"白承文认真地听着舅爷的教导，关于念书，白承文一向是严肃认真的。白承文的成绩也是最好的。这里人来人往，都是听说如菊来了之后过来看如菊的。我们就不详细交代了，我们单说万信去魏家堡子的情况。

话说万信快天黑的时候才到魏家堡子，见到魏家老爷太太之后，就把这一段时间如菊的情况给老爷太太说了一下，并且说现在准备到城里或兰州去看，少爷领着看去了，我们东家叫我来告诉一下。如菊父亲明珍老爷就问："姑娘现在怎么样了，你看我们这一段时间忙着种庄稼，把如菊有病的事再没有关心，姑娘现在人在哪里?"万信赶紧给魏老爷回答说："今儿天我们少东家从李家塬回县城去了，就这一半天去兰州看病。"如菊妈关切地问："娃娃病得重不重，各家（自己）能走吗?"万信小心地回答说："各家能走，在家里多少还干活，一直帮我们几个太太搞家务呢。"如菊娘见万信汗流浃背的样子，就说："我娃肯定病得不轻，靖远城里没有人治好吗?"万信赶紧说："我们少东家新娶的二房奶奶就是念大夫书的，在兰州有很多大夫朋友，靖远只能用中药治，听我们少东家说，兰州现在出现了洋药，治病很有效，他想领着少奶奶到兰州用洋药治一下，当然这一阶段我们少奶奶一直吃中药。药有村上抓的，城里抓的，上次我还从兰州带来了六副药，我们少奶奶一直都吃药。"魏家人听说李家塬来人了，都连忙赶过来，看看究竟出了什么事，听了一会儿，才明白是如菊要看病的事。如源、如枋、如睢弟兄三个都在。吃完黑饭之后，万信准备第二天再回李家塬，当晚就在魏家的客房里住了下来，如源、如枋、如睢弟兄三个跟了过来，向万信详细询问了如菊的病情，几个人都感到情况不容乐观。但是想去县城已经是来不及了，就对万信说："现在情况就是这样了，我们也没有时间赶到县城看看，就叫你们少东家和少奶奶好好看病，我们很快就要往兰州送一趟货，到时候我们再看我们的妹子，只是你告诉我们你们少爷经常住的地方就行了，到时候我们一打听就知道了。"万信说："我们少东家常住的车马店是宋家昌隆车马店，常住的旅馆是马家客悦来旅馆。”几个兄弟听了之后，就说：“知道了，这些地方我们都清楚。”第二天一大早，万信就顺着原路往回走，魏家老爷给了一些吃喝，叫在路上吃，还给了一些路费。

李信第二天早上就套了一辆小马车，让如菊抱着雨环和施棋嫂子坐车，顺强赶车，自己则骑马跟在后面。马车走得很慢，一路上走走停停，如菊一开始还不错，精神很好，但由于路途遥远，加上身体不好，一路的颠簸，中间还遇了一场雨，如菊受了些凉。所以到第四天的时候，就不得不住店休息。晚上如菊发起了烧，一路上准备的药比较多，顺强施棋忙前忙后，熬药喂药，照顾吃住。但是，这如菊的病却不朝前来，把个李信急得没有办法。好在住到第三天的时候，如菊的烧退了，人略微地精神了一些，于是一行人又继续往兰州去。由于拉着病人，不能受颠簸，所以马车走了好长时间，一路如菊时好时坏。

时间已是春末夏初，各种新鲜蔬菜都下来了。这天如菊在路边看见有卖新鲜水萝卜的，就对施棋说：“嫂子，你看那个水萝卜多好啊，粉嘟嘟红艳艳的，人家怎么就种出这么好的菜了呢?”施棋说：“如菊啊，你现在不能吃这些，东西是好东西，可是咱们不能吃呀，等你病好了，嫂子给你做好吃的萝卜面。”如菊说：“我知道我不能吃这些生冷的东西，但是你们可以吃呀，我看着你们吃也很不错。”施棋说：“那怎么可以呢！我们吃着萝卜菜，你在一边看着，不行不行。”李信也悄悄地说：“我们都忍一忍吧，你不要为难嫂子。”如菊笑着说：“我只是想让你们吃一些嘛，我看着眼馋，说真的，我还真能忍住。”

几个人一共走了十一天，才到兰州。

这时正是民国二十二年的五月中旬。梨花荷花她们的考试也结束了。

南方和北方都打仗，连新疆青海也有人互相打，互有伤亡，一般的人始终搞不清楚究竟为什么打仗。

李信他们一路颠簸着来到兰州，兰州城里已经有了一些变化。有一些年轻学生模样的人鼓动着抗日。他们喊着口号，快步地走过一道道街巷。满大街的人都漠然地看着，特别是那些做买卖的人，只是埋头做自己的买卖，对年轻人的举动视而不见。

李信到兰州之后，就直接到南关新买的院子里来了。明秀一见李信回来了，就热情地迎了出来，先帮着施棋抱孩子，又把如菊扶进屋子，赶紧叫自己的女仆杏花给来的主人烧水，做饭。李信先洗一把脸，就说：“先不要忙，你在兰州的时间长，可能知道哪家诊所的妇科看得好，我女人的身体不太好，需要看妇科大夫。我出去找一下梨花她们，然后再定我们怎么办。”明秀说：“梨花前几天已经考完了试，昨天过来说要办什么手续，今天下午可能就回来了，你才来，先缓一下，说不定不用你去找，梨花自己就来了。”两个人正说着，只见梨花和荷花说说笑笑地走来了，两个人一见李信在门口和明秀说话，梨花高兴地叫了起来，跑进来抱住李信就亲了一口，然后才回头看见施棋也在客厅里坐着，连忙给施棋打了个招呼。李信说：“你如菊姐病重了。我们接到兰州来看病。”梨花赶紧随施棋进到里屋，看见如菊在床上睡着，脸色很不好。梨花小声地问：“如菊姐，你感觉怎么样，我上次给你带的药你吃了吗，效果怎样啊？”荷花也进来看如菊姐。如菊笑着说：“没有什么，你带去的药好得很，我吃上很有效果，只是那天在城里，让咱们城里的大夫看了一下，不知怎么回事，那天就流血流了很多，再没有什么。”梨花就说：“我们明天就到我们学校的门诊上看一下，然后我就去找我们妇科教员，让唐老师给你好好看一下，今天你就好好地缓着。”

施棋一见这姊妹两个，就有说不完的话，趁着梨花和如菊说话，就拉着荷花的手仔细地看，荷花不好意思地说：“嫂子，你看你，有什么话你就好好说嘛，这么看有什么看头。”施棋悄悄地说：“你如菊嫂子病得不轻，我们在靖远没有办法才来兰州的，看见你们一个个出落得大大方方，人模人样的，我真羡慕，特别是梨花，变得既有主见，又有办法，你们真能。”荷花说：“是知识的力量，是信念的力量，是爱的力量，是一切正义的力量帮助着我们，使我们能思考自己的事，集体的事，天下的事。”荷花的一席话使施棋如坠云雾，一切都是那么地新奇，那么地好听，只是自己怎么也弄不明白。

几个人正说着，见明秀和杏花到厨房里做饭了，施棋和梨花就过去帮忙，荷花陪着如菊在屋子里说话。李信到后院看着顺强给牲口喂草料。从靖远到兰州，马车极不好走，顺着驼队踏出的路颠簸着来，驾车的马给累坏了，另外两匹骑人的马倒还精神。李信说：“顺强，我看如菊一时半会也不能回去，你明后天就收拾着回去，马车就不往靖远赶了，放在这里我们使用，留下一匹好马，你骑一匹，牵一匹回去，有什么消息，我就捎信回去。”顺强对李信建议说：“回去的时候我不骑，我给咱们铺子进一些杂货带回去。”李信点点头说：“这一行当你清楚，你能进些货更好，就驮上一驮子，让两匹马换着驮。”顺强又说：“东家，那些小杂货很轻，看起来装得多得很，其实不重，两匹马就驮两驮子，我有办法。”李信笑着说：“那你明儿天就到集市上进货，我自己赶车送如菊。”顺强关切地说：“东家那你要注意，我就把那匹枣红儿马留下给你拉车，咱们家的这匹儿马已经调教好了，脾性你也清楚，脚程也好。东家，在兰州城里不要让马跑起来，那样一切都好。”李信回头看着顺强说：“你还知道的真多。”顺强说：“我以前在兰州待过一段时间，驾过马车。”

两个人在后院的牲口棚子里正说着，只见杏花匆匆地赶过来说：“东家，饭做好了，太太让我叫您吃饭。”李信和顺强来到了前院，洗了洗手。顺强就蹲到门外头，不肯进屋子，施棋怎么叫顺强都不进去。李信说：“咱们吃吧，就让他蹲在那里吃去吧，他已经习惯了，坐在凳子上他还不自在呢。”施棋要进去给如菊喂饭，如菊不要，说：“我起来和大伙一起吃，我没有那么劲大（严重）。”梨花就连忙进去扶着如菊出来在桌子上吃饭。明秀看着如菊说：“姐，你真有福气，姐夫这么能干，梨花又这么真心体贴。”如菊说：“哪里，你姐夫一年四季到处忙，忙完地里忙家里，忙完家里忙生意，就像一个陀螺，哪里有停下的时候，有时间我也很难见一面。倒是梨花自从嫁到我们家之后，一直就很不错，到底是念过书的人，就是不一样。”明秀很羡慕地注视着如菊。

吃完饭施棋、梨花帮着收拾完厨房里的活，荷花要回学校。如菊就叫李信、梨花送一下，杏花赶紧说：“我去送吧，我知道一条近路。”李信说：“哪里有女孩子送女孩子的道理，还是我去吧。”说完就跟荷花一起往外走，梨花没有出来，一直陪着如菊，守着这位病重的姐姐。

梨花是个心很软的人，看见如菊姐这样，又想到雨环还一岁多不到两岁，一路陪着妈妈，就格外心疼这个孩子，为了让如菊姐能很好地休息，梨花就把雨环一直抱在怀里。雨环也特别地乖巧，在姨妈的怀里特别地温顺，从不哭闹。梨花看着雨环对施棋说：“嫂子啊，我常听老人们讲，从小看大，三岁看老，确实有道理。你看雨环多乖。”施棋笑着说：“雨环、雨芬两个娃娃都很不错。”说话间，施棋看见如菊很安静地休息了，就想出去到家里看一下，可是又不好说出来。直到第二天送梨花和如菊坐车去了诊所，才自己准备一些东西回家去看看爹妈姊妹们。

闲话休说，李信驾车，梨花抱着孩子和如菊一起到医科学校的门诊看病，张萍之和荷花早早地就等在门口，并且把他们的妇科唐教员请来了。荷花、张萍之见到如菊她们之后，就赶紧领着如菊姐到最近的房门口，然后就让唐教员直接检查。梨花不让李信过来，李信就坐在马车上等候。不久荷花就抱着哭哭闹闹的雨环出来了，孩子哭得鼻涕眼泪的。李信就对荷花说：“你们去看吧，孩子我来管。”于是就把雨环放在马车上玩耍。过了很久，梨花先出来了，告诉李信，如菊姐的病不轻，连做手术的必要都没有了。李信问：“这是为什么？”梨花回答说：“医生们最后会诊的结果是，让回家养着，中药西药都上，看能不能维持一些日子。”李信就问梨花：“那一直下身流血，检查了没有？”梨花就说：“就是因为流血才检查的。”

过了一会儿，如菊被扶出来了。李信赶紧把马车赶到跟前，如菊被扶上车，梨花、荷花、萍之也一起坐到马车上，李信就下车拉着马前行。车子缓慢地前行，没有一点颠簸。回到家里之后，荷花就小声说："我们老师说了，现在兰州的那几家医院，他们的结论肯定也是用药养着，不要再打动，因为那几家诊所的大夫都是我们老师的学生。"回到南关家里，如菊就要上厕所，结果一蹲就又流开了，把杏花、梨花吓坏了。这个流法就是多刚强的人都会流得不行的，得赶紧想办法。明秀说："我听说在南关有一个赛卢医的神医，专治各种疑难杂症，有很多人都给医好了，不知对少奶奶的病有没有办法。"梨花就说："那就赶快去请，看人家来了能不能止住血，再说如菊姐这个样子肯定不行。再看看如菊姐的脸色，好像比以前更加不好了。"因为刚好是晌午的时候，明秀就叫杏花赶紧去请，不一会儿赛卢医就被请来了。李信赶紧迎上去和大夫打招呼。大夫忙不迭地说："主家在什么地方，具体是什么情况，先前都吃了哪些药?"李信抱着雨环一一地给大夫交代了一下。大夫说："情况我了解了一些，还是让我看看病人吧。"梨花就赶紧引着赛卢医到了如菊住的屋子里，赛卢医一看如菊的脸色，就问："脸色怎么这么黄? 根据你们前面的介绍，我知道主家的这病已经有些时间了，主要是经血不调引起。我再把一下脉。"赛卢医先诊左手，后诊右手，就说："夫人的脉息更加沉重，七情伤肝，肺火有些旺，以至木旺土虚，血热妄行，就像山崩而不能节制，若流下的颜色带紫，我还有办法，若颜色鲜红，那可能就是鲜血了。"明秀连忙说："你说你能不能给看看，赶紧把血给止住。"李信、梨花、荷花、施棋几个人都怔怔地站着，看着赛卢医给如菊开方子。杏花见方子开好后，就赶忙去诊所抓中药。赛卢医说："先吃三副，若稍止住些还可治疗，若没有起色，我就没有办法了。"李信就说："还真希望您老给帮忙治治。"赛卢医说："我尽量吧，我尽量吧。"李信给了赛卢医两个银毫子作为诊费。

不一会儿，杏花就把药买回来了，梨花赶紧上火熬上。正在这时，萍之来了，她一进门就说："姐姐的病需要到大医院里去治，那些江湖郎中不行。"一句话说得明秀脸上很难堪。梨花说："早上唐老师检查了，说只能养着，再不敢打动，害怕流血止不住。用一些中药调理一下还是可以的。"萍之说："我中午查了一个偏方，给唐老师看了，唐老师说还是可以的，就是药有些重。你们看看这个方子，就是甘草、甘遂、硇砂、黎芦、巴豆、芫花、姜汁、半夏、乌头、杏仁、天麻等。"梨花说："前面有一位先生给开了三副药，我看了一下还差不多，不知效果如何。你的这个方子就叫杏花再抓一回去。

第三天的时候，顺强已经进好了回靖远的货，下午就要带着施棋回去。李信商量着和靖远的和顺昌号的驼队一起回，他们雇有驴车，施棋刚好乘上。李信送他们出了兰州城。临走的时候，施棋千叮咛万嘱咐要好好给如菊想办法看病，在兰州不要把病再耽误了。李信说："放心吧，嫂子，我们会好好地给看的。你们先回去，如菊这边病好转了，我也就回靖远了，不会耽搁很久。"

李信回来之后，看着如菊一点点地消瘦下去，心里很不是滋味。心想，本来打算在兰州好好给治一下，现在这种情况很让人担忧。看着李信忧郁的样子，梨花抱着雨环也出来了，就对李信说："我再看看其他地方的诊所，看有没有其他的办法，哥，你也不要发愁，我姐的病我看不要紧，只要找对大夫，对症下药，很快就会药到病除的。"李信说："那你就再看看吧，你是学大夫的，认识人多，赶快去吧。"梨花出去不久，荷花和萍之也回学校打听去了。明秀照顾着如菊，杏花看着雨环。李信在房子里坐着，忽然想起张槟来，就想出去看看张槟有没有认识的好大夫，可以给如菊看看。李信看看天还早，就给明秀说："你们先在家看着你如菊姐，我也出去找个人，看看有没有办法。"明秀就说："你赶紧找去吧，我们在家等着。"

李信就出去找张槟了。到了张槟家里，夫妇两个一见李信来了，喜出望外，忙问："怎么回来得这么快？李信就把回去之后如菊的病越来越重，自己领到靖远城里看了，害怕耽误就赶紧带到兰州来看来了的事情讲了一下，可是兰州的大夫也说需要养，靠中医调理着慢慢恢复，不知结果怎么样？"张槟默默地听着，也从中了解了一些病情，就对自己的妻子说："紫霞，你常看病的那个诊所里有没有好一点的妇科大夫，你知道不？"赵紫霞给李信沏好茶端了过来，对李信说："刚才听你介绍的这些情况，我对你媳妇的病有了一些了解，我们这里有几个专门给省上军政领导看病的大夫，都是从英国德国留学回来的，看病看得很好，明天我就把那个专门看妇科的叫上给如菊妹子看看。"李信一听，就激动地说："太感谢嫂子了。"张槟还要留李信吃饭，李信心里有事，就一点也不敢停留地回来了。

回到南关院子里之后，就见梨花、荷花以及张萍之都回来了，几个人正在探讨着明天该找谁。李信说："我出去找了一下张槟张参议，嫂子认识几个从外国留学回来的专门给省上军政大员们看病的大夫，明天带过来给你们的如菊姐看看。"听见几个人在外间悄悄地说着自己的见解和找大夫的经历，如菊在里屋就说："我不要紧，你们也不要那么紧张，在塬上的时候，有时流得比这还凶，过几天就好了。"李信说："这一次就准备好好地治一下，把病一下子治好，要多方打听，寻找能人，只要你的病好了，我们多跑些路没有关系，你还是好好养着吧。"梨花抱着雨环看着李信。

晚饭吃完，李信要留下照顾如菊。可是如菊看着李信这么辛苦就坚决不让李信陪，只是让明秀睡在一边，杏花睡在外间，说："这样就行了。你和梨花在你们的屋子里睡去。"看着如菊坚决的样子，李信就再没有坚持，因为和如菊睡觉就一直存在这个问题，没有办法解决。现在有了梨花，李信也确实想在这忙忙碌碌的日子里休息一下，放松一下自己紧张的神经。再说自己和梨花每次都是那么的和洽、愉悦、幸福。李信也确实想梨花了。看着如菊姐这样劝说着丈夫，梨花只是笑着什么也不说。安顿好如菊姐之后，当天晚上李信和梨花就在自己的房子里睡了，两个人洗漱完之后，梨花还是要李信洗干净下身，然后才相拥上床。一夜欢娱不必细说。天亮之后，梨花就对李信说："信哥，姐姐的病真的不轻，像昨天那么流血，那就不是女人一般的经血了。"李信说："先让吃药吧，等今天张家嫂子来了之后我们再看。"

上午十点的时候，赵紫霞就带着一个中年男人来了，李信赶紧迎上去，叫杏花给大夫和嫂子沏茶。大夫自我介绍说："我姓马，叫马捷仁，专门学的是看女人的病，紫霞嫂子给我也说了，我大概知道一点，让我看看病人。"梨花连忙把紫霞嫂子和马大夫带到了里屋。马捷仁一见如菊，就笑着说："这是典型的产后病，是生孩子时子宫没有清除干净，起初不怎么厉害，越到后来就越厉害，这里没有外人吧?"李信说："没有外人。"指着梨花说："这是我的小。"又指着明秀说："这是我们院子原来的主人。大夫您说。"马捷仁说："这个病起初不怎么有感觉，只是夫妻不能同床，一同床就流得更厉害了，是不是?"李信点点头。马捷仁又说："由于子宫内有东西，流血就时少时多，时间又很长了，好几个月的月经也走不利畅，人也很没有精神。这样吧，下午到诊所里来，我用我们的设备给检查一下，然后清宫，把子宫清理干净就好了。"梨花说："马大夫，医科学校的唐老师说，子宫里有东西，不是怀孕，她好像没有办法。"马大夫说："唐老师说得没有错，只是现在我们这里很少有人敢做这个手术，可是在国外这是很简单的手术，你们不要有什么顾虑。"

下午李信就驾着小马车拉着如菊和梨花到马大夫的诊所里去，明秀在家里看雨环。诊所就在城里的西关什字，门面很大，里面就诊的人也很多。梨花赶紧进去找到了马大夫，如菊她们就直接进到检查室，李信则在外面等着。经过马大夫的仔细检查，确诊了病情，认为是由于生产时存有异物，导致一直流血不断。马大夫说："按照常理一般不会出现这种情况，现在最好的办法就是把子宫摘取，这样就把问题彻底解决了，吃中药养那都最保守的方法。现在病人已经儿女双全了，不知病人及你们家属意见如何？若没有意见，我们就安排病床，安排手术的时间，只要手术做完可以观察两天，一般不需要什么。"梨花把马大夫的话给李信说了，李信思考了很久，就对梨花说："这样治病有什么后遗症?"梨花说："这样治病后如菊姐将来就不会再有孩子了。"李信说："那就等一会问问如菊本人吧，我们直接作决定不好。”如菊在检查室休息了一会儿就被搀扶出来了，只见如菊脸色蜡黄，弱似无骨，神彩消磨，睛暗萤飞。李信见状就赶紧上去一把抱了起来，梨花见状也就赶紧收拾马车，铺好褥子，李信就把如菊轻轻地放到马车上。这时，李信就和如菊商量要从根子治好的话，以后就不能怀娃了。如菊一听，眼泪就流了下来，李信说：“现在主要的是保命，其他的还有考虑的必要吗？”如菊点点头说：“我是你的女人，所有的你做主就行了。”梨花一听就立刻回到马大夫的办公室，说：“我们已经商量好了，现在就可以决定了。你们哪天能够排上手术？”马大夫翻了翻医嘱本子，看了看最近这两天排的手术，就说：“你们四天以后过来，我们就会安排的。现在你们还是先回去。”梨花又问：“就这么决定了，马大夫？”马大夫说：“可以确定。”梨花出来之后，就给李信和如菊说：“马大夫说先让我们回去等两三天，然后就给如菊姐安排床位。”李信就说：“那我们就先回去，等到时间了我们再来。”

如菊回来的第二天早上，如枋和如睢来看她来了。兄弟两个借这次来兰州送货进货，一路打听到如菊的住处。李信很是惊讶，连忙招呼到屋子里坐下，就问你们怎么找到这里的。如枋就说：“我们到兰州以后，就在你们经常住的车马店落脚，然后打听靖远李信李家少东家的下落，结果人家都知道，就给我们指了路，我们兄弟两个就沿路找来了。”这天早上，如菊有些不适，下面流了很多，就一直在炕上躺着，听见如枋如睢两兄弟来了，就挣扎着坐了起来，但是下面还是一阵阵发热，如菊知道又流了。如枋看见妹妹瘦成这样，就忍不住鼻子发酸，哽咽地说：“妹子咋就病成这样了。”如睢赶紧坐在姐姐的炕沿上，拉着姐姐的手，看着姐姐不说话。如菊就笑着说：“你看你的这点出息，姐姐好着呢。”如枋又问了李信一些治疗的过程，特别是来兰州之后的决定，李信详细地给如枋、如睢作了说明，两人就不再说什么了。李信让如枋如睢两兄弟把自己新买的院子看了看，就对弟兄两个说：“我在兰州买院子，一是梨花想开诊所，二是也为了各位亲戚到兰州来有个落脚地，再也不要像以前一到兰州就住旅店。今天你们先吃中午饭，完了之后我们一起到集市上给你们进货，晚上就不要住店了，来家里住。”如枋赶紧说：“不忙，妹夫你就忙你的吧，家里住处多着呢，我们能看到，但是我妹子的病需要手术，手术完了之后还需要静养，我们一来好几个人，与其一半人分开住在你这里，还不如我们在一起都住店，那样更方便一些。”如睢笑着说：“真的，你这儿离集市太远了，看货订货进货都不方便。”

弟兄两个来的时候拿了很多礼品，其中就有为了给如菊看病，魏明珍拿给李信的五百银元，如枋小心地把各种礼物都让李信看了看。李信看着老丈人让给如菊拿来的东西，感动得不知说什么好。李信拉着如枋的手说：“哥，你和如睢放心，如菊的病有救，这里的那个马大夫已经给安排好了，后天就到他的诊所去。”几个人在外间说着话，明秀和梨花就已经把饭做好端上桌子了。因为是重要的客人，明秀和梨花就擀成长面，调好臊子汤，准备了六个时令小菜，红的红，绿的绿，白的白。杏花在厨房和上房之间穿梭。

如枋、如睢从魏家堡子一路赶到兰州，可以说没有怎么好好吃一顿饭，现在到兰州了，妹子也见到了，妹子的情况也知道了，不用那么火急火燎了。所以这一顿饭就吃得特别香，如枋一直称赞梨花和明秀调汤的手艺。把两个女人说得都不好在上房里呆。梨花找个借口说：“你们缓缓吃着，我看如菊姐吃饭。”就到如菊的里屋去了。明秀本来在厨房里待着，还是李信硬叫过来一起吃，最后就拿了几个空碗到厨房去了。李信说：“这个女人真不容易，刚嫁给这里的老爷，老爷不到一年就死了，人家大太太二太太领着自己的儿女回青城老家了，同时也把什么东西都带走了，只留下这一院房子，一个丫头杏花，据说房子新建还不到一年。”如枋说：“这个女人多大，你把房子买下，就该让她走嘛！”李信说：“这个女人也是一个苦命人，十七岁嫁给这里的老爷冲喜，结果老爷还是没有缓过来，她自己虽然嫁给老爷了，但由于老爷病重，连老爷的边都没有沾上。一直在厨房伺候几个太太和家里人。”如枋、如睢吃完饭坐了一会儿，就进到里屋给如菊打招呼。如枋说：“妹子，你就好好缓着，我们回去就给爸妈说你在这里治病的情况，你啥也不要想，好好治病，治好就回李家塬老家，回来后就捎个信来，我就让如睢过来接你转一趟娘家。”如菊笑着说：“现在看我这个样子，手术做完就好了，我会很快好起来，你回去叫爸妈也不要担心，我好着哩。”

李信连忙说：“如菊，你好好缓着，我送一下哥。”梨花一直站在如菊的旁边，看见如菊说话很费力气，一直给李信递眼色，意思是让如菊少说些话，就是这样，如菊又感觉到下边热乎乎的，梨花赶紧给如菊姐换垫的东西，刚换下来的垫布上满是刚流的鲜血。梨花一见今天流的血颜色不对，前两天流的是污血，里面还夹杂一些小块，今儿天流的全是鲜红的。正好李信驾小马车送那弟兄两个去旅馆了。明秀和杏花也不懂，把梨花急得团团转。梨花急着急着就连忙在桌子上拿了一张纸，很快地写下了今儿天如菊的情况，让杏花急忙到学校去找荷花和萍之，把条子交给唐教员，看怎么办。厨房还没有收拾完，明秀就催着杏花赶紧走，剩下的事她收拾。杏花就赶紧去学校找荷花了。

不说李信在兰州这里乱成一团，单说李家塬李郴的婚事，五老爷最后确定在五月二十五给李郴和韩秀梅办喜事。不外乎是结婚前的一套程序，一家人都极认真地办理了。韩家两个老人很高兴，韩秀梅的爹叫韩荥，是一个很本分的老实人，靠自己的苦辛积攒了一些家业，置办了几十亩水田，又开了一个磨房。一个儿子要守地，就一口把磨房陪嫁给秀梅了，并一直叮嘱，将来嫁人了，就好好过日子。“李郴务农管地里，农闲的时候出去做个生意，你就一直守着磨房。咱们家里再给你一些粮食和临时用的东西。”五老爷家的房子紧张，听说维贤叫李郴结婚住在四老爷家里，四老爷家里只有顺强两口子和两个娃娃，那里房子很多。秀梅说：“爹，你说我们结婚连房子都没有，是不是老李家……”老爹打断秀梅的话说：“好男不吃百家饭，好女不穿嫁时衣，你不是常这样说的吗？娃娃，我和你妈来到这里的时候，就只有一根打狗棍，一个布袋子。那时候五老爷家还很好，就把可怜我和你妈雇了，还给了我们很多好处，第二年我们就把你哥生下了，后来就一连串生下你们几个。虽说现在五老爷家境有些困难，这是暂时的，你们将来好好苦辛，就啥都有了。李家对咱们有恩啊！”秀梅默默地听着爹的絮叨。妈妈就一直说：“好着哩，郴儿那娃好着哩。”

李槟、李郴、李相兄弟几个忙着收拾新房，维贤、五老爷也忙着筹划过事情的具体事宜。各房的几个太太也忙着收拾一切应用的东西。二太太心里老担心如菊的情况，走了将近十天了也不知看得怎么样。

一切都在紧张有序地进行，定亲、换帖、抬礼、娶亲，五老爷和维贤、三老爷、四老爷及家人忙忙碌碌地把李郴的婚事过完了。李泉、张梅、李怀、施棋、李亨、李澹、李蓉、李念等人都赶了过来，参加了李郴的婚礼。当然婚礼的程序没有减少，只是规模略小一些，刚好顺强送如菊时从兰州带来了一些东西也刚好添上。

时间已经到了五月十六日这天，刘家老五从西安带回了李诺的问候，并给维贤的礼物，维贤就打了一封信，把家里过年以来的具体情况告诉了李诺，特别是把如菊的病情告诉了李诺，让李泉带到城里发出去。刘家老五在路过天水张家川的时候，恰好碰见明生，明生就把他请着到自己的军营边上的一家小饭馆吃了饭，还说了很多，主要是自己现在很好，已经升职了，给家里带了二十块银元，给父母和翠琴都写了信问候了一下。

农村里五月下旬，天气格外的好，各种庄稼都到了抽穗灌浆的时候，胡麻、小麦、油菜花以及各种蔬菜，都以不同的颜色和姿态展现在人们的面前。维贤领着好几个人在除草，看着一片片绿油油的长势喜人的庄稼，就不由地想起李信以及雨环他们，听着帮工们边干活边说的笑话，心情却怎么也高兴不起来。从顺强、施棋回来就再没有他们的消息，维贤很是担心如菊的病情。不管怎么说，心电感应是很灵的，维贤正这么想的时候，就有消息了，午间吃晌午的时候，翠琴和三太太给大家送吃的来，李念也跟三太太一起来了。李念给维贤说：“二爸，我从兰州回来了，到兰州去看李信和如菊他们，才知道他们前几天准备做手术，可是一检查，如菊的身子太弱，大夫不敢给动手术，叫在家里好好调理一阵子，先吃一些药，特别是用西药消炎，看过一段时间能不能做。如菊的情况比刚去的时候好了一些，特别是用上西药之后，血明显地流少了，人比以前精神了一些，雨环已经断奶了，李信还捎来了一封信，告诉您及家人，他们一切都好。”维贤听到了儿子的消息，心里一块石头就落地了，心情也慢慢地转好了，就和李念又随便说了几句，李念长时间在外面，和村子里的人不怎么熟悉，维贤就把一起干活的人介绍了一下，李念就和他们一一打了招呼，然后就说：“二爸，我今儿天还有些事，下午就回城里，明天就回银川。您老人家先忙吧，我回去一下看下我爸我妈就走了。”维贤就说：“你先忙你的吧，回去好好和你家里的人说说话。”一家人就这么忙忙碌碌地过着。

在地里干活的人吃完晌午饭，维贤就打发三太太和翠琴回去，自己给帮工们安顿好活计，就到别的地里看看，看着一片片长势很好的庄稼，刚拔过草的地里干干净净的，有几处还没有拔的地里，杂草比较多，维贤心里计划着明天该到哪一块地里干活，一面又在心里期盼着老天爷开开眼，让我们把今年的庄稼平平安安收割了吧！维贤边走边想，转眼就到了一块胡麻地旁，看着一簇簇密密麻麻地开着小蓝花的胡麻，维贤笑了，心里嘀咕着，这真是胡麻地里难插针，谷子地里好卧牛啊。不知不觉地就走到了顺强的地埂上，抬头就看见顺强领着媳妇在给麦地除草。远远地顺强就喊着：“姑夫，您老人家转过来了，快过来到埂埂上坐一坐，喝口水。”维贤说：“你们两个今年能忙过来不?”顺强高兴地说：“能行，能行，平时我们两个忙乎着，抢收的时候我们再雇人。”维贤笑着说：“好啊，我们的顺强也慢慢地雇人开了，好好干，老天不会亏待勤苦人的。”顺强说：“姑夫，明儿天在哪里干活，我们今儿天就把地里的活干得差不多了，明儿天我过来领人，您在家里缓两天。”维贤高兴地说：“好啊顺强，明儿天我们就到罗家滩给包谷圩粪，我今儿天过去看看粪拉够了没有。”顺强说：“姑夫您就过来缓一下，缓着喝口水吧。”维贤笑着接过顺强女人递过来的水碗。维贤随便问顺强的女人，“大小子今年七岁了吧，顺强你这个女人是个有福分人，你看来到塬上才几年，就帮助你置办了这么多的家业，又给你生了两个娃娃，你现在是一个侄儿一个儿子又一个女儿，好得很了。”顺强咧着嘴只是笑。

坐了一阵子，维贤就起身走了，心想，这个顺强，当初是怎样的落魄，念过书的、有思想的人就是不一样，人家就是能看到发展的机会。

维贤到各处地里看了看，就在快晌午的时候回到了家里。李莲从学校里回来了，跟在维贤的后面说：“爸，我初小就要毕业了，下半年我要到城里念书去，我还要跟我们刘师傅学习武术，我们先生说啦，下个月我们就考试了，考完试我们就放学，放学了我就给雨芬教识字，教算术。”维贤高兴地说：“雨芬他娘看病去了，你是尕姑，就帮你哥带着她吧，能教雨芬识字更好，下半年雨芬也该上学了。”三太太过来叫维贤吃晌午饭，对李莲说："莲儿，你跟你爹说啥呢?"李莲说："我刚刚给我爸爸说我要到城里念书去，将来要到我大哥办的学校里上学去。"三太太听了，高兴地说："我娃长大了，知道上进了，拳练得怎么样了。"李莲兴奋地说："我会打几路了，但是没有刘师傅打得好。"维贤和大太太二太太都笑了。

李家塬及维贤的事我们不说，单说梨花自从毕业之后就一直照顾如菊，从诊所到新院里，又从新院到诊所，杏花帮着李信看雨环，照顾一家人的三顿饭，几个人一天忙得不亦乐乎。梨花学校放学不几天，荷花和张萍之就乘车回天水了。两个人回去也是打算开诊所，准备就在天水找地方开诊所。梨花还劝荷花先回一趟老家，再去天水。荷花说："爹前一阵子不是来信说了吗，他们都很好，要我们好好在外面干，我想我先到天水，在那边置办好一切，就回家看看爹娘。"再说敏之当兵了，我也想他呀，很想早点和他见面。梨花说："他当兵了，那更见不上了，一个在天水，一个在张家川。"荷花笑着说："虽然是这样，但两个地方很近，乘便车一天就到了，况且敏之当兵的部队是明晖的保安旅，我和姐夫上次都见过，见个面还不容易。"梨花说："我们这边的诊所还不知啥时候才能开起来，我估计你们的要走到我们的前面。"荷花说："那不一定，姐夫看好如菊姐的病之后就肯定着手开了。"姐妹两个在院子里说着，里面的如菊听见了，就叫姐妹两个进去说话，如菊说："你们两个的话我都听见了，到屋里来说，我也可以给你们拿个主意，虽说现在我病着，但是拿主意的事也是可以的呀!"姐妹两个笑着说："如菊姐，你听到了，就是这么一回事，我们两个都是医科学校毕业的，将来还是要靠自己的本事吃饭，你说我们该不该在外面闯一下?"如菊笑着说："你们念下书的人就是会说，我只是想，将来女人都能像你们一样，靠各家（自己）养活各家，那肯定不错，我们这次来兰州治病，我不知信哥带了多少钱，我这里带的不多，荷花你拿着到那边租房子用。"荷花说："姐啊，您的好意我领了，钱还是不拿了，您看病要用，我姐开诊所要用，你们买这个院子要用，我们过去之后自己想办法，实在不行，我再向大家张嘴。"如菊说："那就好吧!"

李信为了感谢张槟两口子的帮忙，专门请张槟一家到兰州顺泰饭庄吃饭，顺带让梨花把荷花和萍之都叫上一起吃个饭，算是为她们送行。张槟就问如菊的情况怎么样了，那个马大夫看病还可以，另外诊所的事办得怎么样了，有什么困难就说话。李信说："这一段时间先给如菊看病，病看好了再说办诊所的事。"张槟还问家里人都好吗?

今年的庄稼长得怎么样，李家塬是个好地方，今年秋天还想回一趟李家塬，想看看那里的秋季风光，顺便也考察一下民权、民生的情况。李信说："到时候我陪你。"张槟说："那敢情好，我还正需要你这样的本地通做向导。"

梨花说："我姐姐这次多亏了那个马大夫，他给我姐的西药真是管用，刚吃了三天就有效果了。"张槟笑着说："我信兄弟有福啊，两个家里的能如此照顾关心，真是少有，兄弟呀，哥祝福你了。"李信赶紧说："看大哥说的，看大哥说的。"

话说李信送走荷花不久，如菊的身体也恢复得差不多了，就再次到马大夫的诊所去看什么时候做手术。这次从车上下来之后，如菊没有叫人扶就跟着梨花走到马大夫的办公室，然后就进行了一系列检查，结果令马大夫吃了一惊。如菊就对马大夫说："马先生，我这几天感觉轻松多了，血也流得少了，你看能不能不做手术，让我慢慢地恢复。"马大夫说："手术还是要做，我们要治就治彻底，张槟参议员的亲戚，我必须尽自己最大的努力。"马大夫检查完之后，就把李信和梨花叫了进去，详细地介绍了如菊的病情，只听马大夫说："如菊的病情出现了大的变故，转移了，现在做手术已经晚了，我们这里现有的水平是不行的，现在看起来轻松了一些，只是一个表面现象，我们为了病人，该尽力的这样就算尽力了。"一席话说得李信不知所措，倒是梨花还比较镇静，忙问："马大夫，我如菊姐的病情发生了怎样的病变？"马大夫说："如菊的病情原来一直照子宫破损或有异物处理，今天我一检查发现情况不是这样，前期的流血掩盖了病的实情，真正的病早已暴露，只是我们都被流血蒙蔽了，现在的病情是可能由长期的流血引起了其他病变，身体的各种机能严重退减，特别是严重贫血引起的肾脏中毒，并且严重萎缩，这是我们最不愿看到的结果，我们尽力了。"梨花听到这里，很失望地落泪了。两个人告别了马大夫之后，就和如菊一同回家，李信赶着马车，梨花陪着如菊坐在车上，几个人都没有说话。

如菊回到家之后，李信就让梨花问问她们学校的唐教员，看看如菊的病保守治疗的办法。梨花出门的时候，感觉脚底下软软的，心里想，如菊姐才二十八岁呀，儿子雨环还两岁不到，雨芬也才六岁左右，唉，这该怎么办！这该怎么办！

明秀和杏花看见如菊回来了，忙笑着问看病的情况，李信没有说什么，倒是如菊跟他们说了许多，说了在街上看见的，在诊所看见的，几个人杂七杂八地说了一会儿话。

快吃中午饭的时候，梨花回来了，给如菊带来了一些中药，让杏花吃完饭后把中药给熬上，西药也要一直吃。这天雨环一直闹着要回家，要奶奶要姐姐，如菊看着孩子闹得挺凶，就要抱过去哄一哄，梨花就把雨环抱进来，让如菊看看。如菊看着儿子又哭又闹，就抱过来又是喜欢又是哄，雨环一会儿就不闹了，娘母子两个在里面的房子里欢快地玩着。

梨花就悄悄地给李信说："我们唐老师说，如菊姐的病一时半会是好不起来的，特别是从来到兰州之后，就一直流的是鲜红鲜红的活血，而不是乌黑的紫血。如果是乌黑的紫血，说明血液在体内还存留一些时间，如果是鲜血，就说明血液在体内没有停留的时间，一个人有多少血，能让这么流。虽说现在流的机会少了，间隔的时间长了，可是一流起来还是鲜血，那是药物的作用，这样恐怕维持不了多长时间"。李信说："那怎么办?"梨花说："现在只有静养，中药西药都加上，只有吃药维持。"

两个人正说着，只见明秀急匆匆地出来说："刚才如菊姐哄雨环少爷的时候，雨环没有怎么闹，如菊姐就受不了，我赶紧抱了出来，结果如菊姐睡倒不久，就吐了几嘴血。这几天我看着如菊姐有些精神了，可谁知又吐血了。好像比以前更重了。"李信一听就赶紧和梨花进到里间，看着如菊静静地躺着，李信忙问："你感觉怎么样，刚刚还好好的，怎么一下子就重了呢?"如菊摇了摇头就说："你不用瞒我了，我已经知道我的病不得好了，我只是可怜我两个娃。"说着说着就流下了眼泪。李信说："你看你操的这是哪门子心，我们到兰州来，就是为了给你把病看好，你看你说的这是什么话呀!"如菊就什么话都不说了。梨花悄悄地拉了李信一下，示意让李信出去，她自己在里屋和如菊姐待一会。李信就把明秀也叫了出去。

得知如菊到兰州之后病情时好时坏，家里人都很着急。三太太就一直嚷着要看看去。于是三太太和张梅、高世英商量好准备到兰州看看去。这天三太太几个人来到了靖远城里，见到了四太太，和四太太说起了自己对如菊的担心，四太太就要打发刘文陪着一起去，三太太王锦艺说着说着就哭了起来。这一哭一下子就使大家的心情低沉了许多，桂花、施棋都嚷着想一起去。几个人正商量着准备东西走兰州，结果范家姑奶奶去世了，时间是五月二十七。于是一帮人就又忙着范家姑奶奶的丧事，该帮忙的就帮忙，该料理家务的就料理家务。高世英住在了施棋家里，三太太住在李泉家里，白天忙范家姑奶奶的丧事，晚上各自忙各自的事。时间转眼就过去了，范老太太的丧事办理得隆重又得体，虽说是大热天，但还是有很多名人参与，其中就有从省城兰州来的不少人。张槟和范家老爷是师生关系，得知范老太太去世，就回靖远来了，还带来了李信写给家里的信。见到维贤之后，就很是感慨，两个人坐在一起，说了很多知己话，大有相见恨晚的感觉，其间维贤说到媳妇子的病，说到这几年的诸多事，说到靖远的所有一切……

张槟这次回来还特意参观了靖远简易师范学校，还亲自为学校题了"造福桑梓"的匾额。

塬上的庄稼渐渐开始收割了，维贤怎么也在城里待不住。丧事的第二天就匆匆回去了。嘴里一直念叨着今年李信不在，家里的庄稼只有我各家（自己）操心了。话说这天已经是范老太太的丧事结束的第四天，时间已经是六月初九了，三太太和张梅、高世英、桂花坐着刘文赶的车，和张槟的车子一起往兰州赶。

几个人一路上心急火燎地赶路，来到了兰州，张槟把众人直接领到李信新买的院子里。李信和梨花见一下子来了这么多亲人，真是喜出望外。如菊也挣扎着坐了起来，嚷着要下炕。三太太赶紧到里屋里去看，不让如菊有一点点的劳累。高世英一见到如菊，就心疼地说："他尕妈，你还好吗，你把人想死了，一走就是这么多天。"三太太看见如菊瘦弱的样子就说："我的娃呀，你这才是多少天，怎么就变成这个样子了呢？你最近感觉怎么样，饭还能吃吗？你真是把尕妈心疼死了。你到兰州来都吃了些啥药，不是说西药好得很吗，怎么把我娃的病看成这样了。我娃想吃啥，赶紧给尕妈说，尕妈给我娃做去。"如菊笑着说："尕妈、嫂子，你们看我不是好好的吗，你们怎么一下子都来了，这一路上把尕妈您老人家给累坏了吧，你们赶紧缓上一阵子，咱们就在家里吃饭。"三太太、梨花、世英、明秀都在里屋，李信和张槟、刘文在外间坐着，张槟也不停地询问如菊的情况，又说了这次回靖远参加范老太太丧事的过程，在靖远见到很多熟人，并且很荣幸地参观了李信大哥主办的靖远简师，真是了不起呀。

看到几个女人在房子里一会儿说，一会儿哭，张槟就要告辞回家休息，李信一直想留下来一起吃饭，可是，张槟说："你心里现在颇烦得很，我回去一样的，你就忙你的吧。我先回去，完了之后我请你们吃顿饭，特别是你三妈，你嫂子。"李信就再没有强留。

几个女人在一起叽叽喳喳地说个不停，雨环在炕上玩着，桂花和世英说了一会话，就让三太太和如菊单独说会话。两个人出来看见明秀和杏花准备做饭，就连忙到厨房去帮忙。李信和刘文在后院给牲口喂草料，就说起家里的事情，四老爷四太太的心事，维贤和几位太太的心事，桂花和兴贵的事情，又说五老爷给李郴成家了，娶的是韩家三女子，暂时让小两口住在四老爷的院子了，和顺强一起看院子，韩家把磨房陪嫁给三姑娘了。李信对刘文说："我也有很多的事，这里的房子虽然好，宽敞，大气，但是我们不能总是这样，只有出项，没有进项，家里拿来的钱交兑了房钱，剩余的几乎全部都用在了给如菊看病上，梨花还想在兰州开诊所，就是没有时间去张罗。如菊的病一天不如一天，眼看着到了抢黄天的时候了，我却被困在这里，不能回去。在兰州花费大得很，什么东西都要钱。我到前面去，看着给你们准备晚饭。"刘文笑着说："你看看这是什么时候了，才想起来给我们准备饭食，恐怕前面早就准备了。"李信说："只顾和你说话了，你看把这件事给忘了。"前面桂花和梨花、明秀、杏花几个人已经快做好了，看见李信从后院急匆匆地走出来，边走边说：“梨花，赶紧给大家准备晚饭，看着没有啥了买去，今天三妈、老嫂子一路有些乏，哪一天我们到外面去吃饭，好好把大家领上看看兰州城，吃吃兰州的馆子。”梨花笑着说：“看你说的，我和嫂子们早就准备饭了，晚上吃长面，桂花嫂子和世英嫂子擀得一手好面。”李信笑着走到厨房门口，大声对桂花和世英说：“两位老嫂子，你们不要忙乎了，家里的活一直是明秀和梨花干，你们今儿天赶了远路来，缓上一阵子再忙吧。”桂花嫂子笑着说：“习惯了，习惯了，到时间就想动弹了。”世英嫂子只是低头干活，默默地不说一句话。

李信看着几个女人一会儿就把饭做好了。吃饭的时候，给如菊做的比较简单，两碟小菜，一碗薄薄的面，里面调了一点碎菠菜，味道比较淡。世英嫂子给其他人都做成了臊子面，四碟小菜，两个肉菜。雨环自己吃得很费劲，李信不让如菊再给喂了，要让他自己动手。有时梨花偷偷地给雨环喂一次。如菊吃饭的时候挣扎着坐起来，但是吃得很少，然后就躺在炕上了。

大家吃完饭，三太太、张梅就和李信坐在外间说话。三太太问李信：“如菊的病该怎么办？我看这兰州治病也就那样，把我好好的一个人给看成这样了。”李信就把当初来到兰州是怎么个情况，又是怎么去治疗，最后又为什么不能做手术，大夫是怎么说的，详细地说给三太太和大嫂听了。听了李信的介绍，三太太没有说什么。张梅又问了许多关于如菊病的细节，李信就详细地介绍了一下，大嫂子张梅和三太太都流泪了。三太太说：“你们这里多亏了梨花里里外外的照顾，信儿啊，你可要好好对待你的这个小媳妇啊！”

三太太到兰州的第三天，李信领着三太太、张梅、桂花、世英在兰州城里转了转，又领着她们到集市上买了一些东西。刚回到家里，张槟的秘书小黄就过来给李信说：“张参议员今天晚上在和顺昌二楼准备了晚饭，希望家里的各位都要赏光。”小黄说完就和李信谈论起做生意的事，到院子的各处转了转，又和明秀说了会儿话，询问了明秀的打算，明秀说：“现在还没有什么打算，就想着东家少奶奶的病赶快好，梨花妹子的诊所也能够开起来，我给大家打下手，那样就好得很。”小黄临走的时候，就问李信，这里人多，要不要晚上过来车接。李信连忙说：“不需要了，我们这里也有马车，到时候我们乘马车就行了。”当天晚上，梨花和杏花留在家里，三太太、大嫂子张梅、桂花、世英等人都去了。由于是第一次到兰州，又是第一次到大饭店吃饭，看见里面东西很是好奇。世英嫂子说：“我们一天到晚地在地里刨食，没有想到城里人是这么吃饭的，这么排场。每一个人后面都站有一个肩膀上搭有白毛巾的伙计，专门给客人服务。”三太太看着端上来的一盘盘精致的菜肴，激动地尝尝这个，尝尝那个，总是吃不出来原菜的味道。张槟说："三太太，这里的饭菜是兰州最好的饭菜，希望各位能吃好。其实这里的东西怎么做都做不出来家里的那种滋味。"三太太说："这里的羊肉一点也不膻，猪肉也不腻，鱼做得比我们有水平多了，鱼肉一点不烂整整齐齐的，样子太好看了。"最后李信诚恳地感谢张槟及夫人一直以来的鼎力帮助以及今天的盛情款待，并代表在座的所有人向张槟鞠了一躬。张槟连忙表示说："不用了小老弟，这是应该的，我应该做的。"世英嫂子和桂花嫂子两个人是第一次到阁楼里吃饭，木质的阁楼很高，两个人都有些晕。特别是世英嫂子，一顿饭吃完，由于紧张而下楼梯时两腿发软，站立不稳，一直坐车到家里，桂花和世英嫂子都心惊肉跳地没有安神。

第二天早上，世英嫂子才说："昨天咱们吃饭时，把我吓坏了，总想着那木板不牢靠，折了怎么办，那支撑阁楼的柱子要是倒了怎么办……"三太太说："你们两个真是乡下老婆子，那叫高楼，上面一层就是二楼，全部用木板木柱做成，是为了减轻重量，就好比把咱们家的后院的房子摞在了前院的房子上。"桂花说："所以我们就担心，上面的不牢靠塌了压在下面的房子上怎么办。"李信说："那不要紧，那是塌不了的，上面下面都很安全。"这天世英嫂子、桂花嫂子、三太太都一直陪着如菊，如菊的神情很好。梨花和明秀忙里忙外，照顾着病人和大家。张梅嫂子一直哄雨环，不要让雨环劳累如菊。

如菊每天中药西药都吃，病情一会好一会糟。鉴于这种情况，大嫂张梅就提出明天回去的时候，把雨环带上，好让如菊更好地缓病，梨花和明秀照顾病人就更加轻松一些。李信不同意。李信说："雨环两岁不到，每天都要找妈，这么小的孩子你们怎么照顾，还是就放在这里，我们能够照顾的。况且这一段时间，如菊也很想雨芬，在这种时候应该让孩子在身边。"三太太说："信儿说得没有错，我们还是让他们母子尽量地待在一起。"如菊说："眼看着夏收了，我的病把大家连累的，让李信也不能回去收拾庄稼，要不明天我们一同回去?"李信笑着说："你这个样子怎么走路，你不要给三妈和嫂子们提猴声（建议）了。还是在兰州安安心心地养病吧，今年的夏收我们不去了，爸、顺强、兴明叔再雇上几个得力的长工就行了，养好病以后干活的时间还长着呢，家里一辈子有你干不完的活，缓这么几天就把你急的。"说得大家都笑了起来。

当天下午，李信和刘文到集市上又给家里置办了一些杂货，让带回去。在出市场的时候，只见临夏的马回回赶着一群牛马来了，把李信一下子就吸引了过去。马回回认识李信，就对李信说："东家，这是刚从草原上赶过来的，你看看你喜欢啥，就给您进上点，刘掌柜也在啊。"李信就跟上到骡马市场上看了一会儿，结果以较低的价格进了五匹马，五头牛，并且拴定了。让刘文明天一起赶回去。谈完生意，马回回坚决要请李信和刘文吃饭。李信说："家里有病人，不便在外面吃饭。"马回回就说："那也行，等有机会我再请你们，但是我这一次从草原带来的牛肉你一定要拿些回去，给老爷子尝尝鲜。"说着就从牛车上卸下了半扇子牛肉，两腔子羯羊肉，一分钱不要，让李信准备一下，带回去。李信说："这大热天带不到靖远。"马回回说："兄弟，你不知道，我们现在把牛羊肉还往宁夏运呢，把你靖远算个啥呀！"李信说："那就好，那就好，只要有办法，我只好恭敬不如从命了。"马回回说："我给您发个单子，让筏子客带下去，你的这些杂货也一起发走就行了。我知道你们最近一直走旱路，今年的黄河水路好得很，没有一点麻达。"李信说："既然这样，那我们就再进些牛羊肉，也算是对兄弟的厚意的报答，你看怎么样？"马回回高兴地说："人们说少东家是个爽快人，你真是个爽快人，兄弟我抽时间一定要重重地感谢你。"李信说："不用，我们都是生意人嘛！"于是李信、刘文、马回回就把杂货和牛羊肉一起打包，让筏子客拉到河边装筏子。然后李信和刘文就回去了。

第二天早上，李信赶着车送三太太她们出兰州城，刘文一大早就去骡马市场赶牲口。十点钟的时候，李信就把车赶到了雁滩口子，等刘文赶牲口来。不一会儿，刘文骑着一匹，赶着四匹马，五头牛来了，其中给李信也备了一匹马。世英是赶车的好手，到雁滩和刘文见面之后，李信就让世英嫂子赶车，刘文骑马赶牲口走。三太太一见刘文赶着牛马来了，就问李信："这是你新进的牛马吗？"李信笑着说："三妈，这是我给咱们新进的几个牲口，让刘文赶上回去，就是路上要辛苦世英嫂子了。"张梅笑着说："我们信儿兄弟的眼中，什么时候都有生意。"李信说："我还给铺子里进了些杂货和牛羊肉，让筏子客运下去，你们回去后，我估计筏子客也就到了。"三太太她们渐渐地远去了，李信才骑马往回走，新驯的马一路碎跑，李信心里很高兴，多少天压抑的心情终于略有一些好转。

现在如菊病了，我们一心一意地看，认认真真地治，但在治病的同时，我还可以做一些事，不然我们只能是坐吃山空呀。李信心里计划着，我将从哪里着手呢？当天中午吃完饭，李信就和梨花商量说："你如菊姐病了，影响了你的诊所，就是现在我们也没有办法张罗。你一边照顾你如菊姐，一边看书学习，还能向唐教员、马大夫他们多学习学习，明秀和杏花给咱们照顾雨环和做饭，我出去找生意做，我们不能坐吃山空呀。"梨花说："哥你的想法不错，我支持，你还是和我如菊姐商量一下再定。"李信说："这个我会的。"晚上如菊的中药熬好之后，梨花给如菊端来后，就要收拾着给如菊喂，李信说："你把雨环领过去哄着睡觉吧，今天晚上我来陪你如菊姐。"如菊笑着说："我不用陪，你还是让明秀陪我吧。"李信说："我陪吧，让明秀休息一下。"明秀笑着说："你们夫妻就互相陪陪吧，来兰州这么长时间了，如菊也需要你陪陪啦。"几句话说得如菊都不好意思了，说："明秀你说什么呢，我不是一直有病嘛……"

晚上李信就陪如菊睡了，临睡前，李信把自己的想法告诉了如菊。如菊一听很高兴，完全支持李信出去做生意。如菊说："家里有梨花和明秀照顾我和儿子就行了，你就放心地做生意吧。"李信说："我就知道你会同意的，梨花也很支持我出去做生意。这一段时间我被你的病给整麻木了，我和梨花晚上也做的次数不多，你现在还想吗?"如菊说："不想才怪呢，哪一个结过婚的女人不想和自己的男人睡。梨花现在有反应吗？你们也结婚快半年了，怎么还没有怀上。"李信说："梨花说现在太忙乱，你又有病，她不能怀。于是我们做的时候她采取措施了，所以一直没有怀上。"如菊问："做那种事还能采取措施吗?"李信说："人家是学医的，把什么都懂，干什么都有办法。"李信说得如菊把头都蒙上了。如菊自言自语地说："我们只知道做，我真是不知道还有各种办法。你给我说说你们都有哪些办法。"李信说："你现在身体这个样子，不宜使用一些办法，我们还是不用技巧了。"如菊不行，李信就在当天晚上和如菊做了三次，分别使用了不同的姿势和技巧。如菊是又激动又不好意思。

我们暂时不说李信是怎样的出去做生意，梨花怎样伺候如菊养病，日子就这样一天天地过去了。话说荷花和张萍之回到天水之后，张敏之就在明晖的保安旅当兵。由于敏之有文化，很快就在旅部任了文职秘书，专门负责明晖的各种外事。几乎隔三差五地要到天水市上去，和荷花、萍之见面的机会很多。敏之一身戎装，更加精神，荷花更是喜爱有加。

荷花和萍之在罗峪河畔的瑞昌商行租了两间房子开起了诊所，萍之负责内科，荷花负责妇科，两间房子比较大，一间是诊所，一间用作库房和住人。两个人的生意很好，特别是荷花，给妇女看病更是手段高明，真可谓是药到病除，时间不长就有很多的回头客，深受病人的好评。

这天萍之回去接母亲回来，下午临走的时候给荷花说："我回去把妈接来，我们两个需要一个家里的帮手，让妈给我们两个做饭，我们两个好好给病人看病。"荷花说："那太好了，你哥前两次随便这么说，我很支持，就是没有和你商量，你要去就快点去，这边我先撑着。"萍之走了不久，敏之就回来了，看见荷花一个在诊所，就问萍之哪里去了。荷花说："萍之去接妈了，让妈回来给我俩做饭，你看好不好?"张敏之笑着说："那太好了，母亲一个在乡下，没有人在身边真还不行。"荷花问："你今天这时候来，市里的事办了吗?"敏之回答说："市里的事已经办妥，就是心里的事让我难受。"荷花悄悄地问："心里什么事让你难受?"敏之趁这一阵没有病人，就把荷花美美地亲了一口，说："心里想你的病，让我浑身难受。"荷花知道敏之想什么，就说："你就等不得了，今天你妹妹回家去了，好在这一阵没有病人，我给你你想要的。"敏之大惊失色说："荷花，我不是那个意思，我只是想你，想得晚上都睡不着觉。"荷花说："走，过去到那边屋子里，我有好吃的留给你了，你想不想要。"敏之忙说："那肯定要。"两个人刚进卧室，荷花就迫不及待地抱住敏之，又是亲又是摸，边摸边亲边说："我也想啊，亲亲的哥哥，我一直就想着我们有机会相互安慰一下，今天是个好日子，我们就好一下吧。"敏之内心通通地跳个不停，任由荷花在面前抚摸，好在正是大热天，荷花穿得很单少，敏之也只穿一件单军装。正当两个人欲火难忍的时候，荷花已经露出了洁白的双乳，那可爱惹人的挺挺东西把敏之看得浑身燥热，实在不能自制，下身也直挺挺地矗立了，荷花一把就抓住了，敏之太想亲那诱人的东西，就不管不顾地把荷花揽入怀中，一头扎进两乳之间，小心又小心地吮吸了一下，两人紧紧地搂着，荷花放任敏之的亲吻。不巧的是外面有人叫门，大声地询问大夫哪里去了。荷花一听，赶紧从梦中醒来，极快地拉好衣服，忙忙地套上工作服，就出去了，边走边说："我刚到后面（厕所）去了一下，你就来了。"那个男人说："我女人今儿天早上就肚子痛，一直痛个不停，你看看吧！"荷花说："你先到外面等着，我们进去就行了。"于是荷花就搀扶着那个女人进到检查室里。就见荷花快速地把那个女人扶在检查床上，荷花边压肚子边问哪里疼得最厉害，很快就查出是肠绞痛，也就是肠子有一处绞到一起了，必须尽快疏通，一是靠药物，但是不能止疼，二是要靠病人的肢体活动，就是不停地变换卧位，看能不能变过来。最好的办法是让病人头朝下，屁股撅起爬行，或者直接倒立几下。荷花赶紧叫进那个女人的男人，把自己的想法给说了，那个男人就从屁股上把那个女人抱了起来，荷花忙忙地叫那个女病人用双手着地，走两圈，荷花在一边看着，就说你用两手抓住脚腕让你女人爬。第二圈的时候，那个女人很响地放了一个屁，丈夫还一直抓住脚腕让妻子爬，荷花说："好了好了，现在通了，你们可以坐下缓一下了。"男人扶着女人坐下，就问："你感觉怎样了？"女人回答说："我感觉松些了，痛得没有先前那一阵子劲大（厉害）。"坐了一会，那个女人渐渐地轻松了，丈夫赶紧过来问："大夫，还要不要吃药？"荷花说："暂时不需要吃药，缓上一阵子再看看，松些了就回去，回去之后正常吃饭，正常下地劳动就行了。"渐渐地病人安定了，也和荷花说开话了，荷花就问："现在痛不痛了？不痛就走几步，用手着地自己走一下。"那个女人很听话地走了几圈，边走边笑着说："早上就要来找大夫呢，我娃他爸不回来，把我真的痛死了一趟。"荷花问："早上你娃他爸干啥去了吗？"那个女人说："我娃他爸早上一起来就到地里给菜地浇水去了。晌午的时候才回来，这一会儿才过来。大夫啊，你咋有这么好的手艺呀，把我痛死了，你一下两下就给治好了，还不用药，大夫，你真能。”荷花笑着说：“好好回去缓一下，这是个猛症，缓过来就好了，有时治疗不及时，会出人命的。”荷花笑着打发这一对夫妻缓缓地出去了，夫妻两个千感谢万感谢地说了许多好话。

送走这一对夫妻之后，荷花又连续不断地接诊了六位病人，有的时间长一些，有的时间短一些。总之，忙完最后一个病人，天已经快黑了。荷花这才记起敏之，而敏之就一直在隔壁的房子里待着，没有好意思出来到人前面来。荷花把诊所的门一关，就赶紧从房子后面绕到另外一间屋子里，看着敏之呆呆地坐着，就开玩笑地说：“你看一下子把我给忙糊涂了，忘记了还有个大活人在屋子里”，说着一下子就骑到了敏之的腿上，一个粉嘟嘟的小嘴就贴在敏之的嘴上。这次两个人放开地亲了起来。敏之小声问：“你累不累呀？”荷花用嘴使劲地吸着，不说一句话。敏之小心地触摸着荷花小小的但是很坚挺的乳房……

两个年轻人情窦已开，内心又极度地向往，却没有时机品尝禁果。今天是天时地利人和，给了年轻人绝好的机会，终于促成了一对鸳鸯。两个人如胶似漆，无法分离，最后终于倒在了床上。敏之不谙人道，而荷花早已谙熟此理，所以，笨拙的敏之在荷花的积极引导之下顺利地进入了人道。初次品尝了女人的滋味。敏之猛烈地喷射使荷花高潮迭起，一次又一次的欢娱，使两人早已忘记了周围的一切，等到两个人疲惫而满足地躺在床上时，荷花才发现自己幸福的泪水和汗水早已把床单和枕巾都湿透了。

荷花拍拍疲惫的敏之说：“我要你永远都忘不了我，你和我在一起高兴吗？”敏之点头笑着就是不说话，荷花一定要他说，敏之只是点头且流下了眼泪。喃喃地说：“我要你一辈子都幸福！”

半夜时分，两个人才收拾着做了一些吃的，两个人幸福甜蜜地吃了自己的第一顿。第二天早上，荷花在床上给敏之展示了自己的处女红，然后就悄悄地收藏了起来。敏之要早早起来回市里乘车回旅部，荷花不让，还要好好地缠绵一次。

一次忘情的缠绵，足以让别人羡慕死。荷花先起来打了荷包蛋，又拿出自己昨天准备的锅盔，两个人吃了早点，荷花才打发敏之悄悄地走开，然后自己才绕到前面开诊所的门，好在时间还早，周围没有什么人。荷花坐在诊所里慢慢回忆昨天晚上迷人的时光，一脸的幸福。

女人啊，为了自己心爱的人，就是赴汤蹈火也在所不惜，何况是两人一起共享。

快中午的时候，萍之和母亲一起回来了，看见忙碌的荷花，萍之就赶紧进来帮忙。荷花给母亲倒了一杯水，让母亲坐着休息，在病人少的时候，赶紧回到住所整理好自己的一切，把昨天晚上的痕迹擦拭得干干净净。等到母亲和萍之回来做饭时，荷花已经不露声色地处理好一切了。再说萍之也是大姑娘，又小荷花一岁，不会刻意往某一方面去想。

当天晚上，两个姑娘吃了一顿母亲做的面条，荷花想早点入睡，可就是不能入睡，敏之是那样地强壮有力。萍之和母亲在不停地絮絮叨叨，荷花还要不停地应答。

话说这天张昭带着夫人随着驼队来到了兰州，由于先前没有给梨花李信他们捎信，梨花一点也不知道。张昭随着的驼队一到，就打听到了李信的住处。只是李信没有在家，那个客栈的老板说："李少东家昨天出发到临夏去了，回来最起码需要十天。"老两口就麻烦客栈的老板给雇了一辆车，直接找到李信、梨花新买的南关的院子里。

一进院子，梨花吃惊地叫了一声："爸妈你们怎么找到这里的，你们要来，给我说一声，我好去接你们呀。"张昭两口子笑呵呵地说："我们太想你们了，就趁着地里的庄稼收拾完的一些空闲时间，出来看看你们。"梨花抱住妈妈就舍不得放开。父亲张昭就趁机说："哎，丫头，这么大了还这样，把什么都忘了么？你爹妈来了就放在大门口吗?"梨花赶紧笑着说："你们一来把我高兴得什么都忘了，爸妈赶紧到屋里去。"梨花叫杏花赶紧倒水，切瓜，明秀也扶着如菊出来了。如菊见了姑夫姑姑赶紧问好说："刚才在屋子里我就听见梨花大声地叫着，知道是你们二老来了，一路辛苦了，赶紧喝水吃瓜，坐下来缓缓。"如菊就把明秀、杏花分别介绍给姑夫姑姑，一味地称赞梨花懂事理，夸明秀和杏花这么长时间对自己的照顾，说得二老喜出望外。

如菊还问："二老近来身体还好吗？咱们李家塬的庄稼怎么样，收成都好吗，所有的夏庄稼都收拾了吗？今年我们没有回去，也不知道我们家的庄稼情况怎么样?"张昭说："今年咱们那里水地旱地的庄稼都好着哩，我们的地不是很多，收的时候雇了两个人，几天就收拾了。你们家里地多，你公公和刘孝仪、顺强带领着十六七个人整整收拾了十几天时间，才把夏庄稼收拾到家里，你们的菜地也趁机回茬上了，这一阵子闲了一些。"梨花激动地忙前忙后，一会儿端来这个，一会儿端来那个……

如菊在外屋陪着坐了一会儿，身子骨就有些受不住了。看着姑夫姑姑一样一样地品尝新鲜的西瓜水果，梨花就说："如菊姐，你感觉累了就进去缓缓，不要把你累着。"如菊说："那姑夫姑姑你们先在这里缓一缓，我确实感觉有些乏，就进去了，等一会我再出来陪你们。"姑姑就说："我的娃，你感觉不舒服就回去缓着，我们在这儿有梨花呢。""我的娃多可怜呀，这么年轻就病成这样了。"张昭夫人自言自语地说。

吃晚饭的时候，如菊出来陪姑夫姑姑。晚饭是特意做的凉面，六个小菜，两个荤菜，四个素菜，面是明秀亲自擀的，很好看也很好吃。如菊只吃了一点素汤面，就放下筷子劝姑夫姑姑好好吃。两个老人看见如菊那么吃力，就赶紧说："娃呀，咱们是亲亲的亲戚，你不要有什么顾虑，我们来就是为了看你和梨花的呀，梨花是女儿，你也是女儿呀，姑姑从来没有把你当成外人，你难道还要把姑姑当成外人吗！娃呀，不要有什么讲究，你赶紧缓去。"如菊见姑夫这么说，就笑着说："恭敬不如从命，那我就进去缓下了，你们慢慢吃，姑夫姑姑你们一定要吃好呀。"梨花和明秀安顿好如菊后就出来陪父母。

张昭就问梨花："你们现在经济情况怎么样？新买了这么一个大院子，又有这么多人吃饭，李信为你们挣钱去了？一个家庭要有花销，但是光出不进也不行呀！""我和你妈给你们带了些钱来，带的不多，全当是应急。你书念完都几个月了，开诊所的准备工作怎么样了？"梨花说："我如菊姐一直有病，我们最近就一直忙这件事，开诊所的事就暂时放下了。以后稍微消停一些了我们再张罗。""钱我们还有一些，但是也不多了，将来进药进设备还需要很多的钱。"姑姑当天陪侄女说了很长时间的话，一直看着如菊把晚上的药吃完，安顿好了才出来，明秀早就抱着雨环在另外的屋子里睡觉了。

一夜无话，第二天一大早，张昭就起来了，洗刷完毕，就在院子里转。只见李信买的这个院子是个三进式大院，坐北朝南，大门朝东，主要的房子都靠北，东西两边是别院，院子挺大，主人一般都在客厅里活动，住在正房。二进式里是女眷，厨房在东面，客房也在东面。二进内有门，有花园，别致优雅，房屋前沿都伸为走廊，四面房子四面走廊，中间是花园，花园边上是雕木的栏杆。张昭走到三进里时，只见和二进是套在一起的小院子，里面设有祠堂，知道这是一般人进不去的，专供这里的老爷商量大事，接见重要客人时启用，平时都锁着。前面院子长有一箭深，宽有七丈。院子里的房子院墙都是一溜到顶的青砖，院墙顶上都装饰有顶，煞是好看。屋子宽敞明亮，进出大气，冬暖夏凉，里面的设施也典雅不俗。窗上有内开窗，有外开窗，内制有窗幔，住人的房子都有地毯，雕刻精致的椅子，非常精美的客房床头油漆得锃明瓦亮，窗台都是木制的，油漆得很细致，客厅的窗户上还镶有四片玻璃。客厅的上方有一张小方桌，上面设有供奉先人的小门柜，里面可以摆设牌位。方桌两边有四把椅子，一边两把，供来客人时使用。客厅两边各有一间套房，直接连着里面的卧室，方便主人晚上回房歇息。东面的套间有炕，起初如菊一直就在这里住着。后面的屋子有炕有床，炕是冬天住，床用于夏天住。张昭看着看着，心里想，总计花了三百银元，这么一个院子，这么一些房子，又有这么精致的设施，还有明秀和杏花两个大活人，真够便宜的。

梨花起来后就照顾如菊吃早上的药，吃完后就到爹娘的住处看起来了没有，结果是爹爹早已起来，老娘在屋子里做打坐，梨花没有打扰。一出门就见爹爹在各处转悠，就喊了一声："爹，回来吃早点。"张昭一听知道这是城里人开始吃早饭了。今天早上吃的是杏花从外边买来的豆沙包子和小米稀饭。如菊没有吃包子，只是喝了一点稀饭。明秀和杏花小心翼翼地伺候张昭，倒把张昭弄得不好意思，说："你们也坐下来吃，一辈子也没有让人这么伺候过，还真有些不习惯。"梨花说："明秀姐你看如菊姐吧，杏花吃完后就把这里收拾了，然后就准备中午的饭。爹娘，你们喜欢吃什么我们就做什么。"张昭说："我喜欢什么，就喜欢蒜拌茄子，白米糁饭，小白菜拌蒜，小葱拌豆腐，再就是酸烂肉。"梨花笑着说："听爹的这点爱好，还是咱们老家的那一套。""李信这次一下子回不来，你们就多待一段时间，等女婿回来再走行吗？"梨花问。梨花妈魏明英说："我的娃哎，咱们老家还有那么多的事，我们就不住了，明后天我们就收拾着回去，我们这次就是来看看你们，看看如菊的病，信儿就让他好好地做生意去吧，我们不打扰他了。我们今儿天就问问来时的宋家驼队，看他们什么时候回去，我们趁着一起就回去了。"梨花说："我不嘛，你们来兰州一趟不容易，我要让你们好好地把兰州转转再说。"老两口笑着说："家里的事很多，我们还是早些回去。"梨花说："转两天兰州不影响大局。你们就安心待两天吧。"

这天中午吃完饭，梨花看着如菊把药吃完，就和如菊说："如菊姐，我今天下午带着姑姑、姑夫出去转转，顺便给他们买一身衣服，让明秀和杏花照顾你和雨环。"如菊笑着说："妹子，姑夫、姑姑来一趟兰州不容易，你把车套上，咱们的马规矩得很，姑夫又会赶车，你们一路也轻松一些。让姑夫姑姑多转几个地方，看见姑夫姑姑喜欢的东西就买上，只要老人高兴就行。"梨花说："看姐说的，我知道，只是姑夫敢不敢吆车。"如菊说："姑夫是老把式了，没有问题。你就赶紧准备去吧！"梨花说："姐，那我就去了，不行我把雨环也领上，让雨环也陪姑奶奶一会。"如菊说："那样也行，有个孩子陪着，老人不孤单。"

当天下午，张昭驾着小马车，梨花抱着雨环和母亲坐在车厢里。他们游览了兰州著名的五泉山，白塔山，雨环一路上不哭不闹，表现得很乖。到西关的时候，在西关集市上给两位老人看了两件衣服，老人坚决不要，但是拗不过梨花，还是让买下了。妈妈一直问荷花的消息，梨花说："自从荷花走天水之后，这几个月里我只收到两封信，说是在天水开起诊所了，她和萍之互相帮助着，看病的人一天不少，一切都不错。""这个死女子，一下子跑到那么远的地方，让做娘的想了也没有办法见一见，这个狠心贼。"明英一路走着一路怨着，梨花在一旁不住地解释着。梨花他们回来的时候已经是六点多了，回到家之后，杏花赶紧打来洗脸水，看着父母收拾的时候，梨花就进去看如菊姐怎么样，问询今天的感觉，下午的药吃了没有。如菊笑着说："都好着呢，你们转得怎么样，姑夫姑姑高兴吗，雨环闹人了没有？"一会儿姑夫张昭两口子到了客厅，如菊要起来向姑夫姑姑问好。梨花说："爸妈，我如菊姐要起来给你们问好呢。"明英一听就说："我娃缓缓地躺下，你是有病的人，再不要讲究那些虚套的礼行了。"张昭也说："如菊你就好好缓着吧，你在屋子里问一下就算是问候了。"

吃过晚饭，张昭就和明秀说起这院房子，明秀说："这院房子我们老爷花了两年的时间才收拾好，花了多少钱我也不知道，当时我们大太太管理着家务。"张昭说："按理说，这院房子确实不错，布局合理，结构恰到好处，工程也很细，主人也花费了不少工夫，只是你们老爷多大年纪就去世了呢？"明秀说："论理我家老爷年龄不大，去世的那一年，才五十四，当时我才二十二岁，被娶进来才四年。"梨花笑着说："爸，你问这些干什么？我们已经买好了并且住进来了，您问以前的事干什么？"如菊也静静地听着，杏花在院子里哄雨环玩。张昭说："你们老爷是逢暗九呀，所以人们常说逢九要小心，要谨慎，你们听听。"张昭又说："梨花你也要赶紧准备你的诊所，你看你妹妹在天水也开了，你们院子也买下了，能早开的就早点开吧。"梨花笑着说："爹，这个我知道，我们一直都在努力着，我想很快的。"说了一会子话，宋家驼队打发伙计过来说："他们的货进齐了，问张家老爷太太回不回去？"张昭说："我明儿天才准备找你们去呢，结果你们就过来了，我们明儿回去，一起走，一起走。"梨花一见爹和娘这么着急地回去，再留就惹人生气了，于是什么话也没有说。当天晚上就给爹和娘准备了路上用的东西，如菊也吃力地说："姑夫姑姑，你们来了之后，我一点都不能照顾你们，心里很过意不去，你们回去一定要给我们的公公婆婆问个好，就说我们这里一切都很好，代我看看我的女儿。"说着说着就流下了眼泪。明英姑姑就赶紧说："如菊，你也是我的亲侄女，我们一定把你的话带到。"梨花说："今天晚上我写封信把二老问候一下，问问家里的情况。"如菊说这样最好。

第二天一大早，梨花就送爹娘到了集市上，只见宋家驼队已经收拾得差不多了，张鸣先是驼队的老把式，生就一个大嗓门，见了张昭张老爷就说："老爷和太太回去的时候雇车呢还是坐轿。"梨花说："乘车，不用轿子。"张昭也说："就听女儿的，我们还和来时一样，乘车就行了。"张鸣先就把预备抬轿子的人打发走了，留下一辆轻便小马车。只听张把式说："老爷回去的时候还是给我们讲讲过去的事吧！"张昭说："可以，可以，我给你们讲几个笑话。你们赶快收拾，收拾好了我们好赶路。"

梨花陪着一直送到雁滩渡口处，就这一点路，就听父亲讲了一个"老太太念佛"

的故事。把个梨花惹得笑个不停。送走父母之后，梨花就往回赶，路过学校的时候，进去看看唐教员，咨询一下自己开诊所的事。唐教员耐心地说：“梨花呀，开诊所是好事，但是关涉到人命，一定要谨慎。”梨花说：“我的意思是想请先生给我一周坐诊一两天。也好帮帮我。”唐教员说：“只要时间允许，我一定给你帮这个忙。”梨花和唐教员说了一会话，就告辞出来，沿着河岸慢慢往回走。

回去之后，梨花就把刚才父亲给众人讲的笑话给如菊和明秀讲了一下，惹得两个人笑了好半天。杏花把饭做好之后，明秀就过去照顾如菊吃饭，梨花照顾雨环。十天之后，李信才从临夏回来，如菊和梨花就把姑父姑姑来兰州的事告诉了。李信说：“真是不凑巧，刚好我出去了，你们好好招待也是一样的，我抽时间回李家塬一趟，到那个时候我再看二老。荷花她们再有消息吗？”李信问。梨花回答说：“最近再没有消息，这次姑父姑姑两个来兰州也一直问，我就说前一阵来了信，最近没有信来。”李信说：“上次来信是说她们的诊所开得很好，每天病人很多，我看咱们也尽快筹划着把咱们院子临街的那几间房子收拾一下，把咱们的诊所也开了，梨花你就一天给咱们坐诊看病，荷花和萍之能开得那么好，我们也能够开好。”“这次我到临夏看见临夏的药材市场很大，药材的种类也很多，我给咱们负责进中药，就从临夏往来进。”梨花说：“咱们的诊所主要是妇科，我最突出的也是妇科，主要是各种仪器和供检查的各种设备，只有把这些东西买来之后，我们才可以算是一个诊所，先收拾临街的那几间房子，然后我们再说其他的事。再说如菊姐的病我们不能忽视，我最近查了一些药书，翻了一些资料，这个病不好。我们来兰州这么长时间了，如菊姐的病就是不往前来，你说我能不着急吗？”李信说：“着急有什么用，病来如山倒，病去如抽丝，这个道理你难道不懂？”梨花笑着就不说什么了。

李信回来后就去看如菊，着重和如菊说了去临夏的一路见闻，说到了回民很多习惯，我们稍不注意就会闹笑话。他自己亲眼看到这样一件事。在临夏的一个回民饭馆里，正坐着几个人吃饭，其中一个愣头青说：“这里怎么只有牛肉，要是来一盘猪头肉多好啊！”几个人在那里悄声嘀咕，里面的一个人笑着对小伙说：“你小子真是拿着猪头进清真寺，找打呀！你也不看看这是什么地方。”年轻人笑着就不说话了。还有更甚的。这是那天在兰州的一个牛肉面馆的事。如菊笑着问：“兰州还有人也不懂回民的习俗吗？”李信说：“有啊，那一天，有一个女人刚从市场上出来，手里提着一条子猪肉，边走边嘀咕，花了那么些钱才买了这么一点肉，够不够斤两呀。自己拿不准，看见有一个饭馆子，就一头扎了进去，看也没看就把猪肉放在面馆的小秤上想过一下秤。你想会怎么样？”如菊说：“我不知道。”李信就说：“那个女人刚把肉放到称上，就见柜台上的那个回民说你干什么？你拿的是什么？那个女人一脸的茫然，说：‘一点猪肉呀’，就见里面立马冲出来一个回民小伙子，手里拿着一把刀，边冲边说，‘你拿的是什么，你拿的是什么’……”这时旁边的人赶紧劝说：‘你赶紧拿走，赶紧拿走。’这个女人才恍然大悟，赶紧提着猪肉逃了出去。里面人立马就洗刚放过肉的秤盘子了。”

如菊说：“真有这么劲大（厉害）吗？”李信说：“可不，你一般人要是拿着猪肉进去，那可是犯了回民的大忌。一般回民到汉人家里是不吃不喝的，如果跟主人很熟悉，至多喝口茶，而且还要自己看着拿出的是新杯子，如果是旧杯子，那是怎么也不可能递到手里的。汉人朋友的饭那是坚决不吃的。”如菊说：“要是主人一时忘记了怎么办？”李信说：“那是肯定递不到人家手里的！”两个人说了一会话。一家人就开始吃晚饭了。

晚饭吃完后，梨花就陪如菊到里屋去了。梨花就对如菊说：“如菊姐，今儿天我和信哥说了咱们家开诊所的事，信哥很赞成，说把咱们家里靠街道的那几间房子向外开门，然后就临街做买卖，你看怎么样？”如菊笑着说：“你们商量就行了，你看我病成这样了，哪里还能操这些心。”梨花说：“不是的，如菊姐，家里的事你还是要说话的，你不说就是不成嘛！”如菊就说：“那就照你们设计的路子做，需要什么，我能帮上的就尽量帮助你们。”梨花再三感谢如菊姐的支持。晚上李信就过来陪如菊，如菊说：“你已经十几天没有回来了，今晚就陪梨花去吧，我和雨环睡就行了。”李信说：“我今晚就陪你吧，我还有些事和你说哩。”如菊说:“明天还能说嘛！单单就凑这个时候。”李信就笑着到梨花的屋子里去了。

明秀和如菊在里面屋子里待着，明秀一早起来就帮如菊照顾雨环，给雨环收拾。梨花一大早就出去找人打听事去了。由于要办开诊所的手续，梨花就先到税务所去咨询，又去唐教员那里咨询，最后才搞清楚，只要到兰州医务局开证明，然后到税务所报税就行了。梨花就兴冲冲地前去做自己的这一件大事，心里充满了极度的渴望。路过马大夫的诊所时，梨花进去就问了有关的情况，顺带又问了如菊的病情，看看有没有什么好的治疗办法。听了马大夫的话，梨花又忧虑又感激。如菊姐的病可能是没有办法了，连留过洋的马大夫都说不出什么办法了。让梨花很是忧郁，好在又问到了办手续的好机会，那就是张槟，张槟以前也说过很多关于支持李信的话。

梨花回到家里之后，就要给李信说自己打听到的情况，可是李信出去到市场上看生意去了。梨花就对如菊说：“如菊姐，今儿天早上我出去找了几个人，把你的病问了问，又顺便打听了一下开诊所的事宜，基本有些眉目了。”如菊就高兴地说：“妹子是念过书的人，办事就是利落，要是让我去，我真是头上顶着猪头也找不到庙门呀！”梨花笑着对如菊说："如菊姐，事情不是那样的。大凡世上的事，只要你去做，就没有做不成的。雨环将来就让他好好念书，给我们干大事。"几句话把如菊说得很高兴。

转眼就到了中午，李信还是没有回来，明秀把中午饭做好了，几个人就简简单单地吃了。梨花看着如菊把中午的药吃过，就边看书边等待李信。

六月的兰州，天气比较热了，但是人们出门还是穿得整整齐齐，服饰主要以黑色灰色为主。而这个时候也正是瓜果上市的时候，到处瓜果飘香，人人都要给家里买一些香甜可口的大西瓜。梨花也想给家里买一些西瓜，但是今天早上出门的时候，没有和信哥商量，就没有做主。好在雨环还小，不知道闹人的，一天吃饱喝足了之后就只是在院子里玩耍。玩累了就在如菊的怀里睡觉。

经过一段时间的治疗，如菊的病慢慢有些好转，能够自己起床并且照料雨环，有时也很想下地，但没有机会，因为明秀和杏花照顾得无微不至。这天如菊看见外面的天气好，就想到院子里透透气，雨环也趁机会来到前面院子里。如菊一直在后面的小院子里住着，从没有让到过前面的院子里来。

这天下午明秀、杏花、如菊正在里面院子里说话，梨花在自己的房子里看书，李信回来了，用小马车拉了一些西瓜。雨环在院子里玩耍，看见爹爹的马车回来了，就蹦蹦跳跳地进屋喊起来了，"爹爹回来了。"李信把车赶到门口，梨花、明秀、杏花就帮着把西瓜卸下来，然后就放到西面的厢房里。李信看见如菊也在外面坐着，就赶紧说："如菊你怎么出来了，可不敢迎风呀。身体这个样子，还是回到里屋去吧！"梨花说："刚出来一会儿，再说今儿天的天气也很好。"明秀也说："大姐今儿天的心情好，想自己出来走走。"李信说："害病时间长了，身体很虚弱，时刻注意着，还有想不到的事，略一大意，就会有麻烦。再一个就是要忌吃生冷，虽说情况略有好转，可再也经不起什么变故了。"李信预事比较宽，众人听了之后就不再说什么了。如菊就笑着说："那我就不坐了，我回里屋去。"李信就让明秀跟了进去帮着收拾一下。

梨花刚要给李信说自己早上出去的情况，明秀就在里面的房子里大声喊，梨花一听声音不对，就三步并作两步地跑了进去，原来如菊不知怎么了，开始吐起来，由于吃的东西不多，干呕着，鞠得身子一躬一躬的，干呕带着咳嗽。梨花一看就赶紧上去在如菊的脊背上轻轻地捶着，以免咳嗽得更厉害。一直以来，梨花和明秀照顾得很好，如菊没有伤风着凉，每天都很注意一切生活的细节。如菊大多数时候都在屋子里面。见如菊一阵比一阵咳嗽呕吐得厉害，李信慌忙叫梨花出来，问："这可怎么办，这可怎么办。"李信知道如菊的这个病一直平稳着还可以维持一段时间，若有一点闪失，特别是一般的伤风感冒而引起的后果就没有办法说了。梨花说："你们先在这里照顾着，我出去一下。”李信说：“我赶车去。”于是李信赶着车子快速地出来，拉着梨花请马大夫去了。车子跑起来还是很快的，一会儿工夫，马大夫就被接来了。马大夫一看就说：“上面干呕又咳嗽，这不行，因为病人身体很虚，这么一折腾，就害怕下面又流开，若是下面再次流开，那就真的没有办法了。”马大夫叮嘱了一些注意事项，给如菊开了三样西药，又给梨花单独交代了几句，就要回去。李信赶着马车送马大夫回诊所了。

李信回来的时候，如菊已经渐渐地咳嗽不动了，但是下面又开始一股子一股子地流了。有时还不停地往上泛着恶心，每鞠一次，就流一股子，明秀看着这样就流下了眼泪，一边换纸一边流泪。杏花吓得不知所措。雨环一见妈妈又躺下了，就一直用小手拉着妈妈，也不出去玩耍。

李信送马大夫回来后，梨花对李信说：“哥，我们该准备回家了。”李信猛地一惊，立刻明白是怎么回事了。于是二话没有说，就又驾车出去了，快天黑的时候，带着三个生意上的朋友来了，商量着明天早上就回靖远。回去的时候再套一辆车。明秀很惊讶地问：“现在就回去呀！”梨花说：“只能这样了……”

当天下午梨花出去给如菊姐买了一些中药和西药，又将该带的东西准备了一些，到市场上给雨环和雨芬一人买了一身衣服，给其他人就什么也没有买。梨花心里是那样地焦急，就一些药和娃娃路上的东西让人力车夫拉了满满的一车。马大夫和唐老师都建议尽快回老家，不然就会走（殁了）在外面。

当天晚上，如菊的情况一直不见好转，李信就慢慢地把回家的事告诉了如菊，如菊没有反对，而且很高兴，说：“我们出来这么长时间了，还是应该好好看看家里的人。”李信说：“我说在兰州我们把药买上，回到家里我们找那里的大夫，况且二哥从西安也带来了一些药，主要是给你的，我们回去就捎来了。”如菊笑着点点头。当天晚上，梨花就悄悄地把雨环接了过去，让如菊一个人在里屋休息，明秀睡在一旁的小床上。

第二天一大早，李信起来准备马车，然后让如菊换了一身出门的衣服，梨花和明秀搀扶着上了车，雨环也一同上了车。李信仍然让明秀和杏花看房子，自己带着梨花和雨环一起出门，自己的朋友驾着另外的一辆车子等在门口，往里面装了一些东西，乘着另外的三个人，其中一个是兰州城里著名的郎中，顺带一路上照顾如菊。

这里我们不说李信一家人回靖远的事，我们单说明晖的保安旅，自从今年七月份以来，保安旅的驻地就经常来一些客人，而且时不时地和明晖商议到夜里，由于是军事秘密，下面的人都不清楚将要发生什么。

民国二十二年夏天，明晖的保安旅开始收拾开拔的事宜。明生和玉春的特训队已经有三十人，个个身怀绝技，成为明晖的一张王牌。明晖的保安旅在张家川驻扎了五年，和当地的老百姓建立了很好的关系。由于明晖严格自律，部下也没有破坏回民风俗的行为，可以说很不像以前的驻军。所以听说保安旅要走，附近的老百姓都相继送来了一些慰问品，这让明晖很感动，知道自己在这里也保护了一方百姓。

这天当地的阿訇马老先生带着几个回民到明晖的旅部来慰问明晖，并一再挽留保安旅不要离开这里。明晖笑着说："我们是军队，不是一般的普通百姓，感谢各位给我们的关照，我们的一举一动都要是执行命令的。让我们走哪里我们就得走到哪里。"马老先生就问："陈旅长这次开向哪里？"明晖笑而不答。其他的几个人都笑了，说："马叔，有些事是不能问的，您老怎么忘了。"明晖笑着说："据说是到宁夏府去。"马老先生起来向明晖深深地鞠了一躬，表示自己的感谢之意并说："宁夏府的人有福了，我马某人福祚浅了。所以陈旅长接受老夫深深一拜。"总之，陈明晖保安旅在七月下旬就陆续开拔了。

荷花、萍之和母亲一起料理诊所，敏之有时回来一次，都是来去匆匆，由于最近一段时间事务比较多，敏之来天水的机会很多。荷花自从有了那次销魂之后，就极为渴望和敏之再续鱼水之欢，可是没有一点机会。荷花又一次问敏之，听老百姓说你们要走了，要开拔到哪里？敏之说："具体我也不知道，因为很多的信函都是长官一手操办的，我只是接收和送出，有些涉及到军事秘密的事不宜向外说。"张敏之有时来很迟，有时来却很早，有时给他的人捎带一些东西。这天萍之出诊去了，敏之骑着马来了，老娘在外面转着没有回来。荷花就抱住敏之不放，张敏之悄悄地说："我们就要出发了，要去的可能是宁夏府。"荷花吃惊地说："你们什么时候走，这一走我们怎么办？"张敏之动情地说："你们暂时还不能动，自然有人会关照你们的。我在那边稳定了就给你们来消息，到那个时候我们再说。"荷花已是春情娇娇，桃花朵朵，不能自已，痴痴地看着敏之，敏之会意，两个人就快速地收拾好一切，迅速地回到住的那间屋子，锁紧门户，紧张而又热烈地度过一段属于自己的时间。两个人星摇影晃了好一阵子，然后才起来收拾凌乱的床铺，然后就快速地回到前面的屋子里。萍之出诊还没有回来，母亲也没有回来。两个人暗自庆幸，老天有眼，给了我们能够再次重温旧梦的机缘。荷花看着有些疲惫的敏之，赶紧给倒了一杯水，笑着说："真是辛苦你了。"说得敏之只笑不答。母亲回来一见儿子回来了，就赶紧说："你回来了，我给你们做饭。"敏之说："妈，还早呢，你坐下来缓缓吧。"母亲说："我儿子回来了，我要给儿子做饭了，今晚吃完饭再回去。"敏之说："今晚我就回不去了，有一点事情，一处理我就住在这里了。"母亲说："好啊，我们几个住在里面，你就睡在外间，不说了。我赶紧做饭去。"

话说李信、梨花一路小心地护送如菊回到了靖远。这一路走走停停，如菊不时地需要料理，把几个人忙得团团转。到了靖远城里之后，李信就让那两个朋友和郎中准备一下，第二天回兰州。两个朋友连忙说："不要紧，少东家，你照顾病人，我们自己就走了，不用你操心。"李泉和张梅把如菊接到屋里，就不停地询问梨花，如菊是怎么看病的，怎么咳嗽得这么厉害。李信和梨花悄悄地给大嫂说了病情，张梅一下子就流下了眼泪。伤心地说："我的苦命的妹子，怎么得上了这样的病呀。"梨花说："嫂子，我们没有给如菊姐说，她不知道具体的情况，我们在这里缓上一天之后，明后天就回老家去。到时候你可要坚持住，不要在如菊姐面前流眼泪。"张梅又问了梨花和李信诊所准备的情况。李信说："才有一点眉目，这不，又送如菊回来了，具体的事我们只能以后再说。"当天晚上，四太太就过来看望尕媳妇子，看见如菊的脸色很是不好，就关切地问候了一阵。施棋和桂花听到如菊回来的消息之后，就放下手中的活计，赶紧过来看看。这次看见如菊的情形远不如上次，如菊的身子骨彻底不行了。需要一直躺着，没有办法坐起来。李信一直陪着如菊。

第二天一大早，几个伙计就来看望少奶奶，礼节性地看望了一下如菊，梨花在一旁陪着。第三天，李信、李怀赶着大马车送如菊回家，梨花和张梅一路照顾着，这一点路，仍然是走了很长时间。直到天快黑的时候，梨花她们才回到李家塬。维贤一家大小都等候在门口，马车到了，只见张梅抱着雨环先下车，梨花搀扶着如菊慢慢地下来，李怀赶着马车，李信一件一件地往下取东西，李莲也随车回来。今年七月份的时候，李莲已经到城里念书去了，就住在大哥家里。雨芬跑过来就抱住如菊说："妈，你走了这么长时间，我想死你们了。"雨环看见姐姐，也笑着跑过来对着姐姐傻笑。雨芬见了李莲就亲热得跟什么似的，两个小姑娘大声说着话。雨芬一边和李莲说着话，一边拉住雨环的手对雨环说："走，到屋里去，到屋里看妈妈去。"三太太、二太太、大太太都到门口，看着一家人这么重视自己，如菊边走边流着泪说："爹妈，你们太见外了，我只是出去看了一场病，你们就这样在门口迎接，我都不好意思了。"三太太拉着如菊的手说："才多长时间，我娃就病得这样了，走，什么话都不要说了，赶紧回房休息。"李莲跟在太太们的后面。维贤苍老的脸上流下了热泪。李信对父亲说："在兰州实在没有办法治疗了，那里的医院诊所我们跑遍了，可是如菊的病就是不朝前来。最近一段时间还不断加重，我在外面怕有个三长两短的，就赶紧接回来了。"维贤说："赶紧回家，回到屋里再说，接回来就好、接回来就好。”大太太二太太一帮人都随着如菊回到了屋里。李信、李怀连忙把所带的东西卸下来让几个家里人拿了进来。李信让刘孝仪等几个人看着把车卸掉，把牲口圈好，自己就先到屋子里了。

李信在城里的时候，就让兴贵给魏家堡子的丈人家捎话，说如菊从兰州回来了，病不太好。李信他们回来的第三天，如菊家里的如睢、如枋、如兰就来了，如兰的丈夫宋祯也来了。几个人来到李信家里，顺便带来了一些山里的野味，如枋和如睢看见如菊成了这样，都很是想不通，就在外面流着眼泪问李信：“怎么会成这个样子？”李信就请两个舅子到上房屋里，把在兰州治病的经过实实在在地说了一遍。再说兰州的大夫也就那样，我们钱没有少花，可是人就是不朝前来，最近又有些加重，实在没有办法了就接了回来。李信又说：“我二哥听说如菊的病之后，就从西安带了一些药，看看吃了之后能不能好转。”宋祯就说：“这病在我们石门有一种草药比较有效，我这次来的时候带了一些。我记得我们庄子上有几个女人得了这个病之后就是用这些药给治的。”几个年轻人在前面说着话，维贤和几个太太都在里屋。梨花和如兰在如菊的房子里，陪着如菊说话。梨花看着如菊把早上中午的药按时吃上，即使有时往出吐，也一定要照顾地把药吃上，然后再照看着吃一些饭。

如菊回来这多少天，每天都人来人往地络绎不绝。不论远近的亲戚朋友听说少东家奶奶有病，且病得不轻，就都抽空过来看看。特别是自己的父母亲直接来到李家塬，带着嫂子和弟媳妇，让如菊激动得好长时间睡不着觉。维贤热情接待了魏家亲家，真心感谢两位能从那么远的地方赶来。魏家老爷说：“我们都不容易，姑娘的面子大，姑娘的面子大。”张家姑夫姑姑过来看自己这个晚辈，如菊很是过意不去。不论是人多还是人少，梨花一直就照看着如菊，照顾着如菊的一天三顿饭和中西药，看着让如菊吃下去才肯出去一会儿。雨环、雨芬也对这个新姨娘喜爱有加，很爱和梨花在一起。

进入八月以来，各种秋庄稼已经陆续收拾完了，场上堆积着丰收的粮食。李信看着心里很是满意。只是为自己今年不能参加夏秋收割而内心略有不安。于是就领着帮工们抓紧时间碾场，平时一天碾一场很吃力，李信指挥着大家伙早早地就收拾完了。但是李信心里最放心不下的还是如菊，一有时间，就赶紧回去看看，然后叮嘱如菊好好休息。该吃的药都吃遍了，可就是不见效果，如同泼浇在石头上。有时一咳嗽，就引起一阵紧似一阵的流，一恶心也是一样。这天李郴和韩秀梅来看如菊嫂子来了，如菊赶紧叫梨花给韩秀梅一些见面礼，新娘子拜见亲戚朋友，亲戚朋友都要象征性地给个见面礼。如菊见了韩秀梅，就对韩秀梅说：“我们李郴性子柔一些，有时候你要忍让一些，家里的底子不是很厚，以后有什么需要，就找你们的尕哥。”李郴见嫂子如此挂念自己，早已感动得流下了眼泪，对如菊说："嫂子，你就好好缓着，我们现在很好，秀梅对我也很好，我们今年的庄稼收成都很好。"说得如菊笑了起来。韩秀梅看见如菊嫂子很吃力，就给李郴使了个眼色，李郴就对梨花说："我看嫂子吃力得很，我们就不打扰了，让嫂子好好养病，我们回去了。"如菊看着小两口幸福的样子，高兴地说："你们回去吧，回去好好地看生意，梨花你送送他们。"

八月十三这天，宋祯给如菊带来了石门一带的山药，梨花依照开来的方子给如菊熬药，李信就在上房里招呼宋祯。只听宋祯说："如菊的病一时半会也好不了，我们大家都努力寻找各种偏方，看有没有效果。"李信很诚恳地表示感谢。又问："姐夫这次还要到靖远城里去吗？"宋祯说："就是，咱们一家人不说两家话，我这次是有任务到靖远城里。我们那里前一阵子来了一位叫谢烟袋的人，陕西麦客。人能说得很。"李信说："是不是和张敏之一个组织的，听说张敏之的组织也是陕西那一带的。"宋祯说："那我就不知道了。"

李信和宋祯说了一阵子话，吃完晌午，宋祯就离开了。

李家塬又恢复了往日的平静。只有梨花看着如菊的病况心焦如焚，常常躲在一边暗自落泪。几位太太也时常到如菊的屋子里嘘寒问暖，帮着梨花照顾如菊。

这天桂花来看如菊，顺带说大嫂张梅要送雨轩和雨梃去兰州读书，兰州那边已经来通知了。施棋的母亲也有病了，施棋和大嫂一起去兰州。如菊就说："让雨轩、雨梃就住在南关咱们的院子里，梨花你说怎么样？"梨花笑着说："一切都听姐姐的，咱们在兰州也再没有去处，我很快就写封信，你给大嫂带过去，让她们到家后把信交给明秀一看就行了。况且大嫂和施棋也认识明秀呀。"桂花说："还是写给信吧！"梨花就赶紧过去给李信说了，李信说："咱们的娃娃能在兰州上学，就住在咱们的院子里。你赶紧写信去吧。"桂花比如菊要大，已是四个孩子的母亲，仍然不显老，今天就穿着一身淡绿色的裙子，很是好看。三太太一见就赞叹地说："媳妇子里面还是要数桂花人长得好，也会收拾。"大太太二太太看着就有些碍眼，但也没有明确表示出来。

桂花在如菊这里待了一阵子，就回到老院里看看。梨花送桂花出门后就回来了。桂花来到旧院之后，对顺强强调了看门要注意的事项，院子里的东西最好不要损坏，今年种地的收成不错，就按原来商量的数字把粮食准备好，到时候送到城里。又从外面看了看李郴的小家，李郴两口子都忙去了，家里没有人。桂花还给顺强的两个娃娃一人一把面糖，顺强媳妇赶紧拉住孩子，两个孩子却高兴地接受了。桂花笑着说："没有什么，只要你们把家看好，把地种好，我们会常来看你们的。"桂花在老家待了不到一顿饭的工夫，就乘着张舜赶的车要回去了。刚好碰上高世英，就到高世英屋子里坐了一会儿，问候了一下，又顺带看看刘明钰及其家里的人。等到桂花从刘明钰家里出来的时候，天已经晌午，如菊已打发翠琴过来叫桂花吃晌午，刘明钰紧留慢留桂花还是出来了。临出门刘明钰给桂花说："那你先过去，等一会儿我也过去看看如菊。"桂花答应着就走了。

桂花在如菊房子里陪着如菊、梨花吃了一点馍馍，喝了一碗稀饭，陪如菊说了一会话，就要起身回去。如菊挽留着说："时间已过了晌午，你能回去吗？不如住一晚上明天再回去。"桂花笑着说："不要紧，我们最近置了一辆小马车，跑得快着哩，从这里到县城用不了多少时间。赶天黑完全能回去。"梨花说："那嫂子你要多回来看看如菊姐呀！"桂花边走边说："一定的，一定的，如菊你好好缓着，我哪天再来看你。"桂花走了时间不长，高世英和刘明钰先后（妯娌）两个就过来看如菊来了，两个人还提着一些刚放软的香水梨，如菊看着两个老嫂子过来看自己，就很过意不去，要坐起来和两个老嫂子说话，梨花就连忙说："姐姐哎，好姐姐，你还是躺下吧，万一坐起来又咳嗽怎么办。"世英和明钰也赶紧说："不要这样，不要这样，还是听梨花的，小心为好，小心为好。"如菊也就不再坚持了，缓缓地躺下和嫂子说了会话。

回来之后，李信又陆续请了一些城里乡里的大夫郎中，看过之后都没有什么定论，而且说法不一，弄得梨花很是生气，只是如菊不知情而已。梨花这一段时间一直潜心研究妇科，但关于妇女"露崩"的情况介绍很少，理论上也就是那几种老法子，梨花在兰州就已经给如菊姐用上了。两位嫂子走了之后，雨芬进来看妈妈，雨环被李信带到场上去了，给说的是今儿天下午吃瓜，雨环就蹦蹦跳跳地去了。雨芬进来之后只问了妈妈一句话，就不会再说什么，只是拉着如菊的手直直地看着如菊。梨花在一旁看书，就和雨芬说话，以转移如菊的心思。如菊最近很怪，只要见到雨环、雨芬姐弟两个，就只是默默地看着，不说一句话。梨花注意得很清楚，所以，只要一见两个孩子来了，都是梨花在这里说着哄着。梨花就把刚拿来的香水梨洗干净又擦好才让孩子吃。如菊看着孩子就转过头去悄悄地流泪。雨芬吃了一个香水梨就出去和孩子玩去了。如菊伤心地给梨花说："我现在感觉我越来越不行了，将来这两个孩子还是要你带着，也只有你带着。梨花，姐姐的这个愿望你能答应吗？"梨花笑着说："姐姐你多虑了，你这不是好好的嘛！不要那么丧气。"如菊说："梨花，我心里清楚得很，我这病一直不朝前来，最近又是这样。你们把我从兰州往来接的时候，我就清楚了。好妹子，两个孩子就托付给你了，信哥你还要好好照顾，他是个好男人。只要是你去做，我相信你一定能做好。家里的一切都要你多操心，在兰州开诊所需要用钱，就把我这里的全拿去，再就不要向爹和三妈张嘴了，我最大的心思就是两个孩子和咱们的男人，姐姐就这样把一切都托付给你了。"

一席话说完如菊头上就直冒虚汗，梨花赶紧拿过擦脸的巾子给如菊轻轻地擦了擦汗。梨花笑着说：“姐姐，事情还没有到那个程度，你不要胡思乱想，好好养病吧。”如菊点了点头，算是答应。

八月十五这天，一家人白天忙碌了一整天，到了晚上吃完饭，李信就在院子里摆了一个案子，上面献上月饼和各种瓜果，上香点纸画马祷告结束之后，一家人就在院子里赏月吃一些零碎，雨环、雨芬蹦蹦跳跳地玩得很高兴。维贤告诉李信，过完节给你媳妇再找个好大夫看看，这病这几年一直不好还真让人头痛。大太太、二太太、三太太一屋子的人都说：“我们都好好的，就是如菊病了这么长时间，不好啊。还是早些请大夫吧！”一家人零零碎碎地说了一些话，李信和梨花一直不敢说实情，他们就一直和雨芬、雨环在一起玩着。等到众人都回屋之后，梨花就悄悄地告诉李信如菊那天说的话，如菊姐心里明镜似的，把什么都知道。只是家里人都还没有意识到病情的严重。李信说：“就这样吧，先不要给家里人说明白，我们心里清楚就行了。”李信看着收拾完院子里祭献的东西之后，就到如菊的屋子里看望如菊，和如菊说话。如菊就低低地问：“今儿天场上收拾了些啥？”李信说：“今儿天在场上摊了一场麦子，下午就收拾好了，今年的麦子饱得很。”如菊说：“夏粮收成不错，爹爹很高兴，只是我们没有参与夏收和秋收。哪一天我给梨花把我存的钱全部给了，你看能行不？”李信笑着说：“你那样做干什么呀，你的钱你就存着，不要乱给人，梨花她自己有钱，够花了。”梨花也赶紧说：“姐姐不要这样做，我需要钱时就向姐姐借，到那时你可不要舍不得。”如菊笑着说：“你看姐姐还能等到那个时候吗？”李信立刻说：“不要这样说，我们好好给你治病，你一天按时吃药，吃饭就行，慢慢地就好了。”如菊就说：“你们早点休息去吧，我这里好好的。”李信说：“回来这么长时间了，让梨花休息一个晚上，今晚我陪你。”如菊笑着说：“不用你们陪，今儿晚上我只想一个人清净一会，你们都走吧。”正说着，翠琴抱着姑娘来了，说是过来看看如菊姐，如菊就说：“这下你们就去吧，今儿晚上我让翠琴和孩子陪我。”李信就说：“那就麻烦翠琴了。”李信梨花走后，翠琴就上炕帮着如菊收拾好铺垫的，另外又取了一床被子，躺下和如菊说一些心里话。因为两个人太熟悉了，真是无话不谈。如菊就悄悄地对翠琴说：“明儿天你给三妈说一件事，让三妈给我张罗一下老衣（寿衣），冲冲看我的病情能不能好转。”翠琴说：“姐，你不要说得这么害怕嘛，你今年才二十八岁，谁家给这么年轻的人准备老衣呢，你不要想那么多了。”如菊说：“这是我的一点心愿，你明儿天就给说一下吧，我会一辈子记住你的帮助的。将来你和明生还真不知到哪里落脚，我对你也没有什么要求，只是不论走到哪里，都要记住如菊姐，时时关照我的两个娃。明生是个好人，你们就好好过一辈子吧！”翠琴说：

“姐姐，你今儿天怎么说这么多话……”如菊说：“这你就不懂了，我的有些话不会白说。”

第二天一大早，翠琴就在厨房里给三太太把如菊昨晚的话说了，让三太太给自己做老衣是最主要的事。三太太一听就感觉不对，立刻到上房给维贤和几个太太说了如菊想做老衣的事，几个老人伤心极了，不再说什么。维贤说：“这一天迟早要来的，自从李信这次回来，我就预料到这个结果了。今儿天你就到刘家他三奶家里去，让刘家他三奶给做了，一棉四单成套一个裙子一件大氅，铺盖做上三套，做成最好的。”三太太说：“早饭吃了我就过去。”吃早饭的时候，李信看见二太太的脸色很不好，大太太也欲言又止，梨花知道又有什么事了，就借口过去盛饭时，悄悄地问翠琴：“出什么事了，几个老人的情绪不对？”翠琴连忙就说了如菊姐昨天晚上给她说的话，梨花一听就明白了，端了一碗小米粥赶紧到如菊的屋子，让如菊吃药喝粥，想看看如菊的情绪。梨花小声地问：“姐啊，你有什么心事你就说出来，我们都能给你做到，你的病不会怎么样的，很快就会好的。”如菊笑着说：“梨花啊，你不要给我宽心了，我知道我的病情，我这两天感觉老是晕得很，躺在炕上也猛地一下子就天旋地转，不过一会儿就轻松了。我看明秀很体贴人，人长得也不赖，就不要打发了，将来让信哥收了吧，信哥是个好人。现在你去把信哥叫过来，我想对他说几句话。”梨花说：“表姐呀，现在民国了，你还这样。”如菊说：“听我的，没错。你出去叫信哥进来吧，我有话给他说。”梨花说：“行，我现在就出去叫去。”梨花赶紧出来叫李信过来。李信和几个太太都赶了过来，维贤就在门口站着，立等着里面的消息。如菊见一下子来了这么多人，就说：“我不要紧，你们都出去吧！”几位太太就说：“如菊啊，好好缓着，你需要什么就说，想吃什么也说。”如菊笑着说：“不用了大妈，你们忙去吧，我和李信说几句话。”李信就说：“你说吧，我听着哩。”如菊就叹口气说：“给我准备后事吧，我感觉我挺不过去了。”李信说：“不会的，你现在不是好好的嘛，不要胡思乱想，好好缓着，我让梨花过来陪你。”如菊说：“好吧。”

梨花端了一碗小米粥进来给如菊喂，想让如菊吃点。梨花看着如菊挣扎着吃了几口小米粥，就说：“我饱了，不吃了，你端过去。”梨花想让如菊多吃几口，就端起碗还要给如菊喂几口，可是如菊已经不张口了，有些烦躁，极度地不耐烦。梨花就静静地陪着一句话也不说。

李信一出门就碰上刘孝仪，刘孝仪赶紧打听如菊的病情，李信摇摇头说：“情况不好，你套车去陈家渡口拉木头去，拉上一副上好的柏木，下午就把冯木匠叫来到后院给钉棺材。”

快中午的时候，万信把张昭就叫来了，张昭一过来就去看如菊。如菊躺在床上见是姑夫就连忙说："姑夫你就不进来了。"张昭说："我的娃，你也不要太性强，你要好好缓着，不要生气，不要太鼓劲。"梨花笑着说："爸哎，你快到上房里去，和我公公说话去，这里有我呢。"张昭说："你看你这个娃娃……"三太太吃完饭就去给如菊定做衣服了。当天晚上就连夜赶制了出来，三太太用包裹包好，提了回来。白天的时候，如菊又开始咳嗽呕吐且下面又流个不停。梨花一个下午换了七次垫的，二太太一看流得那么厉害，就赶紧叫万信请大夫。李家塬的好几个郎中都来了，没有人能够有办法。只是看看垫子上的血，就无奈地说："准备后事吧。"一个一个转了转，就找个借口离开了。八月十七早上寅时左右，如菊走完了她二十八年的人生路，真正是血流干了人就走了。世英、明钰、梨花、秀梅好几个人帮着把旧衣服脱了，把新老衣（寿衣）给穿好，三个太太都过来给帮忙，秀梅搀扶着伤心的梨花，李信伤心地在外面哭泣了起来。

如菊殁于民国二十二年八月十七日寅时。如菊是小辈，老人都健在，灵堂摆在哪里，人停在哪里，这都还是个问题。万信很快就把该通知的人通知了。天刚刚亮，三老爷、五老爷来了，当时院子里有很多人，众人都感叹说："这么早就走了，实在是太年轻了……"在家里的亲朋也赶过来了，维贤就叫世英和明钰过去陪着众亲朋，又叫其他人一起到三老爷家里去，到那里再说。

在李家塬的当家子都过来了，三老爷、五老爷，李槟、李郴、李相，刘家三兄弟，张家的、魏家的亲堂兄弟都过来了。维贤伤心地说："虽说是晚辈，但如菊有儿有女，对我们家功劳是有的，停在东房里说不过去，你们说怎么办。"三老爷说："咱们的主房不要停了，就停在旁边的院子里，在旁边的院子里重新开门，供人们进进出出，咱们的主门仅供亲戚朋友们进出。快请苏阴阳，过来看日子，然后就准备过事情。"魏振祥出去一会儿工夫，就把苏阴阳给请来了。顺强就说："苏家爸，我们少东家奶奶昨天晚上寅时殁的，你给好好看个日子，然后我们再商量事情怎么过。"苏阴阳坐下来仔细地掐算了一番，就说："十七日殁的，八月二十日子和顺，就在二十开吊，二十一早上卯时起灵，巳时下葬。"

顺强当时就吩咐说："现在事情比较紧急，我们就各自尽多大的力量就尽多大的力量吧。李郴你进城给城里的亲戚当家子（本家）报丧，李相去大老爷那一处报丧，李槟到附近给亲戚朋友们报丧。万信就到魏家堡子如菊的娘家去请娘家人，其他人给庄子上的亲戚报丧。日子都记在讣告上，现在填写好报丧人家的姓名，然后就各自分头行动。"报丧的打发走了，然后就是搭灵棚其他的杂务。顺强从旁边院子过来，找到李信问："日子已经定下了，其他的事情该怎么办？"李信说："今天就先这样吧，先上素菜，从明天开始给帮忙的人上一些肉菜，大灶先让搭几个，灵堂就设在东面院子里，把东面院子的门打开进出就行了，今天先杀两口猪，把家里的羊从圈里牵来六只吧，其他的你就和三太太商量一下。让韩家磨房磨面，冯家豆腐房做豆腐，魏家七春过来先把猪杀了供事情上用，张家六子你赶紧过去给那两家说去。"六子梭梭地（麻利）走了。

李郴是骑马走的，当天下午就进城了。先给李泉通知了，让李泉打电报通知老二李诺一家。李泉一听伤心极了，我小弟怎么会遭遇这样的事呢，人生有三大不幸，少年丧母，中年丧妻，老年丧子。我的小弟不到中年就丧妻了，你说让人痛心不。李泉坐在屋子里思量着。李郴又到四老爷家里、兴贵家里、李怀家里、范家、唐家以及其他的亲戚家里报丧去了。万信仍然是骑马去，只用了一个下午，略带一些夜，就赶到了魏家堡子，详细地把如菊去世的过程给家里人陈述了一遍，魏明珍两口子伤心地说："老天爷啊，这让人怎么活呀，怎么老是白发人送黑发人呀！"万信赶紧说："老爷节哀，亡人已经走了，活的人还要活下去呀！"如菊母亲说："我的娃最爱吃我做的臊子面，我的娃太可怜了，更可怜的是我的尕外孙哦……"第二天万信就到魏家堡子的其他老爷家里报丧去了。听到消息后，几个老爷很吃惊，没有想到如菊这么年轻就走了，于是立马派人过来联络，准备到李家塬赴丧。

第二天，四老爷、李泉、李怀、张兴贵、刘文、宝祥、四太太、张梅、桂花、施棋和几个没有念书的娃娃都放下手中的事快快地乘车回家。等到他们回来的时候，灵堂已在东面的院子搭好，众男女都伤心地跪在地上不愿起来。四老爷四太太一进门，就被维贤叫到另外的院子里去了。张梅、施棋和桂花几个女客放开声音哭了好一阵子，然后才在众人的劝告搀扶下离开灵堂。这是真心的哀痛，是妯娌几个关系亲如姊妹的表现，也是对亡人过早离开大家的惋惜。总之，无论如何，张梅痴痴地望着如菊的画影，久久不愿离去。

就像自家的小妹，那么可爱，那么勤快贤惠，年纪轻轻地就离开了，不由不让人伤心。大嫂张梅送孩子上学刚从兰州回来，一切事情都是如菊帮着办成的，而自己一回来就见到这凄惨的一幕，鲜活的生命瞬间就消失了，昔日的音容笑貌的确不能再现。张梅好一阵子都缓不过劲来。施棋和桂花流着眼泪使劲地劝着大嫂。李泉见了李信之后就伤心地没有话说，好久才简单地询问了一些细节，并且立刻把自己的裤腿用白布束了起来。在场的人都竖起了大拇指，"你们看这才是真正的弟兄。"

家中远近的亲戚第二天都纷纷赶了过来，知道这是少奶奶早亡，大家的情绪很不好。这里有喜丧和哀丧之分，老人儿孙满堂，所有的事情都妥帖了，高寿而去世，是喜丧；年轻人孩子还很小，自己也很年轻，却因种种原因而去世，就是哀丧。如菊的去世这是典型的哀丧，所以很多人都过来默默地点纸、奠酒，致哀，没有人高声喧哗，大家都只是默默地帮着干些杂务。

所有的事情都按照程序一步一步地往过走，很多人都不愿在这哀楚的环境里受到影响，因此一到下午没有人来也没有什么杂事的时候，庄里人就回家了，不吃事情上准备的东西，所以事情上刚开始预备的东西就显得有些多。第三天的时候，维贤亲自在门口张罗，几个老爷也在一旁张罗，这样，来的人才渐渐都在事情上开始吃喝了。

一直在这里坚守的是李信的一些至交，张顺强的兄弟和家里的长工，每天顺强都忙里忙外，张罗着所有的事情。

八月二十日这天，没有准备大办，知道了消息的人都赶了过来，从早上开始就陆续有人来吊唁，中午的时候就有很多人纷纷驻足灵堂。特别是如菊作为李家的少奶奶，平时为人和善，资助他人也很慷慨，这样的人却得了这样的病。魏家堡子的娘家人是下午才到的，如菊的哥嫂一下子就来了十七个，也带来了很多祭品，如睢和如枋带领着众人在帮忙人的陪同下来到灵堂里。李信立刻出来陪着奠纸，来的人伤心欲绝，哀声大起，引得在场的所有人都流下了眼泪。

由于如菊是年轻人，加上孩子太小，几个侄儿基本都不在家里，所以整个灵堂几乎没有小一辈的孝子。只有梨花领着雨环、雨芬带着重孝，李信、李泉、李郴、李槟、李怀以及李莲和所有的先后们（妯娌）在丧房里守着。丧堂里带孝的人少，显得很凄惨。几位老太太都伤心得不愿出门。娘家人来了之后，张家姑父姑姑就迎了出来，来的都是一些小辈，见了姑姑姑父都很亲切。众人都没有什么要说的，都知道李家的人尽了力。李诺从西安打来了电报，表达了自己一家人的沉痛心情，李泉给如菊撰写了一篇祭文，白承文写了一篇祭舅奶奶文，很有文采。玉功、玉亮都在第二天来了，一直到三天祭奠的仪式结束后才回去。李瑭、李澹和大嫂刘芳也早早地赶来了，心情很沉重地参与了弟媳妇的这个凄惨的葬礼。

第二天就按照一切旧有的程序出殡，安葬。完成了整个的丧事。

所有的人都好像遭受了一场沉重的打击。

十天之后，从痛苦中缓过神的梨花勇敢地承担了如菊两个孩子的抚养义务，并且还要带着雨芬、雨环回兰州。这是梨花和家里早就商量好的事情，维贤和三位太太有些依依不舍，但还是没有什么要说的，因为毕竟自己年纪大了，将来的事一切还是要靠梨花，迟痛不如早痛。张梅、施棋、桂花都一同在城里等待梨花，并且交给了许多带孩子的方法，不管怎么说将来孩子的一切都压到了梨花的身上。梨花只有一句话，我为我所爱的人愿意付出一切。

梨花这个过门不到一年的女人，一下子就变成了两个孩子的母亲，大嫂张梅曾经提出过异议，但是没有说通梨花，大嫂对梨花的那个心疼是无法用语言表述的。

梨花在城里只待了一天，就乘着桂花新买的轻便小马车由兴贵送走了，李泉、张梅分别给孩子准备了一路的衣服和吃食，看着这母子三人凄凄楚楚地离开了。

不到五天的工夫，梨花她们就回到了兰州。雨梃、雨轩非常爱护雨环、雨芬，毕竟是一家人。明秀、杏花一听家里发生的事，都很后悔没有一起去送，晚上几个人在十字路口给如菊点纸送钱粮，以表示心中永久的纪念。雨梃、雨轩更是伤心不已，虽然刚考上西北公学，但也是响当当的男子汉了。

梨花回来之后就一心照顾不到三岁的雨环，又把雨芬安插到附近的一所小学里读书，虽说迟了一点，由于雨芬在李家塬村校读了快一年的书了，课程还是能赶上。杏花一天负责接送，有时雨轩、雨梃就换着背上走了。雨环在这里也非常适应，只是年纪还小，不知道自己从此就没有了妈。经历了这样一场变故之后，梨花变得更加坚强了。她一门心思地筹划自己的诊所，让明秀和杏花负责家里的事务，找到张槟之后，就把自己的想法告诉了，又说了如菊回到靖远之后才短短的二十三天就去世了，说得自己伤心起来，也让张槟两口子唏嘘不已。张参议员慷慨地说：“诊所的事，你就不要操心了，我让他们找你办理就行了，另外事情已经遇上了就要想开一些，李信兄弟还好吗？啥时候回兰州，来了之后给我带个话，我要安慰安慰他。”梨花说：“快了，估计尽快就回来了吧。”

梨花这次回来的时候，带了一些钱，父亲对自己的做法很感动，也很支持，特别是对待孩子上，又给梨花给了一些赞助，希望她尽快把诊所开起来。梨花在马大夫的帮助下，从正规渠道进来了所有的检查设备，存放在自己的后院里，又让明秀找人把邻街的五间房子改造成大小三间，一间大屋做诊疗室，一间小屋做病人的检查室，另一间大屋子做各种病人的治疗室。现成的屋子，花了一些钱购置了一些必需的设备，其他就是边做边补了。一个月后，李信才从靖远回到兰州，看见梨花把一切都规划得井井有条，心里非常高兴。很快诊所的手续就已办好，只需要梨花的毕业证，再不需要其他证件，其中很多手续都是小黄秘书亲自找人办理的。

李信和梨花就抽出时间专门拜谢了张参议员。张槟和李信说了很多话，真正体现了一位老大哥对小弟的关爱。特别对梨花能够这样做给予很高的评价，两口子一致认为梨花是一个很难得的媳妇，劝李信要好好珍惜。李信知道其中的用意，就一直点头答应。

民国二十二年农历十月十八日，梨花的诊所终于开张了。除梨花之外，还请了一名大夫和一名女护士。当时梨花在兰州的同学，李信生意上的朋友，李泉和张梅代表家里所有人都献上了美好祝愿。后来李诺也从西安送来一些医疗器械，作为对梨花诊所开张的祝贺。就在这时，梨花也收到了荷花的祝福和邀请，一是对姐姐诊所终于开张表示祝贺，二是告诉姐姐自己十一月初六结婚，邀请姐姐姐夫到天水来参加婚礼，并转告父母自己将要远嫁，希望父母能够理解不孝女儿的一片苦心。梨花说："这个狠心的贼女子，这么大的事情也不和父母商量一下，就擅自做主了。"李信说："这么远怎么和父母商量，起初就是奔着张敏之去的，能够顺利地和张敏之完婚那也没有什么要说的。恰好明天有一驼队回靖远，我让他们给家里捎封信，很快就会通知姑夫姑姑的。"梨花说："满打满算只剩下二十天的时间，怎么说是来不了的。"李信说："你也真是的，荷花就让我们两个去，哪里还给别人机会呀。怎么算先从兰州带信回靖远，再从靖远到兰州，由兰州到天水，二十天远远不够啊！"梨花一听就笑了，这个死女子，做啥事都这么精明，让人找不出破绽来。

·

梨花和李信诊所刚刚开业，千头万绪都还没有理顺，一天到晚忙个不停。二十四这天晚上，两个人就坐在一起商量走天水的事，怎么想都不合适，我们两个刚刚经历了一次这么大的丧事，可以说是重孝在身啊。可是这是自己的亲妹子，又身在外地，举目无亲呀，真是难死个人了。两个人思前想后还是决定提前去，只是避开他们的结婚大喜的日子，也不到他们的新房里去。总之，现在有孝在身，别人不在意，自己还是注意为好，以免以后让人落抱怨。尽管李信和梨花有很多的顾虑，但还是安排好家里和诊所的事宜，按时踏上了去天水的里程。

今年的秋天，李家塬的维贤一家已经没有了往年庆丰收的喜悦，自从这次丧事之后，几位太太就一直心情很不好，维贤老爷也如同被霜打的作物一样，总是提不起精神来。虽说李信梨花一家离开了，但家里还有好几个帮工在顺强和刘孝仪的带领下，一天到晚地在场上和地里忙乎着。

这天维贤到黄家洼的地里看着顺强他们给地里浇冬水。一个人就那么漫无目标地在地里转着，心里想着最近发生的诸多事情，真是感慨万千。秋天的田地里，庄稼都收拾干净了，光秃秃的土地没有一点遮拦，衰草被强劲的秋风吹得蔫不拉几的，地埂处不时散落着一堆一堆的秋叶。维贤一边扯着地埂上的荒草，一边看着好几个人在一边修水渠准备放水。心里很不是滋味。如菊是最小的儿媳妇，就这么早早地离开了人世，让这么多的白发人送黑发人。老天似乎有些不公呀！回想如菊的丧事，虽说家里所有的人都很努力，但是凄惨的氛围始终不能消除，很多人都装着不露笑容，但回想起来还是不是滋味。雨环刚三岁那么小，雨芬才七岁，这就永远地离开了自己的亲娘，真是让人伤心。

维贤时而想着自己的心事，时而手底下干一些零碎活，顺强就时不时地过来帮忙，有时也和姑父说说话，拉一拉家长里短，总之众人都想让维贤高兴一些。特别是上了年纪的人，一旦心里吃了事，那真是一下子化悔不过去。常言说“心锁还是要心药医呀”。维贤想起自己从年轻时就经营这么一份家业，照顾得上上下下方方面面都很妥帖，送走了几位老人，生养了这么一大家子儿女，继承了父辈的一些财产，但也创造了不少的东西。上好的水浇地就有二百亩左右，又在别的地方购置旱山地将近六百亩，大小果园三个，院子重新规划翻修了一遍，给村子里的娃娃们盖了一所小学校，一直维修着著名的古迹，年年把自己收入的瓜果粮食送给那些需要帮助的人，为村子里修路长达数十里，在城里开了两间杂货店，给大儿子李泉购置一座院落，供二儿子李诺到北京念书，几个孙子都到外地念书；家里骡马成群，大小牛有十三头，马有二十多匹，骆驼有十一峰，羊有三百多只，家里内外还雇有长短工，一年四季吃穿用度不愁，靖远城里的两个孙子都到兰州上学去了，自己的一个小姑娘李莲，又离开家里，到她大哥那里念书，家里就剩下自己和老婆们，应该是儿孙绕膝享受天伦之乐的时候，儿孙们却一个个像鸟儿一样飞得那么远，想想这些，维贤自己倒轻松了许多。

晌午的时候，几个人换着回去吃晌午，维贤就跟顺强一同回来，又安顿了下午把水浇完后的一点活。顺强说：“姑父，您老下午就不用出来了，剩下的活我们几个就干好了。”维贤说：“我也是这么想的，我最近时常感到有些累，想好好地休息几天。这些秋后的活计你就安顿着干去，李信不在家里，今年有好多活都让我要操心啊！”顺强和刘孝仪就赶紧应承着。

这天几位太太叫刘家三奶过来，和几个人暄了很长时间，大家都只说庄稼的收成，地里的活计，雇工们的表现，有时也说说孙子们的事。但是几个人坐在一起，哪能不说最近的事呢，后来维贤进来了，几个人才离开，二太太就抽抽泣泣地送她们出来了。维贤和几个人打了个招呼，就进到屋子里去了，翠琴赶紧过去给洗脸盆里倒了些热水，维贤仔细地洗了洗，就准备吃饭。晚上吃的是李家塬人经常吃的旗花面，给老爷太太们吃的里面调了一些羊肉臊子和豆腐，加上四个小菜，一个羊肝、一个酸萝卜、一个凉拌小白菜、一个咸韭菜。翠琴端饭过来，大太太二太太就过来陪维贤，三太太在厨房里把给其他人的饭收拾好了才过来。这天维贤好像在地里着了一些凉，吃饭的时候就不精神，刚刚吃了半碗汤面条，就说不太舒服，放下了筷子。大太太二太太赶紧也放下筷子，忙问："你哪儿不舒服？"维贤说："不要紧，你们吃你们的，吃完让她们把桌子收拾掉，我今儿天有些累，等一会儿让万信把张家她姑父叫一下，我晚上和她姑父喧一个事情。"三太太赶紧说："行，你先躺一会，吃完饭我让万信叫去。"

几个帮工吃完饭之后，就各自回家去了。顺强和刘孝仪在院子里收拾了一会工具，然后顺强就回家去了。刘孝仪进来看维贤，见老爷在炕上躺着，就要出来，维贤却在里面高声喊着："进来，进来，来了就喧一会儿。"翠红见来人了，赶紧把维贤熬灌灌茶的小炉子拿了进来，两个人就边说话边熬茶喝。两杯罐罐茶喝完后，维贤就精神多了，恰好张昭也过来了，三个老汉就天南地北地喧了一阵。刘孝仪说："昨天早上，刘老三和老婆骂仗，刘老三叫老婆追着乱跑，最后刘老三被追到一棵枣树上，再也不下来，下面就有几个邻居劝着，两口子不要整得那么凶了，有啥话回去好好说。刘老三老婆大声地说：'我们这个挨千刀的，才卖果子的一点钱就被人家拿去输掉了，你们说不好好教训一下能行吗？'众人都笑了。只见刘老三的老婆在树底下喊道：'你下来不下来？'刘老三双手抓住树枝说：'男子汉说话算话，说不下来，就是不下来。'在众人的笑声中，刘老三的老婆也笑着回去了。"张昭说："你那算什么，你听我给你们说一个，说是有一个老太太特别信佛，整天都在念佛，阿弥陀佛、阿弥陀佛地念个不停。有一天，老太太正在念佛，阿弥陀佛、阿弥陀佛，突然她却高声喊道：'老汉、老汉，你赶快点一把火把锅台上的蚂蚁烧掉，那么多蚂蚁，讨厌死了。'然后老太太又阿弥陀佛、阿弥陀佛地念了起来，不一会儿，又听老太太大声喊：'老汉，老汉，你死到哪儿去了，赶快把灶洞里的灰往外倒一些，你没看见灶洞里的灰往外溢吗。'老汉刚要往出刨灰。老太太又大声说：'借邻居家的簸箕，咱家的烧坏了怎么办。'老汉一听就出去了，老太太又阿弥陀佛、阿弥陀佛地念开了。"维贤说："我也有一个笑话，有一个人饿极了，走到一个馍馍店门口，买了一个尕饼子，一个吃完，不饱，就要了第二个，还不饱，接着又要了第三第四个，直到第六个吃完，才感觉到饱了，这时他就想啊，早知道第六个饼子一吃就饱，何不一开始就吃这第六个饼子，为啥还要多吃前面的那五个呢。"维贤和两个老汉高兴地喧了很长的时间。

李信和梨花整整地走了五天，倒了两次车才来到天水。两人到了天水之后，才知道张敏之即将随保安旅去宁夏府，而且部队有一部分已经开拔走了，还有一部分在陆续搬迁，敏之是负责后面的事务的，所以十一月了还没有过去。明晖和所有的作战人员都已经走光了。趁着这时刚好有一段空闲时间，张敏之的母亲就主持要把儿子的婚事给办了。李信到天水之后，还想找找明晖、明生、玉春等人，结果没有能够找到。两个人一去就到敏之租的新房兼住所去了，幸好张敏之这时正好住在天水市上，两个人就不用往张家川或者张敏之的老家里赶。

十一月初六这天，敏之和荷花的婚礼如期举行，荷花的娘家人就只有李信和梨花两个人，另外还有保安旅的一部分人，张敏之组织里的一些人，张敏之老家的几个代表，人员虽然不多，但也是热烈而隆重。中午留下所有的人吃了一顿中午饭。下午保安旅的人和敏之老家的人都回去了，张敏之的新房就租在荷花诊所旁边的一个院子，一家人都就搬了进去。李信就只在敏之院子的其他屋子里，不进新房。梨花也是刚去的时候帮着收拾了一下，以后就很注意地不去触碰新人的任何东西。最后两个人就住在荷花的诊所里。荷花和敏之对姐夫姐姐的情况知道后就不再强求什么，任由他们几天一直住在诊所里。诊所的事务不敢停，荷花结婚的这几天，梨花和萍之一直操持着，梨花也从中学习了很多诊所管理和接诊病人的经验。

第三天的时候，李信和梨花就回兰州了。在天水的时候，李信和敏之他们说了最近这半年以来发生的很多事，特别是如菊的生病以及去世，让所有的人感慨了很多。敏之的母亲流着眼泪听完了李信的话，就对李信说："娃娃哎，你要坚强一些，日子就是这样，人一辈子会遇上很多不如意的事，走了的就要让人家安心地走，我们活的人还要继续过日子呀。当初敏之他爸走了之后，我只有二十几岁，那真是如同天塌下来一样，家里人就一直劝我改嫁，我一看见这可怜的儿女就只有流泪啊，没有办法，就一直住在人家留下来的那两间小房子里，日子是何等的艰难，现在我终于把他们拉扯大了。你们现在的情况要比我那时候好多了，娃娃啊，好好过日子，你会做生意，梨花又要开诊所，情况会很快地好起来的。"李信说："谢谢姨，我知道事情遇上了，实在是没有什么办法，如菊的最后一段时日我和梨花都尽心尽力了，不论从治疗还是日常生活各方面，我们没有后悔的。这样我们就安心了。"李信对敏之说："你在明晖的部队上要好好做事，明晖也是亲戚，我想不用我多说，他会很好地照顾你的，只是你再不要组织一些事了，上次的事就很危险，你们的那些人我怎么看都不安分。在部队上要守规矩。"敏之笑着说："姐夫，你就放心吧。我做事还是很讲分寸的，我会在部队上好好干的，就是和荷花分开了，我确实不忍心。"李信说："好男儿志在四方，不应该老是团在家里，我回去之后，就还要做我的生意，你梨花姐的诊所让她一个人做就行了。家里一年的果子蔬菜都要贩掉一部分，家里老老少少的都需要照顾，我不可能一直待在兰州，回去就到靖远趁着冬闲做些生意，养家糊口。"敏之和荷花很赞赏，只有梨花默默不语。

梨花整天在诊所里忙碌，雨轩、雨梃、雨芬三个学生有明秀、杏花照顾，雨环还小，一直由明秀带着。李信到兰州之后，就在市场上进了一些货，雇了驼队回靖远了。李信回到靖远之后，就很快地回到了李家塬。维贤一见李信回来了，高兴地对李信说："你们的诊所开张了，你媳妇一个人能忙过来吗？"李信说："诊所才开张，不是很忙，里面又雇了一个大夫一个护士，加上梨花三个人，可以转得开，如果再忙就让明秀给帮帮，我就回来给家里做一些事情。"维贤说："现在是冬闲时间，地里基本上没有活了，家里你大妈自从如菊走了之后，一直不很精神，家里所有的一切都是你三妈一个儿操持，我的身体也明显地不行了，你大哥好长时间也顾不上回来一趟，我们几个老人的生活有些孤单。好在明生的女子时常过来给我们帮忙一阵。"听着父亲絮絮叨叨地述说，李信心里很不好受。

李信吃晚饭的时候，说了自己回来的打算，就是还像往年一样趁着冬闲做一些生意，给家里贴补。父亲维贤说："现在情况和往年不一样了，你也不要往远处跑，从今年开始，我们的生意就只限在靖远和兰州之间，能挣多少就挣多少，挣不了就不做。靖远我们是坐地生意，不行在兰州市场上你也找个铺面，我们仍然做坐地生意，这样两头子家里都不耽误，我们的货也销了出去，你们也赚一些零花钱。"父亲又说："你这次回来，还是去一趟魏家堡子，自从如菊去世之后，听说你丈人丈母娘过得很不好，又听说如菊的姐夫宋祯最近死在石门的山里了，你的那个连襟到死人们都不知道是怎么死的，听说连尸首都没有找到。接二连三地小辈离世，让两个老人心里很吃力。"李信吃惊地说："宋祯是什么时候去世的，如兰也没有给我们带一点信息，你看我知都不知道，我实在是应该去看看的。"二太太说："转眼就过年了，你现在不要去，最好是过年的时候把孩子领上一起给姥姥外爷拜年去，顺便再给如兰一些资助就行了，现在去不好，让人家心里更不好受。"李信想了想就说："行，那就这样吧。"

李信回来之后，就立马和顺强、李郴整理出去的东西，第二天就开始装骆驼垛子。这次和往常一样，仍然是从家里装果子，一峰骆驼装五百斤左右，分两垛子。这次不向南行，而是把果子直接运到兰州去，直接把果子变成钱，然后再给铺子里进货，两不耽误。李信对顺强说："我们这么走，路上不用倒手，就不用那么多人，我们三个就够了，宝祥就在店里张罗着。"顺强笑着说："我一直建议这样做，我们花费的时间和精力就少多了。以前我们也把青城、水川、什川一带的果子运到兰州，销路很好，表弟这样决定很好。"李信回答说："这还是姑夫这样决定的，因为兰州还有一处家，姑夫不能不考虑呀！"李郴对李信建议说："尕哥，我们几次去兰州，我发现那里的人对咱们的东西很感兴趣，特别是吃的，我想咱们是不是把我们石磨房里的面也驮一垛子，到兰州销着试一下？"李信听完后就说："真是好主意，我们除了果子之外，另外再带一些其他的东西，能销掉最好，销不掉就放在兰州的家里也行。反正梨花她们也一直买东西嘛！”

准备好了之后，李信他们就牵着驼队上路了。维贤看见李信他们上路，又叮嘱了一些，然后就放心地打发走了。说实在的，维贤对李信做生意还是很放心的，知道他在这一方面是开窍的。二太太三太太给他们准备好一切路上用的东西，翠琴也想给明生捎几句话，就是不知道怎么说。倒是刘孝仪有办法，早早地就准备好一封信，让李信带上，看能不能捎给儿子。李信就笑着说：“这个明生，我上次去天水没有见上，说是到宁夏府去了，我到兰州之后就有办法把信带过去。如果李念回来，你们在他跟前一打听，可能更清楚一些。”刘孝仪笑着说：“少东家就先带上，以后我们打听到门路之后再说。”

李信他们刚到靖远县城，就碰见李念从兰州回银川，于是就立刻把信给明生带走了，恰好李念也知道保安旅正驻防中卫一带，他这次正好路过。李信第二天离开靖远县城，过河后就一直沿着老路往兰州赶，一路上什么地方住店，什么地方吃饭，三个人都很清楚，所以一路轻松地来到了兰州。顺强和李郴就随驮队住进了车马店，李信就回家去了。李信回家之后，梨花恰好出诊西固去了，因为那里有一个特殊的产妇需要特别地照顾。据诊所的王大夫说，梨花可能还需要在那里观察几天，要等到产妇把娃娃生下，一时半会恐怕回不来。李信说：“没有什么，就让梨花好好看病人吧，我也要在兰州待几天，把带来的果子和杂物处理一下，也想在市场上找一间好一点的铺面，做坐地生意。”王大夫说：“要不我过去把张大夫换回来。”李信说：“不用了，你在这里也有很多的病人呀！”

当天晚上吃完饭，李信在家里和雨环玩了一会，又问了问雨梃、雨轩念书的情况，就让明秀哄雨环睡觉去了。李信好久都没有这么轻松地在这里了，所以他看着前面的诊所收拾完毕之后，就又过去看雨环睡得怎么样，屋子暖和不暖和。正好见明秀哄着雨环睡着了，刚走下炕。明秀一见李信就连忙问好。李信说：“睡了？”明秀说：“刚睡着。”李信就慢慢地往屋子里走，明秀就紧跟着给李信收拾屋子。看着忙碌的细心的明秀，李信顿时动了恻隐之心，这么年轻就遭受了那么大的打击，真是老天不公呀！一直以来，李信真还没有认真看过明秀，因为太多的事情，太多的女人，主要还是梨花一直在身边。今天李信回来，也想和梨花好好聚聚，可是天不遂人愿。于是就细细地欣赏了一下明秀，才发现明秀确实是一个美人胚子，虽然是冬天，穿戴有些臃肿，但还是那样地轻巧动人。李信坐在椅子上细细地欣赏着。明秀收拾好了之后，就对李信说：“东家，炕铺好了，你就先缓着吧。”李信说：“好好好，你先别走，我们说说话。”明秀就在旁边坐了下来。李信又问了明秀很多事情，包括以前的。明秀说起来就有些伤心。李信见明秀伤心落泪的时候更是楚楚动人，一下子就激起了他的原始欲望，李信借明秀转身之际，就把明秀一把揽入怀中。明秀很是吃惊，但没有推搡拒绝，而是很温顺地就势靠着李信。她这时听见了李信狂乱的心跳粗重的喘气声，毕竟是过来人，把什么不知道，李信揽住明秀不肯放手，明秀也很温顺地没有一丝一毫的拒绝。李信终于不再克制，在明秀的粉颈上亲吻了一下，明秀一个激灵，顿时想推开一下，可是李信强劲有力的大手把她搂得很紧，她也就紧紧地搂住了李信的腰。李信搂住明秀往前刚一迈步，明秀就触到了李信两腿之间，她感到了李信的强壮有力。这不是自己一辈子梦寐以求的吗？过去虽然嫁了个男人，但那是怎样的一个老病秧子，虽说出嫁了一年的时间，真正接触的只有一个晚上，而且还没有成功同房。所以一直到现在自己还是一个姑娘的身子。若是能够和这样的东家过一个晚上，明天就是让我去死也值了。明秀还在想着，李信已经把嘴巴贴在她的脸上，嘴上，最后就把她压在椅子上。明秀说："我也是女人，不是我不愿意，我很想，只是过几天梨花来了怎么办，东家？"李信说："过几天梨花来了我对她说，现在我们只说我们的，只做我们的。"于是两人就迅速地上炕了。

李信离开梨花也有二十几天了，明秀更是欲火难耐，两人是干柴烈火，一引就燃。什么久旱逢甘霖，什么他乡遇故知，什么洞房花烛夜，什么……两个人如胶似漆，缠绵悱恻，没有过多的程序，直接进入主题。李信惊讶地发现明秀还是姑娘身子，是自己的孔武有力破了明秀的身，油灯下李信看着明秀身子下面的点点红蕊，一下子兴奋极了，又不停地动了起来。李信终于一扫先前的阴霾，拘谨，小心，大胆地宣泄了自己的感情，无拘无束地毫无顾忌地做着男人，今天他终于感觉到自己的雄壮，自己的有力，自己的兴奋，自己的欢娱，明秀也是一次比一次疯狂。直至两人都筋疲力尽，明秀才悄悄地收拾了一下，回到雨环睡觉的房子里去了。

李信躺下之后就想，人们常说妻不如妾，妾不如偷，这话确实不假。回想自己和如菊多年的生活，一年来自己和梨花的生活，自己刚刚和明秀的激情，真是不能同日而语。

第二天早上，明秀趁雨环睡觉就早早起来做好几个学生的早点，让杏花把雨芬叫起来收拾好，看着几个孩子吃完早饭一个个地出门上学，杏花领着雨芬到学校去，又回去看看雨环还在熟睡。明秀就过来叫东家，李信这时候还没有起来，躺在炕上看着明秀娇媚的笑脸就说："你怎么样，好着没有，过来，坐到边上来。"明秀笑着说："昨天晚上你好像就要把我吃了，你们男人见了女人都这样吗？"李信说："就是啊，我们男人就是喜欢展示自己的雄壮有力，你们女人不也一样吗？"说着就又把明秀的双手拉住了，说："你让我忍受不住，不信你摸摸。"李信拉着明秀的一只手放在了被子里面，明秀又触摸到李信高高耸起的两腿中间，手赶紧就缩了回来，"大白天的你赶紧起来，"李信拉住明秀的手就是不放。明秀说："大白天不好。"李信说："你赶紧上来，我们就一下，我要我就要我就是要我就要现在做。"说着就一把拉着明秀进了被窝，两把扯下明秀的裤子，两个人就风风火火地做在了一处。这是怎样的酣畅淋漓，这又是怎样的令人销魂，有了昨天晚上的良辰共度，今天早上两个人更是如鱼得水、愉悦无限，缠绵了好一会儿，就听见杏花送完雨芬买菜回来，到厨房里大声地喊明秀姐，李信才恋恋不舍地放开了明秀，明秀穿戴整齐，匆匆地收拾了一下就出去了，然后就听见明秀哄雨环起来穿衣服的声音。李信这时才慢慢地起床，一边穿衣服一边收拾，并大声地咳嗽了一声，杏花就从厨房里端来了热水，李信就随口问杏花："你明秀姐呢?"杏花说："刚看见还在她的屋子里，有事吗?"李信说："也没有什么事，你让她等一下把早饭端过来，我吃了就要到市场上去。"杏花答应着就出去了。

李信刚洗完脸，明秀就用盘子端着早点进来了，两碟小菜，一碗小米粥，三个小花卷，一双筷子。李信一看，明秀重新收拾了一下，脸上淡淡地搽了一些粉，打了一点腮红，小巧的嘴巴微红，头发也紧紧地盘了起来，衣服裤子都换过了。李信说:"哟,变了，一下子变得秀美了。"明秀说:"不管以后怎么样，我要永远记住昨天晚上，我现在是一个真正的女人了。"几句话说得李信有些惊讶，悄悄地说："何必呢，不就是一次男女欢娱嘛，"说着就端碗吃饭，明秀就在一旁站着看着悄悄地说："男人可以，但女人就不一样了，我会永远记住的。"李信顿了顿就说："好吧，我会处理好这件事的。"

李信吃完饭，看着明秀收拾完，端着盘子出去，就到后院里让喂牲口的榆中的刘四给套车，要出去。李信一到市场，就见顺强和李郴已经在那里张罗着出售带来的东西。这一次李信和顺强带来十四驮水果，五驮子靖远石磨子面，一驮子杂货。论理说也有一些东西，但是今天只带出来了一部分，大部分就安放在货栈里。

李信到了之后，李郴和顺强已经把四驮子水果和一驮子面和一个客人谈拢了，价钱还不错，李信很是高兴。说实在的，这可是现钱，比以往跑那么多路更有收获。李信在市场上也有一些人缘，很多人看见是李家少东家的货，都很感兴趣，都纷纷过来打听一下具体的价位。由于临近过年了，水果特别是靖远的香水梨，更是受人们的青睐。其中有临夏的一位客人一次就进了四驮子，将近两千多斤，有一个客栈的店老板，要了两驮子的石磨面，倒是带来的一些杂货无人问津。中午的时候，李信要回去吃饭，李郴和顺强就在市场上边看货边吃点东西，下午继续做买卖。因为中午和下午是市场上最红火的时候，李郴就给李信的小马车上放了一些杂货和两口袋面，让李信带回去家里尝一下。李信也没有说什么。

李信回到家里，把两口袋面和一框子杂货从车上取下来，让明秀先把杂货提进去，自己和刘四就把面抬到厨房里去了。吃完饭，李信就到前面的诊所里看看，明秀紧跟在后面。看着诊所在梨花的管理下发展很是不错，大夫护士都很负责任，李信想和大夫说话，可是诊所里有几个病人，大夫护士都忙出忙进，自己无法开口，就闲坐了一会，看见明秀过来之后也一直帮着护士搞一些清洁工作，心里很是满意。王大夫忙完一个病人之后，就过来和少东家说："少东家，我们的张大夫可能今天就回来了，那边的主人用车往来送，主人家昨天晚上生了一个胖小子，特别地高兴。"李信接着问："梨花被接去几天了，怎么才生下?"王大夫赶紧笑着回答说："主人家是头首子（第一胎），年龄有些轻，又是胎位不正，所以，就把大夫接了过去。"李信看着自己在诊所实在帮不上什么，就给明秀说："你在这里帮着，我出去一趟，顺带看看拉来的货。"明秀就说："东家，早去早回，晚上在家里吃饭。"李信用火辣辣的眼神注视着明秀说："行，我早早地回来。"

等到李信、顺强和李郴晚上收拾好东西，天已经很黑了。李信就让李郴和顺强两个到家里吃饭去，李郴对李信说："尕哥，我给咱们看货，你和顺强哥两个人回去就行了。"李信看了看自己的货物就说："也行，货栈里留一个人也行。"于是就准备回去，顺强倒是很愿意回家吃饭，一是梨花是自己的堂妹子，二是也想好好看看东家在兰州置下的院子。当两个人回去的时候，家里的三个学生娃都已经吃完饭各自到屋子里复习去了。梨花下午就回来了，屋子里只有梨花和明秀在等着。梨花这一阵子诊所的事务特别多，收入也不错，心里很是高兴，见李信来了，就想好好地给说道说道。再说今天回来的时候，主人家除了给了出诊费，还特意给梨花送来一只秋羔子（羊羔子），梨花一回来知道李信回来了，就让明秀和杏花赶紧把羊羔子收拾好晚上大家欢欢地吃一顿。

其实明秀早就想好好地招呼李信，梨花的话正中下怀，所以就快快地离开诊所，回到后面帮着杏花一起收拾着晚饭。靖远人一般喜欢吃羊羔肉，而且做法有很多种。今天梨花让明秀到厨房把羊羔子红烧上，明秀就知道该怎么去做了。晚饭准备得很丰盛，红烧羊羔肉，蒸了一锅米饭，另外还配了四个凉菜。李信出去一下子回不来，梨花在诊所里忙完后，也回到后面帮着明秀准备晚饭，一直等到学生们都回来了，还是不见李信的影子。于是梨花就让四个孩子先到厨房里吃饭，自己和明秀等李信回来再吃。一直等到天黑了，李信和顺强才驾着小马车回来。

梨花见到李信非常高兴，那种渴盼的心情通过眼神流露出来，只有他们两个人能懂，见到梨花李信也很高兴。临进门的时候，梨花给李信赶紧拂尘，明秀赶紧换了一盆热水，顺强紧随其后，看见东家夫妻这般恩爱，心里也热乎乎的。两个人洗完后，明秀就已经把羊肉重新热好端上来了。

李信惊讶地说："哪里来的羊羔肉，顺强，我们多有口福。"说着喜滋滋地劝大家都坐，坐下来吃饭，看见雨环，就抱起来问："儿子吃肉了没有？"雨环抓起筷子就说："吃了，我们刚刚吃过。"明秀连忙抱过来说："雨环，听话，过来姨姨抱，不要影响爹爹吃饭。"梨花就对雨环说："刚吃过，就再不能吃了，我娃喝口汤。"就让明秀在一边给喂口汤哄一哄，然后就让大家赶紧趁热吃。李信端起了碗，赶紧让着顺强说："吃呀吃，我们尝尝今年的新羊肉。"于是大家在一起愉快地吃饭。梨花不停地给李信夹菜夹肉，自己没有怎么吃，只是看着李信和顺强欢欢地吃着。李信边吃边问："几个孩子的情况怎么样，雨梃、雨轩的书念得怎么样？"梨花笑着说："放心吧，几个孩子都不用人操心，书都念得很好，每天吃完饭，各自到房子里就看书去了。雨梃喜欢运动，雨轩爱思考问题，雨芬才上小学，只是完成作业就行了。"

吃完饭，明秀和杏花就回厨房收拾去了，李信和梨花在客厅里坐着说话，顺强说了一会话，就要告辞回去。李信说："不用回去了，你就住在家里，明天我们一起过去。"顺强连忙说："东家，那可不行，明儿天早上还要往市场搬运东西，再说我们那么多的货放在货栈里晚上还要有人关照呀！"李信就说："那好吧，你就回去，出去之后路知道吧？"顺强笑着回答说："熟得很，一会儿就到了。"送走顺强之后，李信就问梨花："这一段时间诊所情况怎么样，你干得还顺手吗？我回去之后，看见大家都很好，大妈二妈两个人自从如菊的事之后就精神不好，爸的身体也不太好，老了，家里只是几个老人也不行，另外如兰的男人宋桢也不幸去世了，而且据说是死在石门的大山里，最后连尸首都没有找到。我知道消息之后，当时就想过去看看，二妈就说很快就过年了，等一下到过年了就领着孩子一起去，先给孩子的姥姥姥爷拜年，然后看看他大姨，那样最好，我一听也有道理，就回来等到过年的时候再去。"梨花静静地听着李信的诉说，得知丈夫还是一个很知恩感恩的人，就委婉地说："你是哥，你只要觉得好，就去做。妹子我没有意见，我给咱们好好经营诊所，家里的所有事你斟酌着办。另外荷花来信了，说是张敏之去了宁夏，自己和张萍之一直经营诊所，情况还不错，自己也怀上了。他们都很好，她还特意问起你来，让我多关心多照顾你。"两个人说了很长时间。李信又说自己见到姑姑姑父的情形，姑姑没有什么变化，姑父精神也不错，两个人的情况比咱爹咱妈要好些。大哥大嫂在城里也忙得很，李莲在城里念书，需要大嫂操心呀。

这次回去让我触动最大的有两件事，一是父母的身体，他们确实上了年纪了，精神头大不如以前了；二是宋桢的去世。说是宋祯跟着一个谢大烟袋的庆阳人造反去了，结果就让人给打死了，具体是什么情况，没有人能说清楚。我怎么感觉宋祯和张敏之是一伙的，敏之的那些人我都接触过，宋祯结交的什么人我还真不太清楚，但给人的感觉好像都是一样的。梨花说："你今天怎么说这些事，怪吓人的。敏之不会吧，下次见到荷花我问问。"李信笑着说："你傻呀，这事是随便能向外人说的吗？"梨花吓得伸了伸舌头，并且祷告似地说："神仙保佑呀，我妹夫可是好人，可千万不要出什么乱子。"李信说："不要这么紧张，我们只是说说，也只是个推测，你怎么就当真了呢。"梨花说："我实在是害怕呀！"李信说："不用怕，这又不是真的，敏之还在部队上呢，荷花又在天水，况且也已经怀上娃了，这一切都证明好人一切平安，好了不说了，赶紧收拾我们睡觉。"梨花就叫杏花送一些热水过来，顺便问了一下："明秀在干什么？"杏花就说："正和雨芬哄雨环睡觉呢！"梨花就对李信说："你说怪不怪，这两个孩子来到兰州后，一直和明秀合得来，也很亲热，倒是和我有些疏远。"李信笑着什么也不说。

两个人收拾好之后很快就上床了，这一夜梨花很渴望也很积极，李信也很努力，通过猛烈的性事来安慰各自长时间的相思，梨花沉浸在夫妻生活的幸福之中，两个人愉快地做完后，梨花还激动地述说不停，说了许多知心体己的话，说得李信非常感动。

第二天早上，明秀和杏花收拾好让三个学生吃完早点去上学，梨花和李信随后也就起来了，梨花还想很娇媚地恋床。李信亲热地亲了亲梨花的脸说："小媳妇啊，现在不该这样了，我们都需要整理一下思绪，想想今天的事，我还有好些货存在货栈里，必须尽快处理掉，杂货看来是没有什么市场，各种果子还是很有市场的，你也要想想今天诊所的情况。"梨花懒洋洋地说："我们的诊所开门还早呢，况且早上基本没有什么病人，中午、下午的时候比较多，你早上也不用出去，就是出去市场上也没有多少人呀！"李信建议说："早些吧，早些出去还是有些说头的。一日之计在于晨嘛。俗话说早起的人三光（头梳得光，脸洗得光堂，衣服穿得光堂），晚起的人三慌（神慌，心慌，形慌），你想想是不是这个理呀！"几句话说得梨花就快快起床了。

这边主人的屋子里一有动静，明秀就很快地把热水端了进来，两个人洗刷完毕，精致的小菜就端了过来，四盘小菜，一盘小花卷，两碗小米稀饭。看着明秀，李信就觉得有些尴尬。梨花在里屋收拾完之后，就过来吃早点。明秀就把两个人的洗脸水端了出去，完后又把盆子放到原来的脸盆架子上。李信吃完饭后就要往外走，梨花笑着说："等一等，你把昨天晚上的羊羔肉给李郴带上一些，让尕兄弟也吃一点。明秀，你过去给收拾一下，让带上一些去。”明秀就快快地过去收拾了一小盆，用一个布袋子捆紧，放在李信的小马车的座位旁边，站在小马车旁边等候李信出来。这时杏花从外边回来了，看见明秀站在马车旁边，就大声地问：“明秀姐，你站在那里干啥呀，我把中午的菜买回来了，你要不看看。”明秀忙忙地对杏花说：“东家出去，要给靖远来的兄弟带些羊肉吃，我刚收拾好拿过来。你回来了，那你就赶紧看看少爷醒来没有，菜放到厨房里我收拾。”杏花说：“好吧。”

听见明秀和杏花在院子里说话，李信和梨花都出来了。李信上车出门，梨花就到前面的诊所去，收拾开门。这时王大夫和护士也来了，明秀和护士就赶紧搞卫生。梨花就看了看这几天的整个门诊情况，又说了说需要注意的事项。护士对梨花说：“张大夫，昨天咱们的西药就有些短缺，你看是不是再过去进一些？”梨花看了看药柜就说：“我们现在缺少哪些西药，你赶紧开个单子，我们今天早上就进货去，这个事情非常重要，千万不能马虎。”搞完诊所的卫生，明秀就回到厨房收拾杏花买来的蔬菜，筹划着一家人中午的吃食。

今天已是腊月初三了，李信出去之后就想着把果子全部销掉，然后赶紧回去赶年前再来一回兰州，一是给家里带一些东西；二是给几个铺子里再进一些过年的货。结果今天一到市场，就有好几个兰州的本地商人把剩下的果子全部订走了，他们也要准备过年的东西。石磨面还有两驮子，杂货还有一点。李信就给顺强说：“你赶紧到王掌柜那里给我们定一些铺子里的各种杂货，我们今天下午就要装垛子，明天中午就回靖远，然后再跑一趟兰州，要快。”顺强答应着就走了。李信和李郴把剩下的东西拿出来准备销售，临夏的马回回过来把面要走了，拉到他的面馆。李信和李郴就赶紧回到客栈，准备好骆驼垛子，让王掌柜往过来运东西。顺强在那边看着点清楚就行了。东西交割完结后算账，李信感到以前真是太辛苦了，跑那么多路，倒那么多次的手，哪里有这样直接进入市场来得快，心里就特别感激父亲的英明决定，也很感激顺强对他的提醒。李信在兰州找铺面的决心更大了，也更坚决了。因为这样自己的生意可以做得更大更好。这次往回去驮的是天水的柿饼、陇南的核桃茶叶、陕西的花生、四川的橘子、红薯、临夏的药材、牛羊肉、还有青海的皮货、新疆的葡萄干等等，比自己以前跑出去带回来的东西还新鲜又便宜，真是让李信大开眼界。

兰州，真是一个神奇的地方。

由于这次回家路上没有什么变化，第二天不到中午，李信就打发顺强和李郴两个人拉着驮队回去了，到靖远把货卸了，李信写了一封信进行了安排，然后让贾忠宝祥把货分给几个铺子，随手把货款收了。下一次还是驮果子，以香水梨和冬果梨为主，赶腊月二十左右来到兰州，把果子发掉，然后一家人回家过年。自己在兰州先把过年的果子订出去，再做点别的事情，主要是想在市场上找一间铺子。通过几次的生意，李信感觉到坐地生意是非常稳当的生意，自己的家已经安在兰州，自己再做一个坐地生意，会很不错的。既免去自己以前的劳碌奔波之苦，又可以很好地照顾家里。

梨花这些天也一直很忙，诊所里的病人很多，明秀一天到晚地在里面帮忙。梨花很想让李信也给她到诊所里帮忙，李信不答应，说自己在生意场上还可以，在诊所里啥也不会，倒让自己很不是滋味。梨花见是这样，就再没有强求。

这天早上吃完饭，李信暂时没有什么事情，就在家里待着，明秀把诊所的卫生搞完，就到后面雨环的屋子里给收拾一下，几个孩子的屋子随时要收拾，特别是两个男娃娃的屋子，隔天就要收拾一次。李信在房子里看见明秀过来了，就过去看看，想和明秀说说话。明秀刚进屋子，李信也就乘机进来了，明秀笑着说："你跟进来干什么，大早上的?"李信低低地说："想你了，想跟你说说话。"明秀娇娇地侧着脸说："你就不怕被梨花妹子看见。"李信嘿嘿地笑着不说话。不大一会工夫，明秀就把屋子收拾好了，两个人就一起出来回到李信的屋子里。

明秀到客厅里给杏花安顿了让领着雨环去幼稚园上学，回来之后就烧水做饭的事，自己好好地打理一下屋子就过去。杏花说："我把这几间屋子收拾了再说。"明秀就有意打发说："你先去吧，放下我来收拾。"明秀又到诊所去看看有没有什么活计，梨花出诊去了，王大夫不太忙。明秀就又回来了，看着杏花领着雨环出门去了。于是就赶紧回到里面的屋子里，李信已经有些迫不及待了。明秀看着李信说："昨天晚上你们没有同房吗？还这么急切。"李信拉着明秀的手说："昨天晚上是昨天晚上的事，今天是今天的事，我一见你就想要。你和梨花以及如菊都很不一样。我过一段时间就想和你在一起。我无法控制自己。"明秀就紧紧地贴在李信怀里说："自从你让我变成女人之后，我又何尝不想呢？特别是晚上，看见你和梨花一起回屋之后，就想自己什么时候变得和梨花一样，大大方方地和你回屋子睡觉，再也不像现在这样偷偷摸摸的。"李信楼着明秀深情地说："偷起来不是更有味吗?"明秀涩涩地说："那是你们男人的认为，我们女人可不这样认为，我还是想放心大胆地无拘无束地和你在一起，不想这样担惊受怕。"李信安慰地说："你不要急，很快的。"明秀抬头望着李信说："你有什么打算。"李信急急地说："我们先做，然后再说以后的事，我有些受不住了。"于是两个人就上床了，两个人忘情地缠绵着，明秀充分体验了男人给自己极度的快乐。

两个人偷偷摸摸地欢娱了一场，明秀匆匆地收拾了一下就出去了，恰好院子里也没有什么人。明秀就很镇定地回到自己的屋子里重新换了一下衣服，慢慢地回味李信给自己带来的变化。心想自己从嫁给那个老东西之后，不仅没有得到任何好处，连一个女人应该得到的都没有得到，倒是这个新东家让自己真正变成女人，让自己知道男女欢娱是多么的诱人。明秀正想着自己的心事，就听见杏花在外面叫自己，说今天早上出去碰见的稀奇事，明秀边往出走，边听杏花一个劲地说，明秀表面装作很感兴趣的样子，一面往厨房里走，看着杏花兴奋的样子，明秀也格外愉悦。

今天李信一直在家里，外面也没有什么事。下午的时候，梨花有些事，要李信出去一下，顺带趁这个机会看看张槟。李信也想，说实在的，张槟在兰州给自己的帮助确实很大，特别是梨花开诊所这件事上，自己也确实应该去拜访一下。只是最近一段时间自己穷忙，今天倒也是个机会。刘四把车子套好之后，李信就驾着小马车拉着梨花出去了，小两口给诊所进了一些中西药以及针剂，又看了看诊所需要的几件医疗器械。最后到张槟家里拜访了张槟两口子。张槟张夫人紫霞对李信最近的遭遇深表同情，并且一再表示，兄弟今后有事就要说，不然就让自己于心不安。李信很惶恐地说："就是就是，今后如果有事，我一定告诉大哥，一定一定。"梨花和紫霞嫂子倒还谈得很愉快。

回来的路上，梨花就问李信："哥，你今天怎么那么客气，有些唯唯诺诺。"李信说："你不懂，这叫恭敬，我们有什么资格和人家拉扯关系，我是一个农民，你是一个刚毕业的学生，凭什么到人家那么大的官员家里作客，不过就是因为二哥的面子，我们还是要省着些用，实在没有办法的时候就过来求求他，一般情况下我们自己解决为好。我们之间的地位差距太大了。"梨花坐在后面说："哥，你是不是太小心了，我看张槟大哥不是那么一种人。"李信说："但愿是这样，总之我们今后还是要注意一点。你今天给张大哥准备了什么礼物，人家收下了没有？"梨花笑着说："你这个商人，我给准备的过年的东西大嫂都收了，大嫂很高兴。"李信说："你是没有到市场上呆过，那个小市场，就是一个大社会，出现的情况你想都想不到。树倒人散，人走茶凉的事社会上太多太多了。"又问："明秀在诊所给你能不能帮上忙，你感觉你明秀姐怎么样？"李信问。梨花说："还可以，搞搞卫生还可以，其他就帮不上了，因为识字不多嘛。最近我看见明秀姐有些变化。"李信说："那没有什么，女人重在收拾，只要收拾一下就会有变化的。"

两个人一路上就这么说着话儿回来了。刚一进院子，就见杏花、雨芬在门口等着，梨花看见雨芬就问："天气这么冷，你们站在门口干什么呀，我的娃？"杏花说："雨芬、雨环今天都放学了。明天就不用上学了，两个少爷还没有考完试，过两天才能放学。雨芬是要给你们看自己的学习成果。就一直在门口等着。"梨花就把雨芬抱起来进了屋子，杏花今天给雨环买了一件新玩具，雨环就一直在屋子里玩着那个转花筒，一个人玩着笑着。梨花看见雨芬语文和算术都得了一百分，就高兴地亲个不够。李信进来的时候，看见这娘母子两个亲热的情形就问：“什么喜事呀，把你们两个高兴成这样？”梨花笑着说：“我娃真行，我娃给我们考了这么好的成绩。”李信一看也就说：“真不错，真不错，我娃考得这么好。给爸说过年想要什么，爸都给你置办。”雨芬就说：“今年过年我要一身新衣服。”李信愉快地说：“好好好，让你姨姨抽空给我娃买上就行了。”雨环跑出来说：“我也要，爸爸，我也要。”李信说：“好好，都给我娃买上，都给我娃买上。”

一家人正说着，雨梃、雨轩就回来了，两个人说着学校的事，他们明天就考试了，总共考两天，完了之后放学。腊月初十就放学了。尕爸，我们什么时候回家？李信严肃地对两个侄儿说：“等几天我们就回去过年，这几天你们好好考试，考完之后就在家里看书，不准到外面去。”两个小伙就笑着说：“好的，我们在家里和弟弟妹妹在一起耍两天。”李信大声说：“念书就要好好念书，耍什么耍。”两个小伙就不说话了。这时就见明秀进来说：“东家，晚饭准备好了，我们什么时候吃？”李信对明秀说：“现在就吃吧，雨轩，你看看你尕妈在诊所里忙完了没有，忙完了就叫进来吃饭。”一会儿，梨花和雨轩就进来了。

晚饭是汤面条，杏花早上买了一点老豆腐，明秀晚上就和了一些臊子溇成小丁，调成香香的汤面条。小菜仍然是四个，一碟咸菜，一碟酸菜，一碟羊肝，一碟臭豆豉。李信冬天特别喜欢吃的一种食品。一般靖远老家做得比较多，梨花早就学会了。到兰州之后给明秀讲了一下子，明秀就做成了。几个娃娃都嫌臭，只有李信一个人津津有味地品尝着，梨花有时候也略略吃点。

腊月十四这天，荷花也捎来信了，说是今年怀孕在身，过年不能回家。梨花正在诊所里忙着，接到荷花的信后，就生气地说：“这个死女子，出去这么长时间了，也不知道爸妈的想念，就这么绝情地说不回来就不回来了。”今年这快到年节的时候，诊所里病人特别多，梨花一天到晚都忙得不可开交。雨轩还可以在门口给帮一下忙，雨梃就不到前面的诊所去，要么和雨芬、雨环玩，要么就出去和同学打篮球了。说起自己的篮球水平，那是滔滔不绝，那份自豪无人能比。李信也一天到晚地泡在市场上，要么是找一点小活，要么就和朋友一起盘铺子。总之，好几天都是早出晚归，连中午饭都不吃。

顺强和李郴的第二趟果子是腊月十八运来的，而李信这时候也谈好了一间铺面，说好年过完就可以转让。几个人欢欢地把运来的果子批发了出去。在每年的这个时候，靖远的冬果梨香水梨特别受欢迎，很多做生意的人，跑市场的人，还有一些忙着置办年货的市场附近的兰州人，都要给家里置办一些。所以李信的果子由于个大皮薄汁多肉头厚味道甜美深受人们的喜爱，价钱也很是不错。三四天的时间，李信第二趟驮来的果子就连续销售完了。腊月二十三晚上，李信就把李郴、顺强叫到家里吃饭，准备让他们过个小年，然后第二天回家。这天晚上明秀为大家做的是臊子面，小菜是六个，加了两个肉菜。一家人在一起就计划着过年怎么回家。

李信对两个侄儿说：“雨轩、雨梃你们两个明天先趁咱们的驼队回家，你妈已经等不及了。”顺强说：“就是，大表嫂上次就问我怎么把两个娃娃没有带回来，这次来的时候，嫂子就一再叮嘱，要我们一定要把孩子带回去。”李信说：“雨梃、雨轩明天就回去。”雨芬也嘟嘟囔囔地嚷着要回去，梨花拉着雨芬的手手轻轻地说：“天气这么冷，这一路就把我娃冻坏了。过几天和爸爸姨姨一起趁小马车回去。小马车里面装有烤炉，我娃就不冷。”梨花又对李信说：“这边诊所的王大夫是武威人，丈夫也要这几天回去，她也就想趁着一起回家，护士我就给她放假。我们处理好这些事情之后，大概就到二十七了。我估计我们顺当的话腊月二十八就可以往回走了。”李信回头对梨花说：“你还是把这边的事处理好之后再说我们回家的事。”梨花连忙说：“我计划是这样，基本可以定了。明秀给我们在这里看门，杏花家比较近，就是不知道回不回去。”李信说：“等会叫来问清楚。我估计杏花不会回家去。就让明秀和杏花在一起做个伴吧！”梨花笑着说：“这样最好，好在我们回去也就是那么几天，很快就会回来的。”李郴在一边建议说：“尕哥，二爸已经把过年的肉准备好了，你们可要一定回家过年啊，二爸二妈们都很盼望呀。”顺强也说：“这次回去装果子的时候，几位老人都很关心，说过年叫你们一定回去，家里不缺东西，也不缺钱，就想让你们早点回去。”李信微微笑着说：“知道了，老人的心思我们都很明白，我们会很快回去的。”

几个人在家里说了一阵子话，顺强和李郴就告辞回去，说是过去准备明天回去的东西，让两个学生也准备一下，明天早点走。骆驼晚上还要有人照顾，有些垛子还需要收拾一下。李信说：“吃好了你们就回去，这一个月咱们催得有些急，骆驼有些累，晚上给骆驼加上一点夜料，明天往回驮的东西不多，就可以一节路一节路地换着驮。”

雨梃雨轩听到可以回家了，很是兴奋，因为他们长这么大还是第一次离家这么长时间。送走了顺强、李郴他们，一家人就各自回房准备休息。梨花就对李信说：“哥，咱们今年可一定要回去呀，你想想一年之内两个姑娘都出嫁了，爹妈的心里是怎样的空落。荷花那个死女子给我来信说不回来了，现在只有我们回家趁和一下了。论理说一家在一年之内是不让出嫁两个女子的。我们的婚事没有什么要说的，父母一清二楚，就是这个荷花一点子讲究都没有，在家里人什么都不知道的情况下就把自己给嫁了出去。俗话说得好，得不到亲朋好友和家人祝贺的婚姻是不好的。”李信一脸严肃地对梨花说：

"你不要这样说，咱们的荷花得到了亲人和朋友的祝贺，天水那边不是有很多亲戚和朋友吗，我们不是也赶过去了吗？有些话千万不要先说。好话有时不灵验，那个不好的话往往很灵验。"梨花笑着说："哥，你还挺迷信的。"李信也笑着说："不是我迷信，是有些时候你不得不相信。"梨花吐了吐舌头说："那我就不说了行不行呀！"李信又笑着问梨花："咱们诊所开业一个多月，有什么收益吗？"梨花笑着回答说："有一些收益，虽然没有你们倒水果得到的多，但是还可以。给王大夫和小郝护士发了一点过年的钱之外，我们还有一些盈余。"李信点了点头说："有盈余就好，有盈余就好。"

第二天一早，李郴就早早地过来叫走了雨轩、雨梃弟兄两个，李信和梨花都起来送两个娃娃，明秀和杏花也给收拾了一些路上吃的，叫两个人带上。送走了驮队，李信也就闲了下来，单等着梨花把诊所的事忙完，就回家过年。说来也怪，这几天天气也特别地好，李信闲来无事，就又出去到市场上转去了。市场上的生意特别地红火，本地外地人很多，大家都在购置年货。

腊月二十四了，兰州市场的生意还这么火爆，真是让人想不到。李信又到自己看准的那间铺子前面看看，结果铺子的生意更是好，李信就悄悄地瞅了一眼，没有好意思露面，害怕别人说自己等不得了。一路上李信就一直盘算着明年把铺子盘过来后的想法，不知不觉地就回到了家里，一截子路就这样溜达去溜达来，自己也不感觉到累，心想以前驾着小马车只是为了排场，一点也不方便。

梨花在诊所里值班，今天也没有什么病人，梨花和王大夫在一起闲聊。李信回来时在诊所里转了一圈，就到后面院子里去了。雨环、雨芬今天见到两个哥哥回家了，都有些不高兴。特别是雨芬起来一见两个哥哥回靖远了，就想着自己也回靖远去，可是父亲不在，跟明秀、杏花说什么都没有用，就一直在屋子里不出来，一直和弟弟两个玩耍。李信进来一见这姐弟两个，就说："雨芬你这两天要照顾好你弟弟，过年回家就让你们穿新衣服，还要领着你们转姥姥去。"雨芬嘟囔着说："咱们早些回吗，我都等不及了。"李信和蔼地对雨芬说："我们在兰州还有很多事情，等大人把事情处理完了我们就回去。"姐弟两个又高高兴兴地玩去了。李信出来刚到堂屋里坐下，明秀就进来给沏了一杯茶。李信慢慢地品着茶，见明秀今天穿着一件紫红的绣花立领子的棉衣，黑色的秀美的裤子，显得亭亭玉立，秀美无比。李信看着看着就拉住了明秀的手。明秀在一旁站立着，怕被别人看见了，就想抽回来，可是李信就是不放手。好在这一阵子杏花在两个孩子的屋子里和孩子玩耍，院子里里外外没有任何人。

李信就详细地观察了一阵子明秀的面相，发现明秀面相很有福相，长得富富态态的，手儿小巧玲珑，纹路清晰，皮肉匀称，白里透红。明秀连忙摇着头说："别傻乎乎地看了，又不是没见过，小心来人看见。”李信站起来就亲了一口，说：“你让我有时不能控制自己。”明秀羞涩地红着脸说：“梨花妹子不好吗？你们男人呀，真是吃着碗里的，看着锅里的，啥时候是个够呀。”李信笑着说：“那永远就没有个够。”正说着，雨环跑了进来，嚷着要爸爸抱一下。李信就赶紧迎着抱了起来。旁边明秀赶紧说：“雨环呀雨环，你爹爹刚从外面回来，还没有缓好呢，过来姨姨抱吧！”说着就伸手接过来把雨环抱在了怀里，嘴里不停地说着：“我的狗娃冷不冷呀，想吃啥，姨姨给你中午做？”雨环笑着不说，雨芬边跑边说：“姨姨，中午我们吃肉丸子。”李信就顺着说：“那就中午吃米饭，做点肉菜，给我娃吃丸子哟！”雨环拍着手说：“吃丸子，吃丸子。”

明秀说着就抱着雨环领着雨芬出去了，李信看着明秀走了出去，有些怅然，觉得自己应该给这个女人一些名分，但是又不知怎么做才妥当。

忽然他想起自己先前在路过拉卜楞寺的时候，有一位喇嘛给他说过的话。“人生就是一段或长或短的旅途，在这段时间里，我们遇到的不可能都是自己愿意做的事。”

“人永远是矛盾的主体，经常处于犹豫和憧憬的困惑中，来在世俗的单行道上，走不远，也回不去。”

“菩提本无树，明镜亦非台。本来无一物，何处惹尘埃。”

“如果你不给自己烦恼，别人永远不可能给你烦恼，因为你自己的内心，你放不下。”

“同样的瓶子，你为什么要装毒药呢？同样的心里，你为什么要装烦恼呢？”

“默默地关怀和祝福别人，那是一种无形的布施。”……

当时并没有感到什么，今天却忽然有了感悟。大师就是大师，说的话就是不一样。

中午吃饭的时候，李信什么都没有说，只是默默地吃饭，梨花忙忙地吃了一点，就给雨芬、雨环说：“下午不要出去玩，外面冷得很，杏花你就在家里看着他们，今天的丸子很香，孩子们都吃了不少。下午我要出去一下，哥，你去不去？”李信说：“你是出诊还是有其他的事？”梨花说：“当然是出诊了，我现在就是一门心思地想提高自己的诊断水平。今天又是一个待产妇，让我过去看看。”李信说：“那我就不去了，我在家里待着。看看再有没有回家时需要准备的东西。”

当天下午，李信在家里待着，想着自己的心事。外面的天气很晴朗，虽然是冬天，也使人能感到一些阳春的意味，李信就想着这一年自己所遇到的诸多事件，心里很是忐忑。又想起一句俗语，人生不如意十之八九，只有乐观面对才会走到最后，只要坦然面对，就没有过不去的坎，自己今年的遭遇真是太多了，家里人跟着自己都有些受累，唉……

这时明秀从诊所回来了，见李信在堂屋里默默地发呆，就过来和李信说："少东家，今天下午不出去了？梨花妹子出诊去了，你在这里干什么呀！"李信回头说："我在这里想一些过去的事，唉，今年的经历真是让人一言难尽啊，你在前面忙完了吗？"明秀说："今年过年你们回去之后我和杏花在家里看门，你们什么时候回来？"李信说："如果天气好的话，我们二十八就关门回家，正月初间梨花就回来，我可能到初十以后才能离开靖远，到兰州估计到十五左右了。"明秀点点头就再没有吭声，转身就往里面的屋子去。李信看着明秀进屋子了，就什么也没有说跟着进来了。明秀看着李信的屋子整整齐齐的，没有什么要收拾的，就要出去。李信一把拉住就在明秀的脸上亲了一口，明秀没有拒绝，趁势软软地靠在李信的怀里了。李信一边拉住明秀的手，一边就摸着明秀的胸，明秀紧紧地靠在少东家的怀里。两个人又亲又摸个不停，明秀说："晚上和梨花妹子不够，白天还要抽空，你不累吗？"李信说："一点都不累，晚上是晚上的，白天是白天的，那是不一样的。"窗外冬日阳光明媚，院子里没有一点声音，两个人在屋子里尽情地享受着爱的激情，在李信看来这是多么惬意的爱的享受，在明秀看来这是一次一次地使自己真正地成为女人，是老天爷的赏赐，所以两个人就无怨无悔地享受着那美妙的时光。

等到院子里有了声响，杏花领着两个孩子买东西回来的时候，明秀已经重新换好衣服，收拾整齐了。

下午的时候，李信收到了李诺的来信，说一家四口要回来过年，大概腊月二十六就到兰州了。看能不能一起回去，李信心里想这不更好吗，我们刚好一起回去。但愿老天爷不要变脸，让我们过一个平平顺顺的年。这天李念也来到了兰州，带着车队往宁夏府拉军用物资。李信高兴地说："你来了更好，二哥一家子从西安也回来了，一半天就到了。我们刚好一起乘车回去。"李念说："那容易，我让腾出一辆车就行了。二哥二嫂我也好多年没有见面了，这次我们好好地暄暄。"当天晚上，李信就留李念在家里吃饭，梨花和李念见面的次数不多，经过介绍，就叫了声九哥，然后就让李信陪着李念，自己到屋子里看两个孩子去了。两个人说了一会儿话，李念就要回军需处，李信极力挽留，想让李念住在家里。李念不住，并且说："军需处有地方，那边也有人等着商量明天装车的事宜，不能耽误。"李信就答应了，送走李念之后，李信就回到屋子里。

晚上的时候，梨花对李信说："哥，你要重视一下，两个孩子可是咱们的将来，雨芬最近在家老是不高兴，明秀和杏花就一直哄着，我也发现这个姑娘的情绪有点不对，一直默默地不说话，也不主动和别人说话。刚来兰州的时候，没有表现出什么，在这里上了一学期的学校之后就略有些沉静。怕是两个哥哥回家就勾起了她对母亲的思念。毕竟已经是八岁的姑娘了，周围的人不说，自己亲自经历的母亲的丧事那是终生难忘的。雨环太小了，还不到三岁，正是不懂事的时候，一天只要给吃饱穿暖，再有人陪着就什么事也没有了。”梨花的一席话，说得李信不再说话了。

李信在家里比较忙也有威严，小孩子一般不敢说什么，自己的两个孩子在梨花明秀的照顾下，也就对自己不是很亲近。原来在家里的时候，自己也很少照顾孩子，孩子都是如菊和三娘、翠琴给帮着看。再说自己一直忙着家里家外的事，多时候也不在家。李信回忆起自己确实在这一方面有些不足，就有些愧疚。梨花说："哥，我就是随便说说，我们几个女人会好好地照顾的，你不用担心，睡觉吧。"李信搂着小媳妇边亲边说："这能看出来，你和明秀都很心疼这两个娃娃的。"

梨花的话让李信久久不能入睡，心想自己的这两个没有娘的娃娃将来怎么办。如果梨花有个一男半女或者明秀有个娃娃之后，还会像现在一样对待这两个孩子吗？这都是摆在面前的现实问题，唉，以后在这一方面要多留意啊。

第二天早上，梨花就到诊所里忙去了，李信起来之后就叫明秀把两个孩子叫过来。看着自己一双可爱的儿女，李信对明秀说："你和杏花忙去吧，今儿天我在家里看这两个娃娃。"明秀笑着说："你还是忙你的吧，孩子我和杏花看就行了。"李信说："今儿天我不出去，我能看一阵子呀！"雨芬拿着一个本子，在桌子上不停地写字，不时看看李信，就是不说话，雨环嚷着要到外面去玩。没有多少时间，李信就被雨环闹得受不了了，李信高声喊着让杏花领出去玩去。明秀进来说："给你说让杏花领着就行了，你还不信，看看吧，孩子就不是这样带的。你还是做你的生意吧。"李信笑着说："这带孩子的活，我还真不行。"

第二天李念回去领东西，李信在家里没有出门，下午就接到家里的信，父亲要求李信尽快回家，说是家里有很多的事情。梨花的诊所今天也特别地安静，没有几个病人。几个人商量着过年回家的事宜，梨花给王大夫放了一周的过年假，护士小郝四天的假，以便提前回来准备开门。梨花让他们两个坚持到腊月二十九的中午，然后关门休息。

腊月二十六的下午，李诺一家回到了兰州，李信就直接接到了家里。李诺首先参观了梨花的诊所，看见梨花的诊所开得有模有样。病人也比较多，就高兴地说："既然在这里能开诊所，就好好地干着。"二嫂对梨花说："梨花真能干，硬是撑起了这里的一片天地，李信你在干什么？"李信笑着说："我也打算在市场上开一间铺面，房子已经找好了，翻过年就准备开张。”两个侄儿一到家里，就高兴地在院子里和雨芬玩了起来。雨芬、雨环就像两个小尾巴一样跟出跟进的。两个孩子一直就这样孤苦伶仃地没有个玩伴，今天一下子来了两个哥哥，那个高兴的程度是无法言说的。两个大哥哥一回来，这两个孩子就粘在一起，真是应了那句古话，“是亲的说不远，亲的就是亲的，到哪里都有一股子味。”雨霖很健谈，和雨芬说了很多课本上的东西。雨钏话不是很多，更喜欢抱着雨环在一边静静地听哥和雨芬说话。

李诺和徽芸在前面诊所里转完，就到后面的堂屋里休息。梨花明秀两个忙前忙后，照顾着远道来的二哥二嫂。一会儿李念也回来了，说好一家人明天一早就走，天黑就可以到皋兰的什川了，第二天就可以到靖远城里，二十九就可以回到家里了。而自己还要趁车队先回银川，送你们的车把你们送到靖远渡口之后，你们就让车子直接送去就行了。李诺问：“那你过年就不回去了？”李念说：“今年过年我是回不去了，看过完年之后的情况再说。”李信说：“尕哥，今天在家里吃饭，陪陪二哥二嫂。”李念说：“今儿晚上我计划就在家里陪陪二哥二嫂子，好些年都没有碰到一起了。”

当天晚上，徽芸、梨花、明秀、杏花几个女人都到厨房里做饭，几个女人在一起，叽叽喳喳地说个不停，雨芬、雨环一直跟着雨霖、雨钏弟兄两个，不大一会工夫，晚饭就做好了，是靖远人常用来招呼人的臊子面，意味着常来常往。一般招呼客人不用节节面，也不用碟子盛饭。就是夏天的凉面，如果有客人在场，就不能用碟子招呼，因为有时有的客人会认为你浅看人家。梨花虽然年纪不大，但很多方面的讲究是十分注意的。饭做好之后，梨花就陪着二嫂过来了，雨芬、雨环也就跟着过来坐在桌子旁，梨花把雨环抱在怀里，雨钏、雨霖两个来来回回端饭。二嫂一见梨花照顾雨环、雨芬的情形，心里想，这个梨花确实有度量。常言说得好，后娘难当，故事里也一直对后娘颇有微词。看着一桌子的凉菜，香喷喷的臊子长面，李诺赶紧说：“三弟呀，咱们就是一家人嘛，你还这么讲究。”李信赶紧说：“哥哥多少年才能回来一趟，我只是按照咱们家乡的规矩招呼客人而已。哥哥，我先敬哥嫂一杯，虽然今天只是一顿晚饭，虽然我的这个家刚刚安下，但是，礼数不能没有，规矩不能坏掉。”李诺和徽芸赶紧举起了酒杯，梨花也抱着雨环站了起来。徽芸连忙站起来说：“梨花你抱着孩子，就不要起来了。”梨花说：“不要紧，二嫂，在咱们老家，媳妇和孩子一般不让上桌的，特别是有客人的时候。现在咱们就没有什么讲究，咱们先后（妯理）两个还可以敬敬酒。”梨花的话把李诺给惹笑了，李信也笑着说：“这里是兰州城里，你在靖远咱大哥家里不也是一样上桌嘛？有一句话叫做入乡随俗你知道不，二哥二嫂小弟弟媳妇给你们敬酒了。”李念也正正规规地给二哥二嫂敬了一杯酒，并说：“兄弟们能够聚在一起是多么地不容易，你们两个还比较稳定，哪里像我，一年四季到处跑，家也顾不上。”李信赶紧劝说道：“哥，你在队伍上还是蛮好的，只是明钰嫂子在家里……”李念摇摇手说：“不提不提，不提那过去的事了。”雨霖、雨钏也端起酒杯给三爸三妈敬了一杯，然后一家人就开始吃饭。

吃完饭，李信和李念想陪二哥喝点酒，李诺说：“我最近这几天一直赶路，有些累，你们两个喝点吧！”李念就说：“既然二哥不想喝了，那咱们也就不喝了。让二哥一家早点休息，再说明天还要赶路呢。”雨霖悄悄地说：“九爸，我很想看看你佩戴的手枪，我也想参军。”李念看了看雨霖就说：“你在北平上大学，将来就做学问去吧！兵有啥当的。”雨霖怯怯地回答说：“我们有几个同学已经报考了保定陆军学校，我明年就想报考黄埔陆军学校。”父亲李诺一听就连忙说：“你胡说什么，你给我好好地上大学。”徽芸也赶紧说：“我们把你送到北平，就是想让你上大学，将来做学问。”雨钏慢条斯理地说：“你们还蒙在鼓里呢，我哥已经在武汉考过试了，明年春上就南下了，和我哥一起的有三位同学。”雨霖赶紧拉住雨钏说：“不准说了，不准说了。”李诺、徽芸一听这话，就知道儿子已经把事情做好了，只是还没有给家里通知。今天的这个消息还是雨钏无意说出的，可见雨霖的很多事雨钏知道而李诺两口子却不知道。李念说：“雨霖呀，当兵很苦啊，你眼热这个干什么？”雨霖什么话都不愿说了。

梨花就悄悄地拉过雨霖，抱着雨环到里面房子里去了。雨霖有些倔强地说：“尕妈，你说我的选择怎么样？我现在都不敢面对我的父母了，明天我还回老家吗？”梨花关切地对雨霖说：“已经来到兰州了，你不回去能行吗？家还是要回的，回去之后让大家给你出个主意。”雨钏连忙解释说：“尕妈，我哥已经把北平的大学退掉了，明年就和他的同学一起去广州了。这件事一直瞒着我们家里，只有我一个人知道。”梨花就问：“你怎么知道的？”雨钏神秘地说：“我同学的姐是我哥在北平念书时的女朋友，是我同学告诉我说他姐在家里不小心说了出来，并说了一起有七位同学，三位报考了保定陆军学校，四位报考了黄埔陆军学校，因为都是大学生，几个人都考上了。”徽芸在屋子外面听了雨钏的一席话之后，就再不说什么了，儿子的事还是他自己做主吧。

徽芸不由想起了自己年轻时和李诺在北平念书搞对象的事，要不是爹爹开明，没有阻止，那时的自己也不知会怎么样呢。想到这里，徽芸什么也没有说就回房去了。明秀过来抱雨环睡觉去，顺带问梨花说：“今天晚上怎么安排着住，我和杏花下午就把那两间屋子的火生上了。”梨花说：“你去吧，我一会再安排，你把雨环、雨芬安顿好就行了。”明秀就抱着雨环领着雨芬出去了。

当天晚上，徽芸就对李诺说：“雨钏说雨霖要考黄埔的事你怎么看待，我们将怎么办？”李诺说：“这件事真的太突然了，况且这时在弟弟的家里，我们暂时不要急于表态，好好的大学不上，翻过年就上三年级了唉，考什么军校呀！”徽芸说：“咱们的儿子一点都没有给咱们透露，要不是雨钏说出来，我们还一直蒙在鼓里。我们赶快想个办法，不然过完年就有些迟了。”李诺说：“我们这个儿子，前面已经把事做好了，考也考了，我看我们再发表什么观点也无济于事，不如就来个顺水推舟，让他出去闯一闯吧！我看李念当兵就很好。”徽芸忧郁地说：“即使这样，我还是感到实在是太可惜了。”

雨霖和雨钏住在另外的一间屋子里，雨霖对雨钏说：“你真沉不住气，知道一点情况就一下子抖了出去，我的事情该怎么办？爹和娘心里咋想，你知道吗？你这一下子把我害死了。”雨钏说：“你的事就从来不给家里说，你自己做的事你还怕别人说吗？你在北京还参加了一个激进组织，你以为我不知道吗，你们考军校只是不想在北京被抓而已。”雨霖一听就赶紧给弟弟说：“雨钏呀，这些话可打死都不能说出去，你必须给我保证，让这些事烂在肚子里也不说出去。好弟弟，哥真的求求你啦！”雨钏说：“这个我能做到，你就放心吧！有些事是能说的，有些事是不能说的。在西安我听说过政府杀土匪的事。那个惨啊让人想起来就觉得□。”雨霖说：“今天妈听到我考军校的事，一句话都没有说就出去了，明天我该怎么办呢？”雨钏说：“解铃还需系铃人，明天我给爸妈说，你只是装作什么事都不知道的样子就行啦。一切都让我去做。”雨霖说：“尕妈对我的这件事表现很平和，我感觉好像有支持赞赏的意思。”雨钏说：“你别说梦话了，尕妈那是不了解，知道实情了还不把她老人家吓死。”雨钏好奇地问：“哥，你们一帮子有多少人？”雨霖说：“具体我们都不知道，都是单线联系，我们的行动都是组织安排的。我们南下也是组织安排的。”“那王玉喜的姐也是你们一起的人吗？”雨霖说：“好像就是吧！”雨钏笑着说：“好个王玉喜，看他以后还敢欺负我不。”雨霖连忙说：“哎，弟弟这可不是闹着玩的，你回去可千万不能说出一点东西，一旦说出，王家就遭殃，我们家也就遭殃了。”雨钏说：“看把你吓的，我知道。”

第二天一大早，李念就派了一辆汽车过来了，车里装有半车东西，留下很大的位子，整个车用两层帐子围住，车子里面不是很冷。李诺一家、李信一家都上了车，李诺让李信下去到驾驶室里去，以便给司机指路。明秀和杏花留在家里看家。

汽车沿着窄窄的土路缓缓地往前走。面对父母亲，雨霖一直低头不说话，雨芬、雨环第一次坐汽车，两个小家伙兴奋地只想往外面看，叽叽喳喳地说个不停。梨花静静地坐着，一手拉着一个，不让雨环在车上乱动。倒是徽芸先开口，问了梨花一些兰州的事情，诊所的事情，梨花笑着一一作答。由于梨花和二哥二嫂不太熟悉，以前只是听说过，没有见过面，所以梨花就显得有些拘谨。雨芬上车一会儿就晕车了，靠在梨花的腿上直喊恶心。梨花上车的时候就准备了两条手巾和一个布袋子，就是为了防止大人小孩的晕车。雨芬一喊恶心，雨环也叫唤了起来，雨霖赶紧拉在自己的怀里照顾着。二嫂关切地询问着两个孩子的情况。梨花说："二嫂，不要紧，我照看着呢。"李诺看着梨花对两个孩子的照顾情况，从心里感激这个弟媳妇，也替自己的兄弟高兴。一个没有多少文化的村夫，找了这么能干又贤惠的读过书的女人，真是前世修来的福啊。在当时人们的潜意识中，大伯子一般不好意思和弟媳妇说话。李诺外出多年，也不太讲究这些，就在车子里和徽芸、梨花说起话来。

李诺是哥，很巧妙地询问了梨花一些事情，梨花一面抱着雨芬，一面和二哥二嫂说话。几个人说着说着就说到了如菊的事上，梨花小心地说："雨环还小着哩，雨芬有时候就有情绪，雨芬是大姑娘了。"徽芸看着梨花说："这两个没娘娃，遇上你是他们的福分，你比我们大家都表现好。李信兄弟遇上你真是太好了，说实在的我们也很高兴。"梨花低着头说："我没有什么，我当初就答应我如菊姐，把两个娃娃当作自己的娃娃。况且我的年龄也不大，有些事做得还不够好。"李诺感叹地说："好得很，好得很。你们姑表姊妹能做到这样确实好得很。"雨钊接着说："爸妈，我尕妈就是不错，我们两个都喜欢我们的尕妈。我哥的事昨天我就给我尕妈说了，我尕妈就表示支持，是不是呀尕妈?"梨花笑着说："我确实不知道雨霖的事，只是昨天雨钊那么一说，军队上我还是不太了解，但就我九哥的情况来看，还是有出息的。况且明晖一直在部队干，我妹夫敏之也到了部队，明生和玉春也都到部队上去了，这些人在部队上都很不错。我就想，雨霖有知识，又念过大学，考的又是最有名的陆军军官学校，将来肯定会有出息。二哥二嫂你们说呢。"徽芸笑着说："既然你认为不错，那我们回到家里再和家里的其他人商量一下再说。关于这件事我们暂时不表态。"雨钊笑着说："昨天我哥就想看看我九爸的手枪嘛，爸妈，昨天我哥就有跟我九爸去宁夏的想法，还是我给劝了一下，你们还是表个态吧，不然我哥还会做出一些事的。"雨霖赶紧解释说："雨钊呀雨钊，你怎么乱说一气呢，我什么时候说了要到宁夏去的，我们回一趟家不容易，你再不要给爸妈心里添堵行不行啊!"雨钊笑着说："那就好吧，我不说了，我不说了。"

李诺就问雨霖："既然话都说到这个份上了，那你就说说你的想法，为什么好好的大学不上，偏偏要考军校去呢?"雨霖红着脸说："我的那个专业的课我学不过去，我有同学建议我走这条路。于是我们就在今年的九月份在北京报了名，十一月在武汉参加考试，结果就考上了。明年四月份到广州的黄埔实习学习，合格之后在九月份才正式入学。"李诺连忙问："那你北京的大学怎么办?"雨钊接着说："我哥他们几个同学早就商量好了，在北京这边的学校过完年就退学了。"雨霖急忙说："不是这样的，不是这样的，过完年我们回到北京之后才具体做决定呢。”雨钏说：“那还不一样吗？”徽芸听着他们父子之间的对话，一直没有发言。梨花也一直没有发言。

车子一直沿着土路往前走，车上装有半车厢的被服，几个人都在被服中间坐着，外面又有一层严严实实的篷布，车子里面不冷。中午的时候，车子到了皋兰县城，停下来大家休息一下，吃点东西。腊月二十七了，皋兰县城已经没有一家开业的饭馆了，李信就让把汽车开到马店里，在那里让掌柜的烧些热水。掌柜一见是靖远的李家少东家，就连忙给大伙准备饭。李信对着掌柜说：“你不要忙了，我们不吃饭，只喝些水就行了，我们还要赶路呢。”掌柜的热心地说：“哎呀，少东家，要是平时，我也没有办法，现在有现成的臊子，擀好的过年面，煮好的羊肉，我们很快给你们做好了，方便得很。”李信就笑着说：“那就行吧，我们略等一下，吃一口热饭，然后再走。”真的很快，掌柜的就把羊肉热好了，臊子面也下好端了上来。梨花和徽芸只是喝了一点羊汤，那个臊子面，两个女人只是看了看，一筷子都没有夹。李信和那个当兵的司机倒是每人吃了两碗，雨霖、雨钏一人吃了一碗。雨环用羊汤泡了一点馍馍。雨芬连一口汤都没有喝，说自己饱着呢。

众人吃完饭，就继续赶路了。掌柜一看是军车，那份羡慕是无法用语言表达的，涨紫着一副红脸膛，大声吆喝着让其他歇店的人让路，恭恭敬敬地送李信他们上路。

从皋兰再往靖远走的这些路极不好走，车子走得很慢，幸亏还有以前的一些老路，特别是黄河边上的一些路，李信和司机是高度地紧张，好在一路平安地到达了水川。司机说：“现在天还早，我们赶一赶就可以到陈家摆渡口，如果有船，我们就可以过黄河了。剩下的这些路我已经跑过好几趟，比较好走。”李信说：“我们商量一下再说。”可是当李信回过头来和二哥二嫂商量时，就见梨花抱雨芬，雨霖抱着雨环，几个人都显得很疲劳。李信就什么话也没有说。走到司机跟前说：“我们就在这里歇息吧，车上的人都累得不行了。我们是回家过年，又不是赶着去干什么，不要让人太劳累。”司机也就不再说什么。大家伙就在水川的宋家店里住店休息。

第二天一路顺畅地来到陈家摆渡口，恰好有渡船，且今年黄河没有封冻。只是渡船太小，汽车渡不过去，没有办法。李信、李诺一行人就连抱带扛地把东西行李放到渡船上，然后就和司机张师傅告别。张师傅说：“你们放心走吧，下午我们的车队就到了，到时候我们再想办法过河。”

李信、李诺他们渡过黄河之后，宝祥的马车早已在渡口等了好几天了。这天宝祥刚到，就见对面有一些人上了渡船，宝祥猜想是少东家到了，果不其然，真是少东家回来了。宝祥高兴地帮着把东西装在车子的后面，让所有人坐在车子的前面，自己在前面拉着牲口走，高兴地一路走一路唱。李信笑着说："宝祥，有这么高兴吗?"宝祥大声说："少东家，你不知道，接人有时候很让人失望的，但是等到接上了想要接的人，那又是一件令人多么高兴的事呀。自从接到雨轩、雨梃之后，我在渡口已经等了两天了。"李信问："雨梃、雨轩啥时候回来的?"宝祥说："前天回来的。我算准了，你们一定就是这一两天回来，所以我今儿早上早早地就赶车过来了。今儿天我们直接回李家塬还是进城。"李信问："雨轩一家回去了没有?"宝祥说："早上就回去了。"李信说："那我们就直接回李家塬，不进城了。"于是宝祥就连忙跨在大车的车辕上，舞动着鞭子，马车的速度明显地快了起来。

由于这几年大车跑得多，从县城到李家塬的路比以前好走多了，大车的速度自然比以前快了很多。天快黑的时候，宝祥的马车已经到李家塬了。李信算了算，这次回家只用了两天多一点时间。那汽车真是比驼队马队快多了。

一家人回到老家之后，维贤和几位太太都很高兴。特别是三个儿子各自带着自己的家里人都回来了，整个李家大院顿时热闹起来了。雨霖、雨钏、雨轩、雨梃、雨芬、雨环孙子辈是一个团体，几个人形影不离，李莲也是其中的一个。张梅、徽芸、梨花妯娌们说说笑笑，老人们关心这个，照顾那个，忙得不亦乐乎。雨环的两个脸蛋冻得红扑扑的，就是不在屋子里呆，一会儿叫姑姑抱，一会儿让哥哥抱……

第二天早上，刘孝仪就过来看望老东家和几位少东家，不一会儿顺强、李郴也都过来了。一下子增加了大大小小六七个孩子，李家大院比平时热闹了许多。

今天是大年三十，一家的女人一大早就忙着准备着过年。大太太、二太太、三太太、张梅、徽芸、梨花都聚在厨房里准备着过年三天的吃食，准备着招呼亲戚朋友的干果等等。原来人不多的时候，准备不了多少东西，今年都来了，昨天晚上吃饭就是满满的两桌，孩子一桌，大人们一桌。雨芬、雨环、李莲更是欢快无比。李信很早就起来了，准备吃完饭去上坟。今年弟兄三个都在，孩子们也都来得很齐。李诺也有好长时间没有在家里上过坟，所以今年也准备着在大年三十这一天给先人上一次坟。

吃过早饭，李信就套好了大车，李诺让几个孩子都上车坐了，和李泉跟在车后面，李怀也领着孩子，李郴、李槟也过来趁着一起去上坟。好在今年过年，天气晴得很好，没有一丝的风，人们感觉不到冷。一路上几个孩子说个不停。最欢的还是雨环，少不更事，一味地只是和几个哥哥玩耍。倒是雨芬静静地坐在车上，一声不吭。李信在赶车的过程中，给雨霖、雨钏、雨梃、雨轩讲一路的地名，哪些是咱们自己家里的地，哪些是别人家里的。

由于是年末的上坟，只是在每棺坟前点纸，泼散一些祭品。很多人家等到晚上就在门口烧点纸，连坟上都不去。李诺、李泉、李信领着孩子到自家的坟地里，点纸泼撒祭品然后磕头……一行人最后来到一座新坟前，那是一座时间不长的新坟堆，周围还有一些烧过纸货的灰烬。“这就是母亲的归宿，这就是我妈妈永远的归宿。”雨芬眼里满含泪水，心里不住地想。其他人都默不作声，连雨环在一边也默默地不出声。李诺早就给李信写了一篇祭妻文，可是李信伤心地没有办法读。李诺就说：“文字不读也行啊，点纸的时候一起烧了吧。”雨钊和雨梃等几个孩子都跪在在前面点纸，李信边泼散祭品边说：“如菊啊，过年啦，我们给你送点纸钱，你在那边也要好好的，不要怕花钱，我们会给你及时送的。”说着就流下了眼泪。雨芬终于泪眼婆娑地大声地喊了一声：“妈——妈——我想你啊！”雨霖、雨轩在雨芬的旁边，就把雨芬慢慢地拉了起来。

雨芬毕竟是娃娃，喊了一声就不会再说什么了。雨霖抱着雨环，小小的雨环只是傻傻地看着这一切，看着伤心流泪的姐姐，看着默不作声的大家，不很理解。

等最后所有的坟上完了，大家就收拾东西往回走。

好一阵子大家都不说话。出了山之后，马车渐渐地走快了，几个孩子才慢慢地说起话来。几个男孩子中雨霖最大，他看着雨芬说：“雨芬妹子，高兴一点，好好念书，将来到兰州以外的地方去，哥给你鼓劲。”李莲一直拉着雨芬的手，半天雨芬才说：“我想我妈呀，姑姑。我在兰州的时候经常做梦就梦见了我妈妈。”李莲眼里含着泪说：“雨芬啊，我也想啊。”

回到家里，维贤看见几个孩子回来了，就赶紧从车上把雨环抱下来，雨钊把雨芬搀了下来。三太太拉住雨芬和李莲的手就回屋子去了。几个男孩子在门口的水盆里洗脸，李泉、李诺在堂屋里也洗了一把脸，就和父亲说着一路上的见闻，说着雨芬和几个孩子上坟时的表现。维贤两眼湿润润地说：“可怜啊，我的雨芬和雨环，这么小就没有了娘。好在梨花对他们真是没有说的。”

晌午吃的馍馍下菜，菜很丰盛。馍馍是刚在蒸笼里蒸好的新馍馍，菜以肉为主，荤素搭配得很好。其中有一道用豆腐粉条和溇过的瘦肉片和在一起炒出来的小炒更受孩子们的喜欢。下午各家各户就忙着写对联，贴对联，挂灯笼，有些人家还准备了一些鞭炮。李诺、李泉两个人下午就在院子里给家里写对联，有些人也拿着红纸过来让李诺写。每年维贤就准备了好些红纸，一直给一些人家送，所以村子里好些人家下午就直接过来取对联了，有时还和维贤说说话，维贤就顺便问问家里还有什么困难没有，如果来人说自己家里还缺什么，维贤就什么话也不说，让万信赶紧拿一些过来让来人拿走，或者直接让送过去。维贤老爷每年都让庄子上的人家多多少少地都备些年货，每年过年谁家要是没有贴对子，三十的晚上拜年时或者第二天让维贤知道了，维贤一定会带些东西过去看看究竟是什么原因。曾经有一年三十的晚上维贤在家里接受亲房当家子小辈拜年，有人说谁谁谁家没有贴对子，家里黑乎乎地没有响声。维贤就让自家的小辈顺路给那家人把对子贴上，常常是第二天就过去看一下，顺带还拿了一些东西，让主人感激得不知说什么好。

临近过年的这几天，李家大院很是热闹，人来人往络绎不绝。有提前拜年的亲朋好友，还有街坊邻居。三十晚上吃完饭后，李诺、李泉、李信领着孩子给三老爷、四老爷、五老爷拜年。李泉李信在村子里认识的人比较多，两个人在家里只是初一早上待了一会，然后就出去找自己的朋友串门子去了。梨花、张梅、徽芸三个收拾完厨房之后，也到梨花的屋子里说话。大嫂张梅对梨花特别感激，首先在厨房里就很照顾，梨花一是年轻，有些活真的不会做，所以只能给其他人打打下手，和翠琴一起整理一下其他的东西。其次是说话上，特别是和别人说话，特注意分寸，很受听。梨花也一直心里感到暖暖的，张梅、徽芸、三太太都和梨花很友善。

张梅心里想，这个弟媳妇真是不错，一方面很有主见，刚毕业就成家而且自己在兰州置院置房开诊所，自己很独立，让其他人都很羡慕；另一方面梨花显示出自己的大度，刚安下家，就接受了如菊的两个孩子，视这两个没娘娃娃为自己的，很是没有隔阂；三方面是梨花的文化程度虽次于徽芸，但远比我张梅高，况且自己的两个大小伙子一直在兰州念书全靠梨花一人在家操持照顾，代行母亲的责任。所有这一切都让家里的人很是钦佩她。所以即使梨花在家里不怎么说话，但是众人却还是很感念她、赞赏她。

转眼就到了正月初二，成了家的人一般都是这一天和媳妇领着孩子一起到孩子的姥姥家，但是很多的人家都顾不上。像李信他们，从初一开始，一天家里人来人往，梨花知道自己虽然不是主人，但是也要为客人准备一些东西，陪有些女客人说说话。大太太、二太太、三太太以及张梅都很熟悉所有的客人，而徽芸和梨花就需要一番介绍了。

初二的下午，梨花悄悄地给李信说："我们回一趟家不容易，那边的诊所很快就要开门，在靖远我们的时间不多，今天带着孩子看看爸妈吧！回来还要到魏家堡子去，时间很紧张的。"李信说："我早上就想对你说，只是你一直在厨房里忙着。行，现在就收拾一下，两个孩子就不去了。"梨花说："不行，两个孩子现在最需要这一方面的照顾，很需要老人的疼爱，我们必须带上。"一会儿工夫，李信就把东西准备好了，大嫂张梅高兴地拉住雨环、雨芬的手高声说："新衣服穿好了，我娃转姥姥去。"三太太、张梅、徽芸一直送李信一家出大门，看着李信抱着雨环，梨花领着雨芬一家人亲亲热热地走了。看着这一家子热热乎乎地走了，大嫂张梅就感叹地对二太太和三太太说：“梨花这个后妈真是不错，跟我们城里那家邻居一比，那真是天上地下。”三太太忙问：“你们的邻居也是后妈?”张梅说：“可不是，邢家的那个女人把前房里的两个娃娃作践得让人没办法说，好些邻居都看不惯，但是又没有更好的办法，娃娃太孽障了。”二太太忧郁地说：“俗话说得好，前娘后老子，怎么都能说得过去，男人的肚量就是不一样，你们看桂花和兴贵；而前老子后娘，那就不好说了，就我们知道的好的不多啊！但愿我们的梨花永远这样受孩子的喜欢，两个娃娃挺有福气的。”大嫂子张梅就说：“二妈三妈，你们看着，梨花毕竟是念过书的，我张家姑父的家教又严，梨花真是没说的。”几个人说着就慢慢地回屋子了。

梨花、李信远远地走来，就见门口站着一个人，一直往这边眺望，看着这一家子欢欢地到来，首先自己就咧嘴笑开了。梨花一看门口的母亲就有一些心酸，两眼一酸眼泪就禁不住流了出来。一边拉着母亲的手，一边怪嗔地说道：“妈，这么冷的天气，你站在这里干什么，赶紧回屋子里去。”母亲激动地说：“我知道你们今儿天要来，就一直盼着，盼着，不由地就走到了门口。”梨花领着两个孩子说：“芬儿、环儿叫姥姥。”两个孩子乖巧地甜甜地喊了一声姥姥。老母亲硬是从梨花手里接过雨环，一边抱着，一边亲着，嘴里喃喃地说：“我的亲亲哎，姥姥想死你们了。赶紧进屋子，让姥姥摸摸看我娃长肉肉了没有，快给我娃端好吃的，发年钱。”张昭在屋子里听见有声音，连忙从屋子出来，拉住雨芬的手说：“快进屋，快进屋，大过年的在屋子里说，在屋子里说……”

梨花和李信笑着说：“你们也赶快进屋吧，外面冷得很。”说着一家人就到屋子里。梨花的大妈过来了，有个没有回娘家的嫂子也过来了。大家都认为梨花在这一点上做得很好，很是赞赏梨花的大度。梨花说：“我是当初就答应我表姐的，这个是怎么也不会变的。”母亲看着梨花一副可爱的样子，就心疼地既拉拉孩子又拉拉姑娘，一会儿拿起这个，一会儿又拿起那个……梨花说：“妈，你看你，我都是大人了，怎么还这个样子呢。”妈妈就随口说：“什么大人了，在妈眼里你永远都是孩子，和我的这两个外孙子一样。”说得大家都笑了。

一进屋子，李信先领着孩子给先人上香磕头，然后就给二老磕头拜年。做完这些就和老丈人坐在前厅说话。两个孩子对姥爷姥姥很熟悉，一点也不陌生。因为两位老人在兰州呆过几天，和孩子混得很熟。张昭看着姑娘姑爷一家和睦的样子，真的是打心眼里高兴。李信小心地问：“爹，最近您老人家身体好吗？我们一直在外面，很多时候照顾不到，我们只能尽量地做好自己的事，不让二老给我们操心。”张昭问：“你在兰州还是做生意吗？家里怎么办，留给谁来照顾。最近我发现你爸的身体不怎么好，你要多留意呀！荷花自从过完年之后就再没有回来，也不知这个死女子怎么样？”梨花接着说：“荷花给我们来信了，说是自己现在已经怀孕，过年不能回来，让我们回来代他们好好地看看二老。张敏之还在部队上干，很不错，已经当了什么主任了。现在住在宁夏府的固原。我们九哥李念上次到兰州来时说还见过，很好。”说起荷花的事，两位老人都不出声了。后来还是嫂子打破僵局说：“尕妈，梨花回来了，我们晚上吃什么，你们说了我和小红一起准备去。”张昭就说：“今天孩子们都来了，我们就吃长面，晚上就吃臊子面。把菜做好点，荤素搭配好。”又转头问两个孩子，“我的狗娃想吃啥，说了让你们的妗子给你们做。”两个孩子齐声说：“臊子面，豆芽菜，红萝卜，切刀酥。”“好好好，我娃说得好。”梨花就笑着说：“看这两个孩子，只知道这些。你们在炕上暖着，姨姨给你们准备去。”说着就要到厨房里去。大娘一把拉住说：“我娃今儿天不去做，让你嫂子和小红准备就行了。我们在屋子里说会儿话。”梨花说：“你们说着，我过去给嫂子帮忙去。”说着就到厨房里去了。

梨花带这两个孩子一直是大家谈论的焦点。

首先是二太太，作为李信的亲生母亲，对李信特别关注，这次回家见一家子欢欢乐乐的，二太太很是高兴。自从如菊去世之后，两个孩子一直是二太太最大的心病，看到事情一完梨花领着两个孩子回兰州，把个大太太二太太高兴得逢人就说梨花的好。梨花的这一举动在当时亲戚中间确实产生了较大的影响。

今天下午儿子一家人回村西头张家时，二太太就特别关注梨花和李信的举动，看这两个回去的时候领不领两个孩子，结果两个人领着孩子走了。这让二太太、大太太、三太太以及家里的所有人都舒了一口气。

“梨花就是梨花。不同凡响的梨花，做事就是亮活。”李诺说。

说起来梨花和如菊是姑表姊妹，有亲戚关系，但是很多人却不能做到这一点。因为种种原因吧。

梨花在家里的表现看起来随意，但一直揪着所有人的心。真的，有时候连刚强的维贤也陪着一些小心，但是一点也不让梨花觉察出来。家里的人背过梨花都说：“两个娃娃的面子大，只要对两个娃娃好，我们还有什么说的呢。”

晚上吃完饭，李信梨花领着两个孩子回来了。两个孩子拿着姥爷姥姥舅舅们给的年钱，还有一包衣服，都是崭新的孩子衣服，兴高采烈地给爷爷奶奶看。二太太和维贤高兴地抱着雨环说：“我娃转姥姥去了，高兴吗？”雨环笑着说：“高兴得很。”雨芬脸上也露出了笑容。李信在上房里和李诺、李泉等人坐了一会儿，弟兄们坐在一起说着各自的事情。李诺说："你们什么时候回兰州?"李信回答说："我们今天到姑姑姑父家里给两位老人拜年，还要准备到魏家堡子去给两位老人拜年，回来之后就准备回兰州。我们的诊所在正月初六就开门。"李泉说："你们一起去吗?"李信说："说好是一起去的，我们带着孩子去给姥姥姥爷拜年，还有如兰的丈夫今年也去世了，我们还想过去看看。"维贤说："好好好，把咱们的大车套上，礼品准备得重重的，几家子都遇到了事情，互相安慰照看着就好。"

几个人正说着，梨花进来叫雨芬、雨环过去洗脸洗脚睡觉。二太太连忙说："让孩子和我睡吧，我很想和两个娃娃一起待一阵子。"梨花笑着说："妈妈，你怎么这么说，孩子是你们的孙子孙女，你想跟孩子睡就和孩子睡嘛，我只是怕孩子闹，影响你们休息。"二太太说："不要紧，我很想红火红火几天呢。"梨花就笑着把水倒好，给雨环把脚洗干净之后，就在里屋让雨芬也洗脸洗脚，然后就放到炕上叮嘱了一番，不要闹，影响奶奶睡觉。梨花出去之后，李诺就说起雨霖的事，李泉和维贤不太赞成，但是当听到李信说雨霖已经把什么事都做好了，一点商量的余地都没有了。一家人就都不说话。李诺在上房里大声喊雨霖，雨霖、雨钏、雨梃、雨轩弟兄几个都赶紧跑过来，知道今天二爸会说一些与雨霖报考军校有关的话，所以几个一个比一个跑得快。梨花、张梅、徽芸几个太太都被老二的声音惊了，忙跑过来看怎么啦。一见众人都过来了，李诺知道自己有些过，这是大年初二，这里有一大家子人，明白今天在这里解决不了任何问题，于是就和颜悦色地对几个男娃娃说："你们都在干什么，天都黑了，赶紧在院子里收拾着放炮仗，还有你们几个到各处看看，鸡圈猪圈牲口圈的门关好了没有，注意家里的安全。"

大家对李诺的一席安排都很诧异，因为李诺回到家里从来都没有操过这些心。李信笑着说："二哥转得很快，不愧是念过大学的人，脑子就是灵活。"李泉刚开始还一本正经地什么也不说，等到众人都各自回屋之后，忍不住笑了出来。说："你们一般都是这样处理事情的吗?"李诺说："因时而变，不得不变呀!"维贤知道了雨霖的事情，就对李诺说："娃娃的事，我们把持一个大方向就行了，既然娃娃已经决定这么做了，而且也没有留后路，你与其生气烦恼不如想通些，顺着孩子的想法去，于人于己都没有坏处，我们何乐而不为呢! 何必要给自己找那么多的烦恼呢。再说考上军校也不是什么坏事，你看李念一直在军队上干，不是也很好吗? 当兵就害怕打仗，只要不打仗就好着哩。"李诺说："我就怕打仗，最近南方又开始打仗了，主要是共产党，陕西也在闹什么共产党，让人不得不操心呀!"

李信说："二哥，我看就不要再强扭了，没有任何作用。顺其自然吧！"李泉也说："顺其自然吧，强扭没有好结果，大家说得没错。"父亲维贤说："今儿天下午你们的三爸过来要请你们几个明天中午过去坐坐，吃个中午饭，你们明儿天怎么打算的。"李诺说："我准备初六就回兰州，然后回西安。李信一下子回不去，就在家里多待几天，多陪陪爸妈。"李信说："我们计划着也是很快回去，诊所一直要有人料理，梨花想早早回去，我可以多待一些时间。"李泉问："你们什么时候去魏家堡子，梨花去不去？"李信说："我们计划明天就去。"李泉说："梨花去吗？"李信回答说："计划去。那边还是她舅舅家，梨花说已经好多年都没有去过，也很想去看看。"李诺说："那样真是很好。"李信说："雨霖也想去，不知是什么意思。"李诺说："这个小子不知又耍什么花招。"李信说："大概和军校的事有关，那边有一些人在军队里，可能是探探消息吧！"李诺说："这一点我们还没有说，我想还是不去为好吧！"李信说："那你就计划一下，我看不去为好。"几个人说了一会话，就各自回房休息了。

第二天一大早，李信就准备套车出去，家里的人各自都忙着自己的事。雨霖凑在跟前想说话，李信一直不说话。李诺起来之后就叫上雨霖、雨钏准备到三老爷家里去，给三爸一家拜年。李泉和张梅在家看家。雨霖悄悄地给爸妈说："我也想去魏家堡子。"徽芸和颜悦色地说："你还是不要去，我们一半天也要回去，你跟你三爸一家去，一下子赶不回来。你也不要干扰你三爸一家的行程。你三爸一家今年情况特殊，我娃还是听些话吧。"李诺一直黑着脸，一句话也不说。雨轩、雨梃帮着三爸把一些带的礼品装上车，就等着雨环、雨芬和梨花娘母子几个。一会儿，一家人都将这娘母子几个送出来了，大太太、二太太、三太太都来送。李信一看大家都出来了，就赶紧说："大妈你们赶紧进去，外面冷。"几个太太脸露笑容，说："不急，不急，你们早些去，路程远，路上小心。让雨环穿暖和，把小火炉放在车上，放好，不要把衣服烧坏了。"梨花说："妈，不要这么兴师动众，两个孩子转姥姥家，我也是转舅舅家呀！只有信哥是女婿，是外人，离得远。"一席话说得大家都笑了起来，众人一直送到大门口。

二太太欣喜地说："梨花这个娃娃就是不错，做事明大理，你们看回来就这么几天，件件事都做得让人感到舒心。"三太太和张梅、徽芸几个也一起往家里走，听见二太太这样夸赞梨花，几个人就悄悄地说："就是，梨花做事就是识大体，就说这次回孩子姥姥家，我们都想着，肯定是李信兄弟带孩子去，梨花在自己的娘家待一两天就回兰州了，没想到梨花一直照顾着两个孩子，雨芬、雨环遇到这样的后妈是这两个娃娃的福分啊！"维贤在家里的上房呆着，李泉、李诺两个陪着，二太太进来兴奋地说："信儿一家走魏家堡子去了，梨花的表现让人很佩服，同样是女人，同样是后娘，有些人做得就是不一样。”李诺说：“妈，就是，梨花能做到这一点确实很不错，念过书的和没有念过书的人差别大了去了。那是做事的眼光就是不同！”李泉说：“咱们家有这样一个好媳妇，是咱们所有的人福气，不然，这两个孩子就是我们大家最大的心病。”“白家今年给咱们家送东西来的时候，我还特意询问了几句白承文的情况，这是白家后生里面的人才，书念得好，做事识大体，待人接物很有规矩，明年五月就毕业了。”几个人说着话，就见刘孝仪两口子进来给老爷太太拜年来了，虽然手里提着一点礼物，但是礼数却丝毫不敢马虎。两口子给上房里先人牌位子化马上香之后，就磕头，然后要给维贤和几位太太磕头，维贤一把拉了起来，说：“常客常客，给先人磕个头就行了，其他人就免了。”李泉、李诺也笑着说：“我们给刘家爸刘家妈也拜个年。”说着就要重新跪下磕头，刘孝仪两口子赶紧拉起来说：“不了不了，两位少东家，你们都是念过书的，在外面做大事的人，我们这样的穷苦人受不起你的头。”李诺说：“你毕竟是长辈嘛。”刘孝仪说：“不敢当不敢当。”几个人正说着，大太太二太太过来也说：“行了行了，礼数有了就行了。他刘家妈，赶紧进来到里屋坐，我们几个说说话。”

李诺领着徽芸和两个孩子到三老爷家去了，今天说好几家人到三老爷家里聚一聚。三老爷一家也做了准备，李诺过去的时候，给先人上香磕头，李相一直陪着。李诺到的时候，四老爷和李槟都过来了。三老爷就问：“你爸你哥他们咋没有过来？”李诺说：“家里来人了，我爸走不开，我大哥一会儿还在等待另外的几个他的客人。”四老爷问：“信儿一家子呢？”李诺赶紧说：“信儿一家子今天到魏家堡子去了。”三老爷又问：“信儿和媳妇子一起去的吗？”李诺回答说：“就是，李信一家子都去了。”三老爷和四老爷都点了点头说：“真是不错，真是不错。这个媳妇子是个好样的。”

李信赶着大车一直朝着魏家堡子去，一路上梨花关照着两个孩子。李信说：“昨天晚上二哥说他们准备初六回兰州，咱们哪天回去？”梨花说：“咱们今天走魏家堡子，晚上到，明天转一下几家亲戚，后天就可以回来，初六也可以走，我和二哥他们一起回去，到兰州之后我还可以照顾他们一家子。你和雨环、雨芬在家里多待几天，等几天和雨轩、雨梃一起回去，你看怎么样？”李信说：“我们是不是太急了，在娃娃的姥姥家多待两天，和亲戚们好好聚一下，如兰的家里出了那么大的事，我们还是见一见面吧！”梨花说：“既然这样，那我们就都转一转吧，我有很长时间没有过来了，趁这次机会我们多转一转，过年就是这样嘛。再说兰州那边的事让王大夫他们看着就行了。”

说实在的，过年拿东西那就是个礼节，主要是人们聚在一起叙叙旧，增加感情。李信一家下午后晌就到了魏家堡子。李信这次拿的东西多有两个原因，一是如菊今年不幸去世，自己很是愧疚，特有感谢丈人一家的意思；二是自己和梨花组成家庭后第一次来到这里，梨花是这里的熟人，既是如菊姊妹们的表妹，又是李信的媳妇，舅舅舅母们都很喜欢她。还有一个原因就是如兰家里遭遇不幸，自己还想通过自己的表现给老人一些心灵的安慰。

李信一家来到魏家堡子之后，两个娃娃在车上就高兴地叫起来了。如睢看见姐夫一家来到家里，就赶紧过来把两个娃娃从车上抱了下来，魏明珍也赶紧从门里出来，大声地说："你们来了，外面风大，赶紧到屋里来，赶紧到屋里来。"梨花从车上跳下来笑着对舅舅说："舅舅，见到我们高兴吗?"魏明珍高兴地说："你好多年没有来过舅舅家了。"妗子笑吟吟地说："我娃长大了，我娃回来了，走走到屋里去，到屋里去说话。"如睢媳妇也笑吟吟地赶紧往屋里招呼客人。梨花领着两个娃娃进到屋子里，李信和如睢把车上的东西卸了下来，如睢又叫张来娃等把车卸完，把牲口拉到圈里喂好。李信和如睢也就回到屋子里。

一会儿工夫，如源、如枋领着自己一家人回来了，见到李信一家，很是高兴，就赶紧叫准备饭。见到梨花就说："妹子，好些年没有转过舅舅家了。"梨花笑着说："表兄啊，不是我不想来，是因为我一个女娃娃，在外念书多年，我也想转转姥姥家，可是很多时候就是不行。"如枋说："到底是念下书的人，说话一套一套的，说出来还受听，来也会说，不来也会说，哈哈……"

几个人说话的时候，家里的人已经把各种干果吃食摆了一桌子。李信还是照着老规矩在过年的时候，先给先人上香，李信叫雨环也过来磕头，雨环已经高高兴兴地暖在炕上了，刚要下来，姥爷姥姥赶紧说："娃娃就叫在炕上暖着，你们几个礼行一下就行了。"李信就按照旧有的规矩一一给各位长辈行了礼，然后就坐下来和亲戚们说话。如睢对梨花说："表妹啊，你们今儿天来真是巧了，我如兰姐如棠姐明儿天也就来了，咱们表姊妹们好好聚一聚。"李信赶紧说："我们还就想见见姊妹们，今年几家人都遭遇了这么多的事，真还需要好好地叙说叙说。"魏家老爷就问李信："你们在兰州置家院开诊所情况怎么样?"梨花坐在炕沿上说："舅舅啊，我们在兰州的生意很好，我信哥还想在兰州做生意，年前把铺子都盘好了，过完年之后，就打算开张。到时候我开诊所，他做生意，日子照样红红火火。"

看着两个老人身体健朗，几个兄弟和睦相处，一家人其乐融融。李信就想，这个家在老人的率领下，经历了艰难的创业阶段，到舅子这一辈的时候，都很有起色，生意做得很大，庄稼也侍弄得不错，真是让人羡慕。

一家人晚上吃了一顿臊子面，小菜九个，有荤有素。如枋、如睢晚饭后就叫李信过来和他们玩麻将牌。李信说："我们人不够呀。"如睢说："叫大哥过来就行了。"老父亲魏明珍高兴地说："谁也别叫，我陪你们玩玩。"李信赶紧说："姨夫你老人家缓着吧，我们几个年轻人玩玩，要不就叫我嫂子来。"如枋、如睢说："爸，就过来玩玩吧，我们玩玩也好。"几个男人就凑了一桌麻将，梨花和几个女人都在屋子里说话，一家人都特别操心这两个没娘娃娃，几个女人说着说着就说到了如菊身上。提起如菊老娘一下子就流下了眼泪，几个嫂子也唏嘘不已。

第二天正月初四了，早早地如兰就领着孩子过来了，一见梨花一家回来，就很是惊讶，但很快就平静了。李信询问了很多，如兰说："本来大过年的，我们应该说一些高兴的事，谁让我们都给摊上了呢。我们宋祯那次从靖远城里回来，没有什么事，谁知从陕西来的那个谢大烟袋却要宋祯联络靖远和本地的一些人，说是要进山，我们也不知进山干什么，谁知他们就和部队打了起来，猎枪弓箭长矛，很多人就死在那里了。后来剩下的人都被谢大烟袋领跑了，走到哪里了，谁都不知道。"李信说："姐，我和梨花这次来，一是给爹妈二老拜年，二是还想见见你，真想给你一些力所能及的帮助。"如兰说："不用，你也遭受了不幸，我们妹子这么早就撒手归去，留下两个娃娃，还要让你操心。"如枋说："妹夫，你不用操心，如兰我们一直照看着呢?"李信说："你们照看是你们的，我帮助是我的一点心意，你们就不要阻拦了。"说着就让梨花拿出了给如兰准备的一百银元，说什么也要让如兰收下。如兰眼里含着热泪，收下了妹夫的一片心意。

吃过早饭之后，梨花就想到其他两个舅舅家里去转转，李信想跟着，梨花说："我和如兰姐一起去就行了，你在这里陪舅舅说话。"说着就领着两个孩子和如兰一起出去了。李信先是在院子里转了转，然后就到牲口圈里看自家的马，看着丈人家里的牲口棚里，真是牛羊满圈，骡马成群，白天里光喂牲口的人就有六七个，忙忙碌碌的。正看得入神，如睢就过来叫姐夫到前面去，说是另外的几个哥过来了，大家在一起坐一会。李信赶忙来到前院，就见几个哥已经在屋子里了，几碟小菜，两罐子老酒。如睢就对李信说："姐夫啊，我们弟兄们也有很长时间没有聚了，今儿天是大过年，我们谁都不说不愉快的事，一心一意地喝酒，一心一意地吃菜。你们说怎么样?"

李信和几个舅子都笑了。于是大家就趁在一起边说边聊，热热闹闹地过年。后晌的时候，梨花如兰转完回来了，梨花领着两个孩子很是高兴。看见李信和几个表兄弟喝酒猜拳，也不好意思说什么。倒是几个表兄弟和她开起了玩笑。梨花表妹，过来给女婿代个酒，不然我们可就把他给灌醉呢。梨花笑着说："你们难得这么高兴，这么痛快，我不好掺和，你们尽兴地玩吧，就是喝醉了，也不要紧。我一点也不怪罪。"

梨花心里想："我信哥多少年来身上的担子太重了，照顾地里，照顾家里，照顾城里的买卖，还要不断地跑生意，一年到头就没有个休息的时候。我知道如菊姐在的时候，每年回家都是如菊姐被家里先接来，然后信哥才抽时间在说定的日子过来接，再加上今年一年来经历了那么多的事，信哥呀，你该缓一缓了，你该好好地醉一回了，妹子永远都不会怪罪你的。”

梨花在一边出神地想着心事，倒把几个表兄弟给难住了。弟兄几个也就规规矩矩地划拳，老老实实地喝酒，热闹了一会儿，就各自找了个借口回去了，李信也没有喝醉，看着李信醉醺醺地送人后，刚刚回到屋子里，梨花心疼地赶紧给削了一碗香水梨端了过去。

梨花陪着李信一直在屋子里，两个孩子被梨花打发到姥姥的屋子。梨花让李信赶紧上炕缓着，口里不说，心里就想着：我的傻哥哥哎，不是我不让你转去，只是今儿天你要和我一起去，那让如兰和孩子怎么想，让几个舅舅及家人怎么想……你不要去，我领着孩子，如兰领着孩子，这才是一回事。梨花在一旁边想边看着李信，李信一会儿就睡着了。梨花就轻轻地拉上了门出去。

一直到晚饭都做好了，李信才起来，梨花就把削好的香水梨端到跟前，李信轻轻地喝了一口。李信说：“你们先去吃饭吧，我出去透透气。”梨花关心地劝着说：“你先过去和大家一起吃上一点，然后你再出去到院子透气去。你是客人，你不去吃饭，舅舅一家子人很是没有面子。”李信一想也对，就什么也不说，跟着梨花到上房里，就笑着向两位老人问好。两位老人及如睢见到李信过来了，就赶紧说：“姐夫，缓好了，赶紧过来吃饭，姨夫和姨娘一直念叨着呢。”晚饭是糁饭炒菜，分别是一个前席盘子，一个猪肉豆腐粉条的小炒，一个红烧羊羔肉，一个切刀酥，一个肉丸子，一个烩酸白菜。大人一桌，娃娃一桌。李信心里想，我真是糊涂，要是起来不过来，那将是怎样的一个结局呀，一家子人大大小小地都眼巴巴地等着吃饭，就因为自己一个人，却不能开饭。而自己却还不想过去，只想出去透气，唉，多么不应该呀！下午喝过了酒，晚上就只准备了一点酒，李信主动起来端起酒杯给二老敬酒，又给如枋敬了一杯，自己就有些不胜酒力。梨花赶紧打岔说：“信哥啊，你下午喝多了，我来替你敬一下吧！”说完就替李信给大家敬了一杯。魏明珍老两口就说：“好了好了，有个意思就行了，大家赶快吃饭吧，菜端上来时间一长就凉了不好吃了。于是大家才动筷子。李信很简单地吃了一下，然后喝了一碗醪糟汤，梨花在一旁悄悄地搡了一下，李信知道是什么意思，就又拿起一个花卷……

桌子上的几个人都看出李信酒还没有醒好，如枋就说：“妹夫，酒就不要再喝了，我们吃些东西，然后出去透透气。”李信轻轻地说：“我就是有些不舒服，你们吃着，我出去透透气。”说着就要往出走。如睢赶紧说：“姐夫等一下，我陪你一起去。”其他的人都没有说什么。梨花就说：“舅舅，舅妈，我信哥酒量不行，今儿天下午喝多了，还没有醒过来呢。”两位老人笑着说：“没有关系，没有关系，好了，你们好好吃，我们也吃好了。”如兰随口就说：“梨花呀，咱们可是亲亲的表姊妹，今后可要常来往啊！”梨花马上说：“我们虽然在兰州，舅舅及咱们表兄妹之间有什么事，都要互相通知啊！”

第二天一大早，李信就准备套车回去。雨环、雨芬两个在姥姥家玩够了，也想回去。梨花一大早就起来收拾好两个孩子，准备吃完饭后就回去。如源给两个孩子一人两百银元，如枋和如睢给两个娃娃的年钱分别一百银元，姥姥姥爷给孩子的是三百银元，两个妗子分别给两个娃娃一人二十银元。另外魏明珍又给梨花一些资助，梨花说什么都不收，老舅舅语重心长地说：“两个娃娃的面子大，我们都要看看两个娃娃的面子，这一点金银你们带上，把两个娃娃抚养成人。”梨花什么都说不出了，心里想：大家都在看我这个后妈呀，我真的没有什么说的，我会遵守我的承诺的。

魏明珍一家把李信梨花一直送到堡子门口。送走了李信一家，魏明珍就和自己的儿子说：“你们这个表妹比如菊性子烈，又是念过书的大夫，做事很到位，我都想着今年见不到雨环、雨芬这两个娃娃，要是来也只能是李信领着两个娃娃来。你们哪一个能想到他们会一家子都来?”如源、如枋、如睢说：“怎么也想不到，人家一家子这么和睦。”姥姥说：“就是，就是，只要人家一家子好，我们就高兴。”姥爷说：“现在好说，但就将来梨花有了一男半女之后，还能够这样好就太好了。”一句话说得大家都不说话了。

正月初五天快黑的时候，李信就回来了。两个娃娃讲述着转姥姥的经过，二太太三太太和几个女人边让孩子在炕上暖和，边认真地听着孩子的讲述，一家人都很高兴。李诺准备着回兰州，梨花也就准备着要回去，只是让李信和孩子在家里多待几天。当天晚上吃完饭后，梨花和李信一起又回了一趟家，和爸妈说了一会话，告诉爸妈自己明天就要先回去，兰州那边的事情不容耽误。然后就到大妈那边屋子里看看，和大妈说了会话，告诉大妈自己明天就要匆匆忙忙地回去了，大妈就一直嘱咐一路要小心，和你们婆家二哥一家子去，很好。大妈给梨花给了一副金镯子，让梨花带着，就永远不要取下来，还一直强调说这是大妈的一点心意。梨花没有办法只有乖乖地带上。看着大妈满意的笑容，梨花心里怎么也觉得承受不起。不过大妈对梨花那可是非常疼爱，一直都很偏爱，家里谁都能看得惯，特别是几个兄弟姊妹。

张昭两口子很想让梨花多待几天，三个娃娃，两个就在外面回不来，回来的可是又要匆匆离去。家里一直冷冷清清的，就盼着一年到头孩子们回来热闹一阵子。李信看出两位老人的心思，就笑着对二老说："姨父姨娘，你们也不要舍不得，我在家里待一段时间再回去，我时常过来看你们就行了。"张昭笑着说："那倒不必，你们还是忙你们的事，我们一切都习惯了。"李信梨花小两口在家里坐了一阵子，就要收拾着回去，说是明天要回去，该准备一下东西。张昭就拿出了早就给梨花准备的礼物，两根金条，四百银元。让李信梨花拿着到兰州好好做生意。梨花一看就说："爸妈，你们这样怎么能行，我们要靠自己的力量慢慢发展。你们看我大妈给了我一副镯子，还非要让我就带上，而且永远都不要取下来。"两位老人说："拿着吧，我们都知道，刚开始做生意很艰难。我们只能帮这么一些忙，其他的你们想让帮忙我们也帮不上。理解你大妈和我们的一点心意就行了。"梨花最后不得不接受父亲的小盒子，并小心翼翼地抱在怀里。

送走了梨花李信，张昭两口子回到屋子里。张昭说："老婆子，你说咱们这三个娃娃，真是三个性格：振兴不温不火，一门心思做学问；梨花柔中带刚，居家过日子很有计划，做人也大度；荷花就是一个火爆脾气，做事不顾一切。三个当中，我看还是我们梨花将来最有出息，其他两个都有一些缺陷。"魏明英说："你不是前次到宋瞎子那里把三个娃娃都盘了一下吗，不是说梨花还有些不好吗？"张昭说："宋瞎子就只是那么一说，就是说梨花将来子息不旺，但其他方面很好。其他两个娃娃都有说不成呀！"魏明英说："啥时候重新找个先生算一下，我就不信我们梨花子息不旺。"张昭说："行啊，我哪天到别处再盘一盘。"

正月初六吃过早饭，李诺一家要回去，四老爷一家套车，梨花也就趁着大车一起先回靖远，然后再回兰州。顺强一家出来送行，李郴都出来送行。张梅也想陪着一起回靖远，徽芸劝说道："你们在家里好好陪陪老人，我们在城里只是待一个晚上，在四爸那里就行了。明天张槟的车就等在渡口了，现在路上好走多了，到兰州最多就是两天，估计初九我们就到兰州了。这几天家里还有很多的亲戚来，迎来送往也很辛苦。你们帮帮老人吧。"梨花也说："大嫂，你们就在家里多待几天吧，我们有时真是没有办法，完了之后让雨梃、雨轩跟着他尕爸回来上学。"张梅说："这样好，这样好，我们就在家里多待几天，你们放心走吧！"万信赶着一辆车，兴贵赶着一辆车，两辆大车载着很多人的牵挂与思念离开了李家塬。

雨霖不上大学考了军校，徽芸内心有很多不痛快。李信对梨花很挂念，也很想和孩子一起回去，可是家里还有很多的事务，四老爷一家也早早地就回去了，因为在城里还有一些具体的事情，而这些匆匆地聚散的场景让李信感慨不已。

李信在家里永远都闲不住，有具体事情了就做具体事情，没有事情了，就和几个雇工料理家里的其他杂事，有时还到牲口圈里帮喂牲口的人铡草，观察着牲口圈里牲口的肥瘦情况。虽说在兰州了，但家里的农事还真是让他念念不忘。

闹社火的还是照常闹，转亲戚的还是照常转。只是有些人张扬一些，有些人内敛一些。

李信在家里迎来送往，招呼前来拜年的亲戚朋友，一天也是忙前忙后团团转，暂时不说。只说李诺、徽芸、梨花自从离开李家塬之后，就和四老爷一家顺顺当当地来到城里，当天就在四老爷家里居住，桂花、施棋都先后过来拜年并且看望梨花及徽芸一家。先是四老爷和李诺在上房里说话，四太太、梨花、徽芸和桂花、施棋都在厨房里准备晚饭。一会儿李怀、兴贵也过来了，两家的孩子也一同领了过来。几个孩子在一起，家里顿时有了生机。只是雨霖坐在一旁静静地听大人们说话，从不不插嘴乱说。李诺问四爸的身体情况，生意好不好，四老爷笑着说："好着呢，身体还凑合，我和你四妈在城里经营这么一个店，日子还算可以，娃娃们时常过来，桂花兴贵都很好，把生意和家都照顾得很好，我们老两口完全可以放心了。"李诺笑着说："您老好福气呀！兴贵兄弟是个做生意的料子，以后的生意完全可以放手让兴贵去做。"李怀过来之后也在上房里陪客人。

桂花由于又怀孕，在老家过年，初三就回来了。李怀和施棋两口子年前回去了一趟，就再没有回去，大人毕竟觉得有些尴尬。倒是在城里还都实在些。李诺又问李怀："在城里的生意怎么样?"李怀说："我做粮食的生意，这两年还行，去年把家里的一些粮食都处理了。还能凑合。"李诺说："只要你再不耍赌博，在外面玩女人，你的日子不会差的。"李怀红着脸说："二哥，你怎么还这么说呢，我现在学好了，再说你弟媳妇把我管得很紧，我再没有犯那毛病。"李诺说："没犯就好，兄弟啊，人就是一段或长或短的旅途，在这段时光里，我们遇到的不可能都是自己情愿做的事。兄弟啊，修身有道和为贵，处世无奇忍自高。"四老爷说："就是，念书人就是念书人，说话就是不一样，就是受听。"兴贵在一旁，雨霖也在一旁都静静地听着。李诺对雨霖说："你出去吧，我有时候给你几个爸爸说些心里话，你还是不要听为好，你做事也很让人生气。"雨霖轻轻地往出走，刚好碰上四太太进来，四太太就笑着说："他二哥，孩子就是那件事嘛，他二嫂都已经给大伙说了，娃娃已经决定了，我们就再不要否定打击了，到军队上也好着呢，念过书的娃娃到哪里都不会吃亏。"李诺说："四妈，这个娃娃是把北平

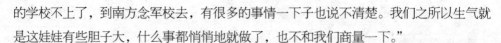

的学校不上了，到南方念军校去，有很多的事情一下子也说不清楚。我们之所以生气就是这娃娃有些胆子大，什么事都悄悄地就做了，也不和我们商量一下。”

上房里几个人在那里不停地说话，厨房里梨花和二嫂几个也不停地说着。梨花比桂花、施棋年轻一些，也更有主见。梨花很支持雨霖去军校，认为孩子的发展还是要放开。梨花说：“想想我们自己，在很多事上不也是不合长辈的意见吗，哪个长辈最后扭过了？”一句话点明了徽芸的心里。徽芸微微笑着说：“我们年轻的时候，确实也没有完全按照老人的意思去办事，如果那时真是按照长辈的意图去做，现在怎样还真说不清楚。我们就做孩子最有力的支持就行了。”几句话说得几个人都笑了。

很快饭就做好了，今天还是一家人过年，娃娃一桌，大人一桌。雨新、雨侠、雨梅、雨霖、雨钏、雨晴、雨莉，这些晚辈等由徽芸、梨花、桂花三个照顾着；大人一桌是四老爷、四太太、李诺、李怀、兴贵、刘文、宝祥、万信。菜是早就准备好的，靖远城里最有名的几家熟食都有，如张家驴肉、苗家卤肉、宋家卤鸡、马家羊肉，自己家里做好的肉丸子、切刀酥、醋肉、甜米饭，还有四太太特意做好的糖饺子，再加上一个前席凉盘，一样小炒、一个烩菜，一大碗醪糟鸡蛋汤，真真的十三花，刚刚热好的年馍馍。

四老爷特意拿出了一壶好酒，李诺就拿起酒杯给两个老人敬酒，其他人也纷纷给两位老人敬了一杯酒，然后几个人在饭桌上互敬了几下。李怀就要划拳，结果李诺不划，刘文不划，兴贵也不划，于是几个人就在饭桌上碰了几杯。喝了几杯之后，李怀不让李诺一家明天走，说什么明天自己要招呼一顿，然后再回兰州、西安，二哥一家多年没有回来过，兴贵也赶紧接着说自己也想表现一下，明天就和六哥一起，六哥早饭，我们晚饭，还是今天的这些人，一个人都不能缺。两个兄弟的情意让李诺很是感动，但是李诺说：“行，行，行，怎么都好说，明天就迟走一天，明天就迟走一天。”施棋、李怀和桂花、兴贵几个人都很高兴，梨花心里有些着急，但是不便说出来，毕竟二哥一家多年回来一次不容易。

第二天李诺一家和梨花就在靖远城里多住了一天。

第三天，正月初八一大早，万信和兴贵套好了大车，几个人坐一辆车，所带的东西装一辆车，早早地赶到了陈家拜码头，恰好渡船也在，兴贵在河边看车，万信一直送过河去，一直看着少东家一家都坐上了早已等候的来接车，这才放心地乘船回去了。

经过两天的乘车，李诺一家和梨花回到了兰州，梨花让二哥二嫂都住在自己家里，让张槟的车子先回去，明天再说见面的事。明秀杏花都在家里，看见少东家一家和主人奶奶回来了，就很高兴地忙前忙后，拿东拿西。没有多久晚饭就准备好了，一家人终于在家里热热乎乎地吃了一顿饭，然后梨花就安排二哥一家早早休息。然后又询问明秀诊所这几天开了没有。明秀说：“初六早上就开了，王大夫早早地就来了，这两天病人还是有，但不多。”梨花说着又把从家里拿来的一副老中医的养生保健口诀掏出来，准备抄在一张大纸上，明天张贴在诊所的墙上。梨花对中医也很感兴趣，小方子有时候可以治大病。例如今天的这些小窍门，就很经典：

生梨润肺化痰好，苹果止泻营养高。黄瓜减肥有成效，抑制癌症猕猴桃。
番茄补血助容颜，莲藕除烦解酒妙。橘子理气好化痰，韭菜补肾暖膝腰。
萝卜消食除胀气，芹菜能治血压高。白菜利尿排毒素，菜花常吃癌症少。
冬瓜消肿又利尿，绿豆解毒疗效高。木耳防癌散血淤，山药益肾浮肿消。
海带含碘散淤结，蘑菇抑制癌细胞。胡椒驱寒兼除湿，葱辣姜汤治感冒。
鱼虾猪蹄补乳汁，猪肝羊肝明目好。益肾强腰吃核桃，健肾补脾吃红枣。

梨花在屋子里正准备着，雨霖进来了，想和尕妈好好说会话，见尕妈准备抄东西，就说：“尕妈，让我来吧，我自信我的毛笔字还能上墙。”梨花笑着说：“那就让侄儿受累了。”雨霖边抄东西边和尕妈说话，说了很多感激的话。梨花说：“你自己做出的决定，就再不能更改了。哪怕前面是刀山火海你也只有自己往前闯了。我们只是你后面的默默支持者。”雨霖说：“我们同学都不愿忍受了，有很多人报考军校，有的人直接参军了，尕妈，你不知道，南方共产党闹得很凶，政府派出了很多军队，都吃了败仗。”梨花说：“你说的那个共产党，是和陕北那边的政府追剿的土匪是一路吗？”雨霖说：“这个不好说，具体我也不知道。”梨花说：“你们现在已经在外面了，出门在外，做事要多掂量，多做好事，损人利己的事不要干，损人不利己的事更不要干。”雨霖说：“尕妈，这个您放心，我心里有一杆秤。”两个人说着就把那一些口诀抄完了。雨霖深深地给梨花鞠了一躬，说：“尕妈，谢谢您对我的支持，您最年轻，却最明事理，你是让我真正佩服的人之一。”明秀在一旁一直听着，雨霖走了之后，明秀对梨花说：“东家奶奶，这个娃娃不得了，从麻衣相上看，这个娃娃才十几岁就阴骘纹明显，五官端正，说话人小声大，清脆响亮，脸上有棱有角，额头丰满宽厚，下巴丰满。如果不出意外的话，这是你们这个家族地位最高的一个人。”梨花很惊讶，说：“你怎么会知道这些？”明秀说：“我以前看过一本麻衣相面的书，我父亲就是一个算命的先生，我略知道一些。我还记得我小时候跟父亲一起出去时的情景。父亲的卦摊子就一张桌子，一把凳子，有一个招牌，上面是‘麻衣看相’，旁边是两句‘大清祖法赛神仙，三寸簧舌点迷津’，下面是‘文王神课’，再下面是竖着写着‘算命、看相、问卦、测字’。一天下来有人算就行，常常是摆一天也没有人问，到傍晚时分，我们又饥又饿还要往回赶，有时候回去也没有吃的。”明秀说着就流下了眼泪。“你们富人家的孩子没有这样的经历。”梨花说：“我们真还没有这样的经历。”两个人说了很多才回房睡觉。

第二天一大早，明秀和杏花就张罗好了早点，梨花也早早地起来到诊所去。李诺和徽芸两口子起来之后，明秀就早早地把准备好的洗漱用水倒好了，李诺高声叫雨霖和雨钏赶紧起床。李诺、徽芸洗漱完毕之后，雨霖也收拾好了，就是雨钏还在赖床，没有起来。听到里面有声音了，梨花也快速地过来，招呼二哥二嫂吃早点。梨花的早点很简单，新花卷，小米粥，小菜四碟，有一碟是羊肝，一碟子煮鸡蛋。梨花问：“二哥，家里还有一些豆豉，你喜欢吃不?”李诺说：“可以，拿来我尝尝。”明秀立刻就去厨房里把剩下的一些豆豉热了一下拿过来。刚好雨钏从外面进来，一闻就悄悄地问母亲：“怎么回事，怎么这么臭?”徽芸、梨花笑着说：“娃娃，你没有吃过的东西，咱们老家很多人都喜欢吃得很。这是黄豆做的，你爹你尕爸都十分喜欢。”李诺说：“这个东西夹软馍馍吃，太香了。”爹爹的话让雨钏没有办法相信，兄弟两个对着散发着怪味的黄豆望而却步。倒是徽芸大胆地尝了一口，然后又多吃了几口，还不停地赞叹说：“真是美味。”

刚吃过早点，张槟和夫人就坐车过来了，特别过来拜会老上级。张槟先给李诺问好，然后就问嫂夫人好。张槟的夫人紫霞也热情地问候，说年前回来的时候就应该过来看看你们，结果没有赶上。这一次回来，在兰州多待两天，我们好好地聚一下。李诺说：“你们不知道，年前我们前一天刚到，第二天就有顺车，我们一路马不停蹄地就走了，回去和家里二老好好地待了几天，你想想，我们在外面的人，回一次家实在不容易，况且是凑起几家人在一起。我们回去家里老人很高兴，也和家里的其他亲戚高高兴兴地聚了一次。还见到了一些多年不见的朋友。这次过年你没有回老家吗?”张槟回答说：“主任，我们老家已经没有人了。二老几年前就走了，家里只有一个妹妹，远嫁到安徽了，每年过年我都没有去处，就只能和紫霞与孩子在兰州过。去年夏天的时候，给妹夫家捎去一封信和一些钱，也没有见回信，不知我那个傻妹子究竟怎么样。”李诺就问：“你妹子嫁到安徽的啥地方?”张槟回答说：“在安徽的金寨，跟河南交界，离我们老家不远。”

李诺说：“年前我听说就是安徽跟河南交界的那一带闹红军闹得很厉害，不知你妹子一家怎么样?”张槟说：“我去年也听说过，我们家乡那一带闹共产闹得很凶，红军和政府军打仗也打得很厉害。”两个人正说着，梨花进来了，梨花一见张槟两口子，就高兴地说：“张大哥，你们来了真好，今天中午就到家里吃饭，你们老朋友多少年难得聚在一起，今天说什么都不行，一定要在家里吃饭。嫂子，你陪紫霞姐坐着，我和明秀几个给咱们张罗中午饭。”张槟说：“不麻烦了，弟妹，我们到外面吃吧！”梨花边往出走边说：“张大哥，你们一家给我们的帮助很大，你们就好好地喧一喧，我们准备去，一会儿就好，一点也不麻烦。”二嫂子和紫霞也随后跟着出来了，几个女人在厨房准备午饭。李诺说：“张老弟呀，我最近也遇见一个头痛的事，你说我家的大小子在北京念书念得好好的，却受到一些同学的蛊惑，去年报名要考南方的黄埔，我是一点办法也没有。”张槟说：“现在国内的形势就是这样，政府和共产党打仗打得很厉害，乱世当兵有一定的风险呀。”“我也是这样认为的。”李诺说。张槟说：“雨霖还真看不出来，念大学念得好好的，怎么就改变了呢。主任，等一会我们共同和雨霖谈谈。”李诺说：“可以，只是也有一部分人支持，认为年轻人就应该出去闯一闯，家里的老人、梨花、徽芸，很多人都认为从军没有什么不好，应该支持。”张槟说：“那么你是啥态度，老子就应该是老子，就应该硬些。”李诺说：“我的观点是让继续念大学，可是雨霖已经退学了，而且已经报考了黄埔步兵科，考入的是黄埔十一期。”张槟笑着说：“事情已经这样了，我看我们都没有办法了，主任，想通点吧，孩子的事有时候不是我们说了算的。”李诺也笑着说：“我也就说说而已，有时候想起来很生气，但生气归生气，孩子人家也有自己的主张和想法。”张槟说：“自己只有一个女儿，还小，等中学毕业之后再说。”张槟又问起老人的情况。李诺说：“老人的身体还好，小弟李信一直在家里陪着，去年一年李信在兰州和靖远两地跑着，给家里老人带来了很多不便，再说去年李信媳妇不幸去世，也给老人打击很大，老人的情绪很长时间都没有转变过来。所以我就和徽芸商量今年过年无论如何都要回来一趟，于人于己都好。”张槟说：“主任，你想得很周全啊。”

雨霖、雨钊陆续往来端菜了，几个女人说说笑笑地准备了一桌荤素搭配得很得体的饭菜。从靖远老家拿来的一些东西让张槟和夫人紫霞开了眼界，也初次品尝了很有靖远风味的饭菜。吃饭的时候，张槟就问雨霖报考军校的事，雨霖吞吞吐吐地不好意思说，雨钊倒快人快语地说了一句，还不是因为女朋友要去广州嘛。雨霖红着脸说：“不要胡说，事情往往不是你想象的那样。”梨花笑着说：“不管怎样，到军校还是要下功夫学习本领，出来就是军官，没有本领怎么带兵呢。大家说是不是呀？”

吃过饭之后，送走了张槟两口子，梨花领着雨霖、雨钊就到前面的诊所里去了，诊所里今天下午王大夫有事没有来，梨花一个人，很是忙碌，雨霖是梨花很好的助手。厨房里收拾完之后，明秀也过来帮忙。虽说梨花的诊所以妇科为主，但是一些其他的病症也都过来了。梨花一个下午就看了二十七位病人，诊断开药取药中西药都用上了，小郝护士一直忙着给病人取药。直到下午五点的时候，病人才略略少了一些，梨花就让明秀回去准备晚饭，却又猛地想起不对，二哥二嫂一家今天晚上受张槟之邀要出去吃饭，于是就对明秀说："晚上你就给你们两个准备吃的就行了，其他人到外面去。"就在梨花准备收拾了关门的时候，只见一个人匆匆地走了进来，说是家里有女人快要生了，梨花就问家住在什么地方，病人到什么程度了？来人急匆匆地也说不出什么。梨花就进去给二哥二嫂说："二哥二嫂啊，你们晚上过去就行了，我现在要出诊去，什么时候回来都不知道，你们去给张大哥解释一下，让雨霖跟我过去，小郝也有一些事，走不开。"李诺说："那你就去吧，让雨霖陪你一起去，早去早回呀！"梨花就答应着匆匆走了。李诺对徽芸说："你都看见了，这个媳妇子，还真是不错，既能干又识大体，咱们的信儿兄弟真是有福了。还有咱们的侄女和尕侄儿子有福了，两个娃娃遇上这样的后妈真是件好事。"徽芸说："就目前的情况来看，一切都很好，梨花对两个娃娃确实没有什么说的，对一家人也很好，不知自己生了娃娃之后的情形怎么样？"李诺说："就目前的情况来看，一切都很不错，我想将来一定是能够过得去。梨花和咱们雨霖很不错，以后就让梨花给雨霖说说，要比咱们的有些说教好。"徽芸说："这我也看出来了，雨霖对梨花也很崇拜，梨花的话雨霖也很认同，这个主意不错。"

夫妻两个正说着，就见张槟到门口了，李诺赶紧出来相迎。张槟说："主任啊，我们现在可以过去了，其他的人呢？"李诺说："真是不巧，梨花刚刚出诊去了，不知什么时候才能回来，我让雨霖陪着过去了，这样晚上回来就好一些。"张槟就说："那我们剩下的人就一起过去吧！"李诺说："家里只有我们三个人了，明秀和杏花要给后面的人做饭，走不开。"张槟理解地说："那我们就走吧！"李诺就让徽芸过去给明秀打声招呼，并说了明天一早就乘车走的事。徽芸一回来，就和张槟一起出来了，明秀就叫东家坐自己家的车出去，晚上回来方便些。张槟说："不用了，我的车子也很方便。吃完饭我就送主任回来。"

第二天一大早，李诺一家子就准备乘车回西安。梨花给二哥一家子准备了一些东西，有从靖远家里带来的也有兰州本地的。李诺一家子很是感激，弟媳妇这样通情达理就相当不错了。

正月二十三的下午，李信带着娃娃回来了，从家里又带回来一些东西，有肉有馍有面条大米，万信、顺强、保祥赶着驼队一起跟来，顺带再进些春天卖的杂货，一起来的几个男人把东西抬了进来，刘四把小马车赶进去，其他的几个人都到旅馆里住去了。雨梃、雨轩、雨芬、雨环一回来，家里立马就有了欢笑声，人气也就高了。李信吃完饭就想到市场上去，梨花劝道："跟上驼队走了好几天的路，今天就好好休息，在家里缓着，所有的事情放到明天再说。”李信笑着说：“我不累，就是想看看咱们的那个铺面怎么样了。”梨花说完就到前面的门诊里忙去了。明秀趁没有人就悄悄地说：“梨花妹子是要你好好缓一下，晚上还有说头呢。”说完偷偷一笑。李信拉住明秀的手说：“想我了没有？”明秀娇羞地说：“你就是我的男人呀，怎么能不想呢！”

雨梃一回来就忙忙地补写作业，雨轩则早就做完了，雨芬也把作业做完了，几个孩子在西面屋子里有说有笑，梨花在诊所里忙忙碌碌地诊断病人。杏花一个人在厨房里忙着，给大家准备晚饭。明秀在李信这里说了两句话就赶紧到厨房里做饭去了。

第二天正月二十四中午的时候，敏之和明生来到了兰州，经过多方打听才辗转找到李信的家里。李信一见明生和敏之非常高兴，本来出去谈事情的人一下子什么都不做了，专心招呼自己的朋友。吃饭时李信说：“我们有快一年多没有见面了，你们不是在宁夏府吗？怎么到兰州来了？”敏之说：“我们在部队上好好地干着，谁知兰州要加强治安管理，明晖就把我俩推荐过来了。我在办公室搞文秘工作，明生武功好，专搞治安，是下面一个刑侦队的副队长。我们到这里时间不长，工作才安排好，我们几个人又在一起了。”明生说：“东家，我们又能够在一起了，你还是做你的生意，我们好好保护你。”李信说：“恰好顺强和驼队也到兰州进货来，说好今天要一起进货，你们来了，所有的事情放在明天再说，我叫雨梃赶快过去叫顺强和万信过来，我们好好聚一聚。”说着就叫雨梃到旅馆里把顺强和万信叫过来。

不大一会儿，顺强和万信就来了，几个年轻人聚在一起，真是有说不完的话。李信早就叫明秀准备好了酒菜，敏之和明生连忙说：“酒就不喝了，我们下午还有事，现在已经在一起了，将来有的是时间。”李信怎么也不行，叫两人下午请假，就说家里有事。两个人只是笑而不答。顺强高兴地说：“一年多了，明生你也真是的，从来就不给家里捎个信。”明生说：“你是不知道，我们刚去的人，好些事情都身不由己，部队有部队的规定呀！我也想家，想你们，只是没有办法啊！”不喝酒几个人就坐在一起好好说话。梨花见明生和敏之过来也很是高兴，一会儿就进来一趟和几个人说上几句话，诊所有人就赶紧过去。几个好朋友在一起有说有笑，又是喝茶又是喝酒。梨花就说：“你两个在兰州了，就赶快把媳妇都接过来，找不上房子先住在我们这里，我们这有的是房子。”敏之、明生两个人都笑着说：“好啊，我们都有一些时间没有和媳妇见面了，我们尽快就接过来。住的我们找好了。”顺强就说：“那这次回去我就给刘家爸说，让翠琴和小妮先过来，你们说好不好？”明生说：“好啊，来到兰州这几天，我还真想给家里带消息呢，恰好你们就来了，这真是瞌睡遇上枕头了。本来从宁夏过来的时候，我就想回家一趟，可是我们乘着部队的车子，一起的人也多，我们不能随便改变行程，所以就没有回去。”时间很快就到了下午上班的时候，明生和敏之要回去，李信说：“你们刚来，方方面面不要大意，这样就能干得更好，我就不留你们了。”说着就送两人出来了。

下午李信就和顺强、万信一起到市场进货，刚过完年，进货的人不多，市场上的人也稀稀拉拉的。李信让把东西打包装好就送到宋家旅馆里去，顺强、万信就和李信一起去看东家盘下的那一间店，结果主人还不在。李信就问隔壁做生意的店主人，那个店主人说：“您老明天来吧，我这就给王先生带话去，让他明天在这里等您。”李信就说：“那好吧，麻烦您把话给带到。”三个人一起就来到宋家骆驼店里，看着各家把定下的东西都送来了，就一件一件地捆成垛子，收拾好之后，天也快黑了，李信就安顿顺强他们说：“明天就可以回去了，早点回去收拾着种地，生意是生意，种地可千万不能马虎。”说完就准备回去了。顺强就说：“没想到仅仅一年的工夫，明生就成了城里人了，我们回去就把这个好消息告诉给家里人。”李信说：“就是，我们一直待在家里不出来，什么事都不知道，一出来之后，才发现干什么都有机会。今天晚上你们早点睡，明天早上早点上路。”

天黑定之后，李信才慢腾腾地回到家里，明秀一见东家回来，就赶紧问：“饭吃了没有?”李信回答说：“今儿天中午吃的太迟了，到现在也没有胃口，你们晚上吃的啥?”明秀笑眯眯地说：“梨花妹子又出诊去啦，我和几个孩子吃的是剩菜馍馍。”李信就说：“那我就吃点馍馍，你再熬点米汤吧!”明秀就高兴地说：“好吧。”说完就到厨房里准备去了。杏花一见东家回来了，也过来要问东家，明秀就说：“熬点米汤，热点馍馍就行了。”杏花说：“米汤有现成的，我热点菜和馍馍就端过来，东家奶奶不在，你过去陪东家说说话。”说着就要打发明秀到堂屋里去，明秀说：“我们一起准备吧，准备好了我端过去让东家吃。”明秀端着热好的馍馍和菜，杏花端着一小碗米汤就过来了。李信说：“你们好快呀!”李信吃了一个热馍馍，喝了一碗米汤，其他的都没有吃。明秀关心地注视着李信说：“东家，吃点菜吧。”李信深情地看了一眼明秀就说：“好了，我吃好了，菜不吃了。”杏花就将东西收拾好拿到厨房里去了，明秀就陪着李信在堂屋说话。李信问：“几个娃娃在干什么?”明秀说：“几个娃娃在屋子里看书做作业呢。”明秀又说：“梨花妹子还是去看一个生娃娃的女人了，恐怕今儿天晚上不会回来。”李信高兴地说：“那你过去把杏花稳住些，就过来。我也很想你呀!”明秀说：“昨天晚上你们没有睡吗?”李信说：“睡了呀，但是我今天晚上还想要嘛。”明秀笑着说：“你们男人啊，真是没个够。”李信笑着说：“不够就是不够，面对你，我永远都不够。过去安顿娃娃去，安顿好了就赶紧过来，我等着。”明秀过去看着杏花哄雨环睡觉，雨芬还和两个哥哥一起看书。雨梃看见明秀进来了，就问：“姨姨，我尕爸回来了没有?”明秀说：“回来了，刚吃过饭，你们有事吗?”两个孩子说：“没有什么事，我们只是问问。”明秀说：“你们也早点睡，明天还要早起念书呢。”几个孩子就张罗着睡觉了。雨梃出去看了看尕爸，和李信说了明天到校报名的事。李信说：“明天就让你明秀姨姨领着你们去吧。”雨梃说：“不用领，我们自己可以了。我们把雨芬的名也就带着报了。”李信说：“很好，娃娃大了，有出息了。把报名的东西准备好就早点睡觉。”雨梃答应着就回去了。

明秀关好大门就回自己的屋子里去了，等了一会儿听见院子里没有了声音，杏花和几个娃娃的屋子里也灭灯睡觉了，就悄悄地来到李信的屋子里。李信早就准备好了。明秀一进门李信就迫不及待地抱住又是亲又是摸，明秀也很渴望，两个人关好门就急切地上炕了。炕烧得热热的，很是暖和。李信一边亲着明秀，一边宝贝心肝地小声呼喊着，一边给明秀解衣服脱裤子。李信明秀很快就钻进了被窝，摸着李信粗壮雄起有力的东西，明秀痴迷地呻吟了起来，李信也放胆地边亲明秀的嘴唇，边摸明秀的双乳，一会儿上一会儿下地亲个不够。明秀最后终于忍不住了一下子扑在李信的身上，一只手扶着李信翘起的东西放了进去，两个人就这么静静地体会着进入的美妙。不一会儿李信就慢慢地蠕动起来，明秀幸福地在上面配合着，李信由慢而快，最后很猛烈地上下抽动着，两个人翻来覆去地做着，明秀一直幸福地呻吟着，一夜缠绵，李信明秀两人多次进入高潮，多次又重新开始。李信三十来岁，明秀二十七岁，正是精力旺盛的时候，两个人都渴望着爱与被爱，都渴望着心与心的沟通，都渴望着无拘无束的夫妻生活，都渴望着男欢女爱的幸福……后半夜的时候，两个人才渐渐地平静下来，各自诉说着自己的相思之意，思念之苦。明秀一直想让李信给自己一个名分，李信说：“这件事略等等，我的生意做起来之后，我就给你名分。”明秀满意地枕着李信的胳膊睡着了。

第二天一大早，明秀就悄悄地起来回到自己的屋子里了，李信也随后起来了。听见院子里有了声音，杏花也就快快地起床。杏花到厨房的时候，明秀已经把火生着了，正给家里人准备早点呢。明秀让杏花灌了一壶热水提到堂屋里去，让李信起来后洗脸，回来后就把馍馍热一下，自己正精心给锅里打荷包蛋，杏花切葱花，泼葱花调调料，不大一会儿工夫，香喷喷的荷包蛋就做好了。看着李信就着小菜和几个孩子吃着早点，明秀心里特别甜。

很快地吃过早饭，明秀让杏花到厨房里收拾去了，几个孩子在雨梃的带领下到校报名去了。李信就在堂屋里待着，心里想着明秀这个女人就是不错，但怎样才能给一个名分呢，梨花跟前自己怎么开口说呢。女人确实是个好女人，很会疼人，还真让人喜欢。就是这事有些让人犯难。唉，先就这样吧，等过一段时间有机会再说吧。

李信一个人在屋子里想着这件事，明秀打发杏花出去买点东西，然后自己就到李信这边屋子里来了。悄悄地进来李信没有察觉，等李信一转身才看见明秀已经站在身后了。今天的明秀身穿一身红，脸上搽了粉，还涂了一点淡淡的胭脂，头发很得体，通体流畅婀娜多姿，充分显现了少妇少有的风韵。李信看着两眼就有些发直，心里想这个女人真漂亮。李信赶紧叫过来坐在椅子上，笑着说："今儿天收拾得很美啊，不愧是城里人，会收拾也能收拾。"明秀笑着说："你昨晚上开心不，今儿天缓好再出去，做男人有时很吃力是不是?"李信笑着说："不是有一句'牡丹花下死，做鬼也风流'吗?"两个人坐了一会儿，李信又拉住明秀的手不放，还想回屋子欢愉。明秀说："今天就歇息吧，昨天晚上那样干过还不满足吗?"李信说："喜欢一个人就没有满足的时候。"明秀说："杏花快回来了，我也要回屋换一下衣服，然后到前面诊所里帮一会忙。我这身衣服只给你一个人看，你看好了我就回去换了，然后干其他的事情。"李信说："一身红，新娘子，我的新娘子，我的真正的可亲可爱的新娘子。"明秀激动地说："你懂我的心就行了。"说完明秀就快快地回屋换了衣服，然后就到诊所帮着王大夫搞卫生了。

十点多的时候，李信就叫刘四把小马车套上，自己要到市场上看铺子，想尽快把铺子盘好，把生意做起来。也想顺带看看明生和敏之，想看看他们究竟在哪里上班，一天都在做些什么。刘四娃套好车后，就问东家："你自己驾车还是我给你驾车?"李信思考了一下就说："你驾吧，今儿天我不想自己驾。"李信坐上车之后，想起自己一生经历的这三个女人，真是不一样，念过书和没有念书的不一样，乡下的和城里的不一样，会打扮和不会收拾的又不一样，会说话和不会说话还不一样。人啊，真是难以琢磨。回想起自己作为一个男人，和第一个女人之间如此痛快的性事几乎没有，第二个女人有时也疯狂，但是那条条框框太多，使人不能放胆去梳拢，只有这一个女人在性事上可以大胆疯狂。昨天晚上有些过度，今儿天自己感觉有些累，真是要好好休养一下，不然晚上梨花来了会露出破绽的。

今儿天还顺当，李信一到铺子里，就看见王老板早早地等候在那里了。两个人找好中间人，商量好价钱，李信就顺顺当当地把铺子盘过来了。说好第二天就交钱办手续。李信对这个铺子很是看好，早就有自己的打算。然后就叫刘四驾着小马车到警察局去，想看看两位老朋友。车子一到警察局门口，远远地就被挡住了，李信说明来意，门口的人立马打电话，问清楚之后才放行。刚到大门口，就见明生已经等在门口了。李信就和明生一起到敏之的办公室明生的办公室看了看，一见两人都有人不断地找，李信就知道两人很忙，随便说了几句就出来了，敏之、明生两人还想留着吃饭，但是李信说：“你们抽空到家来，我请客就行。今儿天就到这，你们忙你们的去吧。我回去了。”

李信心里想，明生出去才一年，就出落得这样了。真是人不可貌相，海水不可斗量。只是这个挑担，看今天是这样，真不知以后将会怎么样。李信回到家里的时候，明秀和杏花已经把中午饭做好了，几个娃娃叽叽喳喳地说着报名的过程，雨芬还是话少，回来之后就拿着一本书在看。倒是雨环因为幼儿园还没有开学，没有报上名而闹着，两个哥哥怎么解释着哄都不行。只有杏花给悄悄地说了一句什么话，才破涕为笑。梨花也回来了，向李信述说着昨天晚上接生的惊心动魄的一幕，好在母女平安，一家人很是感激梨花，出诊费也给得很高。李信也说了今天早上出去盘好了铺子，顺带到敏之、明生上班的地方转了转，那真是气派，两个人也很精神。一切都是那样的出人意料。梨花说：“孩子们，你们都听着，一定要好好地念书，把书念好了，将来才有出息，才会创造更多的意想不到，就是所谓的奇迹。”雨梃、雨轩听了后点了点头。雨芬还有些迷茫，雨环就什么也不管。雨芬说：“姨姨，啥叫想不到?”梨花笑着说：“就是我们芬芬将来把书念好了，考到大城市念大学，出来之后给爹爹姨姨挣很多钱，就叫意想不到。”雨芬说：“是这样，我懂了。我就是要好好念书，给爹爹姨姨争气。”梨花听着雨芬这样说就激动地抱起雨芬亲了一口，说：“我娃真懂事。”

吃过饭后，几个娃娃就准备着后天正式上学，雨轩、雨芬吃完饭后就到自己的屋子里看书去了，雨梃要出去玩篮球，明秀带着雨环和杏花在厨房里收拾着饭。梨花又风风火火地出去到诊所去了。李信在家里不想出去，只想下午为明天收拾铺子做一下准备。梨花的诊所这一段时间病人很多，梨花和王大夫、小郝几乎忙不过来，明秀一直给帮着搞搞卫生，其他的忙就帮不上了。

看着一家人各干其事，李信很悠闲地在家里看着书。忽然想起那天在市场上碰见自己从天水领来到绸缎庄的王五，就想过去和王五、张茂合计合计生意上的事情。于是就叫刘四把小马车套上，自己想到市场去合计生意。

刘四很快就套好了车子，李信驾车准备走，明秀刚好出来就问李信：“下午了你去哪里?”李信说：“我到市场上转转。”明秀悄声问：“我也想去。”李信就说：“那你收拾一下一起走吧，我等着。”明秀赶紧到自己的屋子去了，不大一会儿工夫，就风风光光地出来了。李信就叫刘四在家里待着，把其他牲口喂好，自己就驾着小马车，拉着明秀到市场上去了。到了市场之后，李信很快就找到王五，并说明了来意，王五一听，赶紧把张茂找了过来，几个人一起到李信盘下的那间铺子里，合计着做什么生意最好。张茂看见明秀就说："嫂夫人真好看。"李信、明秀先是一愣，然后就会心地笑了。李信自豪地说："好看什么，不就是一般的女人嘛。"张茂就说："我做梦都想娶个媳妇，最后能娶个像嫂子一样好看的，那我就跌到福窝窝里了。"李信笑着说："小崽娃子，好好学着做生意，将来生意做好了，什么样的女人都有。"

王五建议说："少东家，这间铺子最好先做干果杂货，因为这一连几家都做这个生意，我们做其他的别人看不到，不利朗。"张茂说："就目前的情况，我们先这样试试，况且一年靖远的果子很好卖。去年不知谁运来了一些靖远的香水梨，在市场上几天就卖光了。"李信说："谁一个，还不是老子，再能有谁。"张茂一听惊讶地说："少东家，你们靖远有那么好的东西，我们就做定了。生意肯定好过其他的人。"明秀就筹划着对几个人说："干果我不大清楚，一年果子运来之后，在兰州的价钱很好，我们能做。除了这一项，我们可以适当的带一些其他的东西，这样铺子就显得满满当当，生意好做。"李信笑着说："不错不错，真是不错。"李信就问张茂："茶叶店的生意学得怎么样？不行就过来给我打理这个店，在这里你不用做学徒，我直接给你开佣金。"张茂就说："少东家，我回去给我们掌柜说一下，能行我就过来。"李信打趣说："你两个崽娃子都回去给你们的掌柜说一下，两个能一起来更好。"

明秀悄悄地拉了一下李信，说："雇人怎么能这样呢？我们知道这两个人的底细吗？"李信说："这有我呢，这两个人是我去年从天水带过来的，品行我还能掌握一些，错不了。"李信问："你们最近干什么？一年的学徒期快结束了吧。"两个人赶紧回答说："快了，去年五月初来的，算来还有四个月了。"李信说："今天就这样，你们先回去，我们也要回去了。明天我就过来和房主办手续，办完之后我再找你们。"两个人高高兴兴地说："好呀，少东家，谢了东家奶奶。"李信就要转身要回去，明秀娇娇地说："咱们再看看这个地方，看看别人家里的东西，这样我们也好合计。"于是李信领着明秀就在市场的那一带转了好几个来回，借给家里买货的机会，和几位店主进行了交流，大家一致认为市场的生意可以做。有几个男人看见明秀就使劲地表现，目光火辣辣的。李信知道是怎么回事。明秀今天也收拾得很好看。李信心里也很舒坦。回家之后，明秀就很快地换掉刚才出门的衣服，到厨房里忙去了，杏花问："明秀姐，今儿天你干啥去了，那么长时间都不见你的人。幸好东家没有找你。"明秀说："我出去了一下，东家奶奶没有找我吗？"杏花说："没有找。"

晚上一家人刚吃过饭，明生和张敏之就来了，两个人还是一身便服，李信高兴地说："看见你们在那里给公家干事情，真是气派，穿的衣服好看，屋子里收拾的也好。"敏之和明生就笑着说："东家，你只是看到了表面，我们忙起来也很吃力。""东家，姐开了诊所，你在兰州的生意开始了没有？”梨花说：“你们两个不要东家东家地叫，以后都叫姐和姐夫。”明生说：“那可不敢，东家就是东家，我不敢乱叫。”李信说：“随便点吧，没有什么。今天我刚从铺子里过来，准备开一个专卖干果及杂货的店，着重搞批发走量。市场上多的铺面这样做，靠零售不行。”明生说：“现在做粮食生意很稳，不如您就从会宁进粮，在铺子里把粮食生意带上，靖远的五东家也可以给你供货呀！”梨花说：“这样很好，李郴兄弟媳妇的米面也可以带过来，那是一个特色。”明生吃惊地说：“李郴兄弟结婚娶媳妇啦？”李信笑着说：“就是呀，去年我去天水回来之后就娶了，两口子很好。”李信问：“你们两个啥时候把媳妇接来？”两个人都笑着说：“快了快了，只要我们在这边找好房子，就接过来。”梨花说：“你们看我们这个院子这么多房子，哪里需要你们再花钱找房子呀！赶快给荷花去信，让荷花和萍之一起来，先到我诊所里帮忙，然后给翠琴捎信，也让赶紧过来，到兰州生活上几天。”明生说：“翠琴的话已经带过去了，顺强哥一回去肯定就带到了，我估计很快就会来的。倒是荷花一下子来不了。”梨花说：“荷花是生几月的，我怎么就把荷花有娃娃的事给忘了呢。”敏之笑着说：“姐姐一天太忙了。”梨花说：“不能那么说，该关心的还是要关心呀！”说得大家都笑了起来。梨花说：“你们光喝茶怎么能行，让雨梃把咱们过年的酒拿一坛子过来，你们兄弟喝上一阵子。”明秀在旁边说：“让娃娃看书，我给咱们拿去。”说着就到厨房里抱了一小坛子三斤装的老酒，敏之和明生就是不喝酒，说是公家有纪律，再说晚上还要值班。李信就给自己倒了一杯。

敏之说：“姐夫铺子里的人找好了没有？”李信连忙说：“才开始，还没有找好。”敏之就说：“那我给你推荐一位，从天水过来的，有做生意的经验。”李信说：“好啊！这两天我还正为这事犯愁呢。”梨花问敏之：“荷花生啥时候的？”敏之说：“大概是今年四月吧。”梨花就说：“过年不回来，我知道就是借口，看她现在来不来？”敏之说：“现在真的不好来。”李信问：“还有三个月才生，怎么现在不能来？”敏之说：“你们也别问了，荷花今年正月十七就生下了一个女娃娃。今儿天已经十天了。”梨花先是一震，随即就笑着说：“提前了，哈哈，一切都提前了。这个死女子，看我见了不好好地收拾一顿。胆子太大了，连这事都敢提前。”李信就笑着说：“是这么一回事呀，是好事，年轻人么……待满月的时候我们去天水。”几个人说了一会，敏之和明生就要回去，李信、梨花把他们送了出来。明秀就在屋子里收拾着。梨花进来之后说：“明秀，你也累了一天了，回去睡去吧。”明秀说：“不要紧，我很快就收拾完了。”说完两个女人先后看了刚刚进来的李信一眼。

后来的几天里，李信就一门心思地收拾铺子，让刘四先协助自己，明秀识字不多，不会记账，刘四不识字只是协助一下。李信就很想找一个人。王五的掌柜一听说王五要走，就赶紧结束了学徒期，并结算了当月给的工钱。张茂跟掌柜没有商量好，一时半会还过不来。李信就抽空过去看敏之介绍的这个人怎么样。张敏之说："昨天就到了，我准备晚上领过去，既然你来了，就带过去吧。"李信在张敏之的办公室里等了一会儿，就见张敏之领着一个高个子的人来了。张敏之指着李信就给那人介绍说："这是我的挑担，姓李。"敏之又对李信说："王明轩，秦安人，在天水做了十年生意了。识文断字，肚子里有一本生意经。"李信说："我过来看看，就害怕你介绍的人还没有来，我就想着从老家往来叫人。来了就好，来了就好。"敏之说："这样吧，你们先过去到铺子里去，晚上我再过来看你们。"李信说："赶快走吧，这几天我想找帮忙的人都想疯了。赶紧走，赶紧走。"王明轩笑着说："东家真是痛快人，好了，我们一起走。"

李信和王明轩到店里的第三天，张茂才和掌柜说好，到李信的铺子里来了。李信说："你个小崽娃子，不赶紧过来，这几天还真把我忙坏了。"又笑着介绍了王明轩，然后安顿了住处，就放心地回去了。二月十一这一天，二太太、翠琴和明生妈吴氏也到兰州了，一家人都到李信的新院子里。几个学生回来一见奶奶来了，高兴地团着奶奶说话，李信也不说什么，直到吃过晚饭，才让几个回屋子写作业去了。雨环就一直陪着奶奶。晚上的时候，明生才过来，看见自己的姑娘小妮就想抱一抱，结果小妮硬是不让，把大家都惹得大笑起来。翠琴说："你要是再不见女儿，女儿可能就真的忘记还有这么一个爹。"二太太看见儿子的这一院屋子，很是满意，又对梨花大加赞赏，梨花笑着说："还是信哥能干，还是信哥能干。"翠琴看着明秀就说："梨花姐，这位姐姐是？"梨花就赶紧介绍说："这就是明秀，这座院子原来主人的少奶奶，现在一直在家里帮忙。"翠琴说："哦，我知道了，去年如菊姐回去的时候给我说过，是个好人，对如菊姐很好，对两个娃娃也很操心。"梨花说："就是，对咱们一家人都很好，是个好人。"吴氏看见明生穿戴很讲究，只是摸着明生里面的一件白绸子的单衣说："我娃真是有出息了，能穿上这么好的绸子衣裳。"二太太笑着说："真是乡里人进城了，那一件衣裳算什么，明天叫他们把你领到娃娃干事的地方去，看看那个场面，才算你见了世面了。"吴氏怯怯地说："衙门里我不敢去。"李信大声地说："有什么不敢的，你儿子在衙门里当官了，你这一去就是老太太，怕啥呀！"明生谦虚地说："看少爷你说的，什么官不官的，我敏之哥才算是官呢。"翠琴赶紧问："敏之是谁呀？"梨花坏坏地说："是明生在这里找的女人呀。"一句话把大家都说愣了。李信笑着说："你现在可不能胡说，明明是荷花的男人，你看你把大家伙吓的。"明生赶忙说："敏之是荷花的男人，人家的女儿都快出月了，少奶奶呀，你可不要吓翠琴了。"翠琴也刚从惊吓中缓过劲来，就羞涩地说："我才不怕呢，你要是有女人了，我就和妈一起回去，让你再也见不上妞妞。"明秀笑着对梨花说："东家奶奶，女人胆子小，心眼也小，经不起你的开玩笑啊！翠琴妹子到现在还没有缓过劲呢。"梨花赶紧说："哎呀呀，算我说笑了，算我说笑了。"一家人说笑了一阵，李信就安排大家休息。明生两口子一间屋子，二太太抱着雨环，吴氏抱着妞妞一间屋子，其他人就各自到自己的屋子里休息了。

因为几个人走了五天多才到兰州，李信知道路上的艰难，幸好天气已经暖和了，就让明秀给二太太一间屋子里送来了热水，又给李信的屋子里也拿了一些热水，看着老太太洗完睡下才关上门回到自己的屋子里。梨花让杏花给翠琴的屋子里也送来一壶。

第二天一大早，明生就悄悄地走了，因为上班的地方离这儿还有一截路，新来的人一般不好意思迟到。翠琴起来就到厨房里把火生着了，给大家把早上的热水也烧好了。听见厨房里有了响声，明秀和杏花就起来和翠琴一起给学生娃娃做早点，三个学生相继起来了，忙忙地吃了早点，就各自匆匆地走了。学生的一顿吵嚷让家里所有人都醒来了，二太太和吴氏起来之后，就把雨环叫了起来，赶紧收拾好让上幼稚园去。两个老太太接着就到前面的堂屋里来了，梨花、李信早早地就在堂屋里等着，明秀和翠琴已经把早上的热馍馍端了过来，四个小菜，有荤有素，汤是小米粥。

老太太一见李信的早饭这么讲究，就高兴地招呼大家都过来吃。二太太问几个娃娃吃了没有？明秀赶紧回答说："都在厨房里吃过了。"梨花笑盈盈地说："妈，吴姨，这就是给你们二老准备的，你们两个吃吧。"李信也笑着说："就是。"二太太笑着说："我们两个吃不了这么多，梨花、李信、翠琴都过来一起吃吧，明生吃了没有？"翠琴赶紧说："明生要到衙门里去，早早地就走了，在家里没有顾上吃。"二太太就叫大家一起吃饭，不要等了。于是李信、梨花、翠琴都坐下来吃饭，明秀死活就是不坐，一直在一旁给大家添饭。大家都吃过后，杏花送雨环才回来，明秀、翠琴就收拾了桌子。杏花和翠琴在厨房里收拾碗筷。李信、梨花就在堂屋里陪二太太说话。明秀就在一旁收拾屋子，吴氏见了笑着说："少东家，你的这一院房子真好，几个媳妇也是这样的讨人喜欢，你真有福气。"李信一听就笑着说："刘家妈，我这里只有一个媳妇，就是梨花，哪里来的几个媳妇呀！"梨花也笑着对吴氏说："刘家妈，您老看看少东家几个媳妇？"二太太就说："梨花呀，不要捉弄你刘家妈了，人老了，看见年轻人都好看，随便说惯了。"吴氏说："这两个不是你的媳妇呀？"指着明秀说："多好的媳妇子呀！"明秀笑着说："刘家妈，那我就给你们明生当媳妇您看行不？"吴氏赶紧说："明生不敢，明生不敢，倒是少东家信儿还行。"说得翠琴、梨花、二太太都笑了起来。明秀赶紧羞涩地说："少东家有梨花妹子，我可不敢当他的媳妇。"说完就出去收拾其他屋子了。

梨花对二太太说："妈，我要到诊所里去了，你们先坐着说话，信哥你先陪着。"二太太说："你们忙你们的吧，我和你刘家妈就在屋子里坐一会儿，然后我们两个就再到院子里看看。"李信说："你们前后看看，今儿天下午我让四娃把车子套上，到兰州的五泉山转一趟，那里热闹得很，比咱们的法泉寺庙会要热闹得多。""我等一会到市场的铺子里去一趟，中午就回来了。明秀啊，今儿天出去买些新鲜的菜，中午吃。"李信说。明秀听见李信叫她，就忙忙地出来说："早上我叫杏花已经买了一些，中午够了。"李信看着明秀说："你跟我一起出去，到市场再给家里添些零碎的东西，然后让四娃送你回来。"明秀连忙说："好吧，我收拾一下就来。"刘四把车子收拾好了就在门口等着，李信和二太太说着话，明秀收拾好了就出来了，李信和明秀一起上车走了。翠琴望着小马车说："太太，我如菊姐在家里的时候就对我说，明秀是个好人，今儿天一看，果真是不错，和咱们少爷也好，咱们少爷有福呀！"二太太说："我看这个女子真不错，人也长得麻利，就是不知梨花怎么想的，人家又是怎么想的。"吴氏笑着说："我看这个女子和咱们少爷很般配。"二太太思量着说："这件事现在只是咱们说说，不要张扬。"

这时梨花进来了，说："看看你们在干什么，诊所里不是很忙。其他人呢？妞妞，走，姨姨领你到门口看看。"翠琴连忙说："少奶奶，不用了，就让妞妞在这儿陪太太和奶奶吧！今儿天中午我们吃什么饭，等一会我给咱们准备去。"梨花说："有明秀和杏花呢，你就不用管了。"吴氏说："少爷出去了，也叫明秀出去买东西啦。中午就叫翠琴准备吧！"梨花笑着说："那行吧，妈，中午咱们吃什么，你们看着安顿。雨梃、雨轩中午不回来，在学校里吃。雨芬、雨环就回来了。信哥回来不？"二太太说："说是要回来的。"梨花什么也没有说就领着妞妞出去了。翠琴就陪着两个老人在堂屋里说话。

梨花刚到门口就看见刘四驾着小马车拉着明秀回来了，旁边放了好些东西，明秀看见梨花就说："我和东家到市场上给家里买了一些东西。"梨花说："都买好了？"明秀笑着说："都买上了，今儿天中午就可以做几样。"梨花说："那就赶紧拿进去准备吧！"明秀说："好的，少奶奶。"

话说李信和明秀给家里买完东西，让刘四把明秀和东西送回去，自己就到铺子里看生意去了。王明轩把这几天的账目拿出来给李信看，张茂在一旁出出进进地忙着。王明轩说："东家，咱们这儿的生意很好，特别是你搞的那个批发真是大有文章，一般顾客只和其他店比较价钱，一比较咱们的便宜，就都到咱们这儿来了，结果从我们这里进的货的量就很大，我们只是略低于零售价，还是大有赚头的。"李信说："我们一定要诚实经营，不可有欺瞒顾客的事，有时候我们赔本也要把有些人给拉住，让生意细水长流，另外给顾客多陪笑脸，没有笑脸就不要做生意，这是古人说过的话。”王明轩笑着说：“东家，这个我们都懂，我们两个都是老生意人了。”李信看了看铺面货架上的东西，又到后面仓库看了看存货，就对王明轩说：“货源一定要备足，各种东西都要有一定的存货，有些东西不够就早点说，我给咱们早早想办法。不要等到不够了才说，那时就迟了。让顾客在我们这里想进什么货就有什么货。我们把生意就要做到这个程度。”王明轩就说：“这样做需要很多的钱。”李信说：“钱的事你不用操心，你只管去做就行了。我们争取一年时间就把这条街的三分之一铺面吃过来，让所有的铺面为我做生意。”听了李信的话，王明轩还真有些惊讶。就说：“东家，慢慢来吧，做生意以和为贵。”李信说：“我的意思是要带动大家一起做大做强，要让大家都有饭吃，不是看着人家倒闭。”王明轩说：“东家真是海量，真大度，是个做大事的东家。”两个人在库房里说了一会话，就来到铺子里，刘四已经将明秀送回去了，回到门口等着李信。看见李信一出来，就上前说：“东家，我来的时候我明生叔已经过来了，天水的那个叔叔也一同来了。”李信说：“哦，我知道了，我马上就回去。”看见张茂就对张茂说：“好好跟你王叔学，你王叔可是一肚子的生意经啊。”张茂笑着说：“东家你放心，我一定好好学。”李信笑着：“小崽娃子，猴精猴精的。”说着就上车回家了。

李信回到家，明生正在屋子里和二太太说话，雨芬、雨环也回来了。午饭早已准备好，吴氏翠琴都在厨房里帮忙，明秀看见李信的小马车一进院子，就张罗着让杏花赶紧收拾着往上房里端饭。二太太就对雨芬说：“雨芬，到诊所里叫你姨姨过来吃饭。”雨芬就跑出去叫梨花了。梨花领着雨芬进来的时候，几个女人已经把饭菜端到桌子上了，二太太就赶紧叫都过来吃饭。明生实在没有办法推辞，和吴氏一起被叫到桌子上坐着，二太太说：“到这里了，我们不要有那么多的讲究，况且我们两个老太太完全就是长辈，赶紧过来坐下吃饭。”梨花就热情地说：“刘家妈，您老人家就不要推辞了，你们就是我们的长辈，明生现在公事干得这么好，以后我们还要互相帮助呢。”明生笑着说：“今儿天我过来，就是想让大家晚上到外面转转，然后就吃一下饭，我和敏之哥在兰州的顺昌饭店订了一桌，明秀和杏花都要去。”翠琴、杏花、明秀张罗着给大家添饭。明秀说：“大家去吧，我和杏花看家。”明生说：“不行，大家都去。”李信笑着说：“行，大家都去也没有几个人，今儿晚上把门锁上就行了。”

下午的时候，刘四驾着小马车把二太太、吴氏、翠琴带着妞妞拉上出去转兰州城去了。梨花又出去给病人看病了。家里就剩李信、明秀、杏花，杏花想着晚上要下馆子，就很是兴奋。缠着明秀给自己挑一件好看的衣服，李信看见就说：“晚上没有人看，穿那么讲究干啥。”明秀笑着说：“女人就是女人，你真是不懂。”明秀替杏花挑好衣服之后，就过来和李信说话。明秀问：“咱们市场上的那间铺子怎么样?”李信拉着明秀的手说：“那间铺子很不错，我们是以批发小杂货为主，那个王明轩是个生意精，把铺子打理得很好。那个张茂我看蛮机灵的，一天在铺子里给王明轩打个下手，人很不错。我看我们给张罗一个媳妇，你看怎么样?”明秀说：“我们给看着访一访吧。不过你看杏花和张茂年龄相当，这两个娃娃是不是还可以。”明秀接着又说：“过一段时间我探探杏花的口气。”李信拉着明秀的手就想亲一下。明秀说：“我过去看一下杏花，找个借口把杏花打发出去一趟，我就过来。大白天的，你就不怕让别人发现。”李信说：“别人发现怎么样呢，正好给我娶你找了个理由，怕什么。那你赶紧去一下，我在屋子里等着。”明秀就到杏花的屋子里看杏花还在穿试衣服。明秀就笑着说：“杏花呀，还没有试好吗？等一会你出去到西关里张家酱醋店里给家里一样买五斤。看着把新打出来的好的醋酱买上，这是钱。”杏花说：“我这就赶紧去，我还想把新衣裳穿上。”明秀说：“穿上吧。就是小心些不要弄脏。”杏花高兴地答应着走了。明秀就快快地来到李信的屋子里，两人立刻就相亲相拥地进入了美妙的爱情世界。李信笑着说：“别人已经把你当成我的媳妇了，你还假装啥呀!”明秀说：“刘家妈说那话的时候，我心里就像大热天里喝了雪水一样，心里是那样的舒坦，但表面上还是不能表现出来，你说我容易吗!”李信说：“这是一个很好的开始，我哪天在妈跟前先提一提。当时梨花也在场是吗?”明秀说：“就是，梨花当时在场，并没有激烈地反对。”

在李信看来，明秀是一个不错的女人，犹如早春的白玉兰，虽没有绿叶的映衬，却难掩优雅和清新；犹如幽谷碧潭，有深度却清澈见底；犹如三秋桂子，朴实无华却馨香悠远；其一言一行一举一动一颦一笑都散发着智慧，犹如一首小诗，不需要潇潇洒洒，却能让人品不尽那份平淡与简单。

在明秀看来，李信就是自己一辈子的依靠，一辈子的男人，是自己永远想念永远温暖的那个人。就算有时李信离自己不近也不远，但是只要一想到他，自己就永远觉得安定，觉得踏实，觉得心里有底气，甚至连周围的一切，都变得那样笃定。

两个人两情相悦，又是无牵无绊，那是怎样无尽的缠绵啊!

杏花提着新打来的酱醋进门的时候，李信已经正襟危坐在屋子里，明秀也已回到自己的屋子里收拾自己了。这是何等高超的掩饰技巧呀!

天快黑的时候，二太太和翠琴等人回来了，吴氏高兴地谈论着五泉山的见闻，梨花就安排着大家往顺昌饭庄去，先是二太太和李信带着两个娃娃过去，然后让吴氏和翠琴、妞妞、明秀一起过去，自己和杏花最后叫了一辆车子过去，敏之和明生一直在门口接着大家，当梨花和杏花到了之后，大家就一起上楼。明生就问李信说：“少东家，雨梃、雨轩这两个娃娃怎么没有来？”李信说：“这两个娃娃平常在学校吃住，有时候回来一次，有时候不回来。”

顺昌饭庄的老板一见李信，就赶紧往里面招呼，因为李信到这里好几次了，每一次都有张槟参与。今天一见是警察局来人订的，感觉要来什么大人物。李信赶紧解释说：“这是我的两位朋友，一位是我的挑担警察局警务局的督察，一位是我的发小刑侦队的副队长。”宋老板一听，就立刻端上最好的小礼品，让众人选择，又把菜金往下浮动了四成，又给这一桌赠送了几样菜蔬。敏之说：“我们请客也是正大光明的，不需要你们在这里搞什么名堂。”宋老板看了一眼李信就说：“没有呀，我和李家少东家认识，所以就喧了一下，没有搞什么。”李信对敏之说：“你过来坐下吧，大家都到齐了，今儿天你们是东道主，给大家说几句。”明生就极力推敏之给大家说几句。敏之站起来说：“今儿天我和明生两个请大家来到这里，一是因为二太太和刘家妈、翠琴来到了兰州，二是真心感谢少东家给我们两个的极大的帮助。可以这样说，没有少东家去年天水的推荐，我就走不上这条路；同样没有少东家的大力帮助，明生也走不上这条路。所以，我们两个今儿天在这里是谢恩的宴席，我们从心底是感谢少东家的。”说完朝着大家深深地鞠了一躬。

李信连忙说：“这是干什么呀，今儿天大家能聚在一起，特别是两位老人能到兰州最好的馆子里吃饭，这都是我们大家的福分，是我们的缘分，快别说什么感谢不感谢的话了。敏之你是我的挑担，明生你是我过命的兄弟，再说感谢感恩的话就见外了。”雨芬坐在明秀的怀里说：“又是一个意想不到，又是一个奇迹。”其他人都一愣，只有梨花、明秀、李信等人笑了起来。梨花极力赞扬雨芬说：“我们芬芬真会说话，我们芬芬说得真好。”于是就在饭桌上给大家讲了一下关于“意想不到和奇迹”的故事。听得众人都笑了起来，原来是有故事的，看着雨芬得体的说话，李信就对明生说：“现在就让妞妞也上幼稚园，和雨环一起去，完了之后就在兰州上学。”明生说：“这件事我们还都没有想呢。既然东家说了，那我就想办法吧！”梨花说：“你能想什么办法，这件事交给我，很快就会办好。你把你的警察当去。”明生赶紧说：“那就感谢东家奶奶了。”二太太和吴氏就听着几个年轻人说话。李信说：“我们光说话不吃饭吗？”其他人都响应着说：“大家吃饭，大家吃饭。”不说大家吃得怎么样，单就那一道道色香味俱全的菜肴，就让几个没有来过饭庄的女人看傻了眼。明秀一直看着李信，想着李信，所以每上一道菜，就要问一下菜名，做法及所使用的材料，以便回去在家里学着做，旁边的伙计就给耐心地说着。

吃饭后，敏之要回去，明生要和翠琴回自己住的地方去。李信问：“那边可以吗？不行还是回去吧！”明生说：“行呢，我在那边有住处。”李信就没有挽留，几个人叫了车就要回去。刘四赶紧下去把小马车赶过来，李信让先把两位老人和雨芬、雨环送回去，让杏花也一起坐上，剩下李信、梨花和明秀三人。刘四说：“东家，您等一下，我快快地过来接你们。”李信说：“不用，我们叫一辆车子就行了。你只负责把两个老太太安全送回去就行了。”李信随便叫了一辆车子，三个人一起坐着回家。明秀心里那个欢喜，但不能在梨花面前表现出来。明秀用手一直摸着李信靠自己这边的手，李信心里清楚得很，就不露声色地和两个女人随便说着话。

转眼就快到清明节了，梨花诊所一直很忙，李信把铺子交给王明轩，自己也很放心，就想趁机回家上坟祭祖。也想顺便把二太太和刘家妈送回去，两个老人这几天也一直嚷着要回去，说这也不行那也不行，李信是很理解老人的。

二月十五的时候，李信和梨花商量着想早一点回去上坟。梨花说：“这样吧，荷花最近可能要回来，明天十六了，你问问敏之，娃娃的满月怎么办，在天水还是来兰州。然后再看你能不能回去。”李信说：“我回去大概就到三月初了。还有十来天的时间，不急。”第二天中午的时候，李信吃饭后就准备乘车过去找敏之，还没有出门，敏之、明生就过来了。李信说：“说曹操曹操就到，我刚要出去找你们，问问你们荷花什么时候来兰州，这不，你们就来了。”敏之赶紧说：“姐夫，荷花已经从天水往来走了，这一个月诊所的生意也不怎么样。”吴氏就对明生说：“我们来已经好多天了。把少东家麻烦的，你要好好感谢人家才对。”明生就说：“对、对、对，娘说得有道理。”敏之说：“姐夫，昨天我接到一个报告，说是西北公学有个组织，雨梃是成员，局长昨天很激烈，今天早上派张春远带人查一下，我赶忙给明生透露了一下，让过去的人注意一下雨梃的情况。”李信一听就说：“这个娃娃不知又搞什么了，爱打篮球就打篮球行了，加入什么组织呀。”明生赶紧说：“东家，过去的人给我说了一下，是几个学生搞的一个文学社团，没有什么政治色彩。不要紧，过去的人已经给散掉了。”梨花一听又是组织，什么政治不政治，就连忙说：“这个娃娃要过问一下，妹夫呀，你还是你们组织的人吗？你们那个组织有政治色彩吗？”敏之连忙说：“姐，我能有什么组织呀，还政治色彩呢。”几句话问得明生很是纳闷，这又是怎么回事？

民国二十三年二月十九，荷花和婆婆一起来到了兰州，同时一个叫蒲明的人一同陪着来。萍之在天水的诊所里上班。几个人一下车就坐车到了李信的家里。梨花看见荷

花抱着小姑娘来了，就高兴地接了过来，抱在怀里就不想放下，荷花见到二太太就连忙问好，一见梨花姐和姐夫在兰州购置了这么大的一座院子，也很高兴。见到荷花已经回来了，李信就赶忙叫刘四给敏之捎信去，蒲明就想一起过去。李信就让刘四带着蒲明一起过去。中午的时候，敏之和明生一起来到李信的家里。梨花、李信就让大家都在家里吃饭，今天家里的人一下子增加了六个，明秀和杏花、吴氏连忙在厨房里准备着。原先计划的米饭远远不够，明秀就叫杏花到外面赶紧买一些馍馍回来，于是中午上房里的人都吃了米饭，而其他人就在厨房里吃了些馍馍。

荷花在收拾碗筷的时候，来到厨房里，看见刘家妈和明秀、杏花等几个人在吃馍馍下菜，就不好意思地说："我们是不是来得太突然了，让大家中午吃不上饭。"刘四等人连忙说："不要紧，不要紧。"下午敏之就要上班，于是李信就让刘四驾车送荷花过去，荷花和婆婆抱着小姑娘就回到自己的家里。李信见刘四回来了，就问："敏之督察的新家在什么地方？"刘四回答说："新家就在中山林那里，离我们这里不远。"李信就对梨花说："荷花刚来，我们过去看看吧，顺便带点东西。"梨花说："我这一阵还顾不上，诊所里有四个病人在等着呢。不行今天你让明秀准备上一些东西，你们过去看看，我迟一些就过去，行吗？"李信说："那你就忙着吧，我和明秀过去看看。"李信回到屋里对二太太说："妈，我过去看看荷花一家去。"二太太连忙说："那你就赶紧过去看看吧！"吴氏也笑着说："过去看看，看看院子屋子的情况。"李信就叫明秀准备一些家里使用的东西，包括一些吃的东西，装在车子里。李信和明秀就坐车过去了。

李信、明秀刚来到中山林张敏之新购置的院子里，荷花和婆婆正在屋子里看孩子，李信就叫刘四、明秀把东西搬进来。荷花一见李信，就姐夫长姐夫短地叫着，叫得明秀都感觉出不对。李信进来在各处都转了一转，看完堂屋里的一幅画就说："这幅山水画很不错，敏之从哪里搞得的？"荷花说："不知道是什么时候的东西，我还真不知道。"李信又让刘四把一些吃的东西拿到厨房里去。李信就对荷花说："娃娃都出月了，怎么也要办个满月酒吧！"荷花说："姐夫，等孩子略大一点再说吧！我们刚到兰州，还要适应一下。"李信笑着说："行，孩子太小，要不就往后推一推，到百日的时候我们再说。"荷花说："这样最好。"正说着，蒲明和明生就过来了，李信一见明生就说："明生，你看敏之的这一院房子怎么样？"明生说："我也看好一座院子，就是还没有定下来。"李信说："哪座院子呀，我们过去看看。"明生说："行呀，东家。我给荷花说句话就走。我的院子离这不远。"蒲明对李信说："他姐夫，过来坐一会。"张家婆婆也赶紧往屋子让着李信，让李信到屋子里喝杯茶。李信连忙说："你老人家看，我还有那么多的事，今天就不坐了，我和明生过去看看院子就回去，我只想认一下门就行了。"说着就来到小马车旁边对明秀说："你坐着车子先回去，我等一会就回去。"明秀说："那你就早点回去啊！"说完深情地望着李信。明生一眼就看明白了。

明生就说："我们从大路上走，一会就到。"李信说："不用坐车吗？"明生说："近得很，不用坐车。东家，我看这个女人对你很关心啊。"李信笑着不说话。李信回到家里的时候已经是下午了，见梨花也忙消停了，就在诊所里对梨花说："这一阵不忙，我们进去说话。"梨花、李信就回到屋子里，二太太问了一句："回来了。翠琴也过来了，妞妞要到兰州上学，你们两个给看着办一下吧！"李信说："好啊，梨花你过去给雨环那个幼稚园说一下让上去就行。荷花说娃娃太小了，等到百日的时候再办酒席。明生也准备买一座院子，院子也看好了。"

李信和梨花各自忙着自己的事，转眼就到了二月二十六，这几天梨花抽空到荷花那里去了一趟，荷花一家子也过来转了一次。姊妹两个已经商量好将来合在一起开诊所，荷花把婆婆留在身边，自己也想出来工作。二太太和吴氏这几天就嚷着要赶紧回去，不然就赶不上清明节上坟了。于是大家就忙碌中准备着给二太太吴氏回家的东西，二月二十八日，李信带着二太太和刘家妈一起回家，一路上经历了四天终于回到了李家塬。

农历二月底三月初，天气也渐渐地暖和了。农村的夏庄稼都已播种结束，春小麦已经长出来三寸高了。各种树木竞相吐艳，鸟儿的鸣叫似乎也比以前清脆了，河水也渐渐地流动得轻快了，泛起了一些浪花。阳光普照着大地，地里的苗逐渐强壮，各处的草也开始疯长。李家今年雇佣的人比往年要多两个，毕竟李信不在身边，关于农事维贤早早地就做了计划，从春上的翻地打磨一直到春种结束。第二天李信就和顺强一起到地里转着看看麦苗的长势，各处的麦子都很不错。维贤心里也非常高兴，因为儿子回来了。自从李信在兰州买房之后，维贤一家都很失落，家里主要的一股力量就这么悄无声息地分开了，自己创建的这一份家业依靠谁，儿子孙子像小鸟一样地飞到各处，自己的养老，自己的一切，再加上大太太、二太太和自己这两年的身体都明显不行了，这些都让人烦心。但是，一家人看着李信回来，都显得格外地高兴。

李信这次回来主要还是上坟，计划上完坟就回兰州。三月初二的时候，李泉、四老爷和兴贵领着娃娃从城里回来了，李莲也跟着回到李家塬。李泉还带来李诺的一封信，说是雨霖到了南方，进入了黄埔军校学习，一切都很顺利，入的是步兵十一期，两年半学习，半年入军队见习。

当天下午，李亨特意从打拉池那边过来，李郴、李相也赶过来商量一下明天清明节上坟的时间，一大家子人怎么个走法。李信就叫四老爷一辆车，三老爷一辆车，自己再准备一辆车，拉着所有的人先到老先人的坟上，给老先人上完，然后大家就各自给自己的先人上去。众人都说可以。李亨和李信、李泉一起，今年只有李莲一个孩子，就把李莲也领上。其他的孙子都不在这里，没有办法。倒是李相准备领着自己的儿子，李郴准备领着自己的侄女。一切的准备工作都有条不紊地进行着。

晚上天快黑的时候，王锦廉来到了李家塬，维贤就问："你没有上坟吗?"王锦廉说："我们那边塬上都提前一两天上完了，我紧紧张张地赶着过来是因为去年我发现你们有几棺坟不对，不能动土，需要打理一下，不然于小辈极为不利。"维贤说："怎么了?"王锦廉焦急地说："你们的两座新坟一个受水，一个受火，三老爷家的一座先人坟塌了，需要有个影壁遮盖，还需要把坟起出来重新收拾一下。其他的都没有什么。"维贤就赶紧叫万信过去叫三老爷和四老爷过来。几个人过来之后维贤就把王锦廉的话给大家说了一遍，由于会伤及小辈，众人一听都很紧张，连忙问补救的措施。王锦廉说："明儿天到坟上我们再说，我只是去年经过时看过的，到坟上根据情况我们再定。"

第二天早饭吃过之后，李家的三辆大车就出发了，众人先给老先人的坟上填土祭祀送钱粮，然后就到各自的先人坟上。王锦廉先到长顺的坟上看了看，就说这一棺有些受火，又到如菊的坟上看了一下说这一棺受水了。受水的引一下上面和下面的水路，受火的不用打动。然后又到三老爷家的坟上看了看，说是有一棺坟有大问题，但是今年不利，到明年最好是提一下，可以改一下运气。

李信一直领着小妹李莲默默地跟着李泉、王锦廉，各家都给自己的先人上坟去了。李信就把给自己妻子的一篇纪念文章当众读了一下，语气沉痛，然后和纸钱一起焚化。看着与自己多年相濡以沫的妻如今只赢得了这么一座土堆，且将永久地安息在这一片黄土下面了，不禁有些伤感。

李信望着自己女人的坟墓，想自己这半辈子过得还算行，但还是有一些遗憾，关于女人有这样的一个观点"能干的女人是财富，温柔的女人是金子，漂亮的女人是钻石，聪明的女人是宝藏，可爱的女人是名画"，自己深深地认同这一点。不管男人还是女人，一辈子不就是一个"迎来送往"的过程嘛。"迎来"就是迎来小辈，教育好小辈，让其走上正路；"送往"就是送走长辈，让长辈体面地走完人生路。

春日的微风一阵一阵，给清明节上坟的人送来一些暖意，也给一些人送来了许多感慨，有些人在坟上还伤心地哀一阵。

"万丈红尘三杯酒，千秋江山一壶茶"，想想陶渊明的《挽歌》多有意思："荒草何茫茫，白杨亦萧萧。严霜九月中，送我出远郊。四面无人居，高坟正焦晓。马为仰天鸣，风为自萧条。幽室一已闭，千年不复朝。千年不复朝，贤达无奈何！向来相送人，各自还其家。亲戚或余悲，他人亦已歌。死去何所道，托体同山阿。”

清明扫墓结束，李信回到家里，和父亲谈起自己和梨花在兰州的生意。李信说：“我回兰州的时候，梨花的诊所已经开业好多天了，我就赶紧把铺子盘了过来，重新开张，仍然是杂货生意，我们家终于在兰州有了自己的坐地生意，雇了两个人，一个是荷花的男人介绍过来的，有十几年的经商经验，一个是自己找的年轻人，两个人都很负责，生意也很不错。”听着儿子很有信心地谈论着自己的生意，维贤心里有些不安。大哥李泉说:“最近一段时间靖远城里有人在搞活动，很是激进。”维贤老爷就赶紧说:“你们都各自把各自的事做好，我们就算是烧高香了。”李信说:“爸,没有那么劲大，兰州经常有人在搞秘密活动，明生经常出去抓一批。噢，前一段时间雨梃也参加了一个什么组织，让警察给强行解散了。”李泉和维贤老爷一听，顿时就说不出话来。李信说：“事情没有什么，是敏之手下的人处理的，明生给我说了，我回去再好好过问一下这件事。”

李泉说：“老三啊，你在兰州做生意，我们并不反对，但是将来我们的好些娃娃都要到兰州去上学，你和梨花要把关把好，不要出什么乱子。爹，我姨夫说有一棺坟有问题，不收拾就会伤及小辈。”王锦廉说：“就是，需要过一段时间大相利了再说。”维贤老爷说：“他姨夫，真有那么厉害吗?”王锦廉说：“说不好，迷信上这个事，好事有时迟迟不应验，不好的事常常很灵验。”李信说：“爹，我这次回来还想给兰州送一些杂货，我的店里啥东西都行。李郴的面粉，咱们的大米，村子上皮子都可以在店里经营。”王锦廉说：“信儿，尕姨夫给你说，兰州地方大，生意好做，但是人也很杂，我们还要留一手，俗话说得好，害人之心不可有，防人之心不可无啊!”李信说：“这个我注意就行了。”

今天的维贤老爷仍然穿着一件黑色夹衣，黑色的宽腰裤子，光脚穿一双黑布鞋，裤腿在脚腕子处用带子束着。三太太一见老爷今天连袜子都没有穿，就赶紧过去把老爷的布袜子拿了出来，让赶紧穿上。三太太说：“您今天怎么了，连袜子都没有穿就跑出来了。”维贤老爷说：“我听着说对小辈不利，就有些紧张，他姨夫，你再好好推推，怎么对小辈不利呀！我们这一家发展到今天太不容易了，儿子都跑到外边去了，再对孙子辈不利，我们家怎么办呀，这家不是要走下坡路吗？我老了，没有关系，孩子的事是大事啊！你们说我怎么不着急呢。”王锦廉笑着说：“他姑父啊，我只是自己推推算算，准不准我也不敢肯定。怎么就把你急成这个样子了。”李泉就说：“尕姨夫，您就讲究一下，给我们给个话。”王锦廉说：“行啊，我一定努力地禳解一下。”

中午饭吃完后，三太太、二太太就叫维贤老爷进去换了一身新衣服，一收拾人就立马显得精神多了。王锦廉、李泉、维贤老爷刚刚说了一会话，李信就要出去收拾家里的杂货，又让万信叫李郴过来把磨房里的面准备一些，让大哥给保祥、兴贵说一下让明天就准备杂货垛子，往兰州再送一些杂货。王锦廉也准备着回家去。李泉把尕姨夫送出来时，家里的大太太、二太太、三太太以及维贤老爷都送了出来。李信就让万信赶紧套车送李泉和尕姨夫一起往城里去。李信陪着维贤老爷回到屋子里，维贤老爷的精神已大不如以前。

李信等人在家里准备了三天，把一切准备好之后，就拉着骆驼驮着垛子进城了。到城里之后，又将保祥、兴贵准备的东西一同带上，让保祥、兴贵一同前往，李信自己骑马在前面走，驼队随后慢慢地到兰州。

有话则长无话则短，李信骑着马很快回到了兰州。明秀和杏花在家，梨花又出诊去了，李信和明秀说了会话，娃娃们就回来了。雨芬、雨环看见爹爹回来了，都很高兴，缠着让李信说爷爷奶奶的事，又兴高采烈地说着自己念书的事，看着两个孩子无忧无虑的样子，李信心里也很愉快。天快黑的时候，梨花也回来了，梨花一见李信，就高兴地问："信哥啊，这次回去还顺利吗，家里一切都好吗？"李信说："一路很顺利，一切都好，大哥也回去了，打拉池的大哥一家子也赶过来了，家里今年多雇了三个人，爹的精神状况不好，主要还是心病，我考虑了很久，主要还是我的原因。我一直在家里帮爹操持家里地里的活计，我一离开，爹好像一下子就没有了精神头，没有了依靠似的。"梨花见李信一下子说了这么多，就再没有问什么，让明秀招呼着两个娃娃休息。过了好一阵子，梨花才说："最近咱们诊所里的情况很好，每天我和王大夫都很忙，店里我也过去看了看，王明轩管理真的很好，账目清楚，收支情况一目了然。只是我在铺子里碰见蒲明，好像和王明轩很熟悉。荷花在家里和婆婆一起带孩子，蒲明就一直在敏之的家里。荷花过两天就过来给诊所帮忙。"李信就一直默默地听着，一言不发。梨花看着李信有些累，就悄悄地说："哥啊，累了我们就睡，这一路很辛苦。"李信说："我不怎么辛苦，那几个拉骆驼的才辛苦呢。我这次又从家里带了一些杂货，让顺强、保祥他们拉着骆驼送来了。"李信又问梨花："雨梃在学校怎么样，这个小子胆子有些大。"梨花说："最近还好着呢，一直在学校上课，没有什么乱子，周末都按时回来。"李信说："没有事就好，这小子的事把爹和大哥吓坏了。今天是星期五，明天下午这两个娃娃就回来了，回来我好好地问候一下。"两个人洗刷完毕就休息了。

一夜无话，第二天李信就到市场的铺子里去了。王明轩说："东家呀，昨天有人说，前两年在临夏那边出了一个尕司令，能打得很，政府和警察合起来都打不过。后来听说一路打到青海，最后落脚到新疆了。临夏这几年很不太平，我们从临夏进来的药材不多了，咱们怎么办？"李信说："那就从别的地方想办法，不要缺货。"王明轩说：

“那边一不太平，那一路的货就都断了。”李信说：“那就再想办法，再想办法。”从市场里出来，李信就到警察局找张敏之去了，商量荷花到诊所里帮忙的事。恰好敏之送人到门口，李信和敏之就一起进去了。李信问：“我前面听梨花说，那天她去市场的铺子里了，看见王明轩和蒲明在铺子里，这两个人以前就认识吗?”敏之微微一笑，就说：“以前不知道，倒是最近在我的家里碰见了几次，好像就认识了吧！”李信点点头说：“是这样啊。荷花就叫明天到诊所里帮忙，那你们天水的诊所怎么办?”敏之说：“天水的诊所就先让萍之照看着，我们娃娃还小，没有办法过去。荷花可以到诊所里帮忙，让我妈一天照看孩子就行了。”李信又问：“明生在吗?”敏之说：“在呀，早上我还看见过，我叫一下。”敏之就对外面喊了一声，进来一个工作人员，张敏之就对那个人说：“你下去看看，把刘队副叫上来，就说我这边有事。”那个人点了点头就出去了。一会儿工夫，就听见明生腾腾地上来了，刚到门口，就一声洪亮地报告，敏之连忙说了声：“请进。”明生就推门进来了，一看少东家在屋子里，就赶紧笑着打招呼，问了声：“少东家好。回家一路还顺利吗？家里的所有人都好吗?”李信笑着说：“赶紧进来坐下，我好一阵子没有见你们，就有些想了，所以过来看看你们。你们都好吗，翠琴和孩子好吗？妞妞上学的事办好了没有?”明生说：“一家人都好，妞妞上学的事办好了，要感谢梨花少奶奶的大力帮助呀。”敏之说：“都是一家人，我们要相互帮衬一些，你说对吗，她姨夫?”李信笑着说：“那是应该的，你们一天都很忙，我就不打扰了，你们有闲时间就过来我们喧喧。”敏之笑着说：“坐一会吧，没有关系，最近铺子里的生意怎么样?”李信说：“我这次回去又驮来了一些杂货，估计后天就到了。我听说临夏一带一直不太平，所以那一路的货就不太顺当，所以我就想从旁的渠道进药材。”敏之说：“没有什么不太平的，我最近刚好要到临夏甘南去视察，明生也要去，你就随我们过去一趟，我给下面的人打声招呼就行了，你的生意那是没有说的。”李信一听，就说：“真是这样就好了，但是不要给你们带来不便啊！”敏之、明生就说：“这是工作之便，让他们照看一下就行，方便着哩。”李信就笑着说：“真是人熟了好办事呀，好了我回去了。”说着就起身往外走，敏之和明生随后就送了出来，两个人一直送到大门口，看着李信走远了才回去。

李信中午回来的时候，雨梃、雨轩也从学校里回来了。李信就叫过来询问了两个在学校的表现，着重强调了好好念书，不要参与任何组织派别的话语，兄弟两个什么都不说，默默地听着。梨花见状就说：“孩子刚回来，我们还是少说一点吧！”李信说：“原则问题不能含糊，你两个听懂我的话了没有?”雨梃、雨轩才说：“我们听懂了，就是要让我们好好念书，不要参加任何组织派别的活动。”李信这才笑着说：“你们知道我这次清明回家上坟时，和你们的爷爷说起雨梃在学校参加激进组织的事，你爸和你爷爷听到后的那种惊讶程度，让人都不敢想象，你们要理解大人的用心啊。”梨花也赶紧说：“我的娃，你们可要听话，好好念书，将来给我们家里争光。”两个学生笑着点头答应了。

明秀一直关注着李信，发现李信这次回来之后有一些变化，具体是什么，自己也说不清楚。所以趁梨花不在的时候，就悄悄地过来问：“你怎么啦?”李信说：“这次上坟后，我想了许多事，特别是看着如菊的坟，想着那么好的一个人，不知不觉中就没有了，变成了一堆黄土，今后我们只能望着那一堆黄土回忆。”明秀说：“生老病死，谁也避免不了，去世了的人就永远地走了，我们活着的人还必须活下去，而且要活得更好，不然对不起去世的人。”李信说：“话是这样说的，理也是这样。可就是让人一下子转不过弯来。”“把什么弯转不过来呀?”梨花笑着问。明秀接着说：“东家上完坟后有些想不通。”梨花就不再说什么了。明秀也就悄悄地出去了。

明秀出去后，梨花就笑着对李信说：“信哥呀，我看明秀对你很关注。”李信也笑着说：“这个女人和我能说到一起，刚才就给我说了好多宽慰的话。怎么啦?”梨花说：“没有什么，我也看出明秀是个好人，我如菊姐临终的时候，给我说过，明秀是个好女人，叫我将来不要打发走了，让你收房。”李信腾地一下子从椅子上站起来，吃惊地说：“你们怎么能这样呢？梨花，你是不是有什么想法，我们刚才只是随便说了几句话，我感觉我们现在如同一家人……”梨花笑着说：“哥哎，你怎么就这样呢，我如菊姐的话我能随便改变吗？真的是这么说的。”李信摸了摸头说：“怎么能这样呢，怎么能这样呢？我比人家大，再说你同意啊?”梨花听了笑而不语，心里想着哥哎，你就把假话说吧，明秀不是比我还大六岁吗。还什么大几岁呢?

两个人的这些话就这么过去了。李信心里有很多想法，确实也很复杂，不知怎么对待明秀这个女人。

下午的时候，李信看见明秀就笑了笑，什么也不说。明秀也不知怎么回事，只是低头不说话。梨花出去之后，明秀就悄悄地问：“你们说什么了?”李信笑着说：“我们谈你的事，说你的好呢。”“梨花妹子说我的好?”明秀问。李信说：“如菊和梨花两个都说呢。而且还有一个非常重要的提示。”明秀说：“什么提示?”李信说：“让我把你收房。”明秀一听很惊讶，连忙在李信的脸上亲了一口，说了声：“真的吗?”李信笑着说：“是真的。”明秀一听就喜滋滋地出去了。

时间已经到了1934年的夏天，这天张槟来到李信家里，看见敏之和李信两个在嘀咕什么，就远远地咳嗽了一声，李信抬头一看，就笑眯眯地对张槟说：“张大哥，你今天过来了。”张槟也笑着说：“今天刚好有空，我顺路就过来看看，你们两挑担钻在一起嘀咕什么呢?”张敏之微微笑着说：“张参议员，我们也没有说什么，赶紧进屋子坐。”说着就把张槟参议员往屋子里招呼，明秀听见几个人说话，就端了一壶热茶出来了，边沏茶边笑着问：“他姨夫啥时候进来？我在屋子里听见有声音就赶紧出来了，张参议员好吗?”明秀沏好茶就出去了，张槟就对李信说：“昨天我的老家来人了，说是那边的红军都被打跑了，我的妹妹和妹夫都不知去向了，你说我能不着急吗？我就这么一个不听话的妹子呀!”敏之说：“我听说都到四川了，不知消息确切不。”李信笑着说：“张大哥，刚才敏之还正给我说这个消息呢，你就进来了，刚开始把我们都吓了一跳，唉，我一个做生意的人，有些事我还确实不懂，你们说着我听听就行了。”

张敏之悄悄地说：“张大哥，我最近听说把青海和宁夏的军队都往甘肃这边调着呢，说是防止红军入甘，好像要好好地保卫黄河天堑呢？你听说了吗?”张槟一脸愕然地说：“这我还到没有听说。”李信一听就感叹了一声说：“看样子黄河一线也不太平了。我说靖远最近老是抓丁、备战的，原来是有原因的啊!”几个人说了一会闲话，敏之就借口还要上班，就和张槟、李信打声招呼走了，张槟坐了一会儿也告辞走了。

民国二十三年的夏天，李信在兰州的生意一直很好，王明轩和张茂负责店面，李信专门进货。明生在兰州一直很忙，敏之让浦明和明晖部队里的尕三子联系上了。尕三子现在是明晖的一个连长，随部队驻守海原县。

荷花很快就到梨花的诊所里上班，梨花又招聘了一个护士。护士姓王，叫王银儿。现在诊所里有三个大夫，两个护士。

明秀一直在李信的家里，全心全意地和杏花一起做家务。本来一家子人的生活就平平顺顺地过着，李信一直在市场上做生意，梨花、荷花的诊所也一直挺忙的。

那是五月十六，李信正在市场的铺子里给几个客户装货，就有宋家驼队的人过来说：“靖远最近好像有什么大事，原来的驻军不知开到哪里去了，新来的驻军队伍整齐，还有一挺机关枪呢，听说那个当官的很凶，靖远城里的生意不好做了……”听了这些话，李信心里不太踏实了，心想，最近这一段时间还真没有关注老家靖远，于是李信就想回去看看。当天晚上回家之后，李信对梨花说：“我今儿天听宋家驼队的宋云清说，靖远最近好像不太太平，新来的驻军很凶，很多的店里生意难做得很，也不知咱们的店怎么样?”梨花一听也有些焦急，不知该怎么办，就随口说：“哥，你说我们怎么办呀?”李信商量地说：“我看不行我回去一趟，看看家里人和咱们店里的情况，大哥也有一个多月没有来信了。我有些不放心。”梨花就说：“那你就收拾一些东西，回去看一下，有什么事就捎个信来，要快去快回啊。”李信说：“这个我知道。”

谁知天有不测风云，事情还是从回靖远说起。李信骑着马往回走，在吴家川的一个荒滩，远远地一阵尘土冲天而来，李信赶紧下马往前走，结果路过一个沟坎的时候，马儿怎么也控制不住，李信被摔在了沟坎下面，头刚好撞在沟底的一块大石头上，当时就昏了过去。

狂风一直刮了大半天。风停了，李信才慢慢地苏醒过来，只是头木愣愣的，在沟坎底下坐了好长时间，浑身上下都落了一层厚厚的土。李信抖了抖身上的土，努力地爬出土坎，他才发现，驮着行囊的马也不知跑到哪里了。自己在空旷的原野上一步一步地艰难走着，不一会，天就暗了下来，李信又饥又渴，正摸黑往前赶路，心想赶快到一个有人烟的地方投宿。不料李信懵懵懂懂地走错了方向。

半个月过去了，李信回靖远没有任何消息，梨花起初就想，可能是家里夏收开始了，李信没有回城里，所以没给自己捎信回来，心里有丝丝的不高兴，但没有说什么。有时明秀问起东家啥时候回来，梨花说："可能忙着夏收，过几天就回来了。"直到六月十一的时候，顺强领着李郴和保祥来兰州进货，顺便来到东家的杂货店，一见是王明轩和张茂两个人，就问王明轩："王掌柜，我们东家怎么这么长时间都没有回去，也不给家里捎封信。靖远店里都缺货了，我们没有办法，就过来找东家来啦。"王明轩一听就惊讶地说："东家回靖远已经快一个月了，你们怎么说话呢？"张茂笑着说："兄弟呀，你们都糊涂了吗？东家是上月十七走的，快一个月了，我们还焦急地等他回来哩。"顺强、李郴、保祥一听就傻眼了，说："真的，我们没有说笑话，我们把夏庄稼收拾完之后就匆匆地赶过来，给店里进些货，我们真的没有见东家回去。"王明轩一下子紧张起来了，赶紧给张茂说："毛娃，你看着店，顺强、李郴我们赶紧回家，给少奶奶说一下，我看很有可能是东家回靖远的时候出事了。"明轩的话让顺强、李郴、保祥出了一身冷汗。

几个人匆匆地赶到梨花诊所的时候，几个男人都不知怎么说起这个话，梨花一见顺强、李郴回来了，就笑着问李郴："你们啥时候来的，你尕哥回来了没有？"王明轩就对梨花说："少奶奶，你到后面屋子里，我们给你说话。"梨花、荷花和王大夫都很惊讶，忙一起问："怎么啦？"顺强、李郴、王明轩急得跟什么似的，梨花就和几个人急匆匆地回屋子了。刚到屋子，李郴就颤抖地说："嫂子，我尕哥没有回去呀，王掌柜说我尕哥都走了快一月了。"梨花的脑袋嗡地一下就大了，连忙问："是真的吗，怎么会没有回去呢？"李郴、顺强赶紧说："这一段时间我们在家里抢着收拾庄稼，刚刚把夏庄稼收拾了，就赶紧过来给店里进些货，顺便过来看看尕哥，一问才知道尕哥上月十七就回去了，可是我们都没有见呀！"梨花一听就紧张起来，连忙让荷花去找敏之和明生，让他们赶紧过来看怎么办。明秀一听李郴的话，就紧张地流下了眼泪，但不知怎么说话，也不知该说什么，默默地在一边流眼泪。

王明轩对梨花说：“少奶奶，我看现在当务之急是赶紧派人出去寻找，沿路打听，快一个月了。”梨花说：“顺强你们来的时候，难道就没有打听吗？”李郴说：“尕嫂子，我们在靖远的时候就有些奇怪，怎么这么长时间了都不见尕哥捎信回来，以前可从来都不是这样。”几个人正说着，张敏之和明生来了，两个人一见顺强和李郴，就赶紧商量该怎么办。按理说三十几岁的大男人，应该不会出什么事呀，怎么二十几天快一个月了，就没有一点消息呢？难道是……

明生和顺强就连忙打住敏之的推测，东家是大富大贵之人，你们不要胡乱推测，梨花一听就哭了起来，明秀流着眼泪赶紧劝说道：“少奶奶，你先不要哭了，大家好好商量怎么找东家，你这一哭，我们就没有办法了。”荷花也赶紧说：“姐，你先不要哭，我们好好想办法，明天就派人出去打听消息去。”梨花说：“你姐夫三十几岁的人了，又不是小娃娃，一个大男人，是能走丢的吗？我怎么有一种不祥的感觉。”荷花说：“姐，你不要胡思乱想了，我姐夫肯定是在什么地方被什么事给缠住了，过不了几天就会有消息的。”梨花伤心地摇了摇头。敏之和顺强商量说：“明天就打发人赶紧沿着北路和南路回靖远，沿途打听消息，看最近沿途哪些地方发生了重要事件，有没有和李信有关。”梨花坚定地说:“我也要去，我要一路打听，亲自打听。”于是几个人商量决定，刘四驾车和梨花走北路，李郴和王明轩两人走南路，顺强和保祥赶紧进上一些货，赶紧回靖远去，给家里报信。敏之和明生赶紧回警察局打听这一路最近发生过的一些事情。

原来李信想趁黑赶路，懵懵懂懂中就走错了方向，结果李信越走就感到越荒凉，周围黑乎乎的，到处都是山，李信慌乱中不小心一脚踩空，一下子掉到了沟里，这一次摔得很重，又是黑夜，加上四周没有人烟。后来李信就努力地朝前走，结果就走了一个晚上。

直到第二天中午时分，一个进山放羊的老人发现对面山沟里有一个人围着一座山峁不停地走，浑身上下都被土糊过，两只手不停地前后摆着，急匆匆地只是走。老汉看了好半天，也高声喊了几声，那人好像一点都听不见，还是不停地走着。老汉把羊赶到一边，就走近那个人，看看周围也没有什么行李，只是急匆匆地走着，老汉看着那个人走了好几圈了，还不停地走着。老汉就上前想拉住，却怎么也拉不住，仔细一瞧，才看见那个人的耳朵被泥堵上了，所以一点都听不到声音，两只手破破烂烂的，身上的衣服还算讲究，但已经被泥土糊过，脏得不行。老汉就拿着羊鞭，堵在前面，可是那个人好像看不见，就要往过闯。老汉就一把从后腰给拦腰抱住，可是那个人一下子就挣脱了，嘴里不停地说着马。老汉心里想，这个人是让鬼魂迷窍了。好在老汉背着一个褡裢，里面有一些馍馍，还有一些水，老汉就赶紧把馍馍和水放在一边，可是那个人看也不看，把个老汉急的，就坐在旁边假装吃起来。想让那个急匆匆赶路的人看见，直到那个人走到下午走不动的时候，才看见老汉的馍馍和水。老汉就大声和他说话，那个人就很惊讶地看着老汉，慢慢地走了过来，老汉一看有门，就赶紧起来叫："娃娃呀，你都走了快一天了，赶紧过来吃点馍馍，喝点水。"那个人还不好意思，傻傻地看着老汉说："我要回家，马，马……"老汉这才看清楚，原来这个人头也破了，流下来的血也干成一道道的血痂，耳朵被血和土给堵上了。老汉心里想，这是哪里的人，要回哪里的家，马是什么意思，我慢慢地问一问。老汉就领着那个人往羊群跟前走，任你怎么问，那个人只是说我要回家，我要回家，马，马……其他的就问不出什么了。老汉就很无奈地对那个人说："娃娃，你是哪里人哈，家在哪里哈？"那个人只是傻傻地笑着，指着羊说："马，马。"老汉笑着说："年轻人呀，你有女人吗？你爸叫啥名字？"年轻人还是傻傻地笑着，说不上一句话。老汉就说："可怜的娃娃，大概是马家的人，我就叫你马家娃吧。"老汉就领着失忆的李信在大山里放羊，日子就这样一天天地过去了。

李郴和王明轩一路辛苦地从南路回到靖远，丝毫没有东家李信的下落，就赶紧给城里的大哥李泉一家说了李信回家没有了消息的事，把一家人都紧张坏了，四老爷、四太太、李怀、施棋、桂花、兴贵城里所有人都发动起来，各处打探五月十七左右从兰州来靖远的客商，想知道那几天沿途究竟发生了哪些事情。梨花坐着刘四驾的小马车，一路打探到靖远，也没有任何消息。

两路人有一个共同的信息，就是五月十九的下午刮了一下午的黑风，而宋家驼队那个时候还在皋兰的山里，而骑马的李信早已出了皋兰，到了靖远的地界。后来就没有什么消息了。

梨花回到靖远之后整天以泪洗面，大嫂、施棋、桂花整天都陪着，大家一起想着办法，可是就是没有一点消息。李家塬的维贤老爷一听到李信的事，就一下子倒了下去，睡在炕上翻不起来身子，三个太太一个个就不停地打听着各方面的消息，但是没有人知道该怎么办。维贤在炕上躺了两天，慢慢地就想起清明上坟时王锦廉的话，这个坟上的事情还真是说不成，怎么立马就在李信的身上出现了呢？维贤就赶紧打发刘孝仪去会宁请王锦廉，顺带去把白永兴也叫来，看看迷信上还有什么说头，清明上坟时说的话，怎么一下子就应验了呢？沿途多打听看看有什么消息没有？刘孝仪当天下午就急匆匆地走了。

眼看就到七月十五上瓜果坟了，还是没有一点李信的信息，二太太就对丈夫维贤说："我们求一下法泉的神灵，给咱们算一下，看看有什么办法没有?"丈夫维贤就说："你们赶紧找一下张老道，让他给算一下，看哪天好就去问问，看能有什么消息没有?"三太太就立马打发翠红到园子里找张老道来，商量到法泉求卦的事。大太太说："咱们村庙里的四圣母殿求签问卦也很灵，咱们赶紧过去问问。"李郴和李相刚好过来，维贤老爷就让他们过去找一下庙祝，说晚上要过去问个卦，两个人就忙忙地走了。

梨花在靖远住了十天，还是没有任何消息，梨花还是不甘心，仍旧想从原路返回再寻找一次，多打听一些地方。这一次宝祥就要跟着前去，梨花没有答应。说："你们在这一带多打听，就看看那几天有附近没有其他的事，多问问是什么事。我相信你们东家没有什么事。"梨花又一路打听地走了。由于沿途有很多村子，梨花就叫刘四一路打听着，看村子上最近有没有新出现的人，包括所有的要饭的人群。梨花想到了最后的结果。但是仍然不放弃一丝一毫的线索。可是一路还是没有任何信息。

梨花回到兰州已经是七月十九了，离李信回家出去已经两个月了。沿途看见人们七月十五上瓜果坟，梨花就让刘四在路过的村子里买了一些冥纸，到一个村子的关庙里烧了，并且祷告自己的心事。祈求关老爷指点。但就在第二天，梨花在路上就看见一个疯子，后面跟着一群小孩子，疯子嘴里不停叫着马，马的。刘四说："这个疯子真可怜。"梨花往外看了看，只见一个疯子蓬头垢面，光着脚，衣服破破烂烂，胡子也乱糟糟的，手里拿着一根木棍，上身一件破旧的汗衫，一件分辨不清颜色的破裤子，人一走过就有一股子味道。梨花什么也没有说就让刘四驾车过去了。梨花回到家里什么话都不说，荷花就过来陪着，明秀悄悄地观望着，知道又没有任何消息，只是暗自流泪，心里默默地祈祷着神灵保佑，我的信哥平安回来。快到做晚饭的时候，明秀过来问梨花说："少奶奶，今晚上你想吃些什么，我给做。"梨花伤心地说："我只想喝点米汤，咱们今晚上就喝点米汤吃馍馍吧。"明秀赶紧说："少奶奶，你先缓着，我给咱们做去，做好了我就端过来。"荷花说："姐，你这一路辛苦了，先缓一下，晚上我们都过来商量下一步怎么办。"梨花说："你到诊所里看着收拾去，然后就回去给娃吃奶，晚上让敏之和明生、王明轩、蒲明都过来，我们再商量下一步怎么办。"吃过晚饭，张槟、敏之、明生、王明轩、蒲明好几个人都过来了，人们坐在屋子商量着，听着梨花讲述自己一路寻找的经过，当说到自己回来的路上路过一个叫宋家庄的村子的时候，天色不早了就找了一个人家准备休息，就和这家主人说起自己找人的经历，主人家的女人说："今天庄子上的关庙里有好多人都抽签，问事情，你们不会也问一下嘛。"梨花一听就说："行啊，我还真想问问神灵呢。于是就买了些香表纸钱到宋庄关庙问祷告了一番，第二天也没有什么发现。"刘四说："第二天我们路过庄子南头的时候，几个娃娃追在一个疯子的后面，虽然蓬头垢面的让人不敢接近，但是……”梨花伤心地说：“才两个月难道就成那样了。”明秀突然一个激灵，说：“少奶奶，这说不定就是关老爷给我们的指点，只是我们都没有悟透。”明生也说：“这是个有用的线索，不行明天我们就派人在这个疯子的周围打探一下，看看这个人是什么来历，一问不就清楚了吗？”张槟、敏之、蒲明也点头称好。梨花也慢慢地回想起当时的情形，似乎那个疯子眼神有些熟悉，只是自己一点也没有在意，啊呀，是不是真是神灵点化呀！梨花和明秀就有些坐不住了，王明轩和其他人就劝说道：“这只是大家的一种推测，我们给老家也带个话，看看那边的情况，明天我们就往宋家庄去，在那里仔细询问一下，多带些钱，我看可能会有意外的发现。”梨花、明秀都争着明天要去，王明轩就说：“让刘四到铺子里帮忙，我驾车拉着你们去，其他人都在家里等消息。”明生说：“要不要我派几个警察随着？”王明轩说：“那样不行，警察去了有时候倒不方便。”张槟也接着说：“就是，我们只是打听消息去，多长时间都不清楚，要警察干什么呀！”几个人商量好之后，就安慰了一阵梨花，各自回去了。

这一晚上，梨花和明秀、雨环在一起睡，期间两个人说了很多自己的想法。也就谈到了明秀的事，明秀说：“我不要什么名分，只要东家能够平安回来，我们能够永远在一起就行了。”梨花说：“那怎么能行呢？”明秀说：“行哩，行哩，这些我们以后再说，老天保佑我们这次出去有好消息。”

第二天，梨花、明秀和王明轩又一次踏上从北路寻找李信的路程。这次他们直奔靖远景泰交界的宋家庄，一路上几个人都心里很急，所以三天多的路程两天就赶到了。明秀一直关心安慰着梨花，王明轩赶着车。只要有村子边的瓜棚菜地的窝棚几个人都要去问一问，看看有什么消息没有？明秀有时比梨花还要急切，不等梨花说什么，就自己主动地询问打探。这天在宋家庄北面一个小村子，几个人赶着马车，停到一片菜地的旁边，看菜的老汉就问：“你们是干什么来的？你们看看我们这地方种点菜也不好好长。”王明轩赶紧掏出旱烟袋子递过去，老汉高兴得不知说什么。王明轩就趁机问了起来：“最近村子上有什么大事没有？”老汉眯着眼睛说：“你说的是啥事呀，庄子上好像没有什么大事。”王明轩就慢悠悠地说：“最近村子上有什么生人来过没有？”老汉半天不说话，停了一会才说：“你们是不是在找什么人，这个人还回不了家，是不是呀？两个夫人也来了啊。”王明轩赶紧说：“就是，就是。”老汉笑着说：“你问我算是问对了，我们庄子上有一家人上上个月的时候白得了一匹马，马上鞍子行李齐全，还有几十个白元，就是没有人。”王明轩赶紧问：“哪一家，我们想过去看看，你看行吗？”老汉神秘地说：“看看能行，那是村子北头的田老汉家。田老汉很本分，守着一片瓜地，把马养在家里，鞍子和行李都在家里放着，你们快过去看看吧。”王明轩高兴地谢了谢老汉，又给老汉一个白元，老汉激动地推辞着，王明轩什么也没有说就赶紧过来了。几个人赶紧往村子北头赶去。

很快就找到了田家，田家一家人很害怕，说什么都行，什么都在这里，他们什么都没有动。王明轩赶紧解释说：“田家爸，您老人家不要紧张，我就问问这匹马你们是在哪里得到的？”田家老汉领着王明轩一路走来，只是说：“那次黑风刮得大呀，整整刮了一个下午，我是第二天早上才发现那匹马的，马是一匹好马……”明秀和梨花很急切，不一会儿就到了田家老汉的家里，梨花一看正是李信骑的那匹大红马，大红马看见梨花、明秀就扬着脖子叫唤，梨花一下子就扑过去看马，明秀也很激动地看着那匹马。田家老汉赶紧抱出鞍子，王明轩激动地拉着老人家的手说：“谢谢您啦，谢谢您啦。”梨花拉着老汉的手说:“我们现在只想找一下这个骑马的人，人是主要的，其他都不是主要的。”老汉连忙说:“我这一下就没有办法了，我只知道这匹马。再就啥都不知道了。”

梨花、明秀、王明轩几个人就在这附近打听了许多人，都没有见过有什么生人出现过。最后梨花将那匹马和鞍子都要了回来，把褡裢里的二十四个银元送给了田家老汉。几个人就又回到宋家庄，寻找那个疯子，可是怎么也找不到了。东打听西打听，就是没有一点消息。梨花和明秀更是一点也不放松，慢慢地在附近几个村子里找，当时人们的生活都很困难，对于要饭的都不怎么喜欢，也不大注意。

话说刘孝仪到会宁请王锦廉，顺路就把白永兴也一起叫上了。王锦廉和白永兴一路匆匆地来到了李家塬。大太太、二太太明显地苍老了，维贤老爷一直精神不振。三太太到庙里打字，得到的结果是到西北面找就有信息，人不好，但是还有救。王锦廉一到家里，维贤就赶紧询问起来：“怎么办呀，清明的时候你说了对后人不利，你看看，没有出两个月，老三就出事了，到现在是没有一点消息。”白永兴说：“姨夫，你也不要太着急，我们好好推一下，看有没有结果。”

二太太急切地问：“他姨夫，你给好好推算一下，看有没有好消息，我们赶紧派人去搭救。”王锦廉说：“姐呀，我从家里急匆匆地赶过来，就是为了咱们的娃，我也没有想到会这样。这李信也是三十好几的人了，从兰州到靖远也跑了好多趟，就是闭着眼睛也能回来呀，怎么会发生这样的事呢？我看可能发生了什么意外。”王锦廉的话音刚落，二太太就哭得背过气了，翠红和三太太赶紧扶住掐人中，二太太慢慢地苏醒过来，众人就打算搀到椅子上，可是人在椅子上坐不住，几个人又连忙扶到里间的炕上，让二太太在炕上缓着。大太太、三太太、翠红、吴氏几个女人一直在里间陪着。

天快黑的时候，三老爷、五老爷、亲家张昭都过来了，几个人坐在一起商量着该怎么做，一时众人都没有什么好的意见，外面也没有传来什么消息。

七月底，梨花、明秀出来有十一天了，家里还有两个孩子，两个学生，梨花很无奈地准备回兰州。王明轩驾着车子走到皋兰才有机会给老家带信，就说：“他们在宋家庄找到了少东家的马，却没有打听到少东家的消息。”他们现在正往兰州回。等到李泉把这个消息带回去的时候，已经是八月初四了。维贤已经在炕上躺了好长时间，听到这个消息，人们都很失望。

大太太、二太太一夜之间白了头，维贤老爷也整天不说一句话，整个家庭缺少了那往日的欢乐。这天打拉池的李亨听到消息后也过来了，说那边一家人一直都很着急，但是想不出什么办法，就赶紧过来看看。二爸维贤很吃力地招呼着李亨，恰好李泉也回来了，两个人在一起就说着最近一直派人各处寻找的情况，还是没有任何消息。

日子就这么一天天地过去了，每当落雪的时候，梨花就对着漫天的雪花傻傻地张望，明秀怎么关心照顾都不能使梨花喜悦起来，好在每天诊所里一样地忙，人来人往的。

晚上梨花就对着两个懵懂的孩子，给孩子讲爹爹的事。这一年的腊月里，梨花很不想回靖远，只是两个孩子闹得不行，看着两个哥哥回家就嚷着回老家，要见爹爹和爷爷奶奶们，梨花无奈之下就让荷花回家的时候带着明秀和雨芬、雨环回去了，自己就在兰州的诊所里值班，让自己每天在忙碌中度过，让忙碌的生活麻痹自己刻骨的思念。

为了完成表姐如菊的嘱托，梨花就这样一辈子坚守着，坚守着，守候着内心深处的希望。

后 记

梨花、明秀终究没有放弃寻找，好多年也没有任何关于李信的消息，李信也从此就再没有了踪影；明秀也再没有出嫁，一直陪着少东家奶奶梨花；梨花的诊所一直开到1947年；张敏之来兰州之前就加入了共产党，所以在兰州干了不长时间，就悄悄地领着一家人走了，听说是到武威去了，夫妻两人在1936年协助西路军西征，不幸在战斗中双双殉职，只有四岁的张小玉被当地人收留，明生托人花了很长时间才在张掖找到这个孩子，孩子领回来之后就住在梨花家里，后来明秀收养了，并正式认作自己的女儿，母女两个相依相偎，后来小玉书念得很好，对养母也很孝顺，参加工作后得到父亲朋友的很多帮助。

雨霖1937年黄埔毕业之后，就被编入鄂州驻防军，后来接受组织的建议，与自己的同学兼妻子王玉琴一起到武汉加入了新四军的组建工作，后来又被派往新疆从事秘密工作，1942年被秘密杀害，1947年王玉琴才知道雨霖被杀害的消息，这时候他们的女儿已经七岁了。

明生一直在兰州警察局工作，期间顺利地放走了雨轩、雨梃二兄弟，但雨梃的几个同学却遭到了镇压，雨梃后来到延安参加了敌后抗日工作，雨轩回到靖远组织了当地的地下支部；李泉一直在靖远搞教育，先是靖远简师，后来又搞中学教育；明生后来被当作反革命给镇压了，揭露明生的是一个叫尕三子的人，这个尕三子一直认为是明生告密了，才逼迫张敏之离开兰州的；明生的父亲一直住在李家塬，最后由于明生的原因被当作反革命家属劳改了一回，回来后一直是村里的反动分子。

白承文师范毕业后，就回到新城办学堂，后来到宁夏参加了革命，解放后任了一届会宁县的县长，后来到兰州，对尕舅奶以及雨环、雨芬、雨莉都照顾有加；二老爷维贤1952年在家里去世，敏之的母亲后来回到天水的萍之那里，由张萍之一家人养老送终。

后 序

《梨花飘香》是我构思了很久的一部作品，经过我两年时间断断续续地创作，今天终于完稿了，我的一个小愿望也算是实现了。虽说写完了，但我还是既兴奋又胆怯，兴奋的是我多年的努力终于有了一个结果；胆怯的是由于自己各方面的水平有限，错误和不足在所难免。所以还恳请各位大家、同仁、乡党、读者朋友多批评指正。

当然，一本书的诞生，除了作者的艰辛努力外，还有很多外在的因素，我要特别感谢我的家人，是他们在我的工作生活中给了我无微不至的关怀，并给我的写作提供了一个安逸的环境，同时我还要感谢众多文朋诗友的关心和帮助，是他们的热情鼓励和关心问候，使我一次又一次地拿起沉重的笔，使我不得以迎难而上，努力为之。

我还要感谢：

感谢靖远华夏物资公司经理滕毅先生的大力支持；

感谢兰州信联达商贸有限公司经理李之勋先生的大力支持；

感谢白银大光明商贸有限公司总经理黄步军先生的大力支持；

感谢白银弘翔酒店管理有限公司经理顾庆弘先生的大力支持；

感谢靖远现代通讯经理任刚先生的大力支持；

感谢靖远瑞达通讯经理任淑女士的大力支持；

感谢李振中先生，李树春先生，万全琳先生，宋育红先生，张慧中先生，焦万元先生，孟令刚先生，孙英钧先生，张举成先生，魏家军先生，李慧女士，张国民先生，陈国勇先生，李尚飞先生等众多亲朋好友的大力支持，在这里我对他们的关心和指导表示深深的谢意。

2013年3月22日李沅林